ATLAS DE GEOGRAFÍA HUMANA

colección andanzas

Libros de Almudena Grandes
en Tusquets Editores

ALMUDENA GRANDES
ATLAS DE GEOGRAFÍA HUMANA

1.ª edición: octubre 1998
2.ª edición: octubre 1998

Diseño de la colección: Guillemot-Navares
Reservados todos los derechos de esta edición para
Tusquets Editores, S.A. - Cesare Cantù, 8 - 08023 Barcelona
ISBN: 84-8310-073-8
Depósito legal: B. 44.387-1998
Fotocomposición: Foinsa - Passatge Gaiolà, 13-15 - 08013 Barcelona
Impreso sobre papel Offset-F. Crudo de Leizarán, S.A. - Guipúzcoa
Liberdúplex, S.L. - Constitución, 19 - 08014 Barcelona
Impreso en España

Índice

A Luis,
que entró en mi vida
y cambió el argumento de esta novela.

Y el argumento de mi vida.

Querida, tenemos una edad que nos sitúa, exactamente, en el epicentro de la catástrofe.

Confidencia de Mercedes Abad
a la autora, en algún momento,
después de cumplir los treinta

Ahora que de casi todo hace ya veinte años.

Jaime Gil de Biedma

Hace años que mi cara no me sorprende ni siquiera cuando me corto el pelo.

Sin embargo, aquella noche, el cepillito embadurnado de pasta negra que sostenía mi mano derecha no llegó a encontrarse con las pestañas tiesas, inmóviles, perfectamente adiestradas, que lo esperaban al borde de unos párpados bien estirados, porque un instante antes de que alcanzara su destino, me di cuenta de que mis ojos estaban brillando demasiado. Sin levantar los pies del suelo, retrocedí con el cuerpo para obtener una vista de conjunto de toda mi cabeza, y no encontré nada nuevo ni sorprendente en ella aparte de aquel destello turbio, como una capa de barniz impregnado de polvo, que insistía en brillar sobre unas pupilas incomprensiblemente húmedas. Invertí un par de segundos en analizar el fenómeno antes de emprender una recapitulación de urgencia. Ya no soy una adolescente. Tampoco me había sentido mal en todo el día. No era fiebre, y tampoco exactamente emoción, ¿será la menopausia, me dije, que se ha vuelto loca, igual que el clima...? Una sola lágrima, aislada, terca, absurda, se desprendió de mi ojo derecho y rodó torpemente a lo largo de mi rostro sin lograr conmover al menor de sus músculos. Entonces comprendí que tenía que hacerlo aquella noche. Hacía ya casi dos meses que aquel sobre alargado de papel grueso, compacto, casi una cartulina de color crema, me desafiaba desde el cajón de mi escritorio. Me había acostumbrado a verlo allí, entre las fotos de los niños y las facturas desordenadas, y confiaba en él con una fe tan intensa como la que un agente desesperado pueda llegar a depositar en su arma final y más secreta, pero entonces me di cuenta de que en el plano desierto de la realidad, donde no existen huecos para esconderse, no iba a servirme de nada. Tiene que ser esta noche, me repetí, esta noche, esta noche. El nombre del destinatario era breve, como su dirección completa, cuatro líneas en total, una mancha cuadrada de tinta azul perfectamente centrada sobre un rectángulo del color más inocente, y detrás, sólo mi nombre de pila, cuatro letras añadidas al final, la solapa soldada al resto con mi propia saliva y esa gota de sabor ácido que explotó de repente, con retraso, en la punta de mi lengua, cuando aquella lágrima tonta e incómoda acertó a alcanzar la grieta de mis labios. Tiene que ser esta noche. En ese preciso momento, Clara empezó a aporrear la puerta.

—¡Mamá...! ¡Abre, mamá, mamá, me estoy haciendo pis!

Me lavé la cara con agua fría tan aprisa como pude y atravesé el baño en tres zancadas, pero cuando descorrí el pestillo, mi hija gritaba ya como si sus zapatos estuvieran ardiendo.

—¿Por qué no has ido al aseo pequeño? —le pregunté cuando se sentó en el retrete, los brazos flojos sobre las piernas, mirándome—. ¿Estaba ocupado?

—Tienes los ojos manchados, ¿sabes? —me anunció a cambio, y sonrió. La sonrisa de los hijos propios envuelve un cebo tan irresistible que, mientras sus labios la sostienen, es imposible sospechar siquiera que se pueda vivir mejor sin ellos—. Me gusta más hacer pis aquí. Éste es mucho más grande.

La cogí en brazos y la besé deprisa en las mejillas, en la frente, en el pelo, sin atender a sus protestas, esos aspavientos de desesperación fingida con los que recibe siempre mis besos. Hace tiempo aprendí que no existe un método más eficaz para quitármela de encima. Apenas sus pies rozaron de nuevo el suelo, salió corriendo a golpe de carcajada, convencida de que me estaba escatimando, por lo menos, dos docenas de besos más. Volví a echar el pestillo y miré el reloj. Disponía de un cuarto de hora escaso para limpiarme la cara, pintarme otra vez, vestirme, dar instrucciones a la canguro, llegar hasta el garaje y coger el coche. En lugar de empezar por el principio, me senté en el borde de la bañera y cerré los ojos.

Aunque desde luego yo no era capaz de adivinar adónde habían ido a parar exactamente, ya habían pasado dos años y medio desde aquella otra noche, aquella otra cena tan parecida en apariencia a ésta. Entonces, octubre de 1992, me había metido en el baño a la misma hora, me había pintado, me había vestido, y había recogido a Marisa camino del mismo restaurante, en el que Fran había convocado a la misma gente. La colección aún no había salido a la calle, pero los seis primeros números estaban prácticamente cerrados, y las treinta primeras hojas del cuaderno de tapas de hule que dormía sobre la mesa de mi despacho prometían, como mínimo, otro trimestre de tranquilidad. Habría jurado que el único motivo de aquella primera reunión consistiría en quitarse importancia por turnos tras escuchar un discurso más que insinuado —sois estupendas, chicas, no puedo imaginar qué habría sido de mí sin vosotras...—, y por eso ni siquiera me propuse interpretar la fúnebre mirada que me dirigió Ana, la editora gráfica, un segundo antes de que Fran disparara sin anunciarse.

—Nos falta Suiza.

—¿Qué dices? —pregunté, sin acabar de decidirme entre la perplejidad y esa blanda placidez con la que se acogen las bromas tontas.

—Lo que oyes, Rosa —Fran parecía tranquila, en cambio—. No hay fotos de Suiza.

—Es imposible...

—Sí —Ana cabeceaba en mi dirección, como si su asentimiento pudiera consolarme—, es imposible, es increíble, pero es verdad. Lucerna y Zermatt, no hay fotos. Es decir —hizo una pausa casi dramática antes de empezar a contar con los dedos—, hay fotos malas, hay fotos buenas sin permiso de reproducción, hay fotos buenas pero tan antiguas que son impublicables, hay fotos buenas llenas de esquiadores con gorritos de colores y, por último, hay fotos buenas tan caras que desequilibrarían el presupuesto de ilustración de todo el fascículo. Resultado: no hay fotos.

Cerré mis dos puños y los estrellé contra la mesa.

—¡Me cago en la...! —antes de que me decidiera entre los diversos conceptos susceptibles de rematar adecuadamente aquel juramento, Fran posó su mano derecha sobre uno de mis puños. Con la izquierda, me alargaba el cuaderno de tapas de hule que había tenido el detalle de recoger antes de salir de la oficina.

Sólo entonces me quité el abrigo, me senté, y vacié de un solo trago una copa de vino. Cuando noto que mis nervios empiezan a crecer en todas las direcciones, y se atiesan, y se hinchan, y me advierten de su inminente intención de desparramarse por las zonas neutrales de mi cuerpo, procuro comportarme como cualquiera de los seductores héroes mutantes cuyo destino trágico, casi clásico, convoca cada tarde a mis hijos ante el televisor, esos seres hermosos, atléticos, mejores o peores pero siempre inocentes, que son capaces de anticiparse en unos segundos al desencadenamiento del proceso que los transformará en verdaderos monstruos, como si el dudoso principio de esconderse a los ojos de los demás mortales compensara de alguna forma la azarosa arbitrariedad de su existencia.

15

—Los Alpes suizos empiezan en el número 28 —anuncié, mientras luchaba por mantener bajo control las imaginarias garras que me amenazaban desde la punta de mis dedos, y sin mirar a nadie en especial. No necesitaba consultar mi cuaderno, me sabía de memoria la planificación hasta el número cincuenta—. Podemos sacar antes los franceses y los italianos. Eso nos permitiría ganar cinco semanas, y si seguimos con los austríacos, tendremos unos veinte días más. Pero hay que solucionar lo de las fotos desde luego, no comprendo...

—Lo siento. —Ana retorcía el borde del mantel con los dedos. En aquel momento, yo habría retorcido su cuello con los míos—. Hans me dijo que tenía material de sobra para cubrir Centroeuropa. Sus fotos de Alemania son muy buenas, Austria, Polonia... Tengo tantos problemas en África y en Asia que ni se me ocurrió comprobarlo. Cuando ha llegado el envío, esta mañana, creí que me moría. La foto más moderna tiene veinte años. Lo siento muchísimo, Rosa, de verdad.

—No tiene importancia, Ana —Fran se anticipó para contestar en mi lugar y mostrarse tan magnánima como siempre que decidía ejercer de gran editora—. Le podría haber pasado a cualquiera.

No, me dije a mí misma, sin levantar la voz, a cualquiera no, a mí no... La repugnante naturaleza de aquella conclusión me resultaba extrañamente consoladora, pero al menos, algún reflejo superviviente de mi antigua fe me impidió recordar en voz alta que la obligación de Ana habría sido informar directamente del desastre a su inmediata superior, yo misma, en lugar de buscar de antemano la protección de la jefa de ambas.

—B-bueno... —Marisa tartamudeaba más de la cuenta en las situaciones comprometidas—, n-no es tan gra-ave. A mí, en realidad, no me afecta. El tra-atamiento de imagen es el mismo para todos los Alpes...

En el primer curso de la carrera conseguí cinco matrículas de honor. En segundo y en tercero se me resistió una asignatura, pero entré en la especialidad como un elefante en una cacharrería. Era la alumna más brillante del curso, pero me daba lo mismo, porque estaba convencida de que Mi Vida, una enorme caja de cartón envuelta en papel rojo, brillante, asegurado por docenas de cintas de colores que explotaban en sofisticados lazos y serpentinas, no estaba rellena de universidad. En quinto me vine arriba, definitivamente abajo como estudiante. Salía mucho de noche, tomaba muchas copas, ligaba con muchos chicos y tenía centenares de proyectos, iba a vivir en el extranjero, iba a estudiar arte dramático, iba a aprender a tocar el piano, iba a viajar a países exóticos, pero, de momento, me conformaba con ser la cantante de un grupo de nuevo pop español que no conseguía colocar una maqueta ni en la emisora más casposa de Alcobendas. Ignacio era el hermano mayor del bajista. Cuando empecé a salir con él, me dije que a una chica tan inteligente como yo no le hacía ninguna falta un título universitario, y ni siquiera me presenté a los exámenes. Cuando nos casamos, era muy consciente de estar renunciando a centenares de proyectos, al extranjero, al arte dramático, al piano y a los países exóticos, pero ninguna de estas ausencias me pesaba porque, de pronto, era muy divertido estar casada, y Mi Vida seguía siendo un enorme paquete lleno de cosas al que apenas le había pellizcado una esquinita del envoltorio.

—¿... eh, Rosa? —la voz era de Fran, pero al levantar la cabeza, encontré una interrogación unánime en tres pares de ojos distintos.

—Lo siento —traté de aparentar desenvoltura—, me he perdido.

—¿Volvemos a la cacería o hacemos fotos nuevas?

—Si no nos destroza el presupuesto, sería más rápido y más seguro hacer fotos nuevas. Además —marqué una pausa antes de hacer justicia—, cuando Ana dice que no hay fotos, lo que suele suceder es que no hay fotos.

Fijé los ojos en el mantel para evitar la mirada de gratitud de la mejor documentalista con la que he trabajado jamás, el catálogo andante de todos los archivos fotográficos del mundo, un lujo capaz de ilustrar cualquier cosa, desde un folleto publicitario de la patata gallega hasta un artículo sobre la prevención de la toxoplasmosis, y mientras detectaba cómo crecía su confianza en cada sílaba, volví a preguntarme qué me estaba pasando, por qué me estaba convirtiendo, día a día, en una persona odiosa.

—Si quieres, puedo recurrir a algunos archivos ingleses y americanos que no he tocado todavía —no necesitaba mirarla para saber que me estaba hablando a mí—. Me temo que encargar las fotos desde aquí sería bastante más barato que comprárselas a ellos, pero siempre se puede pedir precio y comparar...

Si el día de mi boda alguien me hubiera advertido que estaba corriendo el riesgo de inspirar un concepto tan pobre de mí misma a la mujer que terminaría siendo algún día, me hubiera muerto de risa. Pero entonces todavía no había empezado a perder los años. Cuando miraba hacia atrás, siempre los encontraba en su sitio, bien ordenados, exactos y limpios, dispuestos en fila india, como un ejército de soldaditos de juguete, ahí estaban todos, y antes de cumplir veintidós, tenía veintiuno, y antes veinte, y antes diecinueve años, era tan fácil como aprender a contar con los dedos. Ahora voy a cumplir treinta y siete, y procuro no volver jamás la cabeza, porque no sé muy bien adónde ha ido a parar mi última década, no comprendo en qué agujero perdí los veinticuatro años, por ejemplo, o dónde se me cayeron los veintiséis, o qué me pasó cuando cumplí veintinueve, pero lo cierto es que no los recuerdo, no soy consciente de haberlos vivido, es como si el tiempo se devorara a sí mismo, como si cada día que pasa me robara un día pasado, como si los años se anularan entre sí. Ahora sé que el enemigo juega con cartas marcadas, y ya no puedo hacer nada por rescatarme a mí misma de todos los lugares, de todas las personas, de todas las mañanas y las noches que fueron un error, pero por lo menos no intento exprimir el mundo para forzarle a justificar mi vida cada doce horas. Ésa es la mezquina, desoladora medida, en que el destino se ha mostrado magnánimo conmigo en los dos años y medio que han pasado desde aquella cena, cuando todavía podía partirme un rayo al escuchar que nos faltaban fotos de Suiza.

—Muy bien, entonces de acuerdo —Fran se ocupó de lo que ella llamaba reconducir la cuestión, y levantó las cejas en dirección a Ana—. Lo único que no sabemos es el nombre del fotógrafo.

—Habría que decidir si conviene más encargarlo aquí, o allí, en la misma Suiza. Mañana a mediodía puedo tener preparada una lista de nombres disponibles.

—Y si no... —Marisa dominaba las sílabas a la perfección mientras se reía entre dientes—, ¡siempre podemos recurrir a Forito!

Carpóforo Menéndez, Forito para los íntimos, era el fotógrafo de plantilla de nuestro departamento, la cruz que más pesaba sobre los hombros de Ana, y el principal protegido de todas nosotras, ella a la cabeza. Aunque seguramente era más joven, aparentaba unos cincuenta y cinco años, medía casi un metro noventa, no pesaba más de sesenta kilos, y su productividad se cifraba en unas ocho fotos técnicamente correctas —es decir, bien iluminadas, bien enfocadas, y con una definición aceptable a simple vista— por cada carrete entregado. Entre ellas, a veces podíamos publicar una, o dos, siempre que resistiéramos la tentación de mirarlas a través de un cuentahilos, pero seleccionábamos muchas más, aunque estuvieran quemadas, borrosas o veladas en los bordes, para justificar ante Contabilidad la nómina que cobraba todos los meses. Él nos lo agradecía de corazón, y no pedía otra cosa. Ni siquiera había vacilado al aceptar el puesto que Ana había inventado a su medida al comprender que iba a ser difícil mantenerlo como fotógrafo en un proyecto como el nuestro, que exigía comprar fotos en archivos de casi todos los países del mundo. Ocuparse de la recepción y clasificación de los envíos parecía tarea más

18

propia de un meritorio que de un fotógrafo en activo, pero él no parecía echar de menos las ocasiones de promoción profesional. Ver su nombre, compuesto en versalitas de cuerpo ocho, trepando hacia arriba desde el ángulo inferior derecho de una imagen no le producía la menor emoción porque, en los buenos tiempos, se había acostumbrado a leerlo todos los días, más grande y más centrado, en periódicos y revistas ilustradas. Antes de empezar a beber —o antes de vivir lo suficiente para empezar a beber—, Forito era el fotógrafo taurino más prestigioso de Madrid, el ganador de todos los trofeos a la mejor foto de la Feria, el retratista favorito de los veinte primeros nombres del escalafón, pero cuando yo le conocí desayunaba ya coñac a palo seco, y le temblaba el pulso de tal manera que era incapaz de remover dos cucharadas de azúcar en una taza de café sin derramar mucho más que una gota.

Supongo que cada una de nosotras le tenía cariño por un motivo distinto, y me temo que a él, por más cuidado que pusiera en repartir equitativamente los estruendosos piropos de su repertorio, le pasaba más o menos lo mismo, aunque Marisa, desde luego, era su favorita. Cuando a mí me caía algo del estilo de ¡cómo vienes hoy, madre mía, que me voy a tener que poner las gafas de sol para mirarte, que es que deslumbras!, ya sabía que, antes o después, Forito se las arreglaría para perderse dentro de la pecera, y de rodillas ante la mesa de Marisa, con los brazos en cruz, y los pies a punto de arruinar el precarísimo encaje que los cables de interconexión dibujaban sobre las losetas de corcho sintético, cantarle una copla de Miguel de Molina. Hasta Fran, tan estrictamente seria y apresurada siempre, se ablandaba sin remedio cuando Forito, desde la otra punta del pasillo, emitía su grito de guerra, ¡guapa, guapa, guapa, que mira que eres guapa, coooooño!, a modo de saludo. A mí me conmovía más otras veces.

No debía de llevar ni un mes trabajando con la colección, porque aún invertía la mayor parte de la mañana en recibir a redactores, traductores, correctores, ilustradores o cartógrafos, y no era la primera vez que un aspirante faltaba a la cita, pero nunca se me había ocurrido salir a la calle a tomar un café en el hueco de la entrevista fallida. No tuve que esforzarme mucho para escoger un local. La flamante sede del grupo al que pertenecía la editorial que acababa de contratarme estaba situada en un polígono industrial de lujo que no dejaba de parecer exactamente eso, por muy lujosos que fueran los edificios que ocupaban cada parcela rigurosamente cuadrada, delimitada con tiralíneas, y por más que cada calle ostentara con arrogancia el nombre del respectivo coloso del columnismo periodístico nacional en lugar de una letra mayúscula o de un simple número sin adorno alguno. A nuestra izquierda, la autovía de Barcelona zumbaba a todas horas como una jaula de grillos mecánicos, pero entre la valla que delimitaba nuestras posesiones y la que señalaba los dominios de la autopista, se habían quedado atrapadas algunas casitas bajas que el Ministerio de Obras Públicas, por alguna desconocida razón, había renunciado a expropiar en su momento. Pequeñas, chatas, encaladas, con sus arbolillos raquíticos y sus rosales infectados por el perpetuo azote del humo que derrochan los tubos de escape en la articulada pero infinita elipse que dibuja el tráfico entre Madrid y el aeropuerto, parecían ya un vestigio arqueológico catalogado y protegido, una reliquia intencionada, cuidadosamente preservada para enseñar a las generaciones futuras cómo se vivía en este país cuando la distancia entre la pobreza y la opulencia, una resta tan exigua que una sola generación ha llegado a conocerlas casi a la vez, ya no pueda producirles vértigo. A mí me gustaban aquellas casas, me gustaba verlas desde cualquier gigantesco ventanal de nuestro edificio inteligente, me gustaba saber que estaban ahí, resistiendo imperturbables a la especulación y a la síntesis de tantos materiales inefables, contribuyendo con su heroica modestia a la gran paradoja del siglo que viene, cuando esta ciudad malquerida, maltratada, maltrecha, se convertirá sin duda, gracias a tanto descuido, a tanto desamor, a tantos crímenes de la razón y a la insospechada fortaleza de su carácter, en el más exhaustivo y monumental catálogo de la arquitectura urbana del siglo pasado, el nuestro, porque casi nada de lo que se haya podido destruir para construir encima, ha dejado casi nunca de destruirse aquí, y la piel de las ciudades envejece también, como la de sus hijos, pero el tiempo posa sobre sus poros de piedra, de cristal, de cemento, una pátina brillante y bella, dorada, tensa, tan inexorable su poder como el que ahonda los surcos que el mismo tiempo abre sin piedad en las esquinas de nuestros labios, de nuestros ojos, de nuestra frente.

Madrid es una resistente nata. Yo también. La paciencia es el rasgo predominante de nuestro carácter, y por eso elegí sin dudar el Mesón de Antoñita, el bar-restaurante especializado en chuletas a la brasa y conejo al ajillo, como todos los de la zona, que estaba más cerca de la editorial, a despecho de las plastificadas ofertas de los locales del centro comercial, al que habría llegado andando en menos de diez minutos. No me arrepentí, porque al atravesar por primera vez el umbral sentí que acababa de penetrar en una película española de los años cincuenta. El bar era oscuro y fresco, y el mobiliario parecía una réplica poco sofisticada del diseñado para la familia Picapiedra, una versión atávica del estilo castellano elaborada a base de troncos de madera apenas desbastados, remachados con clavos de cabeza negra y diámetro semejante al de una cuchara sopera. A cambio, la decoración era rabiosamente andaluza. Rejas, farolillos de papel blancos y verdes, muñecas vestidas de flamencas alternando con botellas de whisky de importación sobre una balda corrida detrás de la barra y la radio sintonizada en una emisora de coplas 24 horas. No sé si me gustó, pero me hizo mucha gracia. Entonces no sabía que el Mesón de Antoñita acabaría convirtiéndose en una especie de sucursal de la propia editorial, un recurso irresistible cuando el menú del comedor de la empresa nos diera arcadas a media mañana, una contraseña de todos esos pequeños triunfos laborales que era inevitable celebrar con una comida especial, un reducto de privacidad imprescindible para lanzarse a las confidencias que nunca querrían haberse confesado en voz alta. Aquella mañana, al contrario, el local parecía pertenecer a la categoría de esos negocios malditos que no llegan a llenarse jamás, y el único cliente, que ocupaba un taburete frente a la barra, no volvió la cabeza cuando empujé la puerta. Forito se recorría con una mano, muy lentamente, la parte delantera del cráneo, un gesto incierto que no se parecía del todo a una costumbre, a cualquier pequeño rito cotidiano de esos en los que buscamos cada día un poco de consuelo. Cuando le saludé, giró la cabeza en mi dirección y levantó las cejas. La copa de balón que tenía delante estaba prácticamente vacía, menos de un dedo de un líquido espeso del color del té, pero me senté a su lado de todas formas.

—¿Qué quieres tomar? —me preguntó—. Yo invito.

Aunque suponía que el coñac era más caro, renuncié con cierto pesar al croissant a la plancha cuyo hipotético aroma había guiado mis pasos hasta allí, y me conformé con un café con leche. Él pidió que le rellenaran la copa y no dijo nada más. Su mano no terminaba de peinar los escasos pelos que podían contarse más allá de su frente, no terminaba de abrillantar esa piel casi calva, ni eliminaba un sudor improbable en aquel local, donde el aire acondicionado, único pero feroz testimonio de la auténtica cronología de aquella escena, desmentía la calurosa realidad de una mañana de julio. No conseguí adivinar cuál era el sentido del rítmico, calculado viaje de esos dedos que no se detenían jamás, pero cuando me dio vergüenza seguir mirándolo, levanté la cabeza y eché un vistazo a mi alrededor. Más que decoradas, las paredes parecían infestadas de fotos en blanco y negro, algunos retratos y muchos pases al natural, muchas chicuelinas, muchos desplantes y vueltas triunfales, y la misma firma en casi todas ellas, un

grueso trazo negro que dibujaba una ce mayúscula cuya base se prolongaba en un par de ondas ilegibles, un garabato que yo conocía
muy bien.

—Gracias por el café, Forito —me despedí como si no me hubiera
dado cuenta de nada—. Voy a ver si vuelvo a trabajar un rato...

—De nada, mujer —me sonrió—. Ahora voy yo para allá.

Mientras respondía al respetuoso saludo del portero, y al saludo de
la respetuosa recepcionista, y pasaba de largo por los ascensores para
subir dos pisos de escaleras muy despacio, y recorría el pasillo, y abría
la puerta de mi despacho, y ganaba mi mesa, y me sentaba tras ella,
me iba preguntando si la vida me concedería, algún día, alguna dosis
de la dignidad que acababa de contemplar en el exiguo cuerpo de un
hombre arruinado y calvo, que se emborrachaba con coñac a las once
y media de la mañana muchos años después de haberse atrevido a
abandonar. Mientras escuchaba el monótono discurso de la enésima
ilustradora de cuentos de hadas que intentaba pasarse a la ilustración
para adultos porque el mercado infantil estaba saturado, me preguntaba qué pasaría si yo también cediera a la eterna tentación de escapar
de puntillas, sin grandes gestos, sin hacer ruido, quedarme en la cama
simplemente, una mañana, en vez de levantarme para ir a trabajar, y
después decidir que aquel día no iba a hacer la comida, y marcharme
al cine yo sola, por la tarde, y dormir otra vez, dormir mucho tiempo.
Entonces dejaría de perder los años, porque ya no habría futuro para
mí, ninguna expectativa de la que descontar las horas consumidas,
ninguna meta que alcanzar en horas sucesivas, nada que esperar...
Tardé un buen rato en sacudirme aquella confortable borrachera seca,
pero todavía no he superado los efectos de la resaca, y jamás río los
chistes sobre Forito, porque el silencio que eligió para comentar conmigo sus viejas fotos triunfales le revestirá siempre, en mi memoria,
de la elegancia de los náufragos que saben hundirse de pie.

Yo, en cambio, boqueaba desesperadamente, con los pulmones
llenos de agua hasta la mitad, cuando Fran me propuso coordinar
aquellos fascículos, *Atlas de Geografía Universal,* una tabla sobre la que
monté a horcajadas mientras guiñaba los ojos para convencerme de su
poderoso perfil de transatlántico. Necesitaba el espejismo más incluso
que el dinero, porque la escasez de encargos interesantes me había
obligado a recurrir, meses atrás, a las traducciones juradas, el más ingrato, monótono y descorazonador de los trece o catorce trabajos con
los que me gano irregularmente la vida. Inclinada sobre un docu-
mento de 200 folios impresos a un espacio en el que se describían,
aplicación por aplicación, todas las especificaciones técnicas de un fla-

mante microchip japonés destinado a revolucionar el campo de los programadores de lavadoras, lavavajillas, aspiradores, secadoras, aparatos de aire acondicionado, controladores de riego a distancia, y unas cincuenta o sesenta máquinas más, no sólo me sentía obligada a preguntarme a cada momento qué clase de cretino estaría sufriendo al imaginarme al borde de la más sucia traición —mis labios susurrando en el oído de un desconocido que el IJ150e garantiza al ama de casa un ahorro de energía de ± 2% en relación al rendimiento del IJ145e o cualquier dispositivo equivalente de la competencia—, sino que me pasaba las mañanas deseando que cualquier cuadrilla de gánsteres de cualquier edad, de cualquier tamaño y de cualquier nacionalidad, asaltaran mi casa una buena mañana, le pegaran una patada a la puerta de mi estudio, y nos secuestraran, a mí y a doscientos folios de especificaciones técnicas, en nombre de los sagrados intereses de cualquier multinacional, eso me daba lo mismo, aunque preferiría que nuestro escondite estuviera en Sudamérica, que parecía lo más emocionante. Y eso no era lo más grave. Lo peor era que, como los gánsteres no llegaban nunca, ya estaba empezando a fijarme en el vecino del segundo.

En algún momento, entre mi hijo y mi hija, después de cumplir los treinta, me acordé de Mi Vida, aquella caja tan grande, envuelta en un papel rojo y asegurada con tantos lazos, y me pregunté de qué había resultado estar rellena. Desde entonces, lo único que me compensa por las pocas cosas que hay dentro es la certeza del amor que siento por esas pocas cosas, una docena de luces de colores —dos niños, un par de libros que me pertenecieron un poco mientras los traducía, ciertos amigos, ciertas amigas, la memoria de un amante que se convirtió en marido, el pequeño talento que hizo de mí una cocinera autodidacta, la asombrosa emoción que experimento todavía al hablar tres idiomas que no son el mío, algunos sabores, algunos olores, algunas noches memorables, algunas risas que aún no se han apagado del todo— que apenas lucen entre cuatro paredes de cartón repletas de la nada negra y compacta de mi insatisfacción.

Desde luego, no soy el tipo humano del que se espera un análisis semejante. Sonrío muy a menudo, como con apetito, disfruto de las copas y de la conversación, nunca he tenido una depresión, me gusta hablar por teléfono y tengo un orgasmo cada vez que me lo propongo, y eso significa la abrumadora mayoría de las veces. En general, no me molesta trabajar y ocuparme al mismo tiempo de los niños, y cuando llego a casa rendida, después de una tarde de cine y un McDonald's, por ejemplo, y decido que no tengo ganas de cenar, y me meto en la cama presintiendo que el sueño me noqueará sin piedad apenas pose la cabeza en la almohada, me estremece un placer difícil de describir, la conciencia de una tarde invertida en hacer cosas de verdad, la deliciosa productividad del cansancio muscular, objetivo, mensurable, el único que ahuyenta al insomnio y, con él, a todas esas preguntas intolerablemente cursis acerca del futuro, el destino al que se encamina mi vida y todo lo demás. Cada vez que escucho a una madre de familia decir que necesita más tiempo para ella, se me ponen los pelos de punta. Yo lo que necesito es menos tiempo, que me lo quiten, que me lo aplacen, que no cuente, porque si hay algo que sobra en todos los años que he perdido es precisamente eso, tiempo. Quizás, lo único que ocurre es que mi insatisfacción contradice el modelo de insatisfacción consagrado por las estadísticas para mujer española emancipada de clase media urbana universitaria de mi edad. Eso espero, porque siempre he detestado a las mujeres insatisfechas.

Por eso me asusté tanto al darme cuenta de que había empezado a tontear así, como quien no quiere la cosa, con el vecino del segundo. De todos los modelos de mujeres insatisfechas que detesto, el que más definitivamente me saca de quicio es el construido alrededor del prestigioso axioma «yo lo que necesito es tener una aventura». Es que no se puede ser más gilipollas. Porque otra cosa sería decir cómo me gustaría tener una aventura, eso sí, o cómo me apetece echarme un novio, naturalmente, y a mí también, pero esa forma de conjugar el verbo necesitar que consiste en comprarse ropa de dos tallas menos que la habitual, ir a la peluquería, pintarse como una puerta, y salir a la calle en plan loba, dispuesta a capturar con lazo al primer incauto que se presente para echar el polvo reglamentario, reglamentariamente alcohólico, y espeso, y trabajoso, a las cuatro y media de la mañana, y levantarse a las cinco menos cuarto de una cama ajena, y no encontrar un taxi, y desplomarse en la cama propia una hora y media antes de que suene el despertador, y justificar las ojeras después, en la oficina, proclamando que has visto a Dios y que te han dejado el cuerpo como un reloj, eso es que me pone de los nervios, es que da pena, en serio... Creo que no existe una manera más indigna de envejecer. Y la verdad es que el único precio del vecino del segundo era que trabajaba sólo por las tardes, en un hotel, y cuando mi instinto de supervivencia me ordenaba abandonar al microchip y darme un paseo por la casa, o bajar un momento a comprar cervezas en la bodega de al lado, me lo encontraba a veces en el ascensor, o me saludaba desde su ventana, al otro lado del patio.

Era un chico alto, demasiado rubio para mi gusto, y con una cara peculiar, no tanto por sus rasgos considerados de uno en uno, ni por la relación que guardaban entre sí, sino por una cierta expresión de asombro permanente que mantenía sus ojos muy abiertos y separaba sus labios, dejando ver el filo de la hilera de dientes blanquísimos y sanísimos a la que obligaba su aspecto de joven atleta. No llegué a descubrir si se lo tenía muy creído, si conservaba su inocencia intacta o si era tonto de remate, pero como me aburría tanto por las mañanas y él siempre estaba a mano, le invité a desayunar un par de veces, y no solamente aceptó, sino que la última vez hasta se preguntó en voz alta por qué bajábamos a la calle con lo bien que podríamos estar en mi casa, o en la suya. El café de los bares está mucho más bueno, contesté yo, y además, aquí hay churros. Eso sí, admitió él, después de marcar una pausa muy larga en la infructuosa búsqueda de un argumento que oponer, y no volvió a decir nada, pero su torpe retórica ya había bastado para encender todas las luces de alarma.

Por muy vacía que estuviera la caja, en Mi Vida no podía haber sitio para pasatiempos de urgencia con un tipo como el vecino del segundo, y por eso no me lo pensé dos veces antes de colgarme del universal cuello de la Geografía, que había adoptado la forma de un milagroso contrato de obra para acudir en mi ayuda. Por primera vez en mi vida tenía por delante tres años de estabilidad, un sueldo fijo que cobrar a fin de mes, y hasta una secretaria a medias con Ana. Nunca había coordinado una colección de fascículos, pero había trabajado para muchos coordinadores y editores, Fran entre ellos, haciéndome cargo de cada una de las parcelas que ahora tendría que supervisar, con la única excepción de los dibujos y los mapas. Es el momento ideal para convertir una oferta laboral en un golpe de suerte, me dije a mí misma, y volví a sentirme la alumna más brillante de la clase, pero ya no solamente no me daba igual, sino que ni siquiera me bastaba con saberlo. Ahora iba a tener que enterarse todo el mundo.

Ése fue mi principal objetivo durante los seis meses que nos habíamos dado de plazo para preparar la edición, y hasta que fallaron las fotos de Suiza, nada ni nadie se había atrevido a fallar.

—¡Dejad a Forito en paz! —el acento autoritario, incluso levemente amenazador, que había aflorado espontáneamente a mi garganta en los últimos meses, disolvió sin esfuerzo los residuos de esa risa a la que no me sumaba nunca—. El fotógrafo tiene que ser español, y si vive aquí, mejor. A estas alturas, no podemos correr riesgos.

—¿Ana? —preguntó Fran, para que nadie olvidara quién mandaba allí.

—Sí, estoy de acuerdo.

Sólo a partir de ese momento la reunión empezó a ser una auténtica cena, pero aunque disfruté del jamón, delicioso, y de unos estupendos pimientos rellenos de merluza, aunque pregunté, y contesté, y di mi opinión cuando me la pidieron, no llegué a involucrarme en ninguno de los temas de conversación, una secuencia clásica, previsible, que nació en las ofertas del mes de esa cadena de tiendas de decoración tan baratas que lo importan todo de Extremo Oriente y expiró en la curva del culo de Richard Gere, estancándose a ratos en los inevitables cotilleos editoriales, quién compra, quién vende, quién sube, quién cierra. Durante una hora y cuarto lo único que hice fue mirar a Fran, observarla, estudiarla, leer en el relajamiento de sus hombros, en la descuidada precisión que guiaba su mano derecha mientras apartaba el flequillo de su cara, en su elegante manera de fumar, de comer, de sonreír, la satisfacción de un cachorro destacado de esa élite que nunca ha dejado de tenerlo todo bajo control, y por una vez, no dudé de mi capacidad para llegar a donde me proponía, pero cuando el camarero tomó nota de los postres, ya no sabía si ser la chica más lista de la clase compensaba más que vivir esperando la ocasión de echar un polvo estupendo con el vecino del segundo. A cambio, sabía exactamente qué tipo de postre necesitaba pedir.

—Yo tomaré un helado de vainilla con nueces y chocolate caliente, por favor.

—¿Grande o pequeño?

—Grande.

—¿Con nata por encima?

—Mucha.

Ignacio hijo aporreaba la puerta del baño con los dos puños y más fuerza que su hermana, pero a él no se lo pensaba consentir, él ya estaba a punto de cumplir once años.

—¡Como vuelvas a tocar la puerta, te la cargas! —chillé.

—Es Marisa, mamá —él chilló más que yo, y reprimió una risita malévola antes de seguir—, queee cu-cu-cuándo piensas saalir...

Miré el reloj. El cuarto de hora escaso había expirado hacía casi diez minutos, y yo ni siquiera me había limpiado la cara.

—Dile que no me has encontrado —aullé a través de la puerta del baño, mientras me frotaba los ojos con un algodón húmedo—, que estoy bajando ya por las escaleras... Y no imites a mis amigos si quieres que los tuyos sigan viniendo a mi casa, ¿entendido?

Por supuesto, no me contestó, pero tampoco tenía tiempo para salir corriendo detrás de él, sobre todo después de decidir que iba a ir a cenar con la cara lavada.

Luego, más por supuesto todavía, decidí no tomar ninguna otra decisión. Tenía que ser aquella noche. Antes de salir, y aunque ya sabía que nunca llegaría a echarla en un buzón, cogí aquella carta y le puse uno de los sellos que llevo siempre en el monedero. Las había escrito peores, y sin embargo, aquélla me quemó en la punta de los dedos cuando la metí en el bolso.

Hace dos años volví a escuchar ruidos.

Era la primera vez que Fran nos invitaba a cenar en uno de sus restaurantes favoritos del centro, un lugar tan pequeño, elegante y escogido como había calculado de antemano, pero la verdad es que no teníamos nada que celebrar. Sobre todo yo. No llevaba más de seis meses trabajando para ella y sin embargo estaba segura de que iba a decirme que sería mejor dar el trabajo fuera, porque los ordenadores se habían puesto verracos y nos estaban creando más problemas de los previstos, por más que todo el mundo se esforzara por consolarme suponiendo en voz alta que eso debía de ser lo normal al principio. Me equivoqué, desde luego, porque resultó que lo único que pasaba era que faltaban fotos de no sé dónde y había que modificar la programación para ganar tiempo, pero el miedo no sólo es libre, también es tonto, y por eso, después de una breve tregua de un par de semanas, a mi casa le dio por resucitar. La culpa fue de Rosa, desde luego, por llegar siempre tan tarde, y luego yo, que parezco imbécil, y en vez de poner la televisión, o bajar al portal a esperarla, me quedé clavada en el salón, como al principio, con los oídos bien abiertos, hasta que se repitió una vez, y otra, y otra.

Mi casa respira. Ya sé que nadie me creería si lo contara, por eso nunca me he atrevido a hablar de esto con nadie, pero yo lo sé, porque la oigo, y aunque ni siquiera yo me lo creo, sé que la casa respira, porque toma aire primero, igual que una persona, y lo expulsa después, muy despacio. Entonces me recuerdo a mí misma que la casa es muy antigua. Todas las vigas son de madera, me digo, y los ladrillos macizos, pesados como piedras, y encima de los techos, que mis padres cubrieron con otros falsos, más bajos, antes de que yo naciera, deben de seguir estando los restos del entramado de cañas al que se fijó la escayola original, hace más o menos un siglo. La madera se hincha con el frío, o con el calor, ya no me acuerdo, y el cambio de estación la devuelve a su volumen original, eso es lo primero que me repito, y que las moles de adobe que están detrás del gotelé hasta en los tabiques medianeros pesan tanto que las paredes se hunden en el suelo día a día, se hunde el edificio entero, aunque sólo descienda una milésima de milímetro cada año, todo esto me lo explicó mi primo Arturo, el arquitecto, y añadió que, además, sobre mi cabeza, el viejo cañizo está siempre crujiendo, resquebrajándose de puro seco, y se desploma lentamente para arrastrar en su ruina a las placas de escayola que se abomban sin cesar, de eso también me acuerdo, me dijo que las casas viejas nunca terminan de asentarse, pero cuando mamá vivía, la casa no respiraba, y ahora respira.

Ya había cumplido treinta y cinco años cuando empecé a vivir sola por primera vez en mi vida, pero no escuché ningún ruido la primera noche, ni a la mañana siguiente, y pasaron semanas, meses enteros, antes de que el silencio empezara a jugar conmigo, porque a veces pienso que no es otra cosa, demasiado silencio, y eso después de haberme pasado media vida echándolo de menos. Todavía prefiero no preguntarme si en realidad quería tanto a mi madre como he declarado siempre en público, como sigo confesando incluso hoy, cada vez que sale el tema, pero la verdad es que ella pertenecía a esa clase de enfermos crónicos que sobreviven año tras año a la regular agonía de un dolor atroz, esos pacientes a quienes hasta el médico de cabecera recetaría una muerte buena y rápida, y yo estaba deseando quedarme sola, aun al precio de tener que pasar de nuevo por las oficinas de la funeraria municipal.

A los diecinueve años me estrené como organizadora de entierros. Mi padre estaba destrozado por la muerte de su madre, y la mía demasiado ocupada en llevar toda la ropa al tinte. Soy hija única, y mi tía Piluca, única también por la rama paterna, no se ofreció a acompañarme, así que me fui sola, y encargué un ataúd de roble con herrajes de bronce dorado, más caro que barato, y tres coronas, una de claveles blancos, tu hijo no te olvida, otra de rosas rojas, tus hijas no te olvidan, y otra multicolor, tu nieta no te olvida, con margaritas, lirios, clavellinas y mucha tuya verde, que para mi gusto era la más bonita de todas, aunque costaba menos que las otras dos y me acarreó una bronca en casa después del entierro, porque, por lo visto, la habían encontrado demasiado frívola. Parecía un ramo de novia de esos modernos, ibicencos, dijo mi madre incluso. Yo no tenía ni idea de que mamá tuviera un criterio propio sobre la moda ibicenca, pero de todas formas, cuando murió su propia madre y tuve que volver sola a la funeraria porque todos mis primos eran demasiado pequeños, excepto Arturo, que estaba en Amsterdam, con una novia, y Milagritos, prima de ambos, que se había largado de casa seis meses antes, también ella con una novia al parecer, encargué, además del consabido ataúd de roble —mi padre dijo que no iba a consentir que su suegra tuviera un entierro más lujoso que el de su madre—, cuatro coronas rigurosamente iguales, tu marido, tus hijos, tus hijas, tus nietos y nietas no te olvidan, rosas rojas, rosas blancas, rosas rosas y rosas amarillas. Mi familia quedó tan satisfecha que cuando murió el padre de mi madre apenas se discutió quién se ocuparía de hacer las gestiones, eufemismo de empleo tradicional entre nosotros para designar cualquier clase de asunto desagradable, una fórmula a la que no fue preciso recurrir tras la muerte de la tía Piluca, porque pedí directamente dinero para el taxi y nadie se molestó en darme instrucciones. Lo hice todo estupendamente. A mi padre no habría querido enterrarlo yo, en cambio, pero no me quedó otro remedio porque ya no tenía más familiares, y mi madre llevaba dos años enferma. El desenlace de esta terrorífica epidemia parecía inminente, pero tardé once años en volver a cruzar la M-30, y entonces, sin ningún complejo, ninguna angustia, ningún remordimiento, decidí ahorrarme veintidós mil pesetas en el ataúd —de pino, con dos asas de hierro solamente—. Sin embargo, en el último momento, no me atreví a elegir una corona ibicenca, y encargué las tradicionales rosas, aunque, eso sí, de colores variados.

Creo que, hasta que empecé a ir al colegio, con seis años cumplidos, no conocí a ningún otro niño o niña pequeña aparte de mis primos maternos, a los que veía como mucho tres veces al año, Navidad, Reyes, y el cumpleaños de los abuelos, que se llevaban sólo unos días y solían celebrarlo a la vez, para ahorrar. A mí no me parecía demasiado raro porque en mi familia siempre se ha ahorrado todo lo que se ha podido, ése era el único punto en el que estaban de acuerdo las tres amas de la casa. Cuando mi abuela Pilar decidía preparar la carne que había sobrado del cocido con una salsa de tomates y pimientos verdes fritos, la tía Piluca no dudaba de que era mejor aprovecharla para hacer un revuelto con media docena de huevos, y entonces mi madre opinaba que resultaría mucho más sabrosa si se rehogaba con aceite y un poco de cebolla picada. Ninguna de ellas cedía terreno en la primera media hora pero, por muchos chillidos que provocara el aspecto metodológico de la cuestión, lo que no se discutía jamás era que íbamos a comer sobras durante dos o, con un poco de suerte —como solía puntualizar alguna—, hasta tres días. Así pasó mi infancia.

En casa, todos los vestidos acababan siendo de segunda mano, porque cuando se le quedaban estrechos a la abuela, mi madre o mi tía los arreglaban para ellas mismas y los usaban hasta que la tela empezaba a brillar, los dobladillos tan rozados que el tejido, más que deshilacharse, se desvanecía en minúsculas partículas, como polvo de colores. Naturalmente, cuando mi madre empezó a engordar —por suerte, la tía Piluca nunca dejó de ser el palo de una escoba—, me tocó a mí heredar su ropa, severas blusas abotonadas hasta el cuello en tonos discretamente claros —beige, crema, rosa pálido, nunca blanco, que es tan sucio— y faldas de un corte vago y tejidos muy recios, siempre oscuras —marrón, azul marino, gris marengo y negro, que digan lo que digan, es de lo más sufrido—, que yo me ponía sin rechistar, porque estaba convencida de que éramos muy pobres, y siempre le pedía unos vaqueros a los Reyes Magos.

Aprendí a utilizar los lapiceros hasta que, de puro mínimos, era imposible afilarlos sin que se escurrieran entre las yemas de los dedos, y más de un diminuto fragmento de goma se me deshizo contra el papel mientras intentaba borrar con él, y todo para evitar el pequeño drama que se desataba en el cuarto de estar cada vez que pedía dinero para bajar a la calle a comprarme una regla, o un cuaderno, o un bolígrafo Bic de esos corrientes, los más baratos.

—¡Hay que ver lo que gastas, hija mía! Ya podían tener un poco de consideración, las monjitas...

Mucho antes de descubrir que mi familia era partidaria de gastar dinero exclusivamente en los entierros, viví atormentada por la sospecha de que en mi educación se ahorraba tanto como en la compra. Recuerdo la angustia, como una bomba de vacío capaz de suprimir el aire de mis pulmones, que me bloqueaba a primera hora de una mañana de lunes, siempre el mismo, durante cada uno de los años que pasé en el colegio, cuando la tutora recontaba en público el contenido de las huchas del Domund que nos habían entregado el viernes anterior para que pidiéramos un donativo en casa. Entonces, misteriosamente, la delegada anotaba en la pizarra, junto a mi número de lista, una cantidad considerable, apenas inferior a la media de la clase, y yo me callaba, pero estaba segura de que había un error, tenía que haber un error, porque la mera visión de aquel cilindro de plástico amarillo, coronado por una tapa azul con un precinto de alambre y sello de plomo, era ya capaz de precipitar todo un escándalo en la exacta frontera del umbral de mi casa.

—¡Sí, hombre! —gritaba mi abuela—. ¡Para caridades estoy yo!

—¡Que nos den dinero ellas —mi tía Piluca ponía los brazos en jarras para acentuar su indignación—, ellas, que ésas sí que tienen perras...!

32

—¡Qué barbaridad! —apostillaba mi madre—. Pues lo siento por ti, hija mía, y por los negritos, pero no te pienso dar un duro...

Yo vaciaba mi hucha, cuatro miserables monedas, y le arrancaba como mucho diez pesetas a mi padre, que no era menos mezquino, pero odiaba discutir y jamás levantaba la voz, y el domingo no podía dormir, y el lunes me iba al colegio temblando, pero nunca pasaba nada. En primavera volvía a temblar, porque al anunciar la excursión de fin de curso, la tutora de turno se dirigía, con una soberbia que jamás he vuelto a percibir en otro ser humano, a dos o tres niñas que todas conocíamos, para hacer aquel aparte odioso que conseguía ruborizarme hasta en la piel del alma —y vosotras no os preocupéis por nada, que ya sabemos que vuestros padres no pueden, pobrecitos, y ya os pagaremos nosotras el autocar...— y nunca decían, tú también, Marisa, pero yo lo esperaba siempre, a ti también, pobre Marisa, e igual que no podía creerme que mi madre llenara la hucha del Domund de noche, a escondidas, no lograba creer que, después de dejarme en clase, se hubiera acercado a secretaría para pagar la excursión, pero nunca viajé de caridad. A cambio, entonces empecé a tartajear.

Cuando el notario terminó de leer el testamento, no supe si echarme a reír o ponerme a llorar. Ya sabía que iba a heredar la casa, por supuesto, aquel piso siempre había sido nuestro, o mejor dicho, de mi abuelo Anselmo, porque en mi familia se solía designar con una meticulosa precisión al propietario de cada bien de uso común, por minúsculo que fuera, pero no me podía imaginar que esos papeles en los que solía hacerme firmar mi padre tantos años antes, después de advertirme que no se me ocurriera hacer ninguna pregunta, me identificaran ahora como titular de media docena de depósitos a plazo fijo de los que no se había liberado ni una sola peseta desde hacía más de diez años, cuando su viuda dejó de tener fuerzas para bajar a la calle. Tampoco sabía que la tía Piluca tuviera un piso en Fuenlabrada. Cuando empecé a trabajar, ya estaba más que avisada de que mi madre aspiraba a que me hiciera cargo de la mitad de los gastos de la casa, y para eso abrimos una cuenta conjunta, pero ella me dijo que las treinta y tantas mil pesetas sin identificar que llegaban puntualmente al banco cada primero de mes eran el importe de una pensión de invalidez de su padre a la que seguía teniendo derecho, y no dudé de su palabra porque no tenía motivo alguno para dudar.

Hasta aquel momento me había sentido incluso ligeramente orgullosa de contribuir al mantenimiento de la casa, de ocuparme de mi madre, pagar una asistenta que estuviera pendiente de ella por las mañanas, y otros cuidados que, siempre según su particular versión de las cosas, no habría podido costearse si estuviera sola. A partir de aquel momento, me siento como una imbécil, y ninguna de las medidas que tomé en los meses siguientes a su muerte, todas descaradamente a mi favor, ha conseguido desterrar esa sensación, la cara de gilipollas que tengo desde aquel día. Y sin embargo, yo la quería. Y no escuchaba ruidos mientras vivía con ella.

Tal vez las paredes preferían el color ocre, se habían acostumbrado a esa discreta opacidad, tan apropiada para esconder las manchas que echan tan pronto a perder la luminosa delicadeza del blanco. Quizás los huecos se quejan, reclaman un marrón sucio, sienten nostalgia de los viejos marcos podridos de esas puertas y ventanas que cambié por otros nuevos, de madera nueva, recién pintada y barnizada, blanca. Puede ser que los techos rechacen mis lámparas, los globos sencillos, casi clásicos, de cristal mate, que iluminan el pasillo en los mismos puntos de los que antes colgaban esos farolitos de hierro oxidado con cristales amarillentos, esmerilados, tristísimos, que mis padres recibieron como regalo de boda de un canónigo de Toledo cuyo parentesco exacto con ellos ya no soy capaz de establecer. Tiré la mesa camilla, con su antipática falda de terciopelo verde, desmochado, y los cuadritos de la Virgen con el Niño, enmarcados con un simple listoncillo de madera, que colgaban sobre el cabecero de todas las camas. Intenté regalarle los muebles de la cocina a la portera, pero no los quiso, y al final tuve que pagarle dos mil pesetas a un trapero para que se los llevara. No me importó. Respiré por primera vez en mucho tiempo al verme libre de la odiosa formica de aquel odioso color gris clarito, oscurecida por la rancia pátina de cuarenta años de grasa que no había sido capaz de eliminar con ninguno de los productos de limpieza que se venden en el mercado, y los cambié por otros nuevos, repletos de recursos sorprendentes y modernísimos, un verdulero de esquina que avanza automáticamente hacia el exterior al abrir la puerta, un módulo en el que está empotrado el cubo de la basura, un botellero vertical en una esquina que parecía muerta, una campana extractora ultrafina que se pone en marcha con sólo tirar del extremo, activando al mismo tiempo una luz focalizada sobre la placa vitrocerámica... Dediqué semanas enteras a jugar a las cocinitas, y todavía no consigo reprimir del todo una punzada de gozo al penetrar en mi propia versión de la luz y del progreso, azulejos blancos, muebles blancos, suelo de damas, negro y blanco, como las paredes del baño, como la bañera y el lavabo nuevos, todo blanco, para que se ensucie, como se ensucian las calles, como se ensucian los niños, y mi cuerpo, todo lo que está vivo. Pero tal vez mi casa es demasiado vieja, y añora sus viejos ropajes de funeral antiguo, y por eso me asusta.

La principal extravagancia decorativa que me concedí cuando todos los obreros se habían marchado ya es del mismo color que las demás, y sin embargo, tiene un origen muy distinto. No conocía a los habitantes de aquella casa, un piso de estudiantes caótico, superpoblado y recubierto por una uniforme costra de mugre reciente, donde aquel sofisticado y singular objeto representaba un misterio completo, o la clave de otro, más profundo, que no pude descifrar. Por eso no lo olvidé jamás, aunque nunca tampoco volví a pisar aquella casa. Era un ventilador ajado y ruidoso, extraño, abrumadoramente pasado de moda en aquel momento, hace casi veinte años ya. Sus palas de madera oscura y metal dorado chirriaban rítmicamente para esparcir sobre el techo un manojo de sombras agudas, alargadas, que cortaban la luz en tiras, el globo blanco fijado a su eje encendido e inmóvil, como indiferente al movimiento. Debajo de su panza de cristal había una cama deshecha, y en esa cama estábamos un chico que se llamaba Pepe, del que sabía poco más que del desconocido que le había prestado las llaves de aquella casa, y yo, muy jóvenes, como él seguirá siendo para siempre en mi memoria, porque no volví a verle jamás después de aquel verano, y como a mí me parece ya increíble haber sido alguna vez. No fue un gran trofeo, pero tampoco he logrado colgar tantos en las paredes de mi vida, y el ventilador era delicioso, tan absurdo, así que compré uno, con una lámpara debajo, igual que aquél, y lo colgué del techo, encima de mi cama, y me tumbé a mirarlo, una noche, y otra, y otra, era tan romántico, no me costaba trabajo imaginarme a su amparo, rodando entre las sábanas con un amante imprevisto, duro y tierno al mismo tiempo, desconocido aún, yo sudaría mucho, como en las películas, y él sudaría también, la humedad condensándose en diminutas gotas que trazarían un mapa de emoción y de placer a lo largo de su espalda, marcas poderosas que no se secarían nunca mientras las aspas de madera blanca giraran lentamente sobre nuestros cuerpos felices y culpables, la piel saciada, y esa gloriosa incertidumbre de no conocer, de no hallarse, de haberse perdido de repente entre las familiares esquinas del paisaje de todos los días.

Me cansé pronto del verdulero, y de la campana extractora ultra-fina con foco incorporado, pero no conseguí aborrecer el ventilador, y me mecí en sus alas, noche tras noche, durante semanas, meses, demasiado tiempo para mirarlo desde una cama vacía. Ahí empezó la cuesta abajo, y a mi casa le dio por respirar. Cuando dejé de distinguir el final de la pendiente —¿y quién me va a enterrar a mí?—, el vértigo atenazó mis brazos, y paralizó mis piernas, y se cerró sobre mis pulmones como los dedos de aquella vieja angustia que no me consentía respirar, y me dije que había llegado el momento de tomar una decisión importante.

Al día siguiente, apunté la dirección de tres o cuatro agencias de viajes, las más grandes y conocidas del centro, para pedir información a la salida del trabajo, pero a media mañana, mi jefe —o, mejor dicho, mi inmediato superior en aquella gigantesca pirámide de equipos, departamentos, subdirecciones y empresas, como el más torpe de los ministerios— me convocó a una reunión de urgencia para explicarme la complicadísima maqueta de una colección nueva de los de Grandes Obras, la Historia General del Arte en unos tomitos rojos de 128 páginas, muy monos, destinados a la venta en quioscos, y no sé muy bien por qué, el mínimo segmento de mi vida que tenía la oportunidad de cambiar, cambió en una dirección muy distinta de la que yo había previsto.

Ramón siempre me había parecido, sobre todo, un genio, pero de los de verdad, de los auténticos. Cuando le conocí, yo era una simple teclista del departamento de Fotocomposición, y él venía del Área de Informática, donde se dedicaba básicamente a hacer chapuzas —diseñar modelos de facturas y papel de correspondencia, programar para Contabilidad, ajustar diversas bases de datos a las necesidades de cada cargo intermedio—, un trabajo tan sórdido y deprimente que no se lo pensó dos veces cuando le sugirieron que montara un departamento de Autoedición dentro de la casa. Yo tampoco dudé al enterarme de que andaba seleccionando personal. Al terminar la prueba, sólo me hizo dos preguntas.

—¿Te dan miedo los ordenadores?

—No —contesté—. A-al contrario, me gustan.

—Ya, pero supongo que nunca has jugado en una máquina de videojuegos de un bar.

—¡Cla-aro que sí! —protesté con vehemencia, una fracción de segundo antes de sospechar que estaba metiendo la pata—. Bueno, a veces... A-al Tetris y al Comecocos, sobre todo.

Entonces me contrató, y desde el primer momento me di cuenta de que lo tenía todo en contra, y precisamente por eso —y porque era muy moreno, muy miope, muy rechoncho, muy torpe con las manos y absolutamente encantador, y sobre todo eso, un genio— decidí viajar en la cubierta de su mismo barco, exponiéndome de cuerpo entero a los tomates y a los huevos podridos. Toda la casa esperaba que Ramón fracasara. Mis antiguos jefes de Fotocomposición —que no querían depender de nadie—, los responsables de producción —que se llevaban comisión de las fotomecánicas y las imprentas—, los editores de libro de texto —que no tenían ni idea de las nuevas tecnologías ni ganas de tenerla—, los maquetistas y diseñadores —que no estaban dispuestos a reciclarse—, los editores gráficos —que se negaban a manipular las ilustraciones desde un teclado—, y hasta los de Administración —porque para montar la primera pecera nos habíamos comido la mitad de su espacio—, es decir, aproximadamente todos los trabajadores del grupo, dedicaban la mayor parte de sus horas muertas a conspirar junto a las máquinas de café, haciendo quinielas sobre la fecha aproximada de nuestra ruina, calculándola, invocándola, paladeándola por adelantado.

Pero cuando los dos ya habíamos pasado por encima de toda clase de averías extravagantes, y habíamos comprobado la inutilidad esencial de todos los diccionarios informáticos del mercado, y habíamos aprendido que las fuentes que hacían falta nunca se comercializaban en España y había que pedirlas con dos meses de antelación al Valle de Adobe —California, USA—, y habíamos invertido fines de semana enteros en descifrar manuales ininteligibles para traducirlos de verdad al español, y nos habíamos roto la cabeza varias veces para inventarnos boliches, flechas diagonales, manitas con el dedo estirado, estrellas de siete puntas —no valían las de cinco, mira por dónde, ni valían las de seis, ni valían las de ocho— y cualquier otro tipo de putada gráfica que nos hubieran encargado desde cualquier departamento esa pandilla de cabrones que así se consolaban de no haber podido desnucarnos a pedradas, en resumen, cuando tuvimos claro que íbamos a triunfar, Ramón consiguió que me subieran de categoría, y en el primer momento de paz, empezó a hablarme en un tono en el que nadie se había dirigido a mí jamás.

—Tú sabes de sobra que esto es el futuro, Marisa, nosotros no hemos hecho más que empezar.

Solía arrancar así, hablando lentamente con un acento neutro, informativo, casi profesoral, como una bandera blanca entre las manos de un soldado desarmado.

—Dentro de poco, quizás hasta antes del 2000, en diez años, a lo mejor sólo en cinco, todas las editoriales de este grupo, y las de fuera, y hasta las independientes, habrán montado su propia Autoedición. Es más barato, es más rápido, es más directo, es mejor, lo mires por donde lo mires, y en informática los precios no hacen más que bajar, es de cajón, no te estoy contando nada nuevo...

Entonces empezaba a calentarse, y me miraba a los ojos como si pretendiera disolver mis pupilas con las suyas, y yo todavía le escuchaba con atención, aunque el desaliento se abría paso en mi interior a toda prisa.

—Yo no voy a dar abasto aquí, en cuanto me den Texto y Grandes Obras, y te advierto que ya se nos están viniendo encima, estaré prácticamente colapsado, no voy a poder con más cosas, y antes o después, por más que les joda, tendrán que contratar a gente nueva, para montar departamentos nuevos. Y no todos están jodidos, no creas. Fran Antúnez, la de Obras de Consulta, está a punto de caramelo, y lo comprendo, porque para hacer diccionarios esto es el Paraíso. Ése es el tema, Marisa.

Normalmente, esta última frase me advertía que el ataque había comenzado, y yo me defendía moviéndome hacia atrás, para que él compensara la distancia con naturalidad, avanzando hacia mí, muy despacio.

—Yo no voy a tener nunca una ayudante mejor que tú, pero prefiero mil veces trabajar a tu lado que verme compartiendo redes, fuentes, máquinas y sistemas con cualquier gilipollas engominado que venga de hacer un máster de mierda en la otra punta del mundo y que no sepa un carajo, porque no saben un carajo, tía, por lo menos de momento, tú los conoces, y esto no es una carrera universitaria, esto es un misterio, y digan lo que digan los manuales, cuando un ordenador se cuelga, lo que hay que hacer es apagarlo, irse a tomar un café y encenderlo otra vez, y entonces el hijoputa anda...

Me daba miedo oírle, porque sabía que tenía razón, toda la razón, y no podía desconfiar de él, porque al pensar en mi bien, salvaguardaba a la vez sus propios intereses, y era sincero. Ramón me veía como a una proyección de sí mismo, el recadero superdotado que vuelve el mundo del revés como se vuelve un guante, para triunfar y machacar desde arriba a quienes siempre creyeron tenerlo debajo. Él sí, pero yo no podría, yo estaba segura de que no podría, yo no iría a ninguna parte sin su protección, sin sus instrucciones, sin su aplomo. Por mucho que insistiera, mi éxito jamás prolongaría el suyo, porque yo, sencillamente, nunca llegaría a tener éxito.

—Tú sabes muchísimo de cosas que sabe muy poca gente, y estás desperdiciada, porque dominas la práctica pero no conoces bien la teoría, y lo que tendrías que hacer sería ponerte a estudiar, pero ya, QuarkXPress, Ventura Publisher, Photoshop, McLink... ¡No me pongas esa cara, por favor! Tampoco son tantos, y estás harta de usarlos.

Al llegar aquí, yo ya cabeceaba como una histérica, desmenuzando el último residuo de mi serenidad, como un hilo que presiente que se va a romper, como una pila que intuye que se va a quemar, como mi propia lengua condenada, al adivinar que va a enredarse entre mis dientes.

—N-n-no, no, no, Ra-amón, de verdad —acertaba a decir después de un rato—. Yo no valgo pa-ara estudiar.

—¡Ah!, ¿no? —insistía él, una expresión casi feroz en las puntas de su boca—. Pues yo creo que sí, tía, porque tienes mucha memoria, y eres muy lista.

—Yo n-no-no soy lista —cómo podría serlo hablando así, me preguntaba a mí misma siempre que me defendía de aquella entusiasta acusación—. Y no fui a la-a universidad...

—¿Y qué? Ya me contarás de lo que me ha servido a mí acabar Económicas para acabar metido en la autoedición.

—Pero tú... Es distinto. Yo soy muy ma-ayor.

—Precisamente por eso. Llevas diez años trabajando con ordenadores. Las máquinas te conocen, te quieren, te obedecen.

—Graa-acias, Ramón, pero no.

—¡Pero sí, tía, que sí! Hazme caso y piensa un poco. Ganarías mucho más, estarías mucho mejor, harías un trabajo más interesante, y te podrías ir de aquí a donde quisieras, porque dentro de un par de años vamos a estar tan cotizados como los cantantes de ópera, ya puedes estar segura, ser el primero tiene sus ventajas, ¿que no...? ¡Tiene que tenerlas, coño!

Cuando aprobé la reválida de sexto, en mi casa ya habían decidido por mí que no haría ninguna carrera universitaria. No me importó. Carecía de una vocación definida y siempre había aprobado por los pelos, así que me matriculé en una academia para sacarme un título de secretariado a secas, porque me daba vergüenza tartamudear en inglés, o en francés, con el español ya tenía bastante. Encontré trabajo en esta editorial a los veinte años, pero comprendí enseguida que nunca llegaría a secretaria de dirección, por lo del tartajeo y los idiomas, y porque soy bajita, y en fin, no muy guapa, la verdad. Por eso terminé de teclista, y hasta que empecé a trabajar con Ramón, el trabajo me gustaba. Tengo dedos rápidos y mucha memoria, eso es verdad, jamás cometo faltas de ortografía porque me he pasado la mayor parte de mi vida leyendo, y desde que vi el primero, comprendí que los ordenadores me iban a gustar.

Seguramente, cuando los inventaron, nadie pensó en la gente como yo, pero parecen hechos a nuestra medida, como los deportivos rojos para James Bond o los tejidos de licra para las tías buenas. Los que hemos nacido sin dientes para comernos el mundo, sólo podemos aspirar a dar algún mordisco desde detrás de una pantalla que no tiene ojos, que no tiene oídos, pero le pone rostro a un esclavo tan fiel como el genio de Aladino, y a él no le impresionan los currículos, no entiende más que su propio idioma, no valora la buena presencia. Es tan tonto o tan listo como su amo, y como él, útil o inútil, y aun más. Un ordenador es el poder al alcance de un tímido, de un cojo, de un gordo o de una tartamuda. Nadie que haya tenido más suerte puede figurarse el estremecimiento de placer genuino, como una bofetada de felicidad, como un orgasmo sin sexo, como un sabor delicioso explotando muy despacio contra el arco del paladar, que nos sacudía a Ramón y a mí, cuando cualquier pedazo de ejecutivo altísimo, guapísimo, bronceadísimo y repeinado, entraba humildemente en la pecera a pedirnos un favor. Porque ya no podían vivir sin nosotros, eso era verdad, y sin embargo, y aunque el único lujo auténtico que me consentí a mí misma cuando heredé —la reforma de mi casa era una auténtica necesidad— fue comprarme el mejor Macintosh, con la mejor pantalla en color, la mejor impresora y un buen paquete de periféricos, siempre que Ramón volvía sobre el tema, le decía lo mismo, no, yo no, no puedo, lo siento.

Aquel día, él no me dijo nada. Debía de haberme dejado ya por imposible, pero mientras salía de su despacho con aquel proyecto de Historia General del Arte en tomitos de 128 páginas, tan monos, me acordé de que había tomado una decisión importante, y el proyecto de recorrer tres o cuatro agencias de viajes, las más grandes y conocidas del centro, apenas saliera del trabajo, me pareció más bien, de repente, una enorme tontería.

—Oye —me volví cuando estaba a punto de alcanzar la puerta, y presentí que iba a hablar de corrido, y me dije que ésa era la mejor señal—, ¿puedes pasarme tú un manual de QuarkXPress?

—Claro —me dijo, pero con los ojos clavados en la pantalla, sin prestar más atención a mi pregunta que a su respuesta—. ¿Para qué lo quieres?

—Creo que me lo voy a empollar.

Giró en un segundo sobre las ruedas de la silla, y me miró, sonriendo. A mí me dio un ataque de risa floja.

Cuatro años después de aquella escena, cuando aún faltaban cinco para llegar al 2000, Fran nos invitó a cenar para celebrar que el último fascículo del *Atlas* cuya edición informática había concebido, diseñado y realizado yo sola, estaba ya definitivamente cerrado. Entonces tuve que despejar la montaña de folletos de agencias de viajes que tapizaban la mesita del salón para encontrar el teléfono y llamar a Rosa, que tendría que haber llegado casi media hora antes, y me acordé de aquella otra cena, la primera de todas, cuando ella se retrasó tanto como siempre y yo volví a escuchar ruidos.

Mi casa respira. Toma aire primero, como una persona, y lo expulsa después, muy despacio, pero desde hace unos meses ya no le hago ni caso, porque estoy a punto de hacer una enorme tontería, me la merezco, y no tengo atención para otra cosa. Me he llegado a acostumbrar a sus jadeos, pero a lo que nunca me acostumbraré es a llegar tarde a una cita y saludar como si no pasara nada, echándole la culpa a la canguro. Supongo que toda la gente que lleva mucho tiempo viviendo sola acaba desarrollando sus propias neurosis, y la puntualidad es una de las mías, no puedo evitarlo. Estaba decidida a protestar apenas tuviera a Rosa delante, pero cuando me senté a su lado, el coche en marcha, me di cuenta de que tenía los ojos raros.

—¿Ha pasado algo? —pregunté, en un tono quizás abrumador, por lo fúnebre.

—No —Rosa me sonrió, y durante una fracción de segundo tuve la impresión de que se estaba obligando a hacerlo, pero sus labios se ensancharon enseguida, hasta conquistar los límites de una sonrisa normal, su sonrisa de siempre—. ¿Por qué?

—No sé... —dudé—. Me ha parecido que tenías los ojos llorosos.

—¡Ah, eso...! —en aquel instante un taxista giró a la izquierda sin previo aviso y casi nos lo comemos—. ¿Has visto? ¡Cabrón! Desde luego... Ignacio todavía no había vuelto a casa, y la canguro ha llegado tardísimo. Me he tenido que arreglar tan deprisa que he acabado metiéndome el cepillo del rímel en el ojo derecho, y luego, para arreglarlo, me he pasado con el desmaquillador y me he metido el algodón dentro, total... ¿Estoy muy mal?

—No, pero los tienes un poco irritados —disuelto el misterio, mi indignación rellenó sin esfuerzo el hueco de mi curiosidad—. De todas maneras, eso te pasa por ir siempre con el tiempo pegado al culo, y luego para nada, porque vamos a cenar mañana, fíjate qué hora es...

—No creas. Seguramente, Ana habrá llegado ya, pero hoy es jueves.

—¿Y...? —entonces me di cuenta de lo que quería decir—. Que no, que Fran ya ha dejado de ir al gimnasio.

—¿Sí? ¿Estás segura...? No me había enterado.

—Para variar.

—De todas formas, ya verás como llega tarde. Te apuesto lo que quieras...

Y sin embargo, cuando llegamos al restaurante, Ana no había aparecido todavía. Fran nos esperaba a solas, y también la encontré rara, porque iba sin arreglar, unos vaqueros desteñidos y un jersey azul celeste tan grande que a la fuerza tenía que ser de su marido, pero sobre todo, porque no conseguí averiguar en toda la noche si estaba preocupada por algo, o al revés, muy contenta precisamente por eso.

Era más joven de lo que esperaba y, además, una mujer, pero no tuve valor para salir corriendo.

—¿Por qué escogió usted un nombre masculino?

Así empezó todo. Era jueves, y había convocado al resto del equipo a cenar a las 10 porque había que solucionar algún problema, unas fotos de no sé dónde, ya no me acuerdo, poca cosa, todavía no había salido a la calle el primer fascículo y todo marchaba muy bien, pero no me apetecía volver derecha a casa desde aquel despacho tan frío, tan técnico, tan parecido a mi propio despacho de la editorial.

—Mire —le advertí, en un tono lo suficientemente seco como para sugerir que no debía esperar de mí, todavía, respuesta alguna—, antes de empezar, me gustaría dejar claras un par de cosas. En primer lugar, preferiría que no me hiciera preguntas. Yo vengo aquí todas las semanas, le cuento mi vida, y usted me escucha. Si considera que es fundamental que lleguemos a un punto determinado, puede sugerírmelo al principio y yo la complaceré, no tengo ninguna intención de tirar el dinero. En segundo lugar, le rogaría que no tomara notas mientras yo esté aquí. Lo siento mucho, pero cuando la he visto ahí sentada, con esa carpeta y ese bolígrafo, me he sentido igual que si fuera un mono del zoológico. Si no confía en su memoria, puede anotar lo que quiera cuando yo me vaya. Supongo que, teniendo en cuenta su profesión, podrá retener una cantidad considerable de datos durante una hora, las sesiones tampoco son tan largas.

Cerró la carpeta, la colocó encima de la mesa y puso el bolígrafo encima. No parecía enfadada conmigo, ni siquiera desconcertada por mi actitud, y decidí afilar los agudos de mi acento más áspero para prolongar un discurso imprescindible, porque estaba a punto de desmoronarme por dentro, me vendría abajo sin remedio en el instante en que dejara de hablar.

—En tercer lugar, prefiero advertirle de antemano que todo esto, incluida yo misma en el papel que acabo de estrenar, me parece una especie de farsa anticuada e inútil, así que no puedo garantizarle que cuente conmigo entre sus pacientes durante mucho tiempo. Si he venido aquí es porque me encuentro mal sin saber por qué. No es la primera vez que me pasa, pero nunca me había dado tan fuerte. Por principio, me obligo a mí misma a contar con todos los métodos posibles para resolver un problema, y para mí, usted, de momento, no es más que eso, un método posible. Espero no parecerle intolerablemente soberbia o desagradable, pero prefiero ser sincera. No he querido contarle a nadie que me voy a psicoanalizar, nadie lo sabe, ni en casa ni en el trabajo. Para el resto del mundo, yo estoy ahora mismo haciendo gimnasia. Es una buena excusa, porque la gimnasia es uno de los métodos posibles que he utilizado más frecuentemente hasta ahora.

Otro día le contaré la verdad, me iba diciendo mientras mentía a medias, rebozando cada palabra en la calculada distancia de un lenguaje mecánicamente prestigioso, o mejor dicho, lo que sospecho de la verdad, esa esfera gigantesca, perfecta como todas las cosas redondas, que ha explotado de repente en el parto de millones de verdades pequeñas y astilladas, células toscas e inermes de una realidad que se ha roto con ellas, sin dejarme instrucciones para su reconstrucción. Otro día recontaré sus pedazos, me prometí a mí misma sin mover los labios, pero eso será cuando se hayan agotado las preguntas fáciles de contestar, luego, la próxima vez, una tarde cualquiera.

—Bueno, creo que ahora me toca hablar a mí —cuando ya no lo esperaba, aquella desconocida me encaró de frente, con una voz lo suficientemente serena como para no alarmarme, pero sin esforzarse por enmascarar una cierta dosis de dureza que me advirtió que, en contra de lo que había supuesto hasta un instante antes de escucharla, yo no tenía el control—. Si acabara de terminar un libro y estuviera pensando en enviarlo a su editorial, no me quedaría más remedio que aguantarle este tono, pero le aseguro que, de momento, ése no es el caso. Supongo que usted ha venido hasta aquí porque tiene algún problema que supone que yo puedo ayudarle a solucionar. Si no es así, las dos estamos perdiendo el tiempo, y lo mejor será que se marche ahora y no vuelva más.

Ya no recuerdo cuándo descubrí que la única fórmula capaz de garantizarme la capacidad de hacer bien las cosas consistía en controlar cualquier situación antes de que el resto de los personajes que intervinieran en ella hubieran sentido siquiera la necesidad de disputármelo. Desde entonces, y debo de estar hablando de una época en la que mi estatura rebasaba a duras penas el metro y medio, mi relación con el resto del mundo, personas, acontecimientos, estados de ánimo, e incluso objetos, se ha definido por la necesidad de tener el control en todo momento, sin relajar la vigilancia jamás. Martín es la única excepción a esta regla, el único ser vivo al que he llegado a reconocerle autoridad sobre mí misma. Fuera de él, no sé, y nunca he sabido, desenvolverme en situaciones controladas por otros. Odio tener que hacerlo.

Miré fijamente a la desconocida, que aguantó mi mirada sin pestañear, mientras ensayaba por dentro la respuesta que ella estaba esperando. Tengo treinta y siete años y acabo de comprender que seguramente he vivido ya más de la mitad de mi vida. No se lo va a creer, pero no me había dado cuenta hasta ahora. Hace tres meses, mi mejor amiga se murió de un cáncer de útero. El mundo ha cambiado también en otras direcciones, no crea. He pasado veinte años —y no es una frase hecha, han sido veinte años de verdad, uno detrás de otro, aunque hasta a mí me parezca mentira— cultivando la utopía de un mundo mejor, más justo y más feliz para todos, con los mismos gestos cursis y relamidos que empleaban para trabajar en su jardín las ratitas presumidas de los cuentos que no me contaron de pequeña. Y de repente, todos mis rosales se han desvanecido, no sé si lo entiende, pero el caso es que han desaparecido, se han esfumado, se han deshecho en el aire, como se deshacen todas las cosas que no han llegado a existir nunca, como las utopías, sin ir más lejos. Mientras tanto, he prosperado. Gano muchísimo dinero, vivo muy bien, no tanto como vivían mis padres, desde luego, aunque para ellos —o quizás sea más exacto hablar sólo de él, porque mi madre ha vivido siempre a remolque, enganchada a su marido igual que una caravana a un coche— este detalle nunca tuvo importancia. Él era un perdedor, hijo de perdedores, digno y entero en la derrota. A mí ni siquiera me ha derrotado nadie y, desde luego, nadie me va a derrotar ya, eso está claro. No he tenido hijos porque mis elevadísimos ideales colmaban con creces el horizonte de mi transcendencia, y ahora que ni siquiera tengo horizonte, me arrepiento, pero todavía no me he atrevido a rendirme porque, por último, aunque no sea lo menos importante, mi marido se dedica últimamente a follar con otras mujeres. Supongo que él también se ha dado cuenta de que ha vivido ya más de la mitad de su vida, que él también ha tenido que enterrar la memoria de los rosales inexistentes y todo eso, pero siempre ha sido más pragmático que yo, y más listo. Por supuesto, él no me ha contado nada. Los dos estamos muy bien educados, somos de muy buena familia, ya se lo puede imaginar, pero yo lo sé, y sé que existe la posibilidad de que me abandone, aunque no quiera pararme a pensarlo siquiera, y también sé que debería hablar con él de todo esto, pero no puedo. He olvidado la manera de hablar con Martín. Antes lo hacíamos, pero ahora no soy capaz de recordar cómo empezábamos. Así que siempre he tenido el control de mi vida, y el control de mi trabajo, y el control de mis amistades, y de mis relaciones con mi familia, y de mi ideología, y de mi futuro, pero ahora, aunque mida casi treinta centímetros más que al principio, no me sirve de nada, porque no sé hacia dónde tirar, qué hacer con el resto de los años que me quedan, que son seguramente menos que los que ya he vivido, no lo olvide. Y Martín, que es el único que ha logrado controlarme a mí, no parece demasiado interesado en seguir haciéndolo. Esto es lo que hay. ¿Qué me dice?

Me fumé un cigarrillo hasta el filtro, y luego otro, y luego rebusqué en el bolso hasta dar con una caja de caramelos balsámicos, sin azúcar, y me metí uno en la boca, y lo reduje prácticamente a la mitad, empujándolo con la lengua contra el paladar, mientras me preguntaba qué iba a hacer después. La solución más sensata habría sido hacer caso a aquella mujer, levantarme y largarme de allí para siempre. La segunda opción de la sensatez habría consistido en pronunciar en voz alta el discurso que acababa de fabricar para mis adentros entre el sabor del tabaco y el del eucalipto. Sin embargo, elegí la posibilidad más insensata, porque odio no tener el control sobre una situación, no sé muy bien cómo actuar cuando eso ocurre, y por eso terminé respondiendo a su primera pregunta como si no hubiera pasado nada después.

—Me llamo Francisca. Francisca María Antonia Antúnez, si quiere saberlo todo. No son nombres muy bonitos, desde luego, pero tampoco es una tragedia llamarse así, sobre todo porque cada uno de ellos significa algo. La abuela de mi padre se llamaba Francisca Merello de Antúnez, ¿le suena? —negó con la cabeza—, claro, seguramente usted no habrá estudiado nunca solfeo —repitió el mismo gesto para darme la razón—. Sin embargo, fue una mujer muy importante, una pedagoga musical de primera fila, profesora del Instituto-Escuela de Madrid, un colegio muy ligado al espíritu de la Institución Libre de Enseñanza. Tuvo cuatro hijos, todos varones, pero dejó muy claro que si hubiera tenido una niña se habría llamado Elisa, como la musa de Beethoven. Yo debería haberme llamado así, porque soy la primera hembra de tres generaciones de Antúnez, pero mi padre me puso Francisca en su honor. Lo de María fue idea de mi madre, una tontería, ella intentó siempre imponer ese nombre sobre los demás y nunca lo consiguió. Mi abuela, alumna primero, y después nuera de Francisca, se llamaba Antonia Valdecasas. Había nacido en Granada, vino a Madrid a estudiar. Era pintora, hija de un amigo de Ángel Ganivet, hermana de un diputado comunista. Tenía mucho talento y muy mala suerte. En la primavera de 1936, fue a visitar a sus padres y cayó enferma. Tifus. Cuando los nacionales fueron a buscar a su hermano, sólo la encontraron a ella, en la cama, con fiebre. No les importó mucho. La sacaron de allí, la montaron en un camión, y la fusilaron contra la tapia del cementerio. Tenía 34 años. Su marido pasó la guerra en Madrid, y al final, salió por Francia. Murió allí mismo, algunos meses después, en uno de esos espantosos campos de concentración donde los franceses encerraban a los refugiados republicanos españoles, como si todavía no hubieran tenido bastante. Nadie supo nunca cuál fue la causa exacta de su muerte. Mi padre tenía 17 años cuando lo vio por última vez, e intentó convencerle de que lo llevara consigo, pero él no se lo consintió, y lo dejó en Madrid con sus padres, mis bisabuelos Antúnez, todo lo progresistas que se quiera, pero tan cautos y discretos siempre que apenas perdieron algo más que la guerra. La familia de mi abuela Antonia, en cambio, lo tuvo muy mal, porque todo el mundo les conocía en aquella ciudad tan cruel, que de repente se había vuelto tan pequeña...

Cuando tenía catorce años, creí reconocer a mi ilustre bisabuela en una ilustración de un libro de texto, y me emocioné tanto que me temblaron las manos al pasar la página, pero resultó que aquella explosiva combinación de expresión adusta, casi masculina, y carnes incalculables, inequívocamente femeninas, que hundía la barbilla en su propia papada para levantar los ojos hacia el objetivo con una altivez casi teatral, era doña Emilia Pardo Bazán. Por lo demás, el mismo moño de pelo blanco, los mismos vestidos rígidos y entallados hasta la cintura, seda negra, brillante, lentes muy parecidos colgando de una cadena sobre la falda, y un libro entreabierto en las manos, aunque después de fijarme un poco tuve que admitir, no sin una punta de desaliento, que Francisca era bastante más fea de cara.

Sin haber sido tampoco exactamente una belleza, Antonia, en cambio, parece casi una actriz de cine mudo en las pocas fotos que he visto de ella. Morena, menuda, delicada, mira a la cámara con los ojos muy abiertos, improvisando un instante de desconcierto, siempre idéntico. Se atrevía a llevar el pelo suelto, una melena oscura, rizada, sujeta a la altura de las sienes con un arsenal de horquillas y peinas de colores, como las gitanas, y abusaba metódicamente de la bisutería. Las sortijas se agolpan en sus dedos de dos en dos, hasta tres a veces, en las fotos que captaron sus manos, y la piel de su escote, siempre descubierto, apenas asoma entre una maraña de collares de cuentas, con dijes y colgantes extraños, sudamericanos quizás, quizás africanos. Le gustaba que sus pezones se transparentaran por debajo de la blusa, y colgarse dos aros enormes de las orejas. Tal vez por eso, al contemplarla por primera vez, cualquier visitante culto —en casa de mi padre, los incultos nunca han pasado de la cocina— se sigue colgando invariablemente de la trabajada imagen de esa mujer enigmática que se casó con mi abuelo antes de cumplir veinte años, y sin dejar de mirarla, absorto en su poder todavía, murmura antes o después que era una típica intelectual de los años treinta. Me temo que yo también puedo ser interpretada como una típica mujer de mi tiempo pero algunos arquetipos, como algunos colores, favorecen más que otros.

—Decidí acortar mi nombre en el colegio. Allí también se dieron cuenta de que era una abreviatura más frecuente entre los niños, pero no solamente no les molestó, sino que me alabaron por ello. A mis profesores no les importaba mucho que no supiéramos por dónde pasa el Danubio, pero valoraban la formación de una personalidad singular sobre todas las cosas, y el nombre que yo elegí garantizaba, en su opinión, que íbamos por buen camino. Si hubiera decidido llamarme Paquita, el libre ejercicio de mi voluntad se habría saldado con un par de suicidios... —hice una pausa antes de emprender el obligado, detestable prólogo de los hechos de mi vida—. La verdad es que no provengo de una familia muy corriente en ningún aspecto, ¿sabe?, pero recibí una educación especialmente escogida, la más extravagante que era posible dar en Madrid a una niña nacida en 1955. Me eduqué en un colegio de monjas laicas. Ahora, cada vez que una nueva conquista de lo políticamente correcto hace sonar las alarmas, me descojono de risa, porque yo mamé el programa completo cuando no había nada más incorrecto sobre la faz de la Tierra. El clero siempre es clero, de derechas o de izquierdas, católico o ateo, tradicional o alternativo, lo mismo da, es clero, riguroso, dogmático, inflexible, ciego, y sordo, y mudo, despiadado, de puro indiferente, ante cualquier realidad que no convenga a su fe. El mundo era clasista, pero mi educación no lo contemplaba. Las calles estaban llenas de fascistas, sexistas, racistas, asesinos y, en general, hijos de puta de todos los pelajes, pero mi educación era expresamente no competitiva, y nos puntuaban sobre doce para que fuera más difícil suspender. Sólo teníamos prohibidos los cuentos de hadas. Al matricular a cualquier niño de párvulos, se informaba a sus padres de que, según el criterio del equipo

48

docente, esas historias empapadas en sangre por herida de arma blanca transmitían una turbia violencia de connotaciones sexuales que resultaba muy perjudicial, fíjese, todavía puedo recitarlo de memoria. No se puede usted imaginar el coñazo de cuentos que leíamos en clase, la locomotora solidaria, el cirujano responsable, el árbol que se hizo amigo de un caracol, el fusil que se negaba a disparar... Cada protagonista blanco tenía un amigo negro, o chino, y el sexo de los protagonistas estaba rigurosamente equilibrado, el mismo número de niños que de niñas. Cuando aparecía una mujer mayor, era ingeniera, o directora de orquesta. Los hombres, en cambio, lavaban los platos y no sabían conducir. Para realidad virtual, aquello. Todo mentira. Y nuestros días parecían sacados de alguno de aquellos cuentos. En cada curso teníamos algún compañero marginal, ¿sabe?, gitano, o hijo de alcohólicos, o sencillamente pobre, que hacía de florero, pero nuestros padres pagaban un pastón todos los meses, porque naturalmente, el Estado franquista no subvencionaba al enemigo. ¿Le molesta que fume?

—Naturalmente que no, sobre todo después de lo que me está contando... —me sonrió y yo celebré su ironía con otra sonrisa y la sensación de estar firmando un tratado de no agresión.

—No me gustaría que me entendiera mal —continué, en un tono más manso, más sincero quizás—, y desde luego no creo que aquel colegio fuera peor que uno de monjas. Pero tampoco era mucho mejor, eso es todo. Es malo que te digan desde un estrado que si te masturbas te vas a quedar ciego, pero igual de malo es que te anime a masturbarte tu profesor de Ciencias Naturales desde un estrado parecido. La diferencia es que, cuando por fin lo haces, resulta mucho más emocionante si de paso te sientes pecador y culpable, y sin embargo no pierdes la vista, pero en otros temas la ventaja cayó de nuestro lado, eso también tengo que reconocerlo.

Me paré en seco e invertí un par de minutos en estudiar una esquina del techo. Llevaba muchos años hablando así, muchos años instalada en la herejía más atroz para quienes hicieron de su herejía una ortodoxia, muchos años dudando de la esencia de ciertos privilegios, pero hacía muy poco tiempo me había dado cuenta de que, aunque nuestras palabras eran muy diferentes y los conceptos que expresaban casi antagónicos, en el fondo estaba empezando a hablar igual que mi madre.

Cuando nació, se llamaba Inmaculada Concepción de María Martínez Pacheco, hija del capitán Martínez, del cuerpo de Ingenieros del Ejército de Tierra, y de doña Mercedes Pacheco, de profesión sus labores. Sus compañeras de colegio, ex alumnas de las Madres Trinitarias, la conocieron como Inma Martínez hasta que terminó el bachiller. Era una alumna muy aplicada, ordenada y responsable, piadosa sin llegar a ser beata, alegre, sociable, una niña feliz que sacaba buenas notas en general y sobresaliente en lengua extranjera. El último año, en la fiesta de fin de curso, recitó a Corneille de memoria con un acento impecable. Ya tenía el cuerpo más espectacular del Distrito Centro, y ningún miope habría dudado un instante antes de apostar cualquier cosa a que su belleza derrotaría en un plazo implacable, brevísimo, a barros y espinillas, para diluir después ese impreciso tinte adolescente, el golpe de rojo que anula los pómulos y transforma la redonda cara de los bachilleres en una especie de empanada mal cocida, recubierta de semillas de sésamo. Luego dejó de estudiar. Su padre hubiera preferido que se quedara en casa, pero una amiga de la familia, esposa del coronel del regimiento, montó una pequeña perfumería de lujo en el hall del hotel Palace y le ofreció un trabajo cómodo, tranquilo y razonablemente bien pagado, y ella aceptó, muy animada por su madre, que se tiraría de los pelos durante el resto de su vida por haberle llevado la contraria a su marido en aquella ocasión.

Miguel Antúnez Valdecasas salía del bar del Palace con un paquete cuando la vio por primera vez, detrás de una cristalera. Le gustó tanto que entró en la tienda sin pensar en lo que haría después. Cuando ella le preguntó qué quería, le pidió una pastilla de jabón sin más, a secas, y encajó airosamente el asombro de aquellos ojos inmensos, que de repente parecían perdidos en el minúsculo local donde sólo algún extranjero despistado había entrado alguna vez para comprar esa clase de menudencias. ¿Perfumada o sin perfumar?, preguntó después de un rato, perfumada, precisó él, ¿nacional o de importación?, de importación, ¿rosa salvaje o albaricoque?, rosa salvaje, y su voz se hizo más hueca, más ronca, más profunda, al pronunciar esas dos palabras, que se hincharon en el aire como las mitades de un obsceno juramento, ¿grande o pequeña?, grande, él contestaba con tanta seguridad que nadie se habría atrevido a sospechar que no necesitara desesperadamente poseer aquella pastilla de jabón, pero ella la retuvo un instante entre los dedos antes de formular la última pregunta, ¿es un encargo de una señora o la va a usar usted mismo?, la voy a usar yo mismo, respondió él, para engrasar los tornillos. Entonces ella se rió, no pudo evitarlo, antes de comportarse como lo que era, una buena chica, verá, dijo, en cualquier perfumería de la calle podrá comprar un jabón más corriente por menos de la mitad de precio, ya, él asentía con la cabeza como si ella no le hubiera descubierto nada nuevo, pero yo quiero éste, porque mis tornillos son muy sensibles... Antes de pagar miró el reloj, las siete y cuarto. Detrás de la registradora, un cartelito enmarcado, tan empachosamente ñoño y vulgar, pensó él, como todo lo demás, informaba de que el horario comercial de aquel establecimiento finalizaba a las ocho y media de la tarde. Miguel Antúnez sintió la tentación de ser responsable, pero invocó todo su valor para resistirse a ella. Las dependientas de las tiendas guardan los objetos perdidos debajo del mostrador durante un par de días, se dijo, antes de avisar a la policía, y al fin y al cabo, en París no pueden haber confiado nada importante a un correo tan trivial, una vieja amiga francesa de los abuelos, y tampoco voy a abandonarlo, nada de eso, ahora me siento en uno de aquellos sillones, me tapo la cara con el periódico y vigilo cómodamente, total, no es más que una hora, los riesgos son tan mínimos que no existen... El paquete fue deliberadamente olvidado sobre un abominable mostrador de madera lacada en blanco con adornos de purpurina dorada, y mi padre salió de aquella tienda con gestos lentos, ensayados, mientras la seguridad de la principal, casi la única, organización antifascista española que operaba clandestinamente en el interior del país, crujía y se resquebrajaba en cada uno de los favorecedores pasos de sus zapatos cosidos a mano.

Siempre he sospechado que a mi madre le gustaba aquel mostrador, y mientras fui una niña, cada vez que escuchaba esta historia, con más o menos detalles en función de mi edad, el escenario, o la ideología de los presentes —a él le entusiasmaba contarla en público, ella miraba al suelo, se ponía colorada y jamás corregía a su marido—, me preguntaba cómo habría sido posible que lo abandonara para seguir a mi padre. Pero nunca fui una niña lista.

Ella estaba sola en la tienda, y sin embargo esperó a que dieran las ocho y media en punto antes de empezar a recoger. Entonces vio el paquete, y después de cerrar la caja, devolver todas las muestras a su lugar en los estantes, y echar la llave en armarios y vitrinas, lo cogió, junto con su bolso, para dejarlo en Recepción antes de marcharse. Desde un sillón situado a cierta distancia, él la vio salir, sobrecogido de placer. Las cosas no habrían podido ir mejor, pensó, y se levantó para ir a su encuentro, sin advertir que, en la otra punta del hall, un oficial del Ejército de Tierra vestido con el uniforme reglamentario, se levantaba al mismo tiempo para encaminarse hacia el mismo punto, como si pretendiera trazar en el suelo una imaginaria línea convergente con sus propios pasos. Ella vio primero al desconocido, y levantó la mano derecha, como si se alegrara mucho de encontrarle. Luego, el alférez la llamó, ¡Conchita!, y ella giró la cabeza para sonreírle. Estás jodido, Antúnez, se dijo quien por un momento perdió toda esperanza de llegar a ser mi padre, pero bien jodido, me cago en la patrona de Infantería, insistió para sí mismo, y se detuvo bruscamente en el centro geométrico de la gigantesca alfombra. Inma/Conchita Martínez estaba a su lado antes de que dispusiera de tiempo para darse cuenta de nada. Esto es suyo, le dijo, tendiéndole el paquete, ¿verdad?, y él lo cogió antes de contestar, sí, claro, muchas gracias, he vuelto hace un momento al darme cuenta de que lo había perdido... El alférez Barrachina era su novio, y se cuadró marcialmente para saludar. Vengo a buscarla todas las tardes, le dijo, en ese musculoso tono confidencial que los hombres escogen para hablar con los hombres, porque no me hace ninguna gracia que este bombón ande solo por la calle, ya me entiende... Sí, claro, dijo mi padre, es lo más prudente, y cuando se despidió de ellos, en la puerta del hotel, se juró no volver a verlos nunca más.

Sin embargo, al día siguiente, a las siete y cuarto de la tarde, empujó la puerta de cristal, se acercó al mostrador abominable, y pidió una pastilla de jabón. Llegó a comprar veintiocho —lo sé con exactitud porque las he visto durante toda mi vida, cuidadosamente apiladas, el envoltorio intacto, en una pequeña vitrina de madera inglesa que es el único mueble de su despacho que no contiene libros, como si fueran un trofeo de caza— antes de que ella accediera a salir con él a tomar una caña después del trabajo, pero sólo porque mi novio está de guardia, le advirtió mientras se ponía el abrigo, muy seria. Entretanto, él había aprendido muchas cosas hablando con ella a través del mostrador, y tenía esperanzas. Por su parte, le había contado sólo lo que le convenía, que era hijo único, huérfano de padre y madre, que había sufrido muchísimo por ambas ausencias desde muy pequeño, que había tenido que hacerse a sí mismo, que poseía una librería y una pequeña editorial, montada con la ayuda de sus abuelos —y que, la verdad, ganaba bastante dinero, para qué mentir—, que no tenía novia porque no le interesaban las historias triviales, sino un amor verdadero para toda la vida, etcétera. Ella se creía apenas la mitad, ya, ya, le decía, menudo golfo estás tú hecho..., pero sonreía siempre al final, como si no le molestara mucho la idea. La segunda vez fueron a un cine de la Gran Vía. Ponían una de John Wayne, el galán favorito de mi madre. Mi padre estuvo observándola toda la película, y no dijo nada, pero se dio cuenta de hasta qué punto parecía gustarle aquel macho tan excesivo, y tuvo todavía más esperanzas, porque él no era tan guapo de cara como su rival pero, desde luego, abultaba más o menos el doble. Y sin uniforme, que tiene más mérito, le gustaba precisar. Luego, el alférez Barrachina se fue un mes de maniobras a las Bardenas Reales. Así no se las pusieron ni al rey David, pensó Miguel Antúnez.

Explotó la libertad coyuntural de su presa desde la primera tarde, y atacó con un libro de poemas, *Azul*, de Rubén Darío. Mas tarde recurrió a Bécquer —*Rimas*—, a Lorca —*Romancero gitano*—, a Juan Ramón —*Diario de un poeta reciencasado*— y, cuando se sintió seguro, a Salinas —*La voz a ti debida*—, con la poesía siempre se ha follado una barbaridad, es todavía uno de sus lemas favoritos. Le leía poemas en voz alta y los comentaba ladinamente, adornándolos con el tipo de historias edificantes que más le convenían, como los amores del rey Salomón con la reina de Saba, la fuga de Verlaine con Rimbaud, o la pasión de Lord Byron por su hermana Augusta, pero siempre de poetas muy distantes, antiguos, o extranjeros, para no asustarla demasiado, y ella le miraba muy fijo, con los ojos húmedos, brillantes, mientras los escuchaba, y decía al final, en fin, gracias a Dios, en España no pasan esta clase de cosas, un instante antes de empezar a pedir detalles.

Y fue ella, aun sin saberlo, quien dio el paso definitivo. Acababan de salir del cine, siempre una del oeste, y en Callao escogieron la acera derecha de la Gran Vía en dirección a Alcalá. Iban a tomar un café en el Círculo de Bellas Artes, pero un semáforo en rojo les detuvo a la altura de la Red de San Luis. Ella aprovechó para acercarse a mirar el escaparate de Alexandre, aquella suntuosa tienda de bisutería que ahora se ha convertido en un triste despacho de hamburguesas a cuarenta duros la unidad, pero no se alejó tanto como para no escuchar el eco de una voz bronca, aguardentosa, ¿me das fuego, guapo?, y se volvió con tanta brusquedad como si un alacrán hubiera atinado a morderla en la nuca. Una mujer que aparentaba unos treinta años, abrigo blanco sobre los hombros, moño alto y muy historiado, como un rascacielos generosamente revocado con varias capas de pintura amarillo canario, y los labios, más que teñidos, heridos por un carmín del color de la sangre seca, acercaba un pitillo al mechero que Miguel sostenía en la mano derecha, y al hacerlo, se las arreglaba para mostrar un vestido negro, ceñidísimo, con un escote en uve tan profundo que ni siquiera se habría podido calificar de insinuante. La hija predilecta del teniente coronel actuó por puro instinto. Antes de que el cigarrillo hubiera empezado a tirar, ya se había colgado del brazo de su acompañante. Bueno, chica, ya me voy, dijo aquella mujer, ¡qué barbaridad, ni que una estuviera haciendo algo malo...!

El semáforo cambió a verde, pero ninguno de los dos hizo ademán de cruzar. Él decidió esperar a que ella hablara primero. Era una puta, ¿verdad?, dijo por fin, y él asintió con la cabeza, eso me ha parecido... Gustavo nunca quiere contarme nada, le confió después, mencionando por primera vez al alférez Barrachina por su nombre de pila, él dice que nunca se ha acostado con ninguna, pero yo no me lo creo, la verdad, aunque a lo mejor, como es tan pasmado... ¿Tú vas de putas, Miguel? Él la miró intensamente a los ojos durante un par de segundos, meditando en silencio acerca de la respuesta que ella preferiría escuchar, y al final fue sincero, sí, claro que voy de putas, y contempló la chispa de emoción que incendiaba sus ojos, y llegó un poco más lejos, tal y como están las cosas, en este país no hay otra solución, y todavía unos metros más allá, ¿por qué me lo preguntas?, ¿a ti te interesan? Ella estaba confundida y muy nerviosa, eso lo reconoció siempre, afirmando vigorosamente con la cabeza cada vez que él contaba la historia, no sé..., dijo al final, me gusta mirarlas, esas ropas que llevan, tan pintadas, no las entiendo muy bien, a veces me pregunto qué sentirán, cómo podrán vivir así...

Miguel Antúnez cogió a Inma/Conchita Martínez Pacheco del brazo, cruzó Montera con ella, y unos metros después, se lo jugó todo a una carta dudosa. Estamos enfrente de Chicote, dijo en un susurro, murmurando casi en su oído, ¿quieres que entremos? Ella negó con la cabeza sin mucha convicción. Muy bien, concedió él, pero te advierto que no pasaría nada raro. Ahí dentro hay muchas putas, pero también parejas de gente normal, grupos de amigos, hasta escritores, pintores, periodistas, personas corrientes que toman una copa, eso no es pecado. Ella dudaba con la cara, con las manos, con los ojos, con todo su cuerpo. ¿Estás seguro?, le preguntó al final, absolutamente, fue la respuesta, y mi madre nunca llegó a acceder de palabra, pero él se detuvo en otro semáforo, y atravesaron juntos la Gran Vía, y unos metros antes de ganar la puerta giratoria, la obligó a detenerse, se colocó justo detrás de ella, y empezó a desprender de su cabeza las horquillas que mantenían sujeto el flequillo, antes de desbaratar del todo su peinado recogido de mujer decente, retirando un ancho pasador metálico adornado con flores de tela que guardó en uno de sus bolsillos. Ella no dijo nada hasta que una mano helada, los dedos extendidos, recorrió su cráneo desde la nuca hacia arriba, para despegar de la piel sus cabellos aplastados. ¿Por qué haces eso?, preguntó por fin, y él se dio cuenta de que estaba temblando, así que procuró improvisar un acento chistoso, eres demasiado guapa por ti misma, dijo, no hace falta que desentones tanto como si pretendieras llamar la atención...

El bar era un local más pequeño de lo que ella había supuesto, y sin embargo no la decepcionó, porque estaba abarrotado de gente y lleno de humo, y en el aire se mezclaban toda clase de sonidos frívolos —ecos de carcajadas, de besos, mecheros que se prendían, botellas que se abrían, copas que chocaban en brindis incesantemente repetidos— que ahogaban una tenue música ambiental. Miguel localizó a una pareja que estaba a punto de abandonar dos taburetes junto a la barra y después de ocuparlos pidió un whisky con hielo. ¿Qué quieres tú?, le preguntó, no lo sé, reconoció ella después de un rato, nunca bebo, pero... ¿y si me tomo un dry martini, que es lo que piden siempre en las películas?, estupendo, dijo él, y ella acabó tomándose tres, uno detrás de otro, mientras descubría que aquellas mujeres no parecían tan perdidas como había supuesto siempre, y algunas hasta actuaban como si se lo estuvieran pasando bien de verdad. Él fue un momento al baño, e incluso durante su ausencia tuvo suerte. Cuando volvió, un par de hombres maduros y bien vestidos intentaban dar palique a la novia del alférez, que estaba tan borracha que sonreía sin entender muy bien el sentido de aquella conversación. Voy a besarte, le anunció él, después de espantarlos, para que todos sepan que estás conmigo, es lo mejor, lo más seguro, ¿de acuerdo?, y la besó una vez, y otra, y otra, y ella al principio sólo se dejaba besar, pero luego le echó los brazos al cuello, y empezó a besarle, y no protestó cuando él le puso una mano en la cintura, ni después, cuando aquellos dedos empezaron a recorrer su costado, subiendo hasta la base del pecho, bajando hasta el final de la cadera, acariciándole un muslo, ella aprovechó una pausa para confesarle que no se encontraba muy bien. Vamos a mi casa, propuso él entonces, te haré café, y ella le siguió sin decir nada, y a él le temblaron las piernas por primera vez desde que la conocía, porque lo había leído en su cara, una imperceptible hinchazón en los labios, la ávida tensión de la barbilla, y ese líquido turbio que empañaba sus ojos, no había duda posible, está cachonda, diagnosticó para sí mismo, cachonda perdida, se repitió, y va a ser esta noche, eso se iba diciendo, será esta noche o no será nunca...

Cuando el relato llegaba a este punto, trepando hacia la cima del pico más alto, mi padre contaba que en aquel momento no había acertado a comprender cómo era posible que ella se dejara conducir tan mansamente hacia su destino. Algunos días después, sin embargo, mi madre le confesó que se había creído a pies juntillas lo del café, un ofrecimiento tremendamente amable y cortés, y ambos se rieron, y se seguían riendo al recordarlo. Ahí terminaba la historia, pero lo demás es fácil de imaginar.

Una fría noche de marzo de 1949, Inma/Conchita tuvo, al menos, un desliz, quizás alguno más. Y le gustó. Cuando Gustavo Barrachina regresó de las Bardenas Reales, ya no tenía novia. Antes de que terminara el año, mis padres se casaron en la iglesia de Santa Bárbara, magnífica escalinata para las fotos de una boda que fue al mismo tiempo un entierro encubierto. Inmaculada Concepción de María Martínez Pacheco murió para siempre aquel día. La mujer de mi padre nunca tuvo otro nombre que Coco Antúnez. Y nunca volvió a tener un lugar propio en el mundo.

—Perdóneme —la pausa se había alargado tanto que me disculpé por el silencio, como si fuera ella quien hubiera pagado por escucharme—, pero al hablar del colegio me he quedado colgada en historias de aquella época. Es curioso, ¿sabe?, pero ahora que me acerco a los cuarenta, me acuerdo de la infancia cada vez más, es como si la tuviera más cerca que otras épocas que vinieron después. No me cuesta nada imaginarme de niña. El otro día lo comentaba con una compañera de trabajo algo más joven que yo, y ella me dijo que lo que sentía es que iba perdiendo los años, como si la memoria inmediata del año pasado anulara los recuerdos de otro, el que vivió ocho, diez años antes. Es curioso, pero no soy capaz de describir muy bien cómo llegué a adolescente, ni siquiera me recuerdo con precisión en la universidad, bueno, en general quiero decir... Tal vez lo único que ocurre es que pertenezco a una familia demasiado singular, y demasiado complacida en su extravagancia, y eso puede ser muy atractivo para los de fuera, pero llega a asfixiar a los de dentro. Es difícil competir con la memoria de una bisabuela genial que tuvo una nuera igualmente genial, y encima mártir, pero, aunque parezca mentira, mucho peor es tener una madre tan abrumadoramente guapa como la mía y ser la única de sus hijos que no ha heredado su cara, sino la cara de mi abuelo, el que murió en Francia... De todas formas, tampoco puedo quejarme demasiado. Cuando terminó la carrera, mi padre se hizo cargo de la librería que tenían sus abuelos en la calle Arenal, y empezó a publicar libros por su cuenta, una editorial pequeña, muy moderna, elitista de puro minoritaria, ya sabe, una colección de

Poesía, otra de Ciencias Humanas, en fin. Al principio era como un *hobby,* pero luego empezó a tirar, gracias a una serie de textos universitarios de autores marxistas que, en los años setenta, se convirtieron en el Evangelio para muchos profesores de todo el país. Increíble pero cierto, Noam Chomsky nos hizo ricos. Y la editorial, que ya no era tan pequeña, se fusionó con otras empresas independientes que también habían crecido por el camino, total... Seguramente ya conoce el resto de la historia. Tengo el 16% del total de las acciones del grupo, un puesto en el consejo de administración, y el Departamento de Obras de Consulta para mí sola. Mi padre se jubiló hace tiempo, repartiendo equitativamente su parte de la empresa entre sus tres hijos, y no da la lata, pobre. Algún día le contaré su historia, le gustará, es muy romántica, y además, creo que ahora he empezado a entenderla. De pequeña no era muy lista...

—Ni muy guapa —añadió, y el sonido de sus palabras me sobresaltó, como si se me hubiera olvidado que ella también podía hablar.

—En efecto, ni muy lista ni muy guapa, y además me llamo Francisca —sonreí—. ¿Qué le vamos a hacer?

—En mi opinión, es usted una mujer muy atractiva.

—¿Sí? No me diga... Se lo agradezco mucho, pero pensaba pagarle igual, de todas formas —reí sin ganas mientras miraba disimuladamente el reloj—. Y por cierto, tengo que irme. Volveré la semana que viene, ¿de acuerdo?

Ella asintió con la cabeza y yo empecé a recoger mis cosas en silencio. Metí el tabaco en el bolso, me levanté, me puse la chaqueta, y cuando estaba a punto de marcharme, su voz me detuvo.

—¿Le puedo hacer sólo una pregunta más? —asentí con la cabeza—. ¿Está usted casada, o unida a alguien?

—Sí, estoy casada.

—¿Y es feliz?

—Ésa es otra pregunta... La verdad es que no lo sé. Supongo que no del todo. Pero estoy muy enamorada de mi marido. Mucho, en serio. Muchísimo, en realidad, yo... No sabría qué hacer sin él.

Ella no dijo nada más, y yo salí de su despacho, del piso, del edificio, con el cuerpo peor que cuando había entrado. Y sin embargo, y por muy falso y muy desesperado que ese último alegato me hubiera sonado hasta a mí misma, todo lo que había dicho era verdad. La única verdad que me quedaba.

Todos los días, durante dos años, sentí la tentación de huir, de abandonar, de dejarlo para siempre. Todas las mañanas acaricié el teléfono, me construí un pretexto, una fórmula innecesaria para decir algo tan simple, quiero anular mi próxima cita y las citas futuras, no voy a volver, lo siento, gracias por todo. Todos los jueves me presenté allí, sola, desganada, a las ocho y media de la tarde. Me sentía increíblemente débil, definitivamente fracasada, sólo por acudir a aquel despacho. Y sin embargo, la última vez no sentí nada especial. Y después no llamé para anular la cita siguiente. De repente, ni siquiera me hacía falta el teléfono.

Seis meses después de decidir por mi cuenta que el análisis se había acabado para siempre, también había quedado para cenar con mi equipo, y aquella noche invitaba yo, teníamos que celebrar el cierre del último fascículo. Cuando estaba a punto de escoger uno de mis trajes de chaqueta de uniforme, vi el jersey, tirado encima de una butaca. Martín se lo acababa de quitar, todavía estaba caliente. Me dejé los vaqueros y me lo puse encima de la camiseta, y me sentí bien, hacía muchos años que no usaba su ropa. Me miré en el espejo y me encontré rara. Tenía que estar rara, todo estaba en orden. Llegué antes que las demás al restaurante pero, por una vez, tampoco me pareció ridículo sentarme sola en una mesa, y esperarlas.

Tuve que levantarme a las cinco y media de la mañana para llegar con tiempo al aeropuerto, y solamente eso ya me puso de mala leche. No podía dejar de pensar en Clara. La tarde anterior, en el preciso instante en que la vi entrar por la puerta andando, y no autopropulsarse hacia el televisor, perdiendo piezas de ropa por el pasillo mientras se atropella con sus propios zapatos, como hace siempre para no perderse las hazañas de sus mutantes favoritos —Lobezno y Júbilo, aunque sólo sea por pelearse con su hermano, viejo seguidor de Cíclope y el Doctor X—, adiviné no sólo lo que pasaba, sino lo que iba a pasar en las horas siguientes, y apenas se me escapó algún detalle.

Para empezar, me concedió un gran beso en cada mejilla por su propia voluntad, gracia insólita en ella, y me siguió hasta el sofá del salón —a mí también me gustan los mutantes aunque, como he empezado mayor, todavía no tengo preferencias muy marcadas— para encaramarse sobre mis rodillas a ver la tele, un alarde de amor filial definitivamente incompatible con su buen estado físico.

—Me duele un poco la tripa, mamá... —fue lo único que dijo, y se quedó dormida. No necesité tocarle la frente para calcular su temperatura. Mientras la besaba en el pelo, en las sienes, en las manos, aposté conmigo misma, 37 y medio. El termómetro me corrigió en una sola décima.

—Ignacio... —mi hijo mayor estaba tirado boca abajo encima de la alfombra y fingía no haberme oído, a veces pienso que quiere pasar a la historia como «el niño al que siempre había que llamar dos veces»—. ¡Ignacio! —insistí, y volvió la cabeza—. Tu hermana está con décimas, ¿te ha contado algo al salir del colegio?

—No, nada —sus ojos regresaron al televisor antes de que sus labios desganados consintieran en articular la primera sílaba.

—Dice que le duele la tripa. ¿Le ha sentado mal la comida?

—No lo sé.

—¿Qué habéis comido?

—No lo sé.

—¿Cómo que no lo sabes? —estaba tan cabreada que levanté la voz a riesgo de despertar a la enferma—. ¿Qué pasa, que tú no has comido hoy?

—Sí, pero ya no me acuerdo...

—Muy bien —el mando a distancia es el Poder. El Poder reposaba en mi mano derecha. La yema de mi dedo índice hizo justicia—. Muchas gracias.

—¡Jo, mamá, por favor...! —por fin conseguí verle la cara, sus rasgos distorsionados por la repentina velocidad de su discurso, sus manos dibujando grandes círculos en el aire para aplastarlos con la palma un instante después—. De verdad, eres.... Es increíble. Bueno, mamá, ya está bien, enciende la tele por favor, por favor te lo pido, anda... ¡Pero si yo no he hecho nada! ¡Es una injusticia!

—¿Qué habéis comido hoy, Ignacio?

No invirtió ni una décima de segundo en recordarlo.

—Paella, filete empanado y plátano.

—¿Y algo estaba malo?

—Bueno, la paella del cole es asquerosa, ¡agh...! Le ponen judías verdes. Pero siempre es así. El filete estaba muy bueno, y el plátano, pues... bien. Como todos los plátanos.

Volví a encender el televisor, y contemplé la nuca de mi hijo durante un cuarto de hora más. Cuando Fran me contó que, a cambio de la inclusión de su nombre entre los patrocinadores del proyecto, le había sacado a la Oficina de Turismo de Suiza no uno, sino dos billetes más gastos de estancia, y me propuso aprovechar el segundo para que después pudiera justificar el haberme encargado a mí misma todos los textos de apoyo de los correspondientes fascículos —naturalmente, las dos sabemos que no hace falta ir hasta allí para documentarse, resumió, pero, chica, ya que puedes viajar gratis...—, tuve en cuenta, en primer lugar, el agobio económico en el que nos había sumergido la compra de una casa que no me acababa de gustar, y luego, lo bien que me sentaría darme una vuelta por Centroeuropa, desconectándome durante cuatro días de niños, horarios, deberes, colegios, trabajo y demás. Calculé el tiempo que debería invertir en el despacho para recuperar las horas perdidas, y las mañanas de sábado y domingo que necesitaría para escribirme un par de docenas de columnitas cortas, muy fáciles de hacer, sobre Historia, Arte, Tradiciones, Curiosidades, Gastronomía y cosas por el estilo, pero después de contar tantas veces en horas y en pesetas, se me olvidó contar con la caprichosa salud de mis dos hijos.

Yo no sé si todos los niños del mundo son iguales o si les pasa solamente a los míos, pero no falla. Un par de horas antes de que me pusiera de parto con Clara, Ignacio, que tenía tres años y medio, vomitó el desayuno como prólogo de una virulenta afección intestinal que le produjo continuas náuseas, diarrea y hasta algunas décimas. Cuando mi padre iba a ingresar en el hospital para que le extirparan un tumor en el estómago que nadie se atrevía a pronosticar que al final resultara benigno, porque tenía un aspecto horroroso, los dos se contagiaron de varicela al mismo tiempo. Mientras hacía el equipaje para irme con mi marido a Barcelona, donde una hermana suya iba a casarse al día siguiente, a Clara le subió de golpe un fiebrón asociado con ningún síntoma, que unas horas más tarde, después de que yo hubiera renunciado al viaje para quedarme a cuidarla, cesó de golpe en la consulta del pediatra. Él diagnosticó fiebre asintomática y se quedó tan ancho, pero yo empecé a preguntarme si alguna vez me sería posible dormir fuera de casa sin sobresaltos, o subir a un avión con la dosis de angustia imprescindible. Con el paso del tiempo, los acontecimientos se ocuparon de responderme que no, que de momento no parecía posible.

Cuando Ignacio llegó a casa, me encontró sentada en el borde de la cama de Clara, que no había llegado a despertarse mientras la trasladaba en brazos desde el salón y ahora seguía durmiendo, su respiración excesivamente pautada, honda, como la de todos los niños enfermos.

—¡Otra vez! —mi marido se limitó a pronunciar estas dos palabras mientras se apoyaba en el quicio de la puerta, la cabeza hacia atrás como único indicio de un moderado acceso de desesperación.

—Sí —murmuré—, otra vez. Lo siento mucho, pero no te preocupes, ya lo he arreglado todo...

Me levanté para ir hacia él, le besé brevemente en los labios, como todas las tardes, y lo llevé del brazo hasta el pasillo.

—Paulina ya está avisada —cerré la puerta antes de seguir enumerando los resultados positivos que habían arrojado media docena de llamadas telefónicas—. Le he dicho que prepare un arroz blanco mal puesto para comer mañana y que no la deje tomar nada más, excepto un yogur de postre, si quiere. Tengo la impresión de que es algo intestinal, no sé, he llamado al pediatra y me ha dicho que a él, desde luego, no le extrañaría nada. Mi hermana Natalia vendrá a las ocho y media, antes de irse a la facultad, y se puede quedar aquí una hora, Paulina me ha dicho que no la importa llegar a las nueve y media, y que si puede, aparecerá incluso antes. Tú te levantas, vistes a Ignacio, te lo llevas al colegio y ya está. Cuando llegue Paulina, mi hermana se va a clase, y por la tarde, después de comer, viene tu madre, que me ha dicho que no tenía nada mejor que hacer. Pasado mañana repetimos la jugada, los miércoles Natalia no empieza hasta las once, pero entonces la que vendrá por la tarde será mi madre, tú no te preocupes por nada... Le he dejado a Paulina la lista de la compra en la puerta de la nevera, y una nota para que prepare una tortilla de patatas para cenar, pero Clara ni probarla, ¿eh?, Clara dos lonchas de jamón de York, otro yogur, y andando. Si tienes que salir alguna noche, llama a Natalia, que me ha dicho que no la importa hacer de canguro entre semana. Cuando se lo he comentado a tu madre, de paso, Alvarito se ha puesto a chillar que su novia también podría venir, que están muy mal de pelas, tú verás. Ya sabes que si llamas a Julia, Álvaro vendrá con ella y echarán un polvo en el futón del estudio, pero a mí no me molesta, sobre todo porque antes de irse siempre meten las sábanas en la lavadora, me hace mucha gracia que tu hermano sea tan cuidadoso... ¡Ah! Y el viernes es la fiesta de cumpleaños de mi sobrino Pablo, Ignacio no se la quiere perder por nada del mundo. Mis padres irán seguro, y supongo que casi todos mis hermanos también, pero si no te apetece verle la cara a la gilipollas de mi cuñada, cosa que comprendería perfectamente, no hace falta que vayas. Llama a los abuelos y que lo lleven ellos, ¿de acuerdo? Si Clara está bien del todo, que vaya también, si no, que se quede en casa, por mucho que llore. Mi avión sale de Zurich el sábado a las once. Estaré aquí a la hora de comer, supongo, y por supuesto, llamaré todos los días. Tú, sobre todo, no te agobies, seguro que lo de la niña no es nada.

Me detuve a respirar y sólo entonces volví a mirarle a la cara.

—Eres increíble —me dijo, sonriendo—. Si tuviera una secretaria como tú, curraría la mitad, en serio.

Y a lo mejor, pensé yo, hasta podríamos volver a follar como al principio.

Ahora, cuando he llegado a dudar de que aquella historia sucediera en realidad alguna vez, tanto de mí misma he invertido en ella —tanta energía, tanto tiempo, tantas neuronas desgastadas para reconstruir unas pocas horas con la obsesiva meticulosidad de un relojero loco, condenado por su propia locura a desmontar todas las mañanas el más complicado de los mecanismos de cuerda para volver a montarlo inmediatamente después—, ahora que, a fuerza de invocarla, recordarla, desgastarla, he llegado a sospechar que pudiera habérmela inventado yo sola, a veces pienso que lo que pasó en Lucerna, y sobre todo lo que me pasó a mí, después de Lucerna, no tiene otra explicación que su semejanza con aquellos viejos y buenos tiempos del principio.

—El fotógrafo se llama Nacho Huertas —me había anunciado Ana un par de semanas antes, en sus labios una sonrisa demasiado amplia para ser inocente, cuando volvimos a la editorial, después de comer—. Es muy bueno. Y además lo está. Alto, rubio, con espaldas lo suficientemente anchas para cargar con tanto equipo...

—¡Uy, uy, uy! —Marisa empezó a reírse enarcando las cejas como señal de alarma, uno de sus gestos más infantiles. Normalmente, esa risita me ponía nerviosa, pero aquella tarde provocó mi propia risa, porque habían caído dos botellas de vino a cuenta de las judías blancas con perdiz que ofrece el Mesón de Antoñita todos los jueves, y las cuatro estábamos algo más que contentas.

—Ten cuidado —Ana levantó en el aire un dedo blando, amable, casi cómico—, que tiene mucho peligro...

—¡Uy, uy, uy, uy!

—... luego no digas que no te lo advertí.

—¡Uuuuy!

—¡Venga ya! —protesté, mientras ellas dos se doblaban de risa en medio del pasillo, y Fran soplaba con los labios fruncidos para reclamar un poco de seriedad.

—¡Oye —Marisa inclinó la cabeza para ser vista—, cuando sobre otro billete, m-me voy yo, que soy la-a más necesitada! —y hasta Fran se rió después de eso.

Pero cuando subí al avión, camino de Zurich y de los orígenes de toda confusión, ya no me acordaba de las advertencias de Ana, la inminencia de ese peligro que nunca llegué a tomarme en serio. La bolsa del *duty-free* de Barajas que no quise colocar en el maletero estaba repleta de cosméticos y cremas en general, a un precio que justificaba de sobra el sacrificio de media hora de sueño, y el tiempo que no invertí en cobrármela, se me pasó abriendo cajas, levantando tapas, comparando olores, y leyendo en sucesivos prospectos lo estupenda que me iba a poner en un par de meses. Disfruté mucho, porque aquella práctica aún me parecía una perversión, de tan reciente. Acababa de cumplir treinta y cuatro años, y al desnudarme, cada noche, podía contarlos en los recodos de mi cuerpo, aunque vestida, todavía hoy, con tres más, puedo aparentar ocho o diez menos. Quizás por eso, Ignacio nunca entendió lo que debía de considerar, para sus adentros, una afición demasiado cara para ser inútil. Total, él podía seguir exhibiéndome en público delante de sus amigos, igual que antes.

Me di cuenta enseguida, quizás la primera noche que salimos juntos. Él me miraba con ojos golositos desde que se tropezó con nosotros en casa de sus padres, cuando abrió la puerta de su antigua habitación con tanto ímpetu que desequilibró los platillos de la batería, y empezó a regañar a su hermano Enrique, nuestro bajista, le armó una bronca descomunal, pero de tanto en tanto, entre grito y grito, me miraba, yo me di cuenta, y me pareció un gilipollas, porque si él ya no vivía allí, qué más le daba que ensayáramos en aquel cuarto. A Domingo, el guitarrista acústico, ya le habían sugerido en su casa que nos largáramos del garaje, que estaba justo debajo del salón, y el piso de Enrique era tan grande, casi doscientos metros en San Francisco de Sales, que no molestábamos a nadie, y si sus padres no decían nada, quién era él para liarse a chillidos con su hermano, así que me pareció un gilipollas, pero un gilipollas que estaba francamente bueno, la verdad, por eso me gustó mucho volver a verle tan pronto. Una semana después, apareció por el ensayo con dos amigos y estuvo muy simpático con todo el mundo, y conmigo mucho más, y ya no recuerdo exactamente por dónde empezó, pero estaba muy claro que había venido, más que a ligar, a que sus amigos vieran cómo ligaba. Era todo muy descarado, aunque la verdad es que su actitud no me impresionó tanto porque yo, en aquella época, ligaba muchísimo, estaba casi acostumbrada a gustar a los tíos antes de que me los presentaran, y procuraba sobrellevar mi éxito con desenvoltura. La experiencia me ayudó a conservar la calma mientras se acercaba, mientras me hablaba, y luego en la calle, camino de la cervecería donde, cada jueves, era difícil precisar si nos reuníamos para celebrar, o para lamentar, el ensayo que acababa de terminar, pero empezaron a caer cañas, cañas, y más cañas, litros enteros de cerveza, y el grupo homogéneo que habíamos formado frente a la barra, se disgregó lentamente en unidades más pequeñas, mis músicos hablando por parejas, entre sí, Ignacio conmigo y con uno de sus amigos, y en algún momento me di cuenta, sus ojos relucían, ardían en una llama anaranjada y tibia, tejida con el denso calor del deseo y un hilo muy frío, muy fino, guía de la astucia y del cálculo, y yo enloquecí a la sombra de aquella luz, perdí el control, y la cabeza, y la razón, y a cambio gané un futuro como jamás lo había imaginado.

Aquella mirada resultó una recompensa demasiado frágil para mi locura, porque se desgastó pronto y sin prever su propia decadencia, como un viejo neón intermitente que, al apagarse, decidiera escatimarle a la luz una fracción de segundo, cada segundo, hasta quebrar por fin el armonioso ritmo de su naturaleza y encenderse sólo de vez en cuando, caprichosa, inexplicablemente, amenazando siempre con morir del todo, y entonces empecé a preguntarme si Ignacio, que al cabo de una transición tan suave e indolora como el sueño, había dejado de ser un amante casi perfecto para convertirse en el padre de mis hijos, había sido alguna vez un marido para mí. Te quiero más que a mi vida, dice la canción, y a mí me cuesta tanto pensar que voy a morirme sin habérselo dicho jamás a nadie que, a veces, cuando estoy con más de dos copas, en una fiesta, o en una cena, todavía me emociono un poco al intuir el chispazo, la palanca de un interruptor invisible cambiando trabajosamente de posición, y un pálido reflejo de la luz de antes en unos ojos más viejos, más cansados, que sólo se alimentan ya del deseo de los otros. Y los otros, sus amigos, los míos, los novios y maridos de sus amigas y mis amigas, todos los hombres con los que nos tropezamos cuando vamos juntos a alguna parte, jamás me miran cuando estoy desnuda. Ignacio tampoco, porque el exhibidor satisfecho de sí mismo y del material de su exhibición que, en la madrugada que sucede a algunas noches cada vez más largas, cada vez más raras, me arrastra hasta la cama para desplomarse encima de mí con una avidez tan precaria e instantánea que jamás puede ser aplazada, no tiene tiempo ni margen para mirarme. No se lo reprocho. La única diferencia entre nosotros consiste en que él parece satisfecho de su destino y yo no lo estoy, y por eso, supongo, él ambiciona amantes jóvenes y deliciosas que no le compliquen la vida y yo, en cambio, aspiro a un-hombre-de-verdad que me la complique irreparablemente y para siempre, aun a costa de que mi vida pueda parecer, desde fuera, una febril, patética carrera en pos del adulterio. Pero estoy casi segura de que él ni siquiera sospecha esto último, y por eso no comprende que me gaste tanto dinero en cremas.

Nacho Huertas, un mutante voluble e indeciso, aunque irreprochablemente camuflado en un auténtico cuerpo humano, no resultó ser un hombre de verdad, pero lo cierto es que, como Clark Kent, lo aparentaba, y aunque no sabía volar, supo mirarme. Sin embargo, yo no había contado en ningún momento con él, a pesar de las advertencias de Ana, y puede que esta imprevisión también tuviera algo que ver con lo que pasó en Lucerna, o con lo que me pasó a mí, después de Lucerna, porque estaba tan acostumbrada a calcular, siempre fatal, las posibilidades de los pocos tíos brillantes que se cruzaban en mi camino, que Nacho me pareció una señal, un regalo del destino, una razonable encarnación de lo definitivo. Me había repetido a mí misma, miles de veces, que ésa no era manera de arreglar mis problemas, para explicarme a continuación, con más o menos energía, que ni mis problemas eran tan graves ni existía solución alguna para terminar con ellos, pero no tenía fuerzas para renunciar a mis propias fantasías, parecía tan fácil, enamorar otra vez, enamorarse otra vez y tirar de la manta, acabar con la vida gris, con el despilfarro de los años, con la nostalgia de tantas cosas que no he poseído jamás. Otras mujeres sueñan con cambiar de barrio, con un ascenso de su marido, con empotrar los armarios, con tener un hijo, o con ver a alguno de los que ya tienen con uniforme de general, o de ministro, o de diplomático. Me dan mucha envidia. Yo sólo quiero flotar, y por más que esté dispuesta a retorcerle el cuello al azar para conseguirlo, nadie parece dispuesto a pasarme la receta.

Ya no sé si en Lucerna mis plantas se elevaron sobre el suelo, aunque tengo que reconocer que mis ojos estaban más que entrenados para certificar ilusiones ópticas. Sin embargo, cuando llegué al hotel, preocupada por Clara, harta de arrastrar la maleta por las calles en busca de un par de oficinas de información turística que resultaron estar situadas, respectivamente, en cada una de las puntas de Zurich, reventada tras el viaje en tren que había sucedido a aquella excursión después de tres cuartos de hora de espera en una estación tan limpia como la cocina de mi suegra —cuya sola visión basta para sacarme de quicio—, y horrorizada por el precio de los taxis, lo único que me apetecía era llenar la bañera de agua caliente, desnudarme y sumergirme dentro hasta la nariz, y no presté mucha atención a la nota que me esperaba en el casillero de la habitación. El fotógrafo, que debía de haber llegado el día anterior desde Zermatt, quería hablar conmigo, pero cuando abrí la puerta del cuarto de baño, ya se me había olvidado. Durante un cuarto de hora experimenté una transformación sólo comparable a la del Increíble Hulk cuando esa formidable masa muscular de tono verdoso que lleva consigo a todas partes como un secreto e inescrutable estigma, empieza a crecer y crecer hasta desgarrar del todo sus modestas ropas de soltero apocado. No me conformé con menos para maldecir a conciencia, y con sagrada ira, a los guarros de los centroeuropeos, que desde el fundador del Sacro Imperio Romano Germánico en adelante han prescindido, generación tras generación, de un recinto tan imprescindible como una bañera, para acabar sustituyéndolo por un miserable cuadrado de baldosines semihundidos dotado de una raquítica ducha portátil. Mientras tanto, se me olvidó también mi nombre, el de mis hijos, mi dirección, y cualquier otro dato inolvidable, y cuando sonó el teléfono seguía rumiando para mis adentros que sí, sí, mucho abrillantar los baldosines de las estaciones y luego habrá que ver a qué huele el uniforme de las limpiadoras.

—*Allo!* —dije, con mi mejor acento alemán.

—¿Rosa? —la matizada aspereza de la primera erre delató sin remedio a un interlocutor compatriota. Era él, pero yo no sentí nada especial.

Sin embargo, cuando nos encontramos en el hall, una hora más tarde, lo reconocí enseguida, porque se ajustaba fielmente a la descripción de Ana, alto, rubio, canoso, con las espaldas muy anchas y mucho peligro, esa clase de tíos que antes de darte la mano ya se las han arreglado para mirarte de través, de arriba abajo, y serían capaces de adivinar tu talla con un riesgo de error mínimo, pero que lo hacen bien, sin resultar agresivos, sin molestar, como si obedecieran mansamente a su naturaleza y su naturaleza consistiera precisamente en eso, en mirar a las mujeres de través sin decir nada más y esperar a que caigan en la trampa de una seducción que jamás lo parece. Mientras me decía que estaba muy contento de que hubiéramos coincidido porque el centro histórico de Lucerna era mucho más grande e interesante de lo que él había imaginado, y no sabía exactamente a qué zonas, a qué estilo, a qué clase de edificios convendría prestar más atención, yo me iba preguntando si me encontraba en forma y a cada minuto me sentía más inclinada a contestarme que sí, aunque ni siquiera se me pasó por la cabeza que esa intrascendente, ligera tentación de coqueteo, pudiera acarrear alguna consecuencia.

—Anita no me ha dicho nada en concreto —empezó, y yo sonreí para mis adentros al apreciar el diminutivo que identificaba a una mujer que medía más de un metro setenta y acababa de cumplir los treinta y cinco. Nunca he sabido por qué a los hombres ligones les gustan tanto los diminutivos—, pero Zermatt era fácil. Allí, montañas y la estación de esquí, no hay más, pero aquí no sé muy bien por dónde empezar. Podemos ir ahora a dar una vuelta, si quieres —sugirió al final.

—Después de cenar —le advertí—. No he tenido tiempo para comer, y estoy hambrienta.

—Me hace mucha gracia la manera que tenéis las mujeres de anunciar que tenéis hambre.

—¿Sí? —naturalmente, empujó la puerta para que yo saliera del hotel delante de él—. ¿Y por qué?

—No sé, pero siempre me suena un poco a juego, como a... —no se atrevió a terminar la frase, y a cambio, me sonrió—. En fin, nunca me lo acabo de creer del todo.

—¿Y cuando un hombre dice que tiene hambre?

—Entonces sí me lo creo, y ya sé que habrá que esperar al postre para seguir hablando, o bromeando, o discutiendo cualquier cosa. Los hombres hambrientos sólo piensan en comer, las mujeres hambrientas pueden pensar o hablar al mismo tiempo de otras cosas. Eso es lo que me hace gracia. Y además... —hizo una pausa para que yo adivinara, sílaba por sílaba, lo que iba a decir— las mujeres siempre me parecen más interesantes en general, porque los hombres no me gustan.

Yo me di por enterada, pero él aclaró inmediatamente después que las mujeres le gustaban mucho, como si no quisiera dejar un solo cabo suelto. Mientras buscaba algún comentario ingenioso que me permitiera indicarle con sutileza que no soy tonta, se detuvo ante una *brasserie* con muy buena pinta. Miró la carta con aires de experto y yo le dije que sí a todo, porque aparte del agujero que se iba agrandando en mi estómago por segundos, en aquella esquina hacía un frío del carajo, estábamos a tres de diciembre.

Nos sentaron en una mesa apartada, pequeña y llena de cosas, una vela roja, encendida, un florero con una rosa, bajoplatos metálicos redondos, enormes, y unas servilletas dobladas de una manera complicadísima, que parecían coliflores, todo muy romántico, y a pesar de que mi apetito era tan genuino como el de cualquier hombre hambriento, me asaltó el presentimiento de que el destino había empezado ya a marcar las cartas.

—¿Te gusta el camembert frito? —le pregunté, y él asintió con la cabeza—. Podemos compartir uno, de primero.

—Claro, pero... ¿tú no estabas muerta de hambre? Cómetelo tú sola.

—No, ya me gustaría, pero no puedo —ahuequé un poco la voz, adoptando un acento casi cómico antes de explicarme, porque en el fondo me da un poco de vergüenza decir siempre lo mismo—. Engorda mucho.

Se echó a reír.

—Pero tú no estás gorda.

—No creas... Lo que pasa es que no lo aparento, porque tengo cara de niña, y soy menuda, y tampoco demasiado alta, ¿no?, y además tengo el hueso estrecho, y por eso no engordo en redondo, sino en cuadrado... ¿entiendes? —negó con la cabeza, sonreía—. No me extraña, da lo mismo, el caso es que no quiero comerme un camembert entero yo sola.

—Las mujeres os ponéis demasiado pesadas con la historia de los regímenes, en serio —prosiguió, cuando el camarero había terminado ya de servir el vino y parecía que habíamos zanjado la cuestión—. A mí no me gustan las mujeres muy delgadas, ¿sabes?, y he conocido a muchas, muchísimas, delgadísimas. He sido fotógrafo de moda durante más de quince años, he cubierto centenares de desfiles, he hecho miles de reportajes, portadas, catálogos..., hasta que la propia moda me echó. Llegó un momento en que creí que me iba a volver loco. Toda esa gente hablando de las tendencias de la manga larga, como si las mangas estuvieran vivas, como si fueran algo importante, como si se fuera a hundir el mundo porque Chanel hubiera decidido acortar los puños, siempre histéricos, siempre corriendo, siempre deprisa, no sé... Por supuesto, soy una persona frívola, pero no tanto, y parece que no, pero la tontería acaba contagiándose, así que un buen día decidí cerrar el estudio y no volver a hacer un retrato jamás en la vida. Ahora fotografío paisajes, ciudades, edificios, y a la gente que vive en ellos, personas corrientes, que no cobran por salir en los papeles. Gano menos dinero, pero me lo paso mejor, y ha dejado de dolerme el estómago.

—¿Y has hecho fotos a modelos importantes?

—A muchas.

—¿Españolas?

—Y extranjeras también.

Empezó a contar con los dedos mientras pronunciaba al menos una docena de nombres conocidísimos, toda una nómina de nuevas diosas, americanas sobre todo, pero también alguna alemana, alguna francesa, alguna italiana, antes de pasar a la selección nacional, donde me sorprendió una ausencia muy llamativa.

—¡Ah, no! —gesticulaba con vehemencia—. A ésa no, por supuesto, de ninguna manera. ¿Sabes lo que es esa tía? Una panadera, ni más ni menos. Es muy alta, eso sí, y puede que pese muy pocos kilos pero, desde luego, no lo parece. No tiene nada de clase, ni una pizca de esa elegancia natural que se supone que tienen que tener las modelos. Siempre he conseguido quitármela de encima. No le haría fotos por nada del mundo, excepto en bañador... Eso podría resultar, pero todo lo demás sería perder el tiempo.

—No te entiendo —me eché a reír—. Me estaba imaginando que te gustaban las mujeres como Ana...

—¿Qué Ana? —me miró con un interés repentino, el ceño fruncido, las cejas arqueadas, una expresión de asombro purísimo en todos sus rasgos.

—Anita —aclaré, con cierta sorna, y él se rió.

—¡Ah, Anita! —repitió—. Sí, sí, claro que me gusta. Mucho. Anita está buenísima.

—Pues es muy alta, y mucho más exuberante que la panadera.

—Ya, pero no es modelo.

—Claro, y yo no te entiendo —insistí—. Creí que no te gustaban las mujeres delgadas.

—A mí no. A mi cámara sí —hizo una pausa antes de explicarse, y luego escogió las palabras con cuidado—. No es lo mismo. ¿Tú te has fijado alguna vez en la forma de las perchas, o en los armazones de madera que usan los buenos sastres? Cuando yo fotografiaba moda, mi cliente era el modisto, no la modelo. Mi obligación era fotografiar la ropa, no el cuerpo que la sostenía. Y lo primero que se aprende al hacer moda es que los cuerpos siempre revelan los fallos, y las perchas los ocultan. Puede que alguna vez, en una tienda, hayas visto un vestido que parecía soso, y que después, puesto, te haya gustado mucho, pero seguro que lo contrario te ha pasado un millón de veces más. Por eso, yo escogía siempre a las modelos más parecidas a las perchas de los sastres, lisas, planas, con el mínimo volumen posible, y mientras trabajaba, les iba diciendo lo maravillosas que estaban, guapísimas, arrebatadoras, irresistibles, para que no se me vinieran abajo. Ellas se lo creen siempre.

—Pero tú no...

—No, yo no, porque aunque hubiera pagado por evitarlo, antes o después, me tocaba verlas desnudas.

—Ya —y sonreí, como un amable preámbulo de la ironía—. ¿Y son tan horribles?

—Son Auschwitz —él no quiso seguirme, y se puso serio para contestar, como si le molestara la idea de que me estuviera tomando a broma sus palabras—. La mayoría tienen los muslos del tamaño de mis brazos. Supongo que hay gente a la que le gusta, pero yo jamás he tenido vocación de torturador.

El eco de aquella palabra cortó el aire tan limpiamente como el filo de un hacha antes de clavarse en el centro de la mesa, imponiendo a ambos lados un silencio extraño. A veces, las sílabas se contagian de densidad, unas a otras, hasta que su conjunto adquiere un peso insoportable para quien las pronuncia, para quien las escucha, hasta que las conversaciones mueren de asfixia, aplastadas por la fuerza de una sola palabra como aquélla. Le miré con atención, los labios soldados, y presentí que no había calculado sus efectos antes de pronunciarla. Yo, que sólo intentaba regresar a una cena donde me había estado divirtiendo de verdad hasta hacía un momento, tampoco calculé bien los efectos de la frase que arriesgué para romper el silencio.

—O sea, que a mí no me harías fotos...

Había hablado en voz muy baja, casi un susurro, mirando al mantel, y él no me contestó al principio. Cuando levanté la cabeza, mis labios se curvaron automáticamente, dibujando una sonrisa que yo no era consciente de haber ordenado, como si hubieran podido intuir, ellos solos, que él también estaba sonriendo.

—Vestida no.

Mi sonrisa se abrió para dar paso a una risa tenue, discreta, casi íntima, que tradujo mi regocijo más de lo que hubiera convenido a los propósitos de la mujer irónica y segura de sí misma, en el más puro estilo Catwoman, que, por otro lado, en ese preciso instante había dejado de pretender ser.

—No estés tan seguro de tu instinto de fotógrafo —le advertí, de todas formas—. El cuerpo revelará los defectos de la ropa, pero a veces la ropa oculta los defectos del cuerpo.

—Mi instinto no falla nunca —contestó, risueño, antes de que su voz bajara de tono para hacerse repentinamente honda—. Y además... Vestida estás muy buena. Buenísima. Tienes un montón de margen.

Entonces capturé el brillo que esmaltaba sus ojos, me contemplé a una luz anaranjada y tibia, y rescaté a la vez frío y calor, cálculo y deseo, y el premio consistió en ganar quince años de un golpe, todos esos años que había perdido por las esquinas de mi vida volvieron a mí, y yo volví a tener diecinueve años, porque me puse tan nerviosa que dejé escapar una risita histérica al mismo tiempo que derribaba la copa del agua con un gesto incontrolado de la mano izquierda y mi servilleta caía al suelo, incapaz de mantenerse en equilibrio sobre un frenético juego de piernas.

—¿Compartirías conmigo un postre? —le pregunté al final.

—Y más cosas —me contestó.

Cuando el avión de Swissair aterrizó en Barajas cuatro días más tarde, cumpliendo escrupulosamente con el horario previsto, nada me hacía suponer que la mujer que salió del avión por la puerta trasera de los fumadores, se empotró en un autobús abarrotado, esperó pacientemente el penúltimo equipaje, y se encontró después con que nadie había venido a recogerla, fuera distinta de la que había completado todas las etapas de un proceso estrictamente inverso noventa y seis horas antes. Me sentía eufórica, desde luego, porque había ligado, y ligar es casi lo mejor que le puede pasar a una en la vida si luego todo lo demás sale bien, y en Lucerna había salido bien hasta lo más difícil, pero si hubiera podido contárselo todo a algún amigo íntimo, y él, o ella, me hubiera preguntado en aquel exacto momento si estaba colgada, yo habría contestado que no, y habría sido sincera.

Nacho Huertas, tan descarado, tan brusco, hasta tan borde a ratos, era un hombre dulce. No un tierno de manual, ni un progresista amariconado, ni un machista acomplejado, ni un seductor moderno, de esos que han aprendido a utilizar la blandura como un arma arrojadiza, sino un hombre dulce, capaz de envolverme entre sus brazos cuando me abrazaba, de transmitirme su sabor cuando me besaba, de respirar suavemente en mi oído hasta dejarme dormida, y capaz sobre todo de no obligarse a ser de esta manera, de no imponerse hacer todas estas cosas que parecen tan elementales y casi nunca resultan serlo, y que desde luego yo no me atrevía a sospechar siquiera del amante furioso, feroz, que se había abalanzado sobre mí junto a la barra del único bar abierto, y me había mordido en los labios derribando con el codo izquierdo —esta vez él— los vasos vacíos que un camarero cansado de no hacer nada aún no se había acercado a retirar, antes de proponerse explorar mi cuerpo pequeño con sus manos grandes para sembrar un formidable estupor entre la concurrencia. Todos aquellos pulcros ciudadanos de la Confederación Helvética llegaron a ver seguramente la zona de refuerzo de mis medias, espuma negra en el borde de los muslos, y el color de mi sujetador blanco de encaje, mientras yo me desmayaba encima, debajo, entre esos dedos enormes que más parecían previstos para manejar una azada que para regular los sutilísimos mecanismos de las lentes de precisión. Luego se detuvo sin anunciarse, igual que había empezado, y no quiso mirarme, renunciando a registrar el acceso de calor que pintaba de rojo mis mejillas, mi cuello, mi frente, y me pregunté si estaría arrepentido de haber llegado tan lejos, tan pronto, o si habría sucumbido a un súbito ataque de la indeseable timidez que, pese a sus esfuerzos, cualquiera podía presentir más allá de un abrigo forrado de ingenio y frases hechas, pero me equivoqué, porque sólo estaba buscando dinero en sus bolsillos, y cuando lo encontró, lo dejó encima de la barra, y murmuró aquello.

—Te tenía muchas ganas —y desde ese instante sus ojos permanecieron fijos en los míos—, muchas, desde que te he visto... Me pasa sólo a veces, y me cuesta mucho trabajo controlarme.

Entonces fui yo quien bajó del taburete, yo quien se abalanzó sobre él, yo quien le mordió en los labios, y algunos viejos del fondo aplaudieron. No recuerdo siquiera cómo acertamos a llegar al hotel, qué misterioso instinto le guió mientras avanzábamos a trompicones, sus manos emboscadas en el vuelo de mi gabardina, todos mis botones abiertos, la falda sosteniéndose milagrosamente sola sobre mis caderas, y las medias explotando en un pequeño estrépito de roturas paralelas, confundidos el uno en el otro, más que abrazados, y perdidos, creía yo, hasta que reconocí la puerta del hotel y la atravesé sin darme cuenta de nada. Él había recobrado súbitamente la compostura y se acercó al mostrador para pedir dos llaves, me tendió una y me llevó de la mano hasta el ascensor. Su habitación estaba en el cuarto piso, la mía también. Cuando lo alcanzamos, me cedió el paso y salió detrás de mí, y los dos nos quedamos parados en el pasillo, uno frente a otro, mirándonos en silencio, como si de repente ya no tuviéramos nada más que hacer, nada que decir.

—Podemos ir a tu habitación, si quieres —murmuró él, después de un rato, y añadió una frase para maquillar su impaciencia, tal vez su desconcierto, de galantería, ese tradicional recurso de distancia—. Será mucho más cómodo para ti.

Yo le sonreí mientras me preguntaba si de verdad me apetecía acostarme con él, después de todo, y recuerdo nítidamente, y a pesar de la decisión con la que me negué más tarde a recordar ese detalle, que me daba un poco de pereza la idea, pero estaba muy emocionada, es curioso, ahora estoy casi segura de que la emoción desplazó a otros muchos sentimientos que ni siquiera llegaron a brotar en mi interior, como si hubieran muerto de asfixia antes de nacer, deseo, incertidumbre, lujuria, complicidad, cariño, admiración o autocomplacencia, nada de eso encontré en mí, sólo emoción, la promesa de un triunfo equívoco, una llave que parecía encajar exactamente en el cerrojo de esa puerta por la que se fuga el tiempo, mi tiempo.

No le dije que sí, pero eché a andar hacia mi cuarto, y él me siguió. Lo demás resultó demasiado similar a una aventura clásica entre vulgares mortales, mucho más de lo que a mí me habría gustado, y sin embargo, y aunque yo no conocía su cuerpo, ni él conocía el mío, mi piel reconoció la suya desde el principio, y pude besarle, abrazarle, acariciarle, sin escuchar esa irritante voz que otras veces me había recomendado, desde mis propias vísceras, que saliera corriendo lo antes posible con los ojos fijos en la única salida, sin perder el tiempo y sin decir nada, mis manos, mis pies, mi memoria y todo su contenido, volcados al unísono en el urgente rescate de mi dignidad. Pero nada de eso pasó, Nacho Huertas era un hombre dulce.

—¿Me quedo a dormir aquí? —me preguntó después—. Nunca sé muy bien qué hacer, no sé si es mejor irse o quedarse...

—¡Oh, bueno...! —dije yo para ganar tiempo, porque la verdad es que ya había imaginado lo maravillosamente bien que me sentiría al quedarme sola en aquella cama tan grande y tan caliente, evocando cada una de sus palabras, cada una de sus acciones, la presión exacta de cada uno de sus dedos sobre la superficie de mi cuerpo—. Quédate si quieres, pero sólo si te apetece, o si no... Haz lo que quieras.

Se levantó para ir al baño, y comprobé que tenía un culo estupendo, redondo, y carnoso, y duro, un culo para morder, para amasar, me encantan los culos de los hombres y se lo dije, le escuché reír al otro lado de la puerta. Luego, apagó la luz antes de meterse en la cama, y me abrazó, recorriendo mi espalda con las dos manos mientras me besaba suavemente en la cara, arrullándome como se suele hacer con los niños pequeños.

—Mi instinto no falla nunca —alcancé a escuchar antes de adormecerme—. Ya lo has visto...

Amanecí en el extremo de la cama estrictamente opuesto al que él ocupaba, pero me gustó encontrármelo debajo de las mismas sábanas. En contra de todo lo previsible, el despertar también fue dulce, tanto que me atreví a pedirle una cosa. Siempre había pensado que existe una familia de signos, apenas una docena de gestos breves, sin importancia, que bastan para convertir a un hombre en algo tan precioso, tan irreemplazable y tan vital como sólo algunos hombres logran llegar a ser. El primero de todos ellos tiene que ver con los desayunos. Un tío capaz de descolgar el teléfono por su propia iniciativa para pedir dos desayunos continentales con zumo de naranja, aplomo y decisión, puede llegar a ser el hombre de la vida de cualquiera, eso pensaba yo, aunque no me atreví a llegar tan lejos al sugerírselo.

—Pero es que yo no hablo alemán —objetó él, en cambio—, y prefiero desayunar abajo, se pierde menos tiempo, ¿no?

—Claro, claro —contesté, y no me consentí a mí misma el menor indicio de desánimo.

Algunos días después, cuando entré en el despacho de Ana para contarle cómo había ido todo, me encontré hablándole de Nacho casi sin proponérmelo, y ni siquiera me di cuenta de que, a fuerza de prohibirme a mí misma cualquier indicio de desánimo, lo que le estaba contando cada vez tenía menos que ver con lo que había ocurrido en realidad.

No conozco nada tan desmoralizador como llegar a casa hecha polvo y encontrar 23 llamadas registradas en la ventanita del contestador automático.

—Clack. Piií, Ana Luisa, hija, soy mamá. Acabo de escuchar tu mensaje y no me lo puedo creer, no te digo más... Es que, desde luego, las reuniones esas que te ponen en el trabajo, parece que lo hacen a mala idea, no sé... ¿Y con quién voy a ir yo ahora a la ópera? Por favor, si llamas a tu casa desde la oficina, llámame, estoy perdida, vamos, que no sé qué hacer. Un beso. / Clack. Piií, Anita, hija, soy tu padre. ¿Quién te creerás que me acaba de llamar? ¡Tu madre! ¿No es increíble? Y se me ha puesto a lloriquear porque no quiero ir a la ópera con ella, *Rigoletto*, ¡no te digo! ¿Y para qué nos hemos separado, a ver, puede saberse...? En fin, me imagino que no estás por ahí. Llámame esta noche y hablamos, muchos besos, cariño. / Clack. Piií, Ana Luisa, cielo, ya sé que no estás, pero en la oficina me han dicho que acababas de irte a no sé dónde, en fin, no me extraña, cuando estás, siempre estás reunida... Soy mamá. Papá me acaba de dar un disgusto horroroso, fíjate que he recurrido a él, porque no se me ocurría llamar a nadie más. A ver, mis amigas no podían, Elena está de viaje, Ángela había quedado con un novio rarísimo que se ha echado ahora, y Marisol ya se había comprometido a quedarse en casa cuidando a su nieta, total, que le he dicho, por favor, Pablo, ¿querrías acompañarme a la ópera...? Si a él de siempre le ha gustado mucho salir, no te puedes figurar la cantidad de broncas que hemos tenido por eso, bueno, pues le ha dado por decir barbaridades, y me ha salido con unas groserías intolera... / Clack. Piií, Sigo siendo yo, hija, hay que ver, qué contestador tan impaciente tienes... ¿Qué te estaba contando yo? Ah, sí, lo de tu padre, que no sabes qué disgusto me ha dado, porque una cosa es que nos hayamos separado y otra que, a estas alturas, después de treinta años de vivir juntos, no podamos salir ni una noche siquiera, vamos, digo yo... En fin, da lo mismo, ya

nada tiene remedio. Que te quiero. Llámame, por favor. Un beso. /
Clack. Piií, Mamá, soy Amanda. Llámame, que ya sabes que papá no
quiere que me gaste dinero en conferencias y necesito urgentisimísi-
mamente hablar contigo. Chao. / Clack. Piií, ... Hola... Hola Ana, soy
Angustias... Bueno... Pues que me he tenido que ir de tu casa media
hora antes porque tenía cita en el médico del seguro..., por lo de la
espalda de mi marido, ¿sabes...? Que no han venido los de la lavadora... Vale... Que adiós, que no sé hablar con el trasto éste... / Clack.
Piií, Anita, soy tu padre. Que no sé si me he pasado con tu madre,
hija, bueno, más bien que me he pasado. ¡Si es que a mí no me gusta
la ópera! Y ella lo sabe, ¿no lo va a saber? Total, que para esto no sé
por qué se empeñó en que nos separáramos... Si hablas con ella, dile
que siento mucho haberle dicho que no me salía de los cojones, y...,
y lo otro, ella sabe... No quiero que se enfade. Llámala, y llámame
luego. Muchos besos. / Clack. Piií, ¿Ana? Soy Paula. Ya sé que no estás ahí, pero te llamo por si llego a tiempo. Me acaba de llamar
mamá, ¿sabes?, que estaba llorando porque ha tenido otra bronca con
papá, etcétera. Lo típico, vamos. Yo creo que, igual, de ésta, vuelven
a volver. Bueno, a lo que iba. ¿Tú podrías quedarte con mi hijo esta
noche? Así acompañaría yo a mamá a la ópera. El niño está con la
chica hasta las ocho y media, y te lo puede dejar en casa cuando se
vaya. Adolfo está en Asturias, en un congreso de histólogos. Te vuelvo
a llamar, un beso. / Clack. Piií, ¿Ana?, soy Forito. Cuando llegues,
llámame, por favor, tengo que hablar contigo. / Clack. Piií, Mamá,
soy Amanda otra vez, por si habías vuelto ya. Vale, llámame, porfa.
Au revoir. / Clack. Piií, ¿Ana?, soy Félix. Cuando llames a Amanda,
dile que me pase el teléfono. Todavía tenemos asuntos comunes pendientes, y son deudas con el Fisco, lo siento. Voy a ir a Madrid dentro de un mes, como mucho dos, ya te contaré, un beso. / Clack.
Piií, Buenas tardes, llamamos del Servicio Técnico. Hemos estado en
su casa esta mañana y no hemos podido efectuar la reparación porque nadie nos ha abierto la puerta... Adiós... Gracias... / Clack. Piií,
Ana Luisa, hija, soy mamá. Parece que Paula puede acompañarme a la
ópera si tú puedes quedarte con el niño cuando se vaya la chica.
La función empieza a las ocho. Espero que llegues a casa antes de las
siete y media, porque si no... En fin, un beso. Te quiero. Soy mamá.
/ Clack. Piií, Anita, cariño, soy tu padre. Paula me acaba de llamar,
y me ha regañado mucho, pero yo creo que no tiene razón. ¿Por qué
me va a tener que gustar a mí la ópera, a ver, por qué? No quiero
que al final acabéis todos enfadados conmigo. Llámame esta noche,
anda. / Clack. Piií, Espero que éste sea el contestador de Ana Her-

nández Peña. Soy Marta Peregrin, y... No sé por qué, pero no he cobrado la factura de este mes, y eran cuatro reportajes. Necesito el dinero, desde luego, no puedo vivir del aire. Bueno, prefiero suponer que la culpa no es tuya, pero no estaría mal que me llamaras. Hasta luego. / Clack. Piií, Hola Ana, soy Mariola. Esta noche tenemos una cita muy importante, y nos ha fallado la canguro. Te llamaba por si tú no tenías nada que hacer... pero ya veo que no estás. Si llegas pronto, llama, de todas formas. Gracias. / Clack. Piií, ¡Anitaaa! Soy tu hermano Antonio. Mamá me está poniendo la cabeza como un bombo, y era para que me lo contaras, porque desde luego no pienso quitar el contestador... Bueno, pues ya nos veremos. Un besazo, guapa. / Clack. Piií, Ana Luisa, hija, soy mamá. Todo está arreglado, tú no te preocupes por nada. He llamado a mi amiga Marisol y me ha dicho que le daba lo mismo cuidar a su nieta sola, o con mi nieto, así que Paula y yo nos vamos a ver *Rigoletto*. ¡Me hace tanta ilusión! Ya te contaré. Un beso. / Clack. Piií, Hola, Ana, soy Paula. Que al final, Jorge se va a quedar en casa de Marisol, todo arreglado. Espero no dormirme en la ópera. Te llamo luego, un beso. / Clack. Piií, ¿Ana? Soy Félix... ¿Todavía no has vuelto? ¡Joder, qué vida te pegas! Llámanos. Amanda quiere hablar contigo y yo también. / Clack. Piií, Anita, hija, soy tu padre... En casa de mamá no hay nadie, en casa de Paula tampoco, Antonio y tú con el contestador y Mariola sin haberse enterado de nada, para variar. No estaréis enfadados conmigo, ¿verdad? Por favor, dime algo. Te quiero mucho, hija, muchos besos. / Clack. Piií, ¡Albricias, Ana! Soy Fran. Supongo que no te habrá dado tiempo a volver a casa, pero necesitaba contarte que, de momento, en los registros del ISBN no existe ningún *Atlas de Geografía Humana* en fascículos. ¡Has estado genial! Que lo sepas. Hasta mañana y un beso. / Clack. Piií, Ana, soy Forito... Es urgente, es que... no he cobrado este mes. No sé si lo han hecho con todos, o... A ver si puedes llamarme, por favor. / Clack. Piií, ¿Anita? Soy Nacho Huertas. Te llamo para pedirte el teléfono de Rosa Lara. Me... me ha llamado, y yo también tengo que hablar con ella. Espero que todo vaya estupendamente, muchos besos. / Clack. Piií. Clack. Clack. Pi.

Nada más descorazonador que escuchar precisamente estos 23 mensajes cuando llego a casa hecha polvo, podría haberme dicho, pero me consolé pensando que, al menos, la colección estaba a salvo, y que la había salvado yo. Todavía me ponía colorada cada vez que recordaba aquella cena, el desastre de las fotos de Suiza, aquel error tan tonto que nunca me podré perdonar precisamente por eso, y sobre todo porque había ocurrido en el peor momento de Rosa, la fase más crítica de la enfermedad del tiburón, ese virus voracísimo que la había atacado apenas vio su nombre en la puerta de un despacho, para transformarla de golpe en una especie de desproporcionado híbrido de Fran y la redactora divertida, inteligente y muy normal, que era ella misma cuando yo la conocí, en otro despacho del mismo edificio. La gente me cae bien en general, pero a Rosa he llegado incluso a cogerle cariño, por eso me dio tanta rabia proporcionarle un motivo más para perseverar en la infamia del superior implacable. Sin embargo, aquella misma tarde, cuando Fran nos convocó en su despacho sin avisar, sin atender a excusas y sin una triste copa de por medio, esa escueta hospitalidad que preludia las verdaderas emergencias, su sonrisa ausente, una expresión tan inmutable como si le hubieran prendido los labios con alfileres el mismo día que vino a verme, a la vuelta de Lucerna, hacía una semana ya, apenas me sugirió algo más que aquello de que el remedio puede ser peor que la enfermedad.

—¡Hijos de puta!

Eso fue todo lo que dijo, y no era para menos, desde luego. Yo ni siquiera llegué a tanto, porque desde que me encontré a Fran sentada y no de pie, callada y no engarzando un discurso casi cómico a base de frases hechas —os he convocado para cambiar impresiones, creo que conviene reactualizar el programa, es el momento oportuno para hacer un balance...—, y seria, no con sonrisa de flamante alumna de máster en relaciones públicas, esperaba malas noticias, pero nunca una putada semejante.

—Planeta-Agostini saca el lunes próximo a la calle un *Atlas de Geografía Universal* en 122 fascículos, para venta en quioscos —se limitó a informarnos, con su acento más seco y más concentrado—. La campaña de publicidad en televisión empieza el fin de semana que viene. En cuatro cadenas.

—¡Hijos de puta! —dijo Rosa. Y nadie se atrevió a decir nada más.

Cuando se acumuló tal cantidad de silencio que empecé a escuchar el interior de mis propios oídos, yo misma avancé la conclusión inevitable.

—Habrá que cambiarle el nombre al nuestro.

—Por supuesto —Fran asentía con la cabeza porque no le estaba contando nada nuevo—, pero está jodido, ¿sabes?, porque *Atlas de Geografía General* ya existe, *Atlas de Geografía Mundial* también, ése lo editamos nosotros mismos, en edición escolar, *Atlas General de Geografía* es un nombre registrado aunque nunca se ha llegado a publicar una obra que se llame así. Con deciros que existe hasta un *Atlas de la Tierra*, ya os digo bastante. *Países del Mundo, Imágenes del Mundo...*, existen títulos para todos los gustos. Con *Atlas Mundial de Geografía* no se ha atrevido nadie, pero suena fatal.

—Sí —murmuró Marisa, torciendo los labios—, suena un poco a-a chiste.

—Estupendo... —resumí, y el silencio se instaló de nuevo entre nosotras mientras Rosa seguía sonriendo como una boba, mirando al techo como si desde allí pudiera mirarse por dentro, o mirar a ninguna parte.

—Hay que encontrar un adjetivo —Fran volvió a la carga después de una pausa muy larga—, ¿pero cuál? Planetario es ridículo, Terrenal suena a pecado. ¿*Atlas del Planeta...*? No, eso parece una broma. Absoluto, Total, Completo... No sirve ninguno. Llevo dos horas rompiéndome la cabeza y nada. No lo encuentro. Podríamos titularlo *Geografía Universal,* a secas, pero entonces lo confundirían con el de Planeta, y el suyo sale antes. Aunque ya he decidido retrasar nuestra salida más de un mes, no podemos correr ese riesgo.

—¿Y a-algo de ecología? —Marisa nos miró, expectante, y Fran tardó algunos segundos en negar con la cabeza, en su dirección—. Bueno, como está ta-an de moda...

—Ya, pero no encaja con el texto. No se me había ocurrido antes, y es una buena idea, la verdad, pero no vale, porque hemos hecho hincapié exactamente en lo contrario, el arte, la cultura, las costumbres...

—¡No! —chillé—. ¡Ya lo tengo! Se me ha ocurrido ahora mismo, y creo que es buenísimo, pero buenísimo, en serio... Lo titulamos *Atlas de Geografía Humana* y andando. ¿Qué tal?

—Fantástico, Ana —y Fran se atrevió incluso a sonreír—. Sencillamente... Cojonudo, vamos.

La expresión de Rosa no cambió un ápice desde el planteamiento de la crisis hasta su resolución, y me pregunté cómo era posible que una tía tan sensata, tan lista, tan de vuelta de todo en apariencia, hubiera caído en las redes de un tipo como Nacho Huertas. La llamada que encontré en el contestador me hizo dudar, sin embargo, y cuando por fin pude rebobinar la cinta y estudiar con calma la lista de las llamadas que había recibido para intentar reducir al mínimo posible las que debería devolver a continuación, comprobé que antes, sin darme cuenta, había rodeado su nombre con un círculo, como si fuera una cifra, una solución, el resultado de una esquiva operación matemática. Decidí dejarle para el final, de todas formas.

Amanda comunicaba. Marqué una segunda vez aquella excesiva cadena de dígitos para estar segura de que no me había equivocado, como siempre que llamo a París, y dejé pasar unos minutos antes de hacer todavía un tercer intento, aunque sólo fuera por fidelidad a ese enorme número uno que había situado junto al nombre de mi hija y subrayado con tres definitivos trazos, al ordenar las llamadas inevitables.

Separarme de Amanda me había costado mucho más trabajo del que jamás me habría atrevido a sospechar, y todavía entonces, casi seis meses después de su partida, cuando descolgaba el teléfono para llamarla y no conseguía hablar con ella, me asaltaba una desazón inexplicable, la absurda tentación de contarme mi propia vida al revés, como una descabellada necesidad de sentirme inmediata y absolutamente culpable por haberla perdido. En realidad, no la he perdido, pero a veces necesito cierto tiempo para recordarlo, para recuperar incluso la íntima felicidad que me asaltó al escucharla aquella mañana de sol de un verano recién estrenado, mientras disfrutábamos del mejor baño, el más temprano, en la piscina del edificio de apartamentos donde vive mi padre ahora. En aquel momento, me di cuenta de que ya lo había hecho todo, y de que lo había hecho bien. Mi hija, quince años recién cumplidos, razonaba como cualquier adulto al recapitular para mí, conmigo, y en voz alta, pasando por alto todos los desalentadores comentarios de su abuelo, las ventajas y los inconvenientes de su último proyecto, su primer auténtico proyecto, que pasaba por irse a vivir a París, con su padre. Nunca supuse que fuera a marcharse de verdad.

Jamás me gustó que Amanda se tomara tan en serio sus clases de ballet. La idea fue de mi marido, naturalmente, y al principio no me pareció mal, sobre todo porque se trataba de una actividad normal, hasta corriente, una saludable disciplina física que practican a la vez varios millones de niñas pequeñas en todo el mundo. Su vulgaridad representó un respiro, imprescindible ya para mí, en el descabellado plan que Félix había trazado, sin llegar a darse mucha cuenta, para convertir a nuestra hija en un bebé prodigio, tan genial, supongo, como él mismo se ha encontrado siempre a sí mismo. Cuando me matriculó en aquellos extravagantes cursillos de estimulación prenatal, todavía estaba tan colgada de él que ni siquiera tuve que simular mi entusiasmo. Tenía diecinueve años y no me había quedado embarazada por azar, nada de eso. El famoso pintor estaba a punto de cumplir treinta, y necesitaba tener un hijo antes de abordar la primera frontera crítica, esa barrera que altera el peso específico del tiempo, la amenaza de los años que se ahuecan, días que se afinan y adelgazan hasta arriesgar su propia consistencia, semanas progresivamente exiguas, incapaces de afrontar la distancia de unos viernes y unos sábados que cada vez se parecen más a los lunes y los martes, eso decía él, que la edad se paga con la levedad del tiempo, como si la vida sólo pudiera cobrarse en su antigua densidad, moneda de la juventud, que caduca igual que aquélla, y tenía razón, pero eso lo sé solamente ahora, cuando ya estoy, yo también, al otro lado de los treinta años, y empiezo a dejar de estar arrepentida de muchas cosas.

Amanda es la primera de todas. La he querido tanto como cualquier persona con suerte pueda querer a sus hijos y mucho más, porque desde aquel día en que mis ojos se perdieron en los ojos de Félix para anunciarle, con parejas dosis de admiración y de inconsciencia, que yo sería la madre de ese niño que tanto parecía necesitar, no ha habido otra válvula que regulara mi vida, y sin embargo, y porque es posible sentir al margen de un amor del que jamás se duda, durante muchos años creí que Amanda había sido el mayor de mis errores. Como mínimo, me equivocaba a medias.

No lo comprendí aquella mañana de diciembre, cuando el mundo estalló entre mis manos. Hacía mucho frío, pero mucho sol, esa bendita luz avasallando el aire hasta ganar el centro del pequeño estudio donde entonces vivía mi hermano Antonio, que se instalaba en la casa de su novia para prestarme la suya cada vez que volvía a Madrid. Amanda acababa de cumplir cuatro años. La dejé jugando en el suelo con las piezas de una arquitectura de madera cuando salí al balcón para respirar, para tiritar, para empaparme de aquel prodigio, una mañana de invierno en Madrid, el frío más puro, el sol inmaculado y un cielo tan azul como si pretendiera insultarme, burlarse de mí, mientras me adornaba con su color intenso, acuático, limpísimo, enemigo del plomo, ese otro cielo gris, sucio, turbio, que se infiltraba en mis párpados, gota a gota, para derramar tristeza y pesar sobre mis pestañas como el tedio, como la nostalgia, como el rencor. Hambrienta de luz, no escuché la puerta, ni los pasos de Amanda, Antonio tuvo que salir al balcón para encontrarme, ¿qué te pasa?, ¿a mí?, sí, estás muy rara, Ana, qué va, si no es nada, en serio, ¿quieres que salgamos a tomar una caña?, entonces sonreí y le dije que sí, porque nada en el mundo me gustaba tanto como escuchar aquellas palabras, salir, tomar una caña, ir de copas, ¿qué le pongo de tapa?, dar un paseo, ver escaparates, sentarse en una terraza, disfrutaba de todo como cuando era pequeña, más que cuando era pequeña, avanzar despacio por aceras repletas de gente que avanza despacio, parándose a cada rato para acercarse a una vitrina, para entrar en una tienda a preguntar un precio, para saludar a otros transeúntes, el vecino de arriba, un compañero de trabajo, el frutero, el zapatero, la gitana que vende flores en la esquina, y llamarles por sus nombres, y acordarse de quién tiene artrosis y quién a un niño en la cama con gripe, y preguntar, criticar, aconsejar, cotillear, tomar el pelo al que se deja, comentar esa película que pusieron anoche por televisión, pasear un poquito, echar un ratito de charla, dar una vueltecita, jugar una partidita de mus, tomarse un cafetito, o un chocolate con unos churritos, en una ciudad donde hay tantos placeres pequeños que nombrar con diminutivos, y tanta gente, tantos bares, tantas calles, tantos millones de maneras de saber perder el tiempo, lo echaba todo de menos, lo echaba tanto de menos que, cada vez que volvía, las fachadas de ladrillo me parecían personas, rostros amables, familiares, ojos oscuros en los huecos de los balcones, y mi mirada saludaba cada edificio desde la acera hasta el tejado, manchas verdes de macetas en las terrazas de los áticos y ángulos de tejas rojas, rojo intenso contra el azul de un cielo intenso, porque los colores dejan de ser cualidades para convertirse en seres completos cuando alguien los abandona para irse a vivir a un gigantesco patio de armas triste de gris, sucio de negro.

Cuando atravesamos las puertas de cristal de mi bar preferido, una gran cervecería de Eloy Gonzalo —cerveza de barril, vermut de barril, sidra de barril, botellas de vino de todas las bodegas españolas, y una descomunal barra en U cubierta de expositores de cristal tras los que se agolpaban bandejas y fuentes con, tal vez, un centenar de tapas distintas—, nos recibió un monótono sonsonete de números, la preceptiva salmodia del rito inaugural, el más pagano, por eso recordaré siempre la fecha, 22 de diciembre, todo el mundo pendiente del sorteo de Navidad, yo no jugaba, Antonio sí, participaciones de todos los precios en diez o doce números distintos, mil pesetas con mis padres y un décimo entero a medias con su novia de entonces, pero yo no jugaba, eso fue lo primero que pensé, y se me hizo un nudo en la garganta, porque yo no jugaba, y la lotería era lo de menos, y esa botellita de cristal transparente, rellena de un líquido muy claro, entre blanco y amarillo, con un tapón de corcho perforado por una boquilla de metal, que el camarero acercó a nuestras dos cañas junto con un plato diminuto en el que se contaban siete u ocho berberechos, importaba todavía menos, pero me hizo mucha ilusión verla, levantarla, inclinarla con cuidado sobre el cuerpo de los pequeñísimos moluscos desnudos, era un aliño de agua con sal, vino blanco y unas gotas de limón, lo conocía desde niña pero apenas recordaba su sabor, había perdido ya tantos sabores, ¿qué te apetece?, mi hermano se había inclinado sobre la barra para estudiar la oferta de los mostradores,

¿boquerones en vinagre?, sí, contesté, mientras masticaba un berberecho, me gustan mucho los boquerones, él no me miró mientras hablaba con el camarero y luego fue demasiado tarde, póngame unas pocas patatas fritas para la niña y unas aceitunas..., no, rellenas no, hizo una pausa antes de sentenciarme, mejor de Camporreal, a ti te gustaban mucho, ¿no, Ana?, y ya no pude contestar, me limité a mover la cabeza de arriba abajo, claro que me gustaban, quise responder, y todavía me encantan, aceitunas de Camporreal, mis favoritas, que no son verdes, como las sevillanas, ni negras del todo, como esas tan gordas, de lata, pero tienen un punto único, una nota amarga en la dulzura de las hierbas maceradas, sacrificadas en beneficio de la oscuridad brillante de unos frutos capaces de doler en la memoria, aceitunas de Camporreal, la clave del enigma, aceitunas de Camporreal, la cifra de la pérdida, aceitunas de Camporreal, un nombre de la ausencia, y las que más me gustan...

¿Qué te pasa, Ana?, Antonio apenas pudo ver mi rostro, tan deprisa lo escondí entre las solapas de su cazadora de cuero, ¿qué te pasa?, no podía verme, pero me oía llorar, a la fuerza tenía que oírme llorar porque yo no había llorado así en mi vida, mi llanto se imponía al eco del sorteo televisado, a los crujidos de las servilletas de papel, al ruido de los vasos que se entrechocaban sobre la barra, al rumor de las conversaciones que sostenían el sordo estrépito de un bar lleno de gente, yo apenas alcanzaba a escuchar mi llanto y una sola pregunta, mil veces repetida, ¿qué te pasa, Ana?, y no podía contestar, la piel de mi cara se estaba quemando y las puntas de mis labios se dolían en los extremos de una mueca desencajada y tensísima, grotescamente parecida a una sonrisa abierta, pero yo no podía hacer ninguna cosa por ellos, nada por mí, sólo llorar, y lloré como si fuera posible desangrarse de llanto. Luego, después de una eternidad que en los relojes apenas abarcó el espacio de cinco minutos, recobré una apariencia de serenidad, y ni siquiera entonces fui capaz de explicarle a mi hermano lo que me pasaba, pero antes de que la mañana terminara del todo, dejé de encontrarme sola. Inexplicablemente, sentía que la ciudad, mi ciudad, me acompañaba. Aquella misma noche anuncié a Félix, por teléfono, que había decidido no volver a París después de Reyes.

Luego, durante muchos años, espanté sin querer docenas de conversaciones tras confesar, con un acento tan vehemente de sinceridad como audaz de puro inocente, que París me parecía una ciudad detestable. Y es verdad que la detesto, pero además, allí fui muy infeliz.

Cada ciudad posee su propio rostro, su propio gusto, su propio carácter, y el tiempo no transcurre a la misma velocidad en todas ellas. Entre las bolas negras del gigantesco bombo que echa a andar cuando nace una persona, para que el azar, como esas malas brujas que irrumpen por sorpresa en los bautizos, accione la palanca con una mano esencialmente caprichosa, insensible, ignorante de la piedad, se cuenta también la incompatibilidad de ciertos rostros, ciertos gustos, ciertos caracteres, con la voluntad de la ciudad a la que están abocados. En ese preciso tramo del sorteo, yo recibí una bola blanca, pero las cosas no habrían ido mejor si Félix y yo nos hubiéramos quedado a vivir en Madrid, y su bola negra, entonces, habría pesado muy poco. Sin embargo, ya se sabe que hasta las madres más indiferentes con la suerte de los niños que hablan solos en el patio familiar son capaces de volverse locas de alegría cuando recuperan al que se ha perdido. Las madres amantes, mucho más peligrosas, destilan en esas ocasiones un licor espeso, dulcísimo, impregnado del aroma de la culpa, denso como el arrepentimiento, un beso líquido que puede llegar a vivir eternamente en el paladar de quien esté dispuesto a renunciar para siempre a otro amor. Por eso no dudé antes de aceptar gozosamente el cálido chantaje de la ciudad que me tendió sus brazos, por eso corrí a refugiarme en su pecho, y cerré los ojos sin pensar, y cuadré a toda prisa las cifras de mi vida para obtener un cero y empezar otra vez, columpiándome entre las ovaladas paredes de ese número sabio que expresa la nada. Tenía veinticuatro años, una hija de cuatro, una familia que había dejado de lamentar mi pérdida, y ningún título, ninguna experiencia, ninguna idea, siquiera aproximada, de cómo iba a lograr ganarme la vida.

Después de casi diez minutos de espera forzada, Amanda seguía comunicando, y decidí saltármela para ahorrarme el riesgo de ser injusta. No me atrevía a confesarlo en voz alta, pero lo cierto es que me descomponía por dentro cada vez que necesitaba recordar que ya no vivía en Madrid, conmigo, sino en París, con su padre, y que eso ocurría precisamente ahora, justo cuando estaba empezando a desprenderme de la inquietante sensación de vivir como rehén perpetua de mi propia hija.

Al principio, tras su partida, no podía evitar la tentación de consolarme a mí misma pensando cuánto mejor habría sido que su padre la reclamara once años antes, cuando empecé a vivir un frenesí de canguros, listas de la compra y platos preparados, años enteros sin pisar un cine, sin comprarme ropa, sin lograr reprimir un escalofrío de miedo auténtico cada vez que identificaba un sobre del banco al otro lado de la rejilla del buzón. La niña se chupaba más de la mitad de mi primer sueldo, recepcionista/chica de los recados en un archivo fotográfico cuyo principal accionista era al mismo tiempo el socio mayoritario de la galería que llevaba a Félix en exclusiva, el mejor contacto que pude encontrar al regresar a una ciudad que había abandonado cuando todas mis amigas eran al mismo tiempo compañeras del instituto. Mi marido no estaba dispuesto a subvencionar en ningún grado la educación prosaica, convencional, pequeñoburguesa y potencialmente castradora de toda creatividad que, en su opinión, yo había diseñado para la niña, así que yo pagaba un colegio normal, con un comedor normal y una ruta de autobús normal, y él corría con los gastos del ballet, el violín Suzuki y el taller de expresividad teatral de los sábados por la mañana —que por cierto, me venía muy bien para hacer la compra—, y se negaba en redondo a admitir que Amanda, al margen de las necesidades del espíritu, tuviera también un cuerpo que precisara de alimentos, ropa, agua caliente, luz eléctrica, calefacción en invierno y un poco de aire libre en verano. Vuestra casa está aquí, me decía, aquí hay luz, y agua, y calefacción, y espacio, y objetos que son vuestros. Vuelve... Eso me decía, y al escucharlo, las primeras veces, me ponía colorada de rabia y de indignación. Luego, empezó a darme lo mismo, y al final, tenía que colgar apresuradamente para que no se diera cuenta de que me estaba muriendo de risa. Algunas noches del día 29 de cualquier mes, en cambio, mientras hacía solitarios con los recibos —éste lo pago, éste no, éste lo pago, éste no—, antes de resignarme a recurrir, una vez más que nunca sería la última, a la peligrosísima generosidad de mis padres, mi situación me parecía bastante menos cómica, pero incluso entonces me imponía una especie de estado de alerta interior que me parecía imprescindible para no acabar viendo doble, porque lo cierto era que yo me había ido de casa, yo me había llevado a Amanda, yo vivía con ella, y yo no estaba dispuesta a retroceder ni un milímetro en las consecuencias de todas estas decisiones. Y si en aquella época no reconocía otro verdugo que mis propios, implacables, sucesivos errores, once años después me resultaba difícil concebir algo tan indigno como recubrir los errores de Félix con un turbio barniz de reivindicaciones caducadas. Si once años antes me hubiera reclamado a la niña, me habría negado a entregársela, simplemente, pero tenía que obligarme a recordarlo antes de admitir que Amanda se había ido a vivir con él por su propia voluntad, y punto.

Mi pobre padre, que se merecía de sobra el segundo puesto en la lista de urgencias, también comunicaba. Forito, mi mejor amigo de aquellos viejos y peores tiempos del regreso, descolgó el teléfono al segundo aviso, en cambio.

—Tú no te preocupes por nada, Foro —intenté tranquilizarle en el primer, mínimo hueco de silencio, que sucedió a la atropellada relación de sus tribulaciones—. No sé muy bien lo que ha pasado este mes, pero todos los colaboradores están igual.

—Claro, si no pasan las facturas...

—No, eso no, en serio. Fran firmó tu factura, estoy segura —le escuchaba respirar, nervioso, al otro lado de la línea, y forcé la voz, para contagiarla de mis propias convicciones—. Fran es absolutamente de fiar, te lo digo yo. Será muy pesada con los plazos, muy exigente con el trabajo y todo lo que tú quieras, pero para las pelas es superlegal, te lo juro, no tiene nada que ver con el resto de su familia... Mira, por cierto, esa recomendada que su hermano Miguel nos metió por las narices, está exactamente igual, me acaba de llamar ella también. Y ya sabes que él es un chorizo, pero se la debe estar follando, así que, por la cuenta que le trae...

—Ya, pero... ¿Y yo qué hago?

—Pues nada, de momento nada, esperarme. Mañana, lo primero que hago al llegar a la oficina es pasarme por Contabilidad, a preguntar, tú tranquilo... Y si hace falta, hablo con Fran y que monte un pollo. Tampoco sería la primera vez.

—No, eso es verdad.

Si me atreví a ir más allá, fue porque estaba tan convencida de que confiaba en mí como de que mi discurso todavía no había logrado serenarle del todo.

—Y otra cosa, Foro. Si necesitas dinero adelantado para el alquiler, o... para lo que sea, dímelo. Yo te lo dejo encantada.

—Ni hablar, ni hablar, ni hablar, ni hablar —mi oferta había aportado una garantía suficiente para que el viejo pájaro mojado que piaba en mi oído un par de segundos antes se hubiera disuelto ya en·beneficio del vehemente, cortés y alcoholizado caballero al que estaba acostumbrada—. Eso ni me lo vuelvas a decir, que me enfado.

—¿Cómo que no? —insistí, de todas formas, porque me daba mucha rabia saber que en emergencias como aquélla no le quedaba más remedio que tirar de los ahorros que juntaba milagrosamente para pagar la carrera de su hijo, y porque mis palabras, además, eran sinceras—. De verdad, tío, que no me importa, van a ser unos días solamente. Estos hijos de puta retienen los pagos porque deben tener el dinero invertido a plazo por semanas, o a lo mejor hasta por días, vete tú a saber...

—¡Que no! —él también insistió, fingiendo un teatral acceso de rudeza antes de instalarse en una concupiscencia zumbona que me advirtió que por fin había logrado convencerle—. Nunca he consentido que las mujeres me mantengan a cambio de nada. Si necesitaras algo, ya sería otra cosa... Podríamos estudiarlo.

—¡Pues sí —reí, y él me acompañó en la otra punta de la línea—, era lo que me faltaba, a mí, reconocer que necesito otra cosa! ¡Estás hecho un viejo verde...! Bueno, ven a verme mañana, como a las once, ¿vale? Y otra cosa. ¿Estás bien?

—No estoy demasiado mal. ¿Y tú?

—Yo también podría estar peor.

Y sin embargo, cuando colgué el teléfono ya me había indignado a fondo. De todas las catástrofes inevitablemente aparejadas a la edad que mi madre disfrutaba prediciendo para mí cuando yo era apenas una adolescente, ésta es la única que no se ha cumplido en el plazo previsto. Me he inflado de hacer tonterías con mi vida, me he arrepentido de no haber estudiado en la universidad, he llorado amargamente por desperdiciar mi juventud al lado de un hombre equivocado, debería haber conocido a otros chicos antes de ennoviarme con el primero que se me cruzó, nada me consuela por haberme casado tres semanas después de conquistar la mayoría de edad, el peor error de cuantos podía cometer fue largarme a vivir al extranjero de recién casada, jamás debería haber tenido un hijo tan joven, eso sí, todo eso sí, lo admito, lo reconozco, lo padezco, pero, a cambio, aún me sigo indignando con una facilidad asombrosa, me paso media vida indignada, y lo celebro, porque no dispongo de ningún otro indicio para sospechar que mi vida, yo misma, quizás también otras cosas en este mundo, tenemos arreglo. El día que por fin deje de indignarme, me habré muerto o habré empezado a estar de acuerdo con lo que soy, es decir, seré feliz. Sólo la milagrosa perspectiva de la segunda hipótesis compensa el riesgo incalculablemente atroz de la primera.

Nadie que esté acostumbrado a vivir sin hacer números, a ofrecerse a pagar rondas de cerveza sin tener que pensarlo dos veces, a dejar que los días pasen apaciblemente en pos del último de cada mes, en la inconmovible certeza de que esa fecha coincidirá con el ingreso de una nueva, flamante, rotunda nómina en su cuenta corriente del banco, puede imaginar siquiera la secreta angustia que hace envejecer deprisa a los colaboradores. Nadie que no haya sentido que sus piernas se aflojan a cada paso mientras avanza por un pasillo siempre largo y de repente brevísimo, para percibir después que la saliva ha abandonado repentinamente su boca, y carraspear de rabia al divisar una ventanilla de marcos metálicos antes de saludar, con una cortesía forzada más propia de las súplicas, a cualquier empleadillo con cara de mala leche —siempre están de mala leche, como si quisieran aparentar que el dinero que pagan es suyo, bien instalados en el más puro, abyecto grado de la gusanidad—, puede siquiera sospechar lo humillante que resulta tener que reclamar, con un mes, o dos, o tres meses de retraso, un dinero viejo y casi siempre gastado de antemano, que ya ni siquiera hace ilusión cobrar. Yo, en cambio, he tenido que afrontar ese viaje tantas veces antes de ganarme a pulso, como casi todo el mundo en esta profesión, un contrato de obra en condiciones aceptables, que no puedo perdonar la brutal desmemoria de quienes, en mi misma situación, son incapaces de mover un dedo para que sus colaboradores cobren a tiempo. Rosa, que también sabe lo que significa vivir a cuenta de facturas atrasadas, se mostró en cambio dispuesta a colaborar conmigo desde el primer momento. En mi departamento, los fotógrafos que trabajan por su cuenta cobran antes que los archivos independientes, y éstos, antes que los que pertenecen a editoriales de la competencia. O eso es lo que intentamos, por lo menos. Y si me indigné tanto después de tranquilizar a Foro, fue porque estaba segura de que la cadena no se había roto en Fran.

Doña Francisca Antúnez, un nombre temible, inmediato a la cúspide en el gigantesco organigrama que preside el vestíbulo, es una mujer bastante particular, como deben de serlo, supongo, todas las personas que habitan en la exacta intersección de media docena de contradicciones perpetuas. La conozco desde hace muchos años y apenas conozco algo de ella, pero siempre he sospechado que sería mucho más feliz si le hubiera tocado vivir una vida distinta, cualquier otra vida que sería más fácil siendo más difícil, más cómoda siendo más dura, más afortunada siéndolo muchísimo menos que la que le ha tocado vivir en realidad. Sin embargo, no me extrañaría tropezarme con alguien que opinara exactamente lo contrario, porque el saldo de cualquier batalla de resultado eternamente incierto consiste siempre en esa precisa dosis de ambigüedad que define a Fran —como está obligado a llamarla todo el mundo, botones, secretarias y porteros incluidos— por dentro y por fuera, más que cualquier otro rasgo.

Desgarbada más que alta, huesuda más que delgada, nadie que haya dispuesto de tantas oportunidades para parecerse a una garza logra evocar tan certeramente la silueta de una cigüeña patosa. Siempre parapetada tras el precio de una ropa excelente y excelentemente escogida —en la que sin embargo parece buscar refugio, más que esa complaciente seguridad que fabrica a una mujer elegante—, su rostro anguloso, de rasgos duros, casi masculinos, se derrumba a veces sin aparentarlo. Entonces sus ojos, unos ojos en cambio muy bonitos y muy dulces, se agrandan durante un instante, contagiándose de la líquida indecisión que esmalta los ojos de los niños que están a punto de echarse a llorar, pero Fran no llora nunca. A cambio, sus labios se tensan mientras multiplican sus órdenes, más tajantes, más inapelables, más molestas de lo habitual. Hay gente, escasa pero sincera, que la encuentra atractiva. Son más los que dicen que es fea, aun reconociendo que ese adjetivo no le cuadra exactamente, pero estoy segura de que la mayoría de las personas que la conocen serían incapaces de clasificarla en una categoría convencional, y no sólo en lo que respecta a su aspecto. Nunca he trabajado para nadie que estuviera tan empeñado en mandar tanto y que, al mismo tiempo, pareciera tan incómodo en la tarea de mandar. Nunca un empresario de izquierdas se ha dejado tanto el alma en seguir siendo a la vez empresario y de izquierdas, sufriendo como ella sufre en el trance de ser fiel a un proyecto tan exótico, y a la vez, a su familia y a su marido, abogado laboralista —fundador y propietario de un despacho donde trabajan por lo menos veinte abogados laboralistas más—, listísimo, rojísimo y riquísimo, que resolvió todos sus conflictos de un plumazo hace un montón de años dejando de tratar, en primer lugar, a la familia de su mujer, con la única excepción de su suegro, que tampoco se habla con sus hijos varones. Cuando Fran menciona el nombre de su marido, baja la voz, como si tuviera miedo de desgastarlo. Su amor por él, después de tantos años, me parece tan monstruosamente prodigioso, tan prodigiosamente envidiable, que me basta para perdonarle casi cualquier cosa, incluso en los días peores. Sus hermanos ya son otro tema.

Antonio Antúnez es un hombre muy capaz, ambicioso, elegante, discreto, sobrio, impecablemente educado y un auténtico cabrón. Miguel, el primogénito, es menos capaz, mucho menos ambicioso, más elegante, poco discreto, nada sobrio, e igual de impecablemente educado, eso sí. Es mejor que su hermano si la calidad de una persona se mide en el número de sus escrúpulos morales, pero infinitamente más chulo, y además, el hombre más guapo con el que me he acostado en mi vida.

Cuando me enrollé con él, apenas conocía a Fran de vista. No hacía ni dos meses que había empezado a colaborar en la editorial, y en otro departamento, por cierto, nada que ver con sus dominios de libro de texto, pero me echó el ojo la primera vez que nos cruzamos por un pasillo, y yo me di cuenta, y me pareció muy bien, los tíos como él no andan precisamente sueltos por ahí. Me sacaba holgadamente la cabeza, así que debía de medir más de un metro noventa, y disponía de un cuerpo a juego, todo un lujo para esa clase de mujeres que todavía no sabemos bailar derechas porque tuvimos que aprender con chicos muy bajitos. Tenía el pelo negro, los ojos negros, los dientes blanquísimos, y una piel perfecta, lisa, mullida, que brillaba como si estuviera perpetuamente impregnada de aceite —nada que ver con los granos y las manchas y las verruguitas que estampan el escote y los hombros de Fran cuando se pone vestidos de tirantes, en verano—, y era muy guapo, tan guapo que sus labios parecían hincharse y crujir cada vez que sonreía, y sus pestañas, larguísimas, hacían casi ruido al tropezarse entre sí desde el borde de sus párpados. El hombre inmejorable, eso me pareció, y por eso me dejé cortejar mínimamente en despachos y pasillos —el viejo truco de la cola de la fotocopiadora— para resistirme sólo la primera vez que me propuso ir a tomar una copa, después de haber comprobado, desde la ventana adecuada, cómo perdía el tiempo tontamente en el hall del edificio, hablando con las recepcionistas, con el portero, hojeando las revistas destinadas a las visitas, mientras esperaba a que yo saliera.

La segunda vez le dije que no podía ir a tomar copas directamente desde la editorial porque tenía que relevar a la canguro de mi hija, pero antes de que el desaliento amargara del todo las comisuras de su boca, le aclaré que, si me avisaba con tiempo, podíamos quedar cualquiera de aquellas noches. Y me avisó con tanto tiempo que fue allí mismo. Mañana, propuso, no, le contesté, mañana no pue..., pasado mañana, rectificó, y sonreí para mí, halagada por su ansiedad, hice una pausa antes de acceder, vale, y quedamos, dejé a Amanda en casa de mis padres por si acababa trasnochando más de la cuenta, pero no llegamos a tomar copas, sólo una, la situación explotó antes de que tuviéramos tiempo para acceder al plural, vamos, dijo solamente, vamos, se había empeñado en citarme al lado de mi casa con la excusa de que seguramente llegaría tarde y no quería hacerme esperar, así que fuimos, y llegamos enseguida, y fue estupendo, porque desnudo, el hermano de Fran siguió siendo el hombre más guapo con el que me he acostado en mi vida, y además, se las sabía todas, nunca he tenido un amante capaz de desenvolverse con tanta seguridad en un territorio tan pantanoso como la fase inicial de un adulterio, tenía mucha práctica, claro, y no arriesgaba nada, pero a mí todo eso me seguía pareciendo muy bien, porque nunca, jamás, en ningún momento, se me pasó por la cabeza que existiera ni la más remota probabilidad de que pudiera llegar a enamorarme de un hombre como Miguel Antúnez, así que decidí consentirle que hiciera conmigo lo que quisiera, y él supo hacerlo, y disfruté enormemente de su enorme capacidad de disfrutar de mí, y cuando terminamos de follar, la ropa de la cama esparcida sobre la moqueta y yo misteriosamente tumbada encima, sin poder reconstruir muy bien las etapas de un proceso que había empezado muy lejos, justo en la puerta de mi casa, contra la que me había aplastado cuando todavía tenía las llaves en la mano —a la mañana siguiente llegué tarde al archivo porque invertí más de media hora en encontrarlas y descubrir, entre otras cosas, que Miguel se había marchado sin calcetines—, levanté trabajosamente la cabeza y le miré, y me pareció que él estaba incluso más conmovido que yo. Entonces pensé que tal vez había encontrado un buen amante, y me puse muy contenta, porque en los tres años largos que llevaba viviendo sola en Madrid, mi vida sexual se había limitado a una docena de polvos nostálgicos, durante las visitas de Félix, de los que siempre me arrepentía luego.

Mi alegría duró poco, sin embargo. Dos días más tarde, justo después de comer —yo misma le había explicado muy cuidadosamente que ésa era la mejor hora para encontrarme en casa, porque ya ganaba más dinero colaborando fuera del archivo que trabajando en él, y había conseguido acortar mi horario para acabar a las tres y ganarle dos horas a Amanda, que no salía del colegio hasta las cinco y media—, una llamada telefónica me proporcionó la exacta medida de aquel espejismo.

—Nena —dijo, masticando esas dos sílabas con el acento más hueco, más pastoso, más fatuo que he alcanzado a escuchar nunca, y antes de que tuviera tiempo para horrorizarme, continuó—, pon a enfriar una botella de champán, que voy.

A veces, una sola frase es capaz de definir a quien la pronuncia con una precisión asombrosa.

Por eso, sólo después de asombrarme, recordé la verdadera transcendencia de ponerse cachonda, la debilidad principal entre todas aquellas que han cooperado para arruinar mi vida. Porque yo, inclinada hasta un segundo antes sobre una mesa repleta de fotografías de templos budistas de Sri Lanka, no lo estaba, y por eso, de repente, una máquina de cortar huesos, de esas que hay en todas las carnicerías, empezó a rebanar el esqueleto de una vaca entera dentro de mis oídos, a sabiendas de que no puedo soportar el más leve de esos chirridos, de la dentera que me da. Sin embargo, recordaba vagamente haberle oído decir cosas parecidas la otra noche, y no haber sido capaz de escucharlas del todo mientras mi cuerpo se esponjaba como un merengue, obturando mis oídos en favor de otras capacidades.

—No, mira... —logré articular, después de un rato—. Mejor no vengas.

—¿Qué? —su pregunta, instantánea, sonó más bien como una protesta, pero la contesté de todas formas.

—Bueno, para empezar, no tengo champán en casa.

—¿Y para seguir? —la confianza reconquistó su voz, ahora risueña, como avisándome de que estaba dispuesto a jugar si yo quería, debía estar sonriendo, y sus labios parecían hincharse y crujir cuando sonreía, y estuve a punto de volverme atrás, pero ya me conocía lo suficiente como para adivinar que siempre me arrepentiría de haberlo hecho, y estaba segura de que aquello nunca sería amor verdadero, y además, y definitivamente, aquella tarde no estaba cachonda.

—Pues para seguir... y para terminar, porque no me apetece.

—¿Y por qué?

Pues porque eres un pedazo de hortera, pensé para mí, pero le contesté que no lo sabía.

Desde aquel día, Miguel Antúnez me la tiene jurada. No me borró aquella misma tarde de la lista de colaboradores de la editorial porque tiene más escrúpulos que su hermano Antonio y porque, además, los dos sabemos que le gusto demasiado como para perderme de vista, pero, en ocho años, no ha dejado pasar la menor oportunidad de hacerme una putada. Marta Peregrín —23 años, un metro setenta, piernas larguísimas, tetas enormes, cintura breve, fotos incalculablemente pésimas— es la última del catálogo.

A lo largo de mi vida, he conocido, he aprovechado, he padecido todas las consecuencias que pueden derivarse de la propiedad de un cuerpo de vedete de revista, desde la tradicional incertidumbre en mis facultades intelectuales que asalta a quien me ve por primera vez, hasta la más abrumadora cosecha de ventajas que puedan obtenerse sin haberlas sembrado jamás. Estoy acostumbrada a que las mujeres, de entrada, sean sistemáticamente desagradables conmigo, pero no sé si eso me molesta más que la instantánea y pegajosa simpatía que inspiro en una buena parte de los hombres, y procuro vivir al margen de ambas cosas. Tendría que haber llamado a Marta Peregrín para contarle todo esto, pero desistí por anticipado al recordar aquella escena, sus gritos, la histeria, el portazo con el que saldó nuestra entrevista, te arrepentirás de esto, me dijo, pero no me he arrepentido nunca, la acepté, simplemente, veinte minutos después de haberla despedido, porque no podía negarme, porque Miguel Antúnez abrió la puerta de mi despacho para que ella se colara detrás, como una sombra descompuesta y llorosa, y me dijo lo de siempre, creo sinceramente que te has equivocado, Anita, ella intentaba sorber con la nariz sin hacer ruido, el trabajo de Marta es muy valioso, deberías reconsiderar... Le miré a los ojos y supo que era suficiente. ¿Quieres que la contrate, Miguel?, pregunté, sí, lo considero imprescindible, contestó, muy bien, pues habla con tu hermana, que es la jefa del proyecto... Fran acabó diciendo que sí —tengo muchos problemas, Ana, en serio, me paso la vida negociando con él, una fotógrafa más o menos, la verdad, ¿qué nos importa?— y la contraté, y lo único que lamento es que no puedo evitar recordarme a mí misma con veinte años menos cada vez que la veo.

Cuando Belén Rupérez, que ya se había quitados los hierros de los dientes pero seguía llevando gafas de culo de vaso, me explicó que ella se escribía las chuletas en los muslos con un bolígrafo Bic, yo todavía no tenía muy claro qué significaba ser una tía buena, pero me pareció un truco estupendo, y no sólo porque ningún profesor, por muy mosqueado que estuviera, se iba a atrever a pedirle a una alumna que se levantara la falda delante de él —incluso, si la que pillaba era una profesora, cualquiera podría comprender que una niña se negara a acatar una orden semejante—, sino porque, además, en un muslo caben muchísimas más letras que en esas miserables tiritas de papel donde había que escribir con una letra tan pequeña que luego era imposible leerla en medio de un examen, y eso cuando conseguía sacarla del puño de la camisa sin levantar sospechas, que ya era difícil. Así que, a mediados de sexto, cambié radicalmente de indumentaria, descartando los pantalones y las camisas de manga larga para afiliarme de golpe, víctima de una pasión incomprensible para mi madre, a las faldas más bien cortas y con mucho vuelo, siempre encima de unos pantys muy claros y finísimos que, además, escogía cuidadosamente entre los de pésima calidad, para que el refuerzo de la zona superior resultara lo más transparente posible. El nuevo sistema resultó tan rentable que lo seguí utilizando en COU a pesar del empeoramiento de las condiciones —por un lado, mi grupo era más pequeño y tenía muchos compañeros nuevos, casi todos chicos, y por otro, los exámenes ya no se hacían en las aulas, sino en una sala mucho más grande, con bloques de asientos escalonados, separados por largos pasillos, que permitían una visión perfecta desde la tarima— y nunca me descubrieron, nunca, nadie llegó a sospechar de mí siquiera, hasta aquella mañana, cuando me pilló él.

Cánovas del Castillo y la Restauración Borbónica, ése era el tema, jamás podré olvidarlo, y me lo sabía, eso era lo peor, que me lo sabía, la Historia siempre fue una de mis asignaturas favoritas, pero en el último momento, aquella misma mañana, sufrí un acceso de pánico de urgencia, nombres propios, fechas, batallas, leyes, de repente decidí que no estaba segura de nada, así que me metí en el baño, me senté encima de la tapa del retrete, me bajé las medias, abrí el libro y empecé a apuntar como si me fuera la vida en ello. Y la vida me fue, en aquel gesto, pero al principio todo marchó bien, encontré un sitio libre casi en el ángulo izquierdo de la sala, la primera silla de la penúltima fila, taponé con una montaña de libros y carpetas el pasillo que me separaba de la tranquilizadora protección de la pared, y empecé a escribir con la falda sobre las rodillas, procurando concentrarme completamente en el examen, la introducción me estaba saliendo muy bien y ni siquiera me di cuenta de que un profesor subía lentamente por el pasillo, hasta que llegó a mi altura y se inclinó para apartar mis pertenencias en silencio, como si no quisiera molestarme, antes de subir el último peldaño y quedarse allí quieto, de pie, por lo menos cinco minutos.

Lo reconocí enseguida, Félix Larrea, Dibujo Artístico, mi profesor más joven, amor platónico de toda la clase y niño mimado del instituto en general, porque cuando sacó la plaza no era nadie, pero ahora se había convertido en una gran promesa, Tabacalera y Coca-Cola le compraban cuadros y había salido hasta en el telediario, una vez, peleándose con unos cubos llenos de pintura de colores. Por lo demás, el profesor ideal, porque en clase estaba siempre ausente, como si le importara un pimiento que progresáramos o no, pero era muy simpático, nunca suspendía a nadie, y dibujaba tan bien que cuando corregía una lámina prácticamente la hacía nueva, mientras el alumno, encantado, con una mano encima de la otra, le escuchaba decir, esto es así, ésta viene por aquí, la oreja tiene esta forma..., ¿lo ves? Cuando dibujaba él, todo el mundo lo veía.

Larrea no me daba miedo, y además se fue enseguida, andando por el pasillo que corría por detrás de la última fila, y después de un rato, me empezó a picar la pierna izquierda, y me levanté la falda mientras me rascaba, reinado de Amadeo I, ¡bien!, estaba justo donde lo esperaba, y seguí escribiendo, y luego me picó la pierna derecha, y tuve que rascármela, claro, pero no encontré la segunda fase de la tercera guerra carlista por ninguna parte, y eso que la había apuntado, estaba segura, porque me confundía siempre con la primera, y maldije por los siglos de los siglos al carca de Carlos VII antes de volver a mirarme el muslo izquierdo, pero nada, me estaba poniendo muy nerviosa y no lo encontraba, y al final, y aunque sabía que era lo más peligroso, me levanté la falda con las dos manos y agaché la cabeza como si necesitara pensar, y entonces lo vi todo, una inscripción diminuta —2F 3GC 1873-75— en la cara interior del muslo derecho y, un poco más allá, dos zapatos de ante castaño plantados en el escalón de al lado. No me atreví a levantar la cabeza, pero dirigí los ojos hacia arriba y descubrí unos vaqueros bastante gastados, blanquecinos, inconfundibles, ningún otro profesor llevaba vaqueros. Era Larrea, y me había pillado.

Durante un par de segundos estuve muda, quieta, las manos encima del pupitre, los muslos desnudos, la cabeza baja, hasta que conseguí convencerme de que él también estaba mudo y quieto, muy cerca. Entonces levanté la vista y le miré, y él miraba mis muslos escritos con ojos húmedos y también furiosos, pero eso no me impresionó tanto como la pirueta de su boca abierta, los dientes mordiendo el bocado imposible de su lengua doblada hacia adentro como si mis piernas le dolieran, como si mis piernas pudieran herirle, o volverle loco. Eso fue lo que pasó, me diría él después, muchas veces, que en ese momento me volví loco, pero yo nunca le conté lo que me había pasado a mí, nunca me he atrevido a contárselo a nadie, y sin embargo lo percibí con una nitidez extraordinaria, como si una bombilla colosal hubiera explotado de golpe dentro de mi cabeza para derramar océanos de luz sobre la fresca oscuridad de mis neuronas, porque en ese justo instante descubrí que yo era una tía buena, que había nacido así, igual que podría haber nacido pelirroja, o bajita, o con talento musical. Muchos años después, la experiencia me enseñó a agradecerle al idioma que hablo la expresa diferencia que establece entre el verbo ser y el verbo estar, porque desde luego no es lo mismo ser una tía buena, que ser una tía que está buena, pero en aquella época todas las ventajas caían de mi lado, porque a nadie le impresionan las chicas de dieciséis años y medio, y es normal que todas las adolescentes sean guapas, y todas dan el mismo miedo, y no tenía demasiado tiempo para pensar porque me estaba jugando un examen de Historia. Como si lo hubiera comprendido al mismo tiempo que yo, él alargó discretamente la mano izquierda hasta posarla en mi rodilla derecha para ascender muy despacio, presionando levemente con las yemas de los dedos, en dirección al arrugado borde de mi falda, sobre el que se detuvo un momento para empujarlo luego, con una caricia idéntica a la anterior, e igualmente lenta, hacia abajo, devolviéndolo por fin a su primitivo lugar. Yo seguí todos sus movimientos con una mirada absorta, la piel erizada pese al calor sedante de su contacto, y sólo cuando me di cuenta de que había empezado a bajar la escalera, levanté mis ojos hacia él, y él, un par de peldaños más abajo, volvió la cabeza para mirarme, y me sonrió.

Luego no pasó nada. No fue a hablar con la profesora de Historia, no volvió a pasear por mi pasillo, y ni me miró siquiera hasta que sonó el timbre, pero mi corazón siguió latiendo demasiado aprisa hasta que me levanté, recogí mis cosas, bajé las escaleras con cierta dificultad mecánica, mis piernas súbitamente blandas, como rellenas de gelatina, y entregué con dedos sudorosos el cuerpo de un delito para siempre impune. Entonces sí, en ese momento, sentí mi sangre más roja y más caliente, mi piel más dura, mis ojos ardiendo, quemando el aire, y una ebriedad distinta a todas las conocidas. El triunfo se desparramó dentro de mí, aturdiéndome hasta los huesos, y cuando me crucé con Larrea en la puerta, a la salida, no pude contener una carcajada breve e intensa, el alarido digno de un animal satisfecho que estalló contra la mirada turbia, concentrada, casi sombría e inexplicablemente temerosa, que convirtió por primera vez, a mis ojos, a un profesor de Dibujo Artístico en un hombre.

Al principio no tenía muy claro cómo emplear el fabuloso poder del que me sentía repentinamente consciente, ni siquiera tenía muy claro si me convenía ejercerlo de algún modo, quizás porque no acababa de creérmelo, era muy difícil aceptar que el mundo pudiera cambiar tan deprisa. Hasta aquel día, nunca había ligado en el instituto, tal vez porque casi todos los alumnos varones de mi curso eran más bajos que yo, más escurridos y delicados, y preferían intentarlo con otro tipo de chicas, niñas bajitas, menudas, graciosas, y desde luego guapas, pero de esa belleza redondeada, inerme, que alumbraba la cara de los angelitos en las tarjetas de Navidad más populares entonces, siempre firmadas por un tal Ferrándiz, cuerpos flexibles, todavía muy infantiles, cuyos hombros avanzaban bien erguidos, y no encorvados hacia delante, como los míos, esa joroba voluntaria con la que intentaba en vano disimular mi pecho si no podía aplastármelo con una carpeta firmemente sujeta con ambos brazos. Cuando salíamos juntos, los sábados por la tarde, parecía la madre de cualquiera de ellos, y sólo se me acercaban en las puertas de las discotecas, que a menudo yo era la única que lograba franquear de todo el grupo para salir inmediatamente después, al comprobar que me había quedado sola en el vestíbulo. Creo que por todo esto perdí la cabeza, y porque, por fin, alguien le daba la razón a mi padre, a mi madre, a todos esos parientes que llevaban años declarándome hasta peligrosamente guapa sin que yo todavía hubiera logrado comerme un colín, detalle que añadía una nota intolerablemente ofensiva a su machacona preocupación por mi virtud. Y porque, además, Félix lo hizo muy bien. Impecablemente.

Cuando le vi entrar por la puerta, como todos los miércoles a tercera hora, aún no sabía nada del examen de Historia, pero creía saber algo de él. Una hora después, tuve que reconocer que no sabía nada de nada. Larrea, que me pareció de repente mucho más guapo que interesante, como solía calificarle antes para fastidiar a sus enamoradas, no se había puesto nervioso en ningún momento, como yo había torpemente calculado, y no se había sonrojado al acercarse a mí, sus manos no habían temblado, su voz no titubeó, sus ojos no me evitaron, más bien sucedió todo lo contrario. Se tiró la clase entera mirándome y hasta me rozó un par de veces cuando pasó a mi lado, parecía confiado y sonriente, contento y muy tranquilo mientras comprobaba que yo me estaba poniendo cada vez más nerviosa y mis mejillas progresivamente coloradas, hasta que empezaron a temblarme las manos, y mi voz se atascó dentro de mi boca, y mis ojos se negaron a buscar los suyos, y entonces sonó el timbre. Al día siguiente me enteré de que había aprobado Historia con notable alto, y recobré de golpe toda la confianza en el poder de mis piernas. Entonces tuve una idea.

Estuve dándole vueltas todo el fin de semana, y concluí que era una locura, pero me apetecía tanto hacerlo, derrotarle de nuevo, aniquilarle de asombro, poseerle una vez más, que por fin me decidí a atacar, bien protegida por una distancia alta y profunda como la mejor trinchera. El miércoles siguiente, me levanté un poco antes de lo normal y escogí un rotulador de punto grueso y tinta azul, que funcionó tan bien en las cartulinas donde hice varias pruebas, como sobre mi piel, en la que conseguí escribir al revés como si llevara haciéndolo toda la vida. Luego, me puse una falda tan corta que, cuando llegué a la puerta de clase, una niña se me acercó corriendo para preguntarme, muy preocupada, si nos habían puesto un examen aquella mañana, porque ella no se había enterado. Después de tranquilizarla me senté en la primera fila, enfrente de la tarima, y me tragué dos horas —Lengua y Filosofía— en la más absoluta indiferencia, pendiente sólo del reloj, los minutos que se resistían a pasar como si pudieran agarrarse con dedos invisibles a esas tontas agujas que recorrían la esfera con una lentitud insoportable. La tercera hora me compensó de sobra por su crueldad. Larrea dio un respingo cuando me encontró tan cerca, pero saludó a los demás sin alterarse y, en un par de minutos, nos puso a todos a dibujar, hoy no daremos clase teórica, dijo solamente, y cuando todas las cabezas, incluida la mía, que tenía una sonrisa que disimular, estaban ya inclinadas sobre el tablero, se levantó despacio, rodeó la mesa, y se apoyó en el canto, justo enfrente de mí. Supe que me estaba mirando y le miré, vi que me sonreía y le sonreí. A mi izquierda, Antón González estaba vuelto casi de espaldas, buscando la luz de la ventana. A mi derecha, Esther García Aranaz nos miraba con disimulo y curiosidad, como si se oliera algo. Cambié mi bloc de posición y mantuve la tapa vertical, porque mi espectáculo ya contaba con un espectador, y era suficiente. Entonces, con un rápido golpe de riñón, me deslicé sobre el asiento hasta quedarme sentada prácticamente en vilo, mientras estiraba las piernas debajo del pupitre. Larrea parecía desconcertado, pero aún llegaría a estarlo mucho más cuando, un instante después, me levanté la falda para enviarle el mensaje de mis muslos decorados. ¡MUCHAS, decía mi pierna izquierda, GRACIAS!, completaba mi pierna derecha, y el mundo entero estalló sobre la humilde superficie de mis manos.

—Ana... —dijo al terminar la clase, en la voz alta más baja que pudo improvisar, con un acento enfermo de inquietud, los labios blancos—, ¿podrías quedarte un momento? Quiero comentar contigo..., eso de... fin de curso..., ya sabes.

Si los demás no hubieran tenido tanta prisa por largarse al recreo, se habrían quedado estupefactos al escuchar un pretexto tan idiota, porque no sólo yo no era la delegada de la clase, ni la subdelegada, ni nada, sino que además, nadie en aquel grupo había oído hablar jamás de ningún proyecto relacionado con el fin de curso. Sin embargo, cuando cerró la puerta y nos quedamos solos, volvió a ser el mismo Larrea confiado y risueño de la semana anterior.

—Lo que haces conmigo no está nada bien —dijo, sin preámbulo alguno, pero acercándose a mí mucho más de lo imprescindible.

—Eso mismo me dice mi madre cada dos por tres —contesté, risueña yo también, mientras una sensación desconocida, como una oleada de calor frenético, puntiagudo, concedía una relevancia insólita a ciertos tramos de mi piel. Él guardó silencio un par de segundos.

—¿Y tu madre también necesita saber a qué estás jugando?

—No. Mi madre sabe que no juego. Ya soy muy mayor para jugar...

Los pezones me dolían, de eso me acuerdo muy bien, y de que

mi cabeza pesaba cada vez menos, porque mi boca invadía a toda prisa el resto de mi cara, anexionándose mi barbilla, absorbiendo mi nariz, amenazando mis ojos, toda mi cara era ya sólo boca cuando él alargó la mano izquierda, y la detuvo en el aire, como si no supiera muy bien dónde posarla, como si le diera miedo seguir.

—Puedes tocarme —le dije entonces—. No quemo.

Su dedo índice se posó en el techo de mi frente y recorrió mi rostro, esa boca inmensa, total, de arriba abajo, para avanzar después un poco más, trazando una línea imaginaria en la garganta, presionando un instante sobre mi clavícula.

—Sí quemas —me contestó, y el eco de sus palabras me arrasó por dentro—. Claro que quemas.

Entre nosotros no había más que un delgado tabique de aire viciado, denso, inútil, que no opuso resistencia alguna mientras inclinaba la cabeza para besarle. Él tardó en devolverme el beso, pero su mano, más lista, se apretó contra uno de mis pechos cuando empezamos a escuchar unos tacones ligeros, y todavía muy lejanos, al otro lado de la puerta. El sonido de la realidad disolvió en un instante un hechizo todavía frágil, trabajosamente fabricado.

—Vete de aquí —me rogó, porque ya no podía ordenarme nada, y como no me moví, insistió con palabras más justas—. Por favor...

Era tan joven, que salí de clase convencida de que yo tenía el poder.

Cuando por fin logré hablar con Amanda, aquella noche, hacía ya muchos años que estaba segura de no haber sido jamás la poderosa, pero todavía era capaz de asombrarme ante la abrumadora dosis de poder que Félix creía seguir conservando sobre mí.

—Estoy estupendamente y ya sabes que te quiero mucho, mamá, pero no tengo tiempo para besos y abrazos porque he quedado y voy a llegar tarde —eso fue casi todo lo que me dijo después de protestar por el retraso de mi llamada—. Tienes que mandarme el dinero del ballet. La semana que viene termina el plazo.

—¿No has recibido la transferencia? Tiene que estar ahí desde hace... tres días por lo menos.

—¿Sí? Vale, pues le diré a papá que se pase por el banco. Él dice que está muy ocupado, ya sabes, y como a casa no ha llegado ningún justificante...

Félix siempre había pagado las clases de ballet de Amanda. Él era quien quería una hija brillante, admirada, diferente. Pero desde que vivía con ella, yo corría con la mitad de todos los gastos de esa carrera de bailarina que mi hija había emprendido contra mi voluntad. Ahora todo es diferente, me había anunciado él al empezar el curso, las clases son mucho más caras, y además yo tengo que hacerme cargo de todos los gastos diarios, la comida, los transportes, en fin, me parece justo... Me indigné tanto que le colgué el teléfono y decidí pagar sin rechistar. Desde aquel día, no había vuelto a pronunciar una palabra sobre ese tema.

—Bueno, cariño... —añadí después de una pausa suficiente, para facilitar la despedida—. Entonces...

—Oye, mamá —su voz era tan firme, en cambio, que temí recibir las peores noticias de sus labios, pero mi hija, que era guapa, inteligente, trabajadora, y capaz de ser feliz de muchas maneras, todavía no estaba dispuesta a admitir que nunca llegaría a ser una bailarina genial. Me había preparado para esperar todo el tiempo que hiciera falta antes de consolarla por eso, pero los auténticos motivos de su preocupación me pillaron por sorpresa—. Dime la verdad... ¿Te has echado un novio?

—¿Yo...? —aquella pregunta me pareció tan extravagante que casi me echo a reír—. No. Claro que no. ¿Por qué dices eso?

—No, si a mí me parecería estupendo, en serio... Es que como últimamente no se te encuentra en casa.

—Porque estoy muy liada en la editorial.

—Ya, eso era lo que decía papá —parecía lamentarlo—. Hemos estado discutiendo, porque... Él dice que nunca podrás vivir con otro hombre.

—¿Qué? —si la potencia de mi voz hubiera dependido de mi voluntad, en aquel instante todo el universo se hubiera estremecido al mismo tiempo, bajo la fabulosa resonancia de una sola sílaba.

—Pues eso, que ya sabes, yo le quiero mucho pero como es tan creído... De todas formas, yo le he dicho que no tiene razón, ¿eh?, no creas... Bueno, mami, ahora sí que me tengo que ir, es que voy a llegar tardísimo... Un beso muy fuerte. Te quiero. Adiós.

Me quedé paralizada, con el auricular en la mano, al borde del llanto sin saber ni siquiera por qué. Ya he pasado por esa angustia, tuve que recordarme, eso ya está superado. El tubo de plástico que un segundo antes habría querido pulverizar con mis propias uñas, descendió muy lentamente, obedeciendo al ritmo que marcaban mis labios cerrados, vivo muy bien, eso me decían, tengo mucha suerte, un trabajo que me gusta, una hija sana, no me duele nada... El primer timbrazo me desconcertó, el segundo atronó en mis oídos, el tercero me impuso una reacción automática.

—¿Sí?

—¿Ana Hernández Peña? —era una voz de hombre, y no la conocía.

—Sí, soy yo —para entonces ya estaba segura de que eran los de la lavadora.

—Soy Javier Álvarez. Me acabo de enterar de que le han cambiado el título a la obra, y...

—¿Qué obra? —pero antes de terminar la pregunta, ya me acordaba de todo.

—Pues la mía. Bueno, la que yo creía que era la mía, porque ahora ya no estoy tan seguro de querer firmarla. Fran Antúnez me ha contado que la idea ha sido suya, y quería felicitarla personalmente, desde luego, porque es como para entrar en el Guinness, vamos, yo no he visto nada igual en toda mi vida...

Estaba muy cabreado, y yo ni siquiera entendía por qué, así que me dispuse a aplacarle con cortesía, sin mucha convicción.

—Bueno, no sé si Fran le ha contado que Planeta saca una obra muy parecida un mes antes de que salga la nuestra, y por eso...

—¡Eso me da lo mismo, señorita! —ya chillaba directamente, y sus gritos me produjeron una inquietud imprecisa, como una extraña lástima, porque le había conocido de pasada un par de semanas antes, en la editorial, y me había parecido un hombre interesante, me había caído muy bien—. Existe una rama de la Geografía que se llama Geografía Humana, y por cierto, no tiene nada que ver con el contenido de este libro. Las montañas no son humanas, ¿sabe?, ni los ríos, ni las plataformas continentales, precisamente. Lo siento por usted, pero con ese título no vamos a hacer más que el ridículo...

—¡Mire! —yo también sabía gritar—. Usted sabrá mucho de Geografía, no se lo discuto, pero no tiene ni idea de cómo se hace un libro. ¿Sabe la cantidad de gente que ha trabajado ya en este proyecto? Fotógrafos, cartógrafos, redactores... ¿Se imagina cuánta gente se gana la vida con eso que usted llama «su-o-bra»? ¿Y la cantidad de horas que hemos gastado en discutir, en planificar, en mejorar el proyecto que le encargamos? No es culpa nuestra que nos hayan pisado el título. ¿Qué quiere, tirarlo todo por la ventana?

—¡Quiero un poco de rigor, señorita! —él contraatacó con tanta vehemencia que casi podía escuchar el crujido de sus venas tensas, hinchadas de sangre furiosa—. ¡Un poco de rigor, por Dios! Solamente eso.

—¡Pues busque usted un título que no esté registrado!

No le consentí decir nada más, y después de cortar la comunicación, descolgué el teléfono, para no recibir ninguna llamada más, de nadie. Si alguien me hubiera ofrecido no volver a hablar por teléfono jamás, en toda mi vida, habría firmado sin dudar.

Pero, a veces, las cosas cambian.

Por eso, cuando salió a la calle el último fascículo de aquel *Atlas de Geografía Humana* tan poco riguroso, no fui capaz de salir de casa sin marcar antes un número de teléfono que me sabía de memoria, para dejar un recado en un contestador, al que se accedía a través de otro contestador, que a su vez estaba precedido por un mensaje grabado en un tono extrañamente eufórico, ¡buuuenas tardes!, de esos que se han puesto últimamente de moda en las instituciones públicas. Y eso que lo que dije fue apenas nada, hola, soy yo, que ya me voy. Tengo que acompañar a mi madre a comprarse un bañador y luego ir a cenar con las de la editorial... He ido a la compra, la nevera está llena de cosas que te gustan y que se pueden comer frías, directamente del Tupperware al plato, aunque espero que encuentres algún otro motivo para echarme de menos. De nada. No creo que vuelva muy tarde. Te quiero. Un beso.

Porque, a veces, las cosas cambian.

Ya sé que parece imposible, que es increíble pero, a veces, pasa.

Estuve a punto de decir lo que estaba pensando pero recordé a tiempo la censura que había merecido mi sinceridad un par de meses antes, la última vez que salió el tema.

—¡Joder, Marisa! —me había cortado Ramón entonces, con un tono peculiar, como de indignación de poca monta—. ¿Pero hay alguna tía en el mundo que a ti te parezca que está buena?

—Claro que sí —contesté, tan ofendida como un niño al que acaban de pillar haciendo trampas.

—¿Cuál, a ver?

—Ava Gardner, por ejemplo.

Chascó la lengua, a medio camino entre la burla y la impaciencia, no demasiado lejos del desdén.

—No... —añadió después—. Yo digo alguna que esté viva.

Mientras estudiaba secretariado en la academia y luego, cuando empecé a trabajar, salía muchos sábados por la noche con mis amigas, más bien compañeras del colegio al principio, y después, conocidas de la editorial, casi siempre chicas solas, porque a ninguna mujer mínimamente sensata se le ocurre llevar a su novio cuando ha quedado con dos o tres semejantes para cenar algo antes de ir de copas a ver qué cae, no vaya a ser que lo que caiga sea precisamente su novio. Pero, según pasaban los años, los novios se iban convirtiendo en maridos nuevos, a estrenar en largos fines de semana de clausura, sábados perezosos de sábanas tenaces y mucha siesta, y domingos para cocinar a medias al volver del Rastro con un par de estanterías de pino corrientes, de esas tan baratas, y algún capricho antiguo, de ningún valor, que nunca se acierta a usar para nada. Luego, cuando todos los libros estaban ya ordenados, y no quedaba un solo rincón donde colocar una nueva mesita auxiliar, había que volver a cambiar todos los muebles de sitio para vaciar una habitación y pintarla de azul, o de rosa, o colocar una cenefa con ositos de colores en la zona superior de las paredes. Fase horizontal, fase decorativa, fase infantil, siempre igual y, mientras tanto, yo me iba acostumbrando a pasar en casa las noches de los sábados, sin presentir siquiera que, emboscada en el humor del tiempo, una nueva fase, la fase escéptica, o del cansancio, me iría devolviendo después, una por una, a muchas de mis amigas, repentinamente locas por abalanzarse sobre la ciudad nocturna con la voluntariosa confianza de los desesperados. Yo las seguía sin convicción, celebrando sin embargo cada minuto de su compañía, satisfecha al menos de haber logrado escapar del sofá donde mi abuela, mi tía y mi madre —luego mi tía y mi madre, y al final, sólo mi madre— se enfrentaban al programa de variedades de la primera cadena con la misma obcecada fiereza que se supone a un soldado demente mientras cruza en solitario el campo enemigo.

—Parece rubia teñida, ¿no?

—Claro. Y esos labios no son suyos, por supuesto...

—Ni el pecho, no hay más que verla.

—¡Qué tontos son los hombres, Dios mío!

—Y que lo digas... Pues anda, que esa de la derecha, la morena del pelo corto...

—¡Qué gorda! Yo, desde luego, con esos muslos no dejaría que me pusieran mallas.

—Y tiene la cintura muy alta, ¿no?

—¿Alta? La tiene en los sobacos...

—¡Hay que ver, de verdad, qué hombres más tontos!

—La del fondo... La del fondo sí que tiene delito.

—¿Cuál? ¡Ah, sí, ésa tan tetona!

—Tetona es poco... Si está desproporcionada, mira, no puede andar derecha.

—Y luego, fíjate qué piernas, tan delgaditas... No pega. Y es bastante fea de cara, por cierto.

—Bueno, de cara ninguna es que sea muy guapa, precisamente.

—Es que van tan pintadas, todas iguales, y con pestañas postizas... Tienen pinta de maniquíes.

—¡Y que los hombres no se den cuenta de nada! Parece mentira.

—¡Qué horror! Y luego, esa de ahí, la del pelo rojo. Si tiene el culo caído, que se lo tape, ¿no?

—Mujer... ¿Y qué enseñaría entonces?

—Lo que pasa es que ya no hay mujeres guapas.

—¿Cómo las de nuestra época...? Ninguna.

—Desde luego que no. Grace Kelly, Ava Gardner, Rita Hayworth.

—Fíjate, cómo vas a comparar...

Yo las escuchaba en silencio, ahorrándoles mi opinión, que por otro lado no solicitaban, pero me hubiera gustado tener valor para recordarles que los hombres no serían tan tontos, porque a mi abuela se le fue la madurez en rezar novenas para que su hija encontrara un buen chico, y ningún bobo disponible se había atrevido a acercarse jamás a menos de medio metro de mi tía Piluca, que siempre había sido un bicho literal y figurado, y si mi abuelo Anselmo había cogido la puerta una buena mañana, y no había vuelto a asomar una punta del bigote por su casa en más de treinta años —mi abuela se enteró de su muerte cuando yo era todavía muy pequeña, gracias a una esquela publicada en el *Faro de Vigo* y enviada anónimamente desde Pontevedra—, sería que todos los trucos, todas las trampas, todas las zorrerías y todos los vicios de aquella degenerada con la que se encoñó como un imbécil no le parecerían tan mal, vistas de cerca. El único hombre tonto que yo conocía era mi padre, que cargaba con todas ellas sin rechistar, y de vez en cuando hasta se atrevía a defender lo evidente, ¿pero cómo podéis decir esas cosas?, ¡si la rubia es monísima, no hay más que verla!, para asumir en solitario un oprobio que hasta entonces compartía con todos los hombres del mundo, tú sí que eres tonto, Anselmo, pero tonto perdido, hijo mío, es que no sé cómo puedes ser tan tonto...

En aquella época, al borde de los veinte años y todavía después, aunque lejos de los treinta, las miraba con distancia, sin atreverme a despreciarlas del todo pero sin comprenderlas en absoluto, consintiéndome incluso un ligero margen de compasión que se asentaba en la solidísima certeza de que yo nunca sería como ellas. Y no lo soy, de eso estoy segura, pero aquella mañana, durante el desayuno, llegué a dudar, después de tantos años, porque Ramón había ido al cine la noche anterior y estaba empeñado en contarme la película, una intriga criminal con mucho sexo de esas que se pusieron tan de moda hace algunos años, a pesar de que lo único que le había gustado, al parecer, era la protagonista, que está buenísima, pero buenísima, en serio, digan lo que digan, así concluyó, y yo le dije la verdad, que a mí no me parecía tan guapa, mona de cara, sí, pero corriente, y de cuerpo lo mismo, bien, pero nada del otro mundo, un poco demasiado bajita para ir de *sex-symbol*, ¿no...? Él meditó un par de segundos y me concedió casi una pizca de razón, pero sólo por el agravio comparativo que había aflorado entre mis argumentos, porque, sí, desde luego, afirmaba con esa cabeza suya de chico formalísimo y primero de la clase, para *sex-symbol* del fin de siglo hay candidatas mejor colocadas, y entonces pronunció dos nombres que yo rechacé instantáneamente, ¡oh, no!, ¿pero qué dices?, y mi horror era sincero, ésa parece un tío, en serio, tiene los hombros anchísimos y las piernas supermusculosas, no me gusta nada, tiene enorme hasta la cara y, si te fijas, siempre parece que está de mala leche... Y la otra, bueno, la otra, psh... Sí, está jamona pero tiene más o menos buen tipo, lo que pasa es que parece un cerdito, no me gusta nada de cara, yo... Entonces Ramón me cortó con aquello, ¡joder, Marisa!, ¿pero hay alguna tía en el mundo que a ti te parezca que está buena?

No comprendí muy bien lo que pasaba hasta que me encontré pronunciando el nombre de Ava Gardner, un clásico, fijo en la lista que mi tía Piluca esgrimía antes o después contra cualquier belleza no necesariamente televisiva, y entonces algo se vino abajo en mi interior, como si mi dignidad estuviera conectada en secreto con alguna víscera frágil, encolada con prisa y sin cuidado a las movedizas paredes de mi cuerpo. Y desde aquel día, no he vuelto a objetar detalle alguno a las bellezas celebradas en voz alta, porque me niego a asumir la herencia de aquellas pobres matronas cegadas por el rencor, pero, aunque los hombres todavía no me parecen tontos, sigo opinando para mí sola, y no consigo ser mucho más piadosa —mucho más realista, tal vez— de lo que, en sus buenos tiempos, fueron mi madre o mi abuela. Estoy segura de que jamás seré como ellas, pero ya he dejado de esperar que el azar me trate mucho mejor y, quizás, no es más que eso, que toda la gente sin suerte termina pareciéndose. Ésta es la más grave de todas las cosas que jamás me atreveré a decir en voz alta.

Cuando era pequeña coleccionaba sellos. Empecé con dos álbumes muy viejos, las tapas rajadas al borde del lomo, descubriendo una verdad de cartón vulgar, barato, de un color tan impreciso que apenas merecía el nombre de color, bajo la distinguida apariencia de la suave piel negra —de becerro, precisó mi madre al entregármelos— que los convirtió en mi tesoro más valioso. Dentro había más de un centenar de sellos muy antiguos, con el estampillado legible y los dientes enteros, dos requisitos imprescindibles para mi bisabuelo Tirso, el abuelo paterno de mi madre, que fue apaciblemente feliz con su mujer y murió de la misma manera, mientras dormía. Yo asumí sus condiciones para continuar la colección, y durante algunos años recorrí los soportales de la Plaza Mayor de domingo en domingo, de columna en columna y de puesto en puesto, con las manos llenas de catálogos cuyos datos habría podido recitar de memoria, pero que me prestaban el rentable aspecto de una tonta recién llegada, una incauta capaz de pagar un precio muy alto por un sello que, con suerte, podía llegar a valer hasta veinte veces el precio propuesto por el vendedor.

Llegué a conocer esa clase de felicidad, no muchas veces, pero todas memorables, el corazón botando contra las esquinas de mi pecho como una pelota de goma mientras me obligaba a volver la cabeza para disimular, improvisando incluso una mueca de desaliento casi auténtica al dudar en secreto de haber visto aquel exacto pedacito de papel, precisamente ése y no otro, un dibujo, un rótulo mínimo, dos o tres cifras que volvía a tropezarme allí, en efecto, cuando me atrevía a enfrentarme nuevamente al puesto, y entonces preguntaba por cualquier colección barata, seis o siete ejemplares de gran tamaño con motivos muy vistosos que solían proceder de algún emirato árabe o de la Unión Soviética, un brillante envoltorio de celofán por el que fingía interesarme durante algunos segundos antes de concentrar mi atención en otras ofertas igualmente llamativas y triviales, emisiones conmemorativas, caligrafías indescifrables, una pequeña multitud de pistas falsas, y al final, mientras sentía que, por un instante, todas mis venas se secaban a la vez, tomaba la pieza deseada entre los dedos, lanzaba hacia ninguna parte una pregunta casual y desganada, y vencía. Llegué a conocer esa clase de felicidad, pero luego, al llegar a casa, mientras contemplaba mi flamante conquista en el lugar que antes ocupaba el hueco más irritante, presentía que mi pasión se agotaría muy pronto, porque aquellos pequeños triunfos nunca llegaban a compensarme por la certeza de otras incipientes derrotas. Hay gente capaz de matar por un sello, pero yo nunca tuve tanta suerte.

A los veinticinco, más o menos, y estimulada por el ejemplo materno, empecé a hacerme mi propia ropa. Al principio, fue muy divertido, primero comprar las revistas y estudiarlas con cuidado para escoger los modelos más favorecedores, después elegir la tela, luego calcar el patrón, recortarlo, coserlo, y atreverse por fin a meter las tijeras en ese bulto informe del que acabaría saliendo un vestido de verdad al cabo de tantas horas. Nunca fui tan bien vestida y nunca he vuelto a gastar tan poco dinero en mí misma, pero una tarde, cuando llevaba una americana por la mitad, la miré con extrañeza, como si se hubiera convertido en una especie de amenaza, y decidí que no la iba a terminar. En ese preciso momento terminó la aventura de la ropa. Su sucesor, el aerobic, demostró desde el primer momento una ventaja y muchos inconvenientes. La primera se limitaba a mi forma física, que mejoró de una manera que podría calificarse como espectacular si no fuera porque, desde cualquier punto de vista, ese adjetivo me viene tan grande como un par de botas de la talla 56. Soy rubia natural, eso sí, y tiene gracia, rubia de verdad, no una de esas castañas claras con mucha mecha que de pequeñas se lavaban con manzanilla, sino una rubia auténtica, con el pelo bien amarillo desde el nacimiento hasta las puntas, lo mismo que la gorda de las hermanas Gilda, y tengo los ojos verdes, eso también es cierto, verdes como las manzanas ácidas, como las hojas de hiedra, como la menta, verdes pero mínimos, y tan alejados entre sí como los de un pez plano. A veces me digo que mi cara es una especie de broma, porque vivo rodeada de mujeres que se aclaran el pelo hasta rozar la frontera de las canas, que se atiborran los párpados de pintura para resaltar el insignificante matiz verdoso que apenas ellas distinguen en sus vulgares iris castaños, que llegan a ponerse unas lentillas sin necesidad sólo por conseguir un efecto diferente, y yo, en cambio, me he pasado la vida deseando una cara corriente, redonda, y no como la silueta de una pera, lisa, y no salpicada de cráteres lunares, razonable, y no como un muestrario de rasgos de diferentes tamaños, boca grande, nariz pequeña, ojos imperceptibles, mandíbula anchísima, una cara de extraterrestre, la mía. El aerobic no pudo hacer nada por ella, aunque sí equilibró ligeramente los volúmenes de mi cuerpo, que ya en la adolescencia me demostró que prefería crecer de cintura para abajo y desentenderse para siempre de un torso perpetuamente infantil. Sin embargo, cuando comprendí que ni monitores ni aparatos lograrían jamás que la mitad de la masa de mi culo brotara sobre mi pecho bajo la forma de dos tetas indudables —ni siquiera grandes, simplemente tetas—, sucumbí a una rendición sin condiciones. El gimnasio me salía muy caro, el único horario compatible con mi jornada laboral era prácticamente nocturno y, además, aquellas extenuantes sesiones no me ayudaban a sobrellevar los fines de semana, esa periódica condena al tiempo libre que cada vez se parecía más a un verdadero cautiverio.

Las mañanas de los sábados eran condescendientes conmigo, aunque la enfermedad de mi madre me obligaba a saltar de la cama a la misma hora que cualquier otro día. Mamá, que nunca tuvo buen carácter, perdió de golpe sus escasos rasgos de humor cuando una subida incontrolada de glucosa dio como resultado una hemiplejía que paralizaría para siempre el lado izquierdo de su cuerpo de diabética desobediente y glotona. Desde entonces, fue tan inútil para sí misma como un bebé, y yo tan imprescindible para ella como una madre, pese a que este repentino cambio de papeles no alcanzó al orden moral de nuestra vida, y nunca llegué a desarrollar autoridad alguna sobre quien seguía mandando desde una silla de ruedas, sin resignarse jamás a que la más violenta represalia que su estado le consentía tomar, consistiese apenas en expulsar la última cucharada de sopa que yo hubiera logrado meterle en la boca. Los sábados por la mañana, al menos, disponía de tiempo para hacer las cosas bien, despacio, y mi paciencia se estiraba como una goma elástica mientras la depositaba en la silla de ruedas, aireaba su cama, la transportaba hasta el cuarto de baño, la lavaba, la peinaba y la vestía, para disfrutar después del primer auténtico desayuno de la semana. Luego salía a hacer la compra, organizaba la despensa, cocinaba para un par de días, y al fin, tras una escuetísima sobremesa, desembarcaba en el sofá del salón con dos almohadas y una manta de viaje y, hecha una ese, la misma que dibujan los niños cuando están muy cansados, me entregaba al placer de dormitar con un ojo cerrado y el otro abierto a veces, vigilando de lejos la suerte del pirata leal, alto y rubio que, antes o después, terminaba batiéndose a muerte con otro corsario, éste casi siempre moreno y tuerto, traidor, en las viejas películas a las que siempre acababa recurriendo alguna cadena. Pero, a media tarde, la programación cambiaba, y el silencio me devolvía a las intermitentes quejas de mi madre y a una única pregunta, Marisa, ¿estás ahí?, la invariable fórmula de una curiosidad tramposa, el lazo que tendía cada diez minutos para comprobar que no la había abandonado, como si alguna vez hubiera tenido motivos para pensar que yo fuera capaz de hacer algo así. Entonces empezaba a venirme abajo, y como me conocía, y conocía las secuelas de aquel silencio inmenso hasta en sus rítmicas interrupciones, me atrincheraba en un libro para escapar a una desolación que el domingo por la noche, cuando no me quedaba más remedio que dejar de leer para levantarme del sofá e ir a hacer la cena, me seguía esperando sobre las baldosas de la cocina, herida de muerte ya, pero viva todavía.

Cuando no saben de qué modo contestar a cualquier pregunta comprometida, los novelistas suelen decir que la vida es la única novela verdadera. Si tuvieran razón, que yo creo que no la tienen, a mí me habría tocado vivir dentro de uno de esos soporíferos experimentos que intentan demostrar que se puede escribir un libro en el que no pase nada, alrededor de un protagonista al que no le sucede nada, en una casa donde jamás ocurre nada. Hasta el autor más riguroso, más empeñado en ese estúpido propósito, se espantaría de aburrimiento si alguien le obligara a leer mi vida. Por eso, porque no se parece en nada a una novela, necesito los libros. Para que me anclen precisamente a la vida.

Ellos han estado ahí desde siempre, al alcance de la adolescente con esperanzas, de la filatélica descreída, de la modista inconstante, de la gimnasta nocturna, libros inverosímiles, realistas, fantásticos, atroces, crónicas de una vida que no conoceré, la vida auténtica a la que he podido asomarme sólo desde sus páginas, un vértigo que pasa factura los domingos por la noche, cuando me doy cuenta de que he invertido otro fin de semana, un fin de semana más, con todas sus horas, en vivir una novela, otra novela, que no es la vida, no es mi vida. No tengo suerte. Como no la tuvo mi abuela, como no la tuvo mi tía Piluca, ni la tuvo mi madre, que llegó a poseer, sin embargo, muchas más cosas que yo. Pero jamás lo reconoceré en voz alta, y menos ahora, cuando he alcanzado una edad suficiente para que mis reclamaciones se precipiten por su propio peso más allá de la frontera del ridículo. Me ha tocado vivir en el mundo feliz que ha liquidado la decrepitud, las taras y la soledad, y por eso, no soy una solterona, sino una unidad familiar unipersonal. Las solteronas ya no existen, son solamente mujeres solas. Yo estoy mucho más que sola, pero tampoco me siento agraviada por el progreso porque, al menos, la informática acabó acudiendo en mi ayuda, tan tardía como eficaz. Cuando me asusto del tiempo que llevo leyendo, puedo levantarme y encender el ordenador, y viceversa. He llegado a pensar seriamente en el sexo virtual sin sentirme sucia y loca por dentro.

Cuando cumplí los treinta y cinco años, justo después de la muerte de mi madre, comenzó a repetirse el proceso que me había dejado sola a los veinte. Prefería no pensar mucho en ello, pero lo cierto es que todas mis amigas cansadas de estar casadas, todas aquellas mujeres hambrientas de soledad que juraban en cada esquina que nunca más, nadie más, a ningún precio, tantas imprevistas admiradoras de mi modo de vida y abanderadas de una fácil existencia de amores de una noche, se fueron recolocando tan lenta pero firmemente como la primera vez, cuando no decidieron convencerse a sí mismas de que, en el fondo, eran felicísimas con sus maridos, intentando convencer después, a quienes habíamos tenido paciencia para escuchar sus previos y desgarradores lamentos, de que su matrimonio jamás, pero lo que se dice jamás, había llegado a entrar en crisis.

—Mujer —solían empezar así, como si tuvieran algo que reprocharme—, una cosa es que el cuerpo te pida un rollete así, tonto, de vez en cuando, y otra cosa es dejar a tu marido, ¿no?

Yo, que nunca he tenido marido, contestaba que no, que vale, que no es lo mismo, pero recordaba, y olfateaba en su improvisada euforia el aroma a madera mojada, antes que quemada, que despedirían los restos de un viejo galeón de guerra que naufragara espontáneamente junto a la costa antes de alcanzar el mar abierto de la batalla. Y sin embargo, las aguantaba mucho mejor que a las otras, las que habían tenido el valor, y la oportunidad, de arrasar su pasado para empezar otra vez desde un lugar no tan cercano al cero, el escenario de una fase horizontal tan tensa y tan furiosa como un cable formidable, capaz de aguantar en vilo este planeta. Ya no creían tener por delante todo el tiempo del mundo, así que no podían correr el riesgo de equivocarse. Y no se equivocaban. Las veía en la editorial, andando por los pasillos, y a veces también fuera de allí, tomando un café, comiendo deprisa, esa cara de tontas enajenadas, la piel brillante y la boca siempre entreabierta en un pespunte de carcajadas breves, repentinas, para celebrar ciertos misteriosos detalles que jamás se permitían contar en voz alta. Lo que nunca dejaban de afirmar, sin embargo, hasta en los peores extremos de su estado de levitación, como si pretendieran sacarme definitivamente del último quicio, era lo de siempre, tú sí que vives bien, Marisa, su voz me llegaba desde muy arriba, andaban a palmo y medio del suelo, pero ni siquiera así callaban, sin aguantar a nadie, tu casa, tu rollo, tus cosas, ¡qué envidia, tía...! Curiosa pasión, la envidia. Verde y hedionda, e inevitable, pero aún más, imprescindible. Algunas veces, renunciar a la envidia significa asumir el estado mineral, la condición sin esperanza.

Yo las envidiaba porque no tenía más remedio que envidiarlas, porque los buenos amores, y hasta los malos, rejuvenecen, y ellas volvían a hablar de embarazos, y de pediatras, y de hipotecas, y se les llenaban los ojos de lágrimas mientras sus labios se precipitaban en una pirotécnica competición de insensateces, y te juro que nunca me había pasado nada así, y te prometo que éstos son los mejores años de mi vida, pero no mentían, sus caras no consentían siquiera el consuelo de suponer que pudieran estar mintiendo, y nunca fueron más de dos a la vez, cinco o seis en total en los últimos años, y unas veces las conocía mejor, y otras peor, y a algunas hasta las quería de verdad, a Rosa la quería cuando volvió de Zurich, pero aquel mismo día dejé de aguantarla, porque Ignacio era un buen marido, guapo, tranquilo, gracioso a veces, y los niños estaban sanos, y eran muy monos, y hasta iban bien en el colegio, y ella tenía una vida cojonuda para pasarse los días suspirando y diciendo que quería flotar y, encima, había flotado, y por eso había decidido que no la iba a aguantar más, pero a Ramón no le podía contar ni la cuarta parte de todo esto, porque su amistad era la única que me importaba conservar, la única que estaba dispuesta a mantener a cualquier precio.

—Oye... —levantó la vista de la pantalla para mirarme, mientras su ordenador me traducía los disquetes de un redactor que, por algún motivo inexplicable aparte de las ganas de fastidiar, se negaba a entregar los textos en cualquiera de los dieciocho tratamientos que controlaba mi propio sistema—, ¿qué le ha pasado a Rosa? Está rarísima. Me la he encontrado esta mañana en la máquina del café, hecha una zombie. Se ha tirado media hora estudiando las teclas y luego ha sido incapaz de acertar con lo que quería. Al final, se ha tenido que tomar un chocolate. Le he preguntado si tenía sueño y me ha dicho, qué va, si yo te contara...

—Pues que te lo cuente ella —sólo pretendía ser escueta, pero mi respuesta sonó como un desafío, quizás porque mi lengua no tropezó con mis dientes en ninguna sílaba.

—¿Ha pasado algo? Dímelo, Marisa, en serio... —Ramón, que siempre ha sido muy cotilla, me estudiaba ahora con auténtico interés.

—En el trabajo no. Pero se ha-a enrollado con un tío, y está muy nerviosa.

—¿De verdad? —sonreía como si ninguna otra noticia hubiera podido producirle más placer—. Pero ella está muy casada, ¿no?

—Má-as bien cansada —maticé.

—Ya... Bueno, no me extraña mucho, con lo buena que está, deben salirle novios todos los días...

Fue entonces cuando renuncié a decir lo que estaba pensando, porque Ramón nunca estaría de acuerdo conmigo en que, por muy atractiva que llegara a resultar, Rosa era más una chica mona que otra cosa, y no quería volver a acordarme de la tía Piluca. Y aunque por un instante me sentí cobarde, no llegué a arrepentirme de mi falsa prudencia, porque si nos hubiéramos enredado en una discusión como la que nos había enfrentado un par de meses antes, quizás nunca habría llegado a contarme aquello.

—La verdad es que la entiendo muy bien, ¿sabes? Hace unos días, no sé, antesdeayer, creo, cuando sonó el despertador, Flora saltó de la cama con muchas prisas porque había quedado con su madre para llevarla al médico. Normalmente yo me levanto primero, pero aquel día me quedé acostado mientras la veía moverse por la habitación, subir la persiana, abrir el armario, coger la ropa... Había dormido con una camiseta muy grande, de esas que se pone para ir a la playa, y llevaba una cara de Mickey Mouse desteñida de rojo, enorme, justo encima de la tripa. No sé por qué, pero me di cuenta de que la estaba mirando como si fuera la mujer de otro, un animal del zoológico, un objeto que nunca me hubiera pertenecido porque tampoco, nunca, lo hubiera querido tener, y me iba diciendo, ¿esto va a ser la vida, coño? Ella cada vez más gorda, y yo aquí, mirándola...

—No se trata de ser feliz, supongo, no es exactamente eso...

Ramón empezó a hablar en el instante en que atravesamos la verja que aislaba la editorial del resto del mundo, y siguió hablando sin parar mientras caminábamos hacia ninguna parte en concreto, vamos a tomar una copa, me dijo cuando me lo encontré en el vestíbulo, vamos, acepté, y cruzamos Arturo Soria para embocar la calle Alcalá, y empezamos a descender por ella desde más allá del número quinientos, avanzando muy despacio.

—Nadie es nunca feliz, así, del todo, ¿no?, porque siempre tienes algún problema, casi todos los días hay alguna pega que resolver, o una decisión complicada que tomar, o se rompe algo en la cocina, o te suspenden a un niño, no sé, a mí por lo menos me pasa eso, así que no me quejo por no ser feliz, ni siquiera aspiro a tanto, pero me gustaría tener ganas de volver a casa por las tardes, fíjate que no es mucho, pero salgo de la editorial muerto, y a pesar de todo, no me apetece volver a casa, y eso es lo que me revienta... Y tampoco puedo echarle toda la culpa a Flora, aunque la tenga, porque ella siempre ha sido igual, siempre ha hecho las mismas cosas, lo que pasa es que yo antes tenía paciencia y ahora no tengo, antes la aguantaba y ahora no la aguanto, antes la justificaba y ahora no me sale de los cojones justificarla, no es más que eso, y que la conozco mejor, o peor, yo qué sé... ¿Sabes por qué me casé con Flora?

—Porque esta-aba embarazada —contesté sin pensarlo mucho, él mismo me lo había contado poco después de conocernos.

—No, ya... Me refería a otra cosa. ¿Sabes por qué me enrollé con ella? —negué con la cabeza—. ¡Pues porque ella quería, así de claro! Da pena, ¿no? Pero es que, hasta que ella quiso, no había querido ninguna. Yo siempre he sido muy mono, ya sabes, tan gordito, con las gafitas, empollón pero buen bebedor de cerveza, en fin... Tenía miles de amigas, las chicas me contaban a mí lo que no le contaban a nadie, era el mejor colega de toda la facultad, me inflaba a hacer trabajos de curso para todas las tías buenas que conocía, y nada, pero es que nada, no me comía un colín, hay que joderse. Y entonces conocí a Flora, que era amiga de una amiga de una compañera de especialidad que me gustaba tanto, pero tanto tanto, que hasta me ofrecía a ir a la farmacia a comprarle Neogynona porque a ella le daba vergüenza pedirla, fíjate si sería pardillo, yo, un imbécil, eso es lo que era, total, que apareció Flora y enseguida se las arregló para que yo me enterara de que se había quedado conmigo, y yo estaba más salido que un mandril, te lo juro, y ni me paré a pensarlo, ésa es la verdad... Ella tenía veintidós años, uno más que yo, y no estaba mal, por cierto, mona de cara y un poco regordeta, pero graciosa. La verdad es que hasta llegó a parecerme divertida de puro simple, porque todo la asombraba, todo era superior a sus fuerzas, todo le daba risa, o miedo, hasta chillaba en el cine y esas cosas. Me lo pasaba bien con ella, porque todo era nuevo para mí, besarla por la calle, andar abrazados, compartir las palomitas... Además, no me podía permitir el lujo de reconocer que la única tía del mundo que quería acostarse conmigo no fuera maravillosa, así que me lancé de cabeza, como te puedes imaginar... Ella no era virgen, pero yo sí. Las primeras veces que lo hicimos, estaba tan preocupado por que no se me notara que ni se me ocurrió preguntarle si estaba tomando algo. Se suponía que ella era la experta, y como no me dijo nada, pues... se quedó preñada. Y no te lo podrás creer, pero ni siquiera me vine abajo cuando me enteré. De repente, casarme me hacía hasta ilusión, hay que joderse, cómo somos los seres humanos. Me dio protectora, ¿sabes?, me sentía un hombre de verdad, responsable, consciente... ¡joder! Total, que cuando llevaba siete meses saliendo con la primera mujer que había conocido en mi vida, ¡zas!, hasta que la muerte nos separe... Y aquellos polvos trajeron estos lodos, desde luego.

Hizo una pausa para mirarme y comprobar la eficacia de su último chiste, y no le defraudé.

—No te rías porque no tiene gracia... En serio. Así empezó todo. Yo quería tener una casa propia, pero desde el primer día, todas las mañanas me recuerdan que el piso donde vivo, y cuyas letras pago religiosamente cada fin de mes, por cierto, en realidad es de mis suegros, que nos dieron la entrada, y no como mis padres, que sólo le hacen regalos a los niños. Eso con el desayuno, todos los días, sábados y domingos incluidos. Mi suegra nos llena la despensa de vez en cuando, nos regala lámparas, ceniceros, y cosas por el estilo, paga el inglés de sus nietos, y le compra un traje a su hija cada vez que vamos a una boda. Y no lo necesitamos, ¿sabes?, es decir, yo no lo necesito, la cuenta del banco no lo necesita, mi nómina no lo necesita, pero Flora sí. Flora depende vitalmente de ese dinero para triunfar en los dos únicos propósitos que dirigen su vida, el primero, humillarme a mí, y el segundo, y derivado del anterior, vivir como un pachá, que es lo que hace desde que nació. Al principio, siempre decía que se pondría a trabajar con sus padres, que tienen una fábrica de muebles, en cuanto Ramón, el mayor, fuera al colegio, pero antes de eso, se quedó embarazada otra vez y tuvimos a Isabel, y bueno, todo tenía sentido, estaba bien. Pero cuando la niña empezó a ir a la guardería, a los dos años, entonces, como ya no tenía excusas, se dedicó a arremeter contra mí porque en el fondo se siente culpable, ¿entiendes? ¡Y a mí me da igual que no trabaje! ¡Te juro que me da igual! Pero que no me joda. Un día de éstos, le van a preguntar a mis hijos en el colegio qué es su padre, y van a contestar que un pobre hombre, porque eso es lo único que soy en mi casa, un pobre hombre, y todo porque mi mujer no se aclara... Si quiere ser ama de casa, que sea ama de casa, pero de las buenas, de las de verdad, y yo estaré encantado. Y si no, pues que se monte la vida como quiera, y todavía mejor, porque estará mucho más contenta, si a mí no me importa, en serio, a mí me encanta mi trabajo, tú lo sabes, y ahora gano mucho dinero, no lo cambiaría por nada del mundo, y no quiero putearla, de verdad que no, pero no aguanto más el mismo rollo, cállate porque si no fuera por mí no tendríamos esta casa, cállate porque si ganaras más podría venir la asistenta todos los días a plancharte las camisas, cállate porque mis padres ya nos dan mucho más de lo que me pagarían en cualquier empleo, cállate porque si te has creído que soy tu esclava estás muy equivocado, cállate porque no vas a conseguir que pierda mi dignidad, cállate porque bastante tengo con andar todo el día arriba y abajo con la casa y con los niños... ¡Coño! ¡Pues que salga de casa! ¡Si es la única mujer de este país que tiene un puesto de trabajo asegurado! ¿A mí qué me cuenta? Si va de maruja, que sea una maruja, y si no, pues que haga otra cosa, pero todo a la vez no puede ser, ¿no? Pues sí, resulta que sí, y ¿sabes por qué? Pues porque yo soy un pobre hombre, ni más ni menos. Y lo peor no es eso, claro...

Nunca le había visto así, ni siquiera cuando todos los ordenadores de la planta se confabulaban contra nosotros para colgarse a la vez, nunca, y ya conocía su capacidad para la pasión, la dirección de esos violentos aspavientos que subrayaban cada sílaba, la violencia de su sinceridad precipitándose en el horizonte como un arma arrojadiza, cuestión de carácter, sólo necesitaba un milisegundo para indignarse de corazón por cualquier cosa, igual que Ana, y ya le conocía, pero me sorprendió su color, tan lejos del rojo flamante de las banderas que iluminaban su cara otras veces. Ahora su piel parecía sucia, un trapo grisáceo y mal doblado, marrón donde antes se sonrosaba, mejillas tristes, moradas, una desesperación pequeña, pero no por eso menos desesperación, asomando entre sus dientes para coser una palabra con la siguiente, el acento descreído, cruel, de quien se ha prohibido a sí mismo calcular que las soluciones existan. Yo conocía esa voz, conocía su eco, pero jamás me habría atrevido a atribuir a Ramón ni la más trivial de sus resonancias, y por eso le escuchaba en un silencio absoluto, silencio de la voz y de las ideas, silencio de la memoria y del corazón. Nunca había estado tan cerca de él. Nunca tampoco, hasta entonces, su proximidad había llegado a inquietarme.

—Lo peor es que he terminado por cogerle manía, así de claro. Que me cae francamente gorda. ¿Te lo puedes creer? ¿Te puedes imaginar lo que significa meterse en la cama con una tía que, no es ya que no te guste, sino que ni siquiera te resulta simpática? Pues eso es lo que hice yo ayer, y lo que voy a hacer esta noche. Claro que, esta noche, cuando llegue el momento de meterse en la cama, ya me habré arrepentido de haberte contado todo esto, y me habré recordado que adoro a mis hijos y que en Biafra están mucho peor, yo qué sé, no sabes la cantidad de tonterías que llego a pensar cuando estoy mal, y hoy estoy muy mal, a lo mejor porque sé de sobra que yo nunca tendré los problemas de Rosa... No hay nada que hacer, ¿sabes?, no hay remedio. Estoy seguro de que no hay remedio. Flora no va a cambiar, a estas alturas, y yo tampoco, así que jamás tendré cojones para largarme de casa por mi propio pie, y desde fuera tampoco habrá nadie que tire de mí, porque, a ver... ¿qué tía va a enrollarse conmigo, tan gordito, con las gafitas, y este marronazo de puta madre a cuestas...? Pues ninguna, naturalmente. Así que esto es lo que hay. ¡Como no me caiga la breva de que...!

Su confesión se detuvo aquí en una pausa más larga que las anteriores. Después comprendí que había valorado con cierto cuidado los efectos que produciría el episodio que me contó a continuación. Y jamás habría podido sospechar la verdadera naturaleza de mi respuesta, porque su actuación no me pareció ingenua, ni ridícula, ni patética. Yo conocía muy bien el signo de aquella infección, una enfermedad que cura, el desequilibrio que afirma la cuerda floja para que el equilibrista camine mejor, durante más tiempo. Apenas me sorprendió descubrir que el pobre recurso que a mí me permitía escapar de la soledad de vez en cuando, sirviera también para crear soledad cuando era imprescindible.

—No te lo vas a creer, seguro que no, pero hace un par de semanas, el viernes, creo, llegué a casa pronto, como a las seis y media más o menos, y nada más abrir la puerta noté que pasaba algo raro. Antes de cerrar, ya me había dado cuenta de lo que era, silencio, paz, una calma absoluta, ni la televisión estaba encendida, ni los niños chillando, ni se escuchaban carreras por el pasillo, ni Flora hablaba por teléfono, nada. No lo entendía, así que me quedé un par de minutos en el recibidor, de pie, con la cartera en la mano, al acecho de la menor forma de vida, y como no vino nadie, dije hola en voz alta.

Nada. Les llamé a todos por sus nombres, a grito pelado, y no me contestaron. Era rarísimo, porque a mi mujer no le gusta salir de casa después de que los niños vuelvan del colegio, y cuando tiene algo que hacer, me lo dice para que me quede con ellos, y aquel día no me había avisado de nada, más bien al revés. Yo era el que creía que iba a llegar tarde, porque tenía una reunión con los de Grandes Obras que se desconvocó en el último minuto, así que no me esperaban. Eso fue lo que me mosqueó, que no me esperaban, y entonces, de repente, se me disparó la cabeza. Me acerqué muy despacio a la cocina repitiéndome que no, que ni hablar, que era imposible, y allí estaba, pegada a la nevera con un imán de Danone, una nota tan larga que parecía una carta, con la firma de Flora y todo, debajo... Debería haberla leído allí mismo, pero la cabeza se me había disparado y ya no podía recuperarla, y era demasiado bonito para resistirse, Querido Ramón, leí con la imaginación, perdóname, pero no puedo seguir viviendo contigo ni un solo día más porque estoy enamorada de otro hombre... Total, que no me atreví a leer la nota de la nevera, ¿te lo puedes creer?, no la leí. Me fui derecho al salón, me puse una copa, me descalcé y, tirado en el sofá, bebiendo a sorbitos, me dediqué a imaginar quién sería él, ese benefactor de la Humanidad que iba a cargar con Flora en lo sucesivo... Después, me dediqué a ordenar las estanterías con mucho método. Aparté todos los objetos, jarritas, bandejitas, muñequitos, que Flora posee por centenares, y desnudé todas las mesas de esos tapetitos de ganchillo que siempre me han destrozado los nervios. Ella querrá llevárselos, me iba diciendo mientras los recogía, muy comprensivo, y tendremos que arreglar lo de los niños, porque yo no estoy dispuesto a renunciar a mis hijos, ni hablar, claro que para eso hay tiempo... Luego puse música, y hasta bailé solo, mientras cambiaba los muebles de sitio, es increíble... Hacía mucho tiempo que no me sentía tan bien, y esto no es nada comparado con lo que te espera, me prometí a mí mismo, adjudicándome una vida cojonuda, yo solo, en aquella casa, mis máquinas, mis libros, mi Telepizza... ¡Uf!

—Y entonces llegó Flora —me atreví a terminar el discurso por él, con una sonrisa.

—¡No! Qué va... Eso fue lo peor, que tardó casi dos horas más en aparecer. Cuando escuché la llave, iba ya por el cuarto whisky y estaba definitivamente borracho. Y no hizo una entrada discreta, no creas, nada de eso. Isabel se le había quedado dormida en brazos, y chilló como un cerdo a medio degollar hasta que me levanté y fui a por ella... Venían del cine, fíjate qué cosa más idiota. La nota decía que mi suegro y mi suegra habían tenido una bronca porque la noche anterior, revisando un apunte que acababa de enviarles el banco, él se encontró con un talón sin justificar que no había cobrado..., no sé, menos de quince mil pesetas, creo, una mierda... Había acusado a su mujer de gastarse el dinero por su cuenta, y ella, que estaba hundida, había pillado la cartelera, había visto que reponían su película favorita en unos multicines que están a tomar por culo, en Aluche o por ahí, y había llamado para invitarnos a todos a ver *La dama y el vagabundo,* ya ves tú, qué represalia. Por lo visto, Flora había llamado a la editorial para avisarme, pero a mi secretaria se le olvidó decírmelo. Así que de la peli me libré, pero de lo demás no hay quien me libre... Tengo mujer para rato.

Habíamos dejado atrás la plaza de toros y acabábamos de cruzar Manuel Becerra con pasos medidos, casi cansados, cuando Ramón se paró de repente.

—¿Nos quedamos aquí? —preguntó, y a mí ya se me había olvidado que el objetivo teórico de nuestra caminata era tomar una copa en alguna parte, pero le dije que sí, porque por un lado, estaba cansada de andar, y por otro, presentía que un par de cubatas iban a sentarme estupendamente.

Entramos en un local bastante oscuro y de perfiles equívocos, un ejemplar típico de las zonas menos lucidas —como aquélla— de los barrios de ricos —como aquél—, a medio camino entre un clásico bar de tapas, la barra que encontramos junto a la puerta, y el pobre intento de semi-pub inglés que se concentraba en las mesas del fondo, donde nos sentamos. Cuando ya me había tragado media docena de cacahuetes salados, supuse que, por fin, me tocaba decir algo.

—Es curioso, ¿sa-abes, Ramón?, porque yo vivo sola, y mis problemas son ca-asi exactamente opuestos a los tuyos, y sin embargo, te comprendo muy bien, en serio...

—Claro —no llegó a mirarme, pero me daba la razón con la cabeza—, porque somos el mismo tipo de gente... No te ofendas, porque me pongo yo por delante, pero lo he pensado muchas veces. Tú y yo nos llevamos tan bien porque los dos somos pequeños, insignificantes, el tipo de gente a la que jamás le toca la lotería, ninguna lotería... No quiero ponerme fatalista, pero algunos días no puedo alejar la sospecha de que el destino existe, y nos somete. O a lo mejor, nos falta un don especial, que es el que permite que seamos felices... ¿Tú te has dado cuenta de lo poco que necesitan algunos para ser felices? Cosas que nosotros tenemos, un trabajo, un sueldo, una casa...

—Siempre se necesita lo que no se tiene.

—Sí, eso es verdad. Pero también es verdad que hay gente dotada para ser más feliz que otra, gente que aspira a auténticas tonterías, y cuando las consigue, porque son fáciles de conseguir, se pone como loca...

—Rosa siempre dice eso. Que a-algunas mujeres sueñan con tener armarios empotrados, o una cocina nueva, o un hijo con ca-arrera, y que le gustaría ser como ellas...

—Y tiene razón. A mí también me gustaría... ¿Sabes lo que más miedo me da de todo esto? —negué con la cabeza—. Pues a veces... No sé..., me veo a mí mismo dentro de unos años, después de los cuarenta, yendo sistemáticamente de putas todos los viernes, por ejemplo, o follando con una secretaria que ni siquiera estará buena del todo, en un apartamento alquilado a espaldas de Flora, y jurando entre polvo y polvo que voy a separarme de mi mujer pero ya, enseguida, el mes que viene, y jurando en falso, claro... Y me pregunto qué habrá pasado conmigo, con el joven revolucionario que fui, con la vida justa que perseguí, con los atroces deseos de enamorarme de una mujer admirable que me han traído hasta donde estoy, eso me pregunto, y me contesto que no ha pasado nada en realidad, sólo la vida, y después me da mucha pena de mí mismo, pero eso es lo que me espera.

—N-no —intervine, tan indignada por su repentina mansedumbre que hasta se me olvidó la mía—. ¿Por qué?

—Porque soy un hombre insignificante, Marisa —levantó la cabeza para mirarme y creí notar un barniz líquido en sus ojos—, un pobre hombre, y no tengo suerte, los hombres como yo no tienen suerte y acaban pagando por follar, y punto.

—Eso n-no es verdad. Eres un hombre muy inteligente, muy brilla-ante en tu trabajo, eres encantador, divertido, leal... Hay mucha gente que te quiere.

—Sí —sonrió—. Eso no lo niego. Pero es igual que en la facultad, ¿te acuerdas? Muy mono, tan gordito, con las gafitas, muy listo... ¿Y qué? —no supe qué responderle, él se conocía mejor que yo—. Sin embargo, en una cosa tienes razón... Vamos, tómate otra copa y te abriré el rincón más podrido de mi alma.

Mi curiosidad, contaminada ya de sentimientos muy distintos, no tuvo que prolongarse más allá de la breve visita del camarero.

—La verdad es que a veces he pensado que la verdadera putada es haber llegado a esta edad en estas circunstancias. Sé que es muy mezquino decir esto, como muy miserable, lo sé, pero si yo hubiera aguantado soltero diez años más, pongamos, o hasta menos, hasta los

121

treinta por ejemplo... Pues ahora sería un pedazo de partido, ésa es la verdad, porque las tías, en serio, Marisa, es que las tías sois la hostia... Quiero decir que yo siempre me he relacionado con mujeres que estaban en mis mismas condiciones, la misma edad, una trayectoria parecida, todo eso. Y ahí nunca he tenido nada que hacer, porque no podía competir con ninguno de los hombres que estaban a mi alrededor, pero si yo ahora estuviera soltero... Hay un montón de tías de veinte años dispuestas a perdonar cualquier talla especial, cualquier perímetro de barriga, cualquier mogollón de dioptrías, por una nómina como la mía, ésa es la verdad, lo siento mucho. Y serán despreciables, no te digo que no, pero también son manejables. Y cómodas. Y hacen lo que uno dice. Y están buenísimas.

—Eso es a-asqueroso... —protesté, sin demasiada convicción, tal vez simplemente porque supuse que me tocaba protestar, aunque sabía de sobra, y desde mucho antes de aquella tarde, que Flora era un pedazo de bruja, una arpía capaz de machacar a su marido hasta disolver, de puro exiguo, el último vestigio de su persona.

—¿Y qué? —él, en cambio, parecía dispuesto a combatir—. ¿Es que mi vida no es asquerosa? Estoy hasta los cojones de alistarme en todas las guerras, Marisa... ¿Que una tía de veinte años sólo me querría por mi dinero? Pues mira, ya habría salido ganando, porque Flora no me quiere ni siquiera por eso. ¿Que me estaría vendiendo y perdería mi dignidad? Muy bien, pero por lo menos cobraría algo a cambio, porque lo que es ahora, no me dan ni las gracias, ¿sabes? Lo que pasa es que lo he hecho todo mal, pero es que todo, muy mal, fatal. Y voy a seguir pagando plazos hasta el día que me muera, eso es lo que hay, y que mi hija se acabará llamando Maribel, ya lo verás...

Celebré con una carcajada la enésima versión de aquella profecía en la que Ramón solía resumir su peor estado de ánimo, quizás porque el compromiso de no abreviar nunca el hermoso nombre de su hija Isabel fue la primera promesa que Flora traicionó, tan precoz como insensiblemente. Luego me pregunté qué pasaría a continuación. Llevaba cerca de media hora invirtiendo menos de la mitad de mi atención en aquel monólogo, mientras me dedicaba en silencio, y con mucho más interés, a descifrar el verdadero sentido de aquel mensaje, el propósito real de una inaudita explosión de sinceridad que no parecía justificarse en sí misma. No me había atrevido a llegar a ninguna conclusión cuando Ramón levantó el brazo para pedir la cuenta, y aunque me apresuré a iniciar el reglamentario trámite de protesta, no me dejó terminar.

—Ni hablar —dijo, poniendo un billete en la mano del camarero—, yo te invito. Pues no faltaría más, encima de que llevas toda la tarde aguantándome...

En ese momento anticipé con una meticulosa precisión el final de aquel episodio, y antes de que Ramón se levantara, ya sabía que lo haría, y que yo le seguiría hasta la puerta, y que allí nos separaríamos con dos besos y algún otro gesto cariñoso y capaz de garantizar mi lealtad, la de quienes están dispuestos a ser parciales por encima de todo. Le vi marcharse en un taxi, y aunque estaba todavía muy lejos de casa —Santísima Trinidad, entre Viriato y García de Paredes—, decidí seguir andando. Una hora larga después, cuando por fin pude descalzarme y tirarme en el sofá, todavía no era capaz de precisar cómo me sentía, aunque tenía frío por dentro. Si los sentimientos pudieran expresarse en grados térmicos, el clima de mi cuerpo habría sucumbido a un súbito e inexplicable enfriamiento, una repentina era glacial sin otro nombre específico, que no podía resumirse en despecho, ni en decepción, ni en sorpresa, ni en ridículo. A lo largo del discurso de Ramón, algunos fragmentos concretos me habían sugerido que tal vez, después de todo, sólo estuviera creando una situación propicia para terminar metiéndose en mi cama, y al principio ni yo misma me lo podía creer. Luego, forzándome a considerar lo asombroso, no había sido capaz de decidirme entre la certeza de que todo resultaría un desastre, y la pura y simple tentación de follar, que se agigantaba por minutos. Al final, cuando comprendí que podría haberme ahorrado todos mis cálculos, no sentí ni alivio ni decepción, sólo frío, el odioso tacto de un moho helado que me recubría por entero. Yo le debía a Ramón uno de los progresos más importantes de mi vida, y él me debía a mí muchas horas de trabajo desesperado, un montón de gritos de aliento y hasta un par de intuiciones geniales. Nos habíamos elegido mutuamente, y nos compenetrábamos tan bien que las máquinas debían de pensar que éramos una sola persona con dos cuerpos. Y nos queríamos mucho. Tal vez, él fuera la persona que más me quería en aquel momento, y yo también le quería a él, pero jamás me había parado a pensar en Ramón como posible amante. No me gustaba nada y no me habría gustado acostarme con él, por eso nunca habría aceptado ninguna de sus ofertas, pero había cogido un taxi y se había largado sin llegar a saberlo. No me había dado la oportunidad de rechazarle con la sonrisa cómplice de una hermana íntima, y la sangre se me había congelado en aquel trance.

El vestido era rojo, y me tropecé con él aquella misma tarde, casi por azar. No tenía ganas de mirar escaparates, pero aquél estaba en una esquina y me asaltó sin pedir permiso. Entonces, plantada en una acera de la calle Goya, empecé a pensármelo. Me había prometido a mí misma muchas veces no volver a las andadas, pero la imagen de Ramón, bailando solo mientras celebraba que le hubieran abandonado para siempre, se negaba a salir de mi memoria, y pasaban los días, y las semanas, pero mi cuerpo no acababa de recuperar el calor. Casi dos meses después me atreví por fin a entrar en aquella tienda y lo encontré en el mismo sitio, como si llevara toda la vida esperándome. Cuando por fin me atreví a salir a la calle con él, ya había reunido todos los complementos necesarios para sacarle el máximo partido, zapatos negros de salón, bolso a juego, un prendedor de raso rojo para el pelo, un nuevo nombre, un marido inventado, unos hijos encantadores, y hasta una muchacha interna, toda una estupenda historia personal que contar a la primera persona que se acercara a la barra del bar donde pedí el primer whisky de la noche.

Sólo se me olvidaron las agujetas. Una semana antes, cuando anuncié a bombo y platillo que había vuelto a apuntarme en el gimnasio, salí de casa con el equipo completo, malla, sudadera, calentadores, zapatillas blancas con una goma encima del empeine y hasta dos pares de calcetines limpios, todo dentro de un saco de lona que vacié meticulosamente en el cesto de la ropa sucia a la mañana siguiente, mientras terminaba de contarle a Martín cómo había ido la cena. Pero las agujetas se me olvidaron. No acerté a quejarme del menor dolor muscular ni una sola vez en toda la semana, y él se dio cuenta, y me felicitó el jueves siguiente, cuando le avisé de que llegaría tarde, qué bien, ¿no?, parece que estás en forma... Me sentó tan mal haberle mentido desde el principio, me sentí tan tonta por no saber qué decir, que en aquel momento ni siquiera se me ocurrió que su comentario pudiera envolver una segunda intención. Eso empecé a sospecharlo luego, en el trabajo, y aunque en teoría, esa misteriosa teoría que nunca he terminado de comprender muy bien, debería haber celebrado la hipótesis de que Martín sospechara algo turbio en las tardes de mis jueves, en la práctica me vine abajo. Creo que ella lo adivinó apenas me tuvo delante, pero no me dijo nada. Salí del paso largándole el discurso más sofisticado e intimidatorio que pude improvisar, un recurso de distracción que llegué a explotar, semana a semana, hasta su agotamiento, aunque me daba cuenta de que arrastrarme hasta allí cada jueves para enhebrar una docena de obviedades ante una desconocida a la que mi vida le traía básicamente sin cuidado resultaba un método espléndido para hacerme sentir todavía más tonta. Evitaba pensar en aquellas sesiones desde el mismo momento en que salía por la puerta hasta el preciso instante en que la atravesaba de nuevo pero, de todas formas, llegó un día en el que creí haber traspasado ya la primera frontera de la imbecilidad, y me obligué a calcular fríamente antes de adoptar una solución definitiva. Abandonar el análisis en este estado no me reportará ningún beneficio, me dije, así que lo más sensato será tomárselo en serio. Y sin embargo, después de admitirlo, no fui capaz de encontrar una fórmula eficaz para empezar. Quizás ella también lo adivinó esta vez, o quizás, simplemente, mi silencio llegó a pesar en el aire.

—Bueno —dijo, cuando encendí el segundo pitillo consecutivo, después de cinco minutos largos de silencio, los ojos bajos, fijos en la alfombra—, ¿no tiene ganas de hablar?

—No —contesté—. La verdad es que no muchas...

Dejó pasar algunos segundos antes de insistir en un acento ambiguo, dulce pero firme, o tal vez al contrario, más tranquilizador que estimulante en cualquier caso.

—Ya sé que no le gusta que le haga preguntas muy concretas, pero podría sugerirle por dónde empezar.

Medité rápidamente aquella oferta. No tenía ganas de hablar, pero sí un poco de curiosidad por su elección, el hilo que escogería para tirarme de la lengua.

—Está bien —accedí al final—. Reparta cartas.

—Hábleme de usted en la universidad.

—¿Por qué? —había logrado sorprenderme de verdad.

—El día que nos conocimos, me dijo que aquellos años se le escapaban.

Vino aquella mañana con una camisa roja y el mejor aire de agitador que yo haya visto jamás... Llegué a construir esta frase en mi cabeza, pero mis labios no se decidieron a pronunciarla. No estaba muy segura de querer hablar de aquella época, por más que encerrara el origen de algunas de las mejores cosas de mi vida. Por eso elegí la entrada más oblicua para regresar a aquel tramo del pasado.

—Estudié Letras, por supuesto, concretamente Filosofía. Suponía que todo el mundo esperaba que escogiera algo así, y eso hice, más o menos... Ya sé que no parece una declaración muy inteligente, pero es la verdad. Cuando empecé el bachiller superior, en casa dieron por sentado que haría Letras. Las Ciencias también me gustaban, sobre todo las Naturales, aunque en Matemáticas me perdía un poco. Recuerdo aquella época como una inmensa confusión. Fui una estudiante discreta, ¿sabe?, o a lo mejor sería más justo decir que fui buena, pero nunca brillante, no sé si me entiende... Yo aprobaba, pero muchas veces no acababa de adivinar por qué, no tenía conciencia de poseer de verdad los conocimientos... la capacidad que mis notas garantizaban. Y cuando suspendía, tampoco comprendía muy bien qué había pasado. El dibujo era una tortura para mí. Creo que sólo por perderlo de vista me afilié al criterio de mi madre, que repetía a cada paso que Filosofía y Letras era una carrera estupenda para una chica. De pequeña era muy dócil, me temo que la docilidad es un rasgo innato en mi carácter. He tenido que aprender a combatirla sin piedad, porque sé que existen pocos genes más peligrosos...

Hice una pausa para mirarla pero, de puro inexpresivo, su rostro permaneció esta vez tan mudo como si hubiera decidido negárselo a mis ojos, y me arriesgué a ser conscientemente sincera, por primera vez.

—Mi madre cambió de religión, cambió de ideología, y hasta de piel, para convertirse en la mujer de mi padre y adorarle sólo a él. Hasta donde yo recuerdo, su docilidad se asomaba al mismísimo borde de la tontería, pero si me hubiera atrevido a decir esto alguna vez en voz alta, nadie habría estado de acuerdo conmigo. Para los demás, mi padre el primero, mi madre ha sido siempre una diosa. Bella, perfecta, misteriosa... Admirable como una estatua. Y silenciosa como el mármol, también, porque no solía opinar en público. Supongo que no tendría gran cosa que decir pero, no sé por qué, la gente interpretaba su permanente ausencia como una muestra más de su ilimitada capacidad de seducción, otra contraseña de un carácter fascinante. No se equivocaba nunca, claro, nunca fallaba, porque sólo intervenía en el preciso segmento de las conversaciones donde su ingenio podía brillar sin ningún riesgo. Estaba específicamente dotada para ironizar acerca de los demás, interpretar maliciosamente cualquier comentario, sugerir el mejor mote, hacer juegos de palabras... Todavía es su gran especialidad. Los dioses, ya se sabe, son crueles, nadie debe reprocharles su naturaleza. Y en definitiva, este rasgo de brillantez estaba al servicio de mi padre tanto al menos como la elegancia de su vestuario o la impecable organización de las fiestas al aire libre que celebraban en verano, en la casa de la playa. Él la había fabricado, y ella parecía feliz en aquel vestido que no acababa de ceñirla del todo, o por lo menos, eso pensaba yo, porque yo conocía también en ella misma a otra mujer que seguramente ninguno de sus adoradores se habría atrevido a sospechar que existiera. Hasta que la decepcioné, y perdió cierta clase de interés en mí para ganar a la vez un determinado tipo de confianza, mi madre me inculcó una educación muy parecida a la que había recibido de su propia madre, una rigidez que no aplicó ni remotamente a mis hermanos varones, aunque ellos también tuvieron ocasiones suficientes para reconocer la silueta del embudo que gobernaba nuestras vidas...

Me detuve un instante, como si necesitara esforzarme para recuperar el eco de aquel discurso, algo así como la banda sonora de mi infancia, acabarás pareciéndote a mí, ya lo verás, no te preocupes por tu nariz, pero ¿qué dices?, si tus piernas no van a ser siempre así de huesudas, un buen día empezarás a cambiar y en seis meses no te reconocerás a ti misma, en serio, ya lo verás... Eso decía ella, pero yo no acababa de ver nada, y a los doce años parecía un ave zancuda, y a los trece igual, y a los catorce por fin engordé un poco pero la silueta de mis piernas no mejoró, y yo la miraba, la admiraba, como todos, tan equilibrada, tan hermosa, tan redonda donde tenía que ser redonda, tan estrecha donde tenía que ser estrecha, los huesos y la carne alternándose sobre su cuerpo en la proporción más feliz, cifras de una armonía casi musical, melodiosamente despiadada. Yo quería ser como ella, necesitaba ser como ella para entrar en sus cálculos, para llegar hasta la línea que había trazado en mi vida, para complacerla, la había escuchado muchas veces y conocía sus planes, el fracasado proyecto de mi inminente divinización. Yo había nacido para asegurar su memoria, para ascender a su trono, para aligerar sus hombros poco a poco del peso de tanta belleza, pero Naturaleza no dio de sí, y todas sus profecías naufragaron. Entonces comprendió que yo nunca sería competencia para ella, y esa certeza debió de endulzar el mal gusto de la derrota. Nunca volvió a ocuparse de mí como antes.

—A mi madre le molestaba mucho que su única hija fuera fea, sobre todo porque los varones habían salido muy guapos. Ella había calculado más bien lo contrario y nunca ha sido buena perdedora, así que, después de resignarse a brillar en solitario, me dejó bastante tranquila, ésa es la verdad. Se lo agradecí mucho, no crea, pero mi gratitud habría llegado mucho más lejos si no hubiera tenido la impresión de que, en ciertas ocasiones, mi presencia llegaba incluso a desagradarla... —me advertí a mí misma que seguramente no me iba a gustar la cara, una mueca que sospeché más recelosa que escéptica, con la que una interlocutora tan discreta recibiría sin duda este último comentario, y me anticipé a cualquier reacción sin pararme a comprobar el grado de acierto de mis conjeturas—. No, no me mire así, por favor, no me he vuelto más loca de repente, se lo digo en serio. Lo que quiero decir es... —marqué una pausa destinada a encontrar algún argumento contundente, mientras comprobaba que su rostro seguía siendo tan monótono como el más asiático de los desiertos—. Por ejemplo, a mi madre no le gustaba que yo interviniera en su vida social. Fiestas, cócteles, ¿comprende? Ella interpretaba mi físico como un defecto suyo, y no estaba acostumbrada a que nadie le señalara un defecto. A las bodas no le quedaba más remedio que llevarme, pero en general evitaba exhibirme, yo creo que hasta prefería que no nos vieran juntas... Hablo en presente porque todas estas cosas las he comprendido muchos años después de que ocurrieran, cuando era ya una mujer hecha y derecha. En aquella época, sólo me daba cuenta de algunos detalles sueltos, como que tardaba muchísimo menos tiempo que antes en comprarme ropa, o que de repente me resultaba muy fácil conseguir permiso para irme a dormir a casa de una amiga cuando venía gente a cenar, y creía que todo esto no eran más que ventajas de la edad, que me estaba haciendo mayor y mi familia lo reconocía, simplemente, no sé, en aquella época yo no entendía nada, nunca entendía nada, de ninguna cosa, la perplejidad era mi estado natural, me sentía como si el azar gobernara completamente mi vida, como si cada alabanza y cada castigo fueran fruto de un sorteo en el que todo el mundo llevara papeletas, todo el mundo menos yo, así que cuando venía algo bueno, lo cogía y no me hacía preguntas. Total, nunca era capaz de contestármelas...

Me atreví a mirarla de frente, por fin, y no me pareció más, ni menos relajada que antes. Seguramente, ella adora a su madre, me dije, y por eso disimula... Llevaba tantos años pensando en mí como en un pequeño monstruo insensible y desagradecido, que casi me ofendió que encajara mi abominable confesión con la indiferencia habitual. Jamás me había atrevido a contarle a nadie, aparte de Martín, que mi madre había dejado de quererme por ser fea, semejante fracaso. Daba por descontado que nadie lo creería, que cualquier persona normal se pondría automáticamente del lado de mi madre, y en contra mía. La analista, en cambio, se había mantenido estrictamente neutral, y eso, teniendo en cuenta la universal convención sobre la santa infalibilidad de las madres, la ponía casi de mi parte. Lo más gracioso es que era precisamente ese detalle lo que me molestaba, tanto como si a la salida fueran a entregarme un certificado por haber vivido más de veinte años sintiéndome culpable sin necesidad.

—No importa —continué, como si esa simple frase fuera capaz de disolver cualquier confusión—. No me habría gustado ser la segunda edición de mi madre ni siquiera si hubiera valido para eso. El caso es que ella perdió interés y eso nos acercó, más que separarnos, porque acortó la diferencia entre la vida que teóricamente me correspondía y la educación que recibía en la práctica. Supongo que no me estoy explicando muy bien, pero es difícil... Verá, la imagen del mundo que yo manejaba cuando era una niña se puede comparar, más o menos, con un juego de muñecas rusas. La más grande representaba al exterior, España, Madrid, la dictadura, un país gris, duro, injusto, que había hecho sufrir a los nuestros y que nos amenazaba con asfixiar el porvenir. Luego, hacia dentro, existía otra realidad exterior mucho más restringida y muy distinta, otra España, otro Madrid, el Partido, el colegio, los amigos de mis padres, risas, lágrimas, desesperanza, diversión y juegos de palabras, conversaciones fabricadas con conceptos como resistencia, oposición, clandestinidad, y desde luego, progreso, justicia, futuro, siempre futuro. Dentro de esta muñeca cabía otra muy parecida, un nivel sin embargo privado, interior, mi propia casa, una ciudad de colores en la que cada uno podía decir lo que quisiera, y leer lo que quisiera, y creer en lo que quisiera, como náufragos felices y bien alimentados en una isla propulsada en la dirección correcta por algún motor oculto. Y hasta aquí todo va bien, todo es lógico, razonable, hasta envidiable si se compara con lo que era habitual en otras casas, en otras vidas de chicas de mi edad, eso lo reconozco, pero el problema es que existía una cuarta muñeca, ¿sabe?, una muñeca íntima, pequeña y secreta, la mascota de una mujer que no se acababa de creer la vida que llevaba, las cosas que decía, las ideas que defendía. Mi madre no me enseñó a rezar por las noches, pero me obligaba a meterme en la cama con el pijama completo en pleno agosto, y a dormir la siesta aunque no tuviera sueño, y a comer repollo aguantándome las arcadas, y su jurisdicción desbordaba los códigos de una disciplina saludable para adentrarse en terrenos más turbios, pantanos definitivamente tenebrosos, incluso... Es sólo curiosidad, solía disculparse antes de atacar, y así acababa controlando a las familias de nuestros amigos del colegio, sabía a qué se dedicaban sus padres, cuántas casas tenían y todo eso... Jamás me dio una carta sin mirar antes el remite, y no toleraba que echara el pestillo cuando estaba sola en mi cuarto, ya sabe... En casa celebrábamos el primero de mayo, aunque no fuera fiesta, con una comida especial y brindis en los postres, pero las muchachas, y teníamos dos, miraban a mi madre con ojos humillados, enturbiados por unas gotas de pánico reverencial que ahora no me extrañan, la verdad, porque ninguna duraba mucho... Era el tipo de mujer que mueve los sillones para ver si hay pelusas debajo, llegaba a hacerse odiosa de puro exigente, en fin... Y mi padre era todavía peor. Él había arrastrado a su mujer a su propio terreno, la había bautizado en una fe que profesaba de corazón, había engendrado en ella hijos para una vida nueva, hombres y mujeres libres, fuertes, justos... No me estoy inventando nada, no crea, en cuanto que se tomaba un par de copas improvisaba un discurso de este estilo en el centro del salón, y yo le miraba arrobada, atontada más bien, porque le quería muchísimo y le admiraba mucho más, y sin embargo ahora sé que él era peor, porque él conocía todas las argucias de mi madre, asistía a todas las escenas, contemplaba cada arbitrariedad, cada ñoñería, cada prejuicio y sus consecuencias, y lo único que se le ocurría era abrazarla por detrás en plena bronca o darle un azote en el culo para que terminara antes, contestando que estaba absolutamente de acuerdo con ella en absolutamente todos los aspectos de la cuestión, si alguien perdía el tiempo en preguntarle. A mi padre sólo le interesaban dos cosas, el Partido y tocarle el culo a mi madre, así que sus hijos, los elegidos para el futuro, vivíamos en una pura contradicción, muy maquillada, eso sí, con los colores de la verdad, la justicia y el progreso.

—Es usted cruel...

No esperaba ese comentario, y concentré en su rostro toda mi atención. Ella me devolvió una mirada equilibrada, que situé sin embargo más cerca de la ironía que de cualquier motivo de censura y que, a pesar de eso, me propuse disipar lo antes posible.

—No, de verdad, no he querido darle esa impresión. Yo creo en la Verdad, con mayúscula, y creo en la Justicia y en el Progreso, con iniciales igual de grandes. Creo en la República, que le costó la vida a mis abuelos, y creo en el Futuro, por el que se la jugó el resto de mi familia, por eso es muy importante para mí que no me interprete mal... Ya sé que mi caso ha sido mucho más frecuente en la otra España, conozco mucha gente a la que se le cayó encima exactamente la otra mitad del mundo, adolescentes paralizados por el estupor que descubrieron de golpe que su padre iba de putas, por ejemplo, o que su madre bebía por las mañanas, y jamás lograron recuperar ni un ápice de su antiguo fervor de cruzados contemporáneos. Pero a mí no me ha pasado nada parecido, porque la fe de mis mayores aguanta el tirón, no lo dude. El mundo me da la razón todos los días, aunque mis ojos ya no puedan mirarlo con inocencia.

Vino aquella mañana con una camisa roja y el mejor aire de agitador que yo haya visto en mi vida, recordé... Él me convenció. Él, quinto hijo de un general de aviación y de la reina de las Fiestas de Navacerrada 1945, antiguo alumno destacado de los padres escolapios, «hijo de María» hasta los trece o los catorce años, seguidor y acompañante de un cura obrero que hacía su apostolado en los suburbios, militante comunista después, líder estudiantil en Derecho y, casi desde entonces, amor de mi vida.

Nunca había oído a nadie hablar así, y eso que no me perdía una asamblea. La principal consigna de la organización a la que me afilié poco después de desembarcar en la universidad, todavía en primero

—un diminuto grupúsculo de extrema izquierda que se acababa de escindir de un grupito sólo ligeramente más consistente, miembro a su vez de una federación de partidos marxistas-leninistas-revolucionarios cuyo principal argumento ideológico se resumía en enfrentarse al PCE, denunciando tanto sus turbios contactos con la burguesía liberal en el exilio como la repugnante infección revisionista a la que sucumbía por momentos su doctrina—, ordenaba precisamente eso, la asistencia masiva a todos los actos, asambleas, reuniones, conciertos o debates que pudieran celebrarse en cualquier lugar, con cualquier motivo, a cualquier hora y de cualquier manera. Éramos tan pocos, en Filosofía sólo diecinueve, que se nos tenía que ver como fuera. También se nos oía, pero aquella mañana, en el paraninfo de mi propia facultad, ante el mismo estrado desde el que estaba harta de escuchar a toda una generación de llorones de pana, barba y gafas de concha, idénticas sus voces sacerdotales, arrítmicas, pesadísimas, calcados unos de otros como torpes secuencias de un clon atroz del que también yo misma provenía, enmudecí escuchándole a él, a pesar de que era ya una alumna de segundo, con cierta experiencia y un prestigio de agitadora tan consolidado que mi ex novio y superior jerárquico, Teófilo Parera, alias Teo el gordo, había previsto reventar el acto según un método de mi propia creación. Cuando el orador principal aludiera por sexta vez a «la clase obrera», yo me levantaría de un brinco para increparle en voz alta y clara. «¡Eh! Tú, a ver... ¿A que no sabes cuánto cuesta una barra de pan?» Nunca lo sabían, y eso hacía un efecto horroroso, claro, porque mis dieciocho compañeros empezaban a chillar, todos a la vez, ¿cómo se atreven éstos a hablar en nombre del Pueblo?, ¡qué escándalo!, ¿hasta cuándo toleraremos a tanto farsante?, y aquello ya no había quien lo levantara. Lo habíamos probado antes, siempre fuera de la universidad excepto una vez, en una asamblea de Físicas, y había funcionado muy bien. Yo me mantenía rigurosamente al tanto del precio del pan, de las patatas, y hasta de los huevos, por si el enemigo se me revolvía, aunque hasta entonces todos se habían quedado tan anonadados que ninguno fue capaz de reaccionar. Él, seguro, me habría fulminado, pero su presencia me estremeció de tal manera que me habría dejado morir, antes que atacarle.

Llevaba una camisa roja de manga larga, vaqueros, y unos zapatos enormes, de piel castaña, con cordones muy gordos, como las botas que suelen calzar los niños pequeños en mañanas de lluvia. Habló de pie, en el centro del estrado, renunciando al atril lateral tras el que solían refugiarse los demás, y no traía papeles, no sostenía un micrófono, nada entre las manos, ninguna trampa, ningún truco, sólo una voz magnética, certera, honda, y las palabras de siempre, Justicia, Progreso, Futuro, sonando a verdad, a la Verdad incontaminada, pura, que derriba castillos y levanta a los parias de la Tierra, sus puños se cerraban en el aire al borde de dos brazos tensos, poderosos, sinceros, y el flequillo oscuro, lacio, tachaba su frente como si pretendiera subrayar cada sílaba, cada acento, cada frase, y yo temblaba por dentro al escucharle y no pensaba, vigilaba la sombra de su nuez, el nervio de las venas de su cuello, y sólo deseaba que siguiera hablando, que no se callase nunca, porque habría podido vivir de aquellas palabras, alimentarme de él, de su voz, de su ira, de sus gestos, hasta el día de mi muerte. Aquélla fue la primera, la única experiencia religiosa de mi vida. La jovencita recogida, silenciosa y humilde, que dudaba de todo al salir del paraninfo, aquella mañana, no tenía mucho que ver con la aprendiz de cínica, una chica chillona, ilimitadamente arrogante, que había entrado por la misma puerta un par de horas antes. Las huellas no se han borrado jamás.

—De hecho —proseguí, con la sonrisa boba, incontrolable, que se apodera de mi cara siempre que logro recuperar aquella mañana de grandes revelaciones—, si estuve a punto de salirme de cuadro fue, precisamente, por el otro lado. En la universidad me afilié a un grupo de extrema izquierda, una organización tan mínima, la verdad, que apenas nos atrevíamos a llamarla partido. Para mí era suficiente, sin embargo. Yo sólo quería apuntillar mi docilidad, demostrar que me desmarcaba del modelo paterno, instalarme en un terreno más limpio, más coherente, más puro. Bueno, ya se lo puede imaginar, éramos peligrosísimos... —sonreí, y ella me siguió, y me propuse avanzar un poco más a través de aquella historia dorada y dulce, crujiente y luminosa, días que habitan en la esquina más feliz de mi memoria—. Entonces conocí a Martín, mi marido. Estábamos en las posiciones más opuestas, porque él era un pecero convencido, ¿sabe?, no uno de esos imbéciles que se consagraban ciegamente, atados de pies y manos, a la adoración perpetua del secretario general, pero sí un hombre firme, hasta muy crítico a veces, pero leal. En fin, ahora todo esto suena un poco a chiste, pero en aquella época, 1973, los matices eran importantes, no crea...

—¿Y usted? —me había quedado colgada del todo, y el sonido de su voz me sobresaltó. Tuve que meditar un par de segundos antes de dar con el sentido exacto de su pregunta.

—¿Yo? Bueno... Yo era una mala bestia —se echó a reír como si pretendiera ponerse a mi altura, igualar el tono alegre, festivo, que impregnaba mi voz por primera vez desde que hablaba para ella—.

No, no se ría, por favor, se lo digo en serio... La verdad es que no encontré otra manera de destacar. Al principio me sentía bastante perdida, ¿sabe?, y aquella sensación era habitual para mí, pero de todas formas... Ninguno de mis compañeros del colegio hizo Filosofía. Yo no conocía a nadie, y por puro instinto me acerqué al grupo de las Juventudes Comunistas. Entonces, casi enseguida, descubrí en mí misma un recurso natural ilimitado que empecé a explotar inmediatamente. Mi apellido paterno y, más que eso, el nombre de la editorial, la tradición de mi familia, me hicieron muy popular. ¡Tiene un dibujo dedicado de Picasso en el salón de su casa!, cuchicheaban a mis espaldas. Yo les oía y apenas me lo podía creer, todo aquello me parecía una inmensa tontería pero, por una vez, la gente me miraba, me escuchaba, se comportaba como si necesitara mi opinión. Yo estaba encantada de que por fin alguien me hiciera caso, aunque no dispuesta, de ninguna manera, a convertirme en portavoz de la ortodoxia familiar, que por supuesto, y como es natural, me parecía caduca, herrumbrosa, inservible. En aquella época, la Historia, con mayúscula, ya sabe, ordenaba que todos los hijos se situaran a la izquierda de sus padres, y a mí no me quedaba mucho margen, así que no esperé más de un trimestre para convertirme en la activista más intransigente, más radical, más rigurosa y también más insoportable, supongo, de toda la facultad. Hasta que una mañana, en una asamblea, me enamoré de repente, sin remedio, de uno de los oradores, un delegado de Derecho con toda la pinta de ser hijo de una buena familia del Régimen, un líder natural, ¿sabe?, no un impostor, como yo, sino un gigante auténtico. Bueno, al menos, eso fue lo que me pareció. Y me quedé hecha polvo, de verdad, es que no se lo puede imaginar siquiera...

No llegué hasta el final, no quise revelar el último detalle, el único dato ciertamente inimaginable, el secreto más oscuro. Eso sólo se lo he contado a Martín, y su respuesta al principio me descolocó. ¡Qué atrocidad!, eso me dijo, es brutal, ¿no? Y, en el fondo, igual de... anormal, igual de perverso, que los efectos de la educación católica más reaccionaria, no sé... Estábamos acurrucados en la esquina de una inmensa cama de hotel, en Bolonia, capital de la Emilia-Romagna y del poder comunista italiano, cinco años después de aquel primer discurso. Amanecía, y él se había despertado primero. Ensayando una táctica que acabaría convirtiéndose en costumbre, me habló al oído, me besó, me acarició y me zarandeó suavemente hasta que desperté sin llegar a sospechar siquiera que él hubiera tenido algo que ver con el prematuro principio de aquel día. Al abrir los ojos, lo primero que vi fueron los suyos, abiertos, muy cerca. La luz que atravesaba las rendijas de una persiana mal ajustada era blanca, fría, como la que sostiene el cielo débil de algunos sueños, y tal vez yo necesitaba precisamente aquel brillo afilado, el principio de irrealidad que flotaba en el aire de esa hora dudosa, un grisáceo camino de claridad abierto en tiempo de nadie, para atreverme a comprender qué había ocurrido, qué golpe de qué viento caprichoso había torcido el junco del azar a mi favor, qué espíritu oscuro y magnánimo se había apiadado de mí por fin. Por fin.

Después de aquella mañana y durante un año y medio, el tiempo que le faltaba para acabar la carrera, le seguí el rastro como un sabueso torpe, más incapaz aún, más lento y viejo tras el peor de los comienzos. No estaba segura de ir a encontrármelo sentado a aquella mesa, pero desde luego sabía que existían muchas posibilidades de que acudiera a la reunión, sobre todo porque la habían convocado ellos, y si insistí hasta quedarme afónica en formar parte de la delegación que iba a discutir un posible «proyecto de acción conjunta de todas las fuerzas de izquierda en la universidad», sí, a despecho de mis más arraigadas convicciones morales, me acerqué a mi ex novio y hasta le dejé babearme un poco para sugerirle que tal vez estaba pensando que me había equivocado al romper con él, si llegué incluso a insinuárselo con medias palabras hasta que por fin me seleccionó como una de sus acompañantes, fue solamente por eso, porque me moría de ganas de volver a verle. Y sin embargo, cuando lo tuve delante me vine abajo, y luego lo hice todo mal, pero todo, muy mal, fatal. Yo sólo quería impresionarle, llamar su atención, hacerme admirar, y en la primera oportunidad, el primer turno de palabra, desplegué ante sus ojos toda mi artillería pesada, afirmaciones tan arrolladoras como las orugas de una hilera de tanques, tan irritantes como un chubasco de gases nerviosos, tan resplandecientes como un castillo de baterías anti-aéreas. Hablé durante más de veinte minutos, y sólo cuando volví a sentarme, leí en las sombras que cubrían las caras de sus compañeros que, a pesar de la pureza, del vigor, de la rigurosa ortodoxia marxista que yacía, como un poso amargo, pero indudable, en el fondo de mis argumentos, lo único que ellos estaban dispuestos a interpretar era que yo había invertido más de veinte minutos en insultarles. Nunca, en toda mi vida, he vuelto a sentirme tan imbécil como entonces, mientras el gordo me cubría de besos, brincando de entusiasmo ante una precarísima victoria a los puntos. Sin embargo, eso no fue lo peor. Por encima de la euforia de los míos, muy lejos del desánimo y la indignación de los suyos, al margen del profundo estupor de los neutrales, él me dirigió media sonrisa indescifrable mientras levantaba la mano para pedir la palabra, y cuando abrió la boca creí distinguir un brillo perverso sobre el barniz de sus colmillos. Me va a destrozar, me advertí a mí misma, y acerté, porque me destrozó en cuatro palabras. Diletante, me llamó, y joven heredera insatisfecha —grandes carcajadas del sector masculino de todas las tendencias, incluida la mía—, portavoz del radicalismo irresponsable que ha inspirado las más sorprendentes connivencias con el fascismo, y turista de la política. Así terminó, y eso fue lo que peor me sentó. Cuando empecé a chillar que ya habíamos tenido bastante del discurso más rancio del machismo más rancio, alguien, nunca supe quién, me recomendó a gritos que me fuera a las rebajas de la calle Serrano y les dejara trabajar en paz, y entonces le miré de frente por primera vez y vi cómo se reía a carcajadas, cómo se reía de mí a carcajadas, y me entraron unas ganas tan tremendas de llorar que tuve que levantarme a toda prisa y salir corriendo, y no paré hasta que conseguí volver a casa, encerrarme con llave en mi cuarto, tirarme boca abajo en la cama, y hartarme de beber mis propias lágrimas.

Desde aquel día, sólo me atreví a seguirle a distancia. Averigüé su dirección, perseguí su número por las guías de teléfonos, me enteré de cuántos hermanos tenía, a qué se dedicaba su padre, cómo se llamaba su madre, quiénes eran sus mejores amigos... Empecé a aparcar alrededor de su facultad, me aficioné a desayunar allí, y no en la mía, y algunos días ni siquiera volvía después a clase. Malgasté horas enteras dando vueltas por el hall, al acecho de cualquier timbre, cualquier señal, haciendo tiempo o deshaciéndolo, sólo para verle, y mientras tanto, rogaba sin cesar al cielo —ese cielo incoloro, inconcreto, un tanto escaso, de quienes no aprendimos a rezar de pequeños— que no consintiera que mis ojos se encontraran con los suyos. Una sola vez perdí, o gané aquella apuesta. Él me vio, y me sonrió, cuando la avalancha de las dos en punto le empujaba a través de la puerta de salida, y si hubiera corrido, quizás habría podido encontrarlo fuera, pero me quedé dentro, absolutamente quieta, adherida al suelo como si alguien hubiera clavado allí mis pies con un centenar de agujas certeras y finísimas.

Todo me dolía, todo me dolió hasta que le perdí de vista. En la primavera de 1975, cuando la muerte velaba ya cada noche la cama de Francisco Franco, Martín Gutiérrez Treviso se licenció en Derecho para amenazarme con morir para siempre en mi vida. Dos años después, yo misma terminé la carrera, empecé a trabajar en la editorial de mi familia, me alejé sin pesar de la universidad y supongo que le olvidé, si el olvido consiste en dejar de pensar en algo a todas horas, pero su recuerdo me seguía doliendo, y aunque la verdad era que no le conocía, que nunca había llegado a conocerle en realidad, también era verdad que no podía evitar la imagen de su rostro, de su cuerpo, aquella camisa roja, aquellos zapatos castaños, con cordones muy gordos, superponiéndose automáticamente, por encima de mi voluntad, a las camisas y a los zapatos, al rostro y al cuerpo de todos los hombres que conocía, de los que veía por la calle, de los que trabajaban a mi lado, de los que existían, simplemente, en cualquier rincón del mundo. No esperaba volver a verle jamás, pero tampoco, por mucho que me lo propusiera, logré nunca extirparme la fantasía de un encuentro casual, extremadamente azaroso, un purísimo capricho del destino, y a veces, por las noches, me metía en la cama antes de llegar a tener sueño para inventarme a solas la historia de aquel amor improbable, y me quedaba dormida mientras definía minuciosamente los detalles más nimios, el tacto de sus manos, el vocabulario que escogería para sostener una conversación de cama, la plácida indolencia que aflojaría sus hombros un instante después de separarse de la mujer a la que estuviera amando en aquel instante, recursos a los que acudía mi terca imaginación para asediar sin tregua a una memoria traidora, descuidada, estúpida, la mía, que no alcanzaba ya a evocar con precisión sus verdaderos rasgos. Y sin embargo, cuando todos los astros del universo se colocaron en línea recta para que lo que no podía llegar a suceder jamás, sucediera de una vez, no reconocí su voz, un susurro agresivo de puro próximo, sus labios rozando el lóbulo de mi oreja para sobresaltarme en mi propio idioma ante la recepción de aquel hotel italiano donde habría jurado que nada, ni nadie, me era familiar.

—Es un consuelo comprobar que hasta los luchadores más duros se aburguesan con el paso del tiempo...

Me volví tan deprisa, tan bruscamente como si esas palabras encerraran una terrible clase de amenaza, y lo descubrí ante mí, relajado y sonriente, infinitamente satisfecho de sí mismo, mientras mis piernas empezaban a temblar, y temblaban mis manos, y mis sienes, y si era placer lo que sentía, se parecía mucho al pavor, y si era miedo, nunca ha vuelto a ser tan placentero. Incapaz de gobernar mi cuerpo, me recosté sobre el mostrador para obligarle a estarse quieto, y todavía tardé un par de segundos en pronunciar el saludo más torpe. Entonces, se inclinó sobre mí, tomó mi mano derecha, y la besó muy ceremoniosamente, y quise morirme allí mismo, cortar de un tajo la película de mi vida, permanecer eternamente suspendida de ese instante, capturando sus labios en mi mano para siempre.

—¿Y qué? —me preguntó luego, ignorante hasta de la menor de mis convulsiones—, ¿hemos vuelto al redil...?

Fruncí las cejas para contestar que no entendía su pregunta, y él respondió a mi gesto llevando el índice de su mano derecha hasta la solapa izquierda de su americana, donde una tarjeta plastificada, colores y símbolos inconfundibles, le identificaba como invitado a la fiesta anual del PCI.

—¡No...! —sonreí—. Mi viaje es mucho más aburrido. He venido a la Feria del Libro Infantil. De espía, ¿sabes? En la editorial están pensando en abrir una colección para niños, y me han encargado que me entere de cómo están los derechos, qué novedades hay, en fin...

—Te sienta muy bien —me interrumpió.

—¿Qué? —pregunté de nuevo, desconcertada por segunda vez en un par de minutos—. ¿Mi trabajo?

—Sí... Todo —hizo un gesto vago, dibujando con la mano un círculo que aspiraba a señalarme entera—. El pelo corto, la ropa que llevas, el collar de azabache, las medias negras, ese aire estupendo de mujer cosmopolita que viaja sola... Estás muy guapa.

—Muchas gracias —y por fin me consentí ruborizarme, hasta que mis mejillas hicieron juego con mi traje de chaqueta de lana rojo, como su camisa de un día ya lejano.

Entonces me preguntó qué planes tenía para aquella noche, y le contesté que ninguno, aunque había quedado con una agente holandesa que estaba a punto de aparecer por el bar del hotel. Escribí a toda prisa una nota de disculpa para ella mientras él subía un momento a su habitación, y cinco minutos después, tan rápido, tan fácil como chasquear los dedos, caminábamos juntos por la calle hacia la luz, hacia la música y el bullicio de las enormes carpas blancas.

—¿Qué te pasó? —preguntó mientras me rodeaba por detrás, para colocarse al otro lado—. Así está mejor —y me cogió del brazo—. Ya sabes que estar a mi izquierda no te favorece nada.

Me concedió el tiempo suficiente para que le riera la gracia antes de insistir.

—No, en serio... ¿Por qué desapareciste? Te eché de menos, ¿sabes? Me gustó mucho pegarme contigo, fuiste muy rápida, y muy lista, aquella vez. Demasiado, casi, teniendo en cuenta con quién estabas, todos esos tarugos que siguen creyendo que dialogar consiste en gruñir marcando el ritmo a base de puñetazos, como si la mesa fuera un tambor... Pregunté por ti alguna vez, pero nadie sabía nada.

—Se me quitaron las ganas de apoyar cualquier proyecto de acción conjunta, ¿sabes? Y si pretendías seguir discutiendo conmigo, no deberías haberme machacado tanto... —le miré para comprobar que todavía estaba de buen humor—. Lo de joven heredera insatisfecha fue realmente asqueroso, por cierto.

—Sí, lo reconozco, pero es que te estabas pasando mucho, guapa...

En aquel momento, me sentí incapaz de admitir que mi viejo plan hubiera dado resultado pero ese detalle perdió importancia muy pronto, porque antes de que terminara la noche mis reflejos se habían diluido ya en la torpeza de la mayor lentitud, todos mis nervios insensibilizados por el estupor, mi inteligencia detenida en la cifra de un misterio que se estiraba minuto a minuto, con la firme delicadeza de una hebra de caramelo que supiera cómo crecer y crecer para rodear el mundo, y que lograra abarcarlo por completo, tan inofensiva y frágil como era, antes de solidificarse para siempre sin haberse quebrado jamás. Si la condición de la felicidad exige también vivir lo que antes se ha soñado, yo nunca fui feliz hasta aquella noche, y sin embargo, encadenada al vértigo de unos prodigios incapaces de medir su propia velocidad, no me di cuenta entonces, ni me paré a pensarlo al día siguiente, y después de desayunar con Martín de pie, en un bar pequeño y bastante sucio que nos pillaba de paso, me fui a la feria sintiéndome ligera y a punto de reírme de cualquier cosa, como una loca bendecida por la mejor, por la peor de las locuras, y recorrí kilómetros de pasillos, visité docenas de estands, recogí una colección completa de tarjetas de visita con el gesto mecánico, fríamente aprendido, del sepulturero que da el pésame sin sentirlo a otra viuda desconocida, una más, mientras calcula por dentro qué habrá puesto su mujer para comer... Así, como una pasajera accidental del mundo, un figurante imprevisto de una representación teatral en lengua muerta, un instrumento afinado dos tonos por encima del resto de la orquesta, me sentía yo, y así, envuelto en los vapores de una droga capaz de hacer dudoso lo más cierto, sentía este planeta y la totalidad de las cosas que alberga. Hasta que la realidad se filtró lentamente por las rendijas de una persiana mal ajustada, y a la luz fantasmagórica del amanecer del tercer día —para mí no existirá jamás otro día que sea el tercero—, miré a los ojos de Martín y recobré su imagen de aquella mañana, el paraninfo de la facultad, la camisa roja y unos zapatos tan extraños, y mi memoria, repentinamente poderosa, astuta, cerró el puño para acertarme en el centro de la frente, y sólo al amparo de aquel golpe me atreví a sospechar al fin, por primera vez, que todo aquello estaba pasando de verdad, que me estaba pasando a mí, y que era verdad. Cuando la última brizna de sensatez que conservaba me advirtió que no sería conveniente que me desnudara hasta ese punto, ya había empezado a hablar, y ni siquiera ahora podría explicar por qué me era tan necesario, de repente, llegar hasta el final.

—¿Sabes una cosa? —resguardada en la penumbra y en la sombra de su cuerpo, que sus brazos mantenían pegado al mío, arranqué en el tono ingenuo, sonriente, de las ocurrencias—. No te lo vas a creer, pero yo empecé a fijarme en ti mucho antes de aquella reunión. A lo mejor ya no te acuerdas, pero aquel mismo curso, no sé..., justo después de las vacaciones de Semana Santa debió de ser, una mañana viniste a mi facultad, Filosofía A, a cerrar una asamblea... —hice una pausa innecesaria, él asentía con la cabeza como si recordara todos los detalles—. Bueno, pues me impresionaste mucho, en serio. Yo creo que nos impresionaste a todos. Hablabas desde el centro del estrado, a cuerpo descubierto, sin leer, sin consultar ningún papel... Parecías un líder auténtico, ¿sabes?

—Lo soy —me respondió entre risas.

—No, tonto, te lo digo en serio... Y me recordaste... Ahora sí que te vas a reír de mí, te vas a morir de risa pero... En fin, supongo que una no puede escoger, que no se pueden controlar ciertas cosas...

Si la luz de aquel amanecer hubiera sabido crecer sólo un poco más aprisa, quizás él habría podido deducir de mi color, mis mejillas más rojas que su ropa de entonces, el sentido de mis titubeos, el atropellado curso de una confesión en la que mi garganta encallaba como en un desfiladero de aristas agudísimas, un paso infranqueable, una trampa mortal, pero el sol tardaría mucho tiempo en salir y él, los ojos serenos y una sonrisa plácida que aún le debía su perfil al sueño, no esperaba ninguna noticia extraordinaria de mis labios temblones, tontamente arrepentidos de haber empezado a moverse cuando ya no recordaban la manera de parar.

—Lo que quiero decir es que... Por ejemplo, a los homosexuales que fueron a colegios de curas les excitan las tallas de San Sebastián, ¿no?, con las flechas, y la sangre, y eso... Y, más o menos, pues... No sé, supongo que esto es lo mismo...

—Yo también estoy dispuesto a suponerlo —me dijo, riendo—, si me cuentas de una vez de qué estás hablando.

—Verás... —tomé aire en el trance de rebasar el punto de no retorno—, es un cuadro que he visto toda mi vida. Bueno, en realidad no se trata exactamente de un cuadro, sino del cartel de una exposición de arte revolucionario soviético que se celebró en París, en el Petit Palais, un mes de noviembre, pero nunca he sabido de qué año porque en el cartel no lo pone, en los sesenta sería, me imagino, o por ahí... El caso es que está en mi casa desde que tengo uso de razón y todos los días, al cruzar el pasillo para llegar a mi cuarto desde el salón, o desde la cocina, o desde la mismísima puerta de la calle, me lo he encontrado siempre en el mismo sitio, y siempre igual, un poco más amarilla cada vez la faja blanca de la derecha, solamente. A cambio, los colores de la ilustración no han perdido brillo. Es una imagen muy conocida, famosísima, vamos, tienes que haberla visto miles de veces aunque el título exacto no te lo puedo decir, nosotros lo llamábamos «Lenin arengando a las masas desde un camión», que es parecido al nombre de verdad, lo que pasa es que también hay una fecha y ésa no me la he sabido nunca... —le miré para comprobar que asentía, moviendo la cabeza tan vigorosamente como si pretendiera liberarme de cualquier duda—. Bueno, pues para mí, ese retrato de Lenin ha representado siempre, no sé..., lo mismo que una foto de un antepasado muy remoto pero muy famoso, como mi bisabuela Francisca, por ejemplo, que fue una de las pedagogas más importantes del fin de siglo, y eso que en aquella época ninguna mujer trabajaba, ¿comprendes? Desde pequeña me han hablado de ella con veneración, mi padre sobre todo, poniéndola de ejemplo a cada paso, una señora brillante, inteligente, segura de sí misma, autosuficiente por completo, fuerte y tierna a la vez, buena madre pero además trabajadora responsable y concienzuda, y en fin, todo lo que te puedas imaginar, pues también... Y con Lenin pasaba algo parecido, porque en mi casa no había santos, ¿sabes? Ni Última Cena en el comedor, ni Madonnas de Rafael en los dormitorios, ni «Dios bendiga cada rincón de esta casa» ni nada. No poníamos belén en Navidad, no venían los Reyes Magos en enero, total, que para mí, aquel señor tan fuerte, vestido de negro entre tantas banderas rojas, calvo y sin embargo joven, que chillaba mucho pero no me daba ningún miedo sino al revés, porque yo también necesitaba que alguien me protegiera de los malos, bueno, pues a la edad en que otras niñas hacían la comunión, él, el Lenin de aquel cuadro, aquel Lenin, era mi héroe, ¿lo entiendes?, mi ángel de la guarda, mi Supermán particular, una especie de santo milagroso, un dios privado, para mí sola... Si algo me daba miedo, pensaba en él, y mientras daba vueltas en la cama porque no me podía dormir, pues lo mismo. Cada vez que me castigaban injustamente, en casa o en el colegio, yo le invocaba, y sabía que no iba a aparecérseme, claro, pero decir su nombre, aunque fuera hacia dentro, con los labios cerrados, me consolaba muchísimo, y ya me imagino que te parecerá increíble, pero... no sé, era exactamente así. En casa, cuando me pegaba con mis hermanos mayores, o alguno me quitaba algo, o me rompían la hucha, ya sabes, lo típico, soy la pequeña, así me he pasado la vida cobrando, bueno, pues entonces sí que les amenazaba en voz alta, como venga Lenin os vais a enterar, les gritaba, y se burlaban de mí, hasta se lo contaron a mis padres, ¿te lo puedes creer?, la novia de Lenín, me llamaban todos, con acento en la «i», igual que se decía en los años treinta, y se reían mucho, pero no me importaba... Yo sabía que Lenin vendría a buscarme, algún día...

Mis pupilas abandonaron el techo, que habían recorrido sin tregua durante unos pocos minutos largos como eras, y se detuvieron en sus ojos, que me miraban con una intensidad que tal vez anticipaba otro temblor, y presentí que no iba a pronunciar una sola palabra, ninguna pregunta que no viajara ya en una luz grave y febril al mismo tiempo, aquella mirada ebria de sí misma que me devolvió, en un instante, la punzada de alegría pura —un peligro vivo y caliente y dulce como el veneno más exquisito fundiéndose muy lentamente a lo largo de la lengua— que me sacudió cuando comprendí que iba a besarme, dos noches atrás, delante de una caseta de tiro al blanco. Yo le había confesado de pasada, al entrar en la fiesta, que nunca había ganado un peluche en ninguna feria, que nadie lo había ganado nunca para mí, y él de momento no dijo nada, pero después, cuando ya estábamos medio borrachos, compró tres pelotas en un tenderete y con un pulso asombroso, incompatible con la cantidad de alcohol que debía de estar paseándose por sus venas, derribó un monigote en cada tirada. Eran líderes de la Democracia Cristiana y nos reímos mucho de ellos, pero al final no nos dieron un peluche, porque no tenían, sino un LP de Quilapayún. Españoles, ¿no?, dijo el responsable del puesto con una sonrisa al adjudicárnoslo, y Martín también sonreía cuando vino hacia mí con el disco y una cómica mueca de desconsuelo, pero la expresión de su cara cambió sólo un segundo antes de que sus labios alcanzaran los míos, y fue sólo un segundo, pero yo me di cuenta de que me iba a besar, y conocí un segundo de felicidad feroz, salvaje, sobrehumana. Me hallaba ante el umbral del milagro, y al otro lado de la puerta, las hazañas más asombrosas le dieron la vuelta al abrigo para enmascararse en un forro de normalidad, pero ahora, la rigurosa luz de aquel amanecer devolvía a los objetos sus contornos precisos para revelarme que el prodigio, lejos de desvanecerse, se afianzaba en el límite de una frontera tan deseada y espinosa, tan generosa y cruel a la vez, como todas las fronteras definitivas, y cuando rompí de nuevo el silencio, sabía ya que Martín podía darme la vida, pero también conocía ya su precio, las cadenas invisibles, perpetuas, fortísimas, a las que me ataría mi propio amor.

—Y aquella mañana, en el paraninfo de la facultad... Bueno, al principio no te vi, debía de estar distraída, habíamos preparado un numerito, ¿sabes?, para reventar vuestro acto. En el momento culminante, yo debería haberme levantado para preguntarte a gritos si sabías el precio de una barra de pan.

—¡Ah! —sonrió, mientras me daba un pellizco en el culo—, muy bonito...

—¿A que sí? —acepté el castigo con otra sonrisa—. Era idea mía.

—Pero no lo hiciste.

—No... —me besó en los labios, un gesto cálido y brevísimo que no alcanzó a interrumpirme—. No pude hacerlo. No pude porque... —apreté la cara contra una esquina de su pecho y cerré los ojos, como si quisiera atravesar su cuerpo para esconderme de él, y desde aquel refugio, seguí adelante—. Cuando empezaste a hablar no te vi, no sé qué estaría haciendo, pero de repente elevaste la voz hasta tal punto que no me quedó más remedio que levantar la cabeza para mirarte, y ahí estabas, tan joven y sin embargo tan fuerte, alto, y duro, y muy enfadado aunque no me dieras miedo. Llevabas el pelo largo y la cara afeitada, pero tu brazo derecho se doblaba en el aire como una maza, y al fondo, el puño cerrado no era un símbolo, sino un arma, una tremenda amenaza para el enemigo, y ni siquiera lo pensé, ¿sabes?, no me hizo falta pensar, porque ya te conocía, te había visto todas las mañanas de mi vida en la misma esquina del pasillo de mi casa, te había rezado antes de dormirme todas las noches desde que era una cría, y ahora existías, tenías carne, volumen, y podías reírte, y hablarme, y podías caminar... Estabas encarnando un sueño para mí sola, eso sentí yo, y sin pensarlo siquiera, porque no me hacía falta pensar, se me puso la carne de gallina sólo de mirarte, y se me saltaron las lágrimas mientras te escuchaba, y acabé de mala manera, temblando de pies a cabeza, enloquecida y como drogada, y excitada, ya sabes... Era incapaz de pensar en ninguna otra cosa.

Él no dijo nada al principio. Me acarició la cara con los dedos y todavía estuvo callado un poco más. Luego, se desperezó bruscamente, e improvisó un tono prosaico, con cierta punta de experta ironía que no acabó de salirle bien del todo.

—Claro, por eso has dicho antes lo de San Sebastián... —yo no quise añadir nada, y él soltó una risita—. ¡Qué atrocidad! Es brutal, ¿no? Y en el fondo igual de... anormal, igual de perverso, que los

143

efectos de la educación católica más reaccionaria, no sé... ¡Lenin convertido en un *sex-symbol!* Nunca había escuchado nada parecido...

—Sí —asentí al fin, decepcionada a medias por su reacción, y a medias sostenida por la sospecha de que no era sincera—. Es difícil de explicar, pero yo creo que, en realidad, ha sido la única experiencia religiosa de mi vida. Si hubieras sido un cura, me habría convertido a tu fe, si hubieras sido un guerrillero, habría cogido un fusil, si hubieras sido una mujer, habría aceptado que soy homosexual, si hubieras sido un extraterrestre, te habría seguido hasta tu planeta... Como eras tú —abrí por fin los ojos, y le miré—, me enamoré de ti.

Sostuvo mi mirada con firmeza y los labios entreabiertos, y los dos guardamos silencio mientras una extraña codicia guiaba su mano izquierda a través de mi cuerpo, sus dedos ejerciendo una presión tan distinta de la levedad de las caricias como de la violencia que al principio prometían. Yo ya era sólo emoción, no podía sentir ninguna otra cosa, excepto que mi carne se evaporaba al contacto con su piel, y su calor derretía lentamente mis huesos, mi cerebro consumiéndose en un fuego sin llama, un incendio tenaz, ahogado en las cenizas de mi propia memoria. Apenas sabía algo más, salvo que yo ya no era yo, y que nunca podría sentir ninguna otra cosa porque acababa de elegir aquella muerte, deshacerme para siempre en él, disolverme poco a poco hasta gastarme del todo a favor de su cuerpo, pero entonces fue Martín quien halló refugio en la curva de mi cuello, y desde allí emitió una sola sílaba, ni siquiera una palabra, un sonido apenas articulado y sin embargo infinitamente potente, ¡oh!, apenas dijo eso, nada más que ¡oh!, y el eco de su voz resonó en un rincón de mi conciencia que yo no había visitado todavía para obligarme desde allí a seguir viviendo. En ese instante, su sexo empezó a crecer contra mi vientre, y las lágrimas asomaron a mis ojos aunque mis labios sonrieran solos, de puro placer, porque me di cuenta de que aún podía sentir mucho más, y más intensamente, y afronté un escalofrío helado, el terrorífico riesgo de aquel descubrimiento, mientras sus labios repetían en mi oído aquella misteriosa contraseña que justificaba de golpe toda mi existencia, ¡oh!, dijeron otra vez, solamente ¡oh!, pero fue bastante, porque su aliento ardía, y ardió su cuerpo cuando cubrió completamente el mío, y por fin, víctima yo también de su prisa, y de su codicia, le busqué con las caderas y atenacé su cintura con garfios desesperados, mis piernas firmes y rapaces como garras, para arder con él, y sucumbí con una energía desconocida al destino que me arrasaba por dentro.

Mantuve los ojos abiertos para mirar los suyos, fijos y enturbiados por un velo líquido, y disfruté, uno por uno, de todos sus gestos, pero mientras aún tenía conciencia, en esa zona de compromiso donde la lucidez, como las bombillas moribundas, reluce más intensamente que nunca cuando está a punto de extinguirse, asumí lo que me estaba jugando en aquella breve aventura italiana y tuve miedo, y por eso, aunque Martín jamás llegaría a saberlo, quise atarlo a mi vida para siempre, en silencio, una fórmula infantil revistiendo la certeza de que nada volvería a ser como antes, porque tú me has elegido, prometí con los labios sellados, serás desde ahora mi único padre, y porque tú me has deseado, serás desde ahora mi única madre... Mis párpados no pudieron retener las lágrimas por más tiempo a pesar de que las palabras seguían acudiendo a mi lengua muda por su propia misteriosa voluntad, y tú serás mis hermanos, mis hermanas, añadí mientras sus acometidas se hacían más intensas, más sinceras, más feroces, y serás mi familia, y serás mi casa, y serás mi patria, y serás mi dios... Sólo entonces cerré los ojos.

Después, cuando mi cintura logró recuperar la memoria de su lugar y mis piernas volvieron a aprender que eran capaces de moverse solas, apuré el último resto de ingravidez, esa invisible dosis de desapego disuelta en el placer que desterró el centro de mi cuerpo, apenas un gran hueco desde el techo del estómago hasta el borde de las rodillas, a una fugaz provincia de la inexistencia, como si la plenitud que acababa de conocer acarreara inevitablemente su sucesiva anulación, o como si la naturaleza animal de mi piel, más presente que nunca poco antes, debiera desvanecerse ahora hasta en su raíz más remota para que yo lograra recobrarla más tarde. Martín aceleró bruscamente el final del proceso. Su voz no era más gruesa que un hilo, pero aquella frase sólo tenía sentido en los dominios de la realidad, donde el tiempo es siempre uno, y exacto.

—Nunca había hecho llorar a una mujer en la cama.

Abrí de nuevo los ojos presintiendo una sonrisa radiante, un ridículo gesto de triunfo, un acceso de satisfacción casi juvenil bailando en las comisuras de sus labios entreabiertos, pero encontré un rostro serio, asustado, casi exhausto, la boca apretada y los ojos muy hondos. Me abracé a él con todas mis fuerzas. Se había hecho de día, y creí que iba a romperme por dentro.

—Al final, se casó con él, supongo...

Las irrupciones de la analista ya no me sobresaltaban tanto como al principio. Asentí mecánicamente con la cabeza mientras miraba el reloj para medir mi última ausencia. Demasiado larga, me dije, aunque perder el tiempo en aquel despacho había dejado de pesarme de repente.

—Sí, o él se casó conmigo, como usted prefiera... —aunque ni siquiera me apetecía fumar, tanto tabaco quemaba en cada una de aquellas visitas, encendí un pitillo de más antes de emprender mi último monólogo de la tarde—. Y han pasado quince años, ¿sabe?, pero he empezado a creérmelo del todo hace muy poco tiempo... Lo que quiero decir es que, al principio, desconfiaba de mi propia suerte. Me acostaba con Martín todas las noches y me lo encontraba en la cama todas las mañanas, claro, él era mi marido, vivíamos juntos, y sin embargo, no sé, a lo mejor usted no me entiende, pero es que no sé explicarlo de otro modo, la verdad es que no me lo podía creer, simplemente. Me sentía como si en lugar de existir a ras del suelo, flotara dentro de una inmensa burbuja que pudiera estallar de un momento a otro sólo con rozar cualquier objeto afilado, una reja, la aguja de un campanario, o un simple alfiler en la mano de un niño. Quizás ése sea el precio que hay que pagar por enamorarse de un dios y acabar casándose con él, o quizás... —me detuve un instante para escoger bien las palabras—. Yo a mi marido le gusto mucho, ¿sabe...? Sexualmente, quiero decir. Eso tampoco lo entiendo muy bien pero es verdad, y lo sé desde el primer momento, desde la primera noche que dormimos juntos. Antes incluso de contarle que llevaba años enamorada de él, me di cuenta. No debe de ser una cuestión estética, que me encuentre más guapa o más fea, ya sabe, sino algo más extraño, más... profundo, aunque parezca una cursilada decirlo así. Tal vez es mi olor, mis hormonas, que atraen a las suyas, o algún otro fenómeno por el estilo. Eso supongo, porque desde luego no creo ser una amante técnicamente perfecta. Más bien al revés, por lo menos desde fuera, porque soy lo menos parecido a una mujer fatal que pueda concebirse, ya me ve, aunque Martín dice siempre que los amantes universalmente irresistibles ni existen ahora ni han existido jamás, y yo creo que tiene razón. Una noche de borrachera mutua, muy al principio de todo, me confesó que había algo muy particular en mi aspecto, una especie de señal que él nunca había detectado antes, en ninguna otra mujer... Él siempre me ha considerado muy inteligente y, bueno..., empezó por ahí. Es como si tuvieras alguna piel de más, me dijo, niveles que le faltan a la mayoría de la gente. Al principio no le entendí, y me describió mi propia imagen, la idea de mí que conservaba de las primeras veces que nos vimos, una chica muy lista, muy segura de sí misma y hasta un poco altiva, la sumamente previsible hija de su padre, acostumbrada a mandar y a viajar por Europa, lo típico... Y sin embargo, él presentía algo distinto, por eso se alegró tanto de encontrarme en Italia. Ahora ya sé lo que es, me anunció aquella noche, un par de meses después de que hubiéramos vuelto juntos a Madrid. Tienes miedo, Fran, eso me dijo, siempre tienes miedo, de la gente, de las cosas, y ahora, de mí... Eso dijo, y tenía razón. Acababa de descubrir mi punto débil, esa odiosa docilidad innata en mi carácter, la tendencia natural a caerme a cada paso que me obliga a caminar mirando al suelo, a medir las consecuencias de la más leve huella de mis pies. Todo eso es verdad, y que me protejo detrás de una fortaleza aparente y completamente fingida. Nunca he sabido sacar partido de mi debilidad, esa clase de ventaja siempre me ha parecido indigna, así que procuro vivir por encima de ella, pero Martín la detectó enseguida y, en cierto modo, él fue quien supo explotarla en su propio provecho. A lo mejor no lo entiendes, me dijo al principio, como disculpándose de antemano por lo que vendría a continuación, pero ese contraste brutal entre tu apariencia y tu verdadera naturaleza es lo que más me atrae de ti. Cada vez que te pillo en un renuncio, excitas una fibra de la zona más oscura de mi cerebro, y no está bien, y no quiero, pero no lo puedo evitar. Es como si despertaras sin querer a una bestia dormida y le colocaras un buen pedazo de carne delante de los colmillos, ¿sabes?, o algo peor... Me miraba de una forma extraña, risueña y torva a la vez, y le pregunté si estaba dispuesto a ser más explícito. Se lo pensó un par de minutos antes de concederme otra oportunidad. Por ejemplo, continuó al fin, piensa en cualquiera de esas repulsivas, fascistas, baratas, sexistas, clasistas e imperialistas series americanas de televisión que suceden en un juzgado, o en una comisaría. Cuando aparece una mujer rubia, independiente, autosuficiente y hecha a sí misma, que no renuncia a ser atractiva aunque sólo vive para su trabajo, y por eso, y porque no es tan fuerte como parece, afronta riesgos impropios de una señorita... ¿qué pasa con ella al final? Que la violan, respondí. Premio, aprobó él, y me aseguró que los violadores le parecían auténticos monstruos cuando podía pensar con frialdad. Pero algunas veces no puedo, dijo, y me pidió que intentara ponerme en su lugar antes de preguntar de nuevo, y si yo estuviera delante del televisor en un mal día... ¿qué pasaría conmigo? Le dije que no me atrevía a suponerlo y me propuso un test. A, apago la televisión, B, de acuerdo con mi ideología, con mis verdaderas opiniones y mis auténticos criterios, me retuerzo de repugnancia en un sillón, C, me empalmo sin remedio. ¿Te empalmas de verdad?, le pregunté, muerta de risa, porque no me daba ningún miedo escucharle, y él sonrió mientras me confesaba que sí, y que si la rubia estaba buena, a veces se hacía una paja antes de llegar al telediario. Yo también tengo algunas pieles de más, Fran, más niveles de la cuenta... Eso me contó, y yo me sentí mucho más cerca de él al escucharle. Vaya, le dije entonces, pues no está mal, es incluso peor que lo de Lenin...

—¿Qué es lo de Lenin?

—¡Oh...! Creí que se lo había contado —medité durante un par de segundos. Tenía demasiadas ganas de llegar a casa para embarcarme en una historia tan larga—. Una fantasía infantil. De pequeña estaba enamorada de Lenin, no tiene ninguna importancia, créame...

Arqueó las cejas tanto como pudo, pero no quiso insistir, y yo se lo agradecí.

—Muy bien —admitió, antes de recapitular por mí—, sin embargo me gustaría conocer qué vínculo establece usted entre el escepticismo al que ha aludido al principio y su... ¿le parecería acertado que lo llamáramos éxito sexual?

—Bueno, si quiere... Aunque yo nunca lo he vivido como un éxito propio, sino más bien como una fuente de felicidad que en el fondo no tiene mucho que ver conmigo, algo así como mi sistema inmunológico, por ejemplo, que está dentro de mí pero que yo no puedo controlar. Por eso debe de ser tan terrible aceptar una suerte semejante. Ya sabe, sólo se puede perder lo que se ha tenido antes, y a mí no me tocaba una historia así. Si me había resignado a no esperar alguna cosa de mi futuro era precisamente ésa, ¿sabe? Yo no soy como mi madre, y sin embargo, me he sentido adorada muchas veces, muchas noches... Pero lo que más me asombraba de todo era el propio Martín, que parecía una especie de copia perfeccionada de mi padre, tan parecido a él en tantas cosas, pero tan distinto en lo fundamental. Un hombre de izquierdas, inteligente, culto, irónico y capaz que, sin embargo, no habría podido encoñarse jamás con una pija remilgada, por muy buena que estuviera. Un hombre brillante que sin embargo acabó eligiéndome a mí, a la hija fea de mi madre... ¿Quién habría sido capaz de tragarse una historia así...?

Había preguntado al aire, pero ella quiso contestarme.

—Mucha gente —dijo—. Mucha gente más fea que usted, y más tonta que usted, e infinitamente menos sensible que usted, pensaría, si estuviera en su lugar, que el destino aún no les ha compensado bastante por el mérito de haber nacido, créame... —hizo una pausa y bajó la vista, como si ya estuviera cansada de mirarme de frente—.

148

Aunque quizás debería corregir los verbos. Usted habla siempre en pasado.

—¿En serio...? —mi asombro era genuino—. Bueno, ya sabe. Las cosas cambian.

—¿A peor?

Me maldije brevemente a mí misma por haber iniciado aquella precisa conversación, y puse mi cerebro del revés un par de veces en busca de una respuesta airosa, que no existía.

—Según se mire... —estaba dispuesta a resistirme hasta el final—. Tal vez han cambiado para mejor, porque ahora me creo a pies juntillas mi propio pasado. De repente, lo comprendo todo. Es el presente lo que se me resiste. Pero ya es muy tarde, y no me apetece hablar de eso... Tiene gracia de todas formas, ¿no? Nunca he podido estar segura de que Martín me quisiera de verdad, y sin embargo, no dudaba de él. Ahora dudo pero, a cambio, sé también cuánto me ha querido, todos estos años...

Ella no dijo nada, y yo me levanté en silencio, esforzándome por demostrar una serenidad que desmentían mis gestos torpes, atropellados. Cuando me incliné para estrechar la mano que me ofrecía desde el otro lado de la mesa, derribé con el bolso un vaso lleno de lápices que se desparramaron por todo el tablero y me sentí peor que nunca, como si mi vida corriera verdadero peligro en aquel despacho alargado y frío, tan brutalmente impersonal. La atmósfera del taxi que me llevó a casa era hasta demasiado distinta del aire extranjero que había respirado en las dos últimas horas, pero agradecí la vaharada de calor que empañaba los cristales como se agradece el blando pellizco de una abuela, y aprecié el cochambroso tacto de la tapicería de plástico rajada en un par de sitios, e incluso la compañía de los caireles que festoneaban una especie de doselete de terciopelo rojizo que ocupaba la franja superior del parabrisas delantero y se movían sin cesar, para que sus diminutos cascabeles entonaran una enloquecida canción sin ritmo alguno, puro estrépito sin principio y sin final.

El taxi se detuvo frente al portal de mi casa y, antes de pagar, miré hacia arriba. No vi ninguna luz en el salón. Años atrás, habría sabido con exactitud dónde estaba Martín en ese momento, pero ya no solía contarme sus planes en el desayuno, y aunque en las peores ocasiones, sobre todo cuando llegaba a asustarme de lo tarde que volvía a casa, o cuando no volvía, había intentado justificarme a mí misma diciendo que me daba miedo saberlo, la verdad es que casi siempre se me olvidaba preguntarle qué pensaba hacer durante el día. Lo peor de todo era que muchas veces, en un estado de ánimo parecido al que me acompañaba al bajar de aquel taxi, prefería no encontrármelo arriba, porque le deseaba desesperadamente, y por eso no podía soportar mi propio silencio, el saludo convencionalmente educado que brotaría sin duda de mis labios en respuesta a la seca formalidad de su bienvenida. Ya no sabía besarle, no sabía arrinconarle contra una esquina del pasillo, no sabía colgarme de él, como hacía antes. Y sin embargo le amaba, le deseaba desesperadamente, y me sentía como muerta, podrida por dentro.

Distinguí a Shostakovich desde más allá de la puerta blindada, pero la casa en la que entré estaba a oscuras. Avancé entre los muebles tanteando con las dos manos, como una ciega reciente, en dirección a la claridad metálica que se adivinaba al fondo, en el salón, mientras me recordaba a mí misma que el equipo de música no andaba solo. En el centro de la habitación, frente al gran ventanal que había bastado para convencernos de que, si no comprábamos inmediatamente aquel piso, no nos lo podríamos perdonar jamás —Las Vistillas, qué horror, tan ruidoso..., ¿y dónde vais a aparcar?, dijeron a coro nuestros dos padres, nuestras dos madres—, Martín miraba la ciudad nocturna desde su sillón favorito, con el arrogante gesto de un coleccionista absorto en su miniatura más hermosa. Madrid se encendía sólo para él, ventanas, neones, farolas como comas de luz acentuando el horizonte, matices templados y sin embargo audaces en el grandioso esplendor rojizo del anochecer, un espectáculo al que ninguno de los dos hemos podido resistirnos nunca.

—Hola —me saludó sin volver la cabeza. Siempre ha reconocido el sonido de mis pasos, los distingue del eco de todos los demás.

No dije nada, pero le contesté encendiendo la luz mínima, una lamparita de pinza sujeta a una balda de la estantería. Luego, sin saber muy bien qué iba a hacer a continuación, avancé hacia la terraza, sorteando el sillón un segundo antes de girar sobre mis talones para quedarme de pie, justo enfrente de él. Entonces, como si tampoco pudiera ya mirarle, cerré los ojos.

—Hola... —dije solamente, y pasaron algunos segundos antes de que me atreviera a despegar los párpados.

Él sabía leer en mis ojos, siempre había sabido, y sin embargo, al aceptar la mano que me tendía, no me atreví a imaginar sus intenciones. Un instante después, sentada ya encima de sus rodillas, mis piernas dobladas enmarcando sus muslos, mi cabeza a un par de milímetros de la suya, intenté recordar cuánto tiempo hacía desde la última vez que encajamos los dos en aquella postura, tan frecuente al principio, y no fui capaz de acercarme siquiera a una fecha. Pero él seguía leyendo en mis ojos, aún podía descifrarme sin necesidad de hacer preguntas. Hundió las manos debajo de mi falda y le besé, y me devolvió un beso caníbal, el filo de sus dientes presagiando una ceremonia de intensidad antigua y memorable. Sus dedos trabajaron muy deprisa. Mi ropa no intentaba resistirse y yo tampoco, mis brazos se dejaron morir con la admirable disciplina de los mejores soldados y colgaban, inertes, a ambos lados de las caderas. Tenía que ser así. Yo sabía muy bien lo que le gustaba, y él sabía lo que me gustaba a mí, nunca había dejado de asombrarme la nitidez con la que encajaban los perfiles de dos piezas tan sinuosas. Cuando me penetró, de un golpe seco, aullé de placer, pero no conseguí decirle que le quería, y cerré los ojos para concentrarme en las instrucciones que recibía mi cintura. Sus manos gobernaban mi cuerpo desde el centro, sus dedos hundiéndose levemente en mi carne como si pulsaran una hilera de teclas secretas, las cifras de un código que yo conocía muy bien, y ejecuté sin esfuerzo la partitura de su voluntad mientras las olas mansas, pero profundas, de esa nada deliciosa y atroz de los buenos tiempos me anegaban poco a poco hasta borrarme por completo, hasta negarme la certeza de ser yo misma, y sin embargo, y a pesar de que aún podía disolverme en pura emoción, las lágrimas no acudieron a mis ojos mientras las palabras se detenían en la frontera de mis labios abiertos, yo no soy nada sin ti, atronaba el silencio dentro de mi cabeza, no soy nadie sin ti, y sin ti no tengo padre, y no tengo madre, y no tengo patria, y no tengo dios...

Después, tampoco logré decirle que le quería. Me acurruqué contra él como una niña pequeña cansada y satisfecha, y acaricié su cabeza mientras la escondía en mi cuello, su nariz recorriendo el relieve de mi clavícula, trazando después la línea del hombro, hundiéndose por fin en la frontera de la axila. Entonces me invadió una paz extraña, casi un síntoma de felicidad, porque aquél era otro rito antiguo e intenso, otro detalle de pésimo gusto, otro secreto infame que compartir. Cuando todavía no éramos capaces de acoplarnos con naturalidad para dormir en la misma cama, Martín me suplicó que dejara de usar colonia porque prefería con mucho el olor de mi cuerpo, y yo le complací. Esta mañana me he duchado a las siete y media, pensé, y me dio la risa. Estaba a punto de decirlo en voz alta cuando él se me adelantó.

—Hueles muy bien —me dijo—, pero no vienes de hacer gimnasia.

—¡Sorpresa!

Mi madre, porque aquel prodigio de imitación Chanel —grueso tejido de lana a cuadros en tonos teja, toda una colección de bolsillos y botones dorados estrictamente superfluos, y tres cadenas metálicas, unidas por los extremos, caídas sobre la tripa a modo de cinturón— solamente podía pertenecer a mi madre, estaba de pie al otro lado de la puerta, emboscada tras un enorme centollo cocido que sostenía con las dos manos a la altura de la cara.

—¿Mamá? —pregunté sólo por quedar bien, porque tampoco conocía a ninguna otra persona capaz de presentarse por sorpresa en una casa llevando un centollo en brazos.

—¡Claro que soy mamá! —me tendió bruscamente el crustáceo, que ya había empezado a gotear sobre sus zapatos, antes de abalanzarse sobre mí para depositar una serie de seis o siete besos seguidos en cada una de mis mejillas—. Ana Luisa, hija, ¡qué mala cara tienes! Trabajas demasiado, ¿sabes? Bueno, vamos para dentro, que ese bicho te está poniendo perdida... Es que, fíjate, anoche me llamó la tía Merche y me dijo, mira María Luisa, he convencido a Miguel para que mañana mismo me lleve al Alcampo..., ¿quieres venirte conmigo? Y, claro, de entrada, yo le dije, pues no sé, Merche, qué quieres que te diga, porque así, ir al Alcampo a pasar el rato, sin necesitar nada... Un momento, Ana, no irás a meter ese centollo en el congelador, ¿verdad?

Me había seguido hasta la cocina hablando igual que una cotorra, sin detenerse siquiera un instante para quitarse la chaqueta o dejar el bolso en el salón. Como en los mejores tiempos, pensé cuando pude mirarla con más calma, el centollo por fin en el fondo del fregadero y ella de pie, junto a la puerta, estirándose el guante de piel negra que vestía su mano izquierda con los enguantados dedos de su mano derecha, esos eternos gestos a lo Audrey Hepburn que tan mal se han acomodado siempre a los ochenta y tantos kilos que recubren sus ciento setenta centímetros largos de cuerpo. Maciza como una cariátide, mi madre, y muy bella, como son bellos todos los grandes mamíferos, pero incapaz todavía de renunciar a su repertorio juvenil, la relamida colección de poses ensayadas ante el espejo noche tras noche que acabarían convirtiéndola en una de las estrellas de la calle Cardenal Cisneros. «Sabrina», la llamaba todo el mundo, y no siempre con tanto cariño como guasa, cuando la conoció mi padre.

—Pues no sé qué hacer con él, mamá... —seguíamos hablando del centollo—. ¿Te lo vas a llevar luego?

—¡Nooo! Lo he traído para que nos lo cenemos las dos... Vamos, si te parece bien.

—Me parece estupendo —me acerqué para besarla en la cara, y ella me abrazó, y permanecimos unidas un par de minutos, balanceándonos un poco, como cuando yo era pequeña—, una idea genial. Hago una ensalada, abrimos una botella de vino, y ya está...

—Muy bien —aprobó con la cabeza—, yo te ayudo.

Mientras se decidía a desprenderse al fin de los guantes, el bolso, los collares y demás obstáculos, siguió contándome la historia de aquella tarde en el mismo punto donde la había interrumpido antes, sin titubear en una sola sílaba y renunciando de antemano a cualquier fórmula que pudiera ayudarla a recobrar con naturalidad el hilo perdido. En realidad, nunca había dejado de asirlo firmemente, la conversación accidentada es una de sus grandes especialidades.

—Total, que ya sabes cómo es mi hermana Merche, más pesada que un kilo de churros, y lo más gracioso es que ella tampoco tenía que comprar nada especial, ¿sabes?, pero empezó como de costumbre, que a ver si yo tenía algo mejor que hacer, que si no nos lo habíamos pasado siempre en grande yendo de compras, que si ya sé que ella se aburre muchísimo sola, que si yo no iba, al final acabaría quedándose en casa... En fin, las hermanas mayores nunca dan su brazo a torcer, así que, después de todo, me he ido con ella al Alcampo y hasta me he divertido, la verdad, para qué te voy a decir otra cosa. He salido de casa sin la tarjeta de crédito, eso sí, porque en esos sitios, cuando te quieres enterar, ya has dejado la cuenta corriente tiritando, pero el dinero que llevaba me lo he fundido entero, lo reconozco, y en cuatro tonterías, no creas, una jarra de plástico para meter dentro los tetra-briks, que parece mentira pero es una idea buenísima, que no sé cómo no lo han inventado antes, un centrifugador para la lechuga, porque el mío ya estaba un poco mohoso y hasta olía mal, un cacharrito para machacar los ajos, que no sé si al final lo usaré pero me ha parecido monísimo, un pintalabios casi marrón que me va de perlas con este traje, y en fin, algo más, ahora no me acuerdo... Para los nietos no he comprado nada, como os pasáis la vida regañándome... Ya está. ¿Cojo este delantal? —asentí con la cabeza—. Déjame la zanahoria, que la rallo yo... Y, ya sabes, como tu primo Miguel es tan pesado, la verdad, hija, que es muy bueno, muy simpático, muy servicial y todo eso, y está todo el día llevando a su madre para arriba y para abajo, pero siempre la lleva tarde a todas partes, porque es que no recuerdo una sola vez que haya sido puntual ni aproximadamente, vamos... Pues eso, que cuando ya llevábamos un cuarto de hora esperando, le he dicho a mi hermana, ¿sabes lo que te digo, Merche?, que yo me voy a la pescadería a comprar uno de esos centollos tan buenos que hemos visto antes, se lo llevo a mi hija Ana, que la vuelven loca, y nos ponemos las dos moradas, eso mismo. No me había atrevido a pararme antes porque ella no hacía más que meterme prisa, ¿te lo puedes creer?, que si vamos rápido, que si había quedado con Miguel en la puerta para que no tuviera que meter el coche en el aparcamiento, que si esto y que si lo otro y que si lo de más allá, y al final, hasta me han sobrado diez minutos para esperar con las bolsas en la mano, no te digo más...

El eco atropellado, pero vivísimo, de las palabras que escapaban con urgencia de los labios de mi madre para perseguirse en el aire a toda prisa, penetró en mis oídos como el tibio recuerdo de una canción de cuna, un santo y seña torpemente imprevisto, la clave más transparente de mi memoria, y mientras me dejaba mecer en el ritmo torrencial de aquella voz, llegué a alegrarme de corazón por tenerla a mi lado, en la cocina. Aquel discurso un poco enloquecido, todas esas sugerencias casi perversas e hilvanadas con un acento único, genuino, tan pura y despreocupadamente egocéntrico como, al cabo, inocente, me divertía de verdad, y por eso, y para disimular la punzada de desaliento que tal vez había aflorado a mis labios al encontrármela al otro lado de la puerta justo cuando estaba a punto de regalarme la más insalubre noche de zapping, galletas de chocolate y palomitas recién hechas en el microondas, puse un mantel limpio, de tela, en la mesa de la cocina, y recurrí a los fondos del aparador del salón, la vajilla de la Cartuja y la cristalería tallada que ella misma me había regalado. Sé muy bien cuánto aprecia esta clase de detalles y los centollos, es verdad, me vuelven loca, así que teníamos muchas cosas que celebrar.

—Chin-chin —mi madre levantó su copa antes de probar un solo bocado. Siempre la han chiflado los brindis, pero su placer no va más allá del gesto de alzar el brazo y escuchar el sonido del cristal cuando choca con un semejante.

—Vamos a brindar por Amanda —propuse yo, en cambio.

—No —me corrigió enseguida—. Mejor por Amanda y por ti.

—Bueno... Entonces por las tres, ¿de acuerdo? —asintió con la cabeza y le di el pie que más le gustaba—. Chin-chin.

—Chin-chin —contestó sonriendo, mientras su copa avanzaba hacia la mía, y por fin, como si el vino le diera fuerzas, me preguntó lo que siempre está deseando preguntarme—. Ana Luisa, cariño, ¿estás bien?

—Sí, mamá.

—¿De verdad, hija?

—De verdad, mamá...

El tío Arsenio murió de madrugada, doblemente a destiempo, porque la vecina que limpiaba su casa no le descubrió hasta tres o cuatro horas después de la postrera traición de sus pulmones, y porque a mediados de abril no se concibe la escarcha que se cobró su último aliento mientras confitaba los campos como si fueran bizcochos recién salidos del horno. Yo nunca le conocí, y apenas lo he visto en alguna foto —un hombre cuadrado, bajo, ancho y con boina, el perfecto paleto vestido de pana oscura—, pero guardo su memoria con un cierto, fúnebre cariño, precisamente porque acertó a morirse a destiempo, y más concretamente un jueves. Los jueves, Félix no tenía clase hasta las cuatro de la tarde, y mi hermana pequeña, Paula, la única que venía conmigo al instituto, entraba una hora antes que yo, así que nadie me echó de menos aquella tramposa mañana de primavera, el sol desnudo y alto, pero incapaz de desbaratar los cuchillos de hielo que el viento lanzaba a traición desde las espaldas de todas las esquinas, como un anticipo de la paradoja inmediata, definitiva, la sorpresa que me paralizó un instante al borde del destino que yo misma me había asignado, el asombro que congeló mis ojos ante el escenario de los verdaderos resultados. Félix, que no podía esperarme a aquellas horas, sólo llevaba encima el pantalón del pijama y volvía a comportarse como si yo le diera miedo, pero su piel respiraba un inconcreto vaho, la marca invisible del sueño reciente aflojando sus hombros, sus brazos, la tensión de sus párpados abiertos, una indolencia temible, tan indescifrable como aquella cama grande, las sábanas revueltas y todavía calientes, hasta la que me condujo sin aparentarlo casi, caminando simplemente delante de mí. No era la primera vez, pero la primera vez todo había sido mucho más fácil.

Último viernes de marzo, después de la última clase. Estrenábamos las vacaciones de Semana Santa, y cuando salí a la calle él estaba ya discutiendo con mis amigos en qué bar podríamos empezar a celebrarlo. Ni siquiera era el único profesor del grupo, allí estaban también la de Gimnasia, una lesbiana joven y muy enrollada, y el de Filosofía, un solterón de unos cincuenta años que para mi gusto se pasaba de chistoso, aunque los demás le encontraban irresistiblemente simpático. Todo parecía tan natural que hasta me cabreé un poco al principio, porque Larrea, atrapado en un implacable corro de admiradoras que no parecía interesado en disolver, no me hacía ni caso. Mientras cruzábamos la Plaza Mayor, infestada de grupos salvajes similares al nuestro, me entraron unas ganas horribles de marcharme a casa, pero al final decidí ser generosa y conceder a mi presunto, aún infinitamente desganado, admirador la prórroga del último mesón típico. Víctima muy grave de una pasión cuyos afectados jamás aciertan a definir, necesitaba desesperadamente que mi profesor de dibujo se rindiera a ese deseo que había brotado al margen de mi voluntad para acrecentarse después en los vaivenes de un juego menos inocente de lo que yo estaba dispuesta todavía a admitir. Pero intuir que este sentimiento, por muy complejo que pareciera, era una simple manifestación de mi propia vanidad, no le devolvía la saliva a mi boca, ni la serenidad a mi espíritu. Los dedos de Larrea trepando bajo mi falda para demostrarme que no se había sentado a mi lado por casualidad disiparon en un instante, sin embargo, cualquier rastro de previa lucidez.

Pedimos morcilla frita, tortilla de patatas, chorizos a la brasa y hasta ensalada verde —una cursilería típica de Sonia Cuesta, la más veterana, tierna y lánguida de las enamoradas de mi futuro marido, una pobre chica que se obstinaba en confundir el ayuno con la espiritualidad y jamás desperdiciaba la ocasión de demostrarlo—, pero yo, aun pasando por una de las fases menos espirituales que recuerdo, apenas probé bocado. A cambio, bebí muchísimo, saltando de la cerveza al vino para rematar con una copa de pacharán después del café, y si mis pies no se hubieran adentrado ya, sin avisarme, en los intrincados senderos de un laberinto infinitamente más misterioso, habría sido incapaz de precisar en qué eficacísima, desconocida e inagotable cavidad de mi cuerpo se estaba acumulando todo ese alcohol que recorría mi aparato digestivo en vano, tan pasivo, tan neutro como si fuera agua. Félix estaba bebiendo tanto como yo, pero nadie se habría atrevido a deducirlo del acento con el que hilvanaba toda una conferencia improvisada sobre la marcha, y destinada no tanto a apabullar a la comensal situada a su derecha, que no podía ser otra que la propia y siempre espiritualísima Sonia Cuesta, como a concentrar precisamente en ella la atención de todos los demás. Mientras tanto, su mano izquierda, libre de marcaje, hacía insólitos progresos por debajo de la mesa.

—Sonia adoptó el apellido Delaunay cuando se casó con Robert, y poco después vinieron a España... —absorta en la tarea de descifrar su discurso subterráneo, yo le escuchaba con el mismo, mínimo resquicio de interés que merece el eco de la lluvia detrás de los cristales—. Aquí tuvieron bastante influencia, desde luego, porque tomaron contacto enseguida con algunas revistas de vanguardia... —sus dedos, que hasta entonces se habían limitado a esbozar una caricia muy leve, superficial casi, vagando al azar apenas más allá de mi rodilla, ganaron de golpe un trecho definitivo para instalarse en el prestigioso escenario que había cobijado unas semanas antes la segunda fase de la tercera guerra carlista—, y colaboraron sobre todo con la revista *Ultra*, el órgano de los poetas ultraístas. Ramón Gómez de la Serna, que los conoció bien, habla de ellos... —su mano entera, abierta, describía ya un círculo tras otro sobre la cara interior de mi muslo derecho, convocando un tumulto instantáneo, un torrente de sangre apresurada, una forma del calor que yo desconocía y sin embargo bastó para inspirarme un sentimiento de culpa intenso, fulminante—, les dedica incluso un capítulo de *Ismos*...

—¿Qué...?

Yo fui la primera sorprendida por aquella pregunta automática que había brotado de mi boca sin pedir permiso, como si mi cuerpo, creyéndose próximo a su límite de saturación, no hubiera encontrado otra válvula capaz de relajar la presión. Si fue así, mi cuerpo y yo nos equivocamos de lleno porque, aunque Félix me miró por fin, sonriendo con los labios, con los ojos, con las cejas, toda su cara iluminada por un acceso de beatitud que componía una expresión extraña, a medio camino entre la sana alegría y la más insana, su mano cambió radicalmente de propósito, cerrándose sobre mi muslo para aprisionar una porción de carne con la implacable precisión de las valvas de un molusco.

—Hablábamos de los Delaunay —condescendió a explicarme Sonia mientras tanto, una mueca de infinito fastidio amargando las comisuras de su boca—, la pareja de pintores de los años treinta, bueno, no sé si los conocerás...

—Ahhh... —fue lo máximo que pude admitir sin traicionar los intereses de esa mano que reparaba ya el daño infligido, acariciando ahora con cuidado y las yemas de los dedos la misma piel en la que se cebara sólo un minuto antes.

—¿Qué estabas diciendo, Félix? —insistió Sonia, con la vocecita de cordero hambriento de sacrificio que reservaba para las ocasiones especiales—. Parecía muy interesante...

—No, que Gómez de la Serna les dedica uno de los capítulos de su libro sobre los ismos... —el accidental trío forzado por mi interrupción se deshizo con gran naturalidad en las dos semiparejas establecidas desde el principio, una pública, integrada por la totalidad de Sonia y buena parte del conferenciante...— donde, más concretamente, si no recuerdo mal, define su estilo como simultaneísmo, por la avidez de capturar un instante, pintar las cosas en el mismo segundo en que suceden, reflejar acciones que aparentemente carecen de relación entre sí, pero que en realidad están sucediendo a la vez... Es un nombre bonito, ¿verdad? —y otra privada, que vinculaba la mano izquierda de un hombre a quien traían sin cuidado las palabras que fluían disciplinadamente de sus labios, con la mitad inferior de mi cuerpo—. A mí también me gustan mucho, todas esas imágenes de la velocidad, la Torre Eiffel a punto de descuajaringarse...

Su conversación fue perdiendo poco a poco la intensidad que se concentró, como un escape de gas pesado, en el breve espacio que mediaba entre nuestras cabezas, nuestros troncos casi unidos, un par de centímetros escasos de aire eléctrico dispuesto a deshacerse en una pura chispa a la mínima ocasión, un peligro que nunca se consumó porque mi imaginación tardó lo suyo en ponerse a la altura de los acontecimientos, y me limité a estar muy quieta, muy derecha, muy callada, mientras Larrea sucumbía a un vértigo sin condiciones, la tensión desencajando el perfil de su mandíbula y sus dedos incontrolados, enloquecidos, como agentes de una ilimitada audacia, una pasión contagiosa, porque cuando sentí por fin la huella de su mano, que había estado a punto de dislocarse los huesos media docena de veces antes de desarbolar al fin la tenaz resistencia de la cinturilla de mis pantis, contra mi propia carne, su dedo corazón hundiéndose por un momento en mi ombligo antes de seguir avanzando, no acerté a oponer resistencia alguna. Podría haberle recordado al oído que entre nosotros existía una especie de pacto tácito que su fervor exhibicionista estaba a punto de violar, podría haberle advertido que si su ataque prosperaba sólo un milímetro más, me levantaría de golpe y me largaría sin dar explicaciones, y por supuesto, podría haber atajado el viaje de su mano con mis propias manos, aplicando el recurso más directo, más rápido y más eficaz de cuantos estaban a mi alcance, que consistía, simplemente, en aferrar su brazo y tirar de él para arriba, todo eso podría haber hecho, pero ni siquiera fui capaz de no hacer nada porque, cuando se encendieron todas las alarmas, una espléndida sensación de bienestar rellenó súbitamente la oquedad fabricada por el miedo, un pozo muy largo y muy estrecho que la inquietud abriera en el centro de mi cuerpo, y regresó el calor, mucho más dulce, desarmado ya, como un secreto inofensivo, y yo me encontraba bien, no estaba borracha, no me había vuelto loca, no padecía alucinación alguna, y sin embargo, víctima exclusiva, favorita, de mí misma, escondí el brazo derecho debajo de la mesa, exploré con los dedos la situación exacta de los vaqueros de Larrea, y mirando a ninguna parte, mientras mis labios sonreían solos, de pura debilidad, posé la palma de la mano sobre su sexo para rodear con los dedos una raíz de tensión absoluta, un misterio capaz de alimentarse a sí mismo hasta el infinito, o un pedazo de polla, que fue lo que me dije a mí misma entonces, haciendo gala de la osadía propia de quienes apenas han empezado a aprender cómo se aprenden las cosas. Quizás por eso, aquella vez todo fue tan fácil.

La mano de Larrea me abandonó bruscamente cuando su propietario anunció en voz alta que se nos había hecho muy tarde y que deberíamos marcharnos ya, y mientras los primeros de la clase dividían la cuenta mentalmente, yo también coloqué ambos codos encima de la mesa para hurgar un rato en el bolso en busca del monedero. En ese instante no tenía ni idea de lo que iba a suceder después, pero tampoco me importaba, y ni siquiera había tenido tiempo para pararme a pensar en las posibilidades más inmediatas, o mejor dicho, en las más inmediatas consecuencias de cada una de ellas, cuando un taxi libre se detuvo junto a nosotros y mi profesor de dibujo, que se despedía entre sonrisas de un grupo de alumnos, me ofreció una plaza como de pasada, en un tono casi desinteresado, hasta sospechosamente cortés.

—Si quieres te dejo en casa, Ana, me pilla de camino...

Supongo que debimos de pasar al lado de mi calle, tal vez incluso hasta recorrimos un trecho, pero yo no me enteré, porque en cuanto el taxi se alejó unos metros, Félix se revolvió en el asiento como una fiera enjaulada, se abalanzó sobre mí y, presa de una especie de ambición ilimitada, se propuso explotar a la vez, con una sola boca y dos simples manos, el mayor número posible de los recursos de mi cuerpo. Cuando llegamos a su casa, estaba tan excitada que apenas podía respirar por la nariz. El resto fue sobre todo fácil, y además brusco, fluido y bastante rápido, pero mi única experiencia previa había consistido en un polvo improvisado a última hora con un amigo del novio de mi amiga Mercedes, un chico bastante guapo y muy gracioso que apareció por sorpresa a las dos de la mañana en una fiesta de Nochevieja en la que hasta entonces, la verdad, me estaba aburriendo bastante. Aquello fue un error lamentable, inconcebible y abrumador pero, aunque como justificación no resulte mucho más inteligente, la verdad es que estaba hasta las narices de ser la única virgen que quedaba en mi pandilla, y en aquel momento ni siquiera me arrepentí. Tres meses después, mi profesor de Dibujo obtuvo un beneficio incalculable no sólo de la torpeza de mi primer amante, sino también, y sobre todo, de la trivialidad del deseo que me empujara hasta sus brazos, porque había empezado el año satisfecha de mí misma, contenta en general y con ganas de contárselo a mis amigas, pero la saliva huyó de mi boca cuando salté de la cama que Larrea, perezoso, se resistió a abandonar mientras me vestía, y ni siquiera reconquistó mi paladar tras el último beso de despedida. Las vacaciones de Semana Santa fueron un infierno.

Ahora creo que no era exactamente amor, supongo que no era amor, aunque bordeara sus límites con tanto arrojo, pero yo no conocía otra palabra para nombrarlo, para designar esa sed perpetua, las vueltas del veleidoso nudo que cerraba de golpe mis pulmones al aire, la inexplicable percepción de mi propia piel como una funda ajena o al contrario, una hipersensibilidad repentina que se activaba sin previo aviso para que el roce más leve me fulminara de dolor, signos de los días más intensos y más estériles al mismo tiempo, noches habitadas por fantasmas esquivos, insolentes, horas angustiosas de insomnio y de vigilia... Quizás no era exactamente amor, pero fue mucho más que un capricho, más que una novedad cegadora, aunque nunca una novedad ha llegado después a cegarme tanto, e infinitamente más que un ataque de ansiedad. El deseo me poseyó por completo, se adueñó de mis cimientos, de mis proyectos, de mi ambición, creció entre mis paredes como un parásito voraz, una gigantesca oruga capaz de arrasarlo todo, de devorarlo todo, de ocuparlo todo y exigir todavía más, aunque yo no tuviera con qué alimentarla. El primer día de clase, cuando salí del instituto, me encontraba físicamente mal, un poco mareada y muy pálida, exhausta sin motivo alguno, aturdida. Mi madre, que fue en busca del termómetro nada más verme la cara, me mandó a la cama sin proponerme siquiera una loncha de jamón de York para comer, y allí, en la precaria intimidad del dormitorio que compartía con mis dos hermanas, mientras me tapaba la cabeza con la sábana en un vano intento de cerrar mis oídos a la lejana sintonía del telediario, exploté en llanto, y lloré hasta que me venció un sueño nacido del puro agotamiento. Desperté un par de horas más tarde con nuevas esperanzas y un apetito asombroso, porque, después de todo, mi mal se reducía a no haberme encontrado con Larrea aquella mañana, y de repente ese detalle no me pareció tan grave como la posibilidad de que me viera y no quisiera reconocerme, una hipótesis que no había considerado hasta entonces y que me tuvo en vilo hasta el mediodía del martes, cuando la sonrisa inequívoca, cómplice, que me dirigió desde el descansillo del primer piso mientras yo atravesaba el vestíbulo, deshaló los cristales de sangre que ensartaban mis venas y devolvió a mi maltrecho cuerpo la condición de templado. El miércoles, durante la clase de dibujo, me miró con la ternura sólida y levemente nostálgica de un amante que confirma con placer la calidad de su memoria, pero el timbre sonó diez minutos antes de tiempo y tuvo que salir corriendo porque había claustro. A cambio, el jueves, de madrugada, el tío Arsenio murió a tiempo para regalarme algunas horas de vida auténtica.

Decir que mis padres fueron a enterrarlo sería mucho decir. Fueron, más bien, a ver qué pasaba, y no tanto para curiosear como por ese repentino brote de responsabilidad que abrasa durante un par de días la conciencia de quienes han perdido algún familiar por el camino sin saber muy bien por qué. Mi padre, que no movió un músculo mientras recibía la escuetísima información —«ya sabes, hijo, estos hielos tardíos, que son tan malísimos...»— que quiso proporcionarle la vecina del único hermano vivo de su propio padre, reaccionó con una sorprendente mezcla de lentitud y extrañeza, limitándose a contener la avalancha de preguntas de mi madre con monosílabos y algún gruñido, mientras desayunaba con más parsimonia de la habitual. A despecho de su ensimismamiento, la mesa de la cocina se convirtió enseguida en el centro de un previsible guirigay, todos mis hermanos indagando a la vez acerca de la fortuna real de aquel tío abuelo que había comprado tantas tierras, haciendo conjeturas sobre los términos del testamento, y ofreciéndose a acompañar a mis padres a donde hiciera falta. En medio del barullo, papá acabó fijándose en mí, tan absorta en mis pensamientos como un preso que intuye la oportunidad de fugarse, y no sé si interpretó mi silencio como una muestra de respeto, pero no me dijo nada. Al final, decidieron llevarse a los mayores, que podían perder clase porque para eso estaban ya en la universidad, y dejar a la Paula más furiosa, maledicente e indignada ante tan flagrante discriminación, en la puerta del instituto, que les pillaba casi de camino. Cuando me quedé sola en casa, a las ocho y media de la mañana, ni siquiera me concedí a mí misma un momento para el estupor. Mientras me duchaba, me lavaba la cabeza, me hacía a toda velocidad una toga de emergencia y me vestía de domingo, con tacones, a pesar de la hora, apenas me daba cuenta de que Félix ocupaba ya hasta el menor resquicio de mi entendimiento, la más leve fibra de mi voluntad. Y no dudé al salir del portal en dirección contraria a la que tomaba todos los días, ni al embocar el callejón donde estaba su estudio, no me tembló la mano al llamar al timbre, ni la voz cuando le solté el discurso que había venido preparando por el camino —una florida explicación que él encajó de pie, apoyado en la puerta, medio dormido y casi desnudo, después de tirar de mí hacia dentro como si quisiera driblar al frío—, no me detuve siquiera a decidir si lo que estaba a punto de hacer era bueno o malo, inteligente o estúpido, rentable o un error que lamentaría el resto de mi vida, y no lo hice porque no podía pensar ni hacer ninguna otra cosa que no fuera precisamente lo que estaba haciendo, ir hacia él. Y sin embargo, cuando ya no podía volverme atrás, una especie de asombro muy raro me desarmó de mi aplomo como de un vestido que siempre me hubiera quedado demasiado grande, y en la frontera de aquella enorme cama de sábanas revueltas y todavía calientes, la enajenación me pasó factura. A la intensísima luz de un repentino estado de conocimiento, me pregunté cómo, por qué camino habría llegado yo hasta allí, y no supe muy bien qué contestarme. Entonces, como si hubiera podido intuir la dirección de mis pensamientos, Félix se acercó a mí por detrás, me rodeó con los dos brazos y no hizo nada más, sólo abrazarme, respirar al borde de mi oreja izquierda, acoplar a mi relieve el relieve de su cuerpo, y esperar.

En aquel gesto estaba escrita la suerte de mi vida y él lo sabía. Lo supo siempre, desde el principio, ésa fue su principal ventaja sobre mí, tal vez la única, tan descomunal, de todas formas, que supongo que no llegó a echar otras de menos, él sabía tratar a la serpiente que vivía enroscada alrededor de mis vísceras, aprendió a domarla muy deprisa, cuando yo aún no me daba cuenta de nada, ¿te pasa algo, Ana?, me preguntó mientras aún esperaba, cuando todavía no había ocurrido cosa alguna, salvo que la dureza de su sexo marcaba ya en diagonal mi nalga izquierda, y le contesté que no con la cabeza, entonces sus manos treparon unos pocos centímetros, se cerraron sobre mis pechos en el preciso instante que escogieron sus dientes para atacar el perfil de mi cuello, yo acusaba la tensión de mis pezones resbalando contra sus pulgares y pensaba que todo iba a ocurrir muy rápido, pero sus labios rozaron mi oreja otra vez, no sé, dijo, parece como si te ahogaras..., y de nuevo se quedó quieto, me impuso una inmovilidad que ya no soportaba, y acabé confesando lo que él quería oír, sí, murmuré, me estoy ahogando... Nunca sabré dónde, en qué remoto pliegue de mi cuerpo, en qué escondida esquina de mis ojos, en qué precisa fibra de mi boca aprendió él tantas cosas de mí, nunca sabré cómo atinó a presentir con tamaña intensidad, tal precisión, la potencia de la serpiente que alentaba, como una fiera dormida sólo a medias, tras la torpe impasibilidad que embotó mis sentidos aquella primera vez de tanteo y borrachera, nunca sabré cómo lo hizo, pero acertó de lleno en el centro exacto de lo que yo era, y así me poseyó por completo antes de quitarme la ropa con aquella parsimonia exasperante, ¡mira que eres ansiosa!, fingía asombrarse, mucho antes de rodar conmigo sobre una cama que de repente quemaba, no seas tan ansiosa, en serio..., reía, acabará sentándote mal, infinitamente antes de concederme por fin esa gracia que yo no hubiera sido capaz de escatimarle, ¿quieres que te folle?, sí, pues pídemelo, fóllame, no así no..., pídemelo por favor, por favor, Félix, fóllame, cuando ya estaba a punto de deshacerme de angustia. Luego besé su cara, sus hombros, sus manos durante mucho tiempo, mientras el placer, ese traidor, me abandonaba despacio, como si le diera pena devolverme al mundo.

—¿Qué somos ahora? —le pregunté al final, cuando ya debería haber empezado a vestirme para no llegar tarde a comer—. Yo ya no podré verte como a los demás profesores. No sé si sabré disimular...

—Sí sabrás —se giró hacia mí y me besó brevemente en los labios—, porque no pienso hacerte ni puñetero caso...

Me eché a reír y él rió conmigo, pero eso no era bastante.

—¿Qué somos ahora? —repetí.

Él sonrió, y me miró de una manera especial, con dulzura, pero también con cierta secreta astucia.

—Somos amantes —contestó por fin, y yo, que no las buscaba, sucumbí sin condiciones al oscuro prestigio de esas dos palabras que parecían bastar para hacer de mí una persona importante. Por eso, justo antes de irme, volví la cabeza un momento para mirarle por sorpresa, y por eso, sin ser ni remotamente consciente de que acababa de empezar a aflojar el último freno, me dije que nunca jamás podría llegar a merecer la gracia de un destino tan magnánimo como el que acababa de convertirme en la amante —¡a-man-te!— de un genio auténtico.

Después de tantos años, ése es el único punto en el que estoy de acuerdo con la enferma de adolescencia que era entonces. Efectivamente, creo que jamás llegué a merecerme a Larrea.

—¡No me estropees el centollo, mamá, por favor te lo pido...!

La clarividencia nunca ha formado parte del limitado patrimonio de mis habilidades, pero aquella noche la vi venir, y la vi venir desde muy lejos.

—¡Por supuesto que no! —protestó, fingiéndose ofendida—. Yo, lo único que quiero decirte... No sé. Me preocupas mucho, hija mía...

Cuando decidí celebrar la entrada en vigor de la ley que me convertía en mayor de edad unos pocos meses después de haber cumplido los dieciocho, contando en casa que Félix y yo habíamos sido novios en secreto durante más de un año y medio y que nos proponíamos dejar de serlo en cuanto nos diera tiempo a arreglar los papeles para casarnos, la que más chilló —más alto, más fuerte, más lejos— fue, naturalmente, mi madre. Seis años después, cuando decidí dejar a mi marido por un puñado de aceitunas de Camporreal, la que menos se esforzó por intentar comprender las razones de mi vuelta a Madrid fue también, precisamente, mi madre. Claro que yo no era el único miembro de la familia cuya vida había cambiado vertiginosamente entre ambas fechas. Si la oportuna muerte del tío Arsenio me había abocado a los brazos de Félix Larrea, la prescripción de su herencia elevó a mis padres a una cota de lujo y riqueza que jamás habían acariciado ni en sueños, un éxito del que se recuperaron en una dirección muy particular.

Estaban tan acostumbrados a amenazarse en vano, a justificarse mutuamente como una amarga broma del azar, a reírse a carcajadas con todos esos chistes que siempre empiezan cuando a un marido, o a una mujer, le toca el gordo de la lotería, que al final, estrechamente acoplados en sus respectivos infortunios, habían logrado inducirse el uno al otro a acatar una cierta variedad de la armonía, el equilibrio indudable, tan precariamente sólido, que nace del ejercicio rutinario de la infelicidad. Y eran casi felices mientras rumiaban sus desgracias en público, enumerando ella en voz alta el nombre, los méritos y los sueldos de todos los pretendientes a los que rechazó para casarse con «este taxista», preguntándose él por las esquinas de qué dignísima estirpe se creería heredera la gorda aquella, si cuando la conoció su padre vendía queso y miel de la Alcarria de puerta en puerta, y los dos juraban a coro que si pudieran coger la puerta, ahí iban a seguir, y no acababan de especificar jamás por qué no podían pasar del recibidor, pero sus amigos, sus vecinos, sus hijos, sobreentendíamos que esos misteriosos accesos de parálisis progresiva que empezaban a dificultar sus movimientos a mitad del pasillo, no eran otra cosa que una manifestación más de la eterna mala suerte que cada uno de ellos invocaba con avaricia y arbitrariedad parejas, pero siempre en rigurosa exclusiva. Hasta que un buen día, la herencia del tío Arsenio prescribió, y en el mismo instante en que se desvanecieron los impuestos que la bloqueaban, se esfumó también la desgracia de mis padres.

Más que a un regalo de la fortuna, aquel golpe de riqueza se asemejó, de entrada, a una ironía que el destino hubiera concebido sin otro propósito que burlarse a placer de mi desprevenida madre, quien siempre había sostenido que el origen de toda ignominia constaba muy claramente, y por escrito, en la partida de nacimiento de su marido, donde, junto a la fórmula *nacido en,* alguien había consignado, con una caligrafía lamentable, la expresión «Villanueva del Pardillo, provincia de Madrid». Ella, en cambio, era un espécimen genuino de la especie *nacida en* «Madrid, provincia de Madrid», y ni siquiera se hubiera dado menos pisto si el pueblo de mi padre no llevara el insulto incorporado en su propio nombre, aunque no podía resistir la tentación de apostillar cualquier comentario propio o ajeno con aquella consabida y tosquísima advertencia, no, si no es por nada, pero el mismo nombre de su pueblo ya lo dice, pardillo, a ver si no, pardillo, que lo que soy yo, no me invento ni pizca... Pero al margen de las broncas domésticas, que seguramente habrían encontrado otros espléndidos cauces en el caso de que mi abuela Experta se hubiera venido a parir a la capital, las raíces de mi familia paterna no tuvieron ninguna importancia real hasta que un compacto ejército de maquinaria pesada empezó a inyectar entre ellas grandes cantidades de hormigón y de cemento armado, y sobre los pastos de antaño emergió enseguida una ciudad fantasma de chalets de lujo con parcela individual, cuyos futuros propietarios, por muy ricos que fueran, nunca alcanzarían a soñar siquiera un rendimiento comparable al que el pardillo de turno estaba obteniendo de un patrimonio tan rústico, aquellos tres o cuatro prados que apenas daban para alimentar a un triste rebaño de ovejas.

El tío Arsenio, que había ejecutado a la perfección todas las etapas precisas para transformar a un pequeño ganadero en un considerable especulador inmobiliario, poseía en la hora de su muerte catorce o quince fincas espléndidamente situadas, no sólo desde el punto de vista de su emplazamiento geográfico, sino también en lo relativo a su estatuto legal, que estaba a punto, pero lo que se dice a punto, de convertirlas en otras tantas grandes superficies de suelo urbanizable. Algo acabó contándole a mi padre un pintoresco personaje que empezó a rondarle a distancia apenas puso un pie en el pueblo, el cuerpo del difunto todavía caliente, y que terminó identificándose como Miguel Ángel Romero, abogado, economista y, sobre todo, gran hortera. Yo le conocí en el funeral, un jovencito muy trajeado que se agregó al cortejo con una naturalidad pasmosa, aunque sólo me fijé en él, al principio, por el inverosímil bucle que formaba su corbata estampada, jinetes ingleses en la caza del zorro a punto de precipitarse en el vacío por obra y gracia de un enorme pasador dorado, sujeto a la altura del tercer botón de una camisa brillosa, como de tela de visillo, sumamente increíble. Más de pueblo que las amapolas, sentencié para mí misma, y si alguien me hubiera obligado a calcular qué puesto le reservaba el azar en mi familia, habría agotado todos los catálogos de la especulación antes de atreverme siquiera a sospechar que estaba destinado a convertirse algún día en el marido de mi hermana mayor, Mariola, obsesiva heredera de los delirios de grandeza que mi madre elevó a cotas de un patetismo purísimo al escoger para su primogénita un nombre literalmente absurdo —María de la O—, sólo para poder abreviarlo en el diminutivo por el que se conocía a la segunda nieta de Franco.

Si Romero no hubiera estado tan seguro de sus posibilidades para convertir a mi padre en millonario y a sí mismo, antes que en yerno, en su apéndice imprescindible —esa flexible, astuta y contundente mano derecha de la que ningún millonario apreciable puede carecer—, quizás la herencia del tío Arsenio no habría dado tanto de sí, pero el «consejero jurídico del finado», como se llamaba a sí mismo al principio, puso cerco al domicilio familiar y fue implacable, hasta el punto de que, durante años enteros, el único heredero auténtico que hubo en todo este asunto fue él, que heredó un cliente por asedio. Y aunque no logró convencerle de las ventajas que, a largo plazo, acabaría reportándole la liquidación inmediata de los derechos reales que le permitirían entrar en posesión de las tierras, sí consiguió persuadirle, y con él a mi madre, y a mis tres hermanos, de que habían encontrado al único zahorí capaz de señalar la dirección en la que, a no pasar muchos años, iba a llover más dinero del que cabe en la piscina del tío Gilito. Y todos se volvieron medio locos.

Yo seguí el proceso desde París, con mucho más detalle del que podría deducirse de una distancia que mi familia había salvado con inaudita agilidad durante cerca de un lustro, porque en los buenos tiempos que sucedieron a mi esplendoroso debut como mujer adulta, mientras mi marido irradiaba un halo deslumbrante capaz de protegerme y de dirigirme a la vez, como la varita de un hada madrina, no había encontrado la manera de quitármelos de encima. En los días dorados en los que cada cosa era un estreno, mi madre llamaba por teléfono a todas horas y, entre llamada y llamada, me escribía unas cartas larguísimas que pretendían revelar cuán hondamente le preocupaba mi situación, pero en la práctica me informaban, más bien, de hasta qué punto se aburría por las tardes. Muchas de ellas no las encontré en el buzón, sino en la maleta de cualquiera de mis hermanos, que no dejaban pasar un puente sin aprovechar la oportunidad de ocupar la habitación de invitados de mi casa, un recurso que acabó por explotar incluso mi propio padre para recuperarse de las batallas más sangrientas de su perpetua guerra conyugal, siempre que su mujer no hubiera llamado primero. Amanda —primera hija, primera nieta, primera sobrina— bastaba para justificar formalmente aquella periódica invasión, que sin embargo cesó de repente, en parte por cansancio de los visitantes, supongo, pero también porque la misión de planificar con cuidado lo que se prometían como un futuro opulento les absorbió por completo, y desde entonces se dedicaron sobre todo a mirar pisos en venta. Mientras tanto, yo me enfrentaba a solas con una metamorfosis más lenta pero no más sutil, la campaña de camuflaje que Félix opuso como principal y misérrima táctica al paulatino desgaste de su futuro como pintor. Entonces, cuando su edad le fue eliminando por sí sola de las quinielas de grandes promesas sin que su obra le acabara de asegurar del todo una plaza indiscutible en la lista de los maestros consagrados, él, que nunca antes había recurrido a vivir como se supone que la gente espera que viva un pintor, intentó imponerse al destino adoptando modos de genio de manual, una estúpida combinación de vida desordenada —dormir de día, trabajar de noche, desayunar a la hora de merendar, cenar tortilla de patatas recubierta de caviar barato—, promiscuidad sexual —llegó a tener una amante fija disfrazada de discípula invitada que prácticamente vivía con nosotros, una joven estudiante de Bellas Artes de origen vietnamita a la que él llamaba Minnie, como la novia de Mickey Mouse, y con la que una vez llegó a proponerme que nos acostáramos, un proyecto que debió abandonar enseguida, porque le contesté con una bofetada que le debió de asombrar hasta tal punto que no logró devolvérmela ni siquiera de palabra—, y discurso sistemáticamente heterodoxo —conviene decir siempre algo muy original aunque sea una tontería—, que le sentaba fatal, por lo menos a mis ojos, que maduraron muy deprisa en poco tiempo ante la representación cotidiana de aquella tosca impostura.

La deserción masiva de padres y hermanos me precipitó en una versión específicamente íntima de una soledad que no había llegado a sentir del todo hasta entonces, mientras continuaba unida a Madrid por una suerte de invisible, invencible cordón umbilical que no me había consentido todavía una maniobra tan simple como dar una vuelta completa para mirar lo que ocurría a mi alrededor. Cuando por fin me atreví a intentarlo, comprobé con menos estupor del previsible que, aun escogiendo la dirección al azar, sólo podía ver detalles de un edificio que se estaba cayendo a trozos, y que sin embargo, y eso era peor y mucho más pasmoso, mi propia ruina no me resultaba un espectáculo tan desagradable. Al principio pensé en hablar seriamente con Félix, pero acabé por comprender que ninguna huida sería tan insensata como volver a empezar con un hombre que apenas lograba ya brillar en la memoria de una muchacha irreconocible en los perfiles de un ama de casa demasiado joven, con una niña demasiado pequeña, un marido demasiado egocéntrico, y un futuro demasiado largo para admitir soluciones eficaces. Todo eso lo sabía bien, y sin embargo, nada resultó fácil.

Durante un par de años, tras instalarme de nuevo en Madrid, tuve la sensación de que había transportado sin querer, desde mi vida anterior, una extraña capacidad para desintegrar cualquier cosa que tocara, porque la realidad seguía moviéndose sin parar, y todo cambiaba demasiado deprisa a mi alrededor. El paso del tiempo se encargó de demostrarme que aquel aparente vértigo no era más que un efecto óptico generado por mi propia inmovilidad, porque todo cambiaba y se movía sólo para encontrar un lugar definitivo, y antes o después, cada cosa logró acoplarse en un hueco más o menos ajustado a su medida, todo acabó encajando, todo, salvo mi vida.

Ése era el tema de conversación favorito de mi madre, y la gran amenaza que pendía sobre lo mejor de mi cena, el monstruoso caparazón rojizo relleno de una indefinible sustancia de aspecto semejante al cieno, en la que navegaban pequeños pedazos de esa materia rugosa de relieve casi cerebral y color muy vivo que se suele llamar coral y se eleva, en mi opinión, sobre todos los demás productos comestibles de este mundo hasta el rango de lo esencialmente delicioso.

Eso me estaba jugando mientras mi madre, negándose a cualquier impulso de misericordia, volvía a la carga con lo de siempre.

—Es culpa vuestra, desde luego... —dejó caer mientras despojaba de su cáscara una pata de centollo con una delicadeza no por ensayadísima menos admirable—. No sé para qué os sirve ser tan listas, si después sois incapaces de comprender que estáis echando a los hombres a perder...

—No digas tonterías, mamá —opuse, sin grandes energías.

—Por supuesto que no, lo que digo es la pura verdad... Y lo tuyo es una verdadera pena, hija, porque... Tú todavía tienes una oportunidad, estoy segura.

—¿Una oportunidad de qué? —la clarividencia nunca ha formado parte del limitado patrimonio de mis habilidades, pero a aquellas alturas, mientras me despedía definitivamente de mi apetito, ya ni siquiera tenía sentido invocarla—. ¿Para qué, mamá?

El sonido de mi voz, apagado y opaco, apenas traducía una mínima porción del cansancio al que había sucumbido en un instante. Ella lo sabía, porque no entendía nada, pero era capaz de anticipar mis reacciones por pura repetición, tantas veces nos habíamos estancado en los mismos silencios.

—No voy a volver con Félix, mamá. —Hice una pequeña pausa y sonreí, como una garantía de que mi postura no tenía nada que ver con ella—. Olvídalo. No voy a volver nunca con él.

Ella insistió con ojos turbios.

—¿Por qué?

—Porque no. No me apetece, no me interesa, no me da la gana de vivir con Félix. No le quiero, no me gusta, no es mi tipo. Se acabó.

—Pues al principio, bien que chillabas... —la corté en seco para ahorrarme la descripción exacta de aquellos chillidos. Demasiado bien me acordaba yo de lo que chillaba entonces.

—Al principio era al principio. Ahora es ahora. Y en medio caben veinte años, más o menos.

—Pero él siempre te ha querido, Ana Luisa...

—¿Siempre? ¿Cuándo? —chillé, lamentando por enésima vez la genial intuición que había impulsado a Félix, que siempre la había odiado, a buscar el apoyo de mi madre, que antes le correspondía puntualmente, cuando decidió que no quería envejecer solo y que, en consecuencia, ya era hora de que alguien me cogiera de la mano para devolverme a mi único y verdadero hogar—. ¿Cuando se llevaba admiradoras a la cama en mi propia casa, me quería? ¿Cuando me mandaba callar en las fiestas disculpándose porque su mujer era una pobre españolita ignorante, me quería? ¿Cuando se gastaba un pastón en meterse de todo y luego dormía la borrachera durante el día entero mientras yo me ocupaba de la casa, y del estudio, y de la niña, porque él no pensaba contribuir con su dinero a la explotación que significa el servicio doméstico, me quería? ¿Cuando me pedía que hiciera una cena especial porque iba a venir gente importante y luego me decía que había pensado que era mejor que no me sentara a la mesa porque Amanda nos interrumpiría sin parar y lo echaría todo a perder, me quería? Muy bien, pues si eso es lo que él entiende por amor, que se lo meta con mucho cuidado por el culo.

—¡Ana! —mi madre estaba a punto de llorar.

—¿Qué? —yo, en cambio, me había puesto tan furiosa como siempre que me obligaba a hablar de ese tema.

—¡No hables así!

Respiré profundamente un par de veces para imponerme al menos una apariencia de tranquilidad.

—Perdona, mamá.

—No te entiendo, hija, tanto rencor... —y por fin explotó en un llanto que yo comprendía tan mal como ella decía entender mi vida, o peor aún—. ¿Adónde te lleva el rencor? ¿Adónde vas con esa dignidad de la que tanto cacareas? Todos cometemos errores, y Félix se ha equivocado muchas veces, muchísimas, eso es cierto y él es el primero en reconocerlo, pero está arrepentido, y yo creo que es sincero, y te quiere, en serio... ¿Te mentiría yo en algo así? Yo lo único que quiero es tu bien, hija, y la verdad... Mírate, Ana Luisa, mira a tu alrededor... Eres tan guapa, y tan joven todavía... ¿Y qué? Pues nada. Nada... ¿Cuánto tiempo llevas viviendo así? ¿Diez años, once...? Pasándolo mal sin necesidad, sin aceptar la ayuda de nadie...

—No seas tramposa, mamá —nunca me perdonaría que me negara a vivir a su costa cuando regresé a Madrid, e incluso después de haber aceptado la vajilla de la Cartuja, y la cristalería tallada, y el abrigo de cuero con el que tuvo que conformarse cuando la convencí de que jamás consentiría que me regalara un visón, sé que para ella siempre seré una ingrata—. Sabes de sobra que hace ya mucho tiempo que no necesito ninguna ayuda.

—Económica quizás no, pero... Ana Luisa, hija, ¿tú te das cuenta de la vida que llevas, de la cantidad de años que hace que estás sola? Sola porque eres una cabezona, una orgullosa, y... hasta una soberbia, hija mía, perdona que te lo diga, que no se puede ir por el mundo así, de Escarlata O'Hara... —no tenía ninguna gana de reírme, pero fui incapaz de controlar una mínima carcajada con la que celebrar aquella ironía, el reproche que me dirigía la única Escarlata genuina que he conocido en mi vida—. ¡Sí, ríete! Ríete, anda... Que el panorama que tienes por delante es como para morirse de risa...

—Si no me río, mamá, es que... —entonces mis labios empezaron a temblar sin haber tenido el detalle de avisarme previamente y, como si quisieran certificar mi última afirmación, mis ojos se sumergieron de repente en un pantano de llanto, y acabamos como siempre, el centollo desperdiciado y las dos tiradas en el sofá del salón, ella llorando por mí y yo también, ella queriéndome sin condiciones aunque no me comprendiera en absoluto, y yo preguntándome cómo era posible aquel fenómeno, tanto amor sin un solo gramo de conocimiento.

Aunque mi madre también estuviera formalmente separada, no teníamos apenas experiencias comunes. Cuando los enrevesados cálculos de quien a la sazón era ya mi cuñado Miguel Ángel cuajaron por fin en una serie de espectaculares operaciones inmobiliarias y mi padre, definitivamente bendecido por la fortuna, dio por fin el paso con el que ella le llevaba amenazando desde que tengo memoria, su nuevo estado, lejos de acercarla a mis posiciones, la distanció todavía más. Ella se tomó la separación como una especie de largas y merecidas vacaciones, y si se empeñó con pasión, a partir de entonces, en hacer, más que lo que siempre había deseado, todo lo que a mi padre le había molestado siempre, nunca asumió que se tratara de una situación definitiva ni, muchísimo menos, irreversible. Él se esforzó más por guardar las formas, y salía de vez en cuando con alguna señora bastante más joven, pero seguía llamando a su ex mujer por teléfono a todas horas para consultarle cualquier cosa, y la invitaba a cenar con las excusas más tontas, y estoy segura de que se acostaban juntos, así que, de todas formas, seguían viviendo el uno para el otro y yo, sin saber muy bien cómo, seguía estando exactamente en medio, como la pieza suelta que no encaja en un rompecabezas donde ya no se ven otros huecos.

Lo que ocurrió en realidad puede resumirse en unas pocas palabras: lo intenté, pero no salió. Algunos eran demasiado tontos, otros eran demasiado listos, unos pocos estaban bien, dos o tres hasta muy bien, pero no les excitaba la idea de irse de vacaciones con una niña de otro, o se habían forjado una idea más sencilla de lo que iba a ser su vida, o conocieron a alguien que les gustó más, o Dios sabrá qué coño pasó, pero no llamaron la cuarta o la quinta vez que prometieron hacerlo. A los demás, yo misma me los fui quitando de encima en el momento exacto en el que sentía que hasta las ilusiones más endebles me abandonaban con la implacable, rigurosa disciplina que organiza a las burbujas para ayudarlas a escapar a toda prisa por el cuello de una botella de champán, después de un taponazo inapelable. Tapones hubo muchos, de variadas formas y colores, a veces una frase, y otras un determinado tipo de silencio, opiniones que me daban asco, opiniones que me daban miedo, opiniones que me traían absolutamente sin cuidado, detalles sin importancia o, algunos, muy importantes, pieles que me repelían, polvos aburridos, voluntariosos o estúpidos, amantes tan jactanciosos, tan satisfechos de sí mismos y de sus sofisticadas y prodigiosas técnicas, que daban primero risa y luego como una especie de pena universal, lástima por el pobre destino de esta Humanidad a la que, al fin y al cabo, todos pertenecemos, entonces escuchaba el taponazo, ¡pum!, a menudo hasta en la primera cita, cuando aún no estaban claras ni sus intenciones ni las mías, ¡pum!, pero los tapones no perdonan, y el de la esperanza saltaba en mi interior sin previo aviso para liberar un millón de burbujas puntiagudas, esponjosas, frenéticas, partículas de una repentina conciencia gaseosa que despejaba mis ojos y aceleraba mis pasos para susurrar en mi oído una verdad que llegaría a hacerse tremendamente desagradable, éste tampoco, qué le vamos a hacer... Mientras amontonaba sus nombres, sus rostros, sus cuerpos progresivamente borrosos, finalmente idénticos entre sí, en una región lateral de mi memoria, registraba también el carácter de mis propias expectativas, una compleja gama de espejismos en la que ha cabido de todo, desde el proyecto más razonable hasta el fruto más descabellado de cierta peculiar demencia transitoria. Pero ahora ya ni eso, me dije cuando conseguí echar a mi madre de casa aquella noche, ahora ya ni siquiera soy capaz de pensar locuras...

—¿Tienes algún plan para comer? —hacía un par de meses que Rosa había entrado en mi despacho a media mañana, tan sigilosamente como si viniera a proponerme un atentado con explosivos.

—El comedor de la empresa —le contesté en un susurro, mientras le enseñaba mi talonario de tiquets amarillos—. Ochocientas pelas, tres platos, dieta mediterránea...

—No, en serio... —protestó, devolviendo su voz al tono de siempre—. Vente conmigo al Mesón de Antoñita. Quiero preguntarte una cosa, yo... —bajó la cabeza y mantuvo los ojos fijos en el suelo—. Tengo que hablar con alguien.

—¿Es importante?

—Sí... —contestó, y me miró a los ojos para reafirmarlo—. Creo que sí, muy importante.

Durante dos horas me preparé para diversas versiones de lo peor y de lo mejor, desde que Nacho Huertas se hubiera manifestado por fin para rogar explícitamente que dejara de perseguirle, hasta que hubiera ocurrido todo lo contrario y quisiera consultarme la redacción de la nota que pensaba dejarle a su marido en el espejo del cuarto de baño, pero podría haber estado un siglo pensando y jamás habría logrado adivinar la inaudita naturaleza de aquella confidencia.

—Verás... —arrancó por fin mientras nos instalábamos en una mesa discreta, sin ninguna pareja de oídos interesados a la vista—. Fue una cosa que pasó la última vez que me enrollé con Nacho, hace unos seis meses...

—¿Cuando quedasteis en aquel bar y te llevó a su estudio? —pregunté, temiéndome ya algo mucho más terrible que lo peor, y ella asintió—. Entonces hace por lo menos un año, Rosa.

—Bueno, da lo mismo, ¿no? —y me miró tan fijamente que no me quedó más remedio que darle la razón con la cabeza—. El caso es que en aquel momento no me fijé y ahora, en cambio, me parece muy importante, no sé... ¿Tú dices mucho amor mío?

—¿Qué?

—La expresión amor mío, así —y movió en el aire los dedos índice y corazón de las dos manos, un gesto que seguramente había aprendido de Fran—, entre comillas... ¿Tú le has dicho muchas veces eso a alguien?

—No.

—¿Verdad que no? —me miraba con ojos incendiarios, dignos de una pastorcilla que acabara de descubrir a la Virgen encima de una peña, mientras sus labios se curvaban en una sonrisa de triunfo tan plena como si intentara hablar con la boca llena de caramelos, una cara que daba miedo—. ¡Y yo tampoco! Pero él sí lo dijo, y me lo dijo a mí. ¿Qué te parece?

—Pues no sé... —y la verdad es que no sabía qué decir. Estaba perpleja.

—Mira, te lo voy a explicar... Estábamos follando, ¿no?, a oscuras, él me había tumbado boca arriba y se había montado encima de mí, siempre empezamos así, ¿sabes?, y de repente se salió sin avisar y me dio la vuelta para metérmela por detrás, ¿comprendes...? —hizo una pausa que no supe muy bien cómo valorar, pero asentí con la cabeza para que supiera que, desde luego, eso lo comprendía—. Bien, entonces se pegó a mí con todas sus fuerzas pero, como estábamos ya tan puestos y él es mucho más grande que yo, pues, de puro ansioso, no consiguió acertar a la primera, ni a la segunda, por cierto, y me dio la impresión de que se estaba poniendo nervioso, y para tranquilizarle, y porque tampoco es que tuviéramos prisa, yo le dije, no seas impaciente, y precisamente en ese momento fue cuando él me contestó, no soy impaciente, amor mío... —calló el tiempo justo para encender un cigarrillo, y yo aproveché aquella mínima tregua para preguntarme si ella habría dicho de verdad todo lo que yo había creído escuchar hasta entonces, y en ese caso, mucho más que probable, qué clase de rollo le iba a largar cuando, indefectiblemente, rematara su historia pidiéndome una interpretación de aquellas dos palabras—. Me dijo amor mío, ¿entiendes?, y en aquel momento ni me di cuenta, si seré tonta, pero ahora llevo un montón de tiempo pensándolo, porque... —y no pudo evitar el sonrojo antes de lanzarse sin paracaídas—. ¿Tú crees que se puede decir una cosa así sin sentirla?

Lo que yo creo es que estás colgada, Rosa, me dije a mí misma, pero lo que se dice hecha polvo, tía, y eso es lo que tendría que haberle dicho a ella, que no había derecho a que llevase tanto tiempo así, secuestrada por su propia necesidad de creer en una historia que no iba a ir jamás a ninguna parte, atascada en un par de palabras, o en un gesto, o en un simple detalle airoso de un amante accidental que no daba señales de vida desde hacía más de un año, perdida en un laberinto de recuerdos inútiles mal disfrazados de pistas preciosas, eso tendría que haberle dicho, que la había llamado amor mío igual que podría haberla llamado chata, o cordera, o monumento, a saber, lo que de verdad necesitaba era que alguien le abriera los ojos de una vez y yo nunca encontraría una ocasión mejor, y sin embargo no fui capaz de ahorrarle otra mentira porque la entendía demasiado bien, porque me recordaba con demasiado detalle a la loca que yo misma había sido en otras épocas, y porque en el fondo no estaba segura de que la verdad la sentara mejor que esa tibia alucinación en la que se acunaba al acostarse, cada noche, y se apoyaba al levantarse, cada mañana.

—No, supongo que no —contesté al final, sintiéndome a medias cómplice y miserable—. Yo creo que en aquel momento debía de creer en lo que te decía...

Un par de meses después, mientras tiraba a la basura los restos de aquel centollo interrumpido, calculando cuánto tiempo tardaría mi madre en llamar a París para informar a Félix de los detalles del fracaso de su última embajada, tuve envidia de Rosa y de su cuelgue, ese amor fabuloso que jamás se agotaba, la absurda pasión que tanta lástima me inspiraba cuando estaba menos lúcida y más sobria que entonces. Porque habían pasado muchos años ya desde que descubrí la verdadera trascendencia de ponerse cachonda, porque ya casi se me había olvidado que estar cachonda había resultado la causa principal entre todas las que habían cooperado para arruinar mi vida, porque ya ni siquiera era capaz de pensar locuras y eso, en el fondo, resultaba más aterrador que la más terrorífica de las enajenaciones. Luego, tumbada en el sofá, empalmando una copa con la siguiente, intenté medir mis propias fuerzas, calcular cuánto tiempo más —años, meses, semanas— sería capaz de seguir resistiéndome al ataque aliado, mi madre abogando por los intereses del yerno a quien peor conocía, mi ex marido, que estaba a punto de cumplir cincuenta años, llamándola «mamá» en justa correspondencia. El balance no resultaba muy halagüeño. Aquella noche me acosté con la certeza de que, me gustara o no, Félix acabaría siendo el único hombre de mi vida, y eso porque, sencillamente, no habría ninguno más.

Pero, a veces, las cosas cambian.

Ya sé que parece imposible, que es increíble, pero a veces, pasa.

Cuando sonó el despertador no había dormido ni cinco horas, y aunque me apresuré a interrumpir la alarma de un manotazo, su eco continuó zumbando dentro de mi cabeza mientras me arrastraba hasta el cuarto de baño y controlaba la amenaza de náusea que mi desconsiderado organismo oponía a mi firme proyecto de lavarme los dientes. Después, con la boca limpia, las cosas fueron algo mejor, pero mis energías se agotaron en la proeza de extenderme crema en la cara con los ojos cerrados, y si al abrir el armario no me hubiera tropezado con las mallas negras que me pongo siempre que no se me ocurre qué ponerme, quizás me habría vuelto a la cama sin más. Pero ahí estaban, recién lavadas y planchadas, señal suficiente de que los dioses habían previsto que me vistiera y me marchara a trabajar. Elegí una camisa estampada en colores brillantes para contrarrestar la palidez de mi rostro, me concedí a mí misma la gracia de desayunar en la calle, y salí de casa con la inconcreta sospecha de estar olvidando algo muy importante, pero ampliamente resignada a que la cabeza no me diera para más aquella mañana.

Bajé las escaleras sin encender la luz y, todavía en el portal, me parapeté tras las gafas de sol con el mismo gesto ansioso de una diva sedienta de intimidad, pero al abrir la puerta no llegué a acusar siquiera la claridad de un cielo despejado, que ya presentía al sol. Los gritos y las risas de la despiadada turba de adolescentes que había escogido el fragmento de acera situado exactamente delante de mi casa para darse cita a la hora más absurda —las ocho y diez—, me aturdió mucho antes de que mis maltrechos reflejos averiguaran si iba a sentarme bien o mal sacar a la resaca de paseo. Tras un instante de indecisión, que consumí parada en el umbral, tratando de encontrar algún sentido al hermético discurso que parecía aglutinar a toda aquella gente, decidí abrirme paso igual que en las rebajas.

—... farolas, por ejemplo —decía un misterioso gurú cuando di el primer codazo—, de varios tipos, la más altas, destinadas a iluminar la calzada, y las que forman parte propiamente del mobiliario urbano, tanto las exentas como las adosadas a los inmuebles. A ver..., ¿quién quiere ocuparse del alumbrado?

—¡Nosotros! —alguien gritó con un entusiasmo atroz en el borde de mi oreja.

—Perdón... —yo en cambio susurraba, casi sería mejor decir que suplicaba, en el tono más cortés que conozco—, perdón... ¿Me dejas pasar, por favor?

—Resumiendo... —a medida que avanzaba por la acera llena de gente me iba acercando más y más a aquella extraña voz cantante, que trinaba con un vigor intolerable en mis circunstancias—. Farolas, papeleras, bancos y otras dotaciones públicas o municipales, y después, sector terciario... Oye, perdona... Hola... —no se me pasó por la cabeza que aquel saludo tuviera nada que ver conmigo, pero alguien me retuvo, sujetando mi brazo izquierdo, cuando ya creía haber roto definitivamente el cerco—. Yo te conozco..., ¿no?

Me quité las gafas de sol con la mano libre, miré hacia delante, y me bastó un poco de interés para descifrar la mitad del enigma de una simple ojeada. Aquella pequeña tropa de jovencitos armados con bolígrafos y carpetas eran desde luego estudiantes, seguramente universitarios, aunque no se me ocurría muy bien qué tenían que ver los bancos y las farolas con ninguna asignatura, sobre todo después de reconocer a su profesor, Javier Álvarez, aquel energúmeno que me había echado una bronca por teléfono un año y medio antes, por lo menos, y con quien no había vuelto a cruzar una palabra, a pesar del tímido intento de reconciliación que había detectado en las sonrisas que me dedicaba cuando nos encontrábamos, de Pascuas a Ramos, por los pasillos de la editorial. Lo que me faltaba, me dije, sin decidirme a contestar o a salir corriendo, tropezarme en ayunas precisamente con éste.

—Tú eres Ana Hernández... —se encasquilló en mi segundo apellido, pero compensó su distracción con una sonrisa que me dejó ver todos sus dientes, y comprendí que no tenía más que una opción.

—Peña —completé, mientras estrechaba la mano que me tendía—. Sí, soy yo. ¿Cómo estás?

—Bien...

En la editorial le llamábamos *el riguroso autor,* aunque después de su explosiva presentación no había dado la lata mucho más de lo que es habitual entre los profesores universitarios, que siempre son los autores que menos colaboran y mejor se quejan. De todas formas, le teníamos mucha manía, porque Fran se ponía sistemáticamente de su parte en cualquier conflicto, y porque resultaba demasiado joven para ser catedrático y hasta demasiado listo en general, un tanto repelente, sobre todo en mi opinión, porque a mí me gustaba desde la primera vez que le vi, y no le podía perdonar que se hubiera dado tanta prisa en desmentirme. Aquella mañana, en cambio, se comportaba como si pretendiera más bien dejarme en ridículo conmigo misma.

—¿Qué haces por aquí, a estas horas? —me preguntó sin dejar de sonreír, mientras los estudiantes comenzaban a alborotarse.

—Eso deberías decírmelo tú a mí... Yo vivo en esa casa.

—¿En serio? —parecía sorprendidísimo—. ¡Qué casualidad!, ¿no?

—Pues... supongo que sí —retrocedí dos o tres pasos para iniciar la maniobra de retirada, que ejecuté moviendo mucho las manos—. En fin, me voy corriendo porque no he desayunado todavía, ¿sabes?, y yo, hasta que no me tomo un café...

—Voy contigo —aseguró, con un acento tan rotundo que a él mismo debió de parecerle inconveniente—. Bueno, si no te importa...

—No, no, no... —le aseguré a mi vez, mientras un indeseable tono rojizo se hacía cargo de mis mejillas, y luego mentí con un estilo espléndido—. Claro que no me importa, pero... ¿y tus alumnos?

—¡Oh! Ellos tienen mucho trabajo —y sonrió de nuevo—. Espérame aquí un momento, voy a ponerles a contar farolas...

Se alejó unos metros para organizar a los estudiantes en grupos y le oí repetir una extravagante lista de objetos —farolas, papeleras, bancos, árboles, columpios, contenedores de vidrio para reciclaje, depósitos de pilas, relojes digitales, paneles de información municipal, garajes, zonas peatonales, vados permanentes, accesos dotados de rampas para sillas de ruedas, accesos inaccesibles para minusválidos y un montón de cosas por el estilo— a la que puso fin con dos palmadas y una expresión de ánimo, como si fuera un entrenador de baloncesto.

—Ya está —dijo simplemente al volver a mi lado, y no pude resistir la curiosidad ni un minuto más.

—¿Qué es exactamente lo que hacen? —pregunté, mientras echaba a andar.

—Prácticas de Geografía Urbana —me contestó—. Tienen que anotar todas las características de un tramo concreto de una calle concreta, describirla, enumerar sus dotaciones, medir la frecuencia con la que se repiten, registrar cualquier accidente singular... y luego, interpretar los datos que resulten, es decir, tratar la ciudad como un paisaje más. Esta plaza es estupenda para ellos, porque tiene de todo, una boca de metro, un mercado, un colegio, una zona arbolada con juegos para los niños, una fuente, un aparcamiento subterráneo, un monumento histórico-artístico y varios edificios protegidos.

—El Cine Barceló —sugerí, pero él me miró frunciendo las cejas como un signo de perplejidad—. Pachá era antes el Cine Barceló. Lo sé porque vine alguna vez, de pequeña, a ver *Sissi Emperatriz,* por ejemplo. Me imagino que te refieres a él.

—Sí. Y a tu casa, sin ir más lejos.

—Ya... Creía que lo tuyo eran las plataformas continentales.

—Más bien los relieves kársticos, pero sí, tienes razón, me dedico sobre todo a la Geografía Física. En realidad este grupo no es mío, sino de un amigo que se ha cogido algo así como un año sabático por su cuenta. Yo estoy dando sus clases de primero, Geografía General, o sea, un poco de todo.

—¿Y tu asignatura?

—La doy yo también.

—¿Pero eso se puede hacer?

—Bueno, en teoría... no, pero si el departamento se muestra comprensivo y los alumnos no protestan...

—Pues vaya morro que tiene tu amigo, ¿eh? —concluí empujando la puerta de una cafetería bastante fina, a la que nunca hubiera ido para desayunar yo sola, pero que resultaba mucho más acogedora y silenciosa que la barra del bar del mercado, donde jamás he logrado invertir más de tres minutos en despachar un desayuno.

—No creas —dijo él, dejando caer su cartera en una mesa pequeña, al lado de una ventana. Luego, con mucha parsimonia, se sentó en una silla y esperó a que yo me sentara enfrente—. No le quedaba otro remedio.

—¿Ha matado a alguien?

—No. Mucho peor —y sin embargo volvió a sonreír—. Se ha enamorado de una chica que vive en Valencia... Y de momento se ha ido a vivir allí, claro. Ella no podía venir, tiene dos niños y trabaja en el Ayuntamiento, me parece... En fin, que son muy felices, por eso el departamento se ha mostrado tan comprensivo, como lo de los traslados está tan mal últimamente... Un café por favor —le escuchaba con tanta atención que ni siquiera me había dado cuenta de la aparición del camarero— y dos porras.

El desayuno por el que habría sido capaz de degollar a cualquiera diez minutos antes había dejado de interesarme, así que opté por el camino más rápido —para mí lo mismo, gracias— mientras trataba de digerir mi propio asombro, porque nunca me habría imaginado que el altivo catedrático precoz que jamás condescendía a apreciar una iniciativa ajena, fuera capaz de hacerle a nadie un favor así.

Tres cuartos de hora después, cuando cogí un taxi para llegar al trabajo a una hora medio decente, ya estaba en condiciones de creerme cualquier cosa, y sabía que a su amigo, el de Valencia, le había abandonado dos años antes una mujer que ahora estaba que se subía por las paredes, que a Javier ella siempre le había parecido una bruja, que él —por supuesto— estaba casado y tenía dos hijos, que su mujer —la de Javier— se había empeñado en comprar un perro aunque a él no le gustaban los animales, que cuando se conocieron —eran compañeros de carrera— ella jamás había dicho que le gustaran los perros, y que, para la resaca, lo mejor que podía hacer era desconfiar del prestigio del Alka-Seltzer y tomarme un Frenadol como el que él llevaba siempre encima por si las moscas. Además, me pidió perdón de diez o doce maneras distintas por la escena que me había montado a cuenta del título del *Atlas,* y me juró que él nunca solía comportarse así, que aquella noche estaba fuera de quicio.

—Ya no me acuerdo muy bien, pero seguramente sería por culpa del perro... —concluyó, y me reí con él.

Yo ya había encontrado diez o doce maneras distintas de perdonarle, y le había contado que estaba divorciada —no era exactamente cierto, pero a él le daba igual—, que tenía una hija de quince años —¿tan mayor?, respondió, con la reglamentaria exhibición de asombro, es increíble...—, que Amanda ahora vivía con su padre en París, que yo odiaba París —a él tampoco le gustaba, me alegré mucho al escucharlo—, que tampoco me gustaban los animales —él se alegró tanto como yo un poco antes—, que tenía una resaca descomunal, y que no, no me había ido de juerga por ahí ni mucho menos, ya me habría gustado, simplemente mi madre había aparecido a la hora de cenar —no me digas más— y habíamos acabado discutiendo. Luego, y ésa ha debido de ser la única inspiración genial que he tenido en mi vida, porque todavía no me la explico, se me ocurrió recordarle que teníamos pendiente una reunión para discutir el estilo de la car-

180

tografía del último tomo, que estaría dedicado exclusivamente a mares y océanos.

—Tengo un montón de modelos de muestra... —dije, y era verdad, aunque solamente un par de días antes le había dicho a Fran que con Álvarez se iba a reunir ella, porque lo que era yo...—. Aunque a lo mejor prefieres mandarme un fax especificando los signos convencionales, la gama cromá...

—No, no, no, no —se apresuró a aclarar—. Mejor quedamos. Lo que pasa, déjame pensar... —y consultó con el pavimento durante unos segundos, como si las baldosas pudieran hablar—. Yo es que entre semana lo tengo muy mal, porque con esto de las dos asignaturas estoy todo el día metido en la facultad. Podría acercarme a la editorial el miércoles a la hora de comer, o si no... ¿te vas a quedar en Madrid el fin de semana que viene?

Miré al cielo como si repasara mentalmente una agenda imaginaria, sólo para quedar bien. Naturalmente que me iba a quedar en Madrid, aunque se tratara del superpuente de mayo, uno, dos, tres, cuatro y cinco, de miércoles a domingo, a mí me daba lo mismo, no tenía ningún sitio a donde ir.

—Pues... Todavía no lo sé seguro, pero creo que sí, ¿sabes?, porque estoy muy cansada y lo que más me apetece es tirarme en un sofá a no hacer nada.

—¿Y mirar una docena de mapas conmigo te cansaría mucho?

—No creo —sonreí.

—Entonces te llamo el martes. Podemos quedar el miércoles por la tarde, a última hora.

Así nos despedimos, él se fue andando a recoger a sus alumnos, y yo cogí un taxi para llegar antes a la editorial. El retrovisor me devolvía la imagen de mi cara mientras pronunciaba la dirección en voz alta, y lo que vi me gustó tanto que, al callar, sonreí sola, y era tan fascinante aquella sonrisa, tan grande, tan autónoma, que no lograba apartar los ojos de mis propios labios, que parecían los labios de otra, de cualquier mujer con más suerte. Mi resaca había cambiado lentamente de naturaleza, se alejaba de la náusea para mecerme en una suerte de convalecencia deliciosa, y el sol calentaba ya a través de los cristales, yo me reía por dentro contemplándome por fuera hasta que el taxista, casi un anciano bienhumorado y animoso, me regañó con la misma blandura que habría empleado para corregir a un niño pequeño.

—No se mire usted tanto, señorita —dijo exactamente—, que no le hace falta. Está usted guapísima, se lo digo yo...

181

Él me llamó amor mío.

Me había llamado amor mío y eso era lo único que yo quería saber, eso y que sus muslos temblaron una noche contra la palma de mis manos y después me miró muy fijamente, sin decir nada, como si pretendiera destruirme, aniquilarme, borrarme para siempre de su memoria o grabar cada detalle de mi rostro en el relieve de sus propios ojos, yo lo sabía y eso era lo único que me importaba, porque sólo vivía para recuperar aquel temblor, para regresar una y otra vez a esa pequeña habitación de hotel, una cama grande, un armario empotrado, dos butacas tapizadas en la consabida cretona estampada, una especie de cómoda con cajones y, en el centro, la figura remota y sin embargo familiar de una viajera cuyos gestos son idénticos a los que yo repito todos los días, una mujer que abre la puerta, y se quita los zapatos, y enciende un cigarrillo, y se tumba encima de la colcha para marcar un número de teléfono o para descansar un momento con los ojos cerrados, sin sospechar lo valioso que llegará a ser el tiempo que está viviendo, sin descubrir el rastro de ninguna cosa nueva en su interior, sin advertir siquiera que es feliz, que vuelve a ser feliz después de tanto tiempo, y ella era la trampa, una espiral sin fin y sin principio, el laberinto irresoluble como las leyes del tiempo donde mis días expiraban de un dulce mal sin respuestas, ésa era la verdad, aunque nunca me atreví a insinuarla en el oído de ningún confidente, aunque a duras penas puedo aún admitirla ante mí misma, aunque entonces la habría negado a gritos hasta que mi lengua se secara para siempre dentro de mi boca, la verdad es que no pensaba en aquel hombre, sino en la despreocupada viajera que le acompañó en Lucerna, y no soñaba con él, sino con mi propia, efímera plenitud desperdiciada, y no buscaba con desesperación sino un método, un sistema, una fórmula que me ayudara a deslizarme bajo la ropa de esa mujer que era yo y era distinta, que era feliz y no se daba cuenta, que jugueteaba con las riendas del destino sin reconocerlas y sin aspirar a gobernarlas siquiera, eso creía yo, y eso quería, dar marcha atrás a la película de mi vida, tropezarme de nuevo con los viejos errores, encontrar una sola fisura en la piel de las horas inconscientes para colarme dentro y animar su memoria, con eso soñaba, en eso pensaba, qué habría pasado si hubiera hecho esto, y hubiera dicho aquello, y hubiera ido más allá, y después me sentía tan poca cosa, tan de sobra, tan insignificante, que agotaba el catálogo de los insultos conocidos para derrumbar lo poco de mí que quedaba en pie, si seré tonta, me decía, si seré mema, imbécil, idiota, y a veces me preguntaba si no estaría volviéndome loca, si ese febril estado de disolución interior, como una lenta y meticulosa podredumbre, no se resolvería en un diagnóstico tan sencillo, puro terror, porque mi obsesión se adornaba hasta con los menores matices que caracterizan a ciertos oscuros psicópatas en esos telefilmes norteamericanos que, antes de empezar, advierten al espectador que va a contemplar una historia basada en hechos reales, todas esas personas solas, abandonadas de sí mismas, incapaces de piedad, que terminan precipitando los asesinatos más estúpidos, víctimas o verdugos atrapados por igual en una esperanza antigua y devoradora de toda sensatez, maridos engañados que juran entre dientes que será suya o de nadie, hurañas solteronas que aún no han renunciado a estrenar el apolillado traje de novia que lleva treinta años colgado de una lámpara, madres amantísimas de un hijo ingrato, o una hija desnaturalizada, que no pueden permanecer con los brazos cruzados mientras su pequeñín, su chiquitina, echa a perder los mejores años de su vida, honorables militares degradados por un lamentable malentendido de quienes no comprenden las últimas consecuencias del amor a la patria, todos tienen una escopeta de caza escondida en un armario y todos terminan matando o muriendo con ella en las manos, todos reclaman a gritos su razón y su cordura, y ninguno es culpable del todo pero ninguno, tampoco, acaba bien, y en la televisión es muy sencillo adivinar por qué, están locos, así de claro, locos, y yo tenía los mismos síntomas, la misma facilidad para negar ojos y oídos a las evidencias que no me convenían, la misma rapidez para interpretarlas en el sentido exactamente opuesto al evidente, una repentina, ilimitada capacidad para convencerme de lo inconcebible, y la fe más tenaz en un futuro inventado a mi medida sin otra herramienta que mis propios deseos, y nada más, porque nada existía fuera de mi cabeza, nada tenía sentido más allá de los límites de mi imaginación ocupada, invadida, asaltada por un único fantasma de apetito tan atroz que devoraba instantáneamente cualquier cosa que sucediera, y cada cosa que me pasaba acababa conduciéndome a él, cada historia que escuchaba, cada libro que leía, cada película que veía, y los nombres de las calles que atravesaba, y los escaparates de las tiendas en las que entraba, y hasta las marcas de los productos que escogía en el supermercado, el mundo entero se había convertido en un gigantesco libro cifrado y todos los signos resultaban ser uno solo, todas las flechas señalaban en la misma dirección, entonces me preguntaba si no estaría volviéndome loca, porque los locos sufren tanto como los cuerdos, pero enseguida yo misma me negaba hasta ese venenoso y mínimo consuelo, porque los cuerdos sufren tanto como los locos y sin embargo nunca, ni en el peor momento de una enajenación brutal, logran extirparse el conocimiento de las verdades más duras, y yo conocía el carácter apacible y estático de la realidad, la decepcionante solución que se agazapa tras el telón de tantos misterios insolubles, la insoportable ambigüedad de los sentimientos humanos, yo no estaba loca pero sufría, vivía atenazada por una angustia inextinguible, me moría de dolor estando sana, y sin embargo, a ratos, precisamente en esos ratos en los que mi impaciencia parecía a punto de descolgarse por el barranco de la desesperación, era capaz de contarme una historia muy sencilla, muy verosímil, muy clara, y comprendía la situación de un fotógrafo llamado Nacho Huertas, que era medianamente feliz cuando encontró en una pequeña ciudad de Suiza a una editora llamada Rosalía Lara Gómez, y ella le gustó, y él le gustó a ella, y se fueron a la cama y echaron un polvo estupendo, así que siguieron juntos un par de días y luego cada uno volvió a Madrid por su cuenta, y él se limitó quizás a clasificarla entre otros accidentes afortunados de su vida, o tal vez la consideró incluso, durante algún tiempo, como una fuente de complicaciones más seria, y es posible que ella le gustara más de lo que estaba dispuesto a admitir, y hasta que al principio se quedara un poco colgado del recuerdo de aquella mujer sorpresa, quizás por eso, y en contra de lo que ya había decidido, le envió unas fotos, y contestó a su llamada, y quedó con ella en su estudio, todo eso lo entendía, me parecía lógico, casi evidente, y también podía admitir que después se asustara, que fuera incapaz de afrontar la avidez de quien aspiraba a apoyarse en él para mover montañas, que decidiera que, por muy bien que se entendieran en la cama, ella no representaba una razón suficiente para cambiar de vida, hasta aquí todo iba bien, y aquí habría acabado todo si yo pensara de verdad en él, si yo soñara de verdad con él, porque los amores contrariados se acaban consumiendo en un estanque de lágrimas dulces, una tibia borrachera de melancolía que se agota en un rosario de resacas sucesivas, como el efecto de un suero desintoxicante que convierte poco a poco el dolor en ironía para arrojar al final una sustancia limpia, armoniosa, ajena por igual al rencor y a la vergüenza, el verdadero amor siempre salva a sus hijos, pero mis cálculos eran muy diferentes y mi angustia mucho más oscura, porque yo nunca dejé de pensar en mí misma, nunca dejé de soñar conmigo misma, yo quería empezar otra vez para arreglar definitivamente mis cuentas con el tiempo, para retener los días que se escurrían como gotas de agua entre mis uñas, para reprimir de una vez por todas el motín de los años rebeldes que desertaban en masa y a traición de mi memoria, y antes había perseguido un amor más poderoso que la muerte pero ahora no estaba dispuesta a renunciar a infinitamente menos, porque había rozado un nuevo principio con la punta de los dedos y sin embargo mis manos seguían estando vacías, y conformarme con eso era casi peor que morir porque, al menos, la muerte traza una raya al final de la vida, pero a mí me esperaba una vida lisa, sin otras rayas que las de una muerte sucedida al cabo de muchos años inertes, fugaces, estériles, años enteros de cientos de días vividos sin ganas, y eso no podía aceptarlo, ya no, si nunca hubiera emprendido aquel viaje podría haber seguido viviendo como antes, resignada en general y hasta contenta de vez en cuando, viendo crecer a mis hijos, consolidando mi carrera profesional por todos los medios posibles, cambiando periódicamente la distribución de la casa, apuntándome a una clase de bailes de salón, echando algún polvo suelto por ahí o decapando una cómoda, pero ahora ya no podía, no quería pensar siquiera en la posibilidad de volver a asumir algún día estos pobres ritos de autocompasión, ya no pretendía arreglar mi vida, ahora necesitaba romperla, pulverizarla, destrozarla para siempre, hacer de ella pedacitos tan pequeños que jamás pudieran unirse y conspirar en favor de la nostalgia de los tiempos perdidos, y yo sola no lo haría, sola no podría, me temblaban las piernas de miedo cada vez que lo pensaba, nunca estaría segura, nunca tendría valor pero, si él quisiera esperarme fuera, todo sería más fácil, tal vez hasta muy fácil, tanto que no me servía para nada una historia clandestina, segura, secreta, un confortable adulterio conservador de corte clásico, de esos que a la larga terminan uniendo a los matrimonios distanciados, porque yo no quería refundar mi matrimonio, yo quería volarlo, hacerlo saltar por los aires, y necesitaba pólvora, metralla y una buena mecha, y lo necesitaba pronto, porque antes o después me curaría de esta fiebre, eso lo sabía, y que entonces las aguas volverían a un viejo cauce es-

tancado y estrecho, arrastrando despacio hasta la orilla una locura
distinta, un veneno más ponzoñoso y fulminante, y una mañana me
levantaría con buen cuerpo, mucho apetito, y el recuerdo de aquel
repostero de madera labrada, tan bonito, que era de la abuela y siempre había estado en la casa de la sierra, y con las galletas del desayuno masticaría la idea de pintarlo de un azul especial, quizás añil
manchado con esmalte sintético blanco, quedaría estupendo en el
cuarto de Clara, me diría, y si se lo pido, mamá me lo regala, eso seguro, punto final, y luego un nuevo principio tan amarillento y pasado de moda como mi traje de novia, esa especie de túnica de princesa hippy con una goma debajo del pecho y encajes y puntillas por
todas partes que mi hermana Natalia me había pedido prestada en
Carnaval para disfrazarse de Yoko Ono, y yo no me merecía un final
así, por eso apretaba los labios, y cerraba los ojos, y taponaba mis
oídos con determinación para esquivar cualquier verdad que compro-
metiera el dulce estado de inconsciencia sentimental en el que nadaba
como en un tibio lago de gelatina incolora, el milagro de ese diminuto alfiler suspendido en el firmamento del que colgábamos yo, con
todo mi peso, y cualquier futuro posible, y me tranquilizaba diciendo
que el momento de las decisiones importantes no había llegado aún
mientras comía el loto narcótico de la obsesión, la flor perversa que
logra que todo se olvide, y así lo olvidaba todo, todo menos que él
me llamó amor mío, y que sus muslos temblaron una noche contra
la palma de mis manos y después me miró muy fijamente, sin decir
nada, como si pretendiera destruirme, aniquilarme, borrarme para
siempre de su memoria o grabar cada detalle de mi rostro en el relieve de sus propios ojos, porque me había llamado amor mío, y yo
lo sabía.

Eso era lo único que yo quería saber.

Él, en cambio, ignoraba que con estas palabras me estaba dando
el empujón definitivo que me llevaría rodando desde la cima más alta
de un barranco hasta el fondo de un abismo que en aquella época ni
siquiera yo alcanzaba a divisar.

—A ti no te digo nada, bonita, que ya sé que tú, estas cosas...

Se llamaba Bartolomé, pero sus íntimos le llamaban Bambi porque su primer novio le había dicho una vez, cuando aún no se había
despojado de la piel ambigua de la adolescencia, que estaba enamorado de sus ojos de gacela asustada.

—Era guardia civil —al borde de los cincuenta seguía rizándose las pestañas y recordándole con nostalgia—, casado y todo, pero muy creativo, eso desde luego...

Bambi, porque jamás resistí la tentación de llamarle así pese a no formar parte de sus íntimos, era el jefe de la estafeta del grupo, un pequeño almacén situado en el sótano que funcionaba como una auténtica oficina de correos en miniatura. Toda la correspondencia de todos los despachos de todas las editoriales que tenían su sede en el edificio pasaba forzosamente por sus manos, pero eso no era mucho, ni siquiera contando con la mensajería propia que —renovarse o morir, decía él con pomposa convicción— acababa de empezar a funcionar, sobre todo porque la estafeta era el único departamento de la casa donde sobraba personal. Dos aprendices, nadie supo nunca muy bien de qué, atendían tras un mostrador, sin atreverse a traspasar, salvo en ocasiones excepcionales, la puerta del despachito situado al fondo, donde Bambi habría llegado a aburrirse, de puro ocioso, si no viviera entregado al gobierno de regiones mucho más tenebrosas que la propia de los precintos de plomo y las máquinas de franquear, porque en los cajones de su mesa, estas y otras herramientas de su oficio —cajas de clips y gomas de borrar, estadillos de control y pliegos de etiquetas autoadhesivas, lápices corrientes y otros ya muy raros, rojos por una punta y azules por la otra, ambas primorosamente afiladas—, convivían con tres o cuatro tarots de diferentes familias y diseños, una ouija plegable, una colección completa de santos de todos los cielos —desde una estampa de Teresita del Niño Jesús hasta una efigie en cera del san Simón guatemalteco, gran estrella de la santería centroamericana , velas de muchos colores y tamaños distintos, y hasta una bola de cristal sobre una peana de madera pintada de negro.

—Yo es que me pirro por todo lo paranormal... —me confesó una vez, cuando me juzgó digna de confianza, como si de verdad creyera que yo no estaba al corriente de su exótico tinglado desde antes de que me lo presentaran.

Ya entonces, su reserva me pareció absurda, porque todo el mundo se refería al consultorio de la estafeta con la misma naturalidad con la que hablaba de la secretaria de contabilidad o del alicatado de los cuartos de baño y, de hecho, entre todos los misterios relacionados con su persona, el único que a mí me interesaba de verdad era precisamente ése, la sorprendente impunidad con la que se dedicaba al más allá mientras, cada fin de mes, seguía cobrando un sueldo estrictamente terrenal por un trabajo muy distinto. Con el tiempo averigüé que, entre sus visitantes más asiduos, se contaban no sólo el gerente del grupo —un señor muy alto, bastante gordo y casi completamente calvo, que trotaba por los pasillos secándose el sudor con un pañuelo blanco, complemento de una estampa nada espiritual—, sino también María Pilar, la mujer de Miguel Antúnez, una señora de su casa con inquietudes que venía a la editorial de vez en cuando solamente para ponerse en manos de Bambi. La protección de estos dos incondicionales había bastado por el momento para neutralizar la radical oposición de Fran, que le detestaba casi tanto como a su cuñada, porque nuestro oráculo particular también tenía intereses en el mundo y, en concreto, profesaba una devoción casi enfermiza por todas las casas reales de Europa y, de propina, por la de Japón, y cuando terminaba con la conjunción de los astros y las letanías para enamorar, empezaba con los matrimonios morganáticos y la limpieza de la sangre.

—Eso, como si no tuviéramos ya bastante con la ultratumba... —Fran le cortó en seco la única vez que intentó explicarle por qué el príncipe de Asturias no podía casarse con una plebeya, y Ana no dijo nada, pero se marchó detrás de ella.

Yo, que no soy más monárquica, decidí en cambio ser más comprensiva, y le aguanté el rollo de pie, al lado de la fotocopiadora, un gesto que sin embargo no mejoró mucho el concepto que tenía de mí desde que me preguntó por el zodiaco de mis hijos y no pude recordar si Ignacio era Sagitario o Capricornio, porque siempre me hago un lío con los dos signos. Ya, otra escéptica..., dijo solamente, pero esas tres palabras bastaron para confirmar un descrédito definitivo. A mí, sin embargo, él me parecía muy divertido, pero cuando se me ocurrió acompañar a Marisa a la estafeta, después de comer, no fue por simpatía, sino porque estaba fatal.

Mis días se sucedían entonces con el ritmo caprichoso, imprevisible, que convierte la vida de un condenado a muerte en un motor de dos velocidades, una rápida, capaz de empujar las horas hacia delante, tras la burlona liebre del indulto, y otra lentísima, pesada como un cielo de plomo y muy amarga, que se apodera de cada segundo para clavarlo en la única pared de la celda desde donde se contempla el patio de la cárcel, escenario de una ejecución inminente. Así, oscilando entre un final feliz y otro mucho más que triste —porque al fracaso de una historia de amor imaginaria debería sumar la vergüenza pasada y la por venir, y cuando me quedara sola conmigo misma, con mi marido, con mi casa, con mis hijos, el recuerdo de la enloquecida persecución de un hombre que huye camuflado en la piel transparente de un fantasma, resultaría mucho más difícil de sobrellevar, infinitamente más ridícula, que los accesos de calor que puedan haberse apoderado de mis mejillas en cada episodio concreto de este asedio—, pasaba mi vida, y mientras fingía trabajar o trabajaba de verdad, al preparar la comida o ver una película en la televisión, cuando jugaba con los niños o hacía la compra, me plegaba con destreza a la antigua rutina de un personaje que ya no era exactamente yo, porque en la zona más profunda de mi cerebro, el tiempo obedecía a una regla impasible, y se hacía veloz, y soportable, sólo si cada segundo no era eterno, y no había más pasado, ni más presente, ni más futuro, que un laberinto con dos salidas, el tesoro o la muerte, como en el más viejo y ruin de los acertijos.

Aquel día, desde que me levanté, y a esas horas aún era de noche, el desastre acechaba desde el fondo de todos los caminos. Era 3 de diciembre, exactamente un año después de emprender mi viaje a Suiza, pero no me alarmé, la efemérides no podía empeorar lo que ya era peor, y estaba acostumbrada a esa clase de días, sabía domarlos, aunque jamás lograría destripar el mecanismo de un fenómeno ligado a sus peores excesos, la misteriosa duplicidad que, precisamente entonces, yo misma distinguía en mí misma con mucha más nitidez que en los buenos momentos, cuando el indicio más insignificante dotaba a mi esperanza de alas tan poderosas como para elevarme sin dificultad sobre el vasto y sólido universo de la sensatez. Los Hombres X, mutantes voladores, anfibios, amorfos, inermes o invencibles, con láser en los ojos, garras de acero en los dedos, muelles en los pies o visión de larga distancia, me contaban cada tarde la historia de mi vida, mientras trataban de recuperar sin éxito la condición humana que habían perdido contra su voluntad. Porque en mi caso, como en el suyo, no se trataba de vivir dos vidas diferentes, que eso al fin y al cabo no es tan difícil, sino de vivir una sola vida desde dos naturalezas distintas, registrar cada acontecimiento en dos memorias separadas y simultáneas, duplicar una sola mirada que contempla un mundo único para interpretar después dos informaciones paralelas, aisladas entre sí, quizás contradictorias, la de los humanos que fueron, la de los mutantes que son. A veces me sentía como si algún espíritu parásito, arteramente cobijado en mi interior, hubiera decidido aflorar a la superficie para divertirse, poseyéndome sólo a ratos, o tal vez, porque ninguna pieza de aquel rompecabezas tenía sentido fuera de mí misma, como si una zona oscura y anterior de mi propia conciencia pudiera medrar a placer, y a traición, hasta convertirse en un ser completo, capaz de suplantar al que yo había creído encarnar hasta aquel instante. No encuentro otra manera de explicar lo que me ocurría, la tumultuosa coexistencia de una mujer que era, y otra que deliraba, en los concretos límites de mi propia persona, y la angustia que nos atenazaba a las dos por igual en días como aquél, cuando la que existía no tenía fuerzas para delirar y la otra había perdido ya cualquier esperanza de existir de verdad alguna vez. Por eso, porque habría sido capaz de cualquier cosa con tal de no volver sola a mi mesa a seguir asfixiándome por dentro, seguí a Marisa hasta la estafeta, pero en ningún momento pensé en llegar hasta el final, y no lo habría hecho si ella no hubiera tenido que pasar un momento por el despacho de Ramón a recoger la lista completa del pedido que acababa de llegar de California, del sitio ese al que se pasan la vida pidiendo programas.

—¿Qué tal, Rosa? —el chico más listo de la editorial, que seguía discretamente mis estados de ánimo desde que fue testigo de esa euforia que importé de Lucerna, me saludó con una sonrisa, mientras Marisa, a mi lado, subrayaba en un papel palabras incomprensibles.

—Regular —contesté, y me esforcé en sonreírle a mi vez.

—Ya —dijo, y ladeó la cabeza para dirigirme una mirada entornada, que daba miedo—. Se te nota en la cara, ¿sabes?, porque estás muy guapa, pero como con una especie de belleza... trágica.

—Me apostaría esas dos tetas que no tengo a que la Bodoni extrafina no ha llegado —Marisa, totalmente ausente hasta ese instante, me liberó de la obligación de decir algo—, y la Times completa..., habrá que ver, seguro que viene sin eñe, lo de las fuentes es un desastre. Bueno, luego vengo a contarte lo que hay, vámonos, Rosa...

Ella siguió parloteando sin parar y yo la seguí en silencio, resistiendo a duras penas la tentación de taparme la cara, esa bella tragedia, con las dos manos, y cuando Bambi, harto de no hacer nada, como casi siempre, la invitó a pasar a su despacho después de entregarle un paquete, yo fui detrás, y mientras sus dedos, con gestos calculadamente perezosos, iban colocando las cartas encima de la mesa, pensé por primera vez en mi vida, porque en algo tenía que pensar, que tal vez hubiera algo de verdad en todo aquello.

—Ésta es la Doncella de la Cornucopia... —forzando la voz hasta lograr un sorprendente susurro ronco, como si las palabras brotaran de algún recóndito reducto de su cuerpo que los demás no poseíamos, el encargado de la estafeta y legitimista borbónico que yo conocía se había transformado, sin mayor atrezo, en un profesional del destino, como los que se anuncian en las cadenas privadas a las tres de la mañana—, que indica cambios positivos en el aspecto económico...

191

—¿Y un novio? —Marisa, que nos había jurado cientos de veces que Bambi acertaba un montón de cosas, estaba tan relajada como si la estuvieran pintando las uñas—. ¿Un novio no me sale?

—Mira, niña, esto, o nos lo tomamos en serio o no...

—Perdón.

—Veamos... —en aquel momento, yo seguía ya la evolución de los naipes con mucho más afán que la interesada—. El Caballero Negro. Puede ser... Mmm... A ver... No, querida, no está nada claro lo del novio, porque la Rueda del Tiempo ha salido boca abajo, ¿ves?, pero esto, por otro lado, podría significar que, dentro de unos meses...

—¡Siempre me dices lo mismo, tío! —la risa que acompañó esta queja me indujo a sospechar que, en el fondo, Marisa se tomaba lo del tarot como un pasatiempo inofensivo—. Bueno, mírame la salud que de eso seguro que estoy estupendamente.

—Pues sí... —Bambi siguió adelante sin detenerse esta vez a captar las ironías de su cliente—. Fíjate, la Luna, la Encina... Tendrás una larga vida, y hay algo más. Aquí... —señaló una carta en la que aparecía una nave de reminiscencias vagamente vikingas—. El Barco. Esto anuncia un viaje, una aventura de la que puedes esperar cualquier cosa...

En ese instante, la cara de Marisa cambió, como si la última frase de Bambi hubiera activado un interruptor oculto y secretísimo, una palanca que pusiera en marcha un mecanismo automático de paralización, porque todos los músculos de su rostro se congelaron a la vez, y mientras sus ojos se agrandaban, tensando los párpados, sus mejillas llegaron a ahuecarse, como si su cabeza entera estuviera desecándose de asombro. El fenómeno no duró más de un par de segundos, pero el adivino celebró su intensidad con una carcajada de júbilo.

—He acertado, ¿no? —preguntó, regodeándose en su propio triunfo.

—Bueno —por algún motivo que no logré descifrar, Marisa, en cambio, decidió escamotearle esa satisfacción—, no creas... Ya veremos.

En la incómoda pausa que se abrió entonces fue cuando Bambi se dirigió a mí, dando por sentado que rechazaría tajantemente sus servicios, pero él no podía saber que yo tenía un mal día, que estaba a punto de estrellarme contra mí misma, que necesitaba como fuera, al precio que fuera, otra dosis de veneno para despegarme de la realidad, un par de alas nuevas para seguir flotando, un maquillaje eficaz para cubrir mi cara marcada, y por eso no titubeé al contradecir a quien creía saberlo todo.

—No —dije resueltamente—. Voy a probar. A ver, échame las cartas...

Mi decisión sacó bruscamente a Marisa de su alelamiento, y no asombró menos al inminente juez de mi destino, pero ambos callaron, y la ceremonia comenzó de nuevo. Bambi barajó, me dio a cortar, y levantó el primer naipe con todo el misterio del mundo en sus dedos, mientras me miraba igual que el Doctor X desde su silla de ruedas, con tanta intensidad como si pretendiera hipnotizarme, guardando silencio, para incrementar la expectación, hasta que la mesa estuvo cubierta de cartas.

—Ésta es la Dama del Lago —dijo luego, posando la yema del dedo índice sobre una figura de mujer cubierta con velos blancos que ocupaba el centro de una hilera—, que en este caso te representa a ti... Aquí aparece el Rey, una figura masculina muy sólida, muy importante. Puede señalar a tu marido.

—No —no quise añadir nada más, mientras mi corazón multiplicaba alarmantemente la frecuencia de sus latidos. Él me miró un instante, dejándome adivinar que se moría de curiosidad, pero acabó adoptando una indiferencia muy profesional.

—Bueno, en cualquier caso se trata de algo clave para ti, y tal vez no sea una persona, sino un objetivo, un propósito, un deseo muy fuerte... Si es un ser humano, es masculino, eso desde luego —hizo una pausa por si yo me animaba a aclarar algo, pero no dio resultado, y prosiguió en un tono cada vez más confidencial—. Está muy cerca, ¿ves?, en buena posición. Tú sabrás lo que significa eso, yo sólo puedo decirte que ese hombre, o esa meta, se cruza en tu destino, que de alguna forma va a intervenir en tu vida, y que, desde luego, está bien dispuesto, aunque para decírtelo todo, aquí... Mira —y señaló otra figura femenina situada exactamente al lado del Rey y vestida de un rojo llameante—, ésta es la Doncella de Fuego. Este naipe representa un obstáculo, y muy serio, para ti, en relación con lo que te decía antes, ese hombre o esa meta que tú persigues. Y con ella pasa lo mismo que con la otra carta. Si se trata de un ser humano, es una mujer. Si no, puede significar una dificultad de otro tipo, no sé...

En ese punto interrumpí su discurso con una vehemencia que no habría querido demostrar, pero mi estómago se retorcía ya, presa de una tensión insoportable, y amenazaba con trepar hasta mi garganta mientras cada fibra de cada uno de mis nervios se hacía notar dolorosamente y a la vez, y mi cerebro estaba bloqueado, mi razón había dejado de existir, a la fuerza tenía que haberse esfumado sin despedirse siquiera, porque no se me ocurrió pensar que todo lo que me había dicho y nada eran la misma cosa, que en la vida de cualquier persona hay algún hombre importante, y alguna mujer hostil, que todos acariciamos en sueños alguna meta improbable, desdeñando obstáculos que la vigilia revela como montañas coronadas de nubes ante los ojos de un niño descalzo, nada de esto pensé, tan indefensa me había quedado frente a mi propio deseo que estaba creyendo ya en el poder de media docena de cartones extravagantemente impresos y ni siquiera alcanzaba a sentir compasión por mí misma.

—¿Puedo vencerla? —fue exactamente lo que pregunté.

—¿Qué? —Bambi dio un respingo, pero su sorpresa tenía más que ver con la novedad de que me hubiera decidido a consultarle que con el sentido concreto de mi pregunta.

—Que si puedo derrotar a ese enemigo, si las cartas dicen quién ganará al final.

—Para contestarte, tengo que hacer una nueva consulta... —recogió todas las cartas de la mesa y barajó de nuevo, exagerando aún más la cadencia de sus movimientos, como si actuara para la adepta más ferviente, pensé para mí, sin reparar en que eso era exactamente lo que sucedía—. Veamos con qué armas podemos contar... Mmm... ¡Bravo! La Espada aparece a tu derecha, ¿lo ves?, y ésa es una gran ventaja. Pero tienes el Castillo enfrente, mala cosa... Sin embargo, la Fortuna está de tu parte, mírala. Yo diría que, desde luego, tienes más posibilidades de vencer que de salir derrotada...

Luego estuve a punto de preguntarle si estaba seguro de su diagnóstico, pero conseguí frenar mi lengua un segundo antes de que traicionara prácticamente todo lo que yo había sido hasta aquel momento. No logré, sin embargo, reprimir una sonrisa tan amplia que Marisa, en el umbral de su pecera, se sintió obligada a defenderme de mis propias ilusiones.

—Rosa —me llamó cuando yo ya le había dado la espalda para marcharme a mi despacho, y sólo cuando giré sobre mis talones, quiso seguir, mirándome a los ojos—. Ha-azme caso, por favor, n-no te tomes esto muy en serio...

Ana me hizo una advertencia parecida, pero eso fue muy al principio, cuando el olor de Nacho aún estaba fresco en mi memoria y el futuro todavía era futuro, una incógnita más a despejar, un escenario vacío donde ningún personaje fijo tenía un lugar asignado.

—¡Ay! —no había entrado del todo en el despacho de Fran cuando, al descubrirme allí, se llevó las dos manos a la cabeza y, mirándome, se quejó de esta manera.

194

—¿Pasa algo, Ana? —Fran, asustada por su irrupción, ya debía de estar calculando de qué país del mundo nos habíamos quedado sin fotos otra vez.

—Sí, pero no... Bueno... —y entonces me miró—, quiero decir que no pasa nada con la colección. Es que me acabo de acordar de que tengo una noticia para Rosa.

En aquel momento no podía prever que llegaría el día en que cualquier mínimo indicio de novedad me ahogara de impaciencia, y la verdad es que conservé la calma incluso cuando Ana, al salir de aquel despacho, me cogió del brazo para formular un pronóstico aún más alarmante.

—Me vas a matar...

—Pero ¿qué pasa? —pregunté, con una curiosidad aún pura, incontaminada de cualquier afán.

—Anoche, cuando llegué a casa, me encontré con un mensaje de Nacho Huertas en el contestador. Quería que le diera tu teléfono... —mi vanidad generó una intensa punzada de placer que, desde el centro, se expandió hasta la última esquina de mi cuerpo—, y al final, se me olvidó llamarle, tía, ¿te lo puedes creer? Claro, que tampoco puedes ni imaginarte siquiera la noche que me dieron entre todos. Mi madre se había peleado con mi padre, mi padre quería darme su versión, todos mis hermanos se habían pronunciado ante la crisis, y luego, por si esto fuera poco, mi hija llamó para pedirme dinero, mi ex marido para anunciarme no sé qué ruina con Hacienda, y los de la lavadora para decir que no habían podido arreglármela porque mi asistenta se había largado de casa sin avisar un par de horas antes de lo que debía... Total, que se me quitaron de golpe las ganas de hablar con nadie. Y luego, el cretino del autor, que Fran te habrá contado ya... ¿no?

—¿Qué? —pregunté por pura cortesía, mientras la ansiedad empezaba a dejarse sentir.

—Lo del título del *Atlas,* que le parece fatal que lo hayamos cambiado, y ya no sabe si va a querer firmar la obra, porque las plataformas continentales no son precisamente humanas y lo único que él pide es un poco de rigor...

—¿Eso te dijo?

—A chillidos.

—Será gilipollas...

—Perdido, hija, pero eso es lo que hay. Te juro que si lo hubiera tenido delante le hubiese metido dos guantazos —y abofeteó al aire con el gesto de ofendida dignidad de un espadachín de película antigua— que se habría enterado él de una vez por todas de lo que es rigor... El caso es que al final no hablé con Nacho. ¿Quieres que lo llamemos ahora?

—¿Ahora? —en algún momento tenía que ponerme nerviosa, y ese momento por fin había llegado—. No sé... Pero... ¿Cómo?

—¿Pues cómo va a ser? Ven conmigo, anda...

Un instante después, sentada enfrente de Ana, llegué a maravillarme de la naturalidad con la que descolgó el teléfono, marcó un número que previamente había tenido que localizar en su agenda, y empezó a hablar con un hombre al que yo había visto más veces desnudo que vestido, no sólo como si lo conociera de toda la vida —lo cual, en definitiva, era casi cierto— sino, además, como si yo no estuviera delante.

—¿Nacho? Hola, soy Ana Hernández Peña, ¿cómo estás? —y aprovechó la pausa para sonreír y guiñarme un ojo—. Ya, claro, por eso te llamo. Es que anoche llegué a casa muy tarde, y ya no eran horas... Sí, las fotos estupendas, como casi siempre, ésa es la verdad, que da gusto trabajar contigo... ¿Qué? —su sonrisa creció tanto que pareció derramarse por las esquinas de sus labios, y mientras ponía los ojos en blanco, sacudió la mano libre en el aire con fingida violencia para darme a entender que lo que estaba escuchando era muy fuerte—. Sí, bueno, ella me ha contado que coincidisteis en Lucerna, creo, y que os lo pasasteis muy bien. Le has caído estupendamente, por lo visto... No, te juro que no. ¿A qué te refieres? —tapó el auricular del teléfono con una mano para exagerar aún más lo que a aquellas alturas era ya una colección completa de muecas—. Claro que somos amigas, pero las mujeres no somos como los hombres, ¿qué te has creído...? Pues nada, sólo me ha contado lo que te he dicho, que eres muy divertido, que se rió mucho contigo... ¿Hubo algo más? —en ese instante fui yo quien colocó las manos en un gesto de oración para rogarle que parara ya porque, a pesar de la exhibición, no acababa de fiarme de sus dotes de actriz, pero ella parecía divertirse tanto que, sin atender a mis súplicas, se adentró por su propia voluntad en terrenos cada vez más pantanosos, mintiendo siempre impecablemente—. Que no, en serio, dímelo tú... ¿Quién empezó? No, mira, eso sí que no, me da igual que no te lo creas... Que no, tío, que yo no voy mirándole el culo a mis amigas por los pasillos, ¿pero por quién me tomas...? Muy bien, tiene un cuerpo estupendo, ¿y qué más...? Es mucho más seductora de lo que parece a primera vista... ¿En serio? ¡Quién lo diría...! ¿Pero tú eres tonto, Nacho? ¿Cómo voy a contárselo a ella? ¿No te das cuenta de que yo lo que quiero es estar en medio para enterarme de todo? ¡Claro que soy una cotilla, ya ves, menuda novedad...! —entonces volvió a tapar el auricular, y me habló en un susurro, parece colgadísimo, dijo, no sé cómo lo has hecho, y yo por fin aflojé la válvula que había aspirado todo el aire de mi interior, las vísceras pegadas unas con otras, encajadas a presión en el espacio de un puño, y sentí con alivio cómo se aflojaban de repente, para recuperar enseguida la humedad, y su posición de siempre—. No, te juro que no me ha contado ni la mitad de lo que te imaginas, ni siquiera estaba segura de que os hubierais enrollado, así que... Sí, supongo que le gustas, o, mejor dicho, creo que le gustas mucho... Eso no lo sé exactamente, aunque tengo la misma impresión. Espera un momento, que me están llamando por otra línea, a ver... —tú le contarías que estabas casada, ¿no?, me preguntó, con un dedo encima de la tecla que mantenía provisionalmente cortada la comunicación, pero así y todo, yo contesté que sí con la cabeza para no correr ningún riesgo, y Ana siguió suponiendo correctamente en voz alta, y le dirías que las cosas no iban muy bien, que estás un poco harta, que ya no estás enamorada de Ignacio, y todo lo demás, ¿no?, yo volví a asentir y ella levantó el dedo—. ¿Nacho? Perdóname, pero es que tengo un follón... Sí, bueno, ella se casó hace la tira de años, claro que estos temas, ya sabes... No, hombre, supongo que la puedes llamar a casa sin ningún problema, su marido es un tío encantador, por cierto, nada caníbal, pero, de todas formas, ahora mismo Rosa está en la editorial, si quieres te la paso y le pides a ella el teléfono... ¿No? Bueno, pues yo te lo doy, apunta... Cinco, cuatro, tres, cinco, tres, dos, cuatro... Sí, claro que puedo pasarte con ella o, mejor dicho, puedo intentarlo hasta que dé con la tecla correcta, porque te juro que estos aparatos modernos me están volviendo loca...

Cuando a Ana se le ocurrió decir que podía pasarle conmigo para que me pidiera el teléfono directamente, me puse de pie con tanta rapidez como si acabara de darme cuenta de que llevaba un buen rato sentada sobre un círculo de brasas al rojo vivo, pero esa repentina agilidad me abandonó enseguida, dando paso a la no menos instantánea parálisis que mantenía mis pies clavados en el suelo y mi mente encadenada a la repetición de una sola pregunta sin respuesta, qué voy a hacer ahora, qué voy a hacer ahora, qué voy a hacer ahora...

—¿Qué pasa, que no quieres hablar con él? —la voz de Ana rompió el hechizo.

—Claro que quiero... —contesté, pero ni siquiera entonces me moví.

—¡Pues vete a tu despacho, joder, que se debe estar pensando que me he vuelto subnormal!

No puedo correr, decidí, así que iré andando, lo más deprisa que pueda pero andando, eso haré, me dije para darme ánimos mientras por fin lograba ponerme en marcha, y mientras avanzaba por el pasillo, aún llegué a oír la penúltima excusa.

—¿Nacho? Soy Ana otra vez. Espera un momento, que es que me había hecho un lío pero ahora creo que ya sé cómo se hace...

El teléfono atronaba desde el otro lado de la puerta, pero todavía me concedí tres timbrazos. Cuando descolgué, ya estaba sentada en mi silla y contemplaba un familiar paisaje de facturas, bandejas de diapositivas, galeradas corregidas y por corregir, juegos de fotolitos, y otros plácidos ingredientes de mi vida cotidiana, una especie de bodegón editorial que me tranquilizó lo suficiente como para imprimir a mi voz un desapasionado tono profesional.

—¿Sí?

—Rosa —afirmó él, reconociéndome sin dudar.

—Sí... —afirmé yo a mi vez, y decidí que no iba a estar a su altura—. ¿Quién eres?

—Soy Nacho Huertas... —entonó con cierta ironía—, no sé si te acordarás de mí, estuvimos juntos en Suiza hace quince..., no, unos veinte días.

—Claro que me acuerdo —admití, y fui sincera—. De hecho me acuerdo muy a menudo...

—Menos mal, porque tengo encima de la mesa un montón de fotos tuyas, y no hay nada que me moleste tanto como trabajar en vano.

—¡Qué bien! —dije para ganar tiempo, pero enseguida se me ocurrió por dónde seguir—. ¿Y son fotos mías porque aparezco yo en ellas, o son mías porque las has hecho para mí?

—Son tuyas por las dos cosas, aunque modestamente debo advertirte que yo también salgo en alguna.

—Mejor... —la risita satisfecha con la que celebró mi apostilla me animó a ir un poco más allá—. Así podré recordar más aspectos del viaje.

—Bueno, si eso te interesa, las fotos son lo de menos...

—No sé si me estoy imaginando bien lo que me quieres decir.

—Seguro que sí.

—¿No me das más datos?

—Todos —me eché a reír ante semejante rotundidad, y mi risa pareció gustarle—. Estoy dispuesto a darte todos los datos del mundo, pero antes tendrás que venir a recoger las fotos, de todas formas.

—¿Aunque sean lo de menos?

—Precisamente porque son lo de menos... —hizo una pausa e imprimió a su voz un acento más convencionalmente seductor—. Me gusta hacer las cosas en orden. Soy un hombre muy metódico, ya sabes...

—Muy bien —reí de nuevo—. Pues tú dirás...

—Llámame el jueves por la mañana —estábamos a martes, no podré olvidarlo nunca—, y te invitaré formalmente a tomar una copa por la tarde. El teléfono de mi estudio ya lo tienes, ¿verdad?

—Sabes perfectamente que no.

—¡Uy, no caigas en la tentación de sobrevalorarme! —protestó—. Yo casi nunca sé nada de nada.

Entonces me dio el número, y nos despedimos como lo harían dos viejos amantes, sin palabras de más, ni de menos, en un tono cálido, risueño, nada solemne, que parecía descartar por sí mismo cualquier contratiempo, pero no pude apreciar entonces ninguno de estos matices porque, antes de que me diera tiempo a colgar, Ana estaba ya en la puerta exigiendo novedades.

—Ya está —resumí, con una sonrisa que no me cabía en la boca—. Hemos quedado pasado mañana.

—¿Sí? ¡Qué envidia, tía!

—¡Anda ya!

—Que sí, de verdad... —suspiró—. Un rollo primaveral en pleno invierno siempre es una cosa estupenda —entonces se detuvo un instante para mirarme de reojo—, si lo aguantas, claro está.

—¿A qué te refieres con lo de aguantar?

—No lo sé, Rosa, pero antes, cuando te has ido, me he quedado pensando y, la verdad... —parecía repentinamente preocupada por algo, pero yo no alcanzaba a imaginar la razón—. A lo mejor me he pasado, ¿no? Al fin y al cabo, tú estás casada, tienes dos hijos, yo qué sé... Debe ser que llevo tantos años viviendo sola que me cuesta trabajo ver las cosas de otra manera, pero no me gustaría que pensaras que disfruto metiendo en líos a los demás, porque no es eso, yo sólo...

—¡Ana, por favor! —la miré a los ojos para subrayar el encendido asombro de mi protesta—. ¿Cómo puedes pensar así de mí? No necesito que me des ninguna explicación. Ya soy mayorcita, ¿sabes? Si no me apeteciera volver a ver a Nacho no te hubiese dejado llamarle por teléfono, y todo lo demás es asunto mío. Él está separado, así que...

—¿Separado? —ahora era ella la sorprendida—. ¿En serio? No me había enterado.

Hasta aquel momento aún no había juzgado necesario pararme a pensar en serio sobre el papel que mejor le sentaría a Nacho Huertas en el reparto de mi vida, y sin embargo, las palabras de Ana actuaron como un disolvente capaz de abrir un agujero en el suelo, justo debajo de mis pies.

—Bueno —continué, apretando firmemente los tacones contra la moqueta—, por lo menos, eso fue lo que me dijo él.

—Ya —dijo solamente—, puede ser...

No quiso añadir nada más y yo me atreví a terminar la frase por ella.

—Pero tú no te lo crees, ¿verdad?

—Pues... Sinceramente, Rosa —me miró de tal forma que a partir de entonces podría haberse ahorrado el cuidado con el que escogía cada palabra—, me imagino que ya te habrás dado cuenta de qué tipo de hombre es Nacho. Muy listo, muy guapo, muy divertido, muy mujeriego... Para tener una aventura tonta, así, sin consecuencias, pues... no hay un tío mejor, eso desde luego. Y en un momento dado supongo que sería capaz de decirte cualquier cosa, pero no creo que te convenga tomártelo muy en serio...

Aunque en teoría yo misma estaba de acuerdo en aquella inconveniencia, la verdad es que la última observación de Ana no me sentó demasiado bien, pero ni su previsible escepticismo ni mi sorprendente reacción llegaron a interesarme más allá de un par de minutos, porque cuarenta y ocho horas son muy pocas cuando se pretende rozar la perfección, y yo, después de haber fantaseado durante tanto tiempo con el perfil ideal de un amante imaginario, no estaba dispuesta ahora a conformarme con menos. Pero la vida, o el azar, o el destino, perpetuos recursos contra la arbitraria incertidumbre de cada día entre los que algunos se empeñan en incluir a Dios, se resisten a jugar limpio, y a veces urden trampas más complejas, pegajosos encajes de hilos invisibles, abismos camuflados en los huecos de los ascensores, esperanzas que se desvanecen al simple contacto con el aire contaminado de las ciudades modernas, y así, ni el martes, mientras me encerraba en mi dormitorio para escoger la ropa que mejor me sentaba, ni el miércoles, mientras iba a la peluquería y me pintaba las uñas a la francesa, ni el jueves, mientras saltaba de la cama media hora antes para arreglarme, por si no me daba tiempo a volver a casa después del trabajo, quise distraer un solo minuto para meditar sobre las consecuencias de lo que estaba a punto de ocurrir, y sin embargo, la voz de Nacho

Huertas en el contestador automático, a las once de la mañana del día acordado, inauguró precisamente el tiempo de pensar.

Cuando colgué el teléfono, después de haber dejado un mensaje tan largo, tan torpe e inconexo como me consintió el propio aparato antes de pitar, me dije a mí misma que no había ningún motivo para alarmarse. Habrá salido un momento a la calle, me expliqué, echando mano de toda la capacidad de convicción que pude reunir, a comprar el periódico, o a lo mejor todavía no ha llegado, porque tenía que ir antes a otro sitio, o... Acepté de buena fe mis propias explicaciones y me propuse esperar una hora entera antes de intentarlo de nuevo, algo así como esconder una carta en la manga mientras se hace un solitario, porque en realidad no buscaba serenarme, sino concederle un margen más que suficiente para que devolviera mi llamada. A las doce, sin embargo, ni me había llamado él, ni me había llamado nadie, un insólito prodigio que me animó a sospechar que nuestra sofisticada centralita automática se habría estropeado o que las líneas estarían sobrecargadas, pero no tuve suerte, porque conecté a la primera con el mostrador de recepción, y allí fui implacablemente informada de que los teléfonos funcionaban tan bien como siempre. Cinco minutos, decidí entonces, cinco minutos más, y vuelvo a llamar. Todavía no había expirado el tercero cuando el eco del primer timbrazo comunicó de golpe todos los compartimentos de mi corazón, que amenazaba seriamente con reventar mientras yo contaba tres pitidos por pura superstición. El fenómeno cesó tan repentinamente como había nacido, porque al otro lado me tropecé con Néstor Paniagua, buenísima persona pero pesadísimo corrector de pruebas que no había encontrado mejor momento para consultarme una lista de, por lo menos, tres docenas de dudas. Me lo quité de encima como pude y, sin llegar a colgar del todo, marqué de nuevo un número que ya me sabía de memoria, diciéndome que, al fin y al cabo, mucha gente no escucha los mensajes del contestador inmediatamente, y que a mí misma, por ejemplo, me da mucha pereza. El segundo mensaje fue más breve que el primero, aunque agoté igualmente el fragmento de cinta que tenía asignado, esperando en silencio ya no sabía muy bien qué. Eran las doce y veinticinco y aún resistía, aunque los voluntariosos argumentos que oponía a la realidad para justificar a Nacho ante mí misma alternaban ya, peligrosamente, con ciertos indicios de lo que podría desembocar en un derrumbamiento completo. Entonces, el teléfono resucitó de repente, y atendí tres llamadas seguidas, la primera del encargado de una fotomecánica a la que no había llegado todavía el mensajero que les había enviado a las nueve de la mañana, la segunda de un redactor que quería saber qué criterio utilizábamos para traducir los nombres comunes asociados a los propios de los accidentes geográficos —valle del Roncal, por ejemplo, me dijo, ¿cómo escribís la palabra «valle», con mayúscula o con minúscula?— y la tercera de Fran, convocándome a su despacho para discutir la previsión del cuarto tomo, en el que empezábamos a acumular un retraso ligeramente preocupante. Permanecí un par de minutos sentada en la silla, sin mover un músculo, conjurando aquel silencio que estaba volviéndome loca, y aunque triunfé sobre mí misma al levantarme sin tocar siquiera el auricular, no logré pasar al lado de Adela —la secretaria que comparto con Ana—, sin rogarle que contestara a mi teléfono, para explicarle después, con muchos más detalles de los imprescindibles, que estaba esperando una llamada muy importante de un fotógrafo llamado Nacho Huertas, y que debería pasarme inmediatamente esa llamada, pero sólo ésa, al despacho de Fran. Allí, sin embargo, no llegó a interrumpirnos ruido alguno. Mi jefa me preguntó un par de veces si me ocurría algo, y cuando, después de negar por segunda vez, me vi obligada a indagar en los motivos de su curiosidad, me dijo que desde hacía un rato tenía la impresión de estar hablando sola. Salí del paso contándole que no había dormido muy bien la noche anterior, lo cual era rigurosamente cierto, y entonces miró el reloj, me anunció que eran ya las dos y media, y decidió que lo que más nos convenía era irnos a comer para seguir por la tarde. Agradecí la interrupción, porque mi cabeza parecía ya una olla exprés a punto de reventar, y me fui corriendo a mi despacho con el pretexto de coger un tíquet con el que pagarme la comida, aunque ella me había ofrecido uno de los suyos. Adela no me dijo más que lo que ya sabía, no me había llamado nadie pero, esta vez sin pensarlo siquiera, llamé al estudio de Nacho por tercera vez, y por tercera vez me estrellé con el silencio mecánico de su contestador, al que opuse esta vez un tono despreocupado y amable, como si antes no hubiera marcado nunca aquel número. Esta especie de improvisada, alegre confianza, duró lo mismo que la comida, en la que hablé por los codos y celebré cada chiste durante un par de segundos más de lo que su calidad merecía, mientras me reprochaba por dentro mi ridícula impaciencia, advirtiéndome que Nacho había quedado conmigo por la tarde, por la tarde y no por la mañana, y que por tanto, no había pasado nada todavía. Cuando volví a mi despacho, después de la reunión con Fran, Adela se me adelantó para informarme de que no había llamado ningún fotógrafo. A las cuatro y media dejé un mensaje seco, y no ocurrió nada. A las cinco y media volví a llamar, pero no llegué a despegar los labios. A las seis termina mi horario laboral. Permanecí inmóvil, como soldada a la silla, todavía media hora más, antes de advertirme que aquella llamada sería la última, y sin embargo, al llegar a casa, a las siete y cuarto, aún lo intenté otra vez, a la desesperada. Luego me desmoroné sobre el respaldo del sillón y cerré los ojos.

Intentaba sentir lo que siente una piedra, o un alga marina, o una diminuta oruga ciega con muchas patas, no aspiraba a más que eso porque sabía que cualquier otra cosa sería peor, y sin embargo, la tarde se me complicó tanto como se le pueda complicar a un ser humano.

—¡Qué guapa estás, mami! —Mi hijo Ignacio me miraba con la boca abierta desde el centro del salón—. Pareces una de esas chicas que salen en la tele...

Llevaba un vestido morado de terciopelo elástico, muy corto y muy ceñido, encima de uno de esos bodys sencillamente milagrosos que comprimen las caderas sin dejar marca, un artificio modesto pero eficaz, incentivado por el diseño de unos pantis de licra modelo una-talla-menos y la considerable altura de los tacones de mis mejores zapatos de piel negra. Mi melena aún se plegaba, con milimétrica obediencia, al severísimo plan que le había sido impuesto veinticuatro horas antes por el cepillo de mi peluquera, y la hilera de perlas y amatistas que se alternaban, falsas todas ellas por igual, alrededor de mi garganta desnuda, resplandecían sobre el amplio escote de barco con la misma avidez que me había deslumbrado aquella misma mañana. Suponiendo que mi maquillaje estaba mucho menos maltrecho que mi alma, tendí los brazos hacia mi hijo sin decir nada, y él, poco propenso ya a mis ofensivas de besos y abrazos, se lo pensó un momento antes de tomar impulso para venir a estrellarse alegremente contra mi cuerpo, pero su paciencia se agotó mucho antes de lo que yo pretendía. Zafándose con un par de gestos expertos de la no menos experta llave con la que le mantenía inmovilizado, su cabeza encajada en la curva de mi cuello, se revolvió sobre el estrecho margen de mi falda y me miró con asombro.

—Estás llorando, mamá... —dijo, en su acento la fría curiosidad que habría empleado para anunciar que la cola de la lagartija a la que acababa de partir en dos seguía moviéndose sola, y luego, como siempre, preguntó—, ¿por qué?

—Porque te quiero —contesté, con una voz húmeda y viscosa que apenas podía reconocer.

—Pero eso no es de llorar... —protestó.

—A veces sí —insistí, y él se detuvo a reflexionar antes de asentir con la cabeza.

—Vale.

Entonces se levantó y se fue.

Yo me quedé pensando si existirían palabras para explicar a un niño de nueve años que, a pesar de lo que me enseñaron cuando tenía su edad, ni todos los hombres son iguales, ni todos van siempre detrás de lo mismo, y que yo lo sabía bien porque uno de ellos me acababa de rechazar precisamente ese día en que estaba tan guapa como una de esas chicas que salen en la tele.

Quizás los humildes ingredientes de aquel tosco razonamiento de urgencia puedan explicar mejor lo que sucedió que los propios hechos, porque el golpe más duro, el matiz más difícil de aceptar en toda la caótica trayectoria que Nacho Huertas llegó a proyectar en mi vida fue precisamente ése, la naturaleza ilógica, imprevisible, de su rechazo, una clave capaz de sostenerme con idéntico vigor en la obsesión y en el desconcierto, una copa más amarga que la hiel que llegó a contener nunca, porque en su fondo todavía sedimentan los posos de todos los fracasos que lograron hundirme antes.

Y sé bien que no hay excusa que valga, pero también estoy casi segura de que nadie, en mis circunstancias —género, edad, nacionalidad, y la moraleja de los cuentos que me contaron de pequeña—, habría encontrado la manera de encajar sin daño un desprecio semejante, sobre todo porque entonces, cuando Nacho se encarnó por primera vez en su propia ausencia grabada en la cinta del contestador, yo sólo pensaba en él como en el hombre que había querido ser en Suiza, un amante ocasional, un figurante oportuno, un recurso eficaz contra el implacable proceso de solidificación de la capa de aburrimiento que barnizaba mi vida, y tal vez, si aquel jueves hubiera contestado al teléfono, todo se habría quedado en eso, y eso en nada, porque no existe riesgo más mortal para un deseo que su ejecución inmediata, un axioma tan reversible como una gabardina de buena calidad, porque no existe incentivo mayor para un deseo que su inmediata frustración, ni frustración mayor que aquella cuyos motivos no se comprenden. Si se tratara de amor, todo habría sido distinto pero, al cabo, aquello sólo era sexo, y al rechazarme, Nacho no había rechazado otra cosa que mi cuerpo o, definiendo con mayor precisión, eso que ningún hombre rechaza jamás, un polvo fácil. Paradójica-

204

mente, eso era lo peor, porque algo más que estupor, un sonrojo emparentado con la vergüenza estricta, primaria, de las adolescentes que asisten a una fiesta para permanecer durante horas sentadas en la misma silla sin que nadie las saque a bailar, se sumaba a la decepción para provocar un abatimiento completo. Y había más. Nunca me había sentido tan poca cosa, pero mi propia nimiedad palidecía ante una novedad más cruel. Supongo que a todo el mundo le pasa, antes o después, y que deben de existir miles de razones capaces de sustentar un descubrimiento tan atroz, pero yo le debo, además, a Nacho Huertas el primer indicio de mi propia vejez, porque es difícil recordar que los jóvenes también sufren por despecho cuando te rechazan al borde de los treinta y cinco aunque te gastes la mitad de tu sueldo en cremas. Y quizás esto no hable muy bien de mí, pero lo cierto es que enterré a la irresistible cantante pop que fui una vez con un dolor inmenso, una aterradora sensación de vacío. Después, me propuse despedir bruscamente cualquier duelo, y comencé a reconstruir mis pedazos con el poco amor que me quedaba hacia mí misma y toda la paciencia que me pude imponer. Lo habría conseguido antes de lo que esperaba si una mañana cualquiera, más de tres meses después de aquel primer fracaso, cuando ya había logrado extirpar el eco de su voz de mi cabeza —esa docena escasa de palabras grabadas que resonaron como una maldición entre mis sienes durante muchas semanas—, no hubiera recibido un sobre acolchado de papel marrón, sin ningún remite, mi nombre escrito con letras de molde bajo una pegatina impresa en dos colores —FOTOGRAFÍAS ¡NO DOBLAR!—, entre la correspondencia que Adela posó sobre mi mesa con la indiferencia de todos los días.

Más tarde, cuando empecé a perseguir los esquivos favores del destino, cortejando una realidad no sólo más amable, sino también más coherente consigo misma que el intrincado laberinto que dibujaban mis días, intenté convencerme muchas veces de que aquel sobre había sido la primera señal, la advertencia más temprana, porque no tenía remite, ningún detalle especial, y sin embargo, y a pesar de que recibo envíos de fotógrafos todos los días, mi corazón pareció reconocerlo, tan desenfrenadamente rompió a latir dentro de mi pecho, y mis dedos quisieron abrirlo antes que ninguna otra carta para sostener después mi propia sonrisa congelada, una mirada tan luminosa como el recuerdo del mejor verano ante la estampa convencionalmente invernal de una hilera de casitas de cuento. Seguí adelante para encontrarme de nuevo en una plaza, y después junto al pretil de un puente, el lago al fondo, y sentada a la mesa de un café, al lado de la ventana y, por fin, con él, delante de la puerta de un teatro, apoyados en una estatua, en un parque. Recordaba a los improvisados autores de casi todas aquellas fotos, el botones del hotel, un camarero de uno de los bares de la plaza principal de la ciudad, un turista italiano que nos encontramos por casualidad, iba reconociendo cada imagen, calculando el día en que fue tomada, la hora y la intensidad del frío que había soportado en cada pose cuando, de repente, justo detrás del retrato más inocente, un soleado primer plano de mi cabeza recortándose en el fondo de un cielo inesperadamente azul, contemplé una fotografía tan asombrosa que el mazo entero se me cayó de las manos, desparramándose sobre mi falda. En una penumbra tan equilibrada como si fuera obra de una minuciosa iluminación de estudio, una mujer desnuda dormía boca abajo en una cama deshecha. Este último detalle me hizo dudar, porque yo soy incapaz de adormecerme siquiera con el vientre al descubierto y siempre, hasta en las más irrespirables noches de agosto, me las arreglo para taparme a medias con una sábana, pero él debía de haberme despojado de ella con dedos sigilosos, porque en la segunda foto de la serie, un plano mucho más corto, reconocí mi rostro sin ninguna duda. En la tercera, la cámara estaba situada exactamente a mis espaldas, y sólo se distinguía una melena revuelta en el extremo de un cuerpo mucho más hermoso que el que yo habría jurado poseer. Tal vez por eso, o por la oscura emoción que crecía como un sabor repentino y dulcísimo dentro de mi garganta, mis labios empezaron a temblar, y una lágrima densa y redonda se detuvo un instante entre las pestañas de mi ojo derecho. Su rastro ya se había secado cuando encontré una nota autoadhesiva escrita a mano sobre la última foto del paquete, un puro anuncio de Kodak, Nacho y yo riéndonos juntos al lado de un puesto de flores donde tuvimos que comprar un ramo de dalias enanas para convencer a la florista, una mujer extrañamente sombría, muy antipática, de que pulsara el botón de la cámara. Me alegro de que hayas llegado hasta aquí, leí, tengo muchas ganas de verte, llámame, y debajo su nombre de pila sin rúbrica alguna, Nacho.

Aquella vez sí contestó al teléfono, y aunque yo ya había decidido ahorrarme la aplazada humillación de pedirle explicaciones, insistió en justificar su primera espantada con la más elaborada de las disculpas, un encargo repentino, un larguísimo viaje, nervios de último momento, siempre había tenido intención de avisarme pero lo había ido dejando para el final y justo entonces se le olvidó, para volver a acordarse de mí sólo a bordo de un Jumbo que volaba a Ecuador vía Miami. Luego, me dio vergüenza llamarte, dijo por fin, en un tono tan aparentemente sincero, tan desprovisto de cualquier artificio, que disolvió todos mis buenos propósitos, el cansancio que sentí ante la posibilidad de empezar de nuevo una historia que ya había dado por enterrada, la disciplina con la que acepté el plazo de tres días que me había impuesto antes de marcar de nuevo aquel número odioso, la infinita cautela con la que volví a pronunciar su nombre, todo se deshizo en un momento, y es cierto que ya no me esforcé por parecerle irresistible, que acudí a la cita con la ropa corriente de un día de trabajo y una simple raya negra en los ojos, que mientras empujaba la puerta del bar en el que habíamos quedado sentía sobre mis hombros el abrumador peso de una experiencia que aún no había empezado a padecer del todo, como si llevara toda la vida esperándole en vano, registrando sus ausencias con la ociosa caligrafía inglesa de una señorita soltera de otros tiempos, pero él estaba allí, estaba allí, y me llevaba la ventaja de una serenidad no fingida.

Cuando llegué a su lado no supe muy bien qué hacer, cómo saludarle, pero él se acercó y me besó en los labios con mucha naturalidad, ejecutando limpiamente la primera escena de un guión bien aprendido, quizás hasta rutinario, pero al hacerlo, me permitió recuperar su olor, y ese detalle fue para mí un gesto más valioso que cualquier saludo. Luego, mientras me contaba episodios de su viaje a Ecuador con el acento despreocupado, divertido de puro frívolo, que ya conocía, me dediqué a mirarle despacio, anotando los rasgos de su rostro que mejor habían esquivado a mi memoria, y apenas hablé para reírle las gracias o comentar sus afirmaciones con monosílabos, absorta en la tarea de demostrarme cuánto me gustaba, hasta qué punto justificaba cualquier dosis de inquietud, cómo merecía la pena haber esperado tanto para escuchar aquella pregunta que atenuó de golpe la iluminación del bar, y nos acercó más aunque permaneciéramos a la misma distancia que antes, y penetró en mis oídos como la promesa de un final jubiloso e inminente.

—¿Te gustaron las fotos? —preguntó primero, como un inevitable e inocente preámbulo.

—Sí —contesté, presintiendo con certeza la etapa sucesiva—. Mucho.

—¿Todas las fotos? —insistió, y yo me eché a reír como se ríen los niños pequeños, y mi cuerpo entero pareció ablandarse, encogerse, sucumbir al peso imaginario de mi risa.

—Sobre todo ésas —admití, y él debió de juzgar que ya no hacía falta esperar más, pero aún añadió algo antes de abalanzarse sobre mí con el bendito afán de devorarme.

—Cuánto me alegro... —llegué a escuchar antes de dejar de oír nada, de ver nada, de saber nada, sus manos desmenuzando mi razón, sus labios bebiéndose mi conciencia, su lengua colonizando la inmensa cavidad que era mi cuerpo, sus sentidos absorbiendo los míos hasta que no quedó nada en mí que fuera yo, excepto el impulso que había decretado esa implacable rendición masiva

Cuando salimos de aquel bar, me aturdió la belleza de una calle vulgar. Cuando llegamos a aquel portal, me asombró la brevedad de un paseo tan largo. Cuando encendió la luz de su estudio, me admiré de la amplitud de treinta metros escasos. Cuando me condujo hasta la cama disimulada detrás de medio tabique, me deslumbró la intimidad lograda en un hueco tan pequeño. Cuando sus dedos se posaron sobre mi piel desnuda, me maravillé de que se dirigieran a mis pechos sin dudar. Cuando me penetró, me estremecí sólo porque él hubiera decidido hacerlo. Cuando me dio la vuelta, le pedí que no fuera impaciente, y él me contestó, no soy impaciente, amor mío.

Luego me recosté sobre su cuerpo y me advertí a mí misma que cada segundo de aquella noche sería el más hondo y afortunado de mi vida, y que debía fijarlo escrupulosamente en mi memoria para poder recuperarlo después. Todavía ignoraba hasta qué punto esa tarea gozosa llegaría a pesarme como la maldición que gobernaría sin piedad días y noches, semanas y meses, años enteros de mi vida perdidos en la obsesiva reconstrucción de una misma e infinita secuencia, la repetición monótona, tenaz, de cada movimiento que hicimos, cada palabra que dijimos, cada gesto, por nimio que fuera, que cada uno de nosotros pudiera haber llegado a esbozar en cada instante concreto, mi imaginación convertida en el burro ciego que mueve agónicamente la rueda de una enorme noria, encadenada por mi voluntad más propia y más ajena a la tarea de rastrear sin pausa en cualquier parte, una grieta, un signo, una palabra o un símbolo capaz de explicarme lo que pasó después. Pero cuando me despedí de Nacho estaba segura de haber llegado a alguna parte, y jamás habría sospechado que una vez llegaría a sorprenderme la luz tenue, casi mortecina, que alumbra en mi memoria aquella noche que iba a ser la única noche, aquellas horas que iban a ser las últimas horas y ahora en cambio resultan una especie de versión descolorida del radiante recuerdo de los días de Lucerna, días que resplandecen aún con el brillo de las estrellas recién nacidas cuando tengo la debilidad de evocarlos.

No lo podía saber cuando cogí aquel taxi que me llevó a casa. El conductor llevaba la radio encendida, iba escuchando uno de esos pintorescos programas de madrugada en los que la gente llama por teléfono para contar su vida, lo primero que se les pasa por la cabeza o todo lo contrario, y yo no podía pensar en otra cosa que en la historia que acababa de contarme. No lo podía saber cuando entré en casa de puntillas, y me desnudé sin hacer ruido, mirando cada objeto, cada mueble, como si fuera la última vez que lo contemplaba. No lo podía saber cuando me metí en la cama sonriendo, y oí los ronquidos de Ignacio sin escucharlos, y recordé como algo muy lejano mi propia, previa desesperación de tantas noches de insomnio en la compañía de aquel estruendo arrítmico, polifónico, más digno de La Cosa que de aquel extraño que roncaba, un hombre del que lo sabía todo, desde la marca de sus calcetines favoritos hasta el segundo apellido de sus abuelas, y al que sin embargo ya no reconocía, como si estuviera roncando a mi lado por puro azar.

No podía saber a qué horrible especie de soledad me encaminaba, porque Nacho me había llamado amor mío, y eso era lo único que yo quería saber.

Los bares de los hoteles de lujo son mis favoritos.

Nadie sospecha de una mujer sola que se toma tranquilamente una copa en una mesa discreta del bar de un hotel muy caro. En los hoteles baratos, no sé por qué, el efecto es diferente, como si las ejecutivas en viaje de negocios, las parientes lejanas que acuden a una boda, las funcionarias de provincias que se presentan a una oposición en la capital, o cualquier otra categoría de huésped contemporánea en la que me hayan clasificado por error alguna vez, solamente se animaran a aventurarse más allá del vestíbulo al sentir sobre su cabeza el relampagueante destello de la luz que viaja sin pausa entre las lujosas lágrimas de una araña de cristal, y una alfombra de tres dedos de grueso bajo sus tacones. En el bar de un hotel barato, una mujer sola, no sé por qué, inspira incluso en quienes la contemplan una ambigua punzada de compasión, como si su soledad nunca fuera accidental, ni escogida, ni transitoria, y desvelara a cambio, aun sin proponérselo, la huella de una tragedia reciente. En los hoteles baratos, todas las mujeres solas parecen viudas de un viajante, o huérfanas de un sargento, o amantes clandestinas y abnegadas de un hombre sin corazón.

Los bares de copas son menos solidarios y tal vez, y justo por eso, mucho más amables, aunque no estoy muy segura de que las bebedoras sin pareja lleguen a apreciar de corazón sus intenciones, porque el contacto con el aire azulado de humo y desteñido de sudor amontonado de cualquier local de moda, convierte instantáneamente a la más desvalida de las viajeras solitarias en lo que mi abuela, mi tía y mi madre solían definir con inapelable concisión en una sola palabra, buscona. Ahora ya nadie se atreve a utilizar esa etiqueta rancia y maloliente, un hechizo capaz de destejer el tiempo para evocar con instantánea precisión los días perdidos en un país sucio, tristísimo, que existió de verdad y sólo por eso sigue dando miedo, pero, a pesar de que ya no se reúnan aquellos espontáneos tribunales de matronas veladas que sentenciaban la desventura del prójimo en los pórticos de las iglesias, su espíritu aún no ha llegado a disolverse del todo. Aunque parezca mentira, los bares de copas son uno de sus últimos reductos. La información se procesa desde un punto de vista diferente, casi opuesto, eso es verdad, pero los resultados poseen un inquietante aire de familia con la mirada que las busconas recibían cuando aún conservaban ese nombre, y sin embargo, a veces pienso que quizás entonces mereciera la pena arriesgarse, porque la imagen de una mujer sola, bebiendo una copa detrás de otra en cualquier barra del Madrid de los años cuarenta, de los cincuenta, de los sesenta, evoca una clase de arrogancia que yo nunca me he podido permitir. Al margen de cualquier desafío, de cualquier consolador escándalo, los bares de copas de los años noventa tienen la dudosa virtud de desnudarme de cualquier disfraz para transparentar exactamente lo que soy, una mujer sola, que sale sola por no quedarse en casa, es decir, un habitante marginal del mundo que no inspira ya la condena de los protagonistas del reparto pero conserva íntegramente su bondadosa lástima y, lo que es peor, una especie de autómata obligado a desarrollar, aun al margen de su voluntad, el odioso don de convertir a cualquiera con quien se tropiece en un prototipo de ser superior. Más allá de todo esto se sitúa mi reputación, una inmaculada urna de la que, desde hace ya muchos años, lo único que me preocupa es su desoladora limpieza. En el otro extremo se alinean factores más sutiles. Los clientes de un bar de copas jamás piensan que una mujer sola pueda estar de paso en la ciudad, y así, sin una mínima dosis de misterio, sin la garantía de un anonimato que vaya más lejos de un nombre propio y dos apellidos, no sé divertirme, porque me cuesta demasiado trabajo encajar en el personaje que me haya inventado antes de salir de casa. Y luego están los hombres, esa masa inconcreta de desconocidos de la que siempre acaba destacándose un pesado dispuesto a conquistar a cualquier precio a la chica que está sola en una mesa, por muy horrorosa que pueda llegar a ser. Ya sé que nadie en el mundo estaría dispuesto a creerlo, pero ligar no es exactamente lo que me propongo.

Por eso me gustan los bares de los hoteles muy caros. Allí, los hombres que están solos suelen parecer cansados, pero nunca desesperados. Me gusta verlos circular entre las mesas, rastrear las huellas de un día agotador por las arrugas de una americana que apenas conserva en la tiesura de sus solapas el impecable apresto de las ocho de la mañana, anotar la pátina sudorosa y grasienta que demasiadas horas de lectura aplazada han acabado por imprimir en las esquinas de un periódico descompuesto ya, de tantas veces abierto y cerrado tan sólo en un instante, o medir el grado exacto de sinceridad de las sonrisas que cruzan con hombres tan parecidos a sí mismos que a veces tengo que pararme un momento a pensar a cuál de ellos estaba siguiendo yo con la mirada desde el principio. Sus colegas femeninas se cuidan más, pero de todas formas resulta fácil distinguirlas de las emperifolladas acompañantes de los trabajadores con corbata, que se suelen reunir con sus amantes o maridos —a menudo, la duda es un requisito puramente metódico— a la caída de la tarde, con el rostro a un tiempo radiante y relajado de quien acaba de rematar una siesta de cuatro horas con una sesión de compras en un centro comercial de lujo. Mi propia experiencia laboral me hace absolutamente implacable al menos en este punto: las detesto. En cambio, me conmueve registrar los esfuerzos de quienes, después de haber pasado diez horas trotando por la ciudad —de taxi en taxi, de reunión en reunión, de problema en problema—, se proponen acudir a la cita de la cena como unas señoras, más o menos lo que sus madres hubieran querido que fuesen a todas horas. Las ojeras y las bolsas se insinúan bajo el maquillaje en polvo por muy carísimo y de última generación que sea, los labios conservan intacta la tensión de la jornada a despecho de las mejores intenciones del rojo más fresco y más frutal, y la falta de sueño descuelga párpados y mejillas cuando toda la cara no presenta la uniforme hinchazón que delata los efectos de un *éclat,* esas ampollas de emergencia que prometen una tersura instantánea y consiguen casi siempre provocar en cualquier rostro una repentina inflamación que parece más bien síntoma de un colapso circulatorio. Y sin embargo, ninguno de estos indicios puede competir en eficacia con la señal que, como una indeleble marca de fábrica, identifica a una mujer trabajadora allí donde se encuentre, vinculándola en secreto con todos los restantes individuos de su especie repartidos por el mundo. El trabajo emancipa, esclaviza, eleva o degrada, pero siempre, e inexorablemente, dilata los tobillos de quien lo realiza. Los bares de los hoteles de lujo están repletos de mujeres que intentan descalzarse con disimulo, que colocan los pies de lado o los apoyan apenas sobre las plantas de los dedos para librarse del taladro de los tacones mientras están sentadas, que aprovechan el travesaño de las sillas para encajar sus zapatos en ellos, y que se atreven incluso, cuando ya no pueden más, a elevar las piernas para apoyar los talones en el canto de una columna, de un arcón, de cualquier mueble lateral y discreto. Yo las miro con cariño, pero se me parecen demasiado para convertirse en mis favoritas. Porque a pesar de que, en estos tiempos, los ejecutivos de cualquier género y categoría, con eventuales aportes de políticos y periodistas —cada vez más similares a los anteriores y más idénticos entre sí—, integren el capítulo principal de la clientela de los hoteles de lujo, los auténticos amos del mundo, los de verdad, los de toda la vida, todavía se dejan ver de vez en cuando.

Ellos, si son europeos, suelen hacer ostentación de una calculadísima sobriedad que se define nítidamente en la línea de sus trajes hechos a medida. Ellas adoran las perlas. Huyen de los peinados aparatosos como de la peste y, si son españolas, suelen recogerse el pelo, apenas cardado en la zona delantera, en un moño bajo, muy sencillo, desdeñando la melenita con mechas rubias de las burguesas con pretensiones. En general, llevan pocas joyas, pero siempre, en alguno de sus dedos, reluce un brillante ofensivo, de puro enorme, y aunque se resisten a hacer publicidad gratuita, contemplan ciertas proverbiales excepciones. Con las panteras de Cartier que pueblan sus inmaculadas solapas, sin ir más lejos, podría formarse una manada de tamaño regular. Por lo demás, cultivan de tal modo la elegancia en todos sus gestos que llegan a resultar aburridos. Los millonarios americanos, en cambio, saben dar espectáculo. Ellos, con toda la estridente vulgaridad que sugiere, aunque seguramente casi nunca sea cierto, que encontraron petróleo antesdeayer en el patio trasero de su casa, son las estrellas indiscutibles de esas noches de las que jamás hablo con nadie. Y sin embargo, tampoco salgo de casa para mirarlos.

No me gusta lo que soy. No me gusta mi cara, ni mi cuerpo, ni mi historia, ni mi vida. Una vez, hace ya muchos años, la inexplicable deserción de Alejandra Escobar —una mujer de la que nunca he llegado a saber nada salvo su nombre, que había pagado por adelantado un viaje a Túnez, y que no se presentó en el correspondiente mostrador de Barajas a la hora acordada, pese a haber volado esa misma mañana de Sevilla a Madrid— me dio la oportunidad de irme de vacaciones con otro nombre, porque la guía del grupo, una belga medio tonta, se negó a comprender que alguien hubiera podido subirse a un avión en Sevilla, y luego, por más que en el apartado «destino» de su billete se leyera claramente «Túnez», hubiera decidido quedarse en Madrid. Se lo expliqué una vez y, quizás para disimular que su dominio del castellano distaba mucho del que prometían los folletos, asintió vigorosamente con la cabeza como si me hubiera entendido pero, aunque pasé el control de pasaportes con mi propio nombre, ella siguió llamándome Alejandra porque había tachado ya al pasajero María Luisa Robles Díaz de su lista, y no hubo manera de hacerla rectificar. Al llegar a Hammamet, casi lamentaba ya que aquel malentendido tuviera que deshacerse, porque en el autobús, mientras miraba de reojo a mis compañeros de trayecto para intentar hacerme una idea de la clase de amistades a la que podría aspirar en los siguientes quince días, se me había ocurrido que tal vez a Alejandra Escobar le fueran las cosas mejor que a mí, y que no estaría mal usar su nombre como amuleto. Cuando me di cuenta de que en aquella especie de campamento de lujo para adultos no me iban a pedir la documentación, porque dentro del recinto no había otra ley que la lista de nuestra guía belga, recogí, junto con las llaves de mi bungalow, una nueva identidad que asumí sin el menor resquicio de inquietud.

Alejandra Escobar me dio suerte, y por eso no me he atrevido a abandonarla todavía. Su nombre reposa en una esquina de mi memoria como un abrigo de pieles suave y lujoso, enfundado con mimo en los primeros días de mayo y colgado en el rincón más fresco del armario a la espera del regreso del invierno. Y cuando cualquier invierno acecha, igual que haría con ese abrigo que no he tenido nunca, lo rescato de la oscuridad, le quito el polvo con mucho cuidado, me lo pongo, y noto enseguida el bienestar de su compañía, una oleada de aire cálido y seco que me devuelve a un verano de días mejores. Entonces, Alejandra Escobar vuelve a salir de mi casa una noche sintiéndose tan segura de sí misma como María Luisa Robles Díaz no se ha sentido jamás, y escoge uno de los grandes hoteles del centro con la naturalidad de quien no ha llegado a conocer un mundo diferente, y taconea con aplomo, casi con gracia, al pasar junto al portero uniformado en dirección al imponente vestíbulo, y cuando la música de cámara se esponja ya dulcemente en sus oídos, se detiene un instante para mirar a su alrededor y, sin equivocarse nunca, elige la mejor mesa, discreta y con buenas vistas. Alejandra Escobar bebe whisky escocés con hielo y un poco de agua, y fuma de vez en cuando un cigarrillo rubio sin tragarse el humo, porque descubrió enseguida que dejar pasar el tiempo resulta más fácil con las manos ocupadas.

Sé que no debería hacerlo. Sé que es una estupidez, y a veces pienso que hasta algo peor, un vicio dañino, un juego peligroso. Pero no me gusta lo que soy, no me gusta mi cara, ni mi cuerpo, ni mi historia, ni mi vida, y Alejandra es como un hada madrina, mi único recurso, la única salida por donde escapar, aunque sea durante un par de horas, de la rutina tediosa y exasperantemente lenta de los días de plomo, que tardan una eternidad en reunirse con los que se fundieron antes en el mar plano de metal que es mi memoria. Y mientras estoy sentada ante una mesa discreta del bar de un hotel de lujo, contemplando a toda esa gente que parece vivir una vida de verdad, mientras registro sus gestos, sus hábitos, esos pequeños ritos sin importancia que por un instante llegan a envolverme a mí también, contagiándome de su propia velocidad, de su propio y frenético ritmo, ya no soy una mujer sola que sale sola por no quedarse en casa, sin más propósito aparente que la confección de un exhaustivo catálogo de la clientela de los bares de Madrid, sino una criatura muy distinta, Alejandra Escobar, una mujer de mundo que mira el reloj cada pocos minutos porque ha quedado con alguien que incomprensiblemente no va a aparecer, o apoya durante un instante las yemas del pulgar y el índice de su mano derecha sobre las comisuras de sus párpados cerrados, para informar a quien la esté mirando de que es una ejecutiva con muchas responsabilidades que disfruta de una copa a solas para relajarse tras un día de trabajo agotador.

Aunque rara vez tenga ocasión de contársela a alguien, Alejandra siempre arrastra una intensa historia personal. Algunas noches está soltera y otras casada, pero también ha estado separada, e incluso viuda, y tiene un hijo único, o un par de hijas, o ha renunciado a la descendencia en pos de una brillantísima trayectoria profesional. Los detalles están siempre en función de mi humor, de la racha que esté atravesando cuando decido resucitarla, porque no siempre me salva del hastío o de la tristeza. A veces recurro a ella por puro aburrimiento, cuando ya ni siquiera me apetece conectarme a Internet. Es tan inagotable, tan poderosa, que ha sobrevivido a todos mis cambios de fortuna. La arrolladora irrupción de la informática en mi vida, sin ir más lejos, la consagró definitivamente.

Por supuesto, cuando Ramón me tendió por sorpresa aquel billete de avión, nunca jamás había asistido a ninguna convención de la empresa. Las teclistas de fotocomposición apenas teníamos una vaga noción de aquellas multitudinarias reuniones, concebidas en teoría para poner en contacto a los editores, que allí mostraban los proyectos en los que habían trabajado durante el último año, con los distribuidores, que tendrían que promocionar y vender esos mismos productos durante el año siguiente, y que, en la práctica, se habían convertido en una complejísima representación de la propia vida de todos ellos, como una especie de termómetro simbólico, pero infalible, que medía sin compasión el grado de éxito y de fracaso de cada aspirante a un presupuesto propio. En los primeros días de septiembre, los pasillos se poblaban de rostros cenicientos, cejas demasiado rotundas, que parecían pintadas con carboncillo, sobre ojos alarmantemente hundidos, y mejillas tan demacradas como si estuvieran condenadas a devorarse a sí mismas, un espejo de la desolación que, de tanto en tanto, se os-

216

curecía por completo al cruzarse ante cualquier despacho con algún despiadado portador de la luz más cegadora, el rostro sonrosado y terso, las mejillas ruborosas, y una sonrisa espontánea, maravillada de sí misma, todo el improvisado candor de una infancia recuperada de golpe, por obra y gracia del consejo de administración. Ambas categorías de notables, los príncipes depuestos y los por deponer, tan íntimamente imbricados como la voz y su eco, se alternaban durante algún tiempo sin conciencia alguna de estar representando un espectáculo fascinante para los trabajadores corrientes, los que no aspirábamos a la menor migaja de poder pero, a cambio, durante un par de semanas al año, teníamos el privilegio de divertirnos en el trabajo más que en el cine. A resguardo de cualquier tormenta, tan por encima de los ejecutivos convocados en la campaña anterior pero con los que no se contaba en el año en curso, como de quienes, habiendo estado ausentes doce meses antes, habían sido invitados a participar esta vez, estaban los imprescindibles, participantes de todas las convenciones pasadas y futuras, como Fran y sus hermanos. El irresistible progreso de la autoedición obró el milagro de situarnos a Ramón y a mí misma en este último grupo durante algún tiempo, mientras los jefes supremos aprendían a superar un miedo innato, reverencial, por cualquier máquina que no fuera una fotocopiadora a pesar de parecerlo, y que hizo de nosotros algo parecido a los hechiceros de una tribu primitiva antes de devolvernos, al extinguirse, a nuestra previa y confortable condición de técnicos que no toman decisiones sobre la línea editorial.

La primera convención a la que asistí se celebró en Barcelona, ciudad que estará asociada para siempre en mi memoria con cierta clase de revelaciones que tienen menos que ver con el asombro que puedan llegar a provocar que con el escepticismo que siembran en quien las padece. Representante escasamente original de la primera generación de españoles abocada por fin a viajar con naturalidad por el extranjero —una condición muy incentivada por mis circunstancias de soltera con sueldo propio y carga familiar agobiante, mi madre, de la que escapaba apenas dos semanas al año en las que intentaba llegar lo más lejos posible—, apenas conocía la ciudad, en la que había estado de paso en tres ocasiones, dos de las cuales no me llevaron más allá de la zona de tránsito del aeropuerto. A los treinta y seis años, por tanto, después de haber llegado hasta Bali, y cuando ya conocía Londres tan bien que podía recorrerlo en metro sin consultar ningún plano, descubrí que Barcelona es, en primer lugar, una ciudad bastante pequeña, y además muy bonita, preciosa, pero con cierto aire de joyero de dama noble venida a menos, una conciencia de sí misma tan exageradamente alerta del menor daño que pueda traer consigo el paso del tiempo, que barniza el ajetreo de la vida cotidiana con un afán de solemnidad más cercano a la precariedad de cualquier recinto monumental de provincias que a la soberbia de las grandes ciudades de verdad, complicadas maquetas a escala del propio mundo donde el futuro tiene tanta prisa que nunca sobra tiempo para mirarse el ombligo, y es tan cierto que no tiene ningún sentido intentar amarrarlo con el garfio de las obras públicas. Hija del caos organizado y magnífico de un laberinto que encierra docenas de ciudades posibles, me sometí con instinto de turista al pintoresco narcisismo de mis anfitriones, y dejé escapar todas las exclamaciones admirativas de rigor mientras detectaba con creciente asombro cómo el histórico complejo de inferioridad de una madrileña de Chamberí, puede transformarse en una inesperada conciencia de distancia, un sentimiento muy semejante a la superioridad, en el inocente trayecto de un recorrido panorámico. Decidí guardar para mí las consecuencias de este descubrimiento, pero algún cabo suelto debió de aflorar a la superficie porque, ante la fachada de una vieja estación, yo, que jamás, en ningún otro momento de mi vida, me habría atrevido a desatar una polémica tan previsible, no pude reprimir los ecos de mi memoria, y recordé una vehemente y caducada sentencia, aquel apasionado juicio que nunca llegué a escuchar de los labios de mi abuelo Anselmo, aunque la mujer a la que abandonó muchos años antes de dejarla viuda solía citarlo, sin saltarse una coma, siempre que le interesaba probar que su marido no era más que un ateo, un bárbaro y un desgraciado. Antes de empezar a sospechar que nunca debió de merecerse esos adjetivos, yo había descubierto ya que tenía razón, pero nunca me atreví a discutirlo en voz alta con mi abuela Pilar. Sin embargo, aquella mañana, tan lejos de casa, afirmé con una convicción más profunda que la indecisión de mi lengua tartamuda que si yo hubiera sido el general Rojo también habría decretado sin dudar la muerte de Durruti, porque la defensa de Madrid era un prodigio, un puro encaje estratégico, tan sutil, tan milagrosamente equilibrado, que lo último que necesitábamos era un héroe solitario y enamorado de sí mismo, un gilipollas dispuesto a romper, él solito y desde dentro, el cerco con el que no habían podido los nacionales en un asedio tan largo y tan intenso como el sacrificio de la población civil, y los fascistas quieren entrar en Madrid, pero Madrid será la tumba del fascismo, y no pasarán, amén. Aunque Ramón aplaudió mi discurso sin reservas, el distribuidor de la Costa Brava, que precisamente había introducido a Durruti en la conversación, me dirigió una mirada asesina de tal calibre que bastó para restaurar en un instante la innata flaqueza de mi espíritu, y ya no volví a abrir la boca, ni para enderezar el rumbo de la verdad histórica ni para decir ninguna otra cosa, hasta que el autobús se detuvo en la puerta del hotel.

Entre las adustas paredes de aquel modernísimo edificio, donde el lujo se expresaba con una frialdad extrema, casi conventual, la realidad me asestaría un nuevo golpe aquella misma noche. Tras la aburrida sesión de la tarde, dedicada a exponer nuevas perspectivas comerciales, y la correspondiente cena, que esta vez se celebró en un restaurante del puerto, descarté la última etapa del programa oficial, copa en una macrodiscoteca muy de moda, para unirme a un pequeño grupo que decidió regresar al hotel caminando. Cuando llegamos, no era todavía la una de la mañana, y yo no tenía sueño, pero no logré convencer a Ramón, que bostezaba aparatosamente mientras la recepcionista iba a buscar su llave, ni a ningún otro de mis ocasionales acompañantes —un par de vendedoras de Zaragoza, muy simpáticas, el distribuidor de Málaga, que había venido con su mujer, y otra pareja más, a cuyos miembros no llegué a identificar— de que me acompañaran al bar del hotel. Como sabía que me iban a mirar raro si anunciaba mis intenciones de tomarme una copa yo sola, me despedí diciendo que quería mirar unas plumas que había visto por la mañana de pasada, en el escaparate de una de las tiendas de la planta baja, y me dirigí, con pasos lentos y firmes, a un bar escondido en una especie de semisótano, al que se accedía por unas escaleras situadas en un extremo del vestíbulo.

Por primera vez en mi vida, yo misma suplanté a Alejandra Escobar, y los resultados no pudieron ser más desastrosos. Es cierto que ni ella ni yo habríamos escogido nunca aquel escenario gélido, desabrido, que evocaba la tristeza antiséptica de un hospital recién estrenado, el suelo desnudo de mármol blanco, los pilares revestidos de acero pulido, la fría amenaza del metal serpenteando entre las mesas, las sillas, las lámparas, mucho cristal opaco y mucho laminado con tacto de plástico y engañosa vocación de madera noble, un espejo helado capaz de empequeñecer y desarbolar la imagen de cualquiera que tenga el valor preciso para enfrentarse a su inmaculado rigor. Mientras me daba cuenta de que ninguna mesa resultaba más discreta que las demás en aquel recinto dispuesto como un escenario, recordé las espléndidas fachadas de algunos viejos hoteles de lujo que había contemplado en el paseo de Gracia, y lamenté el dudoso criterio de quienes hubiesen descartado cualquiera de ellos en favor del templo polar donde nos habían alojado por un precio seguramente no muy inferior al que decretan prestigio y tradición. Sin haberme decidido todavía a sentarme, eché un vistazo a la clientela y sentí una punzada de nostalgia por mi habitación de la tercera planta, la cama inmensa, tan bien hecha, el televisor manso y complaciente, incapaz de discutir mi voluntad, y una novela de seiscientas páginas sobre la mesilla, todo un proyecto de bienestar en comparación con la pobre oferta de aquel local medio vacío, tres mesas ocupadas por grupitos de individuos bien trajeados, incluyendo a alguna mujer con el preceptivo traje de chaqueta de corte clásico —muy parecido al que yo misma llevaba en aquel momento— que se ha convertido en una especie de sinónimo femenino de la corbata, y dos turistas varones de aspecto nórdico y unos cincuenta años, ataviados como para asistir a una póstuma edición del festival de Woodstock, que lucían sus piernas canosas desde los altos taburetes enfrentados a la barra gracias a unos bermudas modelo aventurero de un color indescifrable ya, de tan lavados. Cuando estaba a punto de volver sobre mis pasos, me dije que yo no me llamaba Alejandra Escobar ni necesitaba pretexto alguno para tomarme una copa en aquel lugar, así que, imponiéndome a un certero desaliento, me senté en la silla que estaba más a mano, llamé al camarero con un gesto mudo, y pedí un whisky con hielo y un poco de agua, porque Alejandra y yo siempre bebemos lo mismo. Tres cuartos de hora después, cuando me levanté para marcharme, mi vaso aún contenía dos dedos de un líquido vagamente amarillento. Ése era el único detalle revelador de que se hubiera producido cierto progreso desde el momento en que entré en aquel bar.

Quizás a Alejandra no le hubieran ido las cosas mejor que a mí en esta ocasión. Es difícil saberlo porque ella, que aprendió muy pronto que no se debe esperar gran cosa de los hoteles de lujo recién estrenados e inmediatamente ocupados por una insulsa horda empresarial de medio pelo, jamás habría escogido un escaparate semejante. De todas formas, cuando entré en mi habitación muerta de sueño, sin ganas de tiranizar al televisor, sin ánimo para hacer avanzar la señal a lo largo de las cuatrocientas y pico páginas de la novela que me faltaban por leer y, lo que es más grave, sin fuerzas para embadurnarme la cara sucesivamente con leche limpiadora, tónico y crema nutritiva, tal y como me había propuesto hacer sin falta cada noche desde el día en que me di cuenta de que iba a cumplir cuarenta años mucho antes de lo que me imaginaba, estaba ya segura de que la clave de aquel fracaso tenía que ver sobre todo con mi propia identidad, porque es muy difícil ser feliz cuando una sabe que lleva un vestido feo, incómodo y pasado de moda, y Cenicienta nunca habría llegado a ser princesa con sus viejos harapos manchados de hollín.

El poder de Alejandra Escobar reside también en su propia identidad, el hueco maleable y acogedor donde cabemos cientos de historias diferentes y yo misma, feliz por estrenar un vestido nuevo cada noche, capaz de quererme un poco mientras me apropio de un personaje que no es el mío. Ése es el único propósito de mis noches secretas, esas noches de las que no puedo hablar con nadie y en las que no busco nada que no esté ya dentro de mí misma, de la mujer ajena que soy yo, y que es a la vez mucho mejor que yo. Alejandra jamás fracasa, y si alguna vez nadie se apercibe de su presencia, no falla ella, que es siempre una criatura apasionante, que arrastra una historia intensa y tiene un larguísimo futuro por delante, falla el mundo, incapaz de reconocer a la mejor de sus hijas. Por eso, no importa que no ligue, que llegue a aburrirse, que no hable con nadie. Su único sentido es existir, y con eso basta.

Después de aquella noche de Barcelona, no volví a suplantar a Alejandra nunca más, y sin embargo, casi tres años después de aquel viaje y en unas circunstancias muy distintas, ella se disipó de nuevo para cederme un puesto que yo no contaba con ocupar. Sucedió en el bar del vestíbulo del hotel Ritz, uno de nuestros refugios tradicionales, el salón de aire casi íntimo que se trocó de repente en un páramo hostil, escenario de una muda pero feroz batalla que llegué a creer perdida para siempre. Sin embargo, había empezado aquella pequeña aventura con buen pie. Al volver del trabajo recogí del tinte el vestido rojo que había comprado para consolarme del penoso malentendido que hizo de Ramón el más efímero de mis amantes, y descubrí con satisfacción que no quedaba ni rastro de la mancha de vino que me hizo temer por él la última vez que me lo quité. Aunque sabía que estaba desafiando a la suerte, porque hacía más de un año que Alejandra lo escogía casi invariablemente entre todos los trajes de mi armario, no resistí la tentación de ponérmelo una vez más, porque nada me sentaba mejor que aquel cuerpo ceñido de manga larga, con un considerable escote entre las hombreras, que se cortaba al llegar a la cintura para dar paso a una falda con pinzas estratégicamente colocadas, que se iba estrechando con sabiduría hasta rozar la frontera de mis rodillas. Me mostré más prudente en la elección del lugar, porque aunque tenía más bien cuerpo de Santo Mauro, hacía más de tres meses que no pisaba el Ritz, y siempre he procurado no resultar excesivamente familiar para los camareros, un propósito al que me ayudan ciertas crisis de amarga lucidez que culminan con el abandono de Alejandra durante un periodo de tiempo siempre imprevisible. La compra de aquel vestido de punto rojo, cuyas frecuentes visitas al tinte se empezaban a leer en la liviandad del tejido que recubría los codos, había puesto fin a la última de aquellas separaciones, así que las precauciones estaban más que indicadas, y sin embargo, no habría podido tomar medida alguna para evitar lo que pasó.

La que parecía más joven de las dos aparentaba unos veinticinco años. La mayor andaba más cerca de los treinta pero era más guapa que la primera, aunque la verdad es que ambas, hasta sin parecerse a Ava Gardner, reclamarían instantáneamente la atención del espectador más displicente, incapaz de afrontar la belleza ajena con más generosidad que yo misma. Altas, delgadas, una morena y la otra sabiamente teñida de rubio, lucían un bronceado envidiable a mediados de abril, y la certeza de que lo hubieran obtenido por medios artificiales consolaba tan poco como calcular el número de horas semanales que debían de enterrar en un gimnasio para lograr un cuerpo tan espectacularmente fronterizo con la perfección. De todas formas, al principio no les presté más atención que la precisa para anotar estos datos y algún detalle más, como el acento gangoso, afectadísimo, que hirió mis oídos en el breve fragmento de conversación que capté por azar, al pasar a su lado, o ciertos aspavientos de las manos que me permitieron relegarlas en un instante al archisabido y caricaturesco limbo de las pijas rematadas. Sin embargo, su esplendor debió de arrugar alguna fibra secreta del formidable ánimo de Alejandra Escobar porque, al mismo tiempo que completaba una secuencia de gestos neutros, inevitables —desabrocharme la chaqueta, dejar el bolso sobre la mesa, sacar un paquete de tabaco y un mechero, sentarme, cruzar las piernas, volver a coger el bolso para enganchar la correa en el respaldo de la silla, abrir el paquete de tabaco, sacar un cigarrillo, encenderlo, llevármelo a la boca, dejar escapar una gran bocanada de humo, levantar la mano para llamar la atención del camarero, esperar su llegada, pedirle una copa y, por fin, echar una ojeada a mi alrededor—, me di cuenta de que estaba cargando aparatosamente las tintas en cada etapa del proceso, y estiraba los dedos que sostenían el cigarro un poco más de lo imprescindible, me apartaba el pelo de la cara con una frecuencia inaudita, fruncía los labios en un premeditado alarde de hosquedad que carecía de cualquier motivo, improvisaba una mirada de desprecio por el mundo que me extrañaba hasta a mí misma, y todo esto sucedía al margen de mi voluntad, sin que yo conociera la causa, sin que pudiera por tanto evitarlo.

Quizás, esta especie de representación intensificada de lo que no era otra cosa que una representación atrajo sobre mí la atención que menos buscaba, esa que, más precisamente, habría deseado no provocar nunca. Alertada por un inconcreto hormigueo, un repentino sentimiento de mi propia presencia, volví bruscamente la cabeza hacia la izquierda y me topé de frente con cuatro ojos impecablemente maquillados. Ejerciendo sin inmutarse un privilegio de su divinidad, las dos estatuas bronceadas a quienes ya había decidido ignorar, mantuvieron su mirada fija en mí, cuchicheando entre sonrisas que me permitieron entrever sus perfectas, feroces dentaduras. La simple sospecha de que estuvieran riéndose de mí bastó para derrotar en un instante a una luchadora tan curtida como Alejandra Escobar, que se disolvió en el aire sin dejar noticia de su paradero, abandonándome en los brazos de mi propio ridículo. Intenté resucitarla por todos los medios posibles, pero la repetición mecánica de sus ademanes de mujer elegante, que ahora más bien me parecían las esperpénticas muecas de una loca, no hizo más que empeorar la situación. No me atrevía a mirar al enemigo ni siquiera de reojo, pero tenía la impresión de que sus carcajadas, rotundas ya, y desbocadas, alcanzarían mis oídos de un momento a otro mientras me manoseaba el pelo como si me lo estuviera lavando y encendía un pitillo antes de que se extinguiera el humo del anterior. Entonces decidí marcharme. Nadie había conseguido echar jamás a Alejandra Escobar de ningún sitio, pero yo estaba sola, y no era ella. Miré el reloj con mucho detenimiento y un gesto de extrañeza, como si no pudiera comprender el retraso de quien jamás iba a llegar a aquella cita. Dejé pasar tres o cuatro minutos y me fijé en la esfera de nuevo, con tanta atención como si el movimiento de las agujas desvelara la clave de algún enigma vital para mi futuro. Una vez más, me dije, aguanto sólo un ratito, miro el reloj otra vez, me levanto y me voy. Pero entonces, justo cuando dirigía hacia ningún lugar en concreto esa mirada vaga y despaciosa de los que no tienen nada que hacer, excepto tiempo, lo descubrí a lo lejos, perfectamente centrado entre dos columnas, y sentí lo mismo que debe de sentir un náufrago preso en un peñón de dos metros de diámetro cuando distingue la silueta de un barco sobre la línea del horizonte.

Forito me había visto primero. Levanté los brazos como si llevara toda la vida esperándole y le vi arrancar en mi dirección con pasos indecisos.

Supongo que, si es que lo hizo alguna vez, él describiría aquella escena diciendo que entonces se echó la muleta a la izquierda y se fue para los medios, pero lo cierto es que más bien llegó hasta mí con la justa mezcla de pavor y determinación que agarrota las rodillas de esos diestros muy viejos, muy gordos, muy sabios, que se acercan al toro preguntándose si tanto miedo se puede comprar con todo el oro del mundo. Su desconcierto era tan patente que, absorta como estaba en mi papel, no pude negarle una brizna de atención, y temí que lo echara todo a perder antes de ganar el modesto objetivo de mi mesa. Cuando lo tuve delante comprendí que, a la sorpresa de encontrarme allí, sola pero arreglada como para ir a una boda, se habían sumado una vaga intuición de que yo no era exactamente yo, la mujer que él conocía, y un recelo todavía más intenso, y más turbio, nacido de la euforia que su presencia había desatado. Él, que me había visto aquella misma mañana, no podía entender que mis brazos, tendidos hacia delante con el gesto de gran señora que nunca antes había tenido la ocasión de practicar, y esa sonrisa plena que parecía celebrar un reencuentro acariciado en secreto durante años, no tuvieran otro propósito que convocarle a mi lado, y hasta cuando pronuncié su nombre en voz muy baja, porque decididamente existen pocos nombres menos glamurosos, pero con un acento de infinita satisfacción, se comportó como si creyera que todo aquello iba dirigido a un desconocido que caminara sólo un paso detrás de él.

Mientras se sentaba a mi lado, giré rápidamente la cabeza para comprobar qué cara se les había quedado a esas dos imbéciles que creían haber desentrañado mi impostura, y tuve que encajar el único chasco genuino que la suerte decidió repartir aquella tarde, porque en alguna inadvertida fracción de los últimos dos o tres minutos, ambas se habían levantado y se habían marchado sin hacer ruido ni atender, seguramente, a ningún detalle de lo que yo me prometía como un triunfo apoteósico. Mi primer impulso fue desmentir a mis propios ojos. Luego, cuando ya sospechaba que tal vez ni siquiera hubieran llegado a fijarse de verdad en mí, me pregunté por qué siempre tenían que ser así las cosas. Después, me vine abajo, tanto que me dolió reconocer la voz que se esforzaba por devolverme a la silla en la que estaba sentada.

—Qué casualidad, encontrarnos aquí, ¿no?

—Sí... —reconocí, imponiéndome una sonrisa menos tranquilizadora para él que para mí misma, mientras acababa de hacerme una idea de la ratonera en la que me había encerrado yo solita.

—Pues... Voy a pedir una copa, ¿no?

—Cla-aro.

Con un gesto de caballero antiguo, uno de los muchos que descubriría en él aquella misma noche, se levantó y echó a andar en dirección a la barra en lugar de esperar la aparición de un camarero. Aproveché su ausencia para trazarme un plan que me permitiera sobrellevar con dignidad los errores cometidos hasta entonces y marcharme a casa lo antes posible. En aquel momento, no sólo no me apetecía nada pasar un rato con él, sino que incluso, y a sabiendas de que ninguna otra sensación podía ser más injusta, sentía un fulminante acceso de antipatía por el inocente peón súbitamente asociado al fracaso de aquella noche, pero todavía teníamos por delante un año de trabajo en común, tal vez más, porque Ana lo llevaría consigo a donde ella fuera, y nadie sabía aún si Fran tenía la intención de disolver el equipo cuando el *Atlas* estuviera terminado. Aunque sólo fuera por eso, no me quedaba más remedio que comportarme de una manera coherente con mi estruendoso recibimiento, pero además, y sobre todo, a pesar de que lo único que deseaba era desaparecer, marcharme corriendo para que no me encontrara cuando volviera con una copa en la mano, sabía muy bien que él no había tenido la culpa de nada, y que me sentiría fatal a la mañana siguiente si optaba por este o por cualquier otro improvisado proyecto de fuga.

Lo cierto es que siempre me había caído bien. Me obligué a recordarlo mientras le veía cruzar el salón con una actitud muy distinta al temeroso encogimiento de antes. Ahora andaba erguido, los hombros tan firmes, tan crecidos en su firmeza que, de lejos, hasta parecía otro hombre, más alto que desgalichado, más delgado que raquítico, y con cierto aire ensimismado, esa melancólica mirada extraviada de los ojos alcohólicos, que prestaba a su nimiedad física la difícil dosis de espiritualidad que han perseguido sin resultados todos los actores que alguna vez se han atrevido a fracasar con Alonso Quijano. Estaba ya muy cerca cuando me pregunté si no estaría viendo visiones pero, por alguna razón que no acerté a explicarme aunque seguramente tenía que ver con los violentos altibajos que habían estrujado mi ánimo durante la última hora como si fuera una pelota de esparto, al fijarme en su rostro logré distinguir, con una claridad que parecía más bien clarividencia, los rasgos primitivos que aún latían, aunque muy débilmente, bajo la tosca careta tallada gota a gota por el coñac. Claro que, además, iba muy elegante. Acostumbrada a verle con sus eternos pantalones oscuros de color incierto, una mezclilla de lana opaca que, según la luz, parecía a veces gris, a veces marrón, y a veces negra, pero siempre tejida con la gelatinosa sustancia que aplica un brillo siniestro a las alas de los insectos, y una camisa de algodón crema tan usada que el tejido se había deshecho ya en el canto del cuello —invariable prenda invernal que cambiaba en primavera por un par de camisas polo de marca anónima, una verde oscura, la otra burdeos, ambas finísimas y lavadas con tal saña que la piel se transparentaba casi con detalle en algunos claros repartidos tan caprichosamente como las calvas de un monte—, quizás me dejé impresionar más de la cuenta por la impecable línea de su traje de lino crudo, tan nuevo que sus arrugas estaban recién hechas, en lugar de acomodarse a los surcos abiertos por la tenacidad de las arrugas precedentes, un atuendo excesivamente veraniego para una noche de primavera, pero de tan buen gusto que hasta se le podía perdonar que no lo hubiera combinado con algo mejor que una camisa rosa, sobre la que apenas destacaba una corbata de tono amarillo pálido estampada con dibujos muy menudos, es decir, rigurosamente de moda.

En cualquier caso, cuando se sentó a mi lado, ya había descubierto que él también tenía los ojos verdes, aunque empañados por un velo acuoso, grisáceo, y una nariz que habría sido bonita antes de que la sanguinolenta hinchazón de las aletas, ahora una esponja rugosa y dilatada, los poros tan abiertos como los de una fresa, hubiera anulado el nítido perfil del tabique, digno del más severo emperador romano, un rasgo que aún destacaba, sin embargo, por ser la única arista visible en un rostro informe de puro abotargado, que se prolongaba en una papada discreta, pero muy llamativa en un hombre tan delgado como él. Predispuesta como estaba a salvarle de mi propia arbitrariedad a cualquier precio, encontré en el conjunto, pese a todo, cierto aire de nobleza, como el que distingue a las ruinas clásicas menos visitadas, esos montones de piedras sueltas, irreconocibles ya, sobre los que se yerguen, absurdas, solas, pero auténticas, dos columnas desmochadas que desafían el desprecio de los turistas con una especie de enloquecida arrogancia.

Él, que ignoraba por fuerza el proceso que le había convertido en sujeto de tan meticulosa observación, se sentó de nuevo a mi lado, bebió un trago considerable de su copa de coñac, la depositó sobre la mesa con el pulso todavía tembloroso, y me miró, como preguntándome qué iba a pasar a continuación.

—Ha-a sido una suerte encontrarte aquí —rompí el hielo con el acento de templada cortesía que mejor se ajustaba a la bola que iba a soltarle inmediatamente después—, porque he quedado con una a-amiga, ¿sabes?, y no ha aparecido...

226

—Ya, yo tampoco contaba con encontrarme a nadie de la editorial, porque he venido a la presentación de los carteles de San Isidro.

—¡Ah! —exclamé, sólo por hacer tiempo, aunque no se me ocurrió gran cosa qué decir—. Pero pa-ara eso falta mucho, ¿no?

—Bueno, no tanto... —me miró—. Un mes y medio. Hay que cerrar las corridas con mucha antelación, ya te digo...

—Claro —asentí, y resignada a la uniforme laguna en la que se resumía mi cultura taurina, cambié de tema sin sospechar que un elogio tan trivial como el que escogí casi al azar para burlar al silencio, iba a abrirme las puertas de una historia que no olvidaría jamás—. Va-as muy elegante..., y llevas una corbata preciosa.

—Sí... —admitió él, bajando la cabeza como si necesitara estudiarse un instante para recordar cómo iba vestido—. El traje me lo ha regalado un colega mío de toda la vida, ¿sabes? Su viejo era utillero de la plaza de Vista Alegre, no sé si te acordarás, una que había en Carabanchel, que le echaron el cierre hace muchos años... —me interrogó con una mirada a la que respondí negando con la cabeza, y siguió hablando—. Bueno, pues, ya te digo, el caso es que le conozco desde chavalín y, buah, no veas lo que hemos pasado los dos... Lo más grande. Íbamos juntos a todas partes, hasta le acompañé un montón de veces a tentar vacas, ¿sabes?, cuando tenía permiso del dueño y hasta cuando no lo tenía, porque se le metió en la mollera lo de ser torero, oyes, la verdad es que le tenía al toro una afición que no veas, y eso que ya se veía de largo que él no... Porque es que eso se nota, no sé, lo notaba hasta yo, siendo tan crío como él, que no tenía trapío, ese toque especial de los que van para figura, pero él, dale que te pego, ya te digo... Llegó a debutar, ¿sabes?, como novillero sin picadores, Chulito de Vista Alegre, se quería llamar, pero entre su padre y el mío le quitaron esa idea de la cabeza y al final lo cambió por Chicuelo, Chicuelo de Vista Alegre, que suena mucho mejor. Su primera novillada fue en San Sebastián de los Reyes, yo estuve allí y, buah, no veas, la verdad es que al pobre le tocaron dos chotas que sabían más que Lepe, yo creo que hasta las habrían soltado ya en algún encierro de esos que hacen en los pueblos de la sierra... Total, que el pobre hizo lo que pudo y... ruina total, te lo puedes figurar, pero el infeliz salió hasta contento, no he estado mal, ¿verdad?, me decía, ¿a que no he estado mal...? Tres novilladas más le salieron, antes de que le convenciéramos de que recogiera los trastos para siempre. Bueno, pues, lo que es la vida, cuando parecía que el Antoñito iba para abajo, porque al dejar de torear se quedó sin ganas de nada, oyes, pues se le ocurrió montar un videoclub, uno de los primeros, allí, en los Carabancheles, y le fue de puta madre, ya te digo, no te lo puedes ni figurar, y entonces un día se llegó a la Escuela de Tauromaquia esa que ha montado la Comunidad, habló con un par de chavales, se convirtió en su apoderado, con la guita que ganó montó un mesón en Marqués de Vadillo, le volvió a ir de puta madre y ahora..., buah, no veas, está el tío en grande, pero en grandeza máxima, oyes, tiene dinero para quemar una vaca, el tío. Total, que como le gusta ir hecho un figurín, y no tiene tiempo de ponerse toda la ropa que se compra, pues, de vez en cuando me cae un ternito. Éste lo heredé casi nuevo, porque está echando barriga, el Antonio, aunque hace unos meses se metió a socio de un gimnasio, se lio a hacer pesas y adelgazó un montón. Entonces se compró este traje, pero como se cansa enseguida de todo, que es lo que les pasa a los ricos, que acaban hartos de todo, pues, ya te digo, lo dejó, volvió a engordar, me lo pasó, y yo tan contento... Me pagó hasta el arreglo, porque la verdad es que se estira, eso desde luego, cada vez que quedo con él, cuando traen la cuenta..., buah, no veas, me aparta con la mano y siempre dice, quita de ahí, que yo me hago empresa, eso dice, y luego lo paga todo, las cosas como son. Y yo me alegro de que le vaya tan bien, oyes, me alegro mucho por él, porque es el único chaval del barrio que ha levantado la cabeza de verdad, ya te digo, lo que se dice salir por la puerta grande... El peluco —y estiró el brazo para mostrarme un reloj dorado muy aparatoso— también me lo dio él. Parece de oro, pero no es, a tanto no llega, claro... La corbata no es suya, sin embargo. Ésta me la regaló mi chico. Bueno, ésta y las demás, porque casi todos los años me viene con un paquetito del Simago, el pobre. Regalo del Día del Padre, te lo puedes figurar...

—N-no tenía n-ni idea de que tuvieras un hijo —intervine, con asombro genuino y una punta de la curiosidad que iría creciendo minuto a minuto durante toda la noche, hasta convertirse en una irrefrenable necesidad de llegar hasta el final—. Yo creía que eras un soltero empedernido, igua-al que yo...

—Ojalá —me contestó, sin disimular la amargura que fermentaba en las vocales de aquella palabra—, ojalá me hubiera quedado soltero, como tú...

Hizo una pausa, se miró los zapatos, unos mocasines marrones viejísimos, descoloridos y a punto de reventar por las costuras, en los que tampoco yo había reparado hasta entonces, levantó la cabeza, me sonrió sin ganas y, cabeceando como si nada en el mundo tuviera remedio, prosiguió en un voluntarioso tono de normalidad.

—Pero no, chica, no. Nada de eso. Yo estuve casado, casadísimo, no te puedes figurar cuánto... Es que, ya te digo, no tengo remedio. Soy todo lo contrario del Antonio, pero todo lo contrario, oyes... A mí nadie me mandaba meterme en aquella ruina, pero nadie, porque yo tuve mucha suerte al principio, a mí me iban muy bien las cosas. Mi padre era fotógrafo taurino, ¿sabes?, igual que yo. Él me enseñó el oficio, y puso mucho cuidado en que no metiera la pata en los mismos hoyos donde él se había hundido. Yo siempre trabajé por mi cuenta. Vendía fotos sueltas y reportajes completos a agencias del mundo entero, nunca quise estar fijo en un periódico, como mi viejo, y enseguida pude contratarle, no te digo más. Puse estudio, y retraté a todas las figuras del escalafón, buah, no veas, pues no era nadie, yo, en aquella época... Luego me asocié con un primo mío y empezamos a hacer películas. Aquello empezó a parecer una empresa, pero grande, ya te digo, yo entraba a las Ventas cada tarde con seis o siete empleados, el operador, un par de chavales que le ayudaban, mis propios ayudantes, mi viejo, que iba con otra cámara, total... Lo del cine acabó de arreglarme el cuerpo, porque te hablo del principio de los setenta..., o por ahí, yo debía tener poco más de 20 años, y todavía no habían quitado el No-Do, así que les colocábamos la mayoría de las películas que hacíamos, como cambiaban todas las semanas, pues, buah, no veas, durante la temporada nos lo llevábamos manso, pero manso, ya te digo, sacábamos guita de sobra para pasar el invierno, no te digo más... Fíjate que durante un par de años, el 74 y el 75, creo, porque Franco se murió por entonces, hasta fuimos a América, Méjico, Colombia, Venezuela, y no compensaba, así de claro, yo se lo dije a mi viejo, oyes, para lo que nos llevamos de aquí, mejor nos quedamos en casa. Luego se acabó el chollo del No-Do, pero yo seguí estando en grande, porque le vendía muchas películas a la televisión y empecé a tener muchos clientes entre los aficionados, esos tíos forrados de pasta que van con sus señoras a la barrera, siguiendo a un torero de plaza en plaza... Les cogí el tranquillo enseguida, ¿sabes?, y siempre, antes de que empezara la faena, les filmaba un momento, ellos gordos y con un puro en la mano, ellas cargadas de joyas y con un clavel en la solapa, y cuando salían las mulillas, un poco más de lo mismo y, buah, no veas, es que se volvían locos, me compraban lo que les quisiera vender. Y mientras tanto seguía con las fotos, claro, que era lo mío, así que, ya te digo, me iba de puta madre... Pregúntale a Ana y verás.

Mientras me interpelaba de esta manera, yo todavía estaba haciendo números para mis adentros. Cuando nos conocimos, en una de las reuniones preparatorias del *Atlas*, yo debía de tener treinta y siete años recién cumplidos y, sin pensármelo mucho, le situé más cerca de los sesenta que de los cincuenta, y allí se había quedado hasta apenas un par de minutos antes. La insinuación de su verdadera edad, que le hacía sólo cinco o seis años mayor que yo, me había dejado atónita, porque ni siquiera el alcohol podía ser el único responsable de semejante desgaste, la cabeza monda, atravesada al azar por unas pocas hebras de un blanco purísimo, el cuello descolgado, la piel cayendo hacia abajo en temblorosos pliegues asimétricos, las manos salpicadas de flores de cementerio, esas manchas oscuras que anuncian el final, y canas en el pecho, que la camisa, abierta un botón por debajo del límite que marca la elegancia, la corbata floja, me permitía entrever furtivamente. Me preguntaba qué otras catástrofes estarían asociadas a la perenne copa de coñac que habitaba en el hueco de su mano derecha, cuando la alusión a Ana me obligó a intervenir, excitando al mismo tiempo mi ya avarienta curiosidad en una dirección distinta.

—¿A-ana y tú os conocéis desde hace tanto tiempo?

—Bueno, poco más o menos... Yo la conocí cuando acababa de volverse a Madrid, justo después de dejar a su marido, sería el año 83, o el 84, ya te digo, porque mi chico era muy crío todavía... Me acuerdo porque una vez lo llevé al archivo y ella me dijo que tenía una hija de la misma edad. Entonces quedamos para ir con ellos al parque de atracciones, y buah, no veas cómo se lo pasaron, de puta madre para arriba, así que quedamos otras veces, siempre los fines de semana, con los niños, claro está, a ver si te vas a pensar cosas raras, oyes, y no, para nada, pero yo estaba solo y, ya te digo, no sabía qué hacer con el David los fines de semana, y Ana, que trabajaba como una burra, andaba medio peleada con la familia, porque su madre quería que dejara el archivo y se fuera a vivir con ella, o algo por el estilo, así que, buah, no veas, los sábados nos juntábamos y llevábamos a los chavales al cine, o a comer a la Dehesa de la Villa, o a merendar chocolate con churros a la Plaza Mayor, cosas de esas que entretienen a los críos... Ellos se cansaban mucho, porque estaban todo el tiempo a la greña, peleándose cada dos por tres, y luego se tiraban media hora llorando porque no querían separarse, ya te digo, y bueno, al llegar a casa no había más que acostarlos y a la mañana siguiente estaban como una malva, oyes... Claro que yo ya no era el de antes, ésa es la verdad, que yo ya iba para abajo, pero todavía tenía muchísimo material colocado en todos los archivos y vendía muchas fotos. Podía vivir de las rentas, no muy bien, pero sacaba para ir tirando... hasta que se fue todo al carajo. Primero el negocio, porque el mundo del toro cambia muy deprisa, y los toreros a los que yo había seguido se fueron retirando, y salieron otros muy jóvenes, que yo ya no conocía, y los retrataban otros chavales jóvenes también, total, una ruina... Luego acabé de irme al carajo yo solo, la verdad, que si hubiera seguido trabajando como entonces ahora estaría en grandeza máxima yo también, pero... Así es la vida, oyes. Cuando Ana me llamó para lo del *Atlas*, estaba canino, pero canino de verdad, buah, no veas, a punto de dejar el apartamento y meterme por la patilla en casa de mi hermana, ya te digo...

Bajando de nuevo la vista hacia sus zapatos, hizo una pausa que no supe interpretar. No quería ofenderle con cualquier fórmula de compasión convencional, pero tampoco encontraba una manera digna de acercarme a él, ningún hilo del que tirar para animarle a seguir hablando, ahora que ya comprendía la naturaleza del vínculo indestructible que obligaba a Ana a jugarse su puesto todos los días, ese intrincado misterio que seguramente nadie, en toda la editorial, había llegado a desentrañar antes que yo. Todavía buscaba ese cabo suelto que no terminaba de asomar por ninguna parte, cuando él dio por concluido el exhaustivo examen de su calzado y, mirándome, remató con una media verónica más que previsible.

—Pedimos otra copa, ¿no?

Asentí con la cabeza y le seguí, con más gestos que palabras, en una especie de conversación de entreacto —¡Qué bien está este sitio, ¿verdad?! Éste y el Palace serán siempre los mejores hoteles de Madrid, ya te digo, por mucho que inauguren otros de esos modernos, tan horteras...—, hasta que, de un solo trago, dejó su copa por la mitad, pero más vacía que llena. Luego se restregó la frente con la mano derecha y una sorprendente violencia, y siguió hablando en la dirección que más me interesaba, como si fuera capaz de leer en mi pensamiento.

—Pues, aquí donde me ves, la culpa de todo la tengo yo solito por haberme casado con quien no debía, ya te digo... Y que las mujeres sois muy malas.

—A-algunas —protesté.

—Casi todas.

—Si tú lo dices...

—Desde luego que sí, no te digo lo que hay... Claro, que yo me llevé el premio gordo, oyes. La peor, la más perra. Y eso que nadie me engañó, todo lo contrario. Mira que me lo dijeron mis amigos, el Antonio me lo dijo un montón de veces, pero... ya te digo, se me

231

metió en la mollera lo de casarme y me casé, y buah, no veas... Es que yo siempre he sido un romántico, aquí donde me ves, y un tontaina, un gilipollas, eso es lo que soy, y cuando la vi allí, en aquella carpa tan sucia, que olía a meados de caballo, y ella medio desnuda, con los tacones tan altos encima del serrín, y aquel frío que hacía, madre mía, que yo me estaba quedando helado, oyes, que no llegué a quitarme el abrigo mientras la veía bailar, y oía las voces que daba la gente, cuatro hijos de puta, porque casi todas las sillas estaban vacías, pero había un grupito que chillaba sin parar, guarra, tía buena, lo típico, ¿a qué hora sales?, ya te digo, pues me puse malo, pero malo, te lo juro, me entró... Buah, no sé lo que me entró, y me volví y les dije que se callaran, un respeto para la artista, chillé, y fíjate en qué tono lo diría que me hicieron caso, a mí, que no soy más que un tirillas, no veas, pero se callaron, y entonces fue casi peor, porque en el silencio aquel la música sonaba como si los altavoces estuvieran metidos dentro de una lata vieja, y la canción, que era como de estriptis, se volvió de repente tan triste que me di cuenta de que las lentejuelas de su vestido no relucían ya, de puro viejas, y de que tenía un roto en una malla, le brillaban los ojos como si estuviera a punto de llorar de rabia, y todo aquello me daba tanta pena... Es lo malo del toro, ya te digo, que cuando lo mamas desde pequeño acabas siendo torero de una manera o de otra, porque eso es lo que toca, así de claro, y ella era mal ganado, y yo lo sabía, pero lo último que me esperaba cuando aquella mañana salí de Madrid a cubrir la novillada de uno de los chavales que llevaba Antonio en aquella época, era encontrármela precisamente allí, oyes, en El Tiemblo, un pueblo perdido de la provincia de Ávila... o de Salamanca, vete a saber, que ya ni me acuerdo. Estaban en fiestas, claro, por eso había toros, y debí pasar por delante de aquellos carteles un montón de veces, porque todas las tapias estaban empapeladas con ellos, pero ni me fijé, eran como pasquines de papel muy fino, ya te digo, impresos en tinta azul, y al final los miré por puro aburrimiento mientras hacía tiempo para que abrieran las puertas de la plaza. Ella ni siquiera aparecía como la vedete principal, que estaba en el centro, sino justo debajo, como segunda vedete... Primero leí su nombre, Fanny Mendoza, y tuve que forzar la vista para reconocerla en aquella foto tan pequeña y tan mala. Actuaba todas las noches en una especie de teatro chino de tercera, medio circo y medio cabaré ambulante, buah, no veas, una ruina, y ni siquiera sé por qué se me ocurrió ir a verla... Bueno, sí que lo sé, lo sé de sobra, yo... Total, que uno acaba enamorándose siempre de quien menos le conviene.

—Porque ya la conocías... —sugerí, dispuesta a hurgar en la herida hasta el fondo por mucho que doliese, aunque siempre podré alegar en mi defensa que nadie habría presentido dolor en un rostro tan radiante, porque la expresión de su cara había cambiado como si de repente se hubiera hecho de día en su interior. El hombre hastiado y tembloroso que yo conocía recordaba aquel episodio con la ilusión de un niño que cuenta sus canicas una y otra vez, sin cansarse nunca de mirarlas, de acariciarlas, de sostenerlas sobre la palma de sus manos para apreciar su peso o de acercarlas a la luz para maravillarse de su transparencia. Aquélla había sido su gran historia, esa historia que marca una vida para siempre pero no siempre llega a marcar todas las vidas, una historia como la que yo no había vivido jamás, y que ahora envidiaba hasta el punto de necesitar vivirla por mi cuenta en las pausas que dejaban sus palabras.

—Claro que la conocía, ya te digo... O, mejor dicho, conocía a otra mujer, una tía imponente, guapísima, buenísima, uf, tendrías que haberla visto entonces, pues no era nadie, Fernanda, si ni siquiera parecía de verdad, si parecía un póster de esos del *Playboy*, buah, no veas... Fue querida del Antonio durante una buena temporada. La había sacado de un coro de revista y se colgó con ella... pero bien, oyes, yo nunca le había visto así. Entonces, cuando la empezó a pasear por Madrid, iba siempre como una reina, llevaba un traje distinto cada día, y unas joyas para caerse de espaldas, él le compraba todo lo que se le antojaba, perfumes, visones, ropa, y hasta un coche, nuevo y todo. Le comía en la mano, oyes, y podría haber seguido así, viviendo de puta madre, durante un montón de años, pero ella era mal ganado, ya te digo, no era buena, y siempre quería más, más, más, y de tanto ir el cántaro a la fuente... Un buen día, le fue al Antonio con el cuento de que estaba embarazada y quiso colgarle el mochuelo, y el otro... Buah, no veas, pues sí, bueno es Antoñito, encoñado y todo, y a su señora ni tocarla... ¿No ves que está rico? Le dio boleto en menos que se tarda en decir amén. Entonces se perdió de vista. Debió venderlo todo, poco a poco, hasta que no le quedó más remedio que volver a trabajar, y entonces, ya te digo, como tres años después..., más o menos, fue cuando me la encontré yo en aquel pueblo. A mí me gustaba mucho, muchísimo, y ella lo sabía, no lo iba a saber, total, que se pasaba las noches enteras coqueteando conmigo, de coña, claro, que si Forito por aquí, que si Forito por allí, que si hay que ver, Forito, cómo te las gastas, ese tipo de cosas... A Antonio no le importaba, porque sabía que yo no era competencia y además, Fernanda nunca llegó a tomarme en serio, pero yo estaba loco por ella, oyes, loco de verdad, porque sólo a un loco se le habría ocurrido hacer lo que yo hice. Aquella noche, en el teatro chino, vino a verme en cuanto terminó su actuación. Se sentó a mi lado y, buah, no veas cómo cambia el tiempo, si no parecía la misma con la cara lavada y aquella ropa, una faldita tableada de las que llevaban entonces las estudiantas y un minipul desgastado en las coderas, ya te digo, una ruina... Empezó a contarme cómo vivía, en una ruló cochambrosa, todo el tiempo viajando de pueblo en pueblo, aguantando al baboso del empresario, ganando lo justo para comer... Como esto siga así, dijo al final, me meto en una barra americana, eso dijo, y nunca sabré si lo hizo aposta, pero a mí me dio... Mira, no sé qué me dio. Mucha pena, y mucha rabia, y unas ganas muy grandes de matar a alguien. Haz la maleta, le dije, que te vienes conmigo a Madrid esta misma noche. Eso le dije, y no chistó, oyes, y luego, cuando ya estábamos en el coche, se me echó a llorar, Fernanda, y empezó a decirme que yo era su padre, que era el único hombre bueno que había conocido, que nunca me podría pagar lo que estaba haciendo por ella... Eso por lo menos fue verdad, que nunca me lo pagó, ya te digo...

Con unos reflejos que jamás habría imaginado en alguien tan absorto en su propia memoria, levantó la mano para detener a un camarero que pasaba a nuestro lado con una botella de coñac, y pidió que le rellenara la copa con un gesto del dedo pulgar. Luego me miró, sonriendo de una forma diferente a la que yo había visto hasta entonces.

—Tú me recuerdas a ella —disparó sin anunciarse.

—¿Yo-o? —estaba tan asombrada que me encasquillé en la o, una vocal que siempre pronuncio a la primera—. Si yo no soy una tía imponente...

—Ni falta que hace, pero eres muy rubia, igual que ella, y tienes los ojos claros, y la piel blanquísima, y se te hacen dos hoyitos en las mejillas cuando te ríes.

—Pero yo soy buena —sonreí.

—De momento... —soltó una carcajada y yo reí con él—. Es broma —aclaró enseguida—, no te enfades. Lo que pasa es que ella también fue buena al principio, o mejor dicho, se comportaba como si le gustara estar conmigo, y yo creía que éramos felices, ¿sabes?, yo por lo menos fui muy feliz entonces, ya te digo... Empezamos a vivir juntos por esta época del año, más o menos, y yo no se lo conté a nadie porque me conozco a mis clásicos, y a ver a quién coño le importaba lo que hiciéramos o lo que dejáramos de hacer, pero luego empezó la feria y... ruina. Ahí me perdió la vanidad, oyes, y lo reconozco, que si la hubiera dejado en casa, quién sabe, pero ella se había aficionado a ir a Las Ventas con el Antonio y, buah, no veas, cualquiera la decía de perderse una corrida, pues no era nadie, Fernanda, cuando se cabreaba... Y además, que estaba otra vez, uf, buenísima, pero buenísima, oyes, sólo le hizo falta dormir mucho y comer bien durante un par de semanas para ponerse como siempre, de bandera, ya te digo. Yo no me cansaba de mirarla, ésa es la verdad, que a veces me tiraba la noche en vela viéndola dormir, intentando convencerme de que aquella mujer era la mía, de que estaba en mi cama de verdad, y no me lo creía, ni yo me lo creía, así que te puedes figurar cómo me puse la primera vez que hicimos juntos el paseíllo, buah, no veas... Ya en el mentidero liamos una que para qué. Nos miraba todo quisqui, pero todo, oyes, y yo me fijaba en la cara de mis conocidos y adivinaba lo que estaban pensando, joder con el Forito, la tía que se ha llevado, ver para creer... Corté las dos orejas, ya te digo, hasta que el Antonio me amargó la tarde. Primero, porque estaba celoso, eso lo primero, por mucho que siga negándolo hasta ahora, que lo niega, y fíjate si ha llovido, pero la verdad es que estaba muerto de celos, si lo sabré yo, oyes, verde de envidia, estaba, y luego, que lo diría por mi bien, no digo yo que no, pero aquello me sentó como una patada en los cojones, así mismo me sentó... Ten cuidado, Foro, me dijo en un rincón, que ésa está muy toreada, que tiene menos formalidad que el coño de una cabra, que te lo digo yo, que la conozco... Yo no le contesté nada, no creas, yo, chitón, pero le cogí por las solapas y le solté dos hostias que si no llegan a separarnos, acabamos mal, pero mal... Años enteros estuvimos sin hablarnos, hasta que nació mi chico y vino a conocerlo al hospital, muy señor, eso sí, que lo primero que hizo fue pedirme perdón, y luego nunca se ha atrevido a decirme que él ya me lo advirtió, y yo eso se lo agradezco mucho, oyes... Alguna bronca más tuve en aquella feria, pero la verdad es que Fernanda no tenía la culpa, todavía no, porque ella llamaba mucho la atención, ya te digo, pero no podía remediarlo, y hay mucho cabrón suelto por ahí, mucho bocazas y mucho chulo de vía estrecha, y en el toro..., buah, no veas, menudo ganado hay en el toro, pero la sangre nunca llegó al río. Luego, enseguida, empezó el calor. Madrid se fue quedando vacío, que es como más me gusta, y yo le dije que, si quería, nos podíamos ir a la playa unos días, y hasta un mes entero, lo que ella quisiera, porque a mí todo me daba igual con tal de que Fernanda estuviera contenta, oyes, que si me hubiera pedido que me tirara por una ventana, me habría tirado, te lo juro, y eso que nunca había disfrutado tanto estando vivo, pero habría hecho por ella lo que fuera, lo que fuera, hasta meterme un mes a pensión completa en un hotel de Benidorm, que es lo que más me da por culo en este mundo, ya te digo... Pero no, porque ella tenía gustos de señorita, y me dijo, mejor nos vamos en septiembre, que no hay nadie, y estamos en un hotel de lujo por el precio que ahora nos cuesta uno barato, y yo pensé para mí, gloria, y le dije que sí, que lo que ella quisiera, y pasamos julio y agosto en grande, pero en grande de verdad, buah, no veas, todo el día encerrados en casa, con las persianas echadas para que no entrara el calor, granduleando en la cama hasta la hora de comer... Luego, a la caída de la tarde, ella hacía una tortilla de patatas y unos filetes empanados y nos íbamos a la Casa de Campo a cenar y, ya te digo, allí estábamos hasta las dos o las tres de la mañana, tan ricamente...

Justo entonces, en el peor momento, porque sus ojos habían empezado a arder con la súbita necesidad de consumirse que acelera la muerte de esos carbones que parecen ya apagados cuando un golpe de viento les devuelve de pronto al temblor rojo de la vida, tres individuos que respondían con una precisión casi sospechosa, tan ajustada al modelo como un disfraz, a la imagen que las turistas nórdicas deben de tener de los toreros de paisano —tupés negros engominados, relucientes, las patillas largas, las camisas abiertas, unas medallas de El Rocío de oro puro y cinco o seis centímetros de diámetro enredadas en el vello ensortijado y brillante que trepa hasta la clavícula, pantalones muy ajustados, botines oscuros, enormes gafas de sol y anillos en los dedos que sostienen un puro habano—, se acercaron a nuestra mesa para despedirse de mi confidente, que se levantó enseguida para intercambiar palmetazos en la espalda, bromas desgastadas por el exceso de uso e inmejorables deseos para el futuro de todos. Antes, por supuesto, me los presentó, utilizándome como excusa por haberlos dejado solos en el bar, y añadiendo al nombre propio de dos de ellos un mote que tal vez sirviera de nombre artístico. El tercero se llamaba Antonio, a secas. Mientras lamentaba que mi presencia no fuera a apabullarles en absoluto, sin advertir siquiera que ese sentimiento no era otra cosa que el principio de una rampa por la que me estaba deslizando, una vez más, en una historia que me pertenecía tan poco como la vida que usurpo a los protagonistas de las novelas que leo los fines de semana, como la vida que me invento para Alejandra Escobar antes de salir de casa, me pregunté si aquel hombre no sería el mismo que flotaba en el aire desde el principio de nuestra conversación.

—Ese Antonio, ¿no será...? —pregunté en voz baja apenas nos dieron la espalda, pero enseguida me di cuenta de que era demasiado joven para haber compartido la infancia de mi interlocutor.

—¿Ése? No, qué va... —Forito me había entendido, de todas formas, pero no quiso ser más explícito. Se entretuvo durante algunos segundos en impulsar su mechero con los dedos para hacerlo girar encima de la mesa y luego, después de un suspiro que parecía anunciar un cambio de tercio, se dio dos palmadas en las rodillas, y me miró—. Nosotros también nos vamos, ¿no?

—¿A-adónde? —pregunté, sin tratar de disimular mi inquietud.

—Pues... no sé —ahora, él parecía tan desconcertado como yo misma un segundo antes—. Nos vamos, ¿no?

Cuando ambos tuvimos claro que, en aquel extraño intercambio de preguntas, ninguno de los dos había pretendido proponerle al otro ningún final comprometedor, se abrió un silencio turbio y espeso como un charco de aceite, una inconcreta señal de que Forito estaba arrepentido de haber hablado demasiado. Sin embargo, yo, que había empezado a escucharle por pura cortesía, todavía no sabía lo suficiente para dejarle marchar sin más. Por eso, cuando él ya había levantado la mano para pedir la cuenta, me dije que aquella noche no me podría dormir sin conocer antes el final de la historia, y me atreví a preguntar a bocajarro.

—¿No me va-as a contar lo que pasó después?

—Es que... —y de nuevo su mirada buscó refugio en sus zapatos— no sé, no entiendo por qué me ha dado por contarte mi vida de repente. Me da hasta un poco de vergüenza, tengo la sensación de estar haciendo el ridículo... Es lo que me pasa, ya te digo, que me tomo un par de copas y se me suelta la lengua, no puedo evitarlo, oyes... Y que no sé hablar de otra cosa, hay que joderse. Pero a ti no te importa un carajo todo esto, debes estar harta de mí...

—Llevas tres copas —precisé—, y no estoy harta de ti, todo lo contrario... Mira, Foro, a mí no me pasa nunca nada, ¿sabes? Yo podría conta-arte mi vida en tres minutos. Todos los días me levanto, me voy a trabajar, vuelvo a casa, me hago la cena y me meto en la cama, poco más o menos... Por eso me encanta escuchar las historias de los demás, te lo digo en serio...

—Pero ésta... yo qué sé. Si es una historia corriente.

—No tanto —le miré—. A mí nunca me ha pasa-ado nada por el estilo.

—Mejor para ti.

—N-no. Peor, mucho peor para mí.

—¿Sí...? —me dirigió una mirada esquinada, asombrosamente sagaz, y muy sabia—. Espera a saber el final.

—Eso es lo que llevo intentando desde hace un rato —sonreí—, sa-aber el final...

Entonces se echó a reír, cabeceando, como si acabara de admitir para sus adentros que no podía conmigo.

—Pues tendremos que pedir otra copa, ¿no?

—Claro.

—¿Dónde estábamos?

—Cena-ando filetes empanados en la Casa de Campo... Que es una cosa que, dicho sea de paso, no entiendo muy bien, porque si tu mujer tenía gustos de señorita, no le pega mucho lo de lleva-arse la comida a un merendero...

—Ya, pero es que, aunque le tuviera tanta afición al lujo, aunque se pirrara por vivir muy bien, ella se había criado en Mesón de Paredes, ya te digo, y no podía remediar que le gustaran también otras cosas, las que había mamado desde pequeña... Era muy castiza, Fernanda, muy recia, le gustaban hasta los bocatas de gallinejas, que a mí me dan un asco que..., buah, no veas, y eso que he nacido en Carabanchel. Total, que muchas noches nos íbamos derechos a Lavapiés, y yo me tomaba un agua de cebada, que eso sí que me gusta, mientras ella se ponía ciega de guarrerías de ésas... La volvía loca toda la comida que se vende por la calle, pero en aquella época, ella todavía se preocupaba por mí, le gustaba que yo estuviera a gusto, y por eso, las más de las veces, yo me salía con la mía, una tortillita, unos filetitos, y gloria bendita... Hasta que, de repente, cuando mejor estábamos, empezó a hacer frío por las noches, ya te digo, y se nos echó encima septiembre sin avisar. Entonces le pedí que se casara conmigo, porque algo tenía que hacer, para que durara más aquel verano...

—Y ella te dijo que sí.

—Pues, no, no creas que fue tan fácil. Lo primero que me preguntó fue si me había vuelto loco, ya te digo, y luego, buah, no veas... ¿Es que no me conoces?, me soltó, ¿es que todavía no sabes quién soy yo? Eso me dijo, pero yo le contesté que la quería, y que todo me daba igual, lo que pensaran los demás, lo que fuera a decir la gente, todo eso me la sudaba, así de claro, oyes, y ella se quedó pensando y no quise insistir más... Yo, a ver si me entiendes, yo sabía que no estaba enamorada de mí, pero con eso y más, yo la adoraba, estaba tan enamorado que habría hecho cualquier cosa por vivir con ella hasta los restos, incluso a sabiendas de que ella seguía conmigo porque no había encontrado a otro mejor que la aguantara, hasta con

238

eso habría tragado, así que, ya te digo... ¿Qué podía hacer yo? Pues intentar que se casara conmigo, que me fuera cogiendo cada vez más cariño, que tuviéramos un crío o dos, total, el cuento de la lechera... Estuvo pensándoselo cerca de un mes. Luego, a principios de octubre, me dijo que sí en Torremolinos, en un hotel de cinco estrellas donde pasamos quince días que me costaron un huevo y parte del otro, pero hasta eso se me olvidó, oyes, cuando me dijo que sí, que nos casábamos, porque me puse como loco, buah, no veas... Nos casamos al año siguiente, en abril, porque ella quería llevar un traje de novia de los más aparatosos, con mucho escote y una cola de diez metros, ya te digo, y tuvimos que esperar a que volviera el buen tiempo, pero aquel invierno pasó rápido, con los preparativos. Vendí el piso que acababa de comprarme en una bocacalle de la Avenida de los Toreros y compré otro, mucho más caro, en la Fuente del Berro, porque Fernanda no quería vivir al lado de Las Ventas, y luego hubo que amueblarlo, y poner la cocina nueva, y elegir el restaurante para el banquete, y hacerse los trajes de la boda, y buah, no veas... Firmé más letras que un tonto, pero tan a gusto, oyes, lo que es la vida. Y nos casamos, ya te digo, a lo grande, y todo se fue a la mierda antes de que mi mujer hubiera aprendido a usar los electrodomésticos...

Me miró, como pidiéndome una opinión sobre lo que acababa de oír, y me atreví a ir un poco más allá.

—¿Tú crees que lo hizo aposta?

—¿El qué?

—Pues... eso —de repente, tuve miedo de estar pasándome de lista, pero no encontré la marcha atrás—. Ca-asarse contigo primero, quiero decir, y mandarlo todo a la mierda después...

—No sé, chica, yo también lo he pensado muchas veces, pero es demasiado fuerte, ¿no?, demasiado horrible... Yo creo que lo que pasó es que, de repente, se creyó que por estar casada conmigo tenía derecho a todo, ya te digo, que todo era suyo y que la única que mandaba allí era ella, y... ruina, claro, ruina total, porque cada día quería más de todo, más ropa, más dinero, más joyas, más cosas, más, más y más, igual que con el Antonio. Se le antojaba todo lo que veía en la televisión, cualquier cosa que apareciera en un anuncio, pero todo, oyes, y buah, no veas... Y eso que yo entonces vivía bien, pero bien, y hasta me podía permitir algunos lujos, pero todo lo que ella quería, pues no, claro. Y un buen día tuvimos una bronca, y dos días después, otra, y así siempre, que si yo era un tacaño, que si yo era un desgraciado, que si era poco hombre para ella, ya te digo, te lo puedes figurar... Luego me salió con que no la volviera a llamar Fernanda, porque ella se llamaba Fanny, y eso sabiendo de sobra que ese nombre es el que más me da por culo del mundo, y empezó a quedar con sus amigas a todas horas, bueno, a mí me decía que quedaba con sus amigas, quiero decir, hasta que una noche volvió a casa con una cadena de oro que yo no conocía, que me dijo que se la había comprado ella con su dinero, o sea, con el mío que yo la daba, y no me lo creí, y tuvimos una pero gorda... Entonces me fui de casa, me emborraché, y cuando ya no me cabía ni una gota más, me quedé sobado en un banco de la calle Goya, buah, no veas, fue el principio del fin... Me encontró un coche de la madera y me llevó a casa a las seis de la mañana, ya te digo. Fernanda, que estaba muy asustada, me pidió perdón y me prometió que todo iba a volver a ser como antes, y durante una temporada, por lo menos, guardó las apariencias, pero no era buena, ésa es la verdad, y que además no pensaba, y no tuvimos ni seis meses de tranquilidad, y volvieron las broncas. Ella me decía que yo era un celoso, que si me creía que la había comprado, que no tenía derecho a meterme en su vida, y que a ver si no iba ella a poder entrar y salir a su antojo, con treinta años que iba a cumplir. Y no tenía razón, no la tenía, pero yo lo veía todo tan mal, tan a punto de irse a la mierda para siempre, y tenía tantas ganas de que saliera bien, que al final hasta me convenció, oyes, y llegué a sentirme culpable, que... buah, no veas, es que es el colmo, si seré gilipollas, yo, pues llegué a creerme lo que me decía, fíjate si estaría loco por ella. Pero todo fue a peor, ya te digo, y llegó un momento en que no habría engañado ni a un niño de teta. Y lo que más rabia me da, lo que me pone malo todavía, es que no fuera por amor. Porque si se hubiera enamorado de otro, pues bueno, qué le íbamos a hacer, oyes, pero putear así, a lo tonto..., uf. Entonces empecé a beber, pero bien, porque mi vida era una mierda, y no quería dejarla, todavía no, ésa es la verdad, que no podía dejarla, cómo iba a marcharme de casa si la adoraba, si no podía vivir sin ella... En éstas, viene y me dice que se ha quedado preñada, igual que hizo con el Antonio, pero esta vez de verdad. Y ahí sí que me mató, te lo juro, porque no sabía qué hacer, no lo sabía... Por un lado, por mucho que jurara, ni siquiera estaba seguro de que el crío fuera mío, pero por otro... No sé, llevábamos dos años casados, no era tanto tiempo, y yo pensé, a lo mejor, con el niño..., pues no sé, oyes, sienta la cabeza y deja de hacer tonterías, así que... ya te digo. Me tiré todo el embarazo rezando para que se pusiera como una foca, pero no, estaba cada día más guapa, la hija de puta, aunque no le quedaba más remedio que quedarse en casa, claro, y parecía que el niño le hacía ilusión, y a mí también me

240

la hacía, mucha, la verdad, así que pasamos una buena racha. Cuando nació el David, me dije que una criatura tan pequeña, tan débil y tan importante al mismo tiempo, a la fuerza iba a cambiar las cosas, pero no... Qué va. Se negó a darle de mamar para no estropearse las tetas, y no tendría mi hijo ni tres meses cuando empezó a dejarle conmigo para irse por ahí. Y a mí no me importaba, ya te digo, porque me encantaba estar con el crío, que además salió bueno, pero bueno, oyes, que ni una mala noche me dio, el pobrecito, y se tomaba los biberones en diez minutos, que así se puso, hecho una fiera, que daba gusto enseñarlo por la calle... Eso es lo que más rabia me da, que cuando me dejó se llevara al niño, y que el hijo de puta del juez no me escuchara, que cuando salió la sentencia me entró..., buah, no veas, no sé lo que me entró, pero es que le hubiera matado, y a ella, porque no la he vuelto a tener delante a solas, que si no, la mato también, ya te digo...

—A-así que fuiste a juicio... —resumí, más para mí misma que para él, porque lo que acababa de escuchar me parecía sencillamente asombroso, aunque hacía ya rato que habría jurado que mi capacidad de asombro se había disuelto por saturación.

—Claro que sí, no te digo... Pa chasco. Tú nunca has tenido hijos, ¿no? —negué con la cabeza—. A lo mejor por eso no lo entiendes, pero sí, claro que fui a juicio, a varios juicios, porque recurrí la sentencia hasta quedarme sin un puto duro, y para nada, oyes, que no hubo manera... Yo quería que mi hijo viviera conmigo. Estaba dispuesto a meter en casa a mi madre, a contratar a una muchacha interna para que lo cuidara, lo que fuera, pero conmigo. Alegué que ella había abandonado el hogar conyugal, que se había llevado al niño sin avisar, que la vida que hacía no le permitía cuidarlo, buah, no veas, hasta me metí en un grupo de alcohólicos anónimos y estuve año y medio sin probar una gota, porque ella alegó que yo bebía, ya te digo... Pero no, el niño con la madre y yo, dos fines de semana alternos y dos tardes entre semana, lo típico... Así hemos estado hasta ahora, porque no le perdono ni un minuto del tiempo que me toca, pero ni un minuto, oyes, y aunque me muera de ganas de tomarme una copa, cuando estoy con él, sólo bebo vino con la comida, y nada más, te lo juro, es que ni olerlo... No quiero que me vea borracho nunca, nunca. Es lo único que tengo, pero es bastante, y además, me adora, ésa es la verdad, que me quiere un montón, el David, y yo a él... Fíjate que estoy ahorrando, con lo que me cuesta ahorrar a mí y con la mierda que gano ahora, para que se haga alguien... importante, no sé, ingeniero o arquitecto, o algo así, y él, en cambio, dice que quiere ser fotógrafo, como su padre, buah, no veas... Se me hace un nudo en la garganta cada vez que lo oigo. El año pasado se vino a mi casa el diez de mayo y estuvo conmigo toda la feria porque le dio la gana, ya te digo, y su madre no pudo hacer nada para impedirlo, porque él le dijo, si denuncias a papá, voy yo a hablar con el juez y se lo explico, eso le dijo, mi chico, con catorce años y un par de cojones, oyes, y ella se achantó, y no pasó nada. Todas las tardes, nos íbamos a los toros por la patilla, porque yo tengo muchos amigos en Las Ventas, y me dejan pasar gratis, y estaba todo el rato preguntándome, qué va a pasar ahora, por qué hacen esto o lo otro, se ponía de un pesado... Yo se lo explicaba todo, y él me decía, es que tengo que aprender, papá, para cuando venga a trabajar aquí, dentro de unos años... Por eso he venido hoy, para enterarme de los carteles porque, dentro de nada, lo tengo en casa otra vez, ya hemos hablado de eso y él, dale que te pego, que quiere ser fotógrafo, igual que yo... No se le quita de la cabeza, ya te digo, y entonces pienso que, a lo mejor, todo lo que he pasado ha estado bien empleado, que al final he tenido suerte y todo... Y ya sé lo que estás pensando, lo sé, aunque me digas que no, porque es lo que piensa todo el mundo, yo mismo lo pensaría, si alguien me contara una ruina como ésta, pero el niño es mío, oyes, mío, pero mío, estoy seguro, y no porque su madre me lo haya jurado, que esa tía ni tiene palabra, ni seso, ni nada dentro, sino porque yo soy su padre, he sido su padre desde que nació y seré su padre hasta que me muera, y punto. Y encima, es clavado a mí, fíjate...

Se sacó del bolsillo una cartera que parecía de cartón, tan desgastada estaba la piel que el uso había mordido las esquinas hasta hacerlas desaparecer, convirtiendo el rectángulo original en un objeto oblongo, delicado de puro precario, y extrajo con mucho cuidado una foto embutida en una funda de plástico que me tendió con la punta de los dedos. La miré, y no pude contener una sonrisa. Lo que tenía delante era todo un premio para la minuciosa labor de reconstrucción en la que mis ojos se habían empeñado con un tesón creciente, casi amoroso, a lo largo de toda la noche. Por eso, porque aquella imagen tenía algo de triunfo, me felicité íntimamente mientras contemplaba una fotocopia del rostro que una vez había poseído el hombre que ahora me miraba en vilo, aguardando con impaciencia un veredicto. Allí estaban sus ojos verdes, de mirada limpia, incontaminada de cualquier veneno, la nariz romana, recta y severa, y el ángulo de una barbilla nítida, equidistante entre dos pómulos salientes y afilados.

—Desde luego, es hijo tuyo —sentencié, al devolvérsela.

—Claro que sí —exclamó con disimulada euforia, mientras la guardaba de nuevo—, si lo dice hasta el Antonio, y eso que no puede ver a la madre... Cuando era pequeño, que no se notaba tanto, pensé que, si no era mío, por lo menos podía agradecerle al destino que se me pareciera, pero desde que pegó el estirón... buah, no veas, si no hay duda, oyes, si es que es escupido, pero escupido a mí, ya lo ves... Y además, que igual que te digo que con lo de la boda no sé qué pensar, con lo del crío siempre lo he tenido claro, que Fernanda se quedó embarazada aposta para poder largarse de casa y seguir viviendo de mí, ya te digo...

—Pues la historia no termina ta-an mal... —resumí, mientras advertía que nos habíamos quedado solos en un bar de mesas vacías. Hasta los músicos —dos violines y un violoncelo— que llevaban un rato recogiendo sus bártulos, se habían marchado ya. Forito pidió la cuenta a un camarero que esperaba pacientemente, apoyado en una columna, a que nos diéramos cuenta de que eran casi las dos de la mañana, y ya no fui capaz de tender ninguna trampa eficaz para detenerle.

Le dejé pagar, porque sabía que cualquier otra solución le ofendería, y recorrimos en silencio los pocos metros que nos separaban de la calle, mientras una tremenda sensación de vacío, como un hueco húmedo y frío que avanzara sin pausa desde el centro de mi cuerpo para conquistar hasta el más insignificante residuo de calor, me anulaba un poco más a cada paso. Conocía muy bien ese fenómeno, la garra de la desolación que me esperaba, agazapada entre los magníficos muebles de la cocina de mi casa, cada domingo por la noche, cuando el reloj me obligaba a abandonar la novela que estaba leyendo para imponerme la obligación de hacer una cena mínima, la tortilla francesa que engulliría a solas, sin ganas, a veces hasta de pie, antes de acostarme por pura disciplina para afrontar una semana idéntica a la anterior, idéntica a la inmediatamente sucesiva, ese tiempo entre paréntesis que es mi vida.

Entonces, por mirar a alguna parte, miré mis propios zapatos forrados de tela roja, los elegantes zapatos de Alejandra Escobar, y comprendí de repente que aquella noche sí me pertenecería para siempre, que aquella noche había sido mi noche, aunque no hubiera tartamudeado apenas, aunque hubiera bebido más de la cuenta, aunque apenas hubiera hecho otra cosa que escuchar, y la conciencia de mi propia identidad cambió el signo de ese fantasmagórico parásito interior, que mutó en un instante desde la negra naturaleza de la desolación hasta un dolor mucho más confortable, que nacía del simple presentimiento de la ausencia. El final de aquella noche, de aquella historia, me producía una tristeza inmensa, casi insoportable.

Fuera hacía mucho frío. Forito, que no era un personaje de novela, supuso en voz alta que querría coger un taxi. Yo, a cambio, le aplasté contra la fachada lateral del hotel Ritz, y le besé.

—Perdóneme... —me excusé en el umbral de la puerta—. No me gusta llegar tarde, pero he tenido problemas de última hora en la editorial.

Me dirigió una mirada apacible, todas sus miradas lo eran, antes de invitarme a ocupar mi sitio con un gesto de la mano derecha. Salvé la distancia que me separaba del sillón de costumbre andando muy despacio, como si la lentitud que imponía a mis piernas, a mis brazos, pegados al cuerpo, indiferentes al movimiento, pudiera disolver, o encubrir al menos, las huellas de la indignación que todavía palpitaba en mis sienes, coloreando mis mejillas con una contundencia que descartaba por sí sola cualquier posible interpretación de sonrojo o de apresuramiento. Era rabia, pura rabia. Ella frunció las cejas al descubrirlo.

—No ha tenido un buen día —comentó solamente, sin embargo.

—Desde luego que no —corroboré, con parejo laconismo.

Llevaba más de un año hablando para ella cada jueves, más de un año mirándola a la cara, contándole mi vida, desplegando ante sus ojos fragmentos más o menos sinceros del desnudo brutal de mi memoria, y sin embargo, todavía no era capaz de tutearla. Nunca lo haría, como nunca sería capaz de dejar de ver en ella una borrosa versión del enemigo, una especie de testigo insobornable, eterno, de todas mis miserias. Pero la bronca de aquella tarde estaba muy lejos de la frontera que separa la intimidad superficial de la más oscura, esa que no se comparte ni siquiera con uno mismo, y al fin y al cabo, por alguna parte había que empezar.

—Me he peleado con mi hermano Miguel —anuncié, encendiendo el primer cigarro de la tarde—. La verdad es que me he pasado la vida pegándome con él, en casa primero, de pequeños, y luego en el trabajo, y eso sería lo de menos si yo hubiera ganado alguna vez, pero no, porque soy tan imbécil que siempre acaba saliéndose con la suya.

—Miguel es el mediano, ¿verdad?, y es mayor que usted...

—Sí, dos años. Antonio, el primogénito, le saca quince meses, pero se llevan mucho mejor entre sí de lo que yo me llevo con cualquiera de los dos, aunque con Antonio no he discutido nunca, la verdad, porque nos ignoramos mutuamente, lo cual resulta mucho más civilizado, pero también es cierto que le tengo menos cariño, en fin, creo que ya hemos hablado de esto alguna vez... —asintió con la cabeza y seguí hablando—. Bueno, no sé si le he contado que Miguel acabó casándose con una amiga mía del colegio, María Pilar, que era buena chica, bastante cursi, eso sí, porque no consentía que nadie la llamara Pilar a secas, y un poco pava, pero simpática y muy divertida. Era muy guapa, también, una chica que llamaba la atención, como mi hermano, por otra parte, y aunque parezca mentira, los dos se cuidan tanto que ahora resultan incluso más guapos que antes, porque a los veinte años quien más y quien menos tiene buen tipo y una piel estupenda, ya sabe, pero a estas alturas es más raro destacar, y ellos destacan, desde luego... También es verdad que no hacen otra cosa. Desde que tuvo a sus hijos, y el pequeño debe de estar a punto de cumplir trece años, María Pilar se ha pasado la vida entre la peluquería y la *esthéticienne*, porque ella siempre lo dice así, en francés. Cada vez que alguien le comenta que está más guapa cada día, confiesa que su secreto consiste en dormir mucho, como si levantarse todos los días a las once de la mañana estuviera al alcance de cualquiera. Se ha montado un gimnasio en el sótano de su casa y se pasa la mañana haciendo pesas, luego va a nadar, y después queda con sus amigas para ir de compras, porque gastar dinero es lo único que la cura de la neurosis. Ella dice que está expuesta a la neurosis del ama de casa, y que las mujeres que trabajamos no podemos imaginarnos siquiera lo que se cansa una sin hacer' nada en todo el día, y lo que se sufre sin salir de casa, bueno, ya se puede imaginar, su vida parece un chiste machista, y con fundamento, no le digo más... Una gilipollas integral, desde el último pelo de la cabeza hasta la uña meñique del pie izquierdo, y me quedo corta.

—Está claro que ya no son amigas...

—Está claro —admití, notando con alivio los efectos del rutinario catálogo de insultos que había soltado sin detenerme a respirar siquiera, y que empezaba a desalojar un pesado estanque de agua sucia de mi interior—. Hace ya muchos años que dejamos de serlo. La novedad es que, a partir de hoy, somos más bien enemigas. O, mejor dicho, que estamos a punto de empezar a serlo, porque no la aguanto y voy a tener que cargar con ella todos los días... Por eso me he peleado con Miguel. Me ha venido esta mañana con que Mari Pili..., bueno, mi marido siempre la llama así y yo me apunté al diminutivo hace muchos años, en fin, que su mujer tiene una especie de crisis, que está triste y como desorientada, que no sabe lo que quiere ni lo que le pasa. O sea que, por una vez, ha sucumbido a la vulgaridad y está igual que todo el mundo, igual que yo, por lo menos. Lo han estado hablando, y se les ha ocurrido que lo que necesita es trabajar. ¿Se da cuenta? Trabajar, así, por las buenas, como si fuera lo mismo que pasar una temporada en un balneario. María Pilar necesita trabajar, eso me ha dicho. Y aunque él tiene un departamento entero para él solo, aunque hace doce o trece libros de texto cada año, no ha tenido una idea mejor que endosármela a mí, porque como es una mujer y yo trabajo con mujeres... —tenía el mechero en la mano, y lo encendí sin motivo, oprimiendo el pulsador con el dedo pulgar hasta que el metal empezó a quemar, pero ni siquiera así logré tranquilizarme—. Es que es la hostia, vamos, pero la hostia, no sé... Estoy harta, de verdad, harta. A veces tengo la impresión de que nadie nos toma en serio, de que somos una especie de Chicas de la Cruz Roja en versión editorial, y tiene cojones, desde luego... —volví a encender el mechero y esta vez me quemé, y lo hice aposta—. Perdóneme. No he querido hablar tan mal.

—No importa.

—Ya me lo imagino, pero no me gusta.

—Porque le molesta perder el control —sugirió.

—Desde luego —a veces pensaba que si el mérito de un psicoanalista consiste en sacar ese tipo de conclusiones, tenía la vida resuelta aunque no volviera a hacer un libro en toda mi vida—. A todo el mundo le molesta, ¿no? —hice una pausa, pero ella no quiso añadir nada—. De todas formas, en este momento he formado un equipo con mujeres por puro accidente. Me costó Dios y ayuda fichar a la documentalista, Ana, que es la mejor editora gráfica de todo el grupo. Se la quité a mi hermano Antonio en el último momento. La coordinadora, Rosa, había trabajado conmigo muchas veces, como redactora, como correctora, como traductora. Hace de todo, y lo hace bien, así que no se me ocurrió nadie mejor para que controlara la edición. El tratamiento informático se lo encargué a un hombre, sin embargo, Ramón Estévez, un tío estupendo, listísimo, pero que anda siempre muy sobrecargado de trabajo y no podía hacerse cargo de un proyecto más. Por eso me recomendó a Marisa Robles, una de sus ayudantes, y la verdad es que no me hizo ninguna gracia renunciar a él, que acepté a Marisa de mala gana, eso lo reconozco, y sin embargo, todo ha funcionado estupendamente. Hasta el punto de que lo único que tengo claro es que, pase lo que pase después del *Atlas* que estamos haciendo ahora, voy a intentar quedarme con ella para siempre, porque tener a un buen informático a mano es un verdadero lujo. Pero igual que le digo esto, le digo que si Ramón me hubiera recomendado a un hombre, lo habría contratado sin dudar, créame. He trabajado con muchísimos hombres hasta ahora, y no he tenido más problemas con ellos que con las mujeres. Y con cualquiera, por supuesto, menos problemas de los que voy a tener con Mari Pili, eso seguro...

—¿Y por qué la ha aceptado? —parecía sinceramente sorprendida.

—Pues porque soy imbécil, así de claro... Porque Miguel me ha convencido de que meterla de buenas a primeras en su propio departamento resultaría escandaloso, porque me ha jurado que en cuanto pueda se la llevará a trabajar con él, porque sabe de sobra que vamos de culo y que nos vendría muy bien un ayudante que haga de todo, yo qué sé... He conseguido retrasar su incorporación un par de meses, hasta que empecemos un nuevo tomo, a ver si se hace defensora de las focas y se le olvida, o si nosotras, por lo menos, podemos ir haciéndonos a la idea. Al final he pactado que mi cuñada pasará dos semanas trabajando con Rosa, dos semanas con Ana, y cuatro semanas con Marisa, porque los ordenadores son lo que más le interesa, ya ve, si lleva uñas de medio metro, qué le va a interesar a esa imbécil... Y cuando se lo he contado, se me han puesto contentas, claro, sobre todo Marisa, que se lleva la peor parte, porque la verdad es que estamos agobiadas de trabajo, y lo que nos faltaba era precisamente esto. Total, un desastre. Tendría que haber mandado a Miguel a la mierda, amenazar con colocarle a cambio a cualquiera de mis sobrinos en su libro de Lengua, negarme en redondo a cargar con Mari Pili, pero me ha pillado en un mal día, y eso es lo malo de mi hermano, que no se cansa jamás de discutir, y yo no sé estar una hora y media chillando y él sí...

Entonces callé, y la miré a los ojos, y encontré en ellos exactamente lo que esperaba. Desde que, en el preciso comienzo de la primera sesión, le advertí que prefería que no me preguntara nada, solamente se atrevía a interrumpirme para pedirme alguna aclaración trivial, o para glosar mis propias palabras. Las preguntas importantes, sin embargo, asomaban a sus ojos con tanta claridad como si pudiera escribirlas con alguna tinta mágica en el borde de sus párpados. Nuestras sesiones se habían ido convirtiendo poco a poco en un misterioso diálogo entre una voz que hablaba y otra que callaba, pero acertaba a expresarse siempre con silencios rotundos, más eficaces que cualquier sílaba. Aquella voz me preguntaba ahora por qué había tenido un mal día, y había sido tan malo de verdad, que me sometí a su voluntad sin calcular muy bien los efectos de mi respuesta.

—Estoy muy mal —admití, como un mínimo preámbulo—. Hace dos días le conté a mi marido que me estoy psicoanalizando.

Me pareció captar un fugacísimo destello de luz en sus pupilas, un inaudito síntoma de emoción que se extinguió muy pronto, sin embargo, en el acento neutro, convencionalmente profesional, que adoptó para formular una pregunta inevitable, a la que mi raro acceso de sinceridad le daba cierto derecho.

—¿Y cómo reaccionó él?

—Me dijo que él creía que nosotros no hacíamos esta clase de cosas.

Eso fue exactamente lo que dijo, yo creía que nosotros no hacíamos esa clase de cosas, y se desmoronó en una esquina del sofá, echó la cabeza hacia atrás y cerró los ojos, para cambiar en un instante el signo de aquella escena, mi valerosa confesión deshinchándose hasta encajar en los mediocres límites de una inconveniencia, un error de cálculo, un comentario desafortunado e irreparable ya, otro desastre. Mi mirada vagó entre las familiares esquinas del salón de mi casa como si demarcaran un paisaje jamás visitado hasta entonces y después se hundió en mí misma, en mi vientre cansado, súbitamente atormentado por la inclemencia de mis propios ojos. La desnudez se me antojó de repente un estigma de mi propia decadencia, el eco de un clarín tardío que avisa de la ruina de un edificio cuyos muros se precipitan ya hacia el suelo, cayendo sin control en un violento estrépito de asombro y polvo. Como una Eva improvisada pero consciente, apenas fui expulsada del Paraíso corrí al dormitorio en busca de cualquier cosa que sirviera para cubrirme. Cuando regresé al salón, envuelta en un albornoz que ocultaba la ropa interior en la que había buscado una dosis suplementaria de seguridad, él todavía no había abierto los ojos.

Martín el lapidario, le llamaban en la facultad, porque le gustaba hablar a golpe de sentencias, frases cortas, afiladas, crueles a veces, certeras casi siempre e inapelables como sus propias convicciones, como las dudas que me confesaba últimamente con una angustia creciente y una frecuencia insólita hasta en alguien que practica en la duda una especie de metódica gimnasia intelectual. Yo le admiraba también por eso, y por la disciplina con la que pisaba el freno cuando estaba a punto de hacer daño de verdad a quien no lo merecía. Martín cultivaba la brillantez en los huecos libres de una bondad esencial, un sentimiento mucho más ligado al concepto de la dignidad individual y de la justicia universal, que a las blandas caridades en las que se asienta el desprestigio contemporáneo de la virtud. Tal vez por eso, cuando me vio por fin, encogida en el sillón, aferrando las solapas del albornoz con las dos manos, cruzándolas tenazmente sobre mi pecho para cubrir hasta el último centímetro de piel visible, me llamó, y logró envolver sus palabras en el amable tono de una súplica.

—Ven aquí —me ordenó y me rogó al mismo tiempo, abriendo los brazos.

Yo tardé algún tiempo en decidirme. Le miré primero, fijamente, intentando adivinar qué sentía él en realidad, qué sentía yo, indecisa entre el desaliento provisional y la derrota definitiva. Mi resistencia acabó por descolocarle, y cuando echó nuevamente la cabeza hacia atrás, chasqueando los labios como un signo de impaciencia, fui hacia él y busqué sus brazos, enredándome en su cuerpo con el mismo tozudo desvalimiento que me había empujado hasta él al principio de aquella tarde cargada de preguntas.

—Yo creía que tenías un amante —dijo luego, después de besarme muchas veces en los labios, una ordenada ráfaga de besos breves, dulces, que posaron una nota amarga en la frontera de mi paladar.

—Y lo habrías preferido... —musité, con un registro ignorado de mi voz, una débil hebra sonora que parecía nacer de la hondura de mi propio miedo.

—No —contestó, con una rotundidad sospechosa de puro automática—. Desde luego que no.

Y sin embargo mentía. Estaba segura de que me estaba mintiendo, a pesar del aplomo con el que me sonreía ahora, como si la verdad acabase de quitarle un insoportable peso de encima, mentía, y yo no supe qué decir después, cómo excusar una inocencia que se había convertido de golpe en el más brutal de los delitos.

—No podéis pasaros toda la vida jugando al amor puro y eterno —me había dicho Marita una vez, muchos años antes, cuando el mundo entero parecía apenas un pequeño jardín que ella cultivaba en sus ratos libres—. Eso no funciona nunca. Hazme caso o acabaréis mal...

Si no le hubiera gustado tanto follar, habría sido la perfecta reencarnación de la virgen roja. Se llamaba María Tadea, santa del día, y cuando la conocí, poco tiempo después de desembarcar en la universidad, exhibía su nombre completo como una herida de guerra, una condecoración del destino, una especie de contraseña del origen rural y proletario que la destinaba inevitablemente a los puestos de mando, a la cabeza de las voluntariosas huestes revolucionarias que se nutrían sobre todo de los cachorros de una burguesía urbana más que complaciente con la dictadura, los auténticos beneficiarios del desarrollismo franquista, hijos de familias más o menos bien que no entendían ya por qué el pan está bendito, y reían entre dientes al escuchar la enésima versión del ancestral discurso que empezaba con cualquiera de aquellas frases memorables, yo he comido muchas berzas para que tú te hartes de filetes todos los días, o a tu edad yo ya llevaba muchos años trabajando y me compré mi primer coche a fuerza de matarme a horas extras, o mi padre me dio a mí diez pesetas a los veinte años para que me fuera de excursión a la Boca del Asno, y tú ya has estado en media Europa y todavía te quejas.

—En fin, éstos son los bueyes que tenemos para arar... —solía murmurar, fidelísima siempre a su prestigiosa estirpe agraria y cabeceando de desaliento, cada vez que pasaba revista a sus tropas. Pero, a pesar de la intensidad de su perpetua, fingida decepción, mandar le gustaba todavía más que follar. Por eso, luego levantaba la voz para soltar unos discursos aterradores, tan ardientes que las palabras parecían quemarle el paladar, con tal vehemencia escapaban de su boca, y tan feroces que más de un cortejador de la revolución pendiente agachó la cabeza antes de abandonar discretamente aquellas reuniones por la puerta de atrás, andando como los cangrejos, y se perdió para siempre en el confortable limbo de la socialdemocracia, donde nadie se atrevía a mencionar conceptos como el sacrificio, el combate, el dolor, el polvo, el sudor, o las lágrimas de esas madres heroicas que entregan sin vacilar a sus propios hijos a una muerte digna por una causa justa, que era el golpe de efecto preferido por Marita para concluir sus sanguinarias y melodramáticas arengas.

Ella fue la primera persona que me habló de Martín, casi un año antes de que le conociera, y desde luego, no pudo hablarme peor. Mi futuro marido, que la detestaba y era correspondido por ella con creces, porque ocupaba el escalón inmediatamente superior en el complejo organigrama del partido de entonces, fue quien empezó a llamarla María Tarada, un mote que tuvo tanto éxito que algunos despistados llegaron a tomarlo por su nombre de pila. Él fue también quien, muchos años después, me reveló que Marita coleccionaba fotos, grabaciones y hasta películas de Pasionaria, y las estudiaba con ahínco para reproducir escrupulosamente los gestos, las poses, el tono y hasta el acento norteño de Dolores, en sus intervenciones. Copiaba frases enteras de los discursos emitidos por la radio durante la guerra —de ahí su insistencia en el sacrificio de las madres, en una época donde esa expresión remitía más bien al régimen de los hidratos de carbono, que se había puesto de moda—, pero, en mi opinión, lo hacía muy bien. Aunque ella estudiaba Derecho y yo Filosofía, nos veíamos casi todas las semanas en las reuniones del Comité Universitario de Solidaridad con Latinoamérica donde las dos representábamos a nuestras respectivas organizaciones, un invento que funcionaba en realidad como banderín de enganche para el Partido Comunista, porque ninguno de sus restantes miembros podíamos competir, ni de lejos, con la arrolladora capacidad de persuasión que Marita era capaz de desplegar ante cualquier indefinido aspirante a la tarea revolucionaria, incluso al precio de aterrarlo para el resto de su vida. Yo la admiraba por esa facilidad con la que acometía cualquier propósito que se hubiera empeñado en alcanzar, por descabellado que pareciera a primera vista, y me llevaba estupendamente con ella, aunque no me atrevo a decir que fuéramos amigas porque, en aquella época, Marita interpretaba seguramente la amistad como una debilidad urbana y pequeñoburguesa.

—Tú y yo somos interlocutoras —dijo una vez, definiendo nuestra relación con la rotundidad que caracterizaba su idea de todas las cosas, y era cierto. Durante toda la carrera, incluso después de que mi encontronazo dialéctico con Martín anulara el horizonte de mis ambiciones políticas concretas, y hasta cuando autodisolvimos el comité, seguíamos quedando casi todas las semanas para intercambiar puntos de vista, como decíamos entonces, aunque en realidad hablábamos un poco de todo, de la carrera, de la infinita nómina de sus novios de una noche, de música, de libros, de cine. Me gusta recordarla como era entonces, bajita y regordeta, con mucho pecho y las piernas ligeramente cortas, pero muy mona de cara, a pesar de las gafas redondas con montura de concha, deudoras del gusto de León Trotski y paradójicamente seleccionadas por la Seguridad Social franquista entre las monturas que se suministraban gratuitamente, que escogían todos los progres de la época.

Luego, la perdí de vista. Creí que sería para siempre, pero casi un año después de verla por última vez, cuando ya ni siquiera merodeaba por la facultad de Derecho porque había terminado la carrera y trabajaba en la editorial, me la encontré por sorpresa al otro lado del teléfono.

—¿Fran? —preguntó, con un acento tan resuelto como si sólo hubieran pasado un par de días desde que nos tomamos la última copa juntas, y después se identificó con la misma naturalidad—. Marita. ¿Qué tal? ¿No estarás ya de vacaciones?

—No... —murmuré, mientras sujetaba el teléfono con la barbilla para terminar de abrocharme la blusa. Eran las siete y media de la mañana, pero ese detalle no sería ni remotamente el dato más excéntrico de nuestra conversación.

—Pero por lo menos tendrás jornada intensiva, ¿no?

—Pues sí —contesté—. Por eso estoy levantada a estas horas...

—Ya —se excusó—, ya sé que no son horas para llamar a nadie, pero temía no encontrarte, y no duermo nada últimamente, verás... —en ese momento, a pesar del sueño insatisfecho que aún embotaba mis reflejos, comprendí que estaba nerviosa y algo peor, preocupada, asustada, o muy angustiada y empeñada a la vez en ocultarme los motivos de su angustia—. ¿Tienes algo superimportante que hacer mañana por la tarde?

Lo primero que me pasó por la cabeza fue que se había metido en un grupo terrorista, cualquiera de esas rebuscadas siglas de extrema izquierda que había aprendido a descifrar sobre los muros de la facultad aun sin llegar a conocer jamás a ninguno de sus miembros pero, aunque lo último que me apetecía era dar cobijo a un fusil humeante o a su tembloroso propietario, le debía cierta lealtad de camarada, y fui sincera.

—No.

—Estupendo —parecía muy aliviada—. Entonces podemos quedar. Es que..., bueno, voy a abortar, y he pensado que es mejor ir acompañada, porque me han dicho que seguramente tendré que esperar un buen rato, y después...

—Claro, claro... —no necesitaba más aclaraciones—. Desde luego.

Me citó a las cuatro en punto en una salida de la estación de metro de Canillejas —así te dará tiempo a comer algo, precisó, con una serenidad que me devolvió a la Marita que siempre había conocido— y se despidió con la misma rotunda eficacia con la que me había saludado. No tuve mucho tiempo para pensar, pero salí a la mañana de julio, tan calurosa como pueda haber sido la peor mañana de julio de la historia, calculando que si había recurrido a mí, una simple interlocutora, era porque no tenía a nadie más a quien acudir, y esa idea conmovió tan profundamente a la niña sin amigas que yo también había sido que llegué a contemplar la cita del día siguiente desde una perspectiva mucho más amable de la que me depararía la realidad.

Me esforcé por ser puntual pero, naturalmente, ella ya me estaba esperando. La encontré exactamente igual que la última vez. Llevaba unos vaqueros y una camiseta amarilla metida por dentro, y procuré no mirar su cintura ni siquiera de reojo, pero ella prefirió desbaratar cualquier tentativa de delicadeza de una vez por todas.

—Estoy de siete semanas —me dijo, con la misma sonrisa con la que me habría recibido si acabáramos de quedar para ir al cine—. No debe de medir ni diez milímetros. Como comprenderás, no es un niño.

Inicié una conversación trivial, el consabido repaso al estado sentimental, laboral y militante de nuestros conocidos comunes, mientras la seguía por un par de bocacalles hasta un edificio corriente, una casa de pisos de aspecto vulgarísimo, sin ningún tipo de placa en el portal. Subimos andando hasta el segundo, y llamamos al timbre que quedaba a la derecha de la escalera. En el tiempo que tardaron en abrirnos, percibí el eco de un par de transistores sintonizados en distintos programas musicales, el llanto de un bebé, gritos de niños que jugaban y hasta un lejano olor a pisto manchego que debía de provenir del patio interior. Sin embargo, más allá de aquella puerta corriente, tras la que parecía vivir una familia igual que todas las demás del mismo bloque, la realidad perdió de golpe todo el color. En el vestíbulo, muy amplio y recién pintado de blanco, apenas había media docena de objetos, una mesa de oficina con sus correspondientes accesorios —teléfono, interfono, un par de bandejas llenas de papeles, un bote con bolígrafos—, una silla desierta, previsiblemente destinada a una recepcionista ausente, un banco de madera en el que tampoco se sentaba nadie, y dos pósters tan impersonales y previsibles, vista nocturna de Manhattan, playa tropical con palmeras, que lo mismo podríamos haber entrado en el despacho de un agente de bolsa que en la consulta de un dentista.

Seguimos a la mujer que nos había abierto la puerta —una chica muy delgada, morena, el pelo corto y un indefinible aire masculino en cada gesto, tal vez incentivado por el pecho casi completamente plano bajo una camiseta grandísima de algodón blanco, que asomaba, como los vaqueros, bajo la bata que la identificaba como sanitaria de un rango aún desconocido para nosotras, porque no se presentó—, por un pasillo largo y muy limpio, el suelo de linóleo recién fregado acusando las huellas de sus zuecos, hasta un despacho lleno de ficheros, con otro póster, vista diurna y luminosa de Notre-Dame esta vez, y otra mesa de oficina, tras la que tomó asiento. Entonces, invitándonos a imitarla, se dirigió a Marita en un tono sorprendentemente suave.

—El otro día no te abrimos una ficha, ¿verdad? —y esperó la respuesta con una gran sonrisa.

—No —contestó Marita, y me sonrió a mí, como si yo necesitara algún consuelo, antes de empezar a responder a una exhaustiva serie de preguntas con el aplomo que esperaba.

—Dime cómo te llamas.

—María Tadea. Ya sabe, la santa del día...

En ese instante, no sé por qué, se me hizo un nudo en la garganta que no cedió ante cuestiones más técnicas —sí, creo que pasé el sarampión a los siete años, no, que yo sepa en mi familia nadie se ha muerto de nada raro, tampoco, que yo sepa, no soy alérgica a ninguna cosa— y que permaneció firme, manteniéndome a un paso de una emoción tan intensa como inexplicable, hasta que abandonamos aquel lugar para instalarnos en la sala de espera contigua. En aquella habitación, parecida a todas las salas de espera del mundo, mis sentimientos cambiaron de una forma radical. En el sofá situado exactamente enfrente del que nosotras elegimos, una mujer de unos cuarenta años, de aspecto humilde y con pinta de haber sido madre ya de varios hijos, lloraba sin esperanza, con tal desconsuelo y tanta mansedumbre al mismo tiempo, que las lágrimas resbalaban por su rostro sin hacer ruido y sin que ella hiciera nada por detenerlas, a pesar del pañuelo pequeño y arrugado que estrujaba con los dedos de la mano derecha. A su lado, otra mujer, tan parecida a ella que a la fuerza tenía que ser su hermana, lloraba también, sin dejar de murmurar frases de ánimo que no podíamos escuchar, pero adivinábamos en la caricia rítmica e incansable de sus dedos, que apartaban el pelo de la frente de la más desconsolada, y recorrían sus mejillas, y acariciaban su nuca, y trataban en vano una y otra vez de detener aquella imparable explosión de tristeza. Sobre sus cabezas, un flamante cartel del Sindicato de Sanidad de Comisiones Obreras, recién legalizado, ponía un contrapunto objetivo a la dureza de aquella escena. Sólo al mirarlo comprendí que, al margen de la humillación, del dolor y del miedo, todos nosotros, Marita y yo, las hermanas que teníamos delante, y la pareja de jovencitos silenciosos y asustados, casi dos niños, que las contemplaban desde nuestra izquierda, estábamos a punto de cometer un delito, si no habíamos empezado a cometerlo ya.

Cuando se abrió la puerta y una enfermera de aspecto apacible, una clásica madre de familia teñida de rubio, con la radiante sonrisa que uniformaba a todas las personas que trabajaban en aquel lugar, reclamó a la mujer triste por su nombre de pila —acompáñame, Socorro, tu hermana puede venir también, si quieres—, ella dejó escapar un quejido largo y puro, un ay que sonó exactamente así, ¡ay!, antes de levantarse. Entonces, sin pensar en lo que hacía, cogí a Marita de la mano, y ella estrechó la mía entre sus dedos, sin decir nada. Seguimos así, cogidas de la mano, durante casi una hora, hablando de tonterías, el verano, el viaje que más nos apetecería hacer, los libros que nos habían gustado últimamente, lo bueno y lo malo de comprarse un coche, y no sé lo que pensaría ella, pero yo estaba aterrada, creo que no he pasado más miedo en mi vida, y sólo podía pensar que todo aquello era siniestro, la blancura de las paredes, las sonrisas de aquellas mujeres de la bata blanca, la limpieza que se respiraba en cada objeto, siniestro, y temblaba sólo de pensar que algo pudiera salir mal, que Marita no se recuperara de aquella intervención tan sencilla —ni anestesia ni nada, me había dicho—, que la policía llamara al timbre cuando mi amiga estuviera a medias, tumbada sobre una camilla, absolutamente indefensa, a la pura merced del azar.

Como casi siempre ocurre, lo que sucedió a continuación fue mucho menos horrible que todo lo que había calculado previamente. Marita no perdió la calma en ningún momento. Con una fortaleza asombrosa, pagó cada sonrisa con sonrisas y no se quejó de dolor alguno, en ningún momento. Cuando la llamaron, se levantó sin vacilar e hizo sólo una pregunta.

—¿Puede pasar mi amiga conmigo?

Aquella fue la primera vez que me llamó amiga. Yo estuve a su lado, de pie, cogiéndola de la mano y hablando sin parar, mientras la miraba directamente a la cara para obligarla a devolverme la mirada y ahorrarle la tentación de estudiar el monitor situado a su izquierda. De repente, todo me pareció rápido, fácil e indoloro, demasiado técnico y complicado además como para comprender a simple vista lo que estaba sucediendo. Entonces, la madre de familia teñida de rubio desconectó la pantalla y dijo que ya habíamos terminado. Media hora después, cuando Marita demostró que podía andar y hasta correr si hacía falta, ya estábamos en la calle.

Agradecí la bofetada de calor, ese aire reconcentrado, agotado de sí mismo, que sofoca las ciudades en las tardes de verano, como una indudable contraseña de la realidad, de esa libertad que había sentido misteriosamente perdida durante unas horas. De repente, me encontraba de tan buen humor que me habría atrevido a hacer cualquier cosa, cualquiera menos interpretar la expresión del rostro de Marita, frío ahora, y duro, muy lejos del sereno alivio que yo, que jamás he tenido que pasar por un trago semejante, le había adjudicado sin pararme a pensarlo siquiera.

—Mi abuela tuvo a mi padre sola —dijo al principio, parada en la acera con un gesto de determinación casi fiero, los pies firmes y juntos contra el suelo, los puños cerrados dentro de los bolsillos del pantalón, y al principio no la entendí, no fui capaz de descifrar el brillo de sus ojos, la tensión de sus labios, que se curvaban hacia abajo como si su lengua retuviera aún el sabor de un líquido muy amargo—. Mi abuelo era un juez de la capital. Estuvo tres o cuatro años en el pueblo, la dejó preñada y se largó, pero ella pudo con todo. Yo también habría podido. Acabo de cumplir 23 años, estoy sana, soy fuerte, soy abogada...

Acerté a tender los dos brazos hacia delante un instante antes de que se desmoronara entre ellos, y sostuve a pulso su cuerpo pequeño, desmadejado y blando, como si todos sus huesos se hubieran fundido solos, de puro pesar, hasta que recuperó el control preciso para levantar primero la cabeza, el rostro deformado por el llanto, y luego los hombros, que no recuperaron del todo su tiesura mientras se apartaba de mí con la inseguridad de un bebé desorientado que intenta calcular si será capaz de dar dos pasos seguidos sin la ayuda de nadie. Durante unos pocos, larguísimos minutos, las dos seguimos así, clavadas en la acera, absolutamente inmóviles, ella intentando en vano recobrarse a sí misma, llorando todavía, yo contemplándola y reprochándome por dentro mi incapacidad para ayudarla, para tirar de ella hacia cualquier sitio mejor que aquél, cualquier lugar donde sus lágrimas perdieran la misteriosa facultad de inmovilizar mis piernas y mi imaginación de un solo golpe. La gente empezaba ya a pararse para mirarnos, cuando Marita se atrevió a levantar la cara otra vez.

—Lo siento —me dijo, y me cogió del brazo para echar a andar—. Lo siento mucho, Fran. Yo... no contaba con esto. Estaba muy segura de todo, no sé...

—¿Cómo estás? —pregunté, para acabar de sentirme irremediablemente imbécil.

—Fatal. Muy mal. Y no lo entiendo, la verdad es que no lo entiendo, yo había pensado mucho en todo esto, y no quería ese niño, no quería a ese niño, no lo quería...

Mientras se doblaba hacia delante, para volver a llorar con todo el cuerpo, recobré al mismo tiempo la movilidad y la cordura.

—No era un niño —sentencié, al tiempo que levantaba la mano para parar un taxi libre.

La empujé dentro del coche y le di al conductor la dirección de mi casa. Aquel dato la hizo reaccionar.

—No —me pidió—. No quiero ir a tu casa. Vamos a la mía, mejor...

—Pero si estoy sola —aclaré—. Mis padres ya están en la playa.

—De todas formas. Mejor vamos a mi casa.

En aquella época, después de muchos cursos de casas compartidas, Marita vivía sola, en una buhardilla muy pequeña pero tan asombrosamente bien organizada como era de esperar, que se asomaba al cielo de Madrid justo encima de la plaza del Conde de Barajas, cuyos límites apenas se atisbaban sacando medio cuerpo por una de las dos claraboyas abiertas en el techo. Allí, mientras una botella de vodka más bien malo menguaba al mismo ritmo que una Coca-Cola de dos litros, Marita, tirada en la cama, me fue contando los últimos episodios de su vida, que escuché sentada a su lado, en la única butaca que poseía. La convicción con la que aplicaba todo su bagaje teórico a una sórdida historia de amor accidental con un tipo siniestro, citando a Wilheim Reich cada tres frases, y enunciando los presupuestos básicos de la liberación femenina, el amor libre y la lucha de clases para explicarme que él estaba casado pero no se lo había dicho, y que ella no lo sabía pero tenía la obligación de comprenderlo, y que él se había quitado de en medio nada más conocer la noticia del embarazo y ella había asumido libremente la decisión de abortar, me conmovió tanto como la tristeza que no se disolvía bajo la mecánica eficacia de un discurso que, irónico presagio de tiempos aún insospechadamente venideros, por muy justo que fuera en sus intenciones, no servía absolutamente para nada.

El último de sus desastres amorosos daba en realidad tan poco de sí que antes de que se acabara el vodka ya estábamos hablando de su familia y de la mía, de la vida, del destino y de la Historia, tal y como la entendíamos entonces. Cuando me serví la última copa, instalada en el recuento de los primeros años de la carrera y borracha ya sin remedio, le conté que no había podido olvidarme de Martín, y esa confesión por fin la arrebató, haciéndola saltar en la cama de pura indignación.

—No le conoces —me dijo—. Pero yo sí, yo tengo la desgracia de conocerle de sobra. Y será guapo, no te digo que no, pero además es un estalinista, un machista y un pedazo de gilipollas. Entérate bien porque eso es lo que hay.

Media hora más tarde, mientras inflaba la colchoneta de goma en la que me disponía a dormir, al lado de su cama, casi me alegré de haber tenido que escuchar estas cosas y otras peores, porque al menos, el odio que sentía por Martín parecía haberle ayudado a superar la crisis del aborto. A la mañana siguiente, en cambio, despertó mustia, y tan triste otra vez, que llamé al trabajo para avisar de que no me encontraba bien, lo cual era muy cierto, y me quedé con ella. Era viernes, y no nos separamos en todo el fin de semana. El lunes por la tarde, cuando volví a acompañarla a Canillejas para que le hicieran una revisión, ya habíamos alcanzado un grado de intimidad superior al que yo había tenido nunca con nadie. Y sin embargo, la perdí otra vez.

—Estoy pensando en irme a mi pueblo, ¿sabes?, a pasar unos días con mi familia. A lo mejor, empalmo con las vacaciones y me quedo hasta septiembre...

Eso fue lo único que me dijo, y yo la animé tanto como pude, porque me pareció una idea estupenda. Quedamos en vernos a su vuelta, pero ya no fui capaz de encontrarla. Cuando su teléfono enmudeció del todo, me acerqué hasta su casa y el portero me contó que había dejado la buhardilla a primeros de octubre. Lo único que sabía de Marita es que ahora vivía en Cuenca, pero en la guía de aquella provincia no encontré ningún número a su nombre. En el colegio de abogados tampoco supieron darme ninguna pista, y me resigné a echarla definitivamente de menos.

Fue durante aquel otoño, en noviembre del 77, cuando me encontré con Martín en Bolonia. Me acordé mucho de ella, y hasta pensé en invitarla a mi boda, pero entonces, un año y medio después de verla por última vez, ya ni siquiera intenté localizarla, porque su recuerdo había empezado a habitar en ese desván de la memoria donde se amontonan los náufragos que han perdido toda esperanza de rescate. Una tarde cualquiera del verano de 1982, mientras esperaba a mi marido, que contra todo pronóstico había logrado aficionarme al fútbol, para ver el correspondiente partido del Mundial, no fui capaz de presentirla tras la sonrisa cómplice que iluminaba su rostro de estalinista escéptico.

—¿A que no sabes a quién me he encontrado en la comisaría de Aluche?

Cuando la vi, en el marco de la puerta del salón, chillé de sorpresa y de alegría.

Entonces recuperé a una Marita básicamente feliz, más gorda pero igual de mona y, por supuesto, tan eficaz como siempre. Se había casado seis meses después que yo, en octubre de 1979, embarazada —ya ves, el destino, dijo sonriendo—, con un chico de su pueblo, Paco, que era médico y militaba en el PSOE. Al principio se instalaron en Cuenca capital, donde nació su hija mayor, Teresa, que no lleva el nombre de la santa del día, me aclaró su madre, y allí estuvieron hasta que él consiguió un traslado que les permitió volver a Madrid.

—Yo estoy encantada, desde luego —proclamó en voz alta cuando

Martín, que se había ofrecido para poner copas, volvió de la cocina, ausencia que había aprovechado para darme dos o tres risueños codazos de felicitación por haber logrado salirme con la mía, hay que ver, la mosquita muerta, dijo exactamente, cuando me lo contaron no me lo podía creer—, pero te advierto que el trabajo está bastante peor que allí... Durante un par de años he sido prácticamente la única mujer matrimonialista de izquierdas de Cuenca y no daba abasto, la verdad, pero aquí es distinto, y encima, nada más llegar, me quedé embarazada otra vez... Mi hijo pequeño tiene ocho meses. Se llama Paco, igual que su padre, que se puso de lo más cerril con lo del nombrecito, no veas, pero yo le llamo Fran, que me gusta mucho más...

La final de aquel Mundial la vimos todos juntos en su casa, un piso moderno y bastante grande, situado en una bocacalle del Paseo de Extremadura, que parecía un modelo de cualquier revista de decoración para familias de clase media, tan exhaustivamente explotado estaba cada rincón, tan limpio y bien resuelto y armonizado todo. Encontré a Marita muy identificada con su papel de madre de familia, pendiente de la menor necesidad de los niños, severa y dulce al mismo tiempo, y también me gustó su marido, aunque era aproximadamente el último hombre que habría podido imaginar jamás a su lado. Paco era mayor que nosotros, y aparentaba serlo todavía más. Al borde de los cuarenta años —Martín acababa de cumplir veintinueve, Marita y yo teníamos todavía veintisiete—, estaba casi completamente calvo, y su perfil proyectaba hacia delante una barriga, indiscutible estigma de la edad, con la que aún no habíamos tenido tiempo de familiarizarnos. Se había enamorado de Marita cuando era casi una niña, y seguía viviendo para ella. Era un hombre muy apacible, silencioso, cariñoso y paciente, pero carecía de cualquier veleidad intelectual, y a veces daba incluso la sensación de que le molestaba un poco la brillantez de su mujer, que seguía compitiendo tenaz, aunque ahora risueñamente, con Martín por convertirse en el motor de todas las conversaciones. En política era muchísimo más moderado que nosotros tres, aunque en aquella época, cuando su partido estrenaba gobierno, aquel detalle, que al cabo de unos años terminaría provocando discusiones atroces, no tenía tanta importancia.

A pesar de todo, le cogí cariño enseguida y creo le querré siempre, como Martín, que antes de que terminara aquel partido ya le había catalogado como un tío estupendo. Desde el primer momento, advertí también el empeño con el que se había propuesto hacer feliz a Marita, y tuve muchas ocasiones para comprobar hasta qué punto lo conseguía, aunque llegué a conocer tan bien a mi amiga que ni siquiera me sorprendió descubrir en ella, en la misma medida en la que pasaba el tiempo, una cierta envidia impregnada de viejas nostalgias. Marita, que siempre había aspirado a la perfección en todo, me miraba como si mi vida le gustara más que la suya, como si ella hubiera planificado siempre vivir como yo, en lugar de esperar la vida que le había tocado vivir. Durante años, Martín y yo cultivamos cuidadosamente el papel de adolescentes perpetuos. Viajábamos mucho, gastábamos todo lo que ganábamos sin preocuparnos por saber en qué se esfumaba el dinero, nos hacíamos regalos constantemente, y nos permitíamos otro tipo de lujos, como meternos mano en público o intercambiar despreocupadamente alusiones sexuales, que estaban absolutamente fuera de su alcance, porque ellos habían traspasado la línea que convierte a una pareja en una familia, una frontera que yo me proponía no atravesar jamás.

—Lo que os pasa es que, por mucho que lo neguéis, sólo sois dos niños ricos —me regañaba ella—, que siempre habéis tenido las espaldas cubiertas por la familia y nunca os habéis tomado la vida en serio...

Seguramente tenía razón, pero la razón jamás ha bastado para cambiar nada en este mundo. Por eso nunca le hice mucho caso cuando me advertía que no podíamos jugar siempre a ser novios eternos, que si no evolucionábamos en alguna dirección, nuestra historia acabaría muy mal. Estaba empeñada en que tuviéramos hijos, pero yo le contestaba siempre lo mismo, ya los has tenido tú, yo puedo malcriarlos, regalarles muchos juguetes y jugar con ellos. Mi versión de las cosas era muy distinta, porque Martín era exactamente el hombre del que había querido enamorarme siempre, con él me bastaba, y él me protegía del hastío que atenazaba periódicamente a Marita, con su vida llena de hijos, de proyectos de futuro, y de episódicos, pero fulminantes, deseos de escapar, que justificaba con afán cuando yo los enfrentaba con la soleada placidez de mi vida.

—Pero es que, no lo entiendes, los problemas también son necesarios... Forman parte de la realidad. Ayudan a valorar lo que es importante de verdad. No es sensato rehuirlos eternamente.

Y así, en polémicas tan irresolubles como una amistad que se hacía hasta demasiado estrecha para caber cómodamente en ese nombre, fue pasando el tiempo. Los niños crecieron y los mayores engordamos, pero nada cambió, y el tiempo siguió pasando, no había dejado de pasar mientras Marita depuraba sus tres o cuatro convicciones básicas, entre ellas que los seres humanos debemos de ser mucho más duros de lo que los médicos dicen, porque su marido era médico y no hacía nada de lo que sus colegas nos recomiendan hacer a los demás, no dejó de pasar el día que me pidió que la acompañara al hospital, otra vez, después de tantos años, porque le habían encontrado un bulto en el útero que seguramente sería una tontería, y siguió pasando cuando una biopsia confirmó que el tumor era maligno. Ni siquiera se detuvo el 13 de julio de 1992, cuando perdí a Marita otra vez, pero ahora para siempre, víctima de la mala suerte y del mal Dios que permite que muera a los treinta y siete años una persona necesaria para tanta gente. El tiempo no deja nunca de pasar. No conoce la piedad. Y cada segundo seguía perdiéndose sin remedio en el vacío cuando Martín, que estaba convencido de que yo tenía un amante, y había provocado en nuestras vidas una especie de primavera tardía que no era de ninguna forma el final de una mala racha, le dio la razón a Marita por fin, después de tantos años.

—A lo mejor nos hemos equivocado. A lo mejor no se puede vivir siempre igual, como si el tiempo no pudiera hacernos daño, como si la vida no cambiara por sí sola, como si el mundo no se nos fuera a venir encima de un momento a otro.

—Lo que dijo mi marido no es ninguna tontería, no crea. Es verdad que nosotros no hacemos esta clase de cosas. No hacemos las cosas que suelen hacer los demás. A lo mejor, lo único que pasa es eso, no sé... Le he hablado ya de Marita, ¿verdad?, mi mejor amiga, que murió hace un año y medio, de cáncer de útero. Yo la quería mucho, muchísimo, y todavía no me he acostumbrado a la idea de que se haya muerto, porque entró y salió de mi vida varias veces, pero siempre acababa sucediendo algo que me la devolvía, ¿sabe?, siempre volvíamos a encontrarnos. Ahora, sin embargo, nadie me la devolverá. Me cuesta mucho trabajo aceptarlo. La muerte siempre es una salvajada, desde luego, sobre todo cuando no se espera, y nadie podía esperar una muerte como la suya, una mujer tan joven, con hijos pequeños, casada con un médico, con todas las papeletas para morirse de vieja... Estos finales destrozan cualquier guión. La muerte siempre es una salvajada, pero hay muertes más terribles que otras, y la de Marita ha sido brutal para mí, para nosotros. Y no sólo porque cuando alguien cercano se muere a destiempo, siendo aún tan joven, tan fuerte, el dolor te obliga a tomar conciencia de la precariedad de tu propia vida, te obliga a preguntarte por qué no habrás muerto tú, en lugar de ella, y a asumir de golpe que esto no va a durar siempre, que esto puede acabarse sin avisar, cualquier día, sino porque, además, cuando Marita murió, empecé a comprender que se estaban muriendo muchas cosas, que mi propia vida, el mismo mundo, había enfermado de gravedad sin que yo lo hubiera advertido siquiera...

Hubo una última cena. Sin pretexto, sin fútbol, sin nada que celebrar, una cena más, los cuatro solos, un sábado cualquiera, treinta y seis horas antes de que volviera a sentarme con Marita en una sala de espera bajo la advocación de un cartel del Sindicato de Sanidad de Comisiones Obreras, el mismo logotipo, los mismos colores, un peso infinitamente más liviano del que tuvo una vez un cartel tan parecido. España se preparaba para vivir su gran momento, quinientos años de gloria, Barcelona, Sevilla, alta velocidad. En los ojos de Paco brillaba una fiebre insana, la última y más astuta pincelada del esmalte que había barnizado ya un país entero, millones de corazones y de conciencias complacidas en el espesor de esa frágil capa de pintura nueva que asfixiaba los poros de la historia, quinientos años de penuria, de miseria, y de sueños soñados con la dignidad de los perdedores. Recuerdo su exasperación, sus gritos, las gotas de sudor que se remansaban un instante en sus cejas, en sus pestañas, antes de trazar su propio camino sobre las mejillas, y la rabiosa amargura de aquellas preguntas que parecían quedar suspendidas un instante en el aire antes de estrellarse contra el muro que levantaban mis respuestas, las respuestas de Martín. ¿Quiénes sois?, nos preguntaba, ¿qué queréis?, ¿a qué aspiráis? Mi marido parecía muy tranquilo, pero los pulgares de sus manos se disparaban hacia arriba, y el color huía a toda prisa de sus mejillas, secretos signos de su cólera, el primero, y de una prematura resignación a la soledad, el segundo, que no había manifestado nunca hasta entonces. Soy el mismo que hace veinte años, respondía, articulando concienzudamente cada sílaba, quiero lo mismo que hace veinte años, aspiro a lo mismo a lo que aspiraba hace veinte años... Entonces, mientras le escuchaba, intuí que mi amor por Martín, un patrimonio tan ajeno hasta aquel momento a todo lo que no fuera su propio objeto, desbordaría pronto sus propios límites para convertirse en una especie de garantía de supervivencia en la derrota secreta, la más amarga, el voluntario destierro privado de quien persevera en una verdad que nadie quiere entender, que nadie quiere escuchar, que a nadie le interesa ya. Y mientras me estremecía por dentro de un orgullo salvaje y tal vez insensato, mientras me armaba de valor para los días más negros, Marita cambió de bando, y se lanzó a entonar el popular estribillo del progreso palpable, más vale pájaro en mano que cien utopías volando.

—Lo que pasa es que no tenéis hijos —remató, para que yo enrojeciera hasta el último pelo de la vergüenza que ella parecía haber perdido—. No os preocupa el futu...

—¡Vete a la mierda, Marita! —la corté, ignorando cuánto llegaría a lamentar aquellas palabras, y no sólo porque desde el día siguiente su cáncer se sentaría siempre a la mesa con nosotros, para presidir tácita o expresamente todas las conversaciones, sino porque mi exclamación endureció su discurso, forzando quizás a Martín a encontrar un argumento que me heló la sangre en las venas.

—Pues mira, sí, me alegro de no tener hijos —dijo, sin rastro alguno ya de pasión, un cansancio tremendo en la voz—, porque si los tuviera, estaría moralmente obligado a defender un mundo en el que vivirían mucho peor que en el que les espera, en el que van a vivir tus hijos, consumistas españoles postindustriales que se lo van a pasar de puta madre sin enterarse siquiera del precio que otros pagan por su diversión.

Ahí se acabaron la cena, los argumentos y la conversación. Nos despedimos deprisa, y volvimos a casa en coche, sin hablar, él seguramente arrepentido de haber cedido a la tentación de revelar la última verdad desagradable, yo masticando despacio las consecuencias de aquella profecía, y sin hablar entramos en casa, nos desnudamos y nos metimos en la cama. Me acerqué a él y le abracé, como todas las noches, y sus dedos se cerraron sobre mis brazos para darme la bienvenida, pero el silencio permaneció intacto, como un desconocido indeseable que se hubiera colado en nuestra casa sin que nadie lo invitara y no mostrara la menor intención de dejarnos solos. Sólo por ahuyentarle, quise decir algo más que buenas noches.

—Me alegro de que no hayas querido tener hijos... —murmuré.

—Yo nunca he dicho exactamente eso —me contestó, y entonces cobré conciencia de los estrechos límites de mi pobreza.

Tal vez, en ese preciso instante empecé a resbalar. Al final de la cuesta, la psicoanalista me miraba con curiosidad, esperando detalles concretos de esa agonía del mundo que ella no parecía percibir en ningún grado.

—La muerte de Marita —proseguí, escogiendo con precaución cada palabra— ha resultado una metáfora de mi propia crisis, una especie de frontera entre la vida de la persona que he sido hasta ahora, y la persona, distinta, que seré en el futuro. El problema es que siempre he creído saber quién era y no estoy muy segura, en cambio, de saber quién voy a ser. A veces tengo la impresión de haber vivido todos estos años en un sueño. Y no es eso lo que me preocupa, no crea, los sueños son casi siempre mejores que la realidad. El problema es que, un buen día, los sueños se mueren, y no es posible recuperarlos, revivirlos, zambullirse voluntariosamente en ellos. Estamos condenados a la vigilia perpetua, a llamar a las cosas por su nombre, a plegarnos bajo el peso de los hechos, a aceptar la realidad exactamente como lo que es, un paisaje tan inalterable como la sucesión de los días y las noches, y no como un inevitable punto de partida hacia una realidad mejor, que a lo mejor nunca ha existido, y que nunca existirá ya, eso seguro... —la miré y recogí en su mirada una expresión de tal perplejidad que por un **momento** pensé que hasta se estaba divirtiendo—, No entiende nada, ¿verdad?

—No —admitió.

—Muy bien, intentaré explicárselo de otra manera... El día que se murió Marita comprendí que la vida que yo estaba viviendo desde que la conocí agonizaba mucho más despacio, pero tan inexorablemente como ella. Una de sus frases favoritas, en aquellas asambleas universitarias de hace veinte años, era que todos los seres humanos estamos condicionados por la historia, que todos somos hijos de una época determinada, y nos movemos en ella como los actores de teatro se desenvuelven en un decorado, y la pobre se ha muerto sin llegar a saber hasta qué punto tenía razón. Marita y yo nos conocimos en un año concreto, en unas condiciones concretas, y nos hicimos amigas porque en aquel momento todo nos empujaba mutuamente, todo, nuestra edad, nuestra ideología, nuestros gustos, nuestra manera de entender las cosas, todo conspiraba para que acabáramos siendo amigas. Mi amor por Martín es un ejemplo todavía más claro de lo que le estoy diciendo. Yo, que me había criado sin dioses, me enamoré de un hombre al que mi fe logró elevar a la categoría de dios, ¿eso lo entiende? —asintió con la cabeza, y yo proseguí, muy lentamente, porque necesitaba ordenar cada idea antes de expresarla—. Y, por supuesto, cuando me encontré con Martín en Italia, cuando me casé con él, empecé a vivir una vida que tenía mucho que ver con todo esto, con la época en la que vivíamos, con las ideas que teníamos, con el mundo que perseguíamos, en fin... Luego, Marita volvió a Madrid, volvimos a encontrarnos, durante diez años fuimos inseparables, y tal vez, ella contribuyó sin querer a mantener vivo el espejismo, tal vez su propia presencia me impidió comprender que todo estaba cambiando sin que yo me diera cuenta, y que si Martín y yo nos quedábamos cada vez más solos en todas las discusiones, no era porque fuéramos los más coherentes, los más sólidos, o los más listos, sino porque el decorado del teatro había cambiado, y los demás actores ya se sabían su papel cuando a nosotros no se nos había ocurrido ni pedirlo siquiera... O a lo mejor sería más exacto que hablara en primera persona, porque tengo la impresión de que Martín percibió todo esto antes que yo, aunque se haya negado a aceptarlo. A eso me refería cuando le dije que los sueños también se morían. Mi sueño ha muerto, el sueño de la izquierda española se ha muerto en su cama, de viejo, sin hacer ruido. Y ha dejado pocos huérfanos, pero nuestra orfandad es absoluta. A veces pienso que, en el fondo, somos mucho más desgraciados que nuestros padres, que nuestros abuelos, porque no hemos conocido la guerra, ni la cárcel, ni la clandestinidad, ni el exilio, pero nuestro bienestar, nuestra libertad, nuestra paz, no nos sirven para nada, porque ni siquiera podemos soñar, no podemos afirmar ninguna cosa con certeza, no tenemos futuro alguno en el que creer, estamos solos, en el centro del mundo, encadenados a un discurso que nadie quiere escuchar, a una fe que nos falta a nosotros mismos... Y no hay salida.

—Yo no creo que la situación sea tan terrible —matizó ella, con cierta preocupación en los ojos, preludio de una expresión que yo conocía muy bien.

—Porque usted cree que le estoy hablando de política, y los socialistas han vuelto a ganar las elecciones, y a su izquierda existe un grupo parlamentario independiente, pero es que la política apenas tiene algo que ver con esto... Yo le estoy hablando de mi vida, de una manera de mirar el mundo, una manera de entender la amistad, el amor, el sexo, le hablo de esa especie de eterna juventud a la que creíamos estar abonados para siempre, y que ha encogido y se ha arrugado de pronto como la piel de una ciruela pasa. Y a lo mejor, esto ha pasado siempre. A lo mejor, todas las generaciones, desde el principio del tiempo, han creído tener argumentos suficientes para creerse inmortales en vano. No lo sé. Pero le estoy contando lo que me pasa a mí, lo que siento yo, que jamás habría creído que fuera a llegar este momento, que he vivido de espaldas a todas las señales que anunciaban el fin del mundo, que me quedé colgada a conciencia de la asombrosa capacidad de gozo, de la inagotable capacidad de asombro que marcó mi juventud, cuando los adolescentes lo estrenábamos todo en una ciudad adolescente, que también estrenaba todas las cosas, y era la capital de un país adolescente, que se estrenaba todos los días a sí mismo. Hasta el desencanto del que se hablaba entonces, ¿recuerda?, tenía un tinte épico, heroico casi, de derrota flamante, intensa, al que ahora no podemos aspirar, porque la historia se ha hecho pequeña, práctica, portátil, porque en teoría no ha pasado nada. Pero antes, más allá de las decisiones de todos los días, existía un horizonte universal y, si me permite la cursilería, trascendente, que ahora ha desaparecido de golpe, dejándonos a solas con el modelo de coche nuevo que hay que comprar o con el sitio ideal para irnos de vacaciones. El mundo se ha estrechado, se ha vuelto grisáceo, uniforme. No es un buen sitio para vivir, pero no tenemos otro, y tampoco sabemos resistir, porque nunca hemos aprendido antes, nosotros no, nosotros éramos los benditos elegidos para cambiar el curso de la historia, los que teníamos el viento a favor, y ya ve cómo estamos, deseando que la derecha llegue por fin al poder a ver si salta todo por los aires... No se puede dejar de creer de golpe en lo que se sigue creyendo todavía, Justicia, Progreso, Futuro, ya sabe, el simple intento deja huellas terribles. Porque cuando el gran sueño muere, arrastra en su agonía a todos los sueños, y quizás, ese sueño general que nos ha dejado huérfanos sostenía mi pequeño sueño de amor pasión por los siglos de los siglos. Quizás...

O no, me dije a mí misma, cuando me detuve a tomar aliento. Quizás esto no es más que una excusa, quizás no sé nada de lo que está pasando, por qué se ha muerto Marita, por qué mi marido duerme fuera de casa, por qué necesita creer que yo tengo un amante para volver a comportarse como antes, por qué se hundió al conocer la verdad de estas sesiones tan inocentes.

Podría haberle contado muchas cosas más. El acidísimo comentario que se le escapó a Martín sólo un par de semanas antes, la última vez que le hice un regalo sin otro motivo que haber notado cómo lo admiraba ante un escaparate, la tarde anterior, mientras íbamos al cine caminando. Era un jersey doble, de lana gruesa, con cuello de camisa polo y grandes cuadros oscuros, y estoy segura de que le gustaba, porque se lo puso inmediatamente, sin perder el tiempo en quitarle la etiqueta, pero luego, mientras se miraba en el espejo, dijo algo entre dientes, y seguramente no quería que yo lo escuchara, pero lo escuché, ¡qué bien!, fue lo que dijo, otro caprichito, ya sólo nos falta entender de vinos... Ella no habría sido capaz de descifrar una clave tan aparentemente tonta, la maldición oculta tras la transparencia de esa hilera de palabras corrientes, inofensivas, pero yo le habría revelado el sentido de aquel lamento que no lo parecía, le habría explicado que, entre nosotros, esa clase de insignificantes, prestigiosas sabidurías —entender de vinos, de tabernas típicas, de hoteles con encanto, de pueblos escondidos, de dulces de convento— eran una contraseña de la futilidad, un estandarte de esas vidas tan vacías que pueden llenarse con un puñado de direcciones, con un índice de sucedáneos de las emociones verdaderas. Nosotros sólo compramos lo que anuncian por televisión, solíamos afirmar antes, como una irónica provocación que jamás nadie quiso recoger.

Podría haberle contado muchas cosas más, lo que sucedió unos meses atrás, después de que Martín me anunciase que había descubierto que no estaba yendo a ningún gimnasio y yo no fuera capaz de perseverar en mi mentira ni de renunciar a ella, porque mis labios sucumbieron a una repentina parálisis que sólo me consintió callar y mirar al suelo. Entonces ya debía de pensar que yo tenía un amante, y su respuesta fue inmediata, fulminante. Al día siguiente, viernes, a media tarde, me avisó de que se iba a cenar a la sierra, con un par de amigos, sin inventarse siquiera cualquier celebración como pretexto. Ya había comenzado el sábado cuando llamó de nuevo, uf, menos mal que te encuentro levantada, creo que no voy a ir a dormir a casa, ¿sabes?, porque Alfonso, que nos ha traído en coche, está muy borracho, nos hemos pasado mucho y no nos atrevemos a volver a Madrid, mejor nos quedamos a dormir por aquí... Eran las seis y media de la mañana cuando me lo encontré de pie, al borde de la cama, despeinado y sudoroso, la camisa medio abierta, el nudo de la corbata a punto de deshacerse, una manga de la chaqueta embutida en su brazo izquierdo y la otra en vilo, columpiándose a sus espaldas. Me miraba como si pudiera atravesarme, encontrar una respuesta en la cara oculta de mis ojos, no dejó de hacerlo mientras se desnudaba con torpeza, mientras recorría la corta distancia que le separaba de la cama, mientras se reunía conmigo debajo de las sábanas. Luego me abrazó, tan fuerte que me hizo daño, y de la profundidad de aquel abrazo brotó su voz, voz de borracho solo y hastiado.

—Yo te quiero mucho, Fran. Te quiero mucho. Yo quiero estar contigo hasta el final, quiero...

No terminó la frase. No hacía falta. Comprendí su silencio mejor que sus palabras. Me estaba pidiendo ayuda, ayuda para enfrentarse a mí, ayuda para enfrentarse a sí mismo, ayuda para seguir teniendo ganas de vivir conmigo, para seguir teniendo ganas de vivir consigo, para seguir teniendo ganas de vivir. Me pedía ayuda y yo sólo tenía amor, un amor infinito e inútil, porque tanto amor ya no era suficiente. Me pedía ayuda, y yo sólo podía abrazarle, devolverle el dolor, y su silencio.

Podía haberle contado todas estas cosas, pero sentí de repente que ya no podía más, y fue eso lo que dije.

—Estamos muy cansados.

Luego, recogí mis cosas y me fui.

Cuando llegué a casa, Martín no estaba esperándome.

Al escuchar el timbre de la puerta, eché un último vistazo a mi alrededor y me convencí de que, definitivamente, los mapas que había abierto a medias para distribuirlos después sobre la mesa con la vulgar intención de sugerir un espontáneo, trabajado desorden, parecían un mal ensayo de bodegón de una mala estudiante de decoración. Enrollé cuatro o cinco a toda prisa hasta que el timbre sonó de nuevo y fui a abrir por fin, resignada a aceptar los signos del caos que parecía cernirse sobre una cita que no tenía nada de especial, por más que yo estuviera tan nerviosa como para sentir la necesidad de repetírmelo a cada paso.

Vestirme había resultado una tarea tan ardua como disponer los mapas, o hasta peor. Nadie que me hubiera visto con unos vaqueros y una blusa amarilla de verano, sin mangas, discreta concesión al sol de mayo que todavía calentaba cuando salí de la editorial, habría podido calcular la cantidad de ropa que había llegado a amontonarse sobre la colcha de mi cama una hora antes de que me decidiera por un atuendo tan vulgar, pero la verdad es que hacía mucho tiempo que no me apetecía ponerme un vestido ceñido, una falda corta o un body escotado, y no renuncié al pequeño placer de mirarme en el espejo, lista para seducir, aun sabiendo que nada resultaría tan ridículo como reunirme a las ocho de la tarde de un día laborable con un autor vestida para una cacería, y que cuanto más arriba me dejara llevar por mi imaginación, más me dolerían los huesos después del batacazo. Como una mínima e higiénica precaución, me había propuesto adoptar todas las medidas posibles para encubrir hasta el menor indicio del estado en el que me encontraba, una especie de reliquia arqueológica que tomó por asalto mi propio organismo y, lo que fue peor, mi entumecida memoria, que no acertó a rescatar, de puro antiguas, las huellas más recientes de un hormigueo semejante. Esto va a acabar mal, me advertía a cada paso, retocando el decorado que debería convencer a mi invitado de que me había pillado trabajando, pero que muy mal, repetía mientras me pintaba, mientras me miraba en el espejo, y me limpiaba la cara, y volvía a pintarme más discretamente, y sin embargo, cuando por fin lo tuve delante, sus ojos huyeron de mi rostro a tal velocidad que me dije que podía haberme ahorrado todo el trabajo. Tardé un par de segundos en comprender que el gran cuadro colgado a mis espaldas había secuestrado instantáneamente su atención.

—¿Es un retrato tuyo? —preguntó, contemplando el violento conjunto de brochazos de colores vivos sobre el que un grueso trazo negro demarcaba la silueta de la más legítima descendiente directa de la Venus de Willendorf.

—Sí —admití a mi pesar, preguntándome una vez más si Félix, que abominaba furiosamente en público del hiperrealismo, habría pretendido machacarme para siempre coronando aquella montaña de carne desparramada con una reproducción casi fotográfica de mi rostro, o si, como él decía, sucumbiendo a un instante de íntima y brutal desolación, yo nunca había sido capaz de captar el espíritu alegórico del cuadro—. ¿Te gusta?

—Bueno... —frunció los labios en un torpísimo gesto de indecisión del que decidí rescatarle antes de que empezara a ponerse colorado.

—No, en serio... Dime la verdad.

Me miró un momento y sonrió, al comprobar que yo había sonreído primero.

—La verdad es que no me gusta nada.

—Me alegro... —y mi sonrisa desembocó en una risa breve—. Es de mi ex marido.

—¡Joder! —Él rió con más fuerza—. No me extraña que sea ex...

Mientras le rogaba que se sentara, y averiguaba lo que le apetecía tomar, y me iba a buscar un par de cervezas a la nevera, me pregunté por qué no me había atrevido a descolgar nunca aquel cuadro horrible, por qué cargaba con él como si fuera una especie de maldición indisoluble incluso ahora, cuando Amanda ya no necesitaba vivir entre recuerdos de su padre porque disfrutaba a diario del irreemplazable original, y mientras recorría el pasillo en sentido inverso con una bandeja entre las manos, me propuse incluso quitarlo de la pared aquella misma noche, ahorrarme para el resto de mi vida esa pequeña tortura a la que jamás había llegado a acostumbrarme, el instante de repeluzno que me asaltaba al contemplarme así, tan horrorosa, cada vez que ponía un pie en mi propia casa. Creo que eso fue lo último que pensé con serenidad en muchas horas.

Cuando volví al salón, él no estaba de pie, estudiando los mapas, como había previsto, sino sentado en el mismo sillón en el que lo dejé, mirándolo todo con mucha atención, interpretando tal vez la realidad, mi realidad, recordé, como si fuera un paisaje más. Desde la primera vez que le vi, e incluso después de su acceso de cólera telefónica, demasiado violento para ser habitual, me había parecido un hombre muy tranquilo, y no sólo por sus gestos lentos, reposados, sino por una extraña cualidad, relacionada tal vez con su capacidad para comprender lo que le rodeaba, que le permitía integrarse casi instantáneamente en cualquier lugar, como si fuera uno de esos animales miméticos que pueden cambiar a voluntad de forma y de color. Por eso estaba ahí, más recostado que erguido, con las piernas cruzadas de esa enrevesada manera típicamente masculina, el tobillo izquierdo encabalgado sobre la rodilla derecha, dejando caer la ceniza de su cigarrillo sobre el cenicero que tenía más a mano, relajado y divertido, con tanta naturalidad como si llevara toda la vida viviendo en mi casa, sentándose en aquel sillón, ensuciando aquel cenicero.

—¿Se cotiza mucho? —me preguntó, señalando otro enorme cuadro de Félix que tenía delante.

—Bastante, no creas... Si expusiera ahora mismo, los grandes podrían costar más de un millón.

—Pues tienes un capital aquí mismo.

—Ya, pero son la herencia de mi hija.

—Claro, claro... —dijo, como arrepintiéndose de haber sido demasiado sincero, y entonces, no sé muy bien por qué, menos por proteger a Félix que por defenderme a mí misma, que al fin y al cabo me había casado con él, le revelé que, al fin y al cabo los dos tenían un punto, aunque sólo fuera uno, en común.

—Él también fue profesor, ¿sabes? —me senté en un taburete, frente a él, y encendí uno de mis cigarrillos—. Concretamente, mi profesor de dibujo.

—¿Sí? —no parecía muy emocionado—. ¿Tú estudiaste Bellas Artes?

—No. Yo me casé con él a los dieciocho años. Me matriculé en primero de Periodismo, pero ni siquiera terminé...

Interrumpí el brevísimo recuento de mis experiencias universitarias al darme cuenta de que había empezado a mirarme de otra manera, como si una linterna oculta acabara de encenderse detrás de cada una de sus pupilas, y durante un momento los dos estuvimos callados, él calculando en silencio, yo calculando también si sería cierto lo que podía leer en aquella mirada. Entonces, se frotó la cara con las manos, sonrió, y recapituló en voz alta, mirándome de nuevo como un autor bien educado.

—Vamos a ver —dijo para empezar—. En Periodismo no se da dibujo, ¿no?

—No —a pesar de que él guardaba admirablemente la compostura, se me escapó la risa al comprobar que la dirección de sus cálculos era exactamente la que yo había previsto.

—O sea, que te dio clase en el colegio y os encontrasteis luego por la calle, o algo así... —levantó la mano en el aire, como imponiendo una pausa, al comprender que el margen de su última resta era demasiado estrecho—. No, espera, eso no puede ser, porque si te casaste a los dieciocho años, no te dio tiempo... ¿o sí?

—¿A qué?

—A encontrártelo por la calle.

—Yo nunca he dicho que me lo encontrara...

—¡Aaahg! —subrayó su impaciencia dándose un manotazo en la pierna, un gesto infantil que intensificó una sonrisa abierta y levemente ansiosa, la expresión de un niño que busca un regalo escondido en el instante en el que acaba de atisbar por fin una esquina del envoltorio de colores tras el vuelo de una cortina. Yo me estaba divirtiendo, y tenía ganas de divertirme mucho más, así que no me quedaba otro remedio que colaborar.

—Bueno —accedí—. Te lo voy a contar. Me dio clase en COU.

—¿Y?

—Y me enrollé con él.

—¿En COU?

—Sí.

—Tiene gracia... —se tapó de nuevo la cara con las manos antes de dejar caer la cabeza, que oscilaba suavemente a un lado y a otro, y se mantuvo así, negando para sí mismo, un par de segundos. Luego me miró. Parecía sencillamente encantado por lo que acababa de oír.

—¿Por qué? —le pregunté, a punto de quedarme atrapada yo también en una sonrisa boba.

—Pues no sé, es que no me lo esperaba... —hizo una pausa antes de pasar al ataque—. Al fin y al cabo las alumnas han sido una de las grandes fantasías sexuales de mi vida.

—¿Y ya no lo son?

—Bah, ahora es distinto... Ellas son siempre unas niñas, y yo soy cada vez más viejo. Hace años que me llaman de usted. Pero al principio... Bueno, yo entré en la facultad muy joven, con la carrera recién terminada...

—Eras un chico listo —le interrumpí.

—El más listo —sonrió—. Así que a los alumnos de mis primeros

274

cursos les sacaba solamente dos años, tres años, y entonces sí, en aquella época no lo podía evitar, al empezar el curso me fijaba en las chicas, calculaba sus posibilidades, o mejor dicho, las mías, las estudiaba durante meses... Y en fin, ya sabes...

Decidí demostrar que sí sabía.

—Te liaste con muchas.

—Con algunas —confesó, con una expresión de pesar fingido que le favorecía mucho.

Intenté mirarlo con los ojos de cualquier alumna de primero, imaginármelo en la facultad, dando clase, un hombre que parecía más alto de lo que indicaba su estatura, más corpulento de lo que revelaría su peso, mucho más joven de lo que era en realidad, y muy listo, con una cara peculiar, porque sería convencionalmente guapo si su cabeza no fuera un poco demasiado grande, sus orejas un poco demasiado grandes, sus cejas un poco demasiado grandes, aunque aquellos excesos le sentaban bien, tanto como para seducir a promociones enteras de futuras geógrafas, o para seducirme a mí, que a aquellas alturas, cuando introdujo una matización más que previsible, ya podía mirarle con ojos de alumna.

—Pero todas eran mayores de edad.

—Yo era casi mayor de edad.

—Casi. Ahí está la gracia... ¿Cuántos años tenías?

—Diecisiete. Lo siento.

Se echó a reír y yo le acompañé mientras mi sangre me insinuaba que aún podía recordar el peligrosísimo camino que solía desembocar en el estado efervescente.

—No —dijo entonces—. No lo sientas, pero cuéntamelo.

—Ni hablar —respondí sin pararme a pensarlo siquiera, antes de disponer incluso de tiempo para sospechar que aquel juego podía volverse en contra mía.

—Sí, anda —él parecía muy interesado—, cuéntamelo, por favor.

—Es que es una historia muy larga.

—No tengo prisa. Mi mujer se ha ido esta tarde con los niños y el perro a pasar el puente en casa de una amiga suya que me cae especialmente gorda, una especie de apóstol del amor canino que tiene una casa muy grande, en Santander, con doce o catorce perros babosos y malolientes. Se van a divertir muchísimo...

—¿Y tú? —pregunté como de pasada, como si no me hubiera dado cuenta de que él acababa de aprovechar la primera coyuntura mínimamente favorable para informarme de que estaba solo en Madrid, como si a mí no me hubiera saltado el corazón dentro del pecho al enterarme, y aún más, como si mi imaginación, atrapada ya entre las cadenas de la alucinación más deliciosa, no hubiera comenzado instantáneamente a conspirar para sugerirme que él había planificado esta situación al milímetro cuando me citó precisamente aquella tarde, y cuando eligió hacerlo precisamente en mi casa.

—A mí me ha salvado, otra vez, el bendito karst —contestó, con tanta tranquilidad como si no hubiera advertido la velocidad a la que yo procesaba su información—. Estoy escribiendo un libro sobre mis montes favoritos y tengo que ir a Los Monegros este fin de semana a medir un montón de cosas, así que puedo estar escuchándote hasta mañana —hizo una pausa estratégica—, o hasta pasado mañana, si hace falta...

Acusé el golpe con un nuevo acceso de risa floja que no me impidió calcular deprisa la clase de riesgos a los que me había expuesto yo sola.

—No, en serio, es que... —opté por la posición más conservadora—. No me apetece.

—¿Por qué?

Él, que me hablaba ya en un tono premonitorio, casi propio de un amante, no parecía dispuesto a rendirse. A mí tampoco me apetecía quedar como una tonta, por eso fui sincera.

—Es que no vas a pensar bien de mí, después de escucharlo.

—¿Qué pasa? —y en su mirada, la sagacidad se mezcló con ciertas notas de una excitación precoz—. ¿Que empezaste tú?

—¿Por qué dices eso? —protesté, y miré al suelo sólo por no mirarle a la cara, aunque tuvo margen de sobra para comprobar que me acababa de poner roja como un tomate.

—¡Eh! —me llamó, poniéndome una mano sobre la rodilla, como una forma de reclamar mi atención—. Yo también soy profesor. En la universidad es peligroso, en un instituto, y en aquella época, tuvo que ser directamente suicida. Así que tuviste que empezar tú. Y la tentación debió de ser formidable, desde luego, irresistible. Como para arriesgarse a ir a la cárcel...

—Pues no creas... —protesté de nuevo—. No fue tan sencillo, en realidad no empezó nadie, yo... Yo era muy pequeña y no entendía bien... Además, lo que tenemos que hacer es mirar los mapas.

—No —sonrió.

—¿Cómo que no? Claro que sí.

—No. Tú pones los que tú quieras y a mí me parece todo muy bien. Cuéntamelo, anda.

—Eso no es muy riguroso, precisamente...

—Claro que es riguroso —y empezó a mover la mano, que no había abandonado mi rodilla, para trazar una caricia lenta y circular—. No lo sabes tú bien...

—¡Javier, por favor! —supliqué entre risas—. Pero ¿por qué quieres que te lo cuente?

—Porque estoy muerto de envidia —admitió, con una sinceridad que me desconcertó—. Porque me habría encantado que fueras alumna mía a los diecisiete años. Y porque no habría perdido el tiempo en hacerte retratos espantosos, por cierto.

A partir de ahí, caí en picado. Mis últimos forcejeos fueron meramente simbólicos y él lo sabía.

—Pues te advierto que la historia no te va a gustar.

—Claro que sí. Me va a encantar.

—Es que no vas a pensar bien de mí, después de escucharla.

—Mejor. Voy a pensar muchísimo mejor.

—No creas, porque me jode mucho reconocerlo, pero la verdad es que me porté como una calientapollas...

—Estupendo. Seguro que él no se merecía otra cosa.

—¿Y tu solidaridad?

—Estoy dispuesto a ser absolutamente solidario contigo, ya te lo he dicho.

—Muy bien. Pero antes necesito una copa.

—Ponme a mí otra, anda...

Mientras dejaba caer los cubos de hielo entre las paredes de dos vasos de cristal con una parsimonia que traicionaba gráficamente mi incertidumbre, intenté en vano anticipar los efectos que mi historia con Félix podría llegar a producir en el delicado y fragilísimo embrión de algo, una cosa de rango todavía indeterminado, que parecía haber brotado a lo largo de mi conversación con Javier Álvarez. Pero si al final decidí contárselo todo con pelos y señales no fue porque sospechara que era fácil que se quedara colgado de la enloquecida adolescente que fui una vez, y difícil que pudiera ver en mí, tantos años después, una fiel prolongación de aquella caprichosa aventurera que cayó de cabeza en su propia trampa. Si se lo conté fue porque de repente me dije que, a lo mejor, todo aquello había sucedido solamente para que yo pudiera contárselo a Javier, aquella noche.

Cuando se marchó por fin, al tercer intento, eran las doce y media de la mañana.

Yo le acompañé desnuda hasta la puerta, me escondí detrás de la hoja, y le besé en la boca. Ninguno de los dos dijo adiós, ni siquiera hasta luego. Después, cuando deduje por el ruido del motor que el ascensor había comenzado a descender, me pregunté qué podía hacer yo. Levanté los ojos hacia el *Retrato de Ana como diosa de la fecundidad* que tenía delante y pensé en descolgarlo en aquel mismo instante, pero no me sentía con fuerzas ni siquiera para eso. Mis párpados cayeron suavemente sobre mis ojos y sólo entonces me di cuenta de que estaba sonriendo, y mi sonrisa parecía despegarse de mis labios, dibujarse en el aire, multiplicarse entre las esquinas de aquella habitación, entre las esquinas de mi cuerpo y de mi alma, como la feroz sonrisa del gato de Chesire. Pero tú no te llamas Alicia, me advertí, e intenté ponerme seria.

—No estás enamorada, Ana —me dije en voz alta a mí misma—. No te has enamorado, no lo creas porque no es verdad, no puede ser verdad, no es posible...

Ha estado bien, seguí negociando en silencio con mi propio deseo, bueno, vale, ha estado muy bien, un tío cojonudo, unos polvos estupendos, una noche de amor... No, de amor no. Bueno, de amor, pero ¿y qué? Está casado, tiene un montón de alumnas más jóvenes que tú para ligar con ellas, y no lo vas a volver a ver, así que...

—¡Oh, Dios mío! —mis labios rompieron de nuevo el silencio cuando comprobé que toda mi inteligencia, toda mi sensatez, todo el peso de la experiencia acumulada en treinta y seis años de vida, no lograban acortar la amplitud de mi sonrisa ni en una miserable milésima—. ¡Dios mío! —y no encontré nada mejor que decir—. ¡Dios mío!

Entonces comprendí que mi estado era muy parecido a la convalecencia de una enfermedad imprevista y fulminante, y volví a la cama, me tendí en el lado en el que había dormido él, acerqué el cenicero a la esquina de la mesilla, y me fumé el pitillo más espléndido de toda mi larga trayectoria de fumadora. Me había enamorado de Javier Álvarez, y aunque me empeñara en vivir negándolo desde aquel mismo momento hasta el instante previo al de mi muerte, la verdad es que estaba muy contenta de haberme precipitado de golpe en el abismo sin fin donde se pierden los únicos seres humanos que han llegado alguna vez a estar vivos.

Lo intuía ya cuando serví la segunda copa, mi relato avanzando muy despacio entre las continuas interrupciones que forzaban sus preguntas —¿en el muslo?, ¡no me digas!, pero ¿dónde exactamente?—, sus minuciosas puntualizaciones de alumno aplicado —un momento, un momento..., eso no lo he entendido, yo creo que a través de las medias no se puede leer nada—, sus sutiles matizaciones de profesor en ejercicio —pero tú no debías de ser nada aniñada, ¿verdad?, claro que tiene que ver, porque en un grupo de COU el aniñamiento es la norma, todo lo contrario que en la universidad—, entonces lo intuí, casi lo supe, porque no había conocido a nadie como él, y esa insólita mezcla de curiosidad y conocimiento, de serenidad y agitación, de jocosidad y reflexión, que le convertía en un hombre muy joven y muy maduro al mismo tiempo, me gustaba mucho más que cualquier otra posible combinación de aquellos ingredientes. Y no sé cuánto aprendió él de mí mientras me escuchaba con una sonrisa indescifrable, que parecía irónica a veces, y a veces incrédula, pero siempre complacida, mientras me miraba con la contenida avidez de un entomólogo que estudia minuciosamente la mariposa que dentro de un instante va a clavar sin piedad en un cartón, pero yo, que estaba al acecho de la menor de sus reacciones, descubrí también algunas de sus cartas, porque me di cuenta de que no era absolutamente nada tímido, por más que se esforzara en cultivar la apariencia de lo contrario, justo al revés de lo que hace todo el mundo, e incluso llegué a sospechar que su agudísima curiosidad, ese interés pretendidamente ingenuo con el que me pedía detalles cada vez más difíciles de confesar en voz alta, era sobre todo una estrategia que buscaba alargar la historia, fomentar mi excitación, y también la suya, conducir la situación hasta un punto para el que sólo existía una salida posible, a la que llegamos, sin embargo, de una manera imprevista.

Antes me equivoqué al menos media docena de veces, porque no se abalanzó sobre mí cuando le conté de qué manera había devuelto Félix mi falda a su lugar en pleno examen de historia —grave error, opinó, yo te hubiera dejado las piernas destapadas—, ni cuando le expliqué cómo había dejado testimonio escrito de mi gratitud sobre mis muslos —¡pero eras el mismísimo demonio!, dijo solamente—, ni cuando recordé el anónimo taconeo que puso fin a nuestro primer beso en la misma aula donde dábamos clase —me habría encantado ser yo, comentó—, ni cuando le tocó el turno a la conferencia sobre el simultaneísmo —¿hace mucho calor?, me preguntó justo entonces, riendo, y yo le dije que no lo tenía, y él me replicó, no, lo decía porque estoy empezando a sudar mucho—, ni cuando le confesé con qué clase de ceremonia había decidido conmemorar la muerte del tío Arsenio —porque fuiste a su casa a follar, claro, afirmó, y yo lo negué, no exactamente, y él volvió a afirmarlo, ¡anda que no!—, y ni siquiera cuando terminé, trazando sin ganas un boceto apresurado y muy resumido de las miserias de mi vida conyugal.

—Bueno —dije entonces, todas mis expectativas intactas pese a su control, o su cautela, o su pereza, porque sus ojos quemaban, y por eso no podían mentir—. Ya está. ¿Qué, te ha gustado?

—¿No hay más? —preguntó, haciéndose el desconcertado.

—Pues... no. Quiero decir, divertido no. Si te apetece, te puedo contar mi divorcio.

—No, gracias. En mis circunstancias, un empujón podría ser peligroso —no quise acusar recibo directamente de aquel comentario para no volverme loca demasiado pronto, y él aprovechó la pausa para insistir—. Pero a ti, desde los veinticuatro años hasta ahora, te habrán pasado un montón de cosas...

—No creas —le contesté, preguntándome por dentro si sería posible que efectivamente él estuviera indagando en esa dirección para averiguar si en aquel momento concreto yo estaba sola o no, y resignándome justo después a haberme vuelto loca demasiado pronto—. Nada divertido. A veces pienso que quemé de golpe a los diecisiete años todos los cartuchos que me iban a tocar en esta vida.

—No, eso es imposible... —y me miró, una mirada tan honda que me atravesó, para clavarse en algún punto situado detrás de mi nuca—. Estoy seguro de que te quedan un montón.

—Eso espero.

—De todas formas es una lástima, porque me encanta escucharte...

—Y a mí me encantaría escucharte a ti.

—¿Qué quieres, que te cuente mi vida?

—Es lo justo, ¿no?

—Vale —aceptó—. Pero tendrá que ser después de cenar. ¿No tienes hambre?

—Pues... —miré el reloj y casi grito al comprobar que eran ya las once y media—, la verdad es que sí. Podemos ir a la nevera, a ver qué hay...

—Y si no hay nada, yo invito a pizza.

—No hará falta —afirmé, con un acento mucho más firme que mis rodillas, porque, al levantarme, mis piernas acusaron de golpe todas las copas que había tomado, aunque la excitación mantenía mi cabeza sorprendentemente despejada, agudizando incluso esa fibra lateral de la inteligencia que permite percibir al instante los pequeños detalles de lo que está sucediendo—. Ayer fui a la compra, y como nunca acabaré de acostumbrarme a vivir sola, seguro que he comprado de más.

Esforzándome por mantener mi cuerpo a la altura de mi entendimiento, emboqué el pasillo vigilando las paredes, que se portaron bien y no se me acercaron en ningún momento, y entré en la cocina delante de él, que me siguió en silencio, y se apoyó en el tramo de encimera situado justo enfrente del frigorífico mientras yo ya estudiaba atentamente su contenido.

—Verás... —le anuncié—, tengo ingredientes para hacer tres o cuatro ensaladas distintas, setas de cardo, que a la plancha están estupendas, jamón serrano bueno, dos rodajas de salmón fresco, raviolis rellenos de carne...

Pensaba continuar con la fruta, pero en ese momento sentí que su brazo izquierdo rodeaba mi cintura, y un segundo después, su mano derecha colaboró para darme la vuelta. Cuando lo consiguió, estábamos tan cerca que nuestras narices casi se rozaban. Entonces, manteniendo el tronco erguido, dejó caer sus piernas sobre las mías para sumergirme en una insólita paradoja térmica, mi espalda contra las baldas de la nevera abierta, presintiendo el frío que apenas se insinuaba al principio, y mi vientre pegado al suyo, acogiendo a través de la ropa la huella diagonal de su sexo lleno y duro, como una inmediata promesa de calor, y a pesar de la estricta urgencia de la situación, aún pude reservar un mínimo resquicio de calma para mirarme desde fuera, con esa inteligencia de las cosas pequeñas, y si he deseado algo en esta vida, deseé que aquella escena fuera una metáfora del tiempo que me quedaba por vivir, y que el frío apenas lograra ya arañarme la ropa por la espalda. Luego le pregunté qué quería cenar, y él me besó para demostrarme en un instante de qué manera el hombre más tranquilo puede perder en un solo gesto hasta el menor asomo de tranquilidad, y en ese momento, dejé de vivir, para instalarme en un territorio diferente del mundo conocido, donde las sonrisas flotan en el aire, y el tiempo puede detenerse horas enteras en un solo segundo, y las mujeres como yo se enamoran como bestias alunadas, aterradas y cautivas para siempre al mismo tiempo.

No recuerdo cómo llegamos a la cama. Me acuerdo, en cambio, de que me rompió un botón de la blusa y de que yo misma tuve que desprender los pantalones de mis tobillos, porque la habilidad de sus dedos se extinguió bruscamente más allá de mis rodillas, y me miró, y resopló, las manos abiertas, como diciéndome que él ya no podía hacer más. Recuerdo muy bien el peso de su cuerpo, el filo de sus dientes, el flequillo que caía sobre su cara pero me permitía entrever sus ojos cada vez que abría los míos, recuerdo sus ojos, hondos y líquidos como bocas de un pozo infinito, sus ojos abiertos, esa extraña cualidad puntiaguda de sus ojos, afilados como puntas de lanza, como clavos amables, como trépanos sabios que conocen lo que existe más allá de la piel, lo que la carne y los huesos esconden, recuerdo cómo me penetraron sus ojos, cómo se apoderaron de mí incluso cuando no podía verlos, cómo desarbolaron en un instante el centro de gravedad de mi cuerpo, y me recuerdo también a mí, al margen de todas las leyes físicas que rigen este planeta, a salvo de mi memoria, a la merced de la suya, al borde de la imprudente emoción que hace saltar a un perro de ciudad cuando le sueltan un día en un pinar, a un enfermo terminal cuando le anuncian un tratamiento nuevo e infalible, a un condenado a muerte cuando escucha en un transistor lejano una imprevista crónica de la revolución que acaba de estallar, y recuerdo que traspasé ese borde sin darme cuenta, sin haberme decidido a hacerlo, sin llegar a saber quién dio el paso que me situó al otro lado del significado de las palabras, en los dominios de otro placer, otro terror, otra alegría, una felicidad distinta de la que pueda nombrar sin sobresalto cualquier día. Y sin embargo, Javier Álvarez no me conquistó, no me poseyó, no me sedujo, porque los ejércitos no conquistan las ciudades que los esperan con las puertas abiertas, porque nadie toma posesión de algo que ya le pertenece, porque el prestigio de un seductor nace precisamente de la resistencia, siquiera simbólica, de su objetivo. Lo que ocurrió fue mucho más sencillo y mucho más difícil de explicar al mismo tiempo, porque ocurrió que sus brazos, sus manos, disolvieron la codiciosa avidez de sus ojos en calor, el signo de un verano instantáneo y portátil que me envolvió como si apenas una vez, más allá del más remoto umbral de la infancia, hubiera alcanzado a presentirlo, como si desde entonces hubiera vivido solamente para esperar su regreso. Había algo profundamente perverso en aquel abrazo bífido, la tibia inocencia de sus brazos agudizando esa ambición oscura, ilimitada, que esmaltaba sus ojos, un guiño familiar atrapado en el color de un misterio indescifrable. Eso ocurrió, y no sé en qué tramo de la caída perdí pie, pero apenas tuve la oportunidad de recordar que aquélla era la primera vez mientras mis titubeos, mi rígida inseguridad de principiante, se resolvían por sí solas en una prodigiosa armonía sin aristas.

Luego sí. Luego salió de mí muy despacio, y pegó su cuerpo al mío, y me besó y me acarició con una delicadeza que de alguna forma yo ya conocía. Entonces me di cuenta de que nunca me había acostado con un hombre de imaginación tan sucia, y nunca me había acostado con un hombre tan bien educado, y nunca, jamás, ni remotamente, me había atrevido a sospechar que existiera un hombre de imaginación tan sucia y tan bien educado al mismo tiempo. Aquel descubrimiento me dolió tanto como si el destino me hubiera clavado un puñal por la espalda, porque voy a perderlo, me avisé, aunque no quiera. Y ya estaba segura de que no quería.

—¿Tienes pan? —me preguntó, cuando yo ya estaba calculando qué fórmula elegiría para despedirse.

—¿Pan? —repetí, y tardé algún tiempo en conectar—. Sí, claro.

—Pues me comería un par de huevos fritos con jamón, ¿sabes? Yo los hago.

—Ni hablar —dije, rebuscando en el armario hasta encontrar una bata de raso estampada con pagodas y doncellas japonesas, que me pareció muy propia para la ocasión—. Los haré yo, porque tú seguro que me destrozas el teflón con la espumadera, y estoy harta de comprar sartenes...

—Te equivocas —me replicó, enfundándose directamente en los pantalones—. Soy muy cuidadoso... Pero si te empeñas en despreciar mis habilidades, siempre puedo poner la mesa.

Cuando terminó, se sentó en una silla, exactamente detrás de mí. Lo sé porque mientras ponía mis cinco sentidos en freír unos huevos perfectos, con la yema esponjosa, ni cruda ni pasada, y la clara bien cuajada, con un adorno de puntillas tostadas en los bordes, dijo algo que me obligó a volverme.

—Me gustas mucho, Ana.

Estaba sentado tranquilamente, desnudo de cintura para arriba, fumando y mirándome con los ojos muy abiertos. Yo no fui capaz de tanto, y devolví la vista a la sartén, apostando conmigo misma a que se me rompía la última yema, antes de corresponderle.

—Y tú me gustas mucho a mí —dije, mientras sacaba el cuarto huevo ileso del aceite.

—¡Qué bien! —resumió cuando llevé los platos a la mesa, aunque nunca he sabido si estaba glosando mi confesión o celebrando la aparición de la comida, que despachó deprisa, pero con evidente placer.

Después recogió la mesa muy cuidadosamente, apilando los platos en el fregadero con los vasos y los cubiertos encima —eso tuve que reconocerlo en voz alta—, llenó la jarra de agua antes de devolverla a la nevera junto con el recipiente del jamón, y se apoyó en la pared, frente a mí.

—Pues podemos volvernos a la cama, ¿no?

A aquellas alturas, menos atónita que maravillada por la facilidad con la que fluía, a un ritmo sereno, pero sin pausas, mi particular versión de esa especie de guión universal en el que ya había perdido toda esperanza de obtener un papel que no fuera secundario, fui incapaz de articular una respuesta ingeniosa. Cuando me levanté, con una sonrisa en los labios, él salió de la cocina y le seguí sin decir nada. Eran más de las dos de la mañana, y al quitarme la bata tuve frío.

Me lancé sobre la cama como si me zambullera en una piscina, el mismo gesto apresurado y torpe, y él, que estaba tendido de perfil, contemplándome con una sonrisa divertida, tiró de mí hacia sí antes de que yo hubiera tenido tiempo de buscarle bajo las sábanas. Entonces me di cuenta de que nuestros últimos movimientos, los huevos fritos, su propuesta de volver pronto a la cama, mi silencio al seguirle por el pasillo, ese impulso automático de apretarse contra el otro para entrar en calor, podrían corresponderse exactamente con la rutina cotidiana de una pareja que llevara muchos años compartiendo la misma casa, el mismo tiempo, el mismo sistema para emplearlo, una pareja satisfecha, armoniosa, quizás incluso feliz. No me atreví a estar segura de que eso fuera una buena señal, pero la placidez con la que lograba abandonarme en los brazos de un hombre que apenas doce horas antes era un simple contacto laboral ni siquiera me asustaba.

—Cuéntame algo más —dijo entonces.

—¿Más?

—Sí, me gusta mucho escucharte.

—Pues no sé...

—Por ejemplo. ¿Tienes hermanos?

—Tres, dos chicas y un chico.

—¿Cómo se llaman?

—Mariola, Antonio y Paula.

—¿Mariola es la mayor?

—Sí.

—¿Y tú?

—Yo soy la tercera —sonreí—. ¿Qué, es muy interesante?

—Muchísimo.

—¿Y tú?

—Yo soy el primogénito de ocho hermanos, seis varones y dos mellizas.

—¡Qué barbaridad!

—Me gustas mucho, Ana.

—Y tú me gustas mucho a mí.

—Estás buenísima, y me encanta cómo hablas...

—¿Cómo hablo?

—No lo sé exactamente, pero tienes una forma especial de contar las cosas.

—Nunca me lo habían dicho.

—¿No? Bueno, si sólo te has relacionado con gente como tu ex marido tampoco me extraña.

—¿Y cómo es mi ex marido?

—Gilipollas.

—¿Y cómo lo sabes?

—Porque lo sé.

—¿Y por qué lo sabes?

—Porque es tu ex marido.

—¿Te molesta la idea?

—¿De que tengas un ex marido? —asentí con la cabeza—. Claro que sí. Muchísimo.

—No me lo creo.

—¿Por qué? —rió—. ¿Te molesta que me moleste?

—No, claro que no —hice una pausa para anticipar que iba a ser sincera—. Me gusta... Aunque tú tienes una mujer.

—Sí, pero a mí me gustaría que te molestara.

—Me molesta.

Celebró mis palabras con una sonrisa peculiar, la expresión de un niño indeciso entre una travesura y una gamberrada.

—A mí también.

—¡Anda ya!

—En serio... ¿Sabes una cosa, Ana?

—¿Sabes una cosa tú?

—¿Qué?

—Que tienes mucho morro.

—Sí, eso es verdad. Pero también tienes que reconocer que soy encantador.

—Eres encantador.

—Te voy a echar otro polvo. Ahora mismo.

—¿Qué?

—Ésa es la cosa que quería decirte antes. Bueno, si no te parece mal.

—No, no me parece mal —admití—. Incluso me parece muy bien.

No sé si la segunda vez fue mejor que la primera. Sé que todo fue más lento, aunque no exactamente más tranquilo, sé que sus ojos no cambiaron, aunque en el preciso hueco del asombro brotara una luz distinta, la risueña complacencia con la que su mirada convirtió mi cuerpo en un paisaje conocido, y sé que su avidez no disminuyó, sé que incluso creció, aunque mudó de signo y de ambición para hacerse mucho más profunda, más global, y sin embargo sí ocurrió algo nuevo e importante dentro de mí, porque en algún momento empecé a escuchar un sonido pequeño y rítmico, el eco del cabecero de la cama, que celebraba jubilosamente cada embestida de mi amante a pesar de los tornillos que lo mantenían unido a la pared, un repique discreto, incesante, como un código íntimo, una canción extraña que antes se me había escapado y ahora colonizaba sin esfuerzo mis oídos para advertirme qué estaba pasando exactamente, para obligarme a comprender que por encima de la sorpresa, de la emoción, y hasta de ese inconcreto bienestar gaseoso que sólo necesitaba reposar unas cuantas horas para convertirse en un auténtico enamoramiento, yo estaba follando con aquel hombre, y su cuerpo estaba dentro del mío, y se movía, y nunca aquel gesto me había parecido tan brutal porque nunca lo había sentido como un destino tan necesario, y entonces el sexo se impuso sobre todo lo que había ocurrido antes, y ya no me hice más preguntas, el futuro dejó de esperarme al cabo de unas pocas horas, su vida y la mía dejaron de existir más allá de la frontera de las sábanas, y en lugar de esperarlo blandamente, como un don, como una gracia, como un regalo inmerecido, me concentré en perseguir mi propio placer sin calcular ninguna consecuencia, ni siquiera la dosis de generosidad que encierra esa clase de egoísmo, y nunca mi imaginación había sido tan sucia, y nunca me había costado menos comportarme como una chica bien educada, y nunca, jamás, ni remotamente, me había atrevido a sospechar que pudiera llegar a convertirme en una mujer con la imaginación tan sucia y tan bien educada al mismo tiempo, y estoy segura de que eso me unió a él más que ninguna otra cosa de las que habían sucedido, de las que habíamos dicho, de las que habíamos hecho aquella noche.

Después me dormí. Sabía que lo que estaba pasando iba a ser muy importante para mí, y me propuse incluso quedarme despierta un rato para fijar cada detalle en mi memoria, para encontrar una clave que me permitiera luego reconstruir toda la historia sin esfuerzo, para saborear aquel imprevisto estado de gracia, pero Javier se movió un par de veces hasta encontrar la mejor postura, y me acoplé sin dificultad a su cuerpo, recibí un último beso que me hizo saber que aún estaba despierto, y temo que hasta me quedé dormida antes que él. La mañana siguiente me encontró en el mismo maravilloso país donde me había despedido del mundo, pero después de los besos, y los abrazos, y las risas tontas que certificaron que todo lo que recordaba había sucedido en realidad, el horizonte se desplomó repentinamente sobre el suelo.

—Bueno, pues me voy a tener que ir...

—¿Ya? —pregunté, y para disfrazar la alarma que parpadeaba en mis ojos como un semáforo en rojo, recurrí a la infalible sensatez del ama de casa—. ¿No quieres desayunar?

Él respondió a mi pregunta con una sonrisa.

—Claro —dijo luego—. Voy a tener que irme después del desayuno.

Pero no lo hizo. Se vistió, se reunió conmigo en la cocina, se tomó despacio una taza de café con leche y cuatro o cinco madalenas, encendió un cigarrillo y me miró. Yo le sonreí. No lograba recordar cuánto tiempo había pasado desde que me sentí igual de bien por última vez, si es que la primera había llegado a existir y, paradójicamente, la certeza de que aquello se acababa no era suficiente para arañar siquiera la invulnerable coraza con la que sus efectos me habían protegido. Él pareció darse cuenta de todo. Como si mi sonrisa envolviera una invitación tácita, miró el reloj, y fingió no haber sabido antes que era tan pronto.

—Son sólo las ocho y media... —anunció—. No se puede salir de viaje a estas horas. Seguro que me quedo dormido encima del volante y muero en el acto.

—¿Sí? —pregunté, burlona.

—Claro. Haz una cosa por mí, anda. Sálvame la vida...

Se levantó, rodeó la mesa para situarse detrás de mí, colocó las manos bajo mis axilas para insinuar el ademán de levantarme en vilo, y después, sin dudar en un solo movimiento, me guió de vuelta al dormitorio, me quitó la bata, se metió vestido en la cama y empezó a hablar sin previo aviso.

—Ayer te conté que era el mayor de ocho hermanos, ¿verdad? Bueno, pues me acabo de acordar de un juego que se me ocurrió cuando tenía... no sé, nueve o diez años, quizás incluso menos, una tontería, desde luego, aunque tuvo mucho éxito, porque toda la familia acabó jugando a lo mismo, bueno, todos menos mis padres, claro... Yo me lo había inventado para chinchar a mi hermano Jorge, el segundo, porque aunque le saco solamente un año, siempre nos hemos llevado muy mal, siempre, y de pequeños mucho peor. Los dos somos muy competitivos y ninguno de los dos sabe perder —hizo una pausa para mirarme y sonrió—. Pero él tiene mucha menos paciencia, y por eso no consiguió ganarme casi nunca.

—¿Y en qué consistía el juego?

—En hacer que lo bueno durara. Sólo podíamos jugar cuando nos daban algo que nos gustara mucho, yo qué sé, un caramelo, un chupa-chups, un bombón, o incluso cosas que se gastaban rápido aunque no fueran de comer, como los tarritos aquellos de jabón que servían para hacer burbujas, por ejemplo, los globos o los sobres de cromos. El juego consistía en guardarlo, en hacer lo que fuera para seguir poseyendo el tesoro intacto cuando el otro ya lo hubiera perdido. Y no había reglas, ¿sabes?, valía todo, meterse un caramelo en la boca procurando no tocarlo con la lengua y darse la vuelta enseguida para envolverlo otra vez y esconderlo en un bolsillo, romper trocitos de periódico con un sobre de cromos delante para que, al escuchar el ruido, el otro creyera que ya estaba abierto, pasear por el pasillo con el artilugio aquel de fabricar pompas y soplar, pero sin llegar a mojarlo nunca en el jabón, cosas así... Ganaba el que, varias horas después, cuando el enemigo ya ni se acordaba del bombón que se había comido, lo sacaba despacio de su escondite, lo exhibía lo más aparatosamente posible, y se lo comía muy despacio y con mucho placer, porque el sabor del chocolate se mezclaba con el de la victoria.

—O sea, que jugabas a cultivar la envidia de tu hermano... —resumí.

—O a conocer los límites de mi propio deseo —me respondió—. También era una especie de gimnasia de la voluntad, y si lo piensas bien, un ejercicio casi ascético. Eso decía mi padre, por lo menos, que aprobaba mucho mi invento porque decía que fortalecía el carácter. A mi madre, en cambio, le daba mucha rabia, porque decía que, al vernos, cualquiera pensaría que pasábamos hambre. La verdad es que ahora mismo, al contártelo, me acabo de dar cuenta de que parece un juego de niños pobres, y nosotros no lo éramos, tampoco ricos, clase media pelada, con demasiados hijos como para permitirse algún lujo, nunca íbamos de veraneo, por ejemplo, pero pobres tampoco éramos, aunque me costó Dios y ayuda que me dejaran hacer una carrera de letras y, a cambio, mi padre me puso a trabajar por las tardes, en tercero, para ahorrarse una secretaria. Tenía una empresa de transportes, ahora la lleva mi hermano Jorge, y yo estaba en la oficina, cogía el teléfono, hacía las rutas, me ocupaba de los albaranes y las facturas, cosas así... De todas formas, aquel juego nos obligaba a apreciar el valor de las cosas, incluso por encima del que tenían en realidad. No sé, es curioso... Se me había olvidado completamente, ¿sabes? Me acordé de todo anoche, de golpe, antes de dormirme, y pensé que, desde luego, la vida tiene gracia, porque entonces, cuando era un niño y los mayores tomaban las decisiones importantes en mi nombre, yo ganaba siempre, siempre conseguía que lo bueno durara, y ahora que soy adulto, ahora que en teoría soy el dueño de mi propia vida, las cosas buenas, que nunca pasan, cuando pasan, nunca dependen sólo de mí...

Le miré con atención y encontré una mirada limpia, ligeramente nostálgica, aunque sonriente, que no me ayudó a comprender el sentido de aquella historia, pero todavía no había decidido si lo que acababa de escuchar era una oferta, la petición de una prórroga, una despedida elegante, o un simple recuerdo recuperado por puro azar, cuando él, que me acariciaba la espalda muy despacio, se apretó contra mí y encajando la barbilla en la curva de mi cuello, dijo algo que acabó de desconcertarme por completo.

—A ti no te apetecerá...

Me revolví entre sus brazos para mirarle a la cara. Estaba muerto de risa.

—¿Qué? —pregunté, a medio camino entre el asombro y la euforia.

—Pues... —cerró los ojos y se rió, como si de repente le diera mucha vergüenza seguir—. Follar un poco...

—Hombre, si es un poco... —yo también me reía, la risa total, incrédula y ruidosa de un niño que acaba de ganar el juguete más grande en una tómbola—. Pero tendré que concentrarme —le advertí.

—Bueno, yo también... —admitió—, y si desfallezco en el intento, tienes que prometer que me respetarás.

—Te lo prometo.

—Muy bien.

Aquellas dos palabras actuaron como el disparo del juez de una carrera, y no sé si aquel ejercicio infantil de guardar los caramelos durante horas tuvo o no algo que ver, pero la verdad es que la fase de concentración fue mínima, y el resultado brillante como un castillo de fuegos artificiales. Después volvió a anunciar que tenía que irse, y esta vez hasta llegó a ducharse. Yo no me levanté de la cama mientras seguía su rastro a través de la puerta entreabierta, el chorro de la ducha, el ruido del calentador, el silencio que precedió al eco de sus pasos sobre las baldosas. Pero tampoco esta vez logró marcharse. Cuando volvió a entrar en el dormitorio, desnudo y chorreando todavía, se metió en la cama sin decir nada. Allí estuvimos por lo menos una hora más, y me di cuenta de que no encontraría un momento mejor para intentar asegurarme un pedazo de futuro, preguntarle qué pensaba hacer conmigo, qué pasaría después de que se fuera, cuándo creía él que nos volveríamos a ver, o si, simplemente, creía que volveríamos a vernos algún día, me di cuenta de que aquél era el momento de preguntar todas esas cosas, pero tuve miedo de echarlo todo a perder, de destruir aquella concreta versión del bienestar, los besos blandos, exhaustos, que se sucedían sin palabras, aquellas pausas mudas que podían expresar cualquier cosa, y al final, a las doce y media, le dejé marchar sin preguntarle nada, como si nada hubiera ocurrido.

A las dos menos cuarto ya había agotado todas las ganas de preguntarme cómo había podido llegar a ser tan rematadamente tonta.

Me sobraba hasta tal punto mi prudencia, o mi cortesía, o mi respeto, o mi miedo, como quiera que pudieran definirse aquellas raquíticas reservas, que lo único que me apetecía era llorar. Me advertí que nunca jamás le volvería a ver y que me lo tendría muy bien empleado, y las lágrimas se asomaron efectivamente hasta el borde de mis párpados, para subrayar la inminencia de mi derrota.

Pero a veces las cosas cambian.

Parece imposible, es increíble pero, a veces, pasa.

Por eso, justo en aquel instante, y sé que eran las dos menos cuarto porque me tropecé con la ventanita del despertador al ir a descolgar, sonó el teléfono.

—Hola, soy Javier.

—¿De verdad? —pregunté, como una imbécil atrapada en su propia buena suerte.

—Sí —y presentí que sonreía al otro lado del teléfono—. Estoy casi en Guadalajara, pero he pensado que, si me invitas a comer, doy la vuelta ahora mismo.

Cuando atravesé las puertas de cristal que conducían al inmenso vestíbulo que cruzaba sin ganas todos los días, me detuve un momento para dedicar un recuerdo a la miserable mujer que no era yo, aunque con el mismo cuerpo, con el mismo rostro, hubiera recorrido el camino exactamente opuesto apenas cinco días antes. Giré sobre mis talones y aún pude ver a Javier, que arrancó justo entonces, como si estuviera esperando a que me volviera para ponerse en marcha. No tenía más remedio que seguir su ejemplo pero, y ésa era otra asombrosa novedad, la idea de pasarme ocho horas mirando, anotando, clasificando, midiendo y escaneando imágenes, no me pesaba. Jamás una mañana de lunes ha sido tan magnífica. Lo comprobé mientras salvaba las escaleras con pies ligeros, adelantando por la izquierda a una legión de pobres víctimas de sueños atrasados o nunca satisfechos, mientras recorría el pasillo fijándome en detalles tan triviales como la longitud de los tramos de moqueta azul marino o el número de pasos que podía dar entre la puerta de un despacho y la del siguiente, y sobre todo, al comprobar que el enorme estudio que compartía a mi pesar con otros dos editores gráficos y el último maquetista convencional que trabajaba en la casa —una especie de reliquia laboral al que se recurría sólo para trabajos muy urgentes o especialmente delicados— estaba casi vacío. Teresa, la editora de Texto, literalmente tapiada por un muro de sobres y carpetas, respondió a mi saludo con un gruñido. Nuestros dos compañeros, mucho más parlanchines, estaban desaparecidos, y así permanecieron durante la mayor parte de la mañana, quizás solamente porque yo no tenía ganas de hablar con nadie.

Acerqué mi mesa a la ventana, me empapé de la luz poderosa, purísima, radical, de aquella mañana hecha para personas felices, y cerré los ojos. Aún podía respirar su olor, presentir sus manos, escuchar el exacto acento de su voz, aún podía regresar a él, al tiempo ganado en él, sólo con cerrar los ojos. Cuando los abrí, sentí que el aire se había espesado, que se había vuelto denso y sonrosado, sólido, igual que el aire que recordaba, y me sostenía sin esfuerzo, repentinamente ingrávida, leve, como fabricada con plumas de pájaro, en una especie de cámara de espuma tibia que era el mundo y tenía la misma temperatura que mi cuerpo. Aquella insólita sensación de conformidad, la prodigiosa armonía que se desprendía de mí misma y alcanzaba a todas las cosas, se prolongó durante más de dos horas, mientras trabajaba a una velocidad inaudita en una mañana de lunes, limpiando mi mesa de encargos atrasados sin ningún esfuerzo ni atención alguna hacia aquel trabajo, mi imaginación, mi voluntad y mi razón felizmente secuestradas en la línea de sus cejas, en el perfil de su rostro dormido, en su manera de sonreír o de pedir las cosas por favor. Nunca la realidad me ha sido tan ajena. Por eso fue tan cruel el despertar.

—Oye, por favor...

Una voz tan chillona que parecía casi una caricatura sonora hirió mis oídos en el preciso momento en que mi hombro registraba una impertinente sucesión de golpecitos. La ausencia desde la que me obligaron a regresar era tan profunda que mis hombros se contrajeron en un espasmo violento, y mi respiración se aceleró como si acabaran de amenazarme de muerte.

—Perdóname —escuché justo detrás de mi nuca—. No pretendía asustarte.

—No, perdóname tú... —y me di la vuelta para comprobar que había identificado correctamente a la propietaria de esa voz de papagayo bien entrenado—. Estaba distraída.

María Pilar Nosequé de Antúnez, que había decidido aprender a trabajar justo después de cumplir los cuarenta, porque acababa de darse cuenta de que se aburría mucho haciendo pesas en casa, me sonrió aliviada. La estudié en silencio durante un par de segundos, reparando en la novedad de su pelo, recién teñido en algún recio color leñoso, nogal quizás, o caoba, y cuidadosamente recortado para enmarcar su frente con un flequillo recto, como de voluntariosa colegiala tardía, un estilo que cultivaba con afán desde hacía demasiados años en todos los demás aspectos posibles, desde las sutilísimas cadenitas de oro que descargaban toda una colección de joyas minúsculas —un corazón, una letra, otra letra, un brillante, un perrito, una manzanita— sobre su clavícula, hasta las medias gordas de licra oscura que se dejaban ver desde el vuelo de la minifalda de cheviot hasta el borde de unas botas de diseño convencionalmente infantil, con un indudable punto ortopédico. Siempre que la veía, recordaba a su marido desnudo, embistiéndome con furia en el suelo del salón, pero aquella vez, por gratitud a Javier, no me asombré de que un hombre como Miguel pudiera vivir con una mujer como aquélla, sino de la buena idea que había tenido yo al no liarme con él.

—¿Te gusta? —me preguntó, tocándose el pelo—. Se lo vi en una portada a Linda Evangelista.

—Te queda fenomenal —respondí, calculando ya una fórmula para quitármela de encima—. Y te hace jovencísima.

—Sí... —convino con modestia, arreglándose las lacias puntas del pañuelo de seda estampada, de función estrictamente inútil, que se había colocado alrededor del cuello, sobre un jersey de cuello alto que habría podido llevar mi hija al colegio cuando tenía doce años—. Bueno, pues aquí estoy. Tú me dirás lo que tengo que hacer...

—Verás... —dije, levantándome al fin, una radiante sonrisa en mis labios—, me temo que ha habido un cambio en tu programa. Espérame aquí un momento, ¿quieres? Voy a enterarme bien de cómo ha quedado todo. Puedes ir mirando esas fotos —añadí, ya casi en la puerta, señalando vagamente en dirección a mi mesa—, y así te vas haciendo una idea...

Apenas puse un pie en el pasillo, me di cuenta de que se parecía demasiado al sombrío corredor de todos los días, pero la pecera estaba cerca, y mis pies avanzaban muy deprisa mientras rezaba por dentro para pillar a Marisa en un buen momento. En los últimos tiempos, por algún misterioso motivo que nadie había descubierto aún, estaba muy nerviosa y como ensimismada, incluso ausente a ratos, un estado insólito en alguien que sólo hablaba de sí misma para quejarse de la monótona transparencia de su vida, el hastío de los días iguales marcados apenas por la salida y la puesta del sol. Aquélla no era la mejor época para pedirle esa clase de favor, pero no tenía otra posibilidad. Rosa, atascada en su propia pasión sin salidas, seguramente no llegaría a sentir grandes simpatías por mi causa.

Y con Fran nadie se ha atrevido todavía a hablar nunca de un asunto privado.

No tuve suerte. Antes de llegar a la pecera, escuchaba ya sus gritos, el innovador método al que recurría últimamente para resolver sus problemas, que por otro lado eran muchos, porque Ramón y ella se habían convertido en una especie de sabios brujos con mano de santo a los que recurría cualquier empleado de cualquier departamento cuando las máquinas se volvían locas.

—¿Qué pasa? —dijo al verme, a modo de saludo, y crucé los dedos.

—Marisa, por favor, tengo que hablar un momento contigo —murmuré, mientras dirigía una temerosa mirada al ordenador destripado que yacía encima de su mesa, para consolarme inmediatamente después, al darme cuenta de que no era el suyo—. Es una emergencia...

—¿Otra? —me preguntó, con cara de susto—. ¡Qué lunes llevo, Dios mío, qué lunes...! Ha-as vuelto a meterle al PhotoShop pa-arámetros imposibles, ¿verdad?, como si lo viera. Y se te ha colgado el sistema, ¿no? Claro. Te tengo dicho que un escá-aner no es una cafetera, tía, hay que tratarlo con cuidado...

—No es eso, no es eso... —tiré literalmente de su brazo para arrastrarla conmigo hacia un rincón—. A mi escáner no le ha pasado nada. Por lo menos de momento... —añadí, al pensar que Mari Pili llevaría un rato ya hurgando a sus anchas en mi mesa—. Pero a mí sí...

—¿Qué, a ver? —dijo inmediatamente, como si llevara horas esperándome.

—Pues es que... Este fin de semana me ha pasado una cosa tremenda, tremenda... —cogí aire y lo solté de golpe—. Me he enamorado.

—¿Qué? —repitió, mirándome con una expresión cercana a la que habría adoptado si acabara de confesarle que tenía un cáncer.

—Que me he enamorado.

—¿De un tío?

—No, del arte barroco... ¿Tú qué crees?

—Pero... ¿tú? —estaba absolutamente perpleja—. ¿A-así de claro?

—Así de claro.

—¡Joder! —se quedó callada, como si necesitara masticar despacio mis palabras y de repente se echó a reír—. ¡Joder, joder, joder!

—Sí —añadí sin poder evitarlo, riendo yo también—, la verdad es que eso ha tenido algo que ver...

—¡Mira, n-ni me lo digas! —chilló, apoyando el dorso de su mano derecha sobre la frente para fingir que estaba al borde del desmayo—.

Eso no me lo digas siquiera. ¡Serás puta, cabrona, a-asquerosa, suertuda de m-mierda...!

—Llámame lo que quieras, pero ponte en mi lugar.

—Ya-a me gustaría.

—No, en serio... Tengo a Mari Pili esperando en mi despacho y no puedo cargar con ella, Marisa, no puedo, te juro que no, hoy no, esta semana no... Cámbiamela, por favor, cámbiame esta semana por la próxima que te toque y te lo agradeceré hasta en la hora de mi muerte, seré tu esclava, haré lo que tú quieras, te lo juro, te lo juro... Hace demasiado tiempo que no me monto en una nube. Y no me quiero bajar tan rápido, no quiero, no puedo, no sería justo.

—Pero es que estuvo conmigo la semana pa-asada. Va a pa-arecer muy raro...

—Dile a Fran que ha mejorado mucho, que está muy dotada para la informática...

—Pero si es completamente tonta —aceptó mi sugerencia igual que si acabara de contarle un chiste—. Y ella lo sabe de sobra, es su cuñada. No se lo va-a a creer.

—Bueno, pues dile que esta semana tienes muchísimo trabajo y que te viene muy bien un ayudante...

—No se lo va a creer tampoco, pero... —se quedó un momento en silencio, mirando hacia arriba sólo con los ojos, como si todavía estuviera calculando algo que yo sabía que ya estaba decidido— Vale. Ca-argaré con Mari Pili... con una condición.

—Lo que tú quieras, ya te lo he dicho.

—Tienes que contármelo. Todo. Lo a-antes posible.

—Desde luego —ya contaba con esa especie de ineludible peaje—. ¿A la hora de comer te parece bien?

—Estupendo. Y una cosa más, para ir a-abriendo boca... ¿Le conozco?

—¿A él?

—No, a-a mi padre...

—Sí que le conoces.

—¿Y quién es?

Mi primera respuesta fue un ataque de risa nerviosa. Después, todavía intenté ganar un poco de tiempo.

—Es que no te lo vas a creer.

—¡Pero qué dices, tía! A esta-as alturas yo ya me creo lo que me cuen...

Muy bien, tú te lo has buscado, dije para mis adentros antes de interrumpirla sin más preámbulos.

—Javier Álvarez.

—¡¿Qué?!

Si le hubiera confesado que me acababa de acostar con Dios, sus ojos habrían reflejado el mismo purísimo estupor, pero ni una gota más del que pude contemplar en aquel instante. Luego se frotó la cara con las dos manos, como preparándose para lo que le faltaba por conocer, y recordé en voz alta mi advertencia para sugerirle que, a pesar de todo, podía entender muy bien su asombro.

—Ya te dije que no te lo ibas a creer...

—¿Pero lo estás diciendo en serio?

—No he dicho nada más en serio en toda mi vida.

—Ja-avier Álvarez... El único que yo conozco, o sea, el riguroso autor...

—Ese mismo.

—¡Joder...! —y me miró como si las dos nos hubiéramos vuelto locas—. Mándame a la tonta esa, anda, que al final hasta voy a a-acabar haciendo un buen negocio...

—Muchas gracias, Marisa —le di dos besos para cerrar el trato.

—Na-ada de gracias —me advirtió—. A la hora de comer te espero.

Mari Pili hizo como que lo entendía todo y aceptó el cambio de planes sin protestar. La acompañé hasta la puerta con una profunda sensación de alivio, aunque su irrupción hubiera desbaratado irremediablemente ya el milagro de aquella mañana, porque el simple hecho de haber tenido que contarle a Marisa lo que había ocurrido, por muy escueta que hubiera sido nuestra conversación, había trazado una línea nítida, implacable, en mi confusa percepción del tiempo, y mi historia con Javier, que había seguido sucediendo en presente hasta el instante en que la cuñada de Fran empujó la puerta, ya era eso, una historia, algo sucedido en el pasado y tal vez completo, circular, acabado, un puro recuerdo prematuro. Sólo de pensarlo, sentí que me quedaba sin aire.

Cuando regresó, el jueves a la hora de comer, ya había desechado de golpe todas mis preocupaciones previas acerca del futuro, clasificándolas como las indeseables consecuencias de una neurosis típicamente femenina y precisamente por eso impropia de mí. El lunes por la mañana, la llegada del avión procedente de Santander que desembarcaría en Barajas a una mujer borrosa, acompañada de dos niños igual de inconcretos, y un perro al que conocía mucho mejor, gracias al riguroso parecido físico entre todos los individuos de su misma raza, me parecía un destino lejanísimo, una fecha tan astronómicamente distante que bien podría no llegar a cumplirse nunca. Esa sensación se prolongó durante todo el viernes, y alcanzó también al sábado, mientras apuraba cada momento como un regalo y el lunes se perfilaba como una meta distinta, un lugar al que llegar, y no en el que separarse. El domingo, en cambio, contagiada quizás de la intrínseca tristeza de ese día de despedidas, sí fui capaz de comprender lo que se me venía encima, y hasta me atreví a lanzar una pregunta oblicua sobre sus planes más inmediatos que él comprendió perfectamente, aunque prefiriera contestarla sólo a medias.

—Y por cierto... —le interrumpí, mientras se quejaba entre risas de no haber dedicado ni un solo minuto del puente a empezar a leer una tesis doctoral de cuatro tomos sobre la evolución morfológica de la meseta meridional, un proyecto muy interesante, según él, cuyo tribunal estaba convocado para el siguiente jueves— ¿qué vas a hacer con Los Monegros?

—¡Oh! —me contestó, después de un rato—, pues dejarlos en su sitio. No me echarán de menos, ¿sabes? Eso es lo bueno de trabajar sobre el relieve, las montañas no caducan ni se pasan de moda, hacen falta dos, o tres mil años, para llegar tarde... Sin embargo, como lamentablemente yo no voy a vivir tanto, tendré que ir algún fin de semana de éstos, no me queda más remedio... Podrías venirte conmigo. Desde la ventanilla de un coche, parece un sitio muy feo, pero cuando lo conozcas te darás cuenta de que no existe un paisaje más intenso, más auténtico, más representativo de la realidad de este planeta... —parecía tan emocionado que no pude reprimir una sonrisa—. De verdad, no te rías. Todas esas montañas cambiando de forma sin parar, cediendo al agua, al hielo, asumiendo cada cambio climático... Son los testigos más fieles de la historia de la Tierra, guardan huellas precisas y ordenadas de los ciclos que se han sucedido desde mucho antes de que nosotros existiéramos, no nos las merecemos, en serio. Es algo fabuloso...

—A mí me gusta más el mar —me atreví a opinar.

—¿Qué? ¿Los pueblecitos de pescadores, las calas escondidas, las islas del Mediterráneo y demás? —asentí con la cabeza—. ¡Bah! Menuda mariconada...

Creo que ésa fue la única vez que uno de nosotros sugirió la posibilidad de un encuentro posterior, y como la iniciativa fue suya, a mí me pareció bastante. No me atreví a decirle que iría con él a Los Monegros, a una pensión de Móstoles o al fin del mundo, adonde quisiera llevarme, porque él eludía aquel tema con tanto cuidado como yo, aunque por razones distintas. Yo procuraba no parecer exigente, posesiva, pesada, para demostrarle que no formo parte de esa legión de mujeres que ceden su cuerpo a cambio de algo, esos fantasmagóricos derechos fundados en el sexo que acaban sugiriendo siempre que sus orgasmos son fingidos y su piel artificial, ajena, incapaz de satisfacerse en la piel del otro. Él, y de eso me di cuenta desde el principio, y desde el principio se lo agradecí, evitaba tratarme como a una querida, una amante típica, estable, canónica, y se apresuró a aprovechar la primera oportunidad que se le presentó para dejar claro que nunca había estado liado con nadie que pudiera encajar en aquel papel.

—¿Sabes lo que me apetece? —dijo el jueves, después de comer y haber alabado convenientemente la comida, y como yo no contesté, se respondió a sí mismo—. Echarme una siesta larguísima...

—¿Tú solo?

—No... —sonrió—, contigo. Bueno, si es que estás dispuesta a dormir... Si no, lo dejamos. No me gustaría quedar mal, pero no sé exactamente lo que debo hacer. Esto es nuevo para mí.

—¿Esto? —me eché a reír—. ¿Qué?

—Pues la siesta del día siguiente... Soy un amante muy voluntarioso, pero de una sola noche.

—¿Nunca has dormido dos noches seguidas con la misma mujer? —le pregunté, en el tono preciso para hacerle saber que no me creía ni una palabra.

—Sí. Con la mía.

—¡Anda ya!

—Te lo juro —yo seguía sin creérmelo, pero él se esforzaba por hablar en serio—. No te voy a decir que soy un marido fiel porque no es verdad, reconozco que soy hasta muy infiel, pero no me gustan los problemas. No necesito buscármelos yo solo para tener de sobra.

—¿Y yo soy un problema?

—Desde luego —rió—. Y gordo.

Ya había descubierto su habilidad para desconcertarme a base de golpes de sinceridad, pero de todas formas, me llevó algún tiempo reaccionar.

—¿Sabes una cosa? —dije solamente—. Tengo mucho sueño.

—Lo celebro.

Desde entonces, y hasta que me dejó el lunes en la puerta de la editorial, camino del aeropuerto, ambos nos comportamos como si nunca nos hubiera pasado nada antes de conocernos, como si él no estuviera casado, como si yo no lo supiera, como si el mundo fuera a disolverse irremediablemente después de aquel fin de semana. El viernes por la mañana, me anunció que iba a bajar a la calle a comprar el periódico, revisó sus bolsillos en busca de dinero suelto, y aunque tenía cerca de trescientas pesetas, me pidió que le prestara cuarenta duros más. Antes de ir a buscarlos, ya había comprendido que iba a llamar por teléfono, pero no se me ocurrió decirle que podía llamar desde el mío, porque sabía que preferiría que yo no estuviera delante. El sábado por la tarde, cuando llamó Amanda, un tanto preocupada por mi silencio, que duraba ya tres días, se levantó enseguida para anunciar que iba a la cocina a por algo de beber, y no regresó hasta que colgué. Entonces me di cuenta de que me habría costado trabajo hablar con naturalidad estando él presente, aunque más trabajo me costó convencerme de que no era verdad que hubiera preferido que mi hija no me llamara.

Sin embargo hablamos mucho, y no sólo de la niñez, que había sucedido casi simultáneamente, porque era apenas dos años mayor que yo, sino también de pasados más cercanos, cuyas ramificaciones rozaban el presente. Cuando apuró hasta el final mi historia con Félix, se decidió a contarme algunos episodios de su propia vida, cosas sin importancia y otras tan importantes que las escuché en vilo, sin atreverme casi a respirar. Se las arregló para contarme que estaba harto de vivir con su mujer sin llegar a hablar mal de ella en ningún momento, al contrario, como comprendiéndola, amparándola, envolviéndola en adjetivos piadosos que en ningún caso lograban esconder una realidad implacable. Pobre Adelaida, decía, la pobre Adelaida, la llamaba, y asumía en solitario todas las culpas, Adelaida no entiende nada, pobre, es culpa mía, no tiene ni idea, claro, que cómo va a tenerla, si hace siglos que no le cuento las cosas que me pasan, es asombroso, ¿verdad?, bueno, pues le encanta ser mi mujer, qué quieres que te diga, yo no lo entiendo pero es así, pobre Adelaida, tiene una tienda de regalos, dice que la Geografía la aburre mucho, no entiendo por qué hizo la carrera, aunque, eso sí, cuando saqué la cátedra se alegró infinitamente más que yo, y ahora se ha comprado un perro, la pobre... Por supuesto, en ningún momento cedí a la repulsiva tentación de ponerme de parte de la pobre Adelaida. Por supuesto, en ningún momento él pretendió en absoluto que lo hiciera.

Hablamos mucho, y follamos mucho, tanto que cuando volví a sentarme ante mi mesa, tras despedir a Mari Pili en la puerta del estudio, sentí aún la ambigua compañía de un millón de alfileres, huellas casi romas, apaciguadas ya, de las agujetas que me habían obligado a ser consciente de mis piernas durante las últimas horas. Hasta entonces, las había recibido siempre con una intensa punzada de satisfacción, pero entonces, forzada a contemplar la realidad desde ángulos distintos al creado por mi propio deseo, me pregunté más bien si alguna vez llegarían a significar algo en realidad, más allá de un íntimo y templado dolor.

El resto de la mañana fue un desastre. No hice absolutamente nada excepto mirar por la ventana, como si los árboles pudieran escucharme, conocer de antemano todas las respuestas, y mi ánimo se meció blandamente entre sus ramas igual que una hoja más, una diminuta porción de vida animada por el viento que oscilaba arbitrariamente entre la euforia, la tentación de recordar desde la inocencia absoluta, y el desaliento nacido de mi propia experiencia de las cosas. Entretanto, como un martillo obsesivo, una ley sin matices, una condena perpetua, latía entre mis sienes la única pregunta, la misma trampa en la que se desollaban ya, de tanto tiempo presos, los tobillos de Rosa, enloquecida y absorta mientras me preguntaba en voz alta si sería posible que él no hubiera sentido lo mismo, el primer pronombre idéntico, el segundo distinto, de primera persona y mucho más terrible, desafiándome desde el recuerdo de mi piadosa ironía de entonces. Pensaba en lo que Javier estaría haciendo en aquel preciso instante, concentrado y distraído al mismo tiempo quizás, y sonreía, o indolentemente reintegrado al ritmo de su vida previa, y quería morirme. Al llegar a ese punto, reaccionaba, desconfiaba de mi propio pensamiento, tanta insensatez concentrada en un pliegue tan pequeño del tiempo, y me proponía quedarme en blanco, desconectar de mí misma, controlarme con dureza, pero todo volvía a empezar, y en algún momento, no recuerdo si rozando las nubes o el infierno, Marisa repiqueteó con los nudillos en la puerta para reclamar su premio.

Su llegada me obligó a descender al plano de los asuntos prácticos y solamente eso ya me hizo bien. Calculé a toda velocidad mientras avanzábamos sin rumbo fijo por el pasillo y, desdeñando riesgos aparentes, me decidí por el comedor de la empresa a pesar de que estábamos a primero de mes. Aunque Marisa protestó lo suyo —buah, no veas, parece que el amor nos vuelve tacañas— decidí romper la tradición de celebrar las buenas noticias con una comida fuera del edificio porque me pareció más seguro. A aquellas horas ya sabía que Mari Pili estaría comiendo con su marido, que Fran tenía una cita con los distribuidores y que Rosa llevaba toda la mañana encerrada con un fotógrafo francés al que tendría que invitar a comer a la fuerza, así que el Mesón de Antoñita e incluso otros restaurantes de los alrededores bien podrían acabar resultando un bosque de orejas.

—Te lo digo —advertí a Marisa— para que no te vayas de la lengua, ¿eh? Ni con Ramón.

—¡Pero bueno! —fingió indignarse—. Pa-arece mentira...

—Por si acaso... —concluí, mientras me colocaba detrás de ella en la cola del autoservicio.

Rellené la bandeja con lo primero que vi. No tenía ganas de comer ni de no hacerlo, todo me daba lo mismo, pero escogí la mesa con cuidado, en el rincón más aislado que encontré, y me senté de cara a la puerta, para controlar posibles compañías. Luego, bebí un sorbo de vino, y la miré.

—Soy toda oídos —dijo.

Empecé a contarle la historia desde el principio y, resignada ya a mi incapacidad para aprehender el hilo de mis propios cambios de humor, el frenesí emocional que impulsaba una especie de noria disparada a toda velocidad en el centro de mis tripas, conseguí revivir sin esfuerzo cada escena, cada frase, cada sensación que recordaba en voz alta, y me sentí mucho mejor porque Javier existía de verdad, porque de verdad había ocurrido todo lo que yo contaba, y tal vez eso fuera ya bastante, aunque no volviera a verle nunca más. Llegué a entusiasmarme hasta tal punto que olvidé las condiciones que yo misma había impuesto a mi interlocutora y, lo que fue peor, aunque estaba sentada enfrente de la puerta, no vi entrar a nadie, nadie cruzó ante mis ojos mientras Marisa separaba exageradamente las palmas de las manos para componer un gesto característico, y eso sucedió en el preciso instante en que una voz familiar alcanzaba mis oídos por la izquierda.

—¿Quién tiene ese pedazo de polla? —Rosa, tranquila y sonriente, dejó una bandeja sobre la mesa con toda la naturalidad del mundo y se sentó a mi lado, para indicar, más allá de toda duda, que se disponía a comer con nosotras.

—¿Pero tú no estabas con un francés? —pregunté con un hilo de voz, sobre el que se impuso sin dificultad la respuesta de Marisa, mucho más contundente.

—El riguroso autor.

—Seguro —Rosa asintió con la cabeza sin mirarnos a ninguna de las dos, absorta en su pelea con un frasco de catchup abierto que se negaba obstinadamente sin embargo a dejar escapar ni una sola gota de su contenido—. Todos los hijos de puta la tienen enorme. Qué le vamos a hacer, así es la vida...

—No es ningún hijo de puta —murmuré, aunque no estoy segura de que mis palabras lograran abrirse un hueco entre el chasquido de los azotes con los que la recién llegada castigaba la base del frasco de cristal—. Y tampoco es... —tan enorme como dice ésta, iba a añadir, pero acerté a callarme a tiempo. Mira por dónde, os vais a joder, pensé, tan molesta como si Rosa no le hubiera insultado a él, sino a mí.

—¿Y quién es el beneficiario y/o beneficiaria de semejante prodigio? —volvió a preguntar mientras observaba satisfecha el caudaloso río de líquido rojo, brillante y espeso como sangre impostora, que caía, imparable ya, sobre sus patatas fritas.

Marisa me miró, encogiendo los hombros y torciendo los labios simultáneamente, una mueca que quería decir «lo siento pero nos han pillado» y «al fin y al cabo, ¿qué más te da?» al mismo tiempo, y como no logré responder en el brevísimo periodo de tiempo que estaba dispuesta a concederme, ella misma interpretó mi silencio como mejor le convino.

—A-aquí... —y marcó una pausa para crear expectación—, mi prima.

Rosa se atragantó con un trozo de filete empanado, y tuve que alargarle mi propio botellín de agua cuando parecía ya a punto de reventar.

—¡¿Quién?! —preguntó, como si no estuviera muy segura de haber recuperado el oído tras una vida entera siendo sorda, y decidí que ya estaba bien de exclamaciones.

—Yo —respondí, en voz alta—. A ver. ¿Qué pasa?

Entonces se echó a reír.

—¡Coño! Pues sí que tiene que ser riguroso...

—Y co-oncienzudo —añadió Marisa entre carcajadas.

Estaban muertas de risa, tan divertidas que no pude resistirme a acompañarlas, y reí yo también, de puras ganas de reír, hasta que Rosa recuperó el control de su rostro, y sus labios se cerraron a medias para insinuar una sonrisa nostálgica, casi triste, y desesperanzada. Entonces, enarbolando un testigo que nadie le había entregado, Marisa rescató el rastro de nuestra conversación previa.

—Resumiendo —dijo, dirigiéndose a la rezagada—, que ésta quedó con Ja-avier Álvarez el miércoles por la tarde, y el tío se empeñó en que le contara su vida, y se les hizo tarde, y cuando se levantaron a preparar la cena, él atacó delante de la nevera, y se fueron a la cama, y le echó dos polvos, y a la mañana siguiente, otro, ¿qué me dices?, con cua-arenta tacos...

—Con treinta y ocho —corregí, pero ella pasó por alto aquel matiz.

—Y luego dijo que se tenía que ir a Los Monegros porque está escribiendo un libro sobre la zona, que ya se ve que lo suyo es el rigor en todo, pero enseguida volvió a llamar y le dijo a A-ana que si le invitaba a comer se daba la vuelta... Ahí nos habíamos quedado. Para conocer detalles sexuales, tendrías que ha-aber llegado antes...

—¿Y volvió? —Rosa me miraba con la misma expresión que iluminaba los ojos de Amanda cuando era muy pequeña y no podía resistirse a preguntar, un poco antes del final del cuento, si la princesa prisionera acababa muriendo o casándose con el príncipe.

—Sí, volvió —contesté.

—Y se volvió a ir...

—Esta mañana.

—¡Joder! —escondió un instante la mirada en su regazo antes de imponerse una sonrisa forzada—. ¡Qué bien! ¿No?

—Sí... —admití, antes de seguir hablando.

Al llegar al final, tuve la impresión de que mi historia había desatado más cabos de los que era capaz de calcular, porque no solamente Rosa me miraba de una forma especial. Marisa también se había puesto nerviosa, hasta el punto de que la vi encender un cigarrillo y fumárselo, aunque no se tragara el humo, por primera vez en mi vida. Estaba extrañamente callada, pensativa, y no miró en mi dirección ni aproximadamente mientras Rosa me sometía a una descabellada batería de preguntas que se contestaba a sí misma antes de que yo pudiera hacerlo.

—Pero ¿cuándo te diste cuenta de que te habías enamorado de él?

—Enseguida.

—Ya, pero enseguida quiere decir cuando pudiste reflexionar y repensarlo todo, cuando te quedaste sola, ¿no?

—Pues... no sé qué decirte. Es posible. Pero entonces ya estaba enamorada de él, eso seguro, porque me acuerdo de que lo pensé antes de dormirme.

—¿Cuándo?

—El miércoles por la noche.

—No puede ser.

—Bueno..., yo creo que sí.

—¡No! —hablaba ya con tanta pasión como si le fuera la vida en cada sílaba—, porque el enamoramiento es un acto cerebral, una creación, una elaboración de la realidad...

—Pues a mí me pilló follando.

—¡Que no! —parecía furiosa—. Es imposible.

—¡Que sí —y consiguió enfurecerme a mí—, joder, Rosa, qué quieres que te diga!

—Porque no te has dado cuenta, porque has tenido mucha suerte

y ha pasado todo muy deprisa, pero yo te digo a ti que el enamoramiento es un proceso muy lento.

—Será a veces... —concedí, sin atreverme a decirle que ya estaba
bien de que intentara manipular cualquier cosa que sucediera a cualquier hora de cualquier día en cualquier parte del mundo para justificar su obsesión por Nacho Huertas.

—Siempre.

—Ni hablar.

La discusión acabó de golpe, cuando Marisa decidió volver al
mundo para hacerme la única pregunta que no podía contestar.

—¿Y qué vas a ha-acer ahora?

La había comprendido perfectamente, pero no quise admitirlo tan
deprisa.

—No te entiendo —musité.

—Pues sí, es muy sencillo —hablaba alto y claro—. ¿Qué vas a ha-acer?
¿Vas a buscarle, vas a pasar de él, vas a esperar a que él te llame,
va-as a llamarle tú?

—Te lo vas a encontrar aunque no quieras —intervino Rosa—, dentro de diez días... En la fiesta de la editorial, ¿no te acuerdas? Todos
los autores están invitados. Él también, seguro. Y Nacho. Espero que
venga...

Ella cruzó los dedos mientras yo sentía que las alas de un ángel
misericordioso me elevaban sin esfuerzo hasta el techo del comedor,
y estuve a punto de besarla sólo por tener tan buena memoria mientras recuperaba en un instante la información que nunca tendría que
haber olvidado, un rito anual, la fiesta de la editorial, en la azotea del
edificio, un par de semanas antes de que empezara la Feria del Libro,
barra libre y música bailable, era muy divertida y siempre venía todo
el mundo, todos los autores venían, siempre...

—Te lo digo porque es lo único que importa de verdad en este
mundo —Marisa insistió, su frente súbitamente sombría—. Y yo lo sé,
porque todo lo demás lo tengo. Tengo una casa, tengo trabajo, gano
dinero, me sobra el tiempo libre, estoy conectada a la red, voy mucho al cine, ya te digo... Pero duermo sola por la-as noches. Y eso es
lo mismo que no tener n-nada.

Sus dos últimas frases se quedaron prendidas en el aire, para planear sobre nuestras cabezas como una extraña suerte de amenaza.

Pero, a veces, las cosas cambian.

Ya sé que parece imposible, que es increíble pero, a veces, pasa.

Dormir sola por las noches es lo mismo que no tener nada.

Ahora la frase me suena bien. Parece inteligente, concisa y verdadera, casi impropia de mí, porque cuando pienso no tartamudeo, pero un instante después de pronunciarla a bocajarro, sin haberme parado a meditar el sentido de cada palabra, me di cuenta de que nunca, nunca, ni siquiera en las largas conversaciones que sostengo conmigo misma, me había atrevido a definir así la esencia de la vida, y me molestó más aquel extravagante acceso de brillantez que no haber sido jamás brillante antes. Por aquel entonces, ya había asumido la crueldad de la paradoja a la que estaba abocada desde que el cielo decidiera concederme de golpe, abruptamente, en una sola dosis, la única gracia que me había atrevido a pedir durante años. Las cosas habían cambiado por fin, desde luego, eso era indiscutible, pero ni siquiera me quedaba el consuelo de reprochárselo vagamente al azar, porque yo había sujetado sus riendas con firmeza entre mis manos. Fui yo quien aplastó a Forito contra la fachada del hotel Ritz. Yo le besé.

Aquélla fue la primera noche que no pasé sola en mucho, muchísimo tiempo, pero también fue la primera noche que pasé casi en blanco desde una fecha incluso anterior a la víspera de aquel lejano viaje de regreso desde Túnez. Soy una máquina de dormir, y sin embargo el sueño me esquivó un minuto tras otro para tejer horas cada vez más largas con una paciencia ruin y exasperante. Soy una mujer sin intuición, y sin embargo aquella indeseable vigilia desplegó ante mis ojos, abiertos en la oscuridad, súbitamente sagaces, el mapa detallado y minucioso del conflicto imposible y vulgar al mismo tiempo en el que se han consumido ya muchos días que han vuelto a ser iguales otra vez, porque ninguno de ellos me ha consentido hallar una salida.

Forito, tan impecable como el más insignificante de los actores secundarios cuyo oculto talento hubiera escogido el destino para depositar entre sus manos el único papel capaz de consagrarlo definitivamente, dormía a mi lado con el silencioso, profundo abandono de un niño dormido. Pero ni siquiera los ronquidos y los carraspeos que aceché en vano mientras intentaba mecerme en el ritmo exacto de su respiración, habrían hecho las cosas más fáciles, porque todos mis demás cálculos habían fallado estrepitosamente. Los repasé despacio, uno por uno, mientras desplegaba una ironía aún amable, tibiamente complaciente con mis propios errores. La verdad es que, durante el breve tiempo en que pude pensar, pensé solamente que estaba equivocando todos mis pasos, que cada beso, cada abrazo, cada gesto más o menos brusco, más o menos estudiado para expresar un deseo aún inconcreto, que crecía solamente hacia dentro, era apenas un tramo sucesivo del largo callejón sin salida donde se acaban estrellando las pobres ilusas que aspiran a seducir a un alcohólico. Y cuando descubrí al fin que el único axioma bueno es el axioma cojo, ya no podía pensar, porque todos los alcohólicos serán impotentes, pero Forito, que después de todo no debía de ser tan alcohólico, me estaba enseñando ya que Fernanda Mendoza, buah, no veas, por poco que le quisiera, ya te digo, no le había querido sólo por su cuenta corriente.

Yo nunca he tenido éxito con los hombres, ésa es la verdad. Pero también es verdad, y de eso estoy segura, que aquella vez tuve éxito, porque muy pocos hombres son capaces de hablar, de acariciar, de querer a alguien, como Forito me quiso a mí mientras me convertía en la suprema emperatriz del universo, una protagonista de novela, una estrella de película, un personaje soñado en tantos fines de semana consumidos a solas, a base de novelas y de películas. Y a lo mejor, si hubiera sido un hombre apasionante, guapo, inteligente, prestigioso, capaz de follar tres veces en cuatro horas, esa sabia manera de llamarme chata, cielo, corazón, su tembloroso culto de una ternura antigua, una ejecución tan virtuosa de la desfasada partitura del caballero español, quizás habrían estado de más, pero yo nunca me he acostado con hombres apasionantes, y a estas alturas de la vida, sé ya que nunca lo haré. El problema es que me sobran razones para sospechar que no volveré a encontrar un hombre como Forito. Y que a pesar de todo, por mucho que abomine de mí misma cada vez que lo pienso, por muy miserable que me sienta, por mucha vergüenza que me dé reconocerlo, Forito sigue siendo un problema para mí.

Eso fue lo que me quitó el sueño. Eso y pensarme a mí misma, pensarlo a él, recorriendo los pasillos de la editorial, a la mañana siguiente, el borracho simpático e inútil, la tartamuda esa de los ordenadores, siempre hay un roto para un descosido, diría algún gracioso, tal para cual, y recordé las palabras de Ramón, nosotros somos pobre gente, Marisa, a nosotros nunca nos toca la lotería, ninguna lotería, y sin embargo, si Ramón hubiera querido acostarse conmigo, me habría sentido halagada, pero no quiso, y había querido éste, que había apagado la luz un instante después de sentarse en el borde de la cama para desnudarse a oscuras, que me había dado la oportunidad de imitarle en el otro extremo del colchón, y por nada del mundo habría querido yo que me viera desnuda, mi torso de niña avejentada, mis caderas de matrona ficticia, este culo injusto, inmenso, y mi piel fea, blanca pero no de porcelana, por nada del mundo habría querido yo enseñarle mis heridas y sin embargo eso es lo que más me cuesta perdonarle, que me incluyera en su propia compasión con aquel gesto inocente, que asumiera de antemano mi miseria fundiéndola a partes iguales con la suya, que le confesara al interruptor de la luz, cuando todo estaba aún por comenzar, cuando todavía no era necesario, que él y yo no éramos más que pobre gente. Tal vez, si hubiera llegado a contemplar su cuerpo, el sucinto andamiaje de piel y de huesos que no me atreví a hurtarle a traición, mientras dormía, mi memoria albergara un recuerdo más agrio de aquella noche en la que apenas conocí sus manos, descarnadas y largas, cálidas, y su boca de coñac, dulce y constante, y su sexo imprevisto, confiado, paciente, pero ahora, cuando ya conozco ese cuerpo tan bien que puedo verlo sólo con cerrar los ojos, sigo echando de menos la mínima audacia que tal vez no habría hecho más que empeorar las cosas.

No recuerdo siquiera cuándo fue la última vez que dispuse de razones tan poderosas para comprenderme a mí misma, y sin embargo sé que nunca me he comprendido menos que ahora, porque nunca la conciencia de lo que soy ha llegado a alcanzar un precio tan alto, nunca un tajo tan profundo me ha partido por la mitad tan limpiamente. Porque es injusto, y es mezquino, y es terrible, pero me cuesta mucho trabajo aceptar que el hombre de mi vida vaya a llamarse al final Carpóforo Menéndez, un nombre tan ridículo, y sin embargo sé que no voy a encontrar nada mejor, y que dormir sola por las noches es lo mismo que no tener nada, y lo que más me duele, lo que me avergüenza hasta en la esquina más oscura de la piel del alma, es que sólo por pensar lo que pienso, sólo por sentir lo que siento, sé que soy indigna de él, y sin embargo no puedo hacer nada por evitarlo.

Abomino de Alejandra Escobar, mujer de mundo, criadora de pájaros en cabeza ajena, pero sé también que Alejandra Escobar nunca ha existido.

Rescaté aquel folleto de la montaña de correspondencia atrasada que se había ido amontonando en la mesita del recibidor desde el día en que murió mi madre. Un par de semanas después del entierro, cuando me impuse la obligación de poner orden en sus papeles, me sorprendió aquella foto de playa con palmeras que habría jurado no haber visto nunca antes, y el nombre impreso en la etiqueta adhesiva, que no era el mío, sino el de otra María Luisa que ha vivido siempre en el piso de arriba y a la que nunca hubiera supuesto yo tan cosmopolita. Por eso lo hojeé, y porque me intrigaba el escueto rótulo que flotaba como una isla postiza en el horizonte azul de un mar maravillosamente falso, tan intenso que parecía pintado con guache. *Club Mediterranée,* leí. Pero entonces yo no estaba para lujos.

Unos meses después, sin embargo, cuando varias visitas al notario y una mutación de varios ceros en el estado de mi cuenta corriente me convencieron por fin de que era moderadamente rica, fue precisamente la promesa de un lujo que parecía de pronto tan razonable lo que me decidió a conseguir mi propio ejemplar. Me enfrentaba a las primeras vacaciones auténticas que disfrutaría en mi vida, un mes entero para mí sola, sin responsabilidades, sin remordimientos, sin la tenazmente cultivada necesidad de llamar todos los días a Madrid temiéndome lo peor, para encontrarme en efecto casi lo peor al otro lado del teléfono, los suspiros de mi madre, sus quejas apagadas, ¿cuándo vas a volver?, esta enfermera me tiene manía, no tardes tanto, por favor, me voy a morir cualquier día de éstos... La verdad es que hasta entonces siempre me había tentado la distancia, irme lo más lejos posible por la menor cantidad de dinero posible, pero ya estaba harta de viajar de mochilera, en programas de agencias de viajes exóticos a precios sorprendentes que al final nunca resultaban serlo tanto, arriesgadas expediciones que no se podían afrontar sin toallas, insecticida y alcohol para desinfectar las bañeras, y en las que cada año, mi edad me descolgaba un poco más del espíritu del grupo, porque nunca lograba convencer a nadie para que me acompañara, y mis accidentales compañeros de viaje eran apenas universitarios, cada año más jóvenes, más pandilleros, más proclives a tratarme con el cariño que se reserva a una madura tía soltera. Por eso pensé que tal vez me merecía un discreto barniz de glamur, una playa con palmeras, un bungalow individual, cócteles en corteza de piña, animación nocturna, esquí acuático, sol, cigalas, y un par de pareos nuevos. En la oficina del club —porque esto es mucho más que una agencia de viajes, me explicaron nada más entrar—, me informaron de otros detalles que acabaron de convencerme. Daba igual que viajara sola porque era muy fácil hacer amistades. Para las comidas, se distribuía a los residentes en mesas de ocho comensales, y casi todas las noches se celebraban bailes, concursos, barbacoas y diversiones de todas clases. Nuestros clientes, me dijo la azafata, tienen un nivel económico medio-alto, muchos son profesionales libres, ejecutivos, funcionarios de alto rango, gente culta en general, distinguida, y el descanso está asegurado. Las posibilidades, entre hacer turismo y tumbarse a leer al sol, son infinitas, me aseguró, y dependen solamente de las necesidades de cada cual.

Elegí Hammamet, un club mediterráneo situado en la costa de Túnez, por el clima, por la playa, y por la belleza del lugar que aparecía en las fotos, y ninguna de estas cosas me defraudó. Me gustó el pueblo, que era precioso, y el recinto, mi bungalow, que parecía una casita de muñecas, la playa, espléndida, los cócteles servidos en recipientes previsiblemente exóticos, y hasta el despiste de nuestra guía belga, que me regaló el nombre y la memoria de Alejandra Escobar. La compañía, en cambio, no elevó mucho el nivel de los jóvenes mochileros, que al fin y al cabo eran muy simpáticos y me invitaban todo el rato a fumar canutos, detalle que contribuía a mejorar considerablemente mi humor durante la segunda mitad de aquellos descabellados viajes, que apuraba muerta de risa y comiendo galletas sin parar. Las drogas que estimulaban a mis nuevos vecinos eran muy diferentes. A mi izquierda, en la mesa, se sentaba una pareja de españoles tan insoportables que el primer día llegué a celebrar que ninguno de los restantes comensales hablara nuestro idioma, para no tener que pasar más vergüenza de la imprescindible. Él, que se engominaba el pelo hasta para ir a la playa, tenía ademanes de rey del mundo, y era empresario teatral en una capital de provincia bastante opaca, la verdad, aunque se comportara como si Broadway se le hubiera quedado pequeño. Su mujer juraba haber sido actriz en su juventud, y se asombraba mucho de que yo no recordara ni su nombre ni su cara, sobre todo siendo las dos de la misma edad, mentía candorosamente al final. Ahora le había dado por la astrología, detalle que fomentó su amistad con el elemento femenino de una pareja de franceses, tan insoportables como ellos, que se sentaban justo enfrente. Aquella fulminante alianza hispano-francesa partió felizmente la mesa por la mitad, dejándome a solas con dos italianos que bordeaban los treinta años, y un galés que estaba ya cerca de los sesenta.

Guido y Carlo eran muy guapos y muy parecidos entre sí. De la misma altura, un metro ochenta más o menos, con el mismo corte de

pelo, un rapado radical, casi militar, el mismo cuerpo lujoso, trabajado con mimo en un gimnasio hasta el sabio límite más allá del
cual no se puede esconder este detalle, y el mismo buen gusto para
vestirse, ambos trabajaban en la filial italiana de la misma multinacional de software, una empresa que yo conocía muy bien. Pero si esa
circunstancia no hubiera animado una pintoresca conversación en dos
idiomas desde el primer día, habría acabado charlando con ellos de
cualquier cosa, porque eran muy simpáticos, corteses y divertidos, a
pesar de que no habían ido hasta allí precisamente para hacer amistades. Se tenían el uno al otro y les sobraba todo lo demás, hasta el
punto de que no llegué a verles nunca fuera de las comidas, o mejor
dicho, de las cenas. Por las mañanas, se iban a una playa nudista que
estaba bastante lejos, a unos cuarenta minutos andando por las dunas,
y no volvían hasta el atardecer. Por las noches, justo después del postre, se encerraban en su bungalow y nadie les veía el pelo hasta el
desayuno de la mañana siguiente. Para bailes y diversiones, desde
luego, los suyos, porque nadie se divertía tanto como ellos.

Jonah, en cambio, era una compañía bastante fúnebre, aunque fue
lo más parecido a un amigo que llegué a hacer allí. Típico ejemplo de
hombre hecho a sí mismo, había sido minero durante su juventud y,
siendo siempre el mejor, me explicaba en un español incierto, había
llegado a la cima. Sin embargo, cuando por fin le nombraron gerente
de la mina y empezó a ganar dinero de verdad, a su mujer le diag-
nosticaron una cirrosis bastante avanzada. Se había quedado viudo
cinco años antes y desde entonces el gran drama de su vida era el
tiempo libre. Sus hijos le habían obligado literalmente a venir a Túnez, pero no podía pasárselo bien porque cada cosa que hacía, cada
bocado que probaba, cada gota que bebía, le hacían pensar en su pobre Meg. A Meg le habría encantado esto, era su frase favorita incluso
cuando me convencía de que jugara con él al dominó. Yo le escuchaba con ojos de luto mientras pensaba solamente en dos cosas, lo
mucho que me habría gustado divisar los monasterios tibetanos tras
una espesa niebla de humo de hachís, y que el día menos pensado
iba a seguir clandestinamente a los italianos hasta su playa nudista
para espiarles, y morirme de envidia, y divertirme un poco yo también, aunque fuera de lejos. Y si Said no hubiera aparecido, creo que
habría acabado arriesgándome a hacerlo.

Pero Said apareció, de improviso, el viernes de la primera semana
que pasé allí, una noche tonta, como las cinco que habían trans-
currido antes de aquélla, barbacoa con baile y juego de las sillas, y un
montón de gente mayor sin sentido alguno del ridículo, dando salti-

tos y emborrachándose con una sola copa. Yo estaba apartada, con Guido y Carlo, que excepcionalmente habían decidido pedir un whisky antes de esfumarse, y ellos lo vieron antes, una mancha blanca al fondo, entre los matorrales que delimitaban la piscina, y al principio sólo noté que se reían, que se daban codazos y de repente se abrazaban, un abrazo auténtico, estrecho, nunca les había visto abrazados, entonces Guido, que era el más fuerte, obligó a Carlo a girarse para poder mirarme desde encima de su hombro, y me dijo algo que no entendí pero me obligó a fijarme con más atención en lo que sucedía, sólo entonces le vi, un hombre joven, moreno, que se había adelantado un par de pasos para que yo lo viera y desde lejos me miraba, y sonreía, y de repente lo entendí todo aunque no hablara italiano, adiviné que ellos lo habían visto primero, y les había gustado, y habían fingido una mínima comedia de celos hasta que se dieron cuenta de que él me miraba a mí, no a ellos, y estaban esperando a que hiciera algo, pero yo no sabía qué hacer, yo me quedé quieta, como clavada en la hierba, y no tuve tiempo para planear ningún movimiento, porque Guido soltó a Carlo para venir hacia mí y darme un empujón, riendo, *dai, Alessandra,* dijo solamente, y yo eché a andar como un muñeco al que acabaran de darle cuerda.

—Buenas noches —el desconocido me saludó en español.

—Buenas —le respondí, distinguiendo en la penumbra sus ojos negros, relucientes, sus dientes blanquísimos—. ¿Por qué me miras?

Se echó a reír, desbaratando el aire con las manos, para hacerme entender que, aparte de la convencional fórmula de su bienvenida, no hablaba español, y repetí la pregunta en francés, mientras me atrevía a mirarle con más detenimiento y una punta de descaro para descubrir que los italianos no se habían equivocado. Era un chico guapo de verdad, no muy alto, pero más alto que yo, no tan joven, pero bastante más joven que yo, la piel oscura, pero brillante como un espejo, el pelo rizado, las manos bonitas y un cuerpo de niño grande bajo la camisa blanca, ancha, casi completamente abierta, y los pantalones blancos, limpios, más estrechos que ajustados.

—Pareces aburrida —me contestó por fin, en un francés bastante mejor que el mío—, y eso no me gusta. Nuestra misión es que no se aburra nadie.

—¿Trabajas aquí? —le pregunté, sorprendida no tanto por no haberlo visto antes como por la precaución con la que había abandonado su escondite detrás del seto, un detalle que me indujo a pensar que se había colado saltando la verja.

—Claro. Soy el responsable de todo esto... —su dedo índice, extendido, hizo un gesto circular que pretendía abarcar todo cuanto nos rodeaba, y sólo entonces me fijé en que llevaba prendida sobre el bolsillo de la camisa una placa de plástico en la que me costó trabajo descifrar la palabra *Entretien*.

—¡Ah! —exclamé, más para mí misma que para él, misteriosamente aliviada por el hecho de que en efecto trabajara en aquel lugar.

—Me he fijado en ti... —me confesó, con una naturalidad pasmosa—. ¿Por qué no bailas?

—Porque nadie me invita a bailar.

—¿El inglés no? —me di cuenta de que se refería a Jonah, y me eché a reír—. Me he fijado en ti —repitió, riendo él también.

—Ya lo veo...

—¿Quieres bailar conmigo?

Me prohibí terminantemente a mí misma pensar siquiera que podría contestar que no, y le cogí de la muñeca para conducirle a la pista de baile, pero él no quiso mover los pies del suelo.

—No, ahí no... —dijo—. Es mejor aquí. Aquí no nos verá nadie.

Al echarle los brazos al cuello, un instante antes de desaparecer con él detrás del seto, pude ver aún a Guido y a Carlo, abrazados y sonrientes, haciendo gestos de ánimo con los brazos en alto, y de repente me sentí muy bien, muy segura, capaz de cualquier cosa, una súbita fortaleza que probó enseguida su eficacia, porque Said me sujetó entre sus brazos como si tuviera miedo de que pudiera salir volando, y pegó su cuerpo contra el mío hasta obstaculizar cualquier posible movimiento de mis piernas, y sólo después inició un dudoso simulacro de baile moviendo despacio la cintura al ritmo de la música que llegaba de muy lejos, tanto que no llegué a identificar la canción, una típica balada lenta de los años setenta, *Noches de blanco satén*, quizás, no lo sé, yo apreciaba su presión y seguía vagamente el balanceo que imprimían sobre mi cuerpo sus manos abiertas, una en el centro de la espalda, la otra mucho más abajo, deslizándose con cautela hasta lograr posarse encima de mi culo con una franqueza que me desconcertó. Entonces, como si cualquier objetivo ulterior hubiera estado supeditado a esa conquista preliminar, esencial, movió la cabeza y pensé que iba a besarme, pero hizo todo lo contrario, porque separó su cara de la mía, como si necesitara mirarme y, sin soltarme el culo, alargó la otra mano hasta mi cabeza para acariciarla muy despacio.

—Tienes un pelo muy bonito —susurró—, rubio, rubio...

Después sí me besó, y lo hizo como nadie me había besado desde que tenía catorce años, con nervios, con prisa, con una torpeza inmensa, su lengua presionando contra mi paladar como el puño de un náufrago desesperado, empujando con saña a mi propia lengua hasta negarle el menor lugar donde replegarse, hasta lograr que de repente me sobrara entera, igual que me sobraban mis dientes, mis encías, mis labios tensos, inútiles, toda mi boca, que no era más que una accesoria prolongación de su boca, todo mi cuerpo, que no era más que un asombrado pretexto de su ímpetu, el afán que me obligaba a la forzosa quietud de una estatua de cera. Aquella irresistible pasividad instaló en mis ojos una mirada ajena, alumbrando un foco de luz blanquísima bajo el que me contemplé con el mismo moderado y distante interés que me habría merecido aquella escena si su protagonista hubiera sido otra mujer, quizás la turista rubia, fea y sola que me había precedido una semana antes de mi llegada, o esa otra, tan parecida, que ocuparía sin duda mi lugar una semana después de que yo partiera. Las veía tan claramente como si las hubiera conocido desde siempre, biografías discretas, físicos discretos, ambiciones discretas, y la discreta elegancia de quien no tiene que cuidar de nadie excepto de sí misma, y lleva siempre los zapatos brillantes y el bolso medio vacío. Sabía que ésas eran sus presas favoritas, las más fáciles, porque se había fijado en mí, que era fácil, y sin embargo no entendía muy bien qué obtenía a cambio un hombre como él, y a la amable hipótesis de que las turistas guapas nunca viajan solas, sucedió una sospecha mucho más terrible, tanto, que antes de comprender que jamás podría atreverse a pedirme dinero porque esa audacia podría costarle el trabajo, sufrí un ataque de pánico que multiplicó en un instante la fuerza de mis brazos, y apenas tuve que esforzarme para apartarlo de mí.

Él se me quedó mirando con una expresión divertida, como preguntándome qué iba a pasar después, y yo, que no lo sabía, eché de menos su calor, la brutal complicidad de su abrazo. Entonces, una sensatez distinta, profunda y verdadera, se abrió paso de golpe desde el sótano al que destierro las cosas que no quiero saber que sé, y en silencio escuché mi propia voz, una pregunta neutra, desapasionada, sinceramente interesada en obtener una respuesta, ¿y para qué quieres tú el dinero, Marisa?, eso decía, si tienes treinta y cinco años, y estás sola en el mundo, y follar te gusta tanto como el chocolate a los niños pobres, y no te comes un colín ni por casualidad, imbécil, ¿quieres decirme en qué coño estás pensando? La dignidad, me contesté tímidamente, y yo misma me mandé a la mierda. Luego, tendí los brazos hacia él, y le besé, y le dije en español, vamos, y él me entendió, pero tampoco esta vez quiso seguirme hasta mis dominios, y tiró de mí en dirección contraria para llevarme a una especie de almacén, un edificio rectangular de paredes de cemento, lleno de maquinarias y herramientas de todas clases, que incluía, al fondo, un cuarto pequeño, con una cama de hierro que encontré extrañamente acogedora a pesar de su estricta desnudez.

Cuando todo acabó, y fue enseguida, no me arrepentí de haber escuchado mi voz más afilada, la más oscura, la que más ferozmente defendía mis verdaderos intereses. Said no era un buen amante, o al menos nunca fue un buen amante para mí, pero su belleza, su edad, el equilibrado conjunto de atributos que lo convertían en un ejemplar insólito en mi raquítica colección de conquistas, una versión juvenil y exótica de esa clase de hombres apasionantes a los que nunca me he atrevido a aspirar, compensaban misteriosamente su inconstancia, su apresuramiento, y hasta el mecánico desinterés con el que insinuaba apenas, tan rápidos eran sus labios, sus dedos, ciertas caricias aprendidas que en ningún momento lograron convencerme de que mi placer le importara en lo más mínimo, un grado de indiferencia que en Occidente habría rebasado el rango de lo imperdonable, pero que en él era tan natural, tan inocente como respirar. Lo absolví de sus pecados sin esfuerzo mientras me vestía de nuevo, y lo seguí en silencio por el camino que me devolvía a mi bungalow sintiéndome mucho más ligera, más satisfecha conmigo misma, de lo que recordaba haber estado en años. Me despidió con un beso mudo al borde de la piscina y no quise esperar a verle marchar. Recuerdo aún mi gozoso reencuentro con las sábanas limpias, la serenidad con la que renuncié al orgasmo que él no había sabido proporcionarme, y la gloriosa pesadez del sueño que me abrazó apenas posé mi cabeza en la almohada, contraseñas físicas de una gesta tan pobre, y tan importante en cambio para mí.

Mi idilio con Said se prolongó hasta el final de mi estancia en Hammamet, acumulando noche tras noche etapas siempre parecidas, casi idénticas entre sí. Los días dejaron de tener importancia hasta el punto de convertirse en un engorro, un ineludible contratiempo, el paréntesis que de repente me apetecía llenar renunciando a la playa para jugar al dominó con Jonah o fingir que leía en el porche de mi bungalow, con la vaga esperanza de distinguirlo a lo lejos, transportando un motor o recortando un seto. Al atardecer amanecía el día verdadero, el tiempo de las cosas importantes, el plazo de la vida. Un par de horas antes de cenar, me encerraba en el cuarto de baño para bañarme, lavarme la cabeza y pintarme lo mejor que sé, que no es mucho, mientras meditaba con cuidado la ropa que me pondría para ir a cenar. En la mesa, Guido y Carlo, los únicos residentes que llegaron a estar en el secreto, celebraban ruidosamente mi aspecto, hacían bromas, me pedían detalles, colaboraban en mi euforia a su manera. Luego, alejándome discretamente de la animación, paseaba por los alrededores de la piscina esperando la aparición de Said. Y Said siempre apareció, siempre llegó a tiempo para llevarme con él a la cama de hierro del cobertizo de las herramientas. Aunque para mí fueran bastante, nuestros encuentros eran muy breves. Nunca dormimos juntos. Él decía que tenía que volver a su casa, en el pueblo, y yo jamás le pregunté por qué, ni siquiera se me ocurrió preguntármelo a mí misma, y llegué a lamentarlo, porque lo que ocurrió tal vez me habría resultado más fácil si hubiera sentido la necesidad de hacerme y de hacerle preguntas.

El viernes por la mañana lo vi aparecer detrás del bar, llamándome con un gesto del dedo índice. Tengo la tarde libre, me dijo, y he pensado que podríamos ir al pueblo, tomar algo, puedo enseñártelo todo y luego llevarte a cenar pescado al bar de un amigo mío, pura cocina árabe, precisó, no esta mierda... A las siete en punto me lo encontré, muy sonriente, en una de las puertas laterales del club, acelerando en vacío el motor de una Vespa cochambrosa, con un bollo enorme encima de la rueda de atrás y mordiscos de óxido por todas partes. Una cuerda, destinada a sujetar algo que no fui capaz de identificar cruzaba en diagonal la zona delantera y el asiento de plástico estaba tan rajado como si un psicópata se hubiera hartado de darle cuchilladas, pero era su moto, me había hablado alguna vez de ella, parecía muy orgulloso de poseerla, y no tenía motivos para decepcionarle, así que sonreí yo también, todo lo que pude, antes de sentarme a su espalda y abrazarle fuerte, porque ya presentía que viajar en aquel cacharro sería lo mismo que sentarse encima de las aspas de una batidora.

Nos detuvimos en una calle corriente, ni ancha ni estrecha, ante una hilera de casas encaladas de tamaño y aspecto parecidos. Said se entretuvo en asegurar la moto a un poste con una cadena, y luego me dirigió, sus manos sobre mis hombros, hasta apoyarme en una pared, lo suficientemente cerca de la moto como para disuadir a un merodeador, pero lo suficientemente lejos como para que cualquier paseante despistado no me vinculara a la fuerza con aquella ruina. Después, a modo de explicación, se tiró de la camisa blanca con la que siempre le había visto, voy a cambiarme, dijo, espera aquí. Le vi cruzar la calle con sus andares de James Bond de bajo presupuesto y entrar en una de aquellas casas, ni mejor ni peor que las demás, y durante un cuarto de hora no pasó nada más y apenas nadie, una pandilla de niños que me miraron sin mucha curiosidad y una anciana velada que parecía ir hablando para sus adentros. Los gritos me pillaron desprevenida, tanto que ni siquiera me esforcé en averiguar de donde venían, pero se hicieron más altos, más frecuentes, más violentos, y reconocí la voz de Said un minuto antes de verle salir, peinándose con un esmero incompatible con la furia que incendiaba sus ojos.

Llevaba unos vaqueros muy nuevos, planchados con raya, y una camisa Lacoste color salmón, que fue por donde le agarró la mujer que salió de la casa detrás de él, una chica muy guapa, mucho más guapa que yo, y muy joven, más joven incluso que él, que era quien más chillaba, y lo hacía con tanto calor, con tanta rabia, con un convencimiento tan rayano en la desesperación, que al principio no llegué a ver a los dos niños pequeños que debían de haber salido con ella para buscar cobijo en la sombra de su cuerpo, abrazados los dos a las piernas de su madre hasta que ella les obligó a salir y les empujó hacia mi amante. Él respondió a aquel gesto con un último chillido, tan desmesuradamente feroz que provocó una explosión de llanto en el más pequeño, un niño de unos tres años que se tiró al suelo, se hizo un ovillo, y se quedó allí, en medio de la calle, como vencido por su propio desconsuelo. Entonces, Said cambió radicalmente de actitud. Hablando con dulzura, en un susurro rítmico, casi musical, se acercó al crío, le atrajo hacia sí, abrazándolo, y lo meció entre sus brazos hasta que calló, sin advertir siquiera que la mujer había aprovechado aquel paréntesis para meterse de nuevo en la casa cerrando violentamente la puerta. La niña, que era poco mayor que su hermano, giró entonces la cabeza, buscándome, sin dudar por un momento de que yo, o cualquier otra mujer como yo, pudiera no estar cerca de ellos en aquel momento, y cuando me encontró, se me quedó mirando fijamente con ojos indescifrables, intensos pero no expresamente hostiles, una mirada mineral, cansada de puro vieja, de puro sabia, y sin embargo curiosa, la mirada de un animal joven que acecha una presa pero está a punto de huir detrás de una mariposa. Ése fue el detalle que más me impresionó.

Said se acercó a mí por fin, llevando todavía al niño en brazos. Son mis hijos, dijo solamente, tengo que quedarme con ellos esta tarde, y yo no le dije nada, no le pregunté nada. Él sólo me había contado que tenía veintiocho años y ahora vivía en la antigua casa de sus padres, la casa donde él se había criado, pero cuando nos instalamos en una terraza para turistas, al lado del castillo, se sintió en la obligación de inventar sobre la marcha una historia vulgar, previsible, patética, él no quería a su mujer, nunca la había querido, sus padres le habían casado siendo todavía un niño, nunca había podido elegir, me explicaba todo esto en francés, apretándome disimuladamente la mano por debajo de la mesa, y yo apenas le escuchaba, yo sólo quería que se callara, que dejara de decir estupideces, que se limitara a sonreír para no echar a perder aquella noche, y la noche siguiente, que sería la última. El niño se cansó enseguida de oírnos hablar en francés y se fue a corretear por la playa, pero la niña se negó a levantarse de la silla, desafiando la cólera de su padre con una calma infinita. De rodillas sobre el asiento, con los codos apoyados en la mesa, me miraba sin parpadear, la misma mirada extraña, insólita, que nacía de una proporcionada mezcla de interés, de cansancio y de desconfianza. Me caía muy bien, aquella niña, la sentía muy cerca de mí. Supuse que su madre le había encargado que me vigilara y lo entendí, entendí también a aquella mujer furiosa que ahora debía de estar deseándome la muerte. Por eso, cuando Said levantó la mano para llamar al camarero, y volvió a negarle a su hija el helado que le había pedido, que le había exigido ya varias veces, con la voz alta, firme, que hablaba en un idioma que yo no podía entender, me ofrecí a invitarla, pedí una carta, se la enseñé, le dije por señas que escogiera el helado que quisiera, pero ella ni siquiera se dignó a dirigir la vista hacia el cartón que yo sujetaba en vano. No estaba dispuesta a consentir que la invitara a nada, y después de comprenderlo, me di cuenta de que me caía incluso mejor que antes.

Aquella noche me acosté con Said en el cobertizo de las herramientas como si nada hubiera pasado, y sin embargo, nunca he olvidado a aquella niña, y nunca he olvidado a su padre, a pesar de la trivialidad de aquella historia, a pesar de la amargura de aquel helado imposible, nunca, y no sé por qué, la verdad es que no lo entiendo, pero todavía, alguna vez, cuando menos me lo espero, me encuentro pensando en la hija de Said, pensando en su padre.

Los ojos de Said, rasgados y negrísimos, risueños, me miraban también aquella mañana hasta que decidí ahuyentarlos abriendo mis propios ojos. Forito, tendido sobre el costado derecho, dormía aún, la sábana cubriéndolo casi por completo, consintiéndome apenas ver su nuca, el pelo blanquecino que raleaba sobre su cráneo, una cabeza de anciano, me dije, antes de reprocharme con dureza el imperdonable arrebato que me había empujado hacia sus brazos sólo unas horas antes. Decidida a reconquistar lo antes posible el fabuloso territorio que Alejandra Escobar había cedido a la realidad en una sola noche, me levanté deprisa, posando los dos pies en el suelo al mismo tiempo como una íntima promesa de determinación, pero cuando rodeé la cama para abrir las cortinas, confiando a la luz del sol el esfuerzo de inaugurar un día nuevo y distinto, ajeno a la memoria de la noche anterior, vi los zapatos que Forito había colocado con mucho cuidado al pie de la cama antes de acostarse, uno al lado del otro y ambos perfectamente alineados, con su correspondiente calcetín dentro, como los zapatos de un niño que se ha dormido esperando la llegada de los Reyes Magos, y sucumbí sin condiciones a la ternura de aquel objeto, un par de zapatos marrones medio muertos ya de puro viejos, a punto de reventar por las costuras. Él abrió los ojos justo en aquel momento, y le sonreí sin llegar a ser muy consciente de querer hacerlo. Sin embargo, su sonrisa me devolvió lo mejor de la noche pasada, un amante atento, cariñoso y confiado, casi lo mejor a lo que he podido aspirar nunca.

—Buenos días —me saludó con su voz rota, invitándome con la mano a sentarme en el borde de la cama, y deseé que metiera la pata, que dijera cualquier cosa inconveniente, que decidiera por mí, que se expulsara a pulso de mi vida, pero cogió una de mis manos entre las suyas, la acarició con dedos ligeros, y volvió a sonreír, tímidamente—. ¿Qué tal estás?

—Bien —dije, bajando la cabeza para no afrontar el brillo de sus ojos—. Pero voy a-a hacer el desayuno o llegaremos ta-arde a trabajar...

Cuando le vi entrar por la puerta de la cocina, tan elegante como lo había encontrado en el bar del Ritz, el traje de lino crudo, la camisa rosa, la corbata amarilla con dibujos menudos, me asombré de cuánto puede mejorar cualquiera, si no con la felicidad, sí al menos con la buena suerte, y mientras servía el café, sin captar el carácter específicamente íntimo de aquella acción hasta después de haberla emprendido, pensé que tal vez se habían terminado las Navidades para mí sola, las vacaciones para mí sola, los cumpleaños para mí sola, y registré una sensación nueva, rarísima, como si dentro de mi pecho creciera una esponja que se expandiera sin cesar, mi cuerpo relleno de otro cuerpo de algodón ingrávido, un parásito placentero que lo devoraba todo generando a cambio una extraña serenidad. Sin embargo, no cambié ni una coma del discurso que había preparado a solas, mi atención aparentemente dividida entre la cafetera y el tostador.

—M-mira, Foro... —empecé, amontonando las migas con el dedo

índice en una esquina de la mesa, sin atreverme a mirarle pero decidida a no volver a llamarle Forito nunca más—, he pensado que es mejor que no cuentes na-ada de esto en la editorial, ¿sa-abes?, porque la gente..., bueno, ya sa-abes cómo es, y no tendría ninguna gracia que empezaran a-a hacernos chistes, en fin, eso es lo que yo...

—Como tú quieras —dijo, y le miré por fin, y vi que me sonreía, y eso terminó de ponerme nerviosa.

—Bueno, quiero decir a-ahora, hoy, ma-añana... Porque al fin y al cabo tampoco ha pasado na-ada... todavía, quiero decir, no sé, n-no me gustaría que pensaras que yo... En fin, que no sé qué opinas tú, pero yo creo que es mejor que no se entere nadie... De m-momento por lo menos... Me pa-arece...

—Que sí, que lo que tú quieras —insistió, tan sonriente como antes, y me di cuenta de que mi mala conciencia había empezado a jugarme malas pasadas.

Nos separamos en el portal, porque él tenía que pasar por su casa a recoger unas fotos, y me subí en el autobús hecha un lío. Cuando bajé, media hora después, no tenía las cosas ni una pizca más claras, y los ordenadores se negaron a echarme una mano. Habría dado cualquier cosa por una buena avería, una catástrofe de las que me sacaban de quicio cualquier otro día, un monstruoso rompecabezas informático capaz de sorberme el seso como si alguien estuviera aspirándolo con una pajita, pero no pasó nada, todas las máquinas estaban a punto, todos los sistemas funcionando, todos los periféricos, sumisos como nunca, se mantenían dócilmente a la expectativa del menor de mis caprichos, y el trabajo pendiente, la maquetación de las columnas de apoyo del sexto tomo, era mecánico y aburrido como pocos, así que no me quedó más remedio que cargar con mi propia cabeza, contar con paciencia las burbujitas que predecían su inminente estado de ebullición, y esperar.

Ya me había alarmado en vano un montón de veces cuando una ligera y repentina inquietud, como el presentimiento de otros ojos, me obligó a levantar la vista de la pantalla para dirigirla a las paredes de cristal de mi pecera, y allí le encontré, con la misma ropa de domingo y un nuevo control en el rostro, mirándome. Cuando obtuvo el pequeño premio de mi mirada, tosió ligeramente con la mano sobre la boca, improvisando una torpe táctica de distracción, y desapareció inmediatamente por mi derecha. En esto, como en todo lo demás, se portó siempre como un caballero, respetando las reglas que yo había impuesto con un escrúpulo que a veces parecía rayar en el temor. Por eso, porque sospechaba que la misión de no defraudarme era muy importante para él, siempre que le pillaba mirándome a hurtadillas, o le veía apartarse para dejarme sitio en un pasillo mucho antes de llegar al punto en el que íbamos a cruzarnos, o me sorprendía de la rapidez con que desviaba la mirada si nos encontrábamos en un ascensor, dejaba de pensar por un instante en mi propia confusión para preguntarme qué sentiría él en realidad, qué pensaría de mí, qué papel me habría asignado en su vida si es que él era como yo, incapaz de aceptar lo que el azar le ponía delante sin buscarse por su cuenta problemas que tal vez ni siquiera existieran. Entonces recordaba las bromas amables, inofensivas, casi tradicionales, con las que el resto del equipo celebraba los síntomas de la predilección que Foro solía mostrar hacia mí, las canciones que tarareaba cuando me veía aparecer, el gesto automático de adelantarse a pagarme el café o los imprevisibles accesos de timidez que le asaltaban sin motivo cuando me sumaba por sorpresa a la conversación más inocente. Rosa había afirmado siempre que estaba enamorado de mí, y Ramón la secundaba con tanto entusiasmo que más de una vez, en los tiempos en los que tener razón o no tenerla me daba exactamente lo mismo, llegué incluso a pensar que tal vez supiera algo que no quería contarme, pero que entonces, tan poco me interesaban los sentimientos de Foro, ni siquiera se me ocurrió preguntar. Después de la noche del Ritz, en cambio, porque las cosas por fin habían cambiado aunque todavía no hubiera logrado precisar en qué dirección, la idea me gustaba y me aterraba a partes iguales, tan milimétricamente equilibradas como para animarme a seguir con la boca cerrada. Y sin embargo, había cosas que me daban más miedo que el amor de Forito.

Si hubiera leído mi propia historia en una novela, si la hubiera visto en una película o en una serie de televisión, sé con certeza lo que habría dictaminado sin dudar, ella es una hija de puta. Pero la ficción adorna a los personajes más insignificantes con encantos inéditos en el mundo real, yo lo sé muy bien, porque formo parte de ellos, y sé que la belleza interior ni es belleza ni nada, apenas un pretexto para que los que son bellos por fuera afirmen una calidad moral que no tienen porque no se puede tener, sencillamente. En el mundo no habitan maestritas esmirriadas con alma de poeta capaces de seducir a Gary Cooper, ni fantasmales espectros con el rostro quemado por el ácido y un espíritu tan exquisito como para rendir de amor a la novia del tenor más apuesto, todo eso es mentira. Las maestritas esmirriadas se masturban como locas después de cumplir treinta años y los espectros fantasmales se mueren de asco poco a poco decorando su guarida con los posters del *Playboy,* y al resto del mundo le importa una mierda la pobreza de su destino, por eso son necesarias las mentiras. Y las mentiras, como todas las drogas necesarias, son peligrosas, porque convierten a una pobre mujer confusa, una criatura tan insignificante que la vida jamás ha condescendido a ponerla a prueba en casi cuarenta años de existencia vana, en toda una hija de puta, y esa miseria ficticia puede llegar a destrozarla tanto como el crimen más cruel, más auténtico y sangriento que haya podido cometer jamás. Pero ni siquiera era eso lo que más me dolía, porque habría renunciado mucho más fácilmente al ficticio galán capaz de enamorarse de la ficticia belleza que me adorna por dentro si, al encontrarnos, Foro no hubiera formado parte ya de la reducidísima parcela de este mundo que es el mío, si lo hubiera conocido fuera de la editorial, en terreno neutral. Entonces, tal vez todo habría sido distinto, y mi silencio habría tenido otro valor.

Él sabía portarse como un caballero, y no me miraba, no me hablaba, no me buscaba por los pasillos, pero después de pasearse por la editorial con aquel traje de lino que nadie había visto nunca, apareció al día siguiente con un *blazer* azul marino con botones dorados, audazmente combinado con unos vaqueros casi nuevos, y este cambio radical de imagen no pasó desapercibido para las observadoras más malévolas, dos secretarias de dirección solteras y cincuentonas que no tenían nada que hacer y dedicaban las mañanas a pasearse por el edificio en busca de cualquier cosa que desmenuzar durante la comida con sus colmillos de hienas menopáusicas. Y fue en la cola del comedor donde escuchamos sus comentarios, ¿has visto a Forito, cómo se ha puesto?, ¡sí, hija, qué barbaridad!, ¿y a quién habrá enganchado?, a cualquier desesperada, vete tú a saber, desde luego que sí, porque ¡para cargar con eso, ya hay que tener ganas...!, bueno, mujer, ya sabes, siempre hay un roto para un descosido...

Fue Ana la que les plantó cara, Ana la que defendió a Foro, la que se rió de ellas sin mirarlas, pero en un tono lo suficientemente público como para que no dudaran de a quién iban dirigidas sus palabras cargadas de ironía, cargadas de desprecio, cargadas de un cariño incondicional por aquel hombre que se arrojaba por mí a las garras de las arpías, fue Ana, y no yo la que arremetió contra ellas en voz alta, no hay nada más patético que escuchar a alguien que habla de lo que no sabe, ¿verdad?, y fue Fran quien contestó en el mismo tono, desde luego, a mí no hay nada que me dé tanta pena, una de ellas volvió la cabeza a tiempo para comprobar que Ana volvía a la carga, por ejemplo los hombres, dijo entonces, si una sólo los conoce en sueños... ¿no os parece que debería estar callada en lugar de meterse con los que existen de verdad?, pero es que entonces se darían demasiada lástima a sí mismas, apuntó Rosa, sí, Fran se reía, y la cosa acabaría en un suicidio colectivo, pues mira, remató Ana, mucho más económico, y todas rieron, y el honor de mi amante fue vengado por ellas, que no se habían acostado con él, por ellas, que no lo habían negado fuera de las paredes de su casa, por ellas, que no habían oído hablar a su madre, a su tía y a su abuela igual que hablaban aquellas dos mujeres malas e infelices a la vez, y que por eso nunca se habían prometido por dentro no llegar a ser jamás igual que ellas. Y yo estuve callada, y aún más, decidí no volver a acostarme con Forito en el resto de mi vida.

Al día siguiente todavía estaba satisfecha de haber tomado aquella decisión. Veinticuatro horas más tarde, ya había empezado a dudar. El siguiente paso no lo di exactamente yo, sino esa voz feroz que albergaba sin saberlo hasta que trepó por mi garganta desde su remotísimo escondrijo para empujarme a los brazos de Said, una voz que sonó como una alarma cuando Foro se las arregló para tropezarse conmigo el viernes por la tarde y yo no le dije nada, una voz que atronó como el eco de un pelotón de fusilamiento cuando volví sola a casa y cerré la puerta por dentro, una voz que no me dejó dormir, y me atormentó el sábado entero con palabras rotundas como cañonazos, imbécil, imbécil, imbécil, me decía, mira que eres imbécil, y tristísima, y cobarde, injusta, y penosa, sobre todo penosa, porque en el fondo él te gusta, claro que te gusta, si estoy hablando yo, cómo no te va a gustar, y aquí estás, haciendo el imbécil, ¿y a qué esperas?, dime, tonta, ¿qué estás esperando exactamente?, ¿encontrar un novio que le guste a la secretaria del director?, ¡qué pena, Marisa, hija, qué pena!, mira que eres imbécil, imbécil, imbécil, bien que se dio cuenta el tunecino aquel que ahora va a resultar el amor de tu vida, porque en otra como ésta no te vuelves a ver, imbécil, de eso ya puedes estar segura... Fue aquella voz la que el domingo por la mañana levantó el auricular del teléfono, y marcó un número que debía de saberse de memoria, y saludó a Foro, y le invitó a comer paella, y me empujó luego a la calle, a comprar una barra de pan y medio kilo de pasteles, y un ramo de clavellinas preciosas, pétalos de color fucsia atravesados por unas hebras blancas que parecían dibujadas a mano, y mucho muguete, un ramo que quedó estupendamente dentro de un jarrón de cristal, en el centro de una mesa para dos.

La paella la hice yo, y salió buenísima. Fui yo también quien escogió sentarse muy cerca de Foro, en el sofá, después del café, y quien pagó una amarga confidencia —estoy muy contento de que me hayas llamado, dijo, con esa peculiar elegancia natural que le permitía bordear cualquier precipicio por el sendero más precario, sin desprender jamás ni una sola china con el tacón de sus viejos zapatos marrones, ya pensaba que no nos volveríamos a ver— con un beso sincero, asombrosamente sincero, como lo fue mi dedo índice al encender la luz del dormitorio un instante después de que él la hubiera apagado, acertando a activar al mismo tiempo el ventilador del techo, que ya no quiso chirriar con su viejo acento de niño desamparado. Fui también yo, un yo tan puro, tan desprovisto de argucias íntimas que casi lo desconocía, quien desterró de mi conciencia esa confusa amalgama de mentiras innatas y verdades adquiridas que perdió lastre como un globo que se eleva a toda prisa, la noción de que mi cuerpo era feo, mi carne triste. Yo decreté su alegría, pero después, cuando el silencio dejó de ser un sonido armonioso para convertirse en un ruido que no podíamos escuchar mientras fabricaba aplicadamente un obstáculo invisible sobre la almohada, donde nuestras cabezas permanecían inmóviles, y tan juntas como si estuvieran condenadas a compartir un solo aliento a los dos lados de un muro de aire durante toda la eternidad, fue Foro el único que se atrevió a hablar.

—Es... Es una suerte eso de que se haya pasado de moda lo de comentar los polvos después de echarlos, ¿verdad?, porque era un coñazo, buah, no veas, aunque, en fin, también tenía su lado bueno, ya te digo... —entonces soltó una risita, y me miró—. Porque, bien mirado, la verdad es que uno se quedaba más tranquilo.

—Si es por eso —sonreí— puedes quedarte tranquilo. Has estado muy bien.

Hizo una pausa que no conseguí interpretar, cabeceando aparatosamente, como si se felicitara de poder darse la razón a sí mismo.

—Hay una cosa tuya que me hace mucha gracia —dijo después—. ¿Tú te has dado cuenta alguna vez de que después de follar no tartamudeas?

—No... —me quedé más muda que callada, mi lengua paralizada por el asombro.

—Pues es verdad. Me di cuenta la otra noche y ahora te he dicho la tontería esa de hablar de los polvos sólo para comprobarlo, ya te digo. Y me has contestado de un tirón.

—¿En serio? —asintió con la cabeza y me resigné a que llevara razón—. Bueno, puede ser... Tampoco tartamudeo siempre. Digo bien la mayoría de las letras, normalmente me engancho en las aes, en las enes, y a veces, si estoy muy nerviosa, en las emes también —Alejandra nunca tartamudea, pensé entonces, lo sé desde el principio, desde que la escuché hablar en Túnez, su francés tan pobre como el mío—. ¿He tartamudeado ahora?

—No.

—¿Seguro? —volvió a asentir y yo le creí—. Desde luego, parece mentira... Avísame la próxima vez que lo haga.

—Vale —se rió—. Pero lo que yo estaba pensando es que... A ver si me entiendes, si tartamudeas más cuanto más nerviosa estás, entonces es que follar te tranquiliza.

—Claro, como a todo el mundo.

—O sea, que si te echaras un novio que te gustara, y vivieras con él, y follaras un día sí y otro no, por decir algo, y él estuviera bien, ya te digo... Pues dejarías de tartamudear.

—N-no... n-no lo sé.

—Has tartamudeado.

—Ya-a me he da-ado cuenta.

—Lo siento.

—N-no, déjalo tumbado.

Rió conmigo aquel chiste malísimo y no quiso añadir nada más, porque no hacía falta. Fui yo quien decidió ir un poco más allá cuando se agotaron los besos, y los abrazos, y otros temas de conversación mucho menos peligrosos —su memoria infantil de Carabanchel era como la chistera de un mago, un lugar del que podía salir cualquier cosa—, y lo hice sin pensar. Estaba a punto de ofrecerme a preparar algo para cenar, porque se había hecho de noche en la ventana, y en el reloj de mi mesilla, sin que nos diéramos cuenta, cuando aquellas palabras, prodigiosamente enteras, brotaron de mi boca sin permiso.

—¿Sabes una cosa? Me lo he pasado muy bien esta tarde, Foro.

—Ahora no has tartamudeado.

—Porque no quiero ta-artamudear. A lo mejor eres tú lo que me tranquiliza.

—Pues ya sabes.

—¿Qué?

—No tienes más que llamarme.

Esa oferta sin condiciones, lo más parecido a una declaración de amor que he llegado a recibir nunca, inauguró una época marcada por la desconcertante insubordinación del tiempo.

Mis días, que hasta entonces parecían incomprensiblemente felices

324

en la estrecha horma de una pauta siempre idéntica, exacta, matemática, veinticuatro horas en total, ocho para trabajar, ocho para dormir, dos o tres para alimentarme, el resto sólo para hacerme consciente de su paso por mi vida, empezaron a escapar de mi control, a estirarse y encogerse como si fueran de goma, a escurrirse entre mis dedos —días de agua, de gas, de humo—, o a permanecer quietos, sólidos e inamovibles, durante muchas más horas de las que les correspondían —días de piedra, de tierra, de plomo—, al margen de mi voluntad y de mi capacidad para aprehender el destino que los guiaba. Y sin embargo, mi situación se prolongó sin un solo cambio verdadero durante muchos meses. En el exacto corazón del vértigo, podía percibir muy bien mi propia inmovilidad.

Mi vida sucedió a partir de entonces en dos planos diferentes, contiguos y paralelos como esas dos rayas infinitas que jamás acertaban a juntarse sobre la pizarra del colegio. El mejor de ellos era íntimo, fértil, casi perfecto, porque mi historia con Foro trabajaba por sí misma sin cesar, consolidando poco a poco triunfos menores pero definitivos, y primero dejé de comprar pasta de dientes con sabor a canela porque a él no le gustaba, y más tarde desterré definitivamente el pimiento verde de todos mis guisos incluso cuando no iba a venir a comer conmigo, porque le sentaba mal, y después tiré a la basura un pijama de franela marrón muy abrigado, porque él decía que me convertía propiamente en una patata cruda, y ni siquiera llegué a echarlo de menos cuando regresó el frío. Pero ninguno de estos gestos logró arañar siquiera el signo de otro tiempo que era peor y también sucedía, nunca a la vez, siempre un poco antes, o un poco después, un plano público, frío y objetivo, que yo vivía como una espectadora imparcial de mi propia historia, manejando los datos que poseían los demás, utilizando sus mismos códigos, sucumbiendo a sentimientos que no por ajenos dejaban de pertenecerme, y que traían consigo la hora de jurar que ni un día más, ni una noche más, ni un solo beso más, a despecho de esa voz cruel que vigilaba siempre, esperando mi menor descuido para insultarme con el brutal acento de esas verdades que pueden ser más falsas que cualquier mentira.

La realidad se fue contagiando poco a poco de la repentina cualidad elástica que enrarecía el paso del tiempo, e interpretarla se convirtió en una tarea impredecible, muy sencilla algunos días, terriblemente complicada otros, irresoluble casi siempre. Cuando estaba con él, Foro me gustaba, me divertía su manera de hablar, de entender las cosas, las historias que contaba, y hasta su manía de interrumpir continuamente los diálogos de las películas que veíamos juntos por la televisión con chistes y opiniones que lograban que me retorciera de risa, compensándome de sobra por las frases que no conseguía escuchar. Era incapaz de tomarse una película en serio, de involucrarse en las vidas de los personajes, de arriesgar la menor emoción por cualquiera de ellos, y ni siquiera comprendía muy bien la codiciosa avidez con la que yo escrutaba la pantalla, al acecho del menor hueco que me consintiera meterme en el argumento, para reír o llorar o enamorarme o morirme de miedo en el cuerpo del actor correspondiente. A veces pensaba que precisamente ahí, en la exacta longitud del abismo que nos separaba frente a cualquier historia inventada, residía su ventaja sobre mí, su capacidad para apreciar el mundo verdadero, un territorio del que yo le había desterrado sin darme mucha cuenta desde que mi propia confusión, mis propios miedos, y esa repugnante versión de la vergüenza en la que detestaba reconocerme, construyeron para él una realidad aparte. Porque Foro existía tan indudablemente como existía yo misma, cuando Alejandra Escobar salía a la calle, pero el tiempo que pasaba junto a él no formaba parte del mundo de todos los días, el mismo mundo que yo estaba dispuesta a negarle. Allí, Foro parecía eternamente condenado a ser un hombre viejo y derrotado, borracho e inútil, gracioso a destiempo, un figurante secundario en un sainete malo y antiguo, un intocable. Y eso volvía a ser, sin matiz alguno, en cuanto se separaba de mí unas cuantas horas. El tiempo también puede desangrarse.

En medio de todo, estaba el amor, que salva o condena, que legitima los crímenes más atroces. Yo estaba segura de no amar a Foro porque el amor habría salvado por sí solo todos los obstáculos, yo lo sabía, lo había leído en los libros, lo había visto en las películas. Pero también sabía que lo echaba de menos por las noches, justo antes de dormirme, y eso se parecía mucho a un amor distinto, pequeño, de andar por casa, demasiado corriente como para que los libros se ocupen de él. A veces me preguntaba si no existirán amores diferentes, como son diferentes las personas, las estaciones del año, los cielos de las ciudades, pero no sabía qué contestarme, porque nunca había estado enamorada de nadie que me correspondiera, no tenía muy claro cómo funcionan estas cosas. Ni siquiera estaba segura de que estar enamorada fuera imprescindible para ser feliz con alguien, me preguntaba si no sucedería más bien lo contrario, y a ratos dudaba de que enamorarse bastara para todo. Pensaba mucho en la historia de Ana con Javier Álvarez, que había empezado poco después de que Foro y yo nos encontráramos en el bar del Ritz, y trataba de calcular cómo habría reaccionado ella si el azar le hubiera asignado un amante como el que me había tocado a mí, pero tampoco llegué a resolver aquel enigma, quizás porque se apoyaba en premisas erróneas, y a las mujeres como Ana no se les pasa siquiera por la cabeza la posibilidad de enrollarse con hombres como Foro. Por eso cuentan en voz tan alta sus amores con hombres apasionantes, a los que no se les pasa siquiera por la cabeza enrollarse con mujeres como yo. Eso creía, pero tal vez estaba equivocada, a ratos me convencía de que Ana nunca habría llegado a caer tan bajo, y esa sospecha me dolía más que la aceptación de que existieran dos clases diferentes de destino, para dos clases diferentes de hombres y de mujeres, pobre gente, gente apasionante. No lo sabía, no sabía nada de mí, nada de nadie, con una única excepción, porque existía una sola cosa que sabía con certeza, con una apabullante seguridad de que iba a ocurrir, como sé que la noche sucede al día, que las nubes se disipan cuando cesa la lluvia, que la muerte implacable paraliza los cuerpos. Así sabía que si dejaba escapar a ese hombre me labraría un futuro de soledad completa, el horizonte que vislumbraba ya cuando la suerte tiró para mí unos dados que seguramente no me correspondían, y sacó un tres. Podría haber sacado un seis, pero la mitad de seis es mucho más que cero, y dormir sola por las noches es lo mismo que no tener nada, y sin embargo, y sabiendo todo esto, no sabía qué hacer con mi vida. Jamás me había imaginado que intentar ser feliz pudiera llegar a resultar tan difícil.

Y sin embargo, eso fue lo único que hice durante mucho tiempo, intentar ser feliz, aprovechar lo que traía de bueno ese tiempo que pasaba deprisa y parecía no pasar nunca, apreciar el calor de otro cuerpo bajo las sábanas, esmerarme en cocinar platos nuevos y difíciles para las cenas de los viernes, veranear en Madrid, con las persianas echadas y el ventilador en marcha, aguardando la tregua del atardecer para emigrar a la Casa de Campo y desplegar un botín de tortilla y filetes empanados en una buena mesa, al fresco, justo delante del lago, en la gloria, ya te digo. No eché de menos Katmandú, ni Bali, ni Hammamet, aquel verano, pero eché de menos a Foro cuando se marchó con David a la playa, a primeros de agosto, aunque fuera lo que más le da por culo en este mundo, y llegué a arrepentirme de no haber aceptado su invitación, porque me quedé en casa, sola, para pensar, esas tonterías que se dicen a veces, y no hice más que ver la televisión y aburrirme como una de esas ostras que se estarían comiendo en las Rías Bajas. Cuando volvieron, me asombré de cuánto estaba empezando a parecerse Foro a su hijo.

La transformación de aquel rostro, de aquel cuerpo, las manos que no temblaban, la carne que reconquistaba un espacio perdido entre la piel y los huesos, la voz firme, el café con leche, con bollo y todo, que reemplazaba a la vieja copa de coñac de las viejas mañanas, era ya tan evidente que, en la editorial, septiembre fue el mes de Foro, y las conjeturas sobre la identidad oculta de la desesperada que había cargado con aquella ruina bajaron repentinamente de volumen, cediendo a la presión de hipótesis de otra naturaleza, comentarios menos cargados de asombro que de admiración por una metamorfosis que parecía aspirar a lo absoluto y en la que todo el mundo daba por sentado que había una mujer de por medio. Yo seguía a distancia aquel proceso, sintiéndome orgullosa de él, de ese cambio del que me consideraba responsable, y cedía incluso a la modesta audacia de sacar el tema a la menor oportunidad, buscando tal vez fuerzas en la unanimidad de los otros, un empujón que me animara a dejarme caer por fin del lado correcto, cualquiera que éste fuese, y jamás pensé que pudiera existir más de uno hasta que un día, después de que la casualidad nos reuniera alrededor de la máquina de café, a media mañana, Ana me abrió los ojos sólo para que Ramón consiguiera meterme después los dedos dentro.

—No me quiere decir quién es —nunca una de mis mínimas insinuaciones cosecharía a cambio un discurso tan largo—. Ayer se lo volví a preguntar, y nada. Y mira que yo se lo cuento todo, y se lo dije, no es justo, Foro, yo te cuento cómo me van las cosas y tú... Yo también te lo cuento, me dijo, todo, menos el nombre. Y yo le dije que creía que éramos amigos, y él me dijo que no fuera tramposa, y así... Yo creo que ella debe de ser un poco tonta, ¿no?, porque prohibirle decir quién es, a estas alturas... Ni que fuéramos al colegio todavía, joder. Y seguro que trabaja aquí, él dice que no, pero yo estoy segura de que sí, y debe de estar ahora mismo en este edificio, porque a ver si no, para qué tanto secretito. Lo único que le he sacado es que es una mujer muy solitaria, de treinta y muchos años, que nunca ha estado casada, y que tiene un carácter débil... Bueno, eso lo digo yo, porque él está empeñado en protegerla, en justificarla siempre... Da la impresión de que la cuida tanto como si fuera una niña pequeña, que no se entere de esto, que no vaya a pensar lo otro, que no crea lo de más allá. ¡Coño! Si yo lo único que quiero es que me la presente, y no por mí, que a mí me da lo mismo, sino por él, porque si se lo mete en la cama de noche, a ver por qué no puede ni saludarla de día. ¿Pero quién se habrá creído esa tía que es? ¡No te jode!

—Una hija de puta —asintió Ramón, dándose a sí mismo la razón con la cabeza—, de eso estoy seguro, desde luego.

—Pues mira que se lo digo —prosiguió Ana, sus mejillas más acaloradas de repente, como agradeciendo la llegada de los refuerzos—, pero él nada, tío, él la defiende siempre. Tú no lo entiendes, me dijo el otro día, pero es mi última oportunidad. Y una mierda, Foro, le contesté yo, ¿y me dices eso ahora, precisamente ahora que has dejado de beber y que vas hecho un pincel? Y él dale que te pego, que no, Ana, que tú no lo entiendes, y yo que sí, que sí, que cómo no lo voy a entender... Cualquiera entendería que una mujer se volviera loca por un hombre capaz de hacer algo así por ella, ¿no?, y en cambio ésta, ya veis, le tiene muerto de miedo, con los labios cosidos, pero es que tendríais que verlo, en serio. Yo creo que la quiere mucho, pero me temo que ella no se lo merece, la verdad... Ahora, que aunque sea una gilipollas, la verdad es que me alegro por él, porque no hay más que verle...

En ese momento susurré que necesitaba ir al baño y eché a andar por el pasillo. Sin pensar siquiera adónde se dirigían, seguí a mis pies hasta la pecera, me senté en mi silla, y miré la pantalla de mi ordenador, donde una pelota de tenis botaba sin parar, animando en cada movimiento una estela amarillenta que probaba el rumbo errático, puramente casual, de su trayectoria. Con los ojos clavados en cada una de las cadenas de luz que se anulaban eternamente entre sí, encontré una asombrosa semejanza entre la vida de cualquiera de aquellas ilusiones esféricas y mi propia vida, que tampoco sabía en qué dirección iba a botar la próxima vez.

Lo de menos era que, al cabo, esos espectadores imparciales que acababan de dictaminar sin duda alguna que ella era una hija de puta, estuvieran tan cerca de mí. Con eso ya contaba, y contaba también con obtener un grado de comprensión mucho mayor del que ellos mismos sospechaban si alguna vez llegaban a conocer por fin mi identidad. Pero lo que jamás se me había ocurrido era que mi historia pudiera contarse de aquella extraña manera. Estaba tan acostumbrada a pensar en Foro como en un mal menor, un remedio de urgencia, un recurso para desesperadas, que apenas podía creer que alguien afirmara en voz alta lo que yo misma me reprochaba sin mover los labios. Porque ellos no sabían lo que yo sabía, y sin embargo, estaban seguros de que Foro era mejor que la mujer con quien dormía algunas noches. Y había algo todavía más asombroso. La simple posibilidad de que, al final, aquel hombre a quien yo no me decidía a tomar, pudiera dejarme por otra mujer que le mereciera más, dibujaba ante mis ojos, con la espantosa precisión de una pesadilla, el umbral de un infierno que aún no había visitado nunca. Y todo esto ocurría cuando ya me había decidido a disfrutar indefinidamente de mi situación, cuando ya había aceptado las reglas de mi doble vida sin discutirlas conmigo misma, cuando ya creía que había pasado lo peor. Y sin embargo, nunca he pasado una noche peor que aquélla.

Cuando me levanté, a la mañana siguiente, sin haber dormido ni un minuto, sabía algunas cosas más que al acostarme la noche anterior. La primera era que me costaba infinitamente renunciar a Foro, y no sólo porque un cálculo egoísta hubiera establecido que era la única solución para mi futuro, sino porque, además, le quería. La segunda era que ni todos los parabienes del mundo lograrían convencerme de que no había ni una sola posibilidad, por mínima que fuera, de que alguno de los hombres a los que amaba Alejandra Escobar pudiera existir en realidad, y de que no mereciera la pena morir esperándolo. Esto ocurría porque no estaba enamorada de Foro. La tercera cosa que sabía con seguridad era que no me quedaba más remedio que hacer algo. La cuarta, que diciembre estaba al caer, y no se puede imaginar siquiera una época peor para tomar decisiones. La quinta, que mi carácter es muchísimo más que débil. Lo que no llegué a sospechar ni lejanamente es que aquella aparente riqueza, el inaudito exceso de poder elegir entre dos hombres distintos, uno real, siempre igual, imperfecto, y otro perfecto, siempre distinto, irreal, pudiera llegar a transformarse con el tiempo en una fuente de angustia permanente, permanentemente intensa. Eso fue sin embargo lo que ocurrió.

La Navidad, con sus luces y sus cantos, la alegría prefabricada de los anuncios de la televisión y la sinceridad de los buenos deseos de la gente corriente, trajo consigo una tregua engañosa. La dosis de auténtica felicidad que extraje de ese tipo de trabajo extraordinario del que el resto de la Humanidad abomina —decorar la casa, pensar el menú de la cena, ir al mercado con mucha más frecuencia de lo habitual, encargar el marisco y el pavo con varios días de antelación, encerrarme en la cocina la noche del veintitrés para ir adelantando trabajo, poner la mesa a las seis de la tarde del día de Nochebuena, arreglarme a toda prisa cinco minutos antes de que sonara el timbre de la puerta, y empezar otra vez a hacer lo mismo apenas puse un pie en el suelo a la mañana siguiente— no fue más que un anticipo de la que sentí al ver llegar a Foro muy arreglado y sonriente, con una botella en cada mano, como si pretendiera recordarme que, sólo un año antes, a aquellas horas yo estaba en pijama, delante de la televisión, masticando con desgana un filete con patatas. El día de Navidad, David vino a comer con nosotros, y me regaló un pañuelo de gasa estampada, muy bonito.

—Ha sido Papá Noel —dijo, sonriéndome mientras me guiñaba un ojo en dirección a su padre—, no me des a mí las gracias.

Hacía tantos años que nadie me regalaba nada por Navidad que casi se me saltaron las lágrimas. Pero el tiempo no quiso detenerse en una alegría tan pura y tan pequeña a la vez, y el vino de Nochevieja fue más amargo.

Nada me inducía a sospecharlo cuando llegamos a aquella fiesta. El célebre Antoñito convocaba todos los años a sus amigos para recibir el año nuevo en su local de Marqués de Vadillo, decorado para la ocasión con guirnaldas de papel de colores que serpenteaban entre los jamones colgados del techo, creando un efecto tan pasmoso como el que se obtenía de la combinación del mobiliario —mesas y sillas de madera basta, casi dignas del Mesón de Antoñita— y los atuendos de las invitadas, todas lentejuelas, terciopelos, y joyas demasiado aparatosas para ser auténticas. El conjunto, incluyendo las patillas, los habanos y el esmoquin de los acompañantes masculinos de todas aquellas duquesas postizas, era tan fascinante que mi humor, que ya era bueno a la entrada, se disparó como los tapones de las botellas de champán que saltaban sin cesar. Me encontraba muy bien, quizás porque había estrenado un vestido largo, el primero que había tenido la ocasión de comprarme en toda mi vida, un traje rojo, de tirantes, muy ceñido, tanto que apenas cené para evitar accidentes con la cremallera, y tal vez ese detalle podría explicarlo todo, porque cuando empecé a beber, una copa detrás de otra, mi estómago debió de convertirse en una inmensa piscina de alcohol donde flotaban apenas, a la deriva, tres o cuatro gambas y una docena de uvas, que había engullido, eso sí, religiosamente, una por cada campanada, convocando a la suerte con todas mis fuerzas. Me encontraba tan bien que mucho antes de llegar a estar borracha, arrastré a Foro al espacio improvisado como pista de baile en el centro del mesón, y le abracé con fuerza, y le besé muchas veces, como sólo le había besado a solas hasta entonces, desentendiéndome de la música y moviéndome sin embargo con él, arrastrándole en mi abrazo. Entonces ocurrió. Aprovechando una mínima pausa en la que liberé su boca de la mía para apurar una copa, él, que estaba mucho más sobrio, se separó ligeramente de mí, me miró, y me hizo la pregunta que nunca había podido hacerme antes.

—Dime una cosa... ¿Por qué no te importa besarme y abrazarme delante de mis amigos, y en cambio no me consientes que te hable siquiera delante de los tuyos?

—Yo no tengo amigos —contesté deprisa, mis labios indecisos entre la sonrisa que aún dibujaban y la desolación que presentían.

—Eso no es verdad —pronunció estas palabras en un tono que yo aún no había escuchado, a medio camino entre la seriedad y la dureza.

—N-n... N-no te en-ntiendo —mentí a medias—. Yo...

—Mira, ya estás tartamudeando otra vez —me interrumpió con un murmullo desalentado—, así que vamos a dejarlo.

Ahí se acabó la noche. Nos quedamos por lo menos otras tres horas en aquel lugar, juntos a ratos, a ratos yo sola y él bromeando y riendo con toda aquella gente, bebiendo los dos, yo más, mientras pensaba que lo más triste de todo era que Foro no acabara de tener razón, porque Ramón, o Ana, o Rosa, eran mis amigos sólo porque no tenía otros, amigos como los suyos, como Antoñito, que le decía a la cara las cosas que no quería escuchar cuando estaba bien y le solucionaba la vida cuando estaba mal, yo no podía recurrir a nadie así, no le había mentido al decir que no tenía amigos, él no podía entenderlo, pero la editorial era mi mundo sólo porque no podía aspirar a otro. Aquella noche no sólo me di cuenta de que Foro ya había empezado a sufrir por mi culpa. También descubrí que, a despecho de cualquier apariencia, él era mucho menos pobre que yo.

Si no lo sospechaba ya, debió de comprobarlo poco después. Cuando el coche de aquellos primos suyos, no sé si figurados o legítimos, que se habían ofrecido a traernos al centro, se paró en la puerta de mi casa, él pidió al conductor que le esperara un momento antes de salir a la calle conmigo, y yo lo escuché, pero había bebido tanto que no me paré a pensar en lo que significaban aquellas palabras. Metí la llave en la cerradura al tercer o cuarto intento y entré en el portal manteniendo la puerta abierta, para dejarle pasar, pero él no quiso seguirme. Salí otra vez, sin entender todavía muy bien lo que pasaba, y él me empujó con suavidad para apoyarme contra la puerta, manipulándome con cuidado, como si fuera algún objeto frágil. Entonces me besó en la boca con su boca de coñac, dulce siempre, dulce todavía.

—Yo te quiero mucho, Marisa —me dijo. Después me dio la espalda y echó a andar.

—¡Foro! —le llamé cuando ya había abierto la puerta de aquel coche—. ¿No vas a subir...?

—No —contestó.

Su primo arrancó y yo me quedé quieta, apoyada en el portal, sin saber muy bien qué hacer, hasta que el frío me obligó a subir a casa.

Al día siguiente me llamó, y me pidió perdón, y yo le dije que no tenía nada que perdonarle, y vino a verme, y se quedó a dormir, y los dos fingimos que no había pasado nada, los días fingieron suceder-se igual que antes, pero el tiempo cambió de piel, y se hizo pesado, amenazante, turbio, y cada hora presagiaba un indicio de final, cada minuto aplastaba con saña al anterior, cada segundo dolía. El 14 de febrero, cuando vino a verme por la noche, sin avisar, con un montón de copas encima y las manos vacías, para sentarse en la butaca del salón, cruzar los brazos y mirar fijamente sus zapatos antes de empezar a hablar, ya sabía lo que iba a decirme.

—Mira, Marisa, yo quería hacerte un regalo, ¿sabes?, llevaba un montón de tiempo pensándolo, buah, no veas, y no sabía muy bien qué te gustaría más, un bolso, unos zapatos, unos pendientes, ya te digo... Yo querría haberte comprado alguna joya, algo de oro, pero cómo no quería que pensaras cosas raras, pues al final decidí comprarte una caja de música, porque el otro día me dijiste que te gustaban mucho, ¿no?, y que nunca habías tenido una, y al salir del curro, me he ido derecho a la tienda esa de las muñecas de la Gran Vía que te gusta tanto, y he estado a punto de entrar, pero a punto, ya te digo, y de repente no me he atrevido. Me ha dado miedo comprarte un regalo, a ver si me entiendes, y no sólo porque tú eres mucho más fina que yo y seguro que esto de San Valentín te parece una horterada, que seguro que te lo parece, porque, buah, no veas cómo eres tú de señorita para según qué cosas, sino porque yo... Yo no sé lo que estoy haciendo aquí ahora mismo, Marisa, no sé qué pinto en tu vida, ni siquiera sé si pinto algo, ya te digo, y entonces he pensado... ¡yo qué sé! La verdad es que estoy empezando a llevar todo esto muy mal. Si somos novios, deberíamos comportarnos como novios, ¿no?, y si no... No sé. Yo ya comprendo que no soy ningún buen partido, eso lo comprendo, aunque haya dejado casi de beber y eso, ya te digo, comprendo que no te tires a mis pies, que también sería una tontería, porque, buah, no veas, con lo tarras que somos ya... Y no sé, es que no sé qué piensas de mí, qué piensas hacer conmigo, pero no me apetece seguir así y tener miedo de hacerte regalos, porque es que me siento fatal, esta tarde me he sentido fatal, pero gilipollas perdido, ya te digo. Y está claro que yo tengo más que perder que tú, y tampoco te pido que te cases conmigo, porque no es eso, pero, a ver si me entiendes, tengo que contarte lo que me pasa, y tienes que decirme algo, decirme si estoy dentro o fuera, si puedo contar contigo o no, si vamos a estar juntos mañana por la mañana o si esto se va a acabar antes, ya te digo...

Entonces levantó la vista y me miró, preguntándome con los ojos, y yo, la espalda rígida contra el respaldo del sofá, las piernas juntas y quietas, los puños cerrados, como clavados a los cojines, no fui capaz ni de pestañear siquiera.

—Bueno... —dijo él después de un rato que pareció durar eternamente—. Si no tienes ganas de hablar, me voy.

Le vi levantarse, frotarse la cara con las dos manos, meterlas luego en los bolsillos y mover un pie, pero antes de que llegara a dar un solo paso, algo estalló dentro de mi cabeza, y sentí un eco de cristales rotos, y después una paz inmensa.

—Sí, quiero decirte algo —chillé casi mientras las lágrimas se agolpaban en la frontera de mis ojos, y no tuve tiempo para calcular cuántos años habían pasado desde que lloré por última vez—. No te vayas, Foro, por favor...

Sólo después se me ocurrió aquella estupidez, mucho después, él dormía como un niño pequeño, igual que la primera noche, y yo trataba de acostumbrarme a la idea de que siempre sería así, trataba de acostumbrarme al futuro que yo misma me acababa de asignar sin atreverme a decirlo siquiera, enunciando con cuidado todas las cosas buenas que me esperaban, sin olvidar ninguna, encerrando mis dudas en un cofre remoto cuya llave era imprescindible perder lo antes posible, entonces se me ocurrió, y me pareció una estupidez, seguramente lo era, pero todo parecía a mi favor, yo tenía por delante una semana de vacaciones y una coartada perfecta, Foro estaría trabajando en Madrid, los clubs como aquel de Hammamet funcionan todo el año, y no iba a hacer nada malo, sólo lanzar una moneda al aire, ésa era una manera como cualquier otra de decidir, de forzar al destino a elegir por mí, de devolver al azar un guante que llevaba demasiado tiempo en mi poder, y sería la última vez o sería para siempre, Alejandra Escobar me abandonaría definitivamente o yo me encarnaría para siempre en Alejandra Escobar, cara o cruz, par o impar, negro o rojo, habría otro hombre en mi vida o no habría ningún otro nunca más, sonaba bien, parecía astuto, emocionante, justo. Por la mañana, estaba decidida.

—Dame un poco de tiempo, Foro —le dije cuando se despertó, antes de levantarnos—. Seguramente no me lo merezco, ya has esperado bastante, pero los próximos quince días van a ser horrorosos, tú lo sabes, estamos acabando el *Atlas* y tengo que rematar un montón de cosas, voy a tener que ir a trabajar hasta los sábados. Luego me gustaría aprovechar la semana de vacaciones que nos va a dar Fran para irme al pueblo de mi madre, a Jaén, a arreglar lo de las tierras esas de mi abuela que te conté, porque mis primos me han llamado ya veinte veces y no pueden hacer nada sin mi firma... A la vuelta, si tú quieres, podemos empezar a vivir juntos.

Ningún traidor ha sido pagado jamás con un beso más dulce que el que recibí yo, aquella mañana.

Descubrí de repente que la tierra mojada huele a pecado.

Mientras aspiraba el sutilísimo aroma de la culpa emboscado en el prestigio de un olor tan poético, me resigné a vincular aquel hachazo de melancolía con el hueco del sofá donde ya no me sentaba a contemplar con mis hijos las sucesivas entregas de la epopeya mutante, el enigma de confuso principio y desenlace imposible que antes me había permitido regresar a mi propia niñez para gritar y aplaudir igual que ellos. Antes ya quería decir años antes. Aquella precisión cronológica desató un escalofrío de horror a lo largo de mi espalda, y me pasé el paraguas a la mano izquierda para cruzar las solapas de mi abrigo con la derecha pero, aunque hacía un día de perros, ningún gesto podría protegerme del frío que nacía del núcleo de mis propias vértebras.

Sin perder jamás de vista aquella verja pintada de negro, ni la placa de bronce que fijaba en el muro, a la derecha de la puerta, el número 48 y ningún nombre, ni el ciprés joven, pero robusto, que asomaba apenas por encima del seto de tuya verde impecablemente recortado, en el ángulo izquierdo de aquel jardín desconocido para mí, me obligué seriamente a pensar en mis hijos, Ignacio, 10 años, varón, moreno, desobediente pero muy cariñoso, un estudiante vago con intuiciones brillantísimas que debería aprender a explotar de una vez, y Clara, 7 años, mujer, castaña clara, obediente y disciplinada, buena estudiante, responsable pero bastante gruñona y hasta hosca a ratos, que creía aún en los Reyes Magos. Últimamente me imponía esta especie de gimnasia mental con mucha frecuencia y procuraba empezar por el principio, repitiendo los datos que jamás podría olvidar para protegerme de mi propia desmemoria, porque me aterraba la posibilidad de que los niños, con esa inteligencia simple y directa que los adultos han perdido ya, fueran los primeros en descubrir que su madre les había abandonado, que la mujer que les seguía despertando por las mañanas, les hacía el desayuno, les ayudaba a vestirse y los llevaba corriendo a la parada del autobús, esa misma mujer que se ocupaba luego de ellos por las tardes —cuando estaba en casa por las tardes— y los bañaba, les daba de cenar y los metía en la cama, no era la misma de antes, sino una impostora hábil, una copia idéntica que apenas les dedicaba ya una hebra de su pensamiento. Tenía que pensar en los niños porque la Navidad se me echaba encima, pero no tenía ni idea de qué regalos les gustarían más, no tenía cabeza para sentarme con ellos delante del televisor y anotar mentalmente los anuncios de juguetes que les hacían chillar, no les prestaba atención cuando me hablaban, y sin embargo sabía que antes o después tendría que llevarlos a la Plaza Mayor a comprar serrín, y corcho, un cielo de papel y alguna figura nueva para poner el belén y, naturalmente, habría que poner también el árbol, el año pasado se fundieron la mitad de las luces, tenía que contar también con eso, y con que haría falta reponer alguna bola de cristal, de las que se cargaron jugando al fútbol, y Clara se empeñaría en pedirme una zambomba, como todos los años, y luego, como todos los años también, sería incapaz de arrancarle el menor sonido, y lloraría desconsoladamente por su torpeza, como lloraba yo por la mía cuando ella no podía verme.

Un coche verde pasó a mi lado, salpicándome sin querer. Sólo estuvo a mi lado un segundo, pero tuve tiempo de ver la cara del conductor, paralizado por el asombro al comprobar que el bulto oscuro parapetado tras un modesto cartel publicitario de un restaurante de las inmediaciones era una mujer empapada, abrumada por la lluvia, igual que aquella calle, aquellas casas que parecían condenadas a disolverse en el torrente implacable y vertical que estaba a punto de desarbolar la modesta armazón de mi paraguas. Mientras me sacudía en vano, con las manos mojadas, los charcos de agua que aquellas ruedas habían sembrado sobre mi abrigo, sentí un desvalimiento estrictamente físico, una triste sensación de pobreza en la piel, como la fase inicial de un estado de enmohecimiento que ya conocía, aunque hacía siglos que había desertado de la memoria de las cosas recientes. Entonces me di cuenta de que mis hijos no tenían nada que ver con el olor a pecado de la tierra mojada.

El recuerdo era mucho más antiguo, remoto incluso, las monjas habían vendido el colegio un año antes de que yo empezara la primaria, mi hermana Angélica me llevaba tres años de ventaja y yo solía ir a buscarla con mamá a aquel caserón inmenso, un jardín oscuro, de árboles antiguos, aristocráticos bancos de piedra tapizada de musgo, como los que salían en las películas de miedo, y glorietas pasadas de moda, con sus correspondientes arcos de hierro oxidado por los que ya no trepaba ni la memoria del último rosal. Los muros exteriores, altos y espesos como los de una fortaleza, aislaban a las alumnas del bullicio de la Castellana, creando la ilusión de un mundo independiente, suspendido por su propia voluntad en el espacio y en el tiempo. Eso es al menos lo que yo recuerdo de aquel misterioso castillo encantado del que Angélica salía corriendo cada tarde como quien escapa de una cárcel, justo cuando yo pensaba que daría la mitad de mi vida por entrar. Pero yo era una niña feliz, de una familia feliz, mi madre no trabajaba, mi padre sí, y ganaba lo suficiente para que ninguno de sus cuatro hijos, cinco después, cuando Natalia nació casi a destiempo, llegara a sentir jamás necesidad de ninguna cosa importante, y les daba tanta pena mandarnos al colegio que nos tenían en casa, jugando todo el día, calientes y protegidos, hasta que cumplíamos la edad máxima que marcaba la ley de escolaridad, seis años en mi caso. Justo entonces las monjas vendieron el colegio, el jardín oscuro con sus duendes dentro, las ventanas apuntadas con vidrieras de colores tras las que dolía casi no distinguir el capirote azul celeste de una princesa medieval, las glorietas de arcos de hierro oxidado y aquellos bancos de piedra vegetal, pero a mí no me lo dijo nadie, nadie me advirtió de lo que me estaba siendo arrebatado, era el primer sueño de mi vida y se desvaneció en el aire como los pétalos resecos de aquellas rosas perdidas, se deshizo en una nube de polvo de color, y luego en nada. Cuando me monté en el coche de mi padre, aquella mañana, no sospechaba siquiera lo que iba a ocurrir, pero me extrañaba que tardáramos tanto, y pregunté muchas veces, ¿adónde vamos?, al colegio, me repetía él, Angélica lloriqueaba a mi lado, la muy imbécil, pensaba yo, sin anticipar en las suyas mis propias lágrimas de otras mañanas, y al final, cuando ya me había aburrido de esperar, el coche atravesó una verja de barrotes cuadrados, vulgar y corriente, y se detuvo ante un edificio de ladrillos rojos con ventanales grandísimos, más vulgar y más corriente aún, ante un jardín que no era tal, dos o tres manchas de césped en una desnuda extensión de tierra y un inmenso patio de cemento adosado al ala izquierda del edificio. Entonces lo pregunté por última vez, ¿pero adónde me has traído...? A tu colegio, me contestó mi padre, míralo, es nuevo, lo vas a estrenar tú, ¿a que te gusta?

Nunca me gustó, nunca, pero tampoco nunca llegué a odiarlo, porque yo era una niña feliz en general, y quizás por eso dócil, alegre casi siempre, y disciplinada, es decir, una alumna ideal, sobre todo porque aprendí enseguida que el método más rápido y seguro para

337

sobrevivir en aquel laberinto sin secretos consistía en estudiar y sacar buenas notas, y la verdad es que no me costaba un gran esfuerzo aplicarlo. Así que las monjas me dejaban en paz, aunque insistieran en llamarme siempre por mi nombre completo, Rosalía, que no me gusta, y yo las dejaba en paz a ellas, una relación mucho más fértil y apacible de lo que se habían atrevido a esperar de la hermana de Angélica Lara, niña conflictiva, rebelde e hipersensible a la vez, perpetuamente dividida entre los gritos y el llanto, que no sólo las odiaba sino que tenía valor de sobra para decírselo a la cara. Yo no comprendía la infelicidad de mi hermana Angélica, esa especie de perpetua desazón, de decepción constante frente a sí misma y a todas las demás cosas de este mundo que trazaba una parábola perfecta para conectarse con la infelicidad de mi hermano Juanito, tres años menor que yo y como ella inquieto, desilusionado, hermético, incapaz de contar nada de lo que le pasaba, de apreciar nada de lo que le rodeaba. Entre ellos, Carlos y yo solíamos estar bien, contentos y tranquilos, con buenas notas y el sueño sereno, profundo, que se le supone a todos los niños. Ahora, Juan, que abandonó un futuro brillantísimo en España y a su primera mujer al mismo tiempo, vive en Estados Unidos, está casado con una negra de piel bastante clara y una belleza tan espectacular que nadie adivinaría que es bastante mayor que él, da clases de Física en una universidad de Virginia, y tiene tres hijos muy morenos y tan guapos como su madre. Viene muy poco por aquí, pero todos, menos mamá, que suspira puntualmente cada vez que alguien pronuncia su nombre, tenemos la impresión de que le van muy bien las cosas. Angélica ha cumplido cuarenta años pero no los aparenta ni por dentro ni por fuera. Trabaja en una agencia de publicidad, gana montañas de dinero, se ríe muchísimo y, por fin, dice que está muy contenta con su vida. Rompió un matrimonio que todos creíamos que funcionaba, y del que tuvo una hija, enamorándose como una bestia de un músico un par de años más joven que ella con el que se casó enseguida, y enseguida tuvo otro hijo. Llevan siete años juntos y todavía se morrean todo lo que pueden en la calle, en el cine, y hasta en las comidas familiares. Natalia todavía no ha acabado la carrera, pero Carlos y yo seguimos estando bien, casados con nuestras parejas originales, ambas de piel blanca, nacionalidad española, y edad y aspecto y trabajo apropiados, siempre aparentemente contentos y tranquilos, sacando las notas más altas que mis padres han podido nunca atreverse a desear para sus hijos. A veces, en alguno de los raptos de melancolía que aíslan a mi hermano por completo del mundo, en la cena de Nochebuena, o el día de su cumpleaños, siento la tentación de preguntarle si su serenidad representa para él lo mismo que la mía representa para mí.

Yo no odiaba el colegio, como Angélica, porque aquel estúpido edificio, por muy feo que fuera, por muy poca gracia que tuviera, carecía del poder suficiente para arañar siquiera mi conciencia de niña feliz, pero allí sin embargo aprendí el significado de la tristeza. Nunca olvidaré aquellas tardes horribles de lluvia infinita, la grisura del cielo desplomándose sobre el horizonte como una maldición que yo no merecía, la noche que se cerraba como el puño de un coloso malvado sobre las cinco y media de las tardes de invierno, a la misma hora en la que apenas empezaba a despertarme de la siesta en los deslumbradores días de veranos destilados con cloro de piscina y muchísima pereza, recuerdo el repiqueteo de la lluvia sobre los cristales, aquellos enormes ventanales que me permitían distinguir, al fondo, las luces de los autobuses, encendidas ya cuando sonaba el timbre de la salida, y recuerdo el desconsuelo con el que recogía mis cosas, y bajaba las escaleras, y salía a aquel desierto solar al que todo el mundo llamaba jardín. Tenía que atravesarlo de punta a punta para llegar al autobús y entonces sí, entonces llegaba casi a comprender a Angélica, porque la falda me dejaba las rodillas al descubierto siempre, y algunos años también buena parte de los muslos, mi madre se negaba a comprarme un uniforme nuevo cada curso con la única excepción de los calcetines pero, a despecho del supuesto prestigio del colegio, éstos eran tan malos, tan finos, que aunque los estrenara a mediados de octubre, el elástico se había rendido ya para siempre a principios de noviembre, y desde entonces los llevaba arrugados alrededor de los tobillos, las piernas desnudas. Mi piel se erizaba al contacto con el frío, con la lluvia, con el viento, recuerdo esa humillación del invierno, el sendero plagado de charcos helados que empapaban mis zapatos, el pequeño pero inagotable azote de las gotas de agua que se estrellaban contra mis corvas, y una tremenda impresión de soledad que todavía hoy no sería capaz de definir, pero que me aplastaba contra aquel suelo líquido con la certeza de no tener a nadie en este mundo. El olor a tierra mojada, olor a abandono, a soledad, a amargura, a un exilio cruel del color de los veranos, me acompañaba al interior del autobús escolar, una cárcel portátil gobernada por el vaho que pintaba las ventanas con su horrible baba gris y condensaba la atmósfera hasta hacerla irrespirable, agudizando la tristeza de aquellos asientos de escay, el plástico rajado en las esquinas por las que asomaban las tripas de gomaespuma, y la lentitud, la humedad en todo, la odiosa sensación de llevar a cuestas toda el agua de este mundo y el odioso presentimiento de no ir a ser capaz de desalojarla jamás, porque ya se había infiltrado en la ropa, en la cartera de piel, en los zapatos manchados de barro, en mi imaginación y en mi alma. Entonces, cuando creía ahogarme ya en mi propia nostalgia, cuando llegaba a dudar de la niña feliz que apenas era, la puerta del autobús se abría para mí en el centro del mundo verdadero, Barquillo esquina a Almirante, donde el suelo era de asfalto y las aceras de adoquín, y el agua corría ordenadamente hacia los sumideros disimulados entre las ruedas de los coches, y había luz, y gente, y olía a hojaldre recién hecho en la puerta de la pastelería, y en mis manos, a la corteza de la mandarina que me regalaba el frutero al verme pasar, pronunciando la cálida contraseña de mi nombre, Rosa, un olor estupendo que sobrevivía en los resquicios de mis dedos hasta después de merendar, bien segura ya en mi barrio, en mi casa, mi madriguera, una ciudad antigua de edificios altos como hadas madrinas y bares abiertos hasta la madrugada. El olor a pecado llegó después, como una precisión postrera pero definitiva.

Ya ni siquiera me acuerdo de cómo se llamaba aquel chico que estudiaba COU en el colegio de al lado, lo cual quiere decir que su verja estaba a medio kilómetro de la nuestra, en el último extremo de una urbanización perdida en el culo del mundo. Tampoco me acuerdo de su cara, pero tenía el pelo rizado, castaño rojizo, y sé que era alto, y muy corpulento. Era además lo que entonces llamábamos muy mayor, porque había repetido un par de años, y tenía una moto, y edad suficiente para sacarse el carnet de conducir. Por eso seguramente le hice caso, porque la verdad es que no me gustaba mucho, pero yo le gustaba tanto a él que siguió viniendo con nosotras después de dejar a su novia, una chica de sexto que desertó a cambio, incapaz de contemplar el intenso cortejo semanal que tenía a todas mis compañeras de curso muertas de envidia. Yo estaba en quinto y salía en pandilla todos los fines de semana, hacíamos el recorrido completo, Moncloa, Princesa abajo, Argüelles, Princesa arriba, Moncloa y vuelta a empezar, pero casi siempre me perdía el último tramo. Mis amigas tenían permiso para volver a casa a las diez, y los chicos podían seguir en la calle hasta las diez y media, pero a mí me había costado tanto trabajo convencer a mi madre para que alargara en media hora el vergonzoso plazo inicial de las nueve de la noche, que no me atrevía a desafiarla, nunca me había atrevido, yo me llevaba bien con ella, bien con mis hermanos, y con mi padre, nunca chillaba, como Angélica chilló antes, como Juan chillaría después, jamás di un portazo ni una mala contestación, y no llegaba tarde, nunca les había dado un disgusto, pero siempre en esta vida hay una primera vez.

Era la primera vez que quedábamos solos, sin la pandilla, y cuando llegué a la puerta del Parador de Moncloa y le vi, apoyado con aire de propietario en aquella furgoneta aparcada en doble fila, la emoción me desarmó en un instante, porque no era nada normal salir con gente que tuviera coche. Me decepcionó un poco que no fuera a conducir él, pero al mismo tiempo sentí una ambigua punzada de alivio al comprobar que nuestra intimidad no sería completa. En los términos típicos de la época, éramos tres parejas, y todo lo demás era igual de típico, el inequívoco aspecto de hippies de buena familia que tenían sus amigos, tan parecidos a los de Angélica, la pareja longitud de las melenas de todos ellos, las dos guitarras que cargaron en el coche con más cuidado del que empleaban en sí mismos, y hasta el perro sucio y peludo del conductor, que se tumbó apaciblemente sobre el colchón encajado en la parte de atrás, entre la pareja que teníamos enfrente y la que formábamos aquel chico del que ya no recuerdo su nombre y yo. Me dijeron que íbamos a Valdemorillo, a un mesón estupendo donde daban vino barato y un queso muy bueno, y a mí me pareció bien, quizás porque le di la primera calada a un canuto antes de salir de Madrid, los de enfrente liaban y pasaban sin parar, mi acompañante estaba misteriosamente pendiente de aquel tráfico aunque me metió la mano en el escote y la lengua en la boca justo después de pasar de largo por el último semáforo, yo le devolvía los besos y pensaba que estaba haciendo algo muy grande, muy importante y peligroso, digno casi de mi hermana mayor, y que me gustaba, todo me gustó, hasta aquellos porrones de vino barato en los que bebí demasiado y derramé lo suficiente para ponerme perdida la blusa, y las canciones, casi todas políticas, algunas procaces, brutales incluso, pero todo era divertido, y los besos constantes, inagotables, furiosos, llegaron a hacérseme imprescindibles en algún momento, y besé a aquel muchacho que ha perdido su nombre con un hambre de besar que también yo he perdido quizás para siempre. Me sentía maravillosamente hasta que miré el reloj, y vi que eran las ocho y media. Me daba tanta vergüenza decir en voz alta que tendría que estar en mi casa sólo una hora después, que esperé un rato a que alguien decidiera por mí que había llegado el momento de volver a Madrid pero, por supuesto, eso no ocurrió, y a las nueve menos diez tuve que susurrar en el oído de mi flamante novio que tendríamos que marcharnos ya. Él me dirigió una mueca de fastidio tan nítida que por un momento temí estar perdida, pero debía de gustarle tanto que acabó por complacerme. Sin embargo, no le resultó fácil convencer a los demás, y eran ya las nueve y diez cuando salimos de aquel mesón, donde ninguno de nosotros nos habíamos dado cuenta de que la amenaza gris del cielo que nos había escoltado desde Madrid acababa de desatarse en un chaparrón atroz. Llovía con tal insistencia, con tal empeño, con tal ambición de anegar el mundo, que nos pusimos perdidos de agua en el brevísimo trayecto que nos separaba de la furgoneta, y cuando logramos acomodarnos dentro, convertimos el colchón que nos acogía en una somera e imprevista laguna. Pero todo seguía estando bien. Me entregué a una nueva sesión de muerdos y manoseos con el ánimo tranquilo y un humor excelente, porque no habíamos invertido más de veinte minutos en el viaje de ida, y por tanto, mi retraso no superaría el cuarto de hora, un plazo sensato, tolerable, inocuo incluso. La furgoneta avanzaba a buen ritmo por un sendero de tierra en dirección a la autopista, donde sin duda empezaríamos a ir más deprisa, eso pensaba yo, y sin embargo nos detuvimos justo cuando crecía la luz, y el estrépito de los neumáticos que rodaban sobre el asfalto mojado.

Era domingo. Yo lo sabía aquella mañana, cuando me levanté, y seguía sabiéndolo a la hora de comer, lo sabía mientras me arreglaba y hasta cuando acudí a mi cita, a las cinco y media, y al volver a Madrid, ya de noche, seguía siendo domingo aunque yo lo hubiera olvidado, y además llovía, y por eso, porque estábamos atrapados en la noche de un domingo lluvioso, la carretera de La Coruña era un inmenso río de luces detenidas, un infinito estanque de motores inútiles, una doble fila india de desesperados que arropaba mi propia desesperación y algo más, porque el repetidor del colegio de al lado me besaba y me metía mano en la oscuridad, y yo no podía dejar de corresponderle aunque fuera igualmente incapaz de dejar de pensar en la que se me venía encima, y me lo estaba pasando muy bien y me estaba jugando la vida al mismo tiempo, pero el embotellamiento era monstruoso y ninguna cantidad de angustia podría resolverlo, yo no tenía ningún control sobre la situación exterior pero podía aprovechar los beneficios de la interior, y eso fue lo que hice mientras dentro de mí florecía una sensación nueva y extraña, inevitablemente asociada a la lluvia y el frío de una noche de febrero, al olor de mi ropa húmeda de vino y de agua, de mis zapatos manchados de barro, y me sentía por dentro infinitamente culpable de no sentirme lo suficientemente culpable, y por fuera me reía, y bromeaba, retorciéndome por obra de ese inquietante placer que provocan las caricias que se quedan a medias, sabiendo que no me estaba portando bien, pero sin fuerza alguna para dejar de portarme exactamente así. Fuera de la furgoneta olía a tierra mojada, dentro de la furgoneta olía a tierra mojada, aquél era también el olor de los besos y del miedo, un escalofrío que no me abandonó hasta que entré por fin en el salón de mi casa, que ya no era la casa de una familia feliz, porque no era feliz mi padre, que rumiaba su furia en silencio, ni mi madre, que lloraba a gritos como si la estuvieran desollando viva, las doce menos veinte, decía, las doce menos veinte y no has llamado siquiera, las doce menos veinte, como si no tuviera ya bastante con tu hermana, las doce menos veinte y un día de éstos me vais a volver loca entre todos...

Me castigaron a quedarme en casa todos los fines de semana durante un montón de tiempo, ya no me acuerdo si tres meses, o seis, y yo acaté el castigo con una mansedumbre inexplicable en cualquiera que no estuviera acostumbrado a ser feliz, pero mi concepto de la felicidad, y del precio que hay que pagar por ella, cambió de una vez y para siempre. Eso no se lo pude explicar a aquel chico, que me abandonó casi en el acto, menos escandalizado por los resultados de nuestra aventura que por la docilidad con la que me plegué sin rechistar a la disciplina paterna. No me importó mucho, porque la verdad es que él no acababa de gustarme, y quizás por eso olvidé tan deprisa que la tierra mojada huele a pecado.

Tuvieron que pasar más de veinte años y una calamidad para que recuperara de golpe el sentido de aquel olor en el cruce de dos calles de la urbanización más remota de Pozuelo de Alarcón, mientras acechaba la verja de hierro de una casa en la que jamás había sido invitada a entrar, desde la parte trasera de un cartel metálico que anunciaba un restaurante de las inmediaciones. Y la tierra mojada me golpeó con más eficacia que ninguna palabra, ninguna reflexión, ningún consejo, quizás porque había eludido cuidadosamente el concepto de pecado durante los últimos tiempos y la lluvia y el frío de la última tarde de noviembre lo rescataron para mí, tan puro y deforme como antes, pero distinto, porque al volver a casa me esperaba algo mucho peor que una bronca, que un castigo, que un disgusto, y mis hijos no tenían nada que ver con todo esto. Estaba pecando contra mí, y no existe perdón para un pecado semejante.

Estornudé dos veces y pensé en mi hermana Angélica, en mi hermano Juan. Quizás la costumbre de la felicidad es como una de esas drogas dañinas que se asimilan al organismo hasta el punto de llegar a resultar ineficaces e imprescindibles a la vez, destruyendo la voluntad para siempre. Quizás yo seguía siendo feliz pero no me daba cuenta. Quizás los niños felices llegan a creer que su estado es un don perpetuo, una condición irrevocable, un destino fijo, definitivo, como una posesión, y por eso se niegan a aceptar las reglas de otra vida, no pueden asumir un final diferente. Nacho Huertas no podía saber que estoy acostumbrada a ser feliz, y yo no había descubierto aún la manera de convencerle cuando la tierra mojada empezó a atormentarme con su olor a pecado.

No podía seguir soportándolo ni un minuto más. Estaba a punto de marcharme ya, cuando las verjas de hierro se abrieron por sí solas, como las puertas de la cueva de Aladino, y un coche negro, nuevo, pequeño, asomó el morro al camino de tierra que hacía las veces de acera y se detuvo, tan cerca de mí que, a través de la lluvia, podía leer sin ninguna dificultad los números de una matrícula que me sabía de memoria. El corazón me dio un salto en el pecho, creí que iba a morirme de ansiedad, pero no tuve suerte.

La mujer de Nacho Huertas pasó a mi lado y también ella me salpicó sin querer, pero no tuvo la curiosidad de mirarme siquiera.

Después de aquella noche de sexo aplazado que cobré a destiempo en el clandestino futón de su estudio, decidí que correspondería a aquel hombre que me había llamado amor mío con mi propio e ilimitado amor, pero esta determinación, que él todavía ignoraba, no le animó a llamarme, así que empecé a llamarle yo. Cuando dejó de coger el teléfono, para privarme de largas conversaciones de media mañana repletas de chistes sexuales y alusiones a citas inminentes que jamás llegaban a concretarse, empecé a dejar largos mensajes en su contestador. Cuando dejó de devolverme las llamadas, respuestas cada vez más breves y desganadas a reclamos cada vez más complejos y audaces, que llegué a escribir incluso, con el mejor estilo de la redactora de encargo que fui en otro tiempo, antes de vaciarlos en los insensibles oídos de una máquina, empecé a marcar su número a todas horas sólo para oír su voz al otro lado de la línea. Cuando empecé a tropezarme con el pitido de su fax, conectado durante muchas más horas de lo que parecía razonable, me convencí de que el legendario prestigio que las ciencias ocultas se han labrado durante milenios, no puede asentarse de ninguna manera en el vacío, y empecé a frecuentar a Bambi. Cuando recuperé por fin la cordura en la certeza de que el tarot es un camelo, porque ninguno de los augurios favorables inscritos en las estrellas para mí desde mucho antes de mi nacimiento llegó a cumplirse ni siquiera oblicuamente, escribí a Nacho Huertas una carta conmovedora, sutil, irónica, sincera y honda, a la que nunca contestó. Cuando me cansé de esperar una sola respuesta a mi segunda, mi tercera, mi cuarta, mi quinta carta, empecé a merodear furtivamente por su casa. Mientras tanto, pasaba el tiempo.

A aquellas alturas, ya no sabía muy bien lo que quería, lo que esperaba encontrar buscándole de aquella descabellada manera. Quizás no era más que una palabra, una respuesta, una fórmula capaz de despejar la incógnita que me mantenía en vilo, atada de pies y manos, suspendida de un gancho invisible atornillado en la clave de la bóveda celeste, planeando, como el Robin torpe, lento y voluntarioso que jamás ha sido aprendiz de Superman, sobre el mundo que los otros habitaban como lo había habitado yo hasta que aquella dañina pasión me expulsó violentamente de su seno, viviendo sin vivir, durmiendo sin dormir, sabiendo sin saber lo que todos los demás sabían. Me preguntaba si un hombre feliz con su mujer se habría lanzado de cabeza a los brazos de una imprevista compañera de viaje, si un hombre capaz de desatarse en una noche de amor no prevista habría podido salir indemne de esa prueba, si un hombre capaz de sumergirse en otra piel sin alterarse, se habría levantado por la noche para dedicarse a hacer fotos a una mujer accidental mientras dormía, si era posible, en definitiva, que ese hombre no hubiera sentido lo mismo que yo, que no le hubiera pasado lo mismo que a mí, que no estuviera escuchando al menos una vez, todos los días, un susurro que nacía del centro mismo de su conciencia y no se cansaba de repetir siempre lo mismo, como un disco rayado, como una maldición sonora, como un inquebrantable desafío, todavía estás a tiempo, debía decir esa voz, a la fuerza tenía que decirlo, ella es el camino del resto de tu vida, llámala o te arrepentirás hasta en el día de tu muerte. Quizás habría bastado una palabra, olvídame, pero él jamás quiso salvarme al pronunciarla.

Aunque llegó un momento en el que dejó de existir para mí en el terreno neutral de la realidad, aunque a partir de entonces dejara de ser un hombre y se fuera desprendiendo poco a poco de su carne, de sus huesos, de su volumen y su capacidad de movimiento, para encajar más bien en el descarnado estuche de una idea, una obsesión permanente que se desentendía de sí misma para crecer sólo dentro de mí, reemplazando poco a poco todo lo que yo albergaba como si pretendiera hacerme reventar al final, desbordarse por las costuras de un cuerpo incapaz de sostenerla por más tiempo, el hombre llamado Nacho Huertas no había abandonado el mundo de los vivos y, de tarde en tarde, daba señales de su existencia.

Nada sería más injusto que reprochárselo, descargar en sus hombros el peso de mi propia locura, esa venenosa infección que él había causado sin pretenderlo, igual que un virus microscópico, egoísta e inocente de por sí, eternamente atrapado en su propia maligna naturaleza, pero lo cierto es que a él le gustaba aquella situación, estaba segura de que disfrutaba conmigo igual que un niño disfrutaría con un juguete cuyas pilas no se agotaran nunca, un muñeco capaz de hacer cada día una cosa distinta, cada día más complicada y difícil, más gratificante en su excentricidad. Su amor propio debía de dispararse con la intensidad de mi amor, con la incondicionalidad de mis ofertas, con mi resignación y con mi fe, alimentos de una autoestima que rozaría ya el rango de la divinidad, un prestigio íntimo al que no estaba dispuesto a renunciar porque jamás me dejaba caer hasta el fondo, nunca dejaba de enviarme una señal cuando yo desesperaba, cuando me cansaba de recuperar una y otra vez los recuerdos más placenteros, más intensos, más felices, cuando me daba cuenta de que ciertas frases, ciertos gestos, ciertos polvos, se estaban empezando a parecer a esos cromos sobados, con las esquinas dobladas y un impreciso barniz de mugre impregnando para siempre una ilustración que parecía ya impresa en cartón mate, que mi hijo barajaba sin parar a todas horas. Justo entonces me mandaba recuerdos con alguien, o llamaba por teléfono o, aunque esto sólo sucedió dos veces, aparecía por la puerta de mi despacho, saludándome como si no hubiera vuelto a saber nada de mí desde que regresamos de Lucerna.

La primera vez apenas logré entreverle a través de la puerta que había abierto con una aparente decisión que no le llevó sin embargo más allá del umbral. Desde allí dijo hola, me guiñó un ojo, y alguien a quien no pude identificar tiró de él inmediatamente hacia fuera. Luego nos vemos, fue la fórmula que escogió para despedirse, y yo le contesté con el mismo aturdido silencio que había opuesto a su saludo, porque la clásica imagen de la muerte como una anciana velada que arrastrara un manto negro por el suelo, la reluciente curva de la guadaña festoneando el perfil de su encorvada espalda, no me habría impresionado tanto. Pasaron por lo menos diez minutos, quizás más, hasta que logré recuperar un mínimo control sobre mis músculos, el justo para encender un cigarrillo y fumármelo muy deprisa, quemando tabaco como un adolescente escondido en un cuarto de baño. Sólo después comprobé que, para mi sorpresa, no estaba contenta. La certeza de que en aquellos momentos él se encontrara bajo el mismo techo que yo, quizás apenas a unos metros de distancia, me sumía en una profundísima inquietud, pero la tensión a la que me forzaba era tal que al principio pensé que habría sido mucho mejor no haberlo visto siquiera. Seguramente, esta reacción primeriza formaba parte de mi propio asombro, como una especie de resaca instantánea de una emoción dolorosa de puro intensa, porque enseguida me levanté, y salí a encontrármelo, buscándolo primero en el estudio, donde Ana se alegró casi de decirme que no le había visto, y luego en el Archivo, por donde jamás deja de pasar un fotógrafo que esté de visita en el edificio, y donde me dijeron que se había marchado por lo menos media hora antes, y después por Texto, por Grandes Obras, por Ciencia y Tecnología, hasta que recorrí todos los pasillos de todas las plantas sin resultado para salir después a la calle y comprobar que tampoco estaba en ningún bar de los alrededores, una expedición fracasada que culminó en una larga serie de maldiciones que descargué sin piedad sobre mí misma, abominando de mi falta de reflejos, de mi lentitud, de mi torpeza. Pero en aquella época todavía hablábamos de vez en cuando, por las mañanas, él no había dejado de existir, ni de buscarme, yo aún no había perdido la esperanza.

Cuando le vi en la editorial por segunda vez, aún no había conseguido sacudirme los efectos del resfriado que obtuve como único premio después de aquella penosa sesión de vigilancia bajo la lluvia. Él no podía saber que había estado haciendo guardia durante horas enteras en la puerta de su casa, pero ya tenía que haber recibido todas mis cartas, y sin embargo, su saludo fue igual de trivial, igual de convencional y risueño, aunque después de decir hola, cerró la puerta por dentro y se dirigió directamente a mi mesa sin darme margen siquiera para la inmovilidad, porque me levanté como impulsada por un resorte al contemplar una turbia determinación en sus ojos, el anuncio de una violencia que no supe descifrar hasta que llegó a mi lado y me abrazó con fuerza. Aquélla fue la última vez que lo besaría en mi vida, pero no sentí nada especial, quizás porque enseguida pude oír un ruido familiar, el de mi puerta, que se abría otra vez, y aunque él no se detuvo, no se volvió siquiera, yo giré la cabeza y abrí un ojo a tiempo para distinguir el estupor de Fran, paralizada en el quicio, el picaporte aún en su mano derecha, un gran sobre rectangular en la izquierda. Un instante después, ya había desaparecido. La puerta se cerró de nuevo mientras Nacho aflojaba lentamente su abrazo. Antes de deshacerlo por completo me miró, sonriendo.

—Tenemos que hablar, Rosa —dijo entonces.

—Sí... —acerté a responder solamente, alarmada al detectar ciertos indicios de la brevedad de su visita.

—Ahora tengo que irme... —después de recuperar un par de libros y una carpeta que había dejado sobre mi mesa, recogió del suelo la gabardina que llevaba doblada encima del brazo al entrar—, pero un día de éstos te llamo y quedamos... ¿Vale?

Me acarició la cara con dos dedos y se marchó.

—Vale... —contesté yo cuando ya no podía oírme, y luego me eché a llorar.

Cuando calculé que las huellas del llanto se habrían atenuado lo suficiente como para que cualquier espectador poco atento pudiera confundirlas con la congestión propia de mi indudable resfriado, me fui al cuarto de baño e intenté ahogarlas en agua fría. Tenía una cara horrible, pero no podía retrasarme más. Fran estaba en su mesa, firmando facturas, y cuando me vio se puso colorada, una reacción que no esperaba y no hizo más que acentuar mi propio sonrojo. Había decidido no comentar la escena anterior, pero antes de darme cuenta me encontré balbuciendo las excusas más tontas.

—Siento mucho lo que ha pasado, Fran, yo no... En fin, no sé qué decir...

—No importa, no importa —me contestó ella, como si también estuviera deseando pasar aquello por alto.

Luego sacó de un cajón el gran sobre rectangular que no me había podido entregar antes y desplegó su contenido sobre la mesa. Era la maqueta de un fascículo en el que nos habíamos quedado cortas de texto, pero que al final Marisa había logrado resolver jugando con márgenes casi imperceptibles de cajas y de interlíneas, hasta lograr que su aspecto fuera idéntico al de los demás. Después de celebrarlo brevemente, quise marcharme, pero antes de que lograra abandonar su despacho, ella me llamó con el mismo tono que habría empleado si se le hubiera olvidado algo muy importante.

—Rosa...

—¿Qué? —pregunté, volviéndome, y vi cómo me miraba a los ojos, y comprendí que las huellas del llanto no habían cedido ni un ápice de su color sobre mi rostro.

—No... —dijo, sonrojándose de nuevo y clavando después la vista en los papeles que tenía delante—. Nada.

Entendí muy bien el sentido de aquella negativa, una ausencia de palabras raramente expresiva, los puntos suspensivos que rellené sin esfuerzo al regresar a mi sitio con el paso menos cansado que harto de un ejército muchas veces derrotado, acaba con esto de una vez, había querido decirme, no te lo tomes en serio, y no se había atrevido, pero era eso, lo mismo que me había dicho Ana al principio, lo mismo que me había dicho Marisa hacía ya mucho tiempo, ella había querido repetirlo ahora, cuando yo ya estaba segura de que Nacho no me llamaría jamás, ni un día de éstos ni ningún otro, cuando ya presentía la negrura del final, una oscuridad sin matices como única cosecha, y entonces, mientras arrastraba los pies por el pasillo, me pregunté cómo habría reconstruido Fran el tormentoso argumento de mi historia, porque yo no le había contado nada, jamás se me habría ocurrido, nadie se había atrevido jamás a comentar con ella ni el menor detalle de su vida privada, y sin embargo lo sabía, de eso estaba segura, porque nunca me había mirado así antes, y nunca jamás la había visto ponerse colorada, ni muchísimo menos atreverse a insinuar un consejo para nadie, pero no me detuve mucho tiempo en aquel misterio porque su solución no me interesaba apenas, en realidad me daba lo mismo, no me importaba que la gente anduviera hablando de mí a mis espaldas, en el comedor, en los despachos, en los corros espontáneos que florecen alrededor de las fotocopiadoras, de las máquinas de café, Marisa me habría desmenuzado a conciencia con Ramón, Ana habría ido poniendo a Forito al corriente de todo, a Fran se lo podía haber contado cualquiera, porque hasta Bambi se había enterado por fin de la identidad de aquel hombre al que perseguía desesperadamente por encima de su mesa, y al final hasta hacía chistes, veo una cámara fotográfica, me dijo una vez, pero buenísima, eso sí, y él mismo se regocijó de su ocurrencia, y a mí no me molestó, al contrario, el hecho de que todos hablaran de Nacho y de mí respaldaba hasta cierto punto la existencia real de una historia que ya no existía, que tal vez no hubiera existido jamás, representaba un guiño reconfortante frente a la sordidez de la realidad, y además llegó un momento en el que aprendí a experimentar un cierto placer en mi propia degradación, cierta incomprensible alegría al reconocerme en los mezquinos límites de un gusano infinitesimal que se mueve arrastrando su vientre por el suelo, y sin embargo, hasta eso se acababa, lo supe ya antes de empujar la puerta de mi despacho, que aquella belleza trágica se estaba difuminando poco a poco como se borra la belleza en las fotografías de las muchachas muertas, que la aureola de heroína fracasada y maldita que era ya lo único que poseía se apagaba por momentos sobre mi vulgar cabeza de mujer, al cabo, típicamente insatisfecha, que la fuga de los años había triunfado y el futuro estaba ahí, despiadado e intacto, esperándome con la burlona sonrisa de un ganador que no ha llegado a dudar ni por un momento de la seguridad de su victoria.

La fórmula más sencilla y más tramposa a la vez para sujetar la felicidad entre las manos es la resistencia. Yo soy una resistente nata, igual que Madrid, y siempre lo he sabido, siempre he sido así, desde pequeña. Ésa era la principal diferencia entre Angélica y yo, entre Juanito y yo, mi paciencia, mi constancia, y una facilidad congénita para hacerme un ovillo ante el menor signo de una amenaza, para improvisar un caparazón instantáneo y durísimo capaz de protegerme de cualquier agresión exterior, fuera de la naturaleza que fuera. Lo importante es resistir, conectar el oído izquierdo con el derecho a través de un túnel imaginario, su diámetro capaz de absorber cualquier caudal de palabras desagradables que me asalten por un lado de la cabeza y evacuarlas instantáneamente por el otro lado, manteniéndome a salvo de su significado y de sus consecuencias. Resistir, esperar el momento adecuado para rebelarse, fingir una conformidad completa en los malos tiempos, anhelar sigilosamente la llegada de los buenos, ceder antes de que ceder sea inevitable, disfrazar las cesiones de concesiones, asegurarse una posición, por pequeña que sea, antes de asaltar la siguiente, y nadar, lo más deprisa que se pueda, sin perder jamás la ropa de vista. Así había vivido yo, esquivando los problemas y las grandes decisiones, una actitud tan profundamente sensata que me había valido todos los augurios de una felicidad eterna, ya me lo decía mi padre, tú no te estrellarás, no, contigo estoy tranquilo, tú no acabarás como Juan, no acabarás como Angélica... En eso tenía razón, pero su acierto no me habría dolido tanto si el tiempo hubiera seguido siendo infinito, como aquella vez, cuando me castigaron a quedarme en casa todos los fines de semana durante un montón de meses y yo calculé que no merecía la pena armar un follón por un plazo tan insignificante. Pero luego empecé a perder los años, empecé a darme cuenta de que miraba hacia atrás y no podía verlos porque ya no estaban en su sitio, se habían caído, se habían deshecho, se habían anulado salvajemente entre sí, y el tiempo que me quedaba era cada vez más corto, más corto, demasiado breve para albergar con comodidad el espíritu de una resistente.

Sólo unos meses antes, tal vez sólo unas semanas antes, las borrosas promesas de Nacho Huertas habrían bastado para prolongar mi resistencia hasta los límites de mi propia agonía, pero siempre hay una primera vez para todo, y cuando llega su final, todo se acaba, por eso ya no fui capaz de aferrarme a sus palabras como si fueran un globo que remonta el vuelo cuando parece a punto de deshincharse, no pude alimentar mi fe con ellas, no me bastaron siquiera para prolongar mi estado de moribundo pertinaz, de esos que, con un único, debilísimo hilo de vida, juegan hábilmente al escondite con su destino. Cuando lo comprendí, me miré por dentro y no vi nada, escudriñé hasta el último rincón y lo encontré vacío, me dije que era lo mejor que me había podido pasar, y no fui capaz de creerme ni una sola palabra de lo que me decía.

A la mañana siguiente, no fui a trabajar. Llamé para anunciar que estaba enferma y me quedé todo el día en la cama. Estaba enferma de verdad. La Navidad había llegado por fin y yo nunca había tenido tantas ganas de morirme.

Mis hijos pusieron tal empeño en rescatarme de aquel misteriosamente placentero y a la vez terrible estado de aniquilación interior, que al final lo consiguieron. Insistieron tanto en movilizarme, en convencerme de la absoluta necesidad de inaugurar a tiempo los ritos menores que preceden a la gran celebración anual de la familia, la indigestión y el despilfarro, que antes de darme cuenta me encontré sobrecargada de trabajo, mi agenda repleta de pequeñas tareas tan laboriosas y urgentes que no me dejaban mucho tiempo libre para ocuparme de la desoladora certeza de no tener ya nada que hacer. Ignacio tenía un papel importante en una obra de teatro sobre el espíritu navideño que había escrito su profesor de Lengua, y me tuve que aprender de memoria sus réplicas para ensayar con él a todas horas. Clara iba a hacer de pastorcilla en el Belén viviente que recibiría a los padres en el vestíbulo del colegio el último día del trimestre, justo antes de la función, y tuve que ir con ella a escoger las telas para su vestido, y llevarla un par de veces a casa de mi madre, que conservaba en buen estado su vieja máquina de coser y la pericia con la que nos había hecho ropa a todos durante años, para probárselo. El esfuerzo mereció la pena, porque estaba monísima con su falda larga, de rayas, una blusa blanca con el cuello de encaje, y un chaleco de borreguillo sintético en el que su abuela había echado el resto, tan perfectamente cortado y cosido estaba que parecía casi de piel natural. Creo que en el instante en que apareció ante mí con el disfraz completo fue la primera vez que conseguí mirar algo de verdad desde hacía muchísimo tiempo, y la contemplé sin pensar en ninguna cosa que no fuera su divertido regocijo de niña presumida y encantada de sí misma. El fenómeno se repitió a partir de entonces con cierta frecuencia, y disfruté de verdad con las gamberradas de mi hijo Ignacio, que en cuanto le daba la espalda, me colocaba un muñeco del Increíble Hulk entre los pastores que adoraban el portal del Belén, o secuestraba al niño Jesús para pedirme después un rescate de quinientas pelas, y con los berrinches de Clara, que se echaba a llorar sin remedio cada vez que descubría la rosquilla, la longaniza de chorizo o la figura articulada del Doctor X que su hermano había colgado del árbol entre las bolas de cristal, y le amenazaba con escribir una carta suplementaria a los Reyes Magos para chivarse de todo.

No sé lo que se siente al salir de un periodo prolongado de amnesia, pero no debe de ser muy distinto de lo que experimenté yo entonces, mientras paseaba con los niños por los alrededores de la Puerta del Sol, todas las calles comerciales de los alrededores reventando de luces, arcos y más arcos de bombillas de colores amparando el entusiasmo de centenares de ojos clavados en los escaparates de las jugueterías, un bosque de pequeñas manos enguantadas firmes contra los ventanales de cristal, como si pretendieran proteger del frío su precioso contenido, y las narices heladas, como se quedaban las narices de mis hijos cuando por fin conseguía arrastrarlos de la puerta de una tienda para que se helaran de nuevo un instante después, ante el siguiente reclamo, apenas dos pasos más allá. Todo les gustaba, todo les maravillaba, todo les asombraba y les obligaba a cambiar varias veces cada tarde su lista de prioridades en los regalos irrenunciables, modificando la lista de sus benefactores hasta agotar todas las combinaciones posibles, y ya no le voy a pedir esto a la tía Angélica, ¿sabes, mamá?, le voy a pedir mejor esto otro, y lo que le iba a pedir antes se lo pido mejor a los abuelos, que siempre consiguen que los Reyes les traigan justo lo que yo quiero, y al tío Alvarito le voy a pedir aquello, que me ha dicho que pida una cosa pequeña, que no se debe de portar muy bien porque los Reyes nunca se gastan mucho dinero en sus regalos... Yo les miraba con placer, y envidiaba su ambición, un caudal de alegría intacta, los constantes signos de un tiempo infinito, e intentaba recordar qué había ocurrido doce meses antes, y no podía recuperar siquiera un fragmento de aquellos días, aunque sabía que todo había sido igual, que habría paseado con ellos por las mismas calles, que se habrían quedado helados delante de los mismos escaparates, que habrían formulado los mismos deseos, sumando y restando cifras del total de la felicidad posible, todo habría sido tan parecido que me parecía increíble haber perdido también aquel recuerdo, pero era así, porque la mujer que había acompañado a los mismos niños un año antes en las mismas expediciones de descubierta, a la caza del placer, era mucho más que yo y era a la vez muchísimo menos, y aunque pudiera estar atenta a la mecánica tarea de esquivar a los coches o a retener la marca de un futbolín sin apuntarla en ninguna parte, no llegaba a vivir de verdad en aquel tiempo, porque estaba presa a voluntad entre los perversos barrotes de un amor imaginario.

No recordaba nada, ni fechas, ni frases, ni anécdotas, pero podía reconstruir sin dificultad las sucesivas fases del espejismo fabricado en otras tantas sesiones de tarot, y el día exacto en el que un fotógrafo salvadoreño había venido a verme para darme los cariñosos recuerdos que Nacho le había encargado con mucho interés que me transmitiera un mes antes, en un campamento guerrillero perdido en una sierra de América Central. Cuando me di cuenta de todo esto, sentí un amago de terror auténtico porque, por no perder los años, había estado a punto de perderme la infancia de mis hijos, había perdido ya algunos tramos que jamás lograría recuperar, fechas, frases y anécdotas para las que yo misma había decretado que no había espacio posible en una conciencia repleta de estupideces. Sólo entonces empecé a pensar otra vez, y apliqué mi imaginación, tiranizada durante tanto tiempo por la monótona estrechez de una obsesión, al diseño de un futuro posible con los niños y sin Nacho Huertas. Entonces me di cuenta de que, además, seguía teniendo un marido.

Ignacio se convirtió repentinamente en la gran incógnita, y creo que siempre conservará para mí un paradójico carácter de misterio sin interés, como el de aquel feo edificio que una vez fue mi flamante colegio. Arropada por el ambiente familiar y festivo del mes de diciembre, me dediqué a observarle a todas horas como jamás lo había hecho antes, con atención y a la distancia justa, analizando objetivamente sus palabras, sus gestos, sus hábitos cotidianos, sus humores y sus manías, su forma de vestirse y los programas que le retenían ante el televisor. Obedeciendo a un mandamiento generacional que no invalida un porcentaje todavía alto de excepciones, acababa de cumplir cuarenta y dos años pero conservaba un juvenil aspecto de muchacho alto y delgado, que las canas caprichosamente repartidas entre sus cabellos y las arrugas finas, levísimas, que prolongaban la línea de sus ojos, matizaban en la medida justa. Siempre había sido atractivo pero tal vez ahora estaba en su mejor momento y eso significaba también que, desde un punto de vista estrictamente físico, una mirada imparcial le concedería quizás cierta ventaja sobre Nacho Huertas. Lo sé porque, aun proponiéndome lo contrario, nunca pude conseguir que mi mirada dejara de ser imparcial. En lo demás, mi marido tampoco había cambiado mucho durante los tres años en los que había fingido con éxito seguir viviendo con él. Estaba perpetuamente ocupado, a menudo completamente ausente hasta cuando regresaba a casa a media tarde, jugaba al tenis todos los sábados, y controlaba satisfactoriamente una incipiente adicción a la cocaína que no le impedía reprocharme casi a diario que siguiera enganchada al tabaco que él había abandonado poco después de cumplir los treinta. Los fines de semana invertía su mejor voluntad en ocuparse de los niños y jugaba con ellos hasta caer reventado por muy pronto que se agotara su paciencia, una virtud escasa que él suplía a fuerza de tesón sin consentirse el menor desfallecimiento, inmolándose por su propia iniciativa en un sacrificio semanal que mis hijos, incapaces aún de apreciar estas sutilezas, nunca llegarán tal vez a agradecerle lo bastante. Por las noches, todos los viernes, muchos sábados y algunos jueves, salía a cenar y tomar copas con sus amigos de toda la vida, otros hombres de cuarenta y dos años que conservaban mejor o peor un juvenil aspecto de muchachos más o menos altos y delgados, y que le recibían con chistes archisabidos y palmadas en la espalda, ¿qué pasa, chavalón?, pues aquí estamos, mejor que nunca... Habían pasado ya bastantes años desde que los dos renunciamos a la vez a seguir saliendo juntos, pero decidí acompañarle un par de veces seguidas y me aburrí mucho, y, lo que es peor, me sentí como si estuviera viviendo una noche de diez, de quince años antes, pero sin ganas de reírme con las bromas que entonces lograban que me desternillara de risa.

Mi investigación terminó pronto, después de haber cosechado los resultados más distantes que puedan concebirse de aquellos que me habían empujado a iniciarla. Yo deseaba haber estado enferma de verdad, estar equivocada, llegar a lamentar la pérdida de Ignacio como había lamentado la de los niños, incorporarle de nuevo a mi vida, si es que era vida lo que yo vivía, pero no funcionó. El único elemento que tenían en común la Rosa que había ardido entre las llamas de una pasión insensata y la que se había propuesto renacer con trabajo de sus cenizas, era una indiferencia profunda por aquel hombre que no dejó de ser un extraño cuando todo lo demás volvió a pertenecerme, y la sorpresa fue aquí en dirección contraria. Lo que me asombraba no era ya ser incapaz de recordar las cosas, sino haber sido efectivamente capaz de hacerlas, porque yo nunca había dejado de vivir con aquel hombre, nunca había dejado de follar con él, le había hecho regalos y los había recibido, le había besado varias veces al día y le había cogido del brazo al salir del cine, me había preocupado por su salud y le había comentado mis preocupaciones más corrientes, habíamos llevado juntos a Clara al hospital cuando hubo que operarla de anginas, habíamos recogido juntos las notas de Ignacio el año que suspendió las matemáticas para septiembre, habíamos ido juntos a bodas, bautizos y funerales, compartíamos los mismos coches, la misma casa y la misma cama, nos lavábamos los dientes dos veces al día delante del mismo espejo, y de repente, no podía creerme nada de esto, no entendía cómo había podido llegar a ocurrir, no me reconocía en aquella mujer extraña que caminaba al lado de un hombre extraño.

Esa insoportable sensación de ajenidad, como una sucia y permanente sospecha de vivir atrapada en el cuerpo de otro, la casa de otro, la vida de otro, cualquier ser extraño nacido de un mal sueño y aterradoramente capaz de medrar en mi propio cuerpo, en mi propia casa, en mi propia vida, relegándome insensiblemente, sin brusquedades, a una especie de estado de no existencia que apenas me consentía contemplarme a lo lejos, desde una perspectiva lejanísima y traidora, se convirtió en la herencia póstuma de mi malhadado amor por Nacho Huertas, en el último dolor, la última ofensa. La ilimitada ambición de aquella fantasía que me había extirpado del mundo real para mantenerme dentro de los límites de una aventura imaginaria funcionaba en todas las direcciones, igual que una mampara de cristal instalada en una terraza para proteger su interior del frío del invierno, acaba concentrando inevitablemente el calor del sol en las tardes del verano. Mientras viví pendiente de un hilo, a merced de mi propia voluntad y de los caprichos del azar, la realidad se mantuvo aparte para lo bueno y para lo malo, para negarme la clemencia de un amante desmemoriado, pero también para protegerme de la existencia de un marido tan tenazmente rebelde a mis planes como aquél. Mientras soñaba con Nacho Huertas, mientras le hablaba a todas horas sin mover los labios, mientras le buscaba en cada cosa que me sucedía, mientras le acariciaba con los dedos del pensamiento y le coronaba en el enjoyado pedestal de mi futuro, mi marido había sido tan inofensivo como un títere, una figura de cartón instalada en un tosco decorado que no lograba engañarme, por más que simulara no haber dejado de ser jamás el mundo auténtico de todos los días. Por eso podía vivir con él, hablar con él, dormir con él sin ser muy consciente de lo que arriesgaba cada día en empeños tan triviales, porque entonces era yo misma quien dictaba las leyes de la realidad, era yo quien decidía lo que era real, lo que era importante, y lo que no existía ni tenía importancia alguna. Pero cuando desperté contra mi voluntad de aquel sueño de poder ilimitado, descubrí que la realidad no había dejado nunca de avanzar por más que yo hubiera decretado implacablemente su suspensión, y me pareció más extraña que nunca, e insoportable, increíble, mucho más ajena a todo lo que soy de lo que se atrevió a resultar en el peor de mis delirios. Mis hijos se salvaron enseguida y por sí solos. A Ignacio, en cambio, no pude rescatarle ni siquiera tirando de él con todas mis fuerzas.

Después de renunciar al enésimo intento, seguía sin entender cómo había llegado al punto en el que me encontraba, pero lo más asombroso de todo era que mi marido, que no había aparentado detectar ningún cambio en mi conducta durante los últimos años, tampoco parecía detectarlo ahora, y asumía con una naturalidad pasmosa mi repentino interés, mi observación constante, como si estuviera resignado a vivir con una autómata, de un signo o del contrario, o como si más bien le diera exactamente igual con quién vivía. Mi inquietud llegó a rebasar tal punto que, durante la última cena del año, cuando noté por primera vez que mi hermana Natalia me miraba con un insistencia extraña, como si intentara acercarse a mí para hacerme una confidencia y no acabara de decidirse por alguna oscura razón, me sentía ya como si estuviera viviendo dentro de una película de terror y cualquier detalle de esos que antes habrían logrado alarmarme por lo insólito de su naturaleza, me parecía ya de lo más natural.

Pero Natalia seguía mostrando el mismo interés por mí la siguiente vez que nos encontramos, y ya me costó trabajo pasar por alto su repentina afición a mi persona. Diciembre había expirado al fin, y celebrábamos el cumpleaños de mi padre, tan equidistante del Fin de Año como de la Noche de Reyes, tres de enero, una fiesta extra en nuestro agotador calendario navideño de familia numerosa. Mi hermana pequeña no hizo otra cosa que mirarme para desviar inmediatamente su mirada cuando se tropezaba con la mía, vigilándome con la misma atención que yo había volcado en el malogrado estudio de mi marido, perforándome con los ojos como si pretendiera llegar mucho más lejos de la frontera de mi ropa, de mi piel y de mis palabras, pero aunque me hice la encontradiza aposta en el vestíbulo, tardando un poco más de lo imprescindible en ponerle el abrigo a los niños mientras Ignacio iba a buscar el coche, no quiso decirme nada.

Tres días después, en casa de Carlos, a lo largo de una merienda aún más caótica, más ruidosa, más feroz, todos los niños corriendo por el pasillo, despedazando el envoltorio de los regalos, pegándose con sus espadas nuevas y tirándose los muñecos a la cabeza, la encontré un poco menos nerviosa, pero exactamente igual de rara, y la curiosidad, aquella vieja y amable tentación, renació para certificar mi lento pero imparable retorno al mundo donde vivían los demás.

—¿Qué te pasa, Natalia? —le pregunté directamente, llevándole un trozo de roscón a la esquina donde permanecía de pie, mirándolo todo con cara de cansada.

—Pues... Es que no te lo puedo contar.

—¿Pero es grave?

En ese momento, Clara se colgó de mi cinturón, llorando porque una de sus primas le había robado las pilas a su muñeca nueva que ya no hablaba, ni lloraba, ni tiraba el chupete, y tuve que restablecer el orden y la justicia recurriendo al bolso de mi madre, que todas las vísperas de Reyes compra un par de docenas de pilas de tamaño variado en previsión de este inevitable género de catástrofes. En algún momento, mi hermana pequeña se acercó a mí, sonriendo, y me hizo con la mano un gesto de «no pasa nada, en serio», que me acabó de convencer de que estaba pasando algo, aunque no me ayudó a adivinar qué era lo que pasaba exactamente.

Natalia, veinticinco años, estudiante de arquitectura, era un modelo tan perfeccionado de mí misma como yo hubiera podido resultar respecto a Angélica en los mejores y más dóciles momentos de mi infancia. Hija de padres viejos, mimada y consentida además por todos sus hermanos, tenía sin embargo un carácter apacible, conforme con el mundo, que no le impedía divertirse, aunque su concepto de la diversión no se alejaba mucho de la definición de muermazo que manejábamos en los tiempos de mi propia juventud, mucho más agitados. La diferencia básica entre nosotras era que yo nunca me había atrevido a ser una mala chica, por mucho que me tentara aquel proyecto, y ella no parecía esforzarse en absoluto para lograr ser todo lo contrario. Estudiosa y responsable, no fumaba, no bebía apenas ni consumía drogas de ningún tipo, excepto, en mi opinión, unos cereales para el desayuno que convertían su tazón de leche en una especie de gachas destempladas cuya sola visión me daba arcadas. Era ecologista con moderación, partidaria de la vida sana y clienta de un gimnasio, y aunque desarrollaba un nivel de actividad enloquecedor, tenía tiempo para seguir saliendo con su novio de toda la vida, que le pegaba tanto como si lo hubieran fabricado expresamente para ella. Cuando me llamó por fin, un par de semanas después de mi frustrado interrogatorio, para pedirme que la invitara a comer cualquier día porque había pensado que, después de todo, sí que tenía que contarme una cosa, se me ocurrió que a lo mejor se había quedado embarazada, o que se había enamorado de otro hombre, o que había decidido colgar la carrera, o irse a vivir al extranjero, o montar una granja, o hacerse budista, todo menos que el destino, esa especie de dios esquivo que se divertía en su disfraz de liebre mecánica para que yo lo persiguiera como un galgo furioso y medio atontado ya por el esfuerzo, la hubiera escogido precisamente a ella como instrumento para transmitirme el código de instrucciones de uso de mi propia vida, una respuesta que había acechado en vano entre las cartas del tarot, la suma de los números de las matrículas de los coches, los nombres de las calles de Pozuelo de Alarcón, los cambios en el mensaje del contestador de Nacho Huertas, y la asombrosa profundidad de mis miserias.

—Mira, Rosa, en primer lugar quiero advertirte una cosa... —al final, me había decidido por el Mesón de Antoñita porque, por encima del recuerdo de ciertas conversaciones de amarga memoria, había recuperado de golpe, y muy felizmente, mi antigua debilidad por las judías con perdiz de los jueves, pero Natalia, que se dedicaba a remover el contenido de su plato con la cuchara, sin acabar de atreverse a empezar por alguna parte, no parecía tener demasiado apetito—. Yo no sé si lo que voy a hacer está bien. De verdad, a lo mejor me arrepiento de haber dado este paso todos los días del resto de mi vida. Por eso quiero que sepas que lo hago porque creo que es lo mejor, y porque estoy convencida de que tienes que saber... Bueno, no sé, antes de empezar tienes que prometerme que me perdonarás si meto la pata... Prométemelo.

Fernando es médico, eso era lo único que alcanzaba a pensar mientras ella me arrancaba aquel compromiso casi infantil, que su novio era médico, y trabajaba en un hospital, y que en los hospitales hay pediatras, y oncólogos, y especialistas con otros nombres igual de horribles, y muchas camas blancas y pequeñas, como pequeñas porciones de un infierno equivocado de color.

—Tienes que prometérmelo, Rosa...

—Son los niños, ¿no? —pregunté en cambio, resignada en unos pocos segundos a que lo peor de todo fuera que me tenía más que bien empleada cualquier desgracia—. ¿Cuál? ¿Qué les pasa, Natalia? Dímelo.

—Pero ¡qué dices! —y a pesar de la extraña tensión que soportaba, se echó a reír—. A los niños no les pasa nada, ¿qué les va a pasar?

—¿Seguro?

—Pero bueno, Rosa, ¿no eres tú su madre? Si les pasara algo, la primera en enterarse serías tú, ¿o no? —no me quedó más remedio que asentir con la cabeza—. Pues entonces... Esto no tiene nada que ver.

—Entonces no puede ser grave.

—Sí que lo es.

—A ver...

—¿Te acuerdas del día de Nochebuena? —arrancó por fin—. ¿Te

acuerdas de que te marchaste con los niños a casa de tus suegros el día 23 por la tarde porque había nevado y querían jugar con la nieve?

—Sí, claro que me acuerdo —desde que el padre de Ignacio se jubiló, mis suegros vivían todo el año en Cercedilla, en el chalet grande y antiguo, destartalado y delicioso a la vez, donde habían veraneado siempre. Mis hijos adoraban aquella casa, sobre todo en invierno, cuando amanecía nevada, y no había podido resistirme a sus súplicas, me acordaba muy bien de todo aquello.

—Y me llamaste, ¿no?, el 24 por la mañana, porque te diste cuenta de que se te había olvidado pasar por casa para recoger el regalo de Papá Noel de tu hijo, y me pediste que fuera a tu casa y lo dejara encima de tu cama con una nota, para que tu marido se lo llevara a Cercedilla por la tarde...

Subrayé cada una de sus afirmaciones con un movimiento de cabeza. Mi padre, que siempre ha sentido auténtica pasión por los juguetes mecánicos, le regaló a mi hijo Ignacio un tren eléctrico cuando cumplió ocho años. Él mismo cortó un tablero a la medida para clavar las vías, lo forró de césped artificial, se entretuvo en pegar arbolitos y señales de tráfico, consiguió en alguna parte balasto en miniatura para sembrarlo entre las traviesas, y compró una locomotora, un vagón de carga, otro de pasajeros y una estación. La alegría con la que mi hijo lo recibió fue tan inmensa que juró solemnemente en voz alta que nunca, en toda su vida, ninguna cosa podría gustarle como le había gustado aquel regalo. Su abuelo, entusiasmado por aquella respuesta, empezó a explicarle entonces lo que iban a hacer entre los dos para que aquel tren fuera verdaderamente especial, y decidieron que tendrían que comprar otras máquinas, y muchos vagones, y semáforos que funcionaran de verdad, y figuritas de viajeros para colocarlas en el andén, y medio millón de cosas más. Desde entonces, en cada cumpleaños de Ignacio, y en cada Navidad, mi padre escoge por mí los materiales necesarios para llevar a cabo la siguiente fase de su babilónico proyecto y mi hijo sigue agradeciendo ese regalo más que ningún otro, pero la víspera de Nochebuena, era cierto, con las prisas del viaje anticipado y la preocupación por sobrecargar el equipaje de prendas de abrigo, una típica neurosis materna a la que no soy capaz de sustraerme, se me había olvidado recoger el AVE completo que le regalé a Ignacio en aquella ocasión. Por eso, y porque sabía que quizás no lograría localizar a mi marido en toda la mañana, me asusté tanto un instante antes de recordar que Natalia, nuestra canguro habitual, tenía un juego de llaves de mi casa. Sin embargo, cuando la llamé a casa de mis padres y la encontré al otro lado del teléfono, se me olvidó completamente esa historia que ahora ella se empeñaba machaconamente en recordar en voz alta.

—Bueno, pero el tren llegó a tiempo... —recapitulé—. Y estaba entero, no sé...

—Sí —admitió ella—. Pero tuve que dejarlo encima de la mesa del salón porque no pude dejarlo encima de tu cama.

—¿Y qué más da? —pregunté, absolutamente confusa ya, a aquellas alturas.

—¡Pues sí que da! —para rematar mi perplejidad, Natalia parecía ahora hasta enfadada conmigo—. ¡Claro que da! ¿Es que no lo entiendes?

—No.

—A ver, ¿por qué...? —se quedó callada un momento, se mordió el labio inferior, y decidió cortar por lo sano—. No pude dejar el paquete encima de tu cama porque, aunque eran las diez de la mañana, en tu cama había una persona durmiendo.

—¿Ignacio? —aventuré, sin gran curiosidad.

—¡No, coño, no! —descargó los dos puños cerrados encima de la mesa, y cuando la indignación acabó de colorear su rostro, tan plácido siempre, me pareció tan graciosa que casi me eché a reír—. ¡Cómo iba a ser Ignacio, joder, si eran las diez de la mañana!

La miré sonriendo, encendí un cigarrillo, le di una calada, y me propuse tranquilizarla lo antes posible.

—Supongo que, por lo menos, sería una tía... —afirmé, mirándola a los ojos.

—Claro —me contestó, muy sorprendida—. ¿Qué iba a ser?

—Bueno, podría haber sido un tío aunque, bien mirado, no creo que me caiga esa breva...

—No te entiendo, Rosa —los ojos que habían perseguido sin pausa el menor rastro de emoción en mis propios ojos, se estrellaban ahora contra su ausencia como si fueran incapaces de creer en lo que estaban viendo.

—No me extraña, Natalia, la verdad es que no me extraña, pero hazme un favor, deja de preocuparte, en serio. Te agradezco mucho que me hayas contado esto. Ni me has dado un disgusto, ni me has destrozado la vida, ni te has metido donde no te llaman, ni nada por el estilo.

—No me digas que vosotros sois de ésos... —y volvió a ponerse colorada, pero no de ira—, de esa gente que..., o sea, que os cambiáis de pareja o algo por el estilo...

—¡Por supuesto que no! —ahora la escandalizada era yo—. ¡Pues no faltaría más! Natalia, por Dios, pero ¿por quién me tomas...? No. Lo que pasa es que, bueno, de alguna manera, ya me lo imaginaba, y además, si quieres que te diga la verdad, no me importa, y no porque seamos una pareja abierta, sino porque no me importa, y ya está.

—¡No te importa!

—No.

—¿Pero nada nada nada, ni una pizca de nada?

—Nada.

—No es posible.

—Sí que lo es.

—Y entonces... ¿Para qué sigues viviendo con él?

Apagué el pitillo, encendí otro, y me quedé mirándola.

—Pues mira... Ésa sí que es una buena pregunta, ¿ves?

No pude encontrar una respuesta para esa pregunta tan directa, tan fácil y sencilla en apariencia, porque la ausencia de razones para contestarla encerraba precisamente la única respuesta posible. Aquella conclusión no me entretuvo más de dos o tres segundos, pero cuando me despedí de mi hermana para volver al trabajo, a solas en mi despacho, lamenté de nuevo que Natalia no hubiera pillado a Ignacio en mi propia cama con un hombre en la víspera de la Nochebuena, detalle que me habría facilitado enormemente las cosas, y yo misma me asombré de la neutralidad con la que era capaz de pensar lo que estaba pensando como lo estaba pensando, antes de celebrar la vuelta a casa de aquella vieja y afilada ironía, una facultad radicalmente incompatible con la desesperación, que, como el hijo pródigo, llegaba cuando ya no la esperaba, para animar y dar color a mis pálidos coloquios interiores.

Sin embargo, el bendito renacimiento de mi innata capacidad para ironizar sobre mí misma no podía salvarme de la serenidad con la que mi hermana pequeña, una de las personas más responsables, más sensatas, menos irónicas que conozco, había apretado el gatillo de la pistola que anunciaba la salida de la última carrera. Porque no me había preguntado por qué, sino para qué. Porque era verdad, y una verdad absoluta, que no me importaba nada que Ignacio se acostara con otras mujeres, ni siquiera en mi propia casa, ni siquiera en mi propia cama, ni siquiera unas pocas horas antes de que el niño Jesús naciera en Belén, pero sí me importaba que, más allá de mi indiferencia, hubiera ocurrido algo que me permitiera afirmarla en voz alta y escucharme a mí misma mientras lo hacía, porque sólo en ese momento pude estar segura de que Ignacio me daba lo mismo, sólo en ese momento, aunque a mí misma me parezca mentira, me consentí advertir que Nacho Huertas, al cabo, tenía que llamarse Ignacio, igual que mi marido.

Después imaginé una puerta flamante, recién pintada, un piso antiguo, recién reformado, en el mismísimo centro de Madrid, quizás la calle Barquillo, quizás la calle Almirante, donde ya puede caer el diluvio universal que no te enteras, porque el suelo es de asfalto, y las aceras de adoquín, y las ruedas de los coches arrullan dulcemente a mis hijos dormidos, esos dos niños que, con suerte, no llegarán a saber jamás a qué huele el pecado, pero aprenderán muy pronto que las mandarinas que te regala un frutero que conoce tu nombre de pila huelen a estar en casa, a protección y a seguridad, a ese único sitio de todo el mundo al que se pertenece de verdad y para siempre. Entonces se me saltaron las lágrimas, y recordé que yo siempre había sido feliz, que tengo esa costumbre, y la ilusión, la fe, y hasta la curiosidad por un futuro que había creído enterrar en la misma tumba que mi amor perdido, bailaron otra vez ante mis ojos.

A partir de entonces, me concentré en descubrir una fórmula para garantizarme la verdadera y definitiva resistencia, un método eficaz y razonablemente indoloro, un plan de fuga distinto a todos los que había emprendido en vano, antes y después de ir a Lucerna, porque esta vez sería verdad. Jamás me había creído a mí misma capaz de abandonar a Ignacio algún día, pero tampoco había tenido nunca ganas de morirme.

Por supuesto, a él no le dije nada, ni un reproche, ni una lágrima, ni una bronca antes de tiempo. Soy una resistente nata. Igual que Madrid. La paciencia es un rasgo predominante en nuestro carácter.

Aquella mañana, al cambiar de bolso, se me había olvidado coger el monedero, y por eso, al salir del trabajo tuve que pasar un momento por mi casa. Iba con mucha prisa, el tiempo justo para llegar a la consulta de la psicoanalista unos cinco minutos después de la hora a la que me había citado pero, al pasar por la puerta del salón, mis ojos me empujaron hacia un espectáculo tan poderoso como la tentación de cualquier placer irreparable.

Los árboles de la Casa de Campo se abrochaban ya el último botón de su traje más hermoso. Las pocas hojas verdes que aún sobrevivían en las ramas más jóvenes se agitaban de desesperación, incapaces de competir con la fragilísima, aterciopelada belleza de sus mayores, destellos rojos, amarillos, anaranjados, violáceos, que brillaban con el esplendor de las estrellas que están a punto de extinguirse bajo la melancólica delicadeza del sol del atardecer en octubre. Madrid, a mis pies, sucumbía al hechizo del otoño, recuperando un color antiguo, de infancia detenida. Las tejas se bañaban en el último resplandor del día como si el horizonte fuera un rodillo que las cubriese sin pausa de purpurina, oro falso, precioso, que proyectaba una sombra imposible sobre las calles limpias, regadas de luz, tan definidas, tan nítidas como si formaran parte de un gigantesco decorado teatral. El mundo parecía un lugar pequeño, un juguete improvisado y desechable frente a la grandiosa voluntad del cielo, y las personas, a lo lejos, se movían como minúsculas hormigas atareadas que no saben que viven dentro de una caja de cristal mientras ejecutan sin pensar la rutina a la que les obliga su estricta condición de seres vivos. Pocas veces aquel paisaje tan familiar me había impuesto una belleza tan abrumadora y creo que nunca hasta entonces me había sobrecogido tanto al contemplarlo. Entonces se abrió la puerta de la calle.

—¿Fran? —la voz de Martín, que interrogaba incrédulamente al aire desde el vestíbulo, me sobresaltó como el eco de un disparo.

—Estoy en el salón —contesté, aunque hubiera preferido marcharme de puntillas, sin hacer ruido, sin que él se diera cuenta, porque era jueves, y los jueves, día de análisis, se habían convertido en un pequeño tormento semanal, una séptima parte de mi vida a la que habría renunciado de buen grado a cambio de que él no me preguntara, al volver a casa, en ese tono grosero y cortés al mismo tiempo que había empezado a cultivar expresamente para esas ocasiones, qué había pasado, de qué habíamos hablado, qué conclusiones había sacado de la última sesión.

—¿Qué haces aquí, con el abrigo puesto? —me preguntó cuando llegó a mi lado, después de besarme casi en el cuello, y me di cuenta de que mi inesperada presencia le alegraba más de lo que le sorprendía.

—Mira —le dije solamente, señalando la ventana, pero él no se dejó impresionar tan fácilmente.

—Sí, es precioso —dijo mientras tiraba la cartera en una silla, y se quitaba la corbata para arrojarla encima—. Quítate el abrigo y siéntate. Te voy a poner una copa.

—No puedo —dije casi con miedo, lamentando no haber deshecho el malentendido desde el principio—. Tengo que irme ahora mismo, voy a llegar tarde...

—Llama —se volvió cuando ya estaba a punto de traspasar la puerta que conducía al pasillo—. Llama por teléfono y di que no vas. Por un día no pasa nada, supongo. Di que tienes a alguien ingresado en un hospital, o que tienes una reunión importantísima y no vas a acabar a tiempo, o que te has pegado una hostia con el coche, yo qué sé... Tampoco es una religión, ¿no?

—No, pero es que no entiendo...

—Llama.

—¿Por qué?

—Porque sí —su tono se había endurecido tanto que hasta él se dio cuenta, y rectificó inmediatamente—. Porque te lo pido yo. Te lo pido por favor. Sólo esta vez, ¿vale?

—Bueno... —admití, quitándome el abrigo mientras sentía, casi a mi pesar, un alivio inmenso sólo de pensar que no tenía que moverme de casa aquella tarde.

—¿Qué quieres tomar?

—Pues no sé, es que no me apetece nada...

—Te va a apetecer —y me sonrió cuando menos lo esperaba—. ¿Qué quieres tomar?

—Me da igual... Lo que tú me pongas.

Anular la cita fue tan fácil como hablar por teléfono dos minutos con una recepcionista educadísima que ni siquiera me pidió detalles acerca de los motivos que me retendrían en la editorial hasta la noche. Luego me senté en un sillón, aprecié mucho más de lo que habría creído el primer sorbo del gin-tonic que mi marido había dejado encima de la mesa —he pensado que nos conviene empezar con algo ligerito, dijo solamente para justificar su elección—, y acabé sonriendo yo también, como un niño que está a punto de implicarse por su propia voluntad en una travesura muy gorda. Por eso me costó tanto trabajo reaccionar, tan helada me quedé cuando él empezó a hablar de aquella manera.

—Me llamo Martín —dijo, medio tumbado en el sofá, el brazo derecho doblado y apoyado en el respaldo, dirigiéndose a mí como si no me conociera de nada—. No es un nombre familiar. Mi padre, militar de carrera por vocación, escogió los nombres castellanos que le parecieron más recios, más viriles, más marciales, para sus hijos, con la excepción de mi hermano mayor, Pedro, que se llama igual que él. Antes de que yo naciera, su segundo hijo se llamó Nuño, y el cuarto, que es sólo un año mayor que yo, Guzmán. Mi hermano pequeño, el séptimo, se llama Rodrigo. Las niñas, que son sólo dos, escaparon a esta regla y llevan nombres de vírgenes, Rocío la tercera y Amparo la sexta, porque la familia de mi madre era de Valencia, aunque su apellido sea italiano...

—Ya está bien, Martín —conseguí decir por fin—. Ya vale.

—Pero, ¿por qué? Si no he hecho más que empezar.

—Sé de sobra cómo se llaman tu padre, tu madre, y todos tus hermanos y hermanas.

—Bueno, pero si quiero contarte mi vida, tengo que empezar por el principio.

—No hace falta que me cuentes tu vida —protesté, con un acento furioso y amargo al mismo tiempo, que traducía fielmente cómo me sentía—. Me la sé de memoria.

—¡Pues no! —él chilló por fin, inclinándose hacia delante, extendiendo las manos hacia mí como si por un momento estuviera decidido a estrangularme— ¡Da la casualidad de que no te la sabes de memoria...! ¡A lo mejor no tienes ni puta idea!

Aquella explosión logró asustarme de verdad. Me encogí en el sillón sin darme cuenta y no encontré argumento alguno que oponer a sus gritos. Él se recompuso lentamente. Recuperó con trabajo la convencional postura de conversador despreocupado del principio, y me pidió perdón.

—Lo siento mucho —me dijo—. De verdad. Puedes irte si quieres, pero me gustaría seguir hablando.

—Bueno, pues vamos a hablar, pero sin numeritos, por favor... Esto parece una película de esas de crisis conyugales de las que nos reíamos tanto antes.

—Eso es, antes.

—Porque ahora ya no hacen películas así —me defendí.

—No. Porque ahora ya no nos reímos. Y tampoco hablamos. Sin el numerito nunca habríamos empezado.

—¿No?

—No. Y lo sabes de sobra. ¿Quieres otra copa?

Le enseñé mi vaso, lleno aún hasta la mitad, y él rellenó el suyo con mucha parsimonia.

—Si lo prefieres, puedo empezar por el final —dijo luego, y me miró a los ojos, que yo le negué enseguida, valorando a ciegas aquella oferta tan apacible en apariencia que parecía entrañar sin embargo alguna misteriosa clase de amenaza, y me hubiera gustado tener valor para aceptarla, aunque sólo fuera por acabar antes, por liquidar aquella escena que seguía sin gustarme nada, pero mi cabeza dijo que no, y cuando abrí los ojos de nuevo tuve la impresión de que él me agradecía la negativa—. Bueno, pues estudié en los Escolapios, como sabes, saqué buenas notas, fui más o menos un buen hijo, más o menos un buen hermano, me enamoré platónicamente de Claudia Cardinale, como la mitad del mundo, empecé a hacerme pajas a los doce años y a los quince estrené un abrigo loden de color verde que acabó de convertirme en el pijo perfecto, de los pies, donde solía llevar unos mocasines de piel color vino, como decíamos entonces, a la cabeza, que me peinaba con medio tubo de brillantina, pese a lo cual, como también sabes, soy milagrosamente el único de mis hermanos que no se está quedando calvo. A lo mejor, la política, aparte de cambiarme la vida, me salvó la cabellera, porque a mitad de COU abandoné todos los fastos de este mundo, loden incluido, por amor a Cristo.

—Y al padre Ercilla —apunté, dando mi primera copa por concluida para empezar inmediatamente con la segunda, que me proporcionó un precario estado de bienestar que crecería al mismo ritmo que mi capacidad para divertirme con el primer episodio de aquel monólogo de incomprensibles propósitos.

—No —sonrió—, al padre Ercilla no le amé nunca. Le admiraba, solamente, pero le admiraba muchísimo, eso sí. Era mi profesor de Religión, y daba unas clases sorprendentes, fascinantes, recitando a

Brecht de vez en cuando y hablando siempre de la injusticia, de la pobreza, de la desigualdad, y hasta de las iniquidades del capitalismo. Se convirtieron en mis clases favoritas. Me tiraba horas enteras pensando en lo que nos contaba y preparando mentalmente mis intervenciones, que llegaron a ser tan numerosas que mis amigos llegaron casi a cogerme manía. Entonces me enteré de que él se reunía con un grupo de alumnos con..., digamos inquietudes, fuera del horario de clase, algo así como la Legión de María pero en versión social... —mis labios, que se habían ido curvando solos hasta dibujar una sonrisa, dejaron escapar una breve risita—, no te rías, era todo muy serio. Había reuniones teóricas y expediciones de carácter práctico, que al principio casi me gustaban menos que las otras, porque me sentía muy perdido en aquellos barrios remotos, donde la gente vivía tan mal, era todo tan pobre que acababa deprimiéndome, las mujeres de la edad de mi madre parecían mis abuelas, siempre vestidas de negro, con aquellos pañuelos atados en la barbilla, y sus maridos me daban la impresión de no haber dejado nunca de trabajar en el campo, por más que supiera que eso era imposible, porque tenían la piel muy oscura, y arrugada, y las uñas sucias, y llevaban boina... Tú nunca viste gente así, por muy comunista que fuera tu padre.

—No —admití—, eso es verdad.

—Claro que, a cambio, también eres mucho más religiosa que yo, así que no necesitabas ver para creer, pero yo sí, yo tuve que ver muchos niños descalzos en invierno, y muchas chabolas sin agua y sin luz eléctrica, y muchos hombres que vivían escondiéndose de la policía, antes de acabar de creerme lo que estaba viendo. Luego todo empezó a resultarme más fácil. Les llevábamos lo que podíamos, dinero, ropa usada, hasta comida, y el padre Ercilla hablaba con ellos, se enteraba de lo que necesitaba cada familia, intentaba organizarlos, resolver los problemas que surgían. Era un tío cojonudo, en serio, eso lo sigo pensando todavía, pero era cura, y por supuesto también decía misa en un altar improvisado en una casa, o en plena calle cuando hacía buen tiempo, porque aquella gente no estaba ni siquiera asignada a una parroquia, así que muchas familias no nos recibían bien, y otras ni siquiera nos abrían la puerta. Uno de nuestros enemigos más feroces era un hombre de la edad de mi padre, más o menos, que se había quedado sin trabajo porque siempre estaba borracho, o estaba siempre borracho porque se había quedado sin trabajo, vete a saber, nunca logré averiguar cuál era la causa y cuál el efecto. Se llamaba Fausto y cuando nos veía, nos insultaba y hasta nos tiraba piedras. Tenía una hija un poco mayor que yo, una chica muy guapa, muy muy guapa, que se llamaba Lucía, un nombre rarísimo en aquel barrio donde todas las niñas se llamaban Socorro, Antonia, o Juanita, cosas así, que entonces me parecían como de pueblo. Pero no me fijé en ella por su nombre, la verdad, sino porque estaba buenísima, pero buenísima, en serio, y además parecía una mujer mayor, tenía diecinueve años pero siempre iba muy arreglada, muy pintada, con las uñas rojas, y el pelo largo, y medias negras, con tacones, unos zapatos muy gastados, muy feos, pero muy limpios. Era imposible no fijarse en ella, porque tenía unas piernas de puta madre, unas tetas enormes y un culo acojonante, era todo cuerpo, y unos ojos negros, inmensos, que brillaban mucho, siempre... —entonces se detuvo para mirarme—. Esto no te lo sabes.

—No, porque nunca me lo has contado.

—No podía —y antes de que pudiera preguntarle por qué, él mismo me lo explicó—. Me porté con ella como un cabrón. No me interesaba que lo supieras.

Aproveché esta pausa para mirarle, para intentar imaginar su fragilidad, su desconcierto, aquel voluntarioso afán de ser otro, alguien mejor, distinto, que había funcionado como motor de una metamorfosis que yo conocía tan bien, tan minuciosamente la había escuchado mil veces de sus mismos labios, como para dudar ahora de la eficacia de mis propios oídos, y tuve ganas de echarme a reír, de interrumpirle con cualquier frase hecha, venga ya, no te tires el rollo, pero sentí una curiosidad instantánea por la historia que podía haber llegado a inspirar aquella extravagante confesión, tan abrupta, tan brutal, tan increíble, y además, no conseguí descifrar del todo la expresión del rostro de mi marido. Porque Martín me miraba también desde su cara angulosa, levemente irregular, el pelo uniformemente oscuro todavía, las cejas muy anchas, sus raros ojos pardos de color animal, ojos de gran felino, instalados en un lugar extraño, a medio camino entre la nostalgia y la ironía, entre la obligación y el placer de recordar, una inaudita secuencia de luces que no cambió ni un ápice cuando por fin se decidió a seguir hablando.

—Todas las chicas de aquel barrio zumbaban a nuestro alrededor como un enjambre de abejas furiosas, persiguiéndonos como si estuvieran convencidas de que éramos su salvación. Eso era exactamente lo que debíamos parecerles, un montón de niños ricos, bien vestidos, con dinero y mucha mala conciencia, la universidad por delante, y por detrás, una familia capaz de financiar cualquier sueño de unas niñas que se habían criado sin nada, o mejor dicho, con el deseo desesperado de una diadema para el pelo, unos pendientes con perlas, un traje de Primera Comunión y cosas por el estilo, las más tontas de las que les sobraban a mis hermanas. Suena a panfleto barato, pero así era el mundo, y el padre Ercilla apenas tenía una idea remota del envilecimiento moral al que nos exponía con esa ambición suya de redimir a todos los pobres de Madrid. Porque era difícil resistirse, ¿sabes?, por mucho amor a Cristo que uno sintiera, por muy buena voluntad que uno pusiera, por muy consciente que uno llegara ser de la injusticia, de los males de la pobreza, de las virtudes de la caridad, es que no había manera de resistirse, o por lo menos yo no la encontré, ésa es la verdad. Al principio, ellas se conformaban con que las invitaras a merendar, un batido de chocolate y un curasán decían, y con eso se ponían como locas, porque no pasaban hambre en casa, pero nunca veían un bollo, ni bombones, ni pasteles, esa clase de lujos superfluos, y estaban hasta las tetas de comer cocido todos los días, como es natural... Por ahí empezábamos los chicos del cura, como nos llamaban, por ahí empecé yo, un batido de chocolate y un curasán, la primera chica a la que invité se llamaba Socorrito, por eso me he acordado antes de su nombre, pero era bastante fea, la pobre, no me gustaba nada, y ella debió de darse cuenta porque no quiso ir más allá... Entonces yo ya me había enterado de que algunos de mis compañeros de aventuras, no todos desde luego, porque la mayoría eran auténticos meapilas que se rifaban el privilegio de hacer de monaguillos en las misas del colegio, pero algunos, los más mayores y los más concienciados políticamente, los que ya habían empezado la carrera pero seguían en el grupo del padre Ercilla porque no habían encontrado todavía un sitio mejor donde militar, estaban medio liados con algunas de las chicas de aquel barrio. Los más beatos hacían circular historias confusas de pecados mortales, una vez habían pillado a Fulanito con la bragueta abierta besándose con la hija de la dueña del bar detrás de una tapia, otra vez habían visto a Menganito en la Gran Vía abrazando a otra de aquellas chicas, cosas así... En las reuniones teóricas que celebrábamos antes de ponernos en marcha, el padre nos soltaba unos discursos terribles, en los que afirmaba que no podía concebirse nada más vil que explotar a los necesitados, y nos prevenía contra la tentación de abusar de aquellas pobres muchachas que apenas tenían más patrimonio que su cuerpo. No sé a los demás, pero a mí, aquella última frase me ponía cachondo. Luego nos poníamos el abrigo y, ¡hala!, a hacer caridad. El pobre padre Ercilla no veía más allá de su propia santidad, y no estaba dispuesto a perder el tiempo vigilándonos mientras se convencía de que la mies era mucha y... ¿cómo era? ¿Los brazos pocos?

369

—No lo sé. Yo no daba clases de religión de pequeña.

—Eso que te perdiste —sonrió.

—Ya —y le devolví la sonrisa—, ya me estoy dando cuenta...

—Bueno, lo que fuera... El caso es que él estaba todo el rato muy atareado, dejándose besar la mano y haciéndose el imprescindible, porque una cosa es que siga pensando que era un buen tío y otra sería no reconocer el atracón de vanidad que se daba en aquellas expediciones, y nosotros íbamos a nuestro aire, ocupándonos mejor o peor de lo que nos había encargado. Estos chicos son mi infantería, solía decir, y la infantería, pues ya se sabe... A medida que me convencía de que la revolución y la Santa Madre Iglesia tenían muy poco que ver, fui descubriendo cómo funcionan las cosas en este mundo. Una chica que se llamaba Mari, me cogió una vez la mano y me la puso encima de una de sus tetas mientras me preguntaba por qué no traíamos nunca ningún bolso, porque ella ya tenía faldas y blusas y lo que le hacía ilusión de verdad era un bolso, que nunca había tenido ninguno. A la semana siguiente, le di un bolso que le robé por las buenas a mi hermana Rocío, me llevó a un descampado y me dejó que la metiera mano todo el tiempo que quise. Cuando me corrí, con los pantalones puestos, frotándome contra ella, me dijo que tampoco tenía medias... Te lo podría contar de otra manera, pero fue así, y sin embargo, aquella noche me fui a casa tan contento, y casi convencido de haber hecho una buena acción, porque no puedes figurarte cómo le gustó el bolso, no te puedes ni imaginar qué cara de felicidad tenía, cómo me abrazó, cómo me dijo, qué bueno eres conmigo... El curso siguiente yo mismo empecé a ir a la universidad, pero seguí formando parte del grupo del padre Ercilla hasta febrero o marzo, no me acuerdo exactamente, cuando entré en las Juventudes. Entonces ya estaba liado con Lucía. Era amiga de Mari, la chica del bolso, y no le di la oportunidad de acercarse a mí, fui yo directamente a por ella. Total, ya había perdido la fe...

Él no dejaba de atender a la expresión de mis ojos mientras hablaba, intentando anticipar la naturaleza de mis reacciones, pero no quise interrumpir su historia con el impreciso relato de una emoción difusa, que crecía, y retrocedía, y se multiplicaba, y se enredaba en sí misma a medida que se sucedían sus palabras, aunque habría podido resumirla en un simple par de frases, contándole cuánto me habría gustado conocerle entonces, qué feliz habría llegado a ser si él hubiera podido invitarme a merendar un batido de chocolate y un curasán. Nunca me había contado gran cosa de aquella época. Aunque le gustaba hablar del padre Ercilla y de sus clases, sólo había aludido alguna vez, y de pasada, a sus visitas a aquel barrio de la periferia que aún no quería concretar, como si le diera miedo volver a pronunciar su nombre, pero yo podía imaginarle muy bien en aquel papel, porque conocía a sus padres, a sus hermanos, y la casa en la que vivía entonces, tan distinta de la mía que al principio me provocaba menos respeto que temor, miedo de meter la pata, de decir algo inconveniente, de no haber aprendido nunca las fechas, las canciones, las historias que todos sus habitantes recordaban en voz alta. Cuando le vi por primera vez, todavía estaba en cuarto, había pasado muy poco tiempo desde que desistió de su amor a Cristo, su aspecto no podía haber cambiado mucho en sólo tres años, y tampoco su espíritu, su carácter, ese irresistible carisma de líder auténtico que ahora cabía en el pequeño hueco de un bolso robado sin perder ni una pizca de su brillo, y no me detuve en consideraciones morales, obedecí simplemente a su voz, aceptando que lo repugnante era repugnante, y lo inevitable era inevitable, y lo comprensible era comprensible, aunque no llegara todavía a comprender muy bien por qué me sentía tan cerca de él al escuchar aquel relato de unos años que no habíamos vivido juntos.

—Lucía iba un paso por delante de todas las demás chicas que conocí allí. En todo. Me di cuenta enseguida, porque la primera vez que intenté pagarle una Coca-Cola casi se rió de mí, y me dijo que me guardara mi dinero, que con ella no valían esa clase de trucos. Me sacaba sólo un año y medio, pero parecía una mujer hecha y derecha, y yo, que acababa de cumplir los dieciocho, me asusté un poco, la verdad, y decidí no volver a intentarlo. Pero ella tenía sólo diecinueve años, por más que disimulara, y además, desde aquel día, ya no me perdió de vista. Aparecía cuando menos me lo esperaba, en las clases de alfabetización por ejemplo, aunque supiera leer y escribir, en las reuniones que convocábamos en el bar, o en la puerta de su casa, simplemente, justo cuando yo pasaba por la calle. Llegó a venir incluso a misa, a pesar de que su padre le había prometido una paliza si llegaba a enterarse de que se mezclaba con el cura. Y la verdad es que no se mezclaba, porque nunca intervenía, nunca decía nada, sólo se dejaba ver, y me miraba, con una sonrisa burlona que me sacaba de quicio, en serio, es que me ponía frenético sólo de verla, apoyada en la pared, descargando todo su peso sobre una pierna para balancear las caderas, bailando sola, y jugando con un collar de cuentas rojas que llevaba siempre colgado del cuello como si nada de lo que ocurría fuera con ella, como si estuviera empeñada en convencerme de que si no me la follaba pronto, me iba a morir, como si yo ya no lo supiera... Hasta que una noche, después de una de sus exhibiciones, convencí a Mari para que se viniera conmigo al descampado al que fuimos la primera vez, y ella, todavía no sé cómo, se dio cuenta, y nos cortó el paso en plena calle. Ahuyentó a su amiga diciéndole que su madre la andaba buscando y que ya se podía ir a casa si se quería salvar de una buena, y luego se encaró directamente conmigo. ¿Y a ti qué te pasa?, me preguntó, y yo le contesté que nada, que creía que era ella la que no quería saber nada de mí. Como ésa no, murmuró, señalando a lo lejos, y luego, más o menos, me expuso sus condiciones. Odio este barrio, me dijo, odio estas calles, odio estas casas, odio toda esta mierda... Quedamos al día siguiente, en la boca de metro de Quevedo, y la invité a merendar en una cafetería que se llamaba Madison y estaba en la calle Arapiles, no sé si te acuerdas, un sitio muy grande, con lámparas de las que colgaban una especie de estalactitas de cristal y mucho lujo del de entonces, mucho terciopelo y cristales ahumados... Le encantó.

—A mí también me encantaban esos sitios, de pequeña —reconocí—. Pero yo iba con mi madre sobre todo a los Californias de la calle Goya, y siempre pedía tortitas con nata, era estupendo.

—Ella también tomó tortitas, todavía me acuerdo, y un chocolate, y después, cuando ya llevábamos un rato hablando, me preguntó si me quedaba dinero y cuando le dije que sí, me pidió que le invitara a un cubata.

—Y la invitaste.

—Sí.

—Y luego te dejó que la metieras mano...

—No. Lucía era más lista que las demás, ya te lo he dicho, iba un paso por delante. Aquella tarde me besó en la boca cuando volví a acompañarla al metro, y ahí se acabó todo. Ella no quería un bolso, ni unas medias, ni un chico rico que enseñarle a sus amigas. Lucía quería cazarme, pero yo era más listo que ella, y cuando me di cuenta, la historia cambió como si alguien la hubiera puesto boca abajo. Y ahí fue donde empecé a portarme como un cabrón.

—Tampoco —protesté, defendiéndole aun en contra de su voluntad—. Al fin y al cabo, ella se lo había buscado.

—No, no era tan fácil, ¿sabes...? Al principio lo parecía, porque era muy caprichosa y se portaba fatal conmigo, y un buen día me bajaba la cremallera en el cine para cogerme la polla y al día siguiente no me dejaba ni que la besara siquiera. Se pasaba la vida inventándose ofensas inexistentes y, de vez en cuando, coqueteaba descaradamente con otros tíos, y no sólo en su barrio, con conocidos suyos, sino hasta cuando salíamos por el centro y le devolvía la sonrisa a alguien que no conocía de nada para que yo me retorciera de celos. Y yo me retorcía, por supuesto. Quería tenerme en un puño y durante algún tiempo lo consiguió. Estuve muy enamorado de ella, con ese amor absurdo de los adolescentes que se quedan colgados de una manera de sonreír, o de mirar, o de moverse, aunque quien sonría, quien mire, o quien se mueva, no tenga absolutamente nada que ver con ellos, aunque cualquiera, excepto ellos mismos, pueda descubrir de un simple vistazo que su amor es un amor equivocado... Pero a pesar de todo estuve muy enamorado de ella, ciego, enfermo, atontado de amor, hasta que entré en el Partido, dejé el grupo del padre Ercilla, y mi vida cambió, claro, tenía más cosas que hacer, conocí a mucha gente nueva, muchas chicas, ninguna como Lucía desde luego, pero chicas, al fin y al cabo, y me di cuenta de que, aunque todavía era incapaz de resistirme, empezaba a estar hasta los cojones de ser la marioneta de aquella tía... —desvió la vista hacia sus uñas, que estudió con mucho interés, y añadió una frase emboscada en una sonrisa cómplice, como de niño gamberro—. Prefiero ser yo el que decide las reglas del juego, como sabes...

—Desde luego —admití—, y me alegro.

—Bueno, no adelantemos acontecimientos —se echó a reír y me arrastró a su risa. Yo me estaba divirtiendo de verdad, por más que no fuera capaz de adivinar aún ni remotamente la naturaleza de sus intenciones—. Bien... ¿por dónde iba? ¡Ah, sí...! Lucía se dio cuenta de que me tenía hasta demasiado encoñado, de que la tuerca no admitía muchas vueltas más, y cambió de estrategia para convertirse en mi novia con todas las consecuencias. Entonces fue ella la que empezó a fingir celos, ella la que se interesaba mucho por mí, y me cuidaba, y me mimaba, y me preguntaba a todas horas por mi familia, a qué se dedicaba mi padre, de dónde era mi madre, cómo me llevaba con ellos, con mis hermanos, quiénes eran esos amigos nuevos que me tenían ahora tan ocupado... Cuando ya estaba maduro, absolutamente emocionado, conmovido hasta los huesos por su repentino amor, me dijo que me avergonzaba de ella, que por eso no la llevaba a mis reuniones, que ponía mucho cuidado en que nadie nos viera juntos fuera de su barrio. Le dije que no fuera imbécil, que eso era mentira, y desde entonces fui con ella a todas partes... ¡Pobre Lucía! Si yo era un señorito revolucionario, eso es lo que era, Marita tenía razón, un señorito, igual que casi todos. ¡Cómo iba a importarme a mí enseñársela a los demás, con lo que molaba tener una novia del lumpen, y con lo buena que estaba, además, que a los de la célula se les salían los ojos de las órbitas cada vez que la veían...! Y ella, que era muy lista, ya te lo he dicho, empezó a vestirse de otra manera para acompañarme a según qué sitios, y cuando quedábamos con mis compañeros de la facultad aparecía con vaqueros y se pintaba muy poco, porque las tías se habían quedado de piedra cuando la vieron por primera vez, con aquellos taconazos y una falda tan corta, y nos habían puesto a parir a los dos, sin discriminar, y ella sospechaba que eso no la convenía, aunque sabía de sobra que a mí me gustaba más cuando iba de..., digamos mujer fatal, y también sabía que esa clase de comentarios me tocaban mucho los cojones... De todas formas, por muy enamorado que estuviera, en aquella época yo ya me había puesto en guardia. Lucía me seguía pareciendo la tía más buena del mundo, pero cuando salíamos solos, si no podíamos enrollarnos, me aburría mucho con ella. Ya no tenía sentido coquetear a todas horas, jugar a los celos, a las broncas y a las reconciliaciones, ya estábamos de vuelta de todo eso, y la verdad es que no teníamos nada de qué hablar, nos tirábamos horas enteras callados, haciendo manitas y morreando por hacer algo... Y ahí fue donde se equivocó del todo, donde metió la pata hasta el fondo, porque un día me dijo, con otras palabras, claro, palabras más rebuscadas, más románticas, más torpes también, que nos aburríamos porque aquella situación no daba más de sí, y que lo que teníamos que hacer era buscar una casa, irnos a vivir juntos, casarnos incluso...

—Y tú te acojonaste.

—¡Te diré...! —sonreí al comprobar que seguía poniendo cara de miedo al recordarlo—. Naturalmente. Pero le di largas todo el tiempo que pude, para poder seguir follando con ella.

—Porque follabas con ella...

—¡Hombre, claro! Si no, de qué...

—Muy bien, pero eso no lo has dicho antes.

—No. Es que eso acabó siendo lo peor. Bueno, también fue lo mejor. Era lo mejor y lo peor a la vez. Ella se resistió, porque, claro, como lo que quería era casarse conmigo, intentó estirar de la cuerda todo lo que pudo, pero yo ya no estaba para caprichitos, y le dije que si éramos novios, follábamos, y si no, lo dejábamos y tan amigos... Entonces me dijo que era virgen, y yo me lo creí, y lo pasé fatal, porque por una parte me moría de ganas de follar con ella, pero por otra, me parecía una barbaridad desvirgarla cuando ya sabía que quería casarme y yo no tenía claro que me quisiera dejar, que era una forma medio decente de decirme a mí mismo que no pensaba dejarme de ninguna manera. Era todo muy confuso, ¿sabes? Yo quería a Lucía, la quería pero me aburría con ella, y sin embargo me gustaba más que cualquier cosa de este mundo, y por un lado, respetar la virginidad de una mujer sería una actitud todo lo paternalista y reaccionaria que se quiera, pero lo contrario era lo que habían hecho los señoritos de toda la vida de Dios, y yo era un señorito empeñado en dejar de serlo... Y además, qué hostia, en el mundo de Lucía la virginidad era un patrimonio auténtico, algo que tenía valor, así que no sabía qué hacer, follármela para nada sería como robarle algo, qué quieres, yo sólo tenía diecinueve años... Al final, la decisión la tomó ella. Estábamos en una fiesta, en un piso de estudiantes, en casa del Mono, tú lo conociste, ¿no?, y me llevó a la cama, y me lo dijo, quiero acostarme contigo hoy, ahora... ¡Joder! Casi se me saltan las lágrimas de la emoción.

—Pero lo hiciste.

—Nos ha jodido... —me eché a reír y esta vez fue él quien se rió conmigo—. Claro que lo hice. Con mucho cuidado, con mucha paciencia, con mucha ternura... Ya sabes, lo típico. Con mucho miedo también. Y no me arrepentí, te lo juro, no me arrepentí ni media, me gustó tanto que me habría casado con ella allí mismo. Y fíjate, a lo mejor me hubiera casado de verdad si no me hubiera llegado a enterar de hasta qué punto hice el pardillo aquella vez...

—Porque no era virgen —no sé por qué, aquel dato fue casi el único que logré intuir desde el principio, y se lo dije—. Me lo imaginaba.

—Claro que no. Yo no tenía ni idea, y no sólo porque no hubiera notado nada, que eso es una tontería y además yo sí que era virgen y bastante tenía con lo mío, sino porque no me podía imaginar que me hubiera mentido, no sé por qué, pero es que ni se me pasó por la cabeza, a lo mejor me sentía demasiado gallito como para aceptar eso. Fui bastante más tonto que tú. Pero acabé enterándome y de malísima manera, por cierto... Al principio solíamos ir a follar a casa del Mono, pero cuando sus padres se cabrearon y lo metieron en un colegio mayor, porque en segundo las cargó todas, las cosas se nos pusieron un poco más difíciles. Acabábamos encontrando sitio, sin embargo, y si no, lo hacíamos en el coche, pero pasamos una temporada jodida, ¿sabes? Yo acababa de empezar tercero, el coche que había heredado de mi hermano Nuño se había muerto de viejo, los pisos a los que podíamos ir, por una cosa o por otra, dejaron de estar disponibles, y al Mono le dijeron que como volviera a meter tías en la habitación le echaban del colegio, y se acojonó... Así que la situación volvió al punto en el que estábamos antes de follar, aunque ahora nos aburríamos todavía más, y yo empecé a espaciar mis citas con Lucía, nos veíamos sólo los fines de semana, y a veces ni eso. Entonces se equivocó por segunda vez, pobrecilla... Pensó que era más importante seguir follando conmigo que dejar de esconderme ciertas cosas y un buen día me dijo que podíamos ir a su casa. Yo me puse muy contento, porque creía que no había nadie, pero su padre estaba allí, y aunque escupió al suelo cuando me vio, no dijo nada. Luego ella me pidió un poco de dinero para comprar su silencio, y se lo dio, eso seguro, porque no quería que su madre, una pobre mujer que era la que les mantenía a todos limpiando casas, se enterara nunca de nada. Una vez me dijo que estaba dispuesta a todo antes que a acabar como su madre, y la primera vez que la vi, te juro que lo entendí... El caso es que follamos en su cama, que estaba separada del resto de la única habitación de la casa, que ella llamaba salón, por una cortina... Horroroso, no me pidas detalles porque no podré soportarlo. A partir de aquel día, empecé a tener claras muchas cosas, y ahí fue cuando Lucía se convirtió en un problema de verdad. Porque yo no estaba dispuesto a casarme con ella, no quería, no podía, ¿lo entiendes?, nuestra historia no tenía ningún sentido, pero tampoco me atrevía a abandonarla, no me atrevía a afrontar las consecuencias de aquella decisión, ahora que sabía a lo que estaba expuesta, yo qué sé... Supongo que, por no querer hacerle daño, le hice mucho más daño del que habría querido hacerle, porque me quedé estancado, incapaz de hacer nada, ni de tomarla ni de dejarla, nada, excepto seguir follando con ella, que durante mucho tiempo iba a seguir siendo lo que más me gustaba de este mundo, y luego ya ni eso... Entonces fue cuando se me ocurrió tomarme la política en serio. Para poder estar muy ocupado de verdad, para tener excusas de sobra cuando no me apetecía quedar con ella, para borrarla de mi cabeza, para justificarme cuando le hacía alguna putada. Era lo único que tenía a mano, lo único que me interesaba, lo único en lo que podía creer ya. Cada vez que Lucía empezaba a quejarse, y me exigía que confesara que ya no la quería, y lloraba, y se desesperaba, yo me decía a mí mismo que ella no podía comprender, no podía darse cuenta de que yo tenía cosas mucho más importantes que hacer. Y al día siguiente, por la mañana, en cualquier asamblea, hablaba de la explotación de las clases oprimidas, de la plusvalía y los derechos humanos, de la amnistía y de la reconciliación nacional, a cada cual según sus capacidades y a cada cual según sus necesidades, ya sabes, y tú me aplaudías, por ejemplo... Al final, la pobre ya no se atrevía a decir nada, hacía todo lo que yo quería, jamás protestaba si estábamos un par de semanas sin vernos, se agarraba a lo que podía, estaba dispuesta a cualquier cosa con tal de seguir teniendo una esperanza, aunque fuera muy débil, de que su historia conmigo iba a acabar bien, pero un buen día me di cuenta de que ya ni siquiera me compensaba seguir follando con ella. Y la dejé tirada. Y no me quedó más remedio que convertirme en un líder auténtico, como tú dices, el padre Ercilla corregido y aumentado. ¿Qué te parece?

Le miré en silencio, celebrando íntimamente cada uno de sus delitos, cada uno de sus pecados, siguiendo el rastro de aquella remota crueldad nacida del vértigo de la edad y del deseo, las huellas de la culpa que le había dejado llegar hasta mí una vez, hacía ya tantos años, y me lo devolvía de nuevo, después de tantos años, más impuro quizás, pero por eso más limpio y más entero, más misteriosamente digno de amor, y no encontré una buena manera de decirle que jamás le habría perdonado que se casara con aquella mujer que no se lo merecía tanto como me lo había merecido yo, que jamás le habría perdonado que me hubiera descartado antes de conocerme siquiera, que eso era lo único que jamás habría podido perdonarle y que todo lo demás me daba igual, porque lo único que me importaba era tenerle cerca, estar cerca de él, y yo también estaba dispuesta a pagar cualquier precio por ciertos privilegios.

—Nunca te había contado esto porque, si empezaba, iba a tener que contarte un montón de cosas más, y cuando me enrollé contigo en Italia, tenía sólo veinticinco años y todavía me sentía culpable... No estaba muy seguro de que te gustara escuchar esta historia porque, por muchas vueltas que quiera darle, la verdad es que me porté con Lucía como un cabrón, y eso no tiene arreglo. Además, yo la dejé definitivamente muy poco antes de tropezarme contigo en aquella reunión donde te dedicaste a ponernos a parir, y pensé que, total, como ya no ibas a poder enterarte por otro lado... Luego supongo que me dio pereza. Suena un poco patético lo de ponerse a confesar historias antiguas y terribles que se han ido quedando en nada con el paso del tiempo, ¿no?, eso creo yo por lo menos, por eso me jodió tanto enterarme de que te estabas psicoanalizando. Pero precisamente por eso, cuando me enteré, me dije que a lo mejor te venía bien enterarte de ciertas cosas. Y no es que esté satisfecho de mí mismo, que conste, no se trata de que lo haya superado todo, cuando pienso en Lucía todavía me siento como un miserable, eso es cierto, y sin embargo ahora sé que portarme bien con ella habría sido lo mismo que destrozarme la vida... Así que, ya ves, yo también tengo secretos terribles que guardar —sonrió—, pero no lo parecen tanto cuando se cuentan en voz alta...

Mientras le escuchaba, recuperé una remotísima sensación de seguridad, la confortable certeza de estar a salvo, esa especie de agradable insensibilidad que se extendía por todo mi cuerpo cuando, de pequeña, la tata me curaba una rodilla herida con un río de mercromina y un vendaje mucho más aparatoso de lo imprescindible. Todavía no había empezado a sacar conclusiones, no pensaba, no deducía, no relacionaba los datos entre sí, pero me gustaba escucharle, siempre me había gustado, sobre todo en el tono preciso que empleó aquella noche, una voz misteriosamente pura que nacía de la pacífica coexistencia de emociones contrarias, una voz serena que llegaba hasta el mismo límite de la agitación, una voz irónica y sincera, clara y enturbiada por cierta mínima dosis de indispensable oscuridad, brutal y sutil al mismo tiempo, palabras como dedos perfumados y frescos, como manos suaves y expertas, implacables en la desagradable misión de curar heridas dolorosas, que no eran capaces aún de deshacer mi propia confusión, pero me hacían tanto bien que casi habría querido aplazar para otro día ese misterioso montón de cosas a las que llevaban ineludiblemente éstas que acababa de conocer.

Pero aquella noche Martín tenía ganas de hablar, y no pidió mi opinión antes de seguir.

—Yo también me fijé en ti antes de conocerte. Eso tampoco lo sabes pero de entrada no tiene por qué significar nada, era inevitable, en aquella época todos los rojos de la Complutense nos conocíamos, aunque fuera de vista, ¿no? —asentí brevemente y él siguió hablando—. Ya sabes que era muy amigo de tu novio, Teo...

—No me lo recuerdes, por favor —rogué, tapándome la cara con las manos para fingir un cómico acceso de desesperación.

—¿Por qué? —él se rió—. Si de él sí que hemos hablado un montón de veces...

Teófilo Parera, estudiante de Derecho, compañero de curso de Martín, mi primer novio, era una especie de versión izquierdista del ogro de los cuentos infantiles. Alto y robusto, bastante gordo, llevaba el pelo muy largo, una melena crespa, castaña y perpetuamente sucia, cuyos mechones delanteros se enredaban a ambos lados de la cara, en las faldas de una barba tan abundante y descuidada como una zarza en invierno, que trepaba hacia arriba para fundirse con un bigote igual de espeso, y se expandía hacia abajo, salvando el breve desierto de la garganta, para sembrar de pelo el resto de su cuerpo. Siempre iba vestido igual, con unos vaqueros más que usados, una camisa gorda, de lana, estampada con cuadros escoceses, y unas botas de montañero tan aparatosas que daban miedo. Su manera de entender la vida no desentonaba con el monótono rigor de aquel vestuario. Todavía no sé muy bien por qué me enrollé con él, supongo que porque él quería enrollarse conmigo, y porque era el jefe de mi grupo y allí nadie parecía atreverse a discutir sus menores deseos.

—¡Qué bruto era! ¿Te acuerdas? —Martín paladeaba con placer la memoria de mis errores—. No he vuelto a conocer a nadie como él. ¡Qué animal! El caso es que a mí me caía bien, ya lo sabes, me hacía mucha gracia, hablábamos mucho, yo intentaba convencerle de que la lucha armada era un error estratégico y él me decía que yo era un maricón, y no había forma de sacarle de ahí... No te pegaba nada.

—¡Claro que me pegaba! —protesté, sonriendo—. Yo también defendía el horizonte de la lucha armada.

—No... Tú eras una señorita. Igual que yo. Por eso me fijé en ti.

—¿Cuándo?

—Cuando me enteré de que eras la novia de Teo.

—Imposible... —murmuré—. Yo me enrollé con Teo en primero.

—Sí —asintió tranquilamente.

—Y lo dejé cuando estaba en segundo...

—Antes de Navidad —precisó.

—Sí... —asentí yo esta vez—. Pero la primera vez que yo te vi a ti en mi vida fue aquel mismo curso, después de Semana Santa...

—Bueno —sonrió—. Pero yo te había visto a ti antes. Bastantes veces. Que tú no te fijaras en mí no quiere decir que yo no me fijara en ti. Ya sabes que frecuentábamos los mismos bares.

—No me lo creo...

—Pero es verdad. Yo sí te conocía. Y enseguida me enteré de quién eras, claro.

—Una joven heredera insatisfecha —le recordé, resignada a aceptar una versión inédita de mi propia historia.

—Pues sí. ¿Te parece poco? Era una combinación irresistible, demasiado para el pobre Teo, desde luego, ésa es la primera cosa que no entiendes... Cuando le dejaste se quedó jodido, no creas, aunque disimulara. Me lo encontré una mañana en el bar y me lo dijo, ya sabía yo que con esa tía no iba a ninguna parte, y yo le di la razón, es una pija, Teo, eso le dije, por mucho rollo que se tire no es más que una niña bien que juega a dar disgustos en su casa, no te conviene, hazme caso.

—¡Uy! —exclamé, tan sorprendida como una niña pequeña que acaba de descubrir el doble fondo de la chistera de un mago—. ¡Eso tampoco me lo habías contado nunca!

—No, claro que no... Pero de todas formas no puedes reprochármelo porque no hice nada malo. Tú querías quitártelo de encima y yo te ayudé, él estaba hecho polvo y le di argumentos para que se recuperara.

—¿Y tú?

—Yo pensaba en ti de vez en cuando. No todo el tiempo, la verdad, porque estabas en otra facultad, te conocía sólo de vista, y después de romper con el gordo ni eso, pero de vez en cuando me acordaba de ti, porque durante una época, mientras fuisteis novios, llegué casi a engancharme de las cosas que Teo me contaba, y luego también, no creas, la verdad es que no le dejaba en paz, pobre hombre, tú te habías convertido en mi pasatiempo favorito, hasta el punto que él llegó a mosquearse, y aunque le pedí muchas veces que nos presentara, no por nada, sólo por verte de cerca, él nunca quiso porque tenía celos de mí, en serio... Debió ser la única vez que acertó en su vida. Por eso nos conocimos tan tarde, tú y yo. Eso tampoco podía contártelo, por lo menos al principio, porque cuando te conocí, yo jugaba con mucha ventaja, sabía muchas cosas de ti, y no quería que pensaras que las había puesto en práctica, que desde luego, fue lo que hice...

—¡Pero si eso me habría encantado! Y tú lo sabes. Tienes que saberlo.

—Pues no te creas, no estaba tan seguro... Tú parecías admirarme tanto, estar tan dispuesta a adorarme, a convertirme en Dios, y a mí me gustaba tanto todo eso que, no sé... Los dioses hacen trampas pero nadie llega a enterarse jamás de que las hacen, ¿no? Además, al principio la tentación de resultar el hombre irresistible era demasiado fuerte, y luego, bueno, tú parecías bastante más progre de lo que eras en realidad, querida, así que igual me salías con que no había sido lo suficientemente sincero contigo, vete a saber... La verdad es que estaba un poco en lo mismo de antes, porque no te podía contar una parte de la historia sin contártela entera, aunque de esto sí que temí que acabaras enterándote de todos modos. No he vuelto a ver a Teo desde que acabamos la carrera, pero sé, por otra gente, que cuando se enteró de lo nuestro le contó a todo el mundo que yo era el mayor hijo de puta de la historia, ya ves... Mientras tanto, mi rollo con Lucía iba de mal en peor, y sin embargo, todas las tías que había a mi alrededor se quedaban en nada cuando las comparaba con ella. Y eso fue lo que me llevó definitivamente a la ruina porque, en cambio, las amigas de mi hermana Amparo me gustaban más de lo que estaba dispuesto a reconocer, por mucho que supiera que eran tan intocables como si tuvieran la lepra... El lumpen caía muy lejos de mi casa pero podía pasar, hasta estaba bien, era correcto, ya sabes, pero la pijería desaforada de aquellas niñatas que soñaban con casarse con un notario, por muy buenas que estuvieran, las convertía en el enemigo, y a los veinte años uno no puede acostarse con el enemigo impunemente... Lo sé bien porque conseguí enrollarme con una, yo creo que hasta les hacía gracia, mi hermana les avisaba, no le hagáis caso a éste, que es del Partido Comunista, y ellas me preguntaban, muy serias, si era verdad, y cuando les contestaba que sí, se me quedaban mirando con unos ojos muy grandes y muy asustados, como si acabara de convertirme en el demonio, y yo jugaba a darles la razón, no tengáis miedo, les decía, que cuando llegue el momento y os monten en un camión para llevaros a fusilar, ya llegaré yo a tiempo para salvaros, y chillaban, y me insultaban, pero a alguna le gustaba aquel juego, ¿sabes?, le gustaba la idea de tenerme miedo, y a mí me gustaba que me lo tuvieran, así de claro, se me ponía dura sólo de verlas merodear a mi alrededor como ratoncitos provocando al gato, y se llevaron algún zarpazo, nada grave, hasta que una, que era mi favorita y lo sabía, decidió tomarse el juego en serio... Se llamaba María Jesús, pero todos la llamaban Machús...

—¡No me lo puedo creer! —se me escapó una carcajada entre aquellas palabras, y él se rió conmigo.

—Pues sí. ¿Qué quieres? Eran niñas de las Irlandesas, todas de buenísima familia, algunas con muchísimo dinero, y hasta las que no tenían tanto, como mi hermana, con peinado de peluquería, ropa de marca y pinturas de calidad, no como las de mi pobre novia, que se le corría el rímel a la media hora de ponérselo... Además, Machús tendría un nombre ridículo, pero estaba muy buena, era igual que una manzanita, los ojos muy redondos, los labios muy gordos, monísima de cara, y bajita, pero con tetas y muy buen cuerpo. ¿Y tú también vas a quemar iglesias?, me preguntó un día, sí, le contesté, pero contigo dentro. Entonces me miró como si lo estuviera deseando, y la cogí de la cintura, y la apreté contra mí, y la empecé a sobar, y ella se dejó, y la besé, y ella me besó... Este sábado voy a dar un guateque en mi casa, me dijo luego, ¿por qué no vienes? Amparo no puede, porque se va a esquiar, y mis padres estarán en Baqueira, esquiando también... Sé que no te lo vas a creer, pero te juro que estuve a punto de no ir sólo por miedo a que me viera alguien, a que alguien se enterara de con qué clase de tías me juntaba, lo pasé fatal, en serio, me tiré la noche en blanco, pero al final me armé de valor y fui, y allí estaba ella, esperándome, y no tuve que convencerla, ¿sabes?, no tuve que soltarle un rollo para ablandarla, ni bailar antes, ni emborracharla, seguramente cualquiera de los tíos que había en aquella fiesta lo habría tenido mucho más difícil, pero yo era el demonio, y al demonio no tiene sentido hacerle esperar, y no importa lo que piense de las buenas chicas, ni va a casarse jamás con ninguna, ni conoce a la gente que puede hacerlas daño... Vamos, le dije, con la primera copa por la mitad, y como ella estaba esperando que le dijera exactamente eso, me llevó de la mano hasta un dormitorio, cerró la puerta, y se quedó de pie, muy quieta, enfrente de mí, sin atreverse a hacer absolutamente nada, pero tan excitada, tan nerviosa, que empezó a respirar por la boca y yo creo que no se dio ni cuenta... Entonces empecé a desabrocharle la blusa despacio, mirándola a los ojos, llevaba un sujetador de encaje muy blanco, muy nuevo, muy bonito y muy escotado, yo adoro esa clase de sujetadores, ya lo sabes, y unas bragas a juego, y me gustó tanto verla así, como empaquetada para regalo, que la tumbé en la cama sin desnudarla del todo, y me tiré un buen rato acariciándola y mordiéndola por encima de la ropa...

—No sigas, Martín —le miré y él me sonrió, para hacerme entender que había descifrado perfectamente el sentido de mis palabras.

—Te estás poniendo fatal, ¿no? —asentí con la cabeza y él celebró mi confesión con una carcajada—. Conociéndote como te conozco, no me extraña nada, pero vas a tener que esperar bastante, y escucharme con atención, aunque no quieras, porque todo esto es más importante de lo que parece, y tiene mucho más que ver contigo de lo que tú te crees... Bien. Pues Machús resultó todo un hallazgo, para lo bueno y para lo malo. Lo bueno fue que me lo pasé de puta madre con ella, pero de puta madre, en serio, casi tan bien como las primeras veces que follé con Lucía, hasta el punto de que lo único que me pidió fue que no se la metiera porque quería seguir siendo virgen, y ésta sí que decía la verdad, y aunque me di cuenta de que perdía el control por momentos, de que si forzaba la situación sólo un poquito más, acabaría consiguiendo que me lo pidiera por favor, no me costó ningún trabajo respetarla, como ella decía, porque me compensó de todas las maneras que conocía, e incluso de alguna que ni siquiera se imaginaba antes de empezar. Y hasta eso fue lo de menos. Porque incluso si se hubiera portado como una chica medio decente, ya me habría dado cosas que no conseguía de ninguna de las tías de la facultad con las que me acostaba de vez en cuando, todas esas de las que sí que te lo he contado todo desde el principio. Y esas cosas me volvían loco aunque no pudiera soportar siquiera la idea de que fuera así. Yo sí que habría necesitado un buen psicoanalista, en aquella época. Porque Lucía me había colocado en el centro de un callejón sin salida, y ahora ya tenía dos donde elegir, una encrucijada de la hostia para mí solo, un niño bien comunista que había echado a perder a una chica pobre a la que la ponía cachonda acostarse con un niño bien, para encoñarse luego con una niña bien a la que la ponía cachonda acostarse con un comunista. Era la hostia, desde luego. Y las dos tenían ciertas cosas en común, precisamente esas que me enloquecían, y que eran precisamente las que jamás podría encontrar entre las chicas que me convenían. Una iba vestida de puta por fuera y la otra iba vestida de puta por dentro. Las dos estaban igual de dispuestas a hacer mi santa voluntad, una para salvarse y la otra para condenarse. Las dos olían muy bien, y cada vez que se acostaban conmigo se comportaban como si aquello fuera algo muy importante. Y conseguían que yo me lo creyera, por más que el precio fuera sentirme horriblemente culpable después. Y saber que con ninguna de las dos tenía ningún futuro. Y haz el favor de dejar de tocarte los pezones porque me estás poniendo nervioso.

Bajé la vista hacia mis manos y las encontré exactamente donde él me había advertido.

—Lo siento —dije, escondiéndolas debajo de mis muslos—, no me había dado cuenta —sonreí—. Sigue, por favor.

Todavía no podía intuir adónde quería ir a parar, me faltaban todavía demasiados datos, pero por debajo de un deseo que empezaba a amenazarme con reventar de pura necesidad, tan imprescindible me parecía ya que él se decidiera a levantarse del sofá de una vez y empezara a desabrocharme la blusa muy despacio, mirándome a los ojos para obligarme a mantenerlos abiertos, fijos en los suyos, ausentes de sus manos, crecía ya una urgencia de saber que no era menos necesaria, una curiosidad parecida al hambre y a la sed, a la solución de esos misterios por los que la gente llega a dar la vida, y fue ese presentimiento, la inquietante sospecha de que yo había apostado mi vida en aquel juego sin enterarme, lo único que me consintió quedarme sentada, quieta, atenta a sus palabras, imponiéndome a una excitación tan consciente de su ferocidad que no cedió ni un milímetro de terreno mientras la gobernaba con una autoridad que desconocía en mí misma, aunque siguiera allí, oculta, agazapada, latiendo sordamente durante toda la noche, combatiendo incluso con un sorprendente coraje algunas emociones mucho más fuertes que aquélla. Pero eso tampoco lo sabía aún cuando Martín siguió hablando.

—Con Machús nunca llegué a estar liado de verdad. La veía de vez en cuando y sólo con una cama por medio. Ella, naturalmente, no estaba interesada en un tipo como yo para marido, y a mí me interesaba todavía menos una tía como ella para novia, porque a ésta sí que me habría dado vergüenza enseñarla por ahí. Pero a pesar de que todo parecía muy claro, muy limpio, muy inofensivo, mi conciencia se resintió casi más de mi rollo con Machús que de mi historia con Lucía, y no sólo porque ella fuera el enemigo, que lo era, sino porque además, Lucía y yo éramos novios, teníamos una relación de verdad, lo nuestro era un noviazgo auténtico, aunque se estuviera viniendo abajo, aunque yo no le dijera toda la verdad, aunque me estuviera aprovechando de ella. Al principio había sido al revés, y yo la quería, la había querido mucho y seguía teniéndole mucho cariño, era todo distinto... Pero mi rollo con Machús era frío, calculado, definitivamente burgués en el peor sentido que tenía esta palabra entonces. Me sentía fatal, despreciable, traidor, igual que si alguien me estuviera arrastrando por el barro de los pelos... Y ella era tremenda, pero tremenda, no te lo puedes ni imaginar. Infinitamente sucia, demasiado hasta para mí. Porque yo no la conocía apenas, no me interesaba conocerla, no teníamos nada en común, pero me daba cuenta de que no sufría, a ella le parecía todo estupendo, no echaba nada de menos, y seguía esperando a que apareciera un chico que la conviniera para casarse, y seguía pidiéndome que la respetara, y para no perderse nada, me sugirió que la diera por el culo y yo acepté, claro, y lo aguantó todo sin quejarse, estaba encantada de seguir siendo virgen y follar a la vez, hacía bromas sobre su futuro marido, pobrecito, decía, y planeaba nuestro futuro de adúlteros eternos, y yo me sentía como una mierda, te lo juro, parece una tontería, pero era así, qué quieres que te diga, y sabía que el noventa por ciento de los hombres de cualquier edad habrían dado cualquier cosa por un rollo como éste, que estaba en una situación teóricamente privilegiada, pero una cosa es la teoría y otra la práctica, y si es difícil llevar una doble vida, imagínate lo que significa llevar una vida triple, y yo tenía veinte años, y era un hipócrita y un hijo de puta y un impostor, pero tenía una ideología, y un concepto del mundo, y de la gente, que eran verdad, que tenían que ser verdad porque eran lo único que podía salvarme... Por eso, Machús acentuó el proceso en el que Lucía me había metido, y en tercero me volqué en la política con todas mis fuerzas, empecé a tener ambiciones concretas, a escalar puestos en el partido, porque eso era lo único que me hacía sentir bien, era lo único que podía hacer por mí mismo y por los demás al mismo tiempo, y cuarto fue mi gran año, trabajaba muchísimo, me tiraba horas y horas reunido, me apuntaba a los mítines más tirados, esos sitios adonde nadie quería ir, pueblos perdidos de la sierra pobre, fábricas donde ni siquiera existía una mínima organización sindical, allí iba yo, y la gente se admiraba de mi valor, de mi audacia y de mi fe, que era la fe de los desesperados, y por eso aquello se me daba tan bien, lograba conversiones en masa, igual que san Pablo, y empecé a tener partidarios acérrimos, estudiantes de primero y de segundo que me escuchaban como si fuera Dios, con el mismo fervor, con la misma disposición incondicional, con el mismo amor...

—Como te escuché yo, aquella vez...

—Como me escuchaste tú. Y yo me dejaba querer por ellos, porque no tenía motivos para quererme a mí mismo, y les daba mi bendición en la barra de cualquier bar, al despedirme, justo antes de irme a follar con un arquetipo del proletariado prostituido por la burguesía, que era yo mismo, o directamente con el enemigo, lo cual era incluso peor... Me sentía muy mal, pero no podía resistirme a la tentación, y ellas tampoco me dejaban, y sin embargo, por lo menos un millón de veces me miré los pies y me dije que hasta aquí, ni un paso más, y decidí terminar con todo, acabar de una vez, empezar desde el principio, borrón y cuenta nueva, pero ya te puedes imaginar lo que tenía delante... Un montón de tías ideológicamente admirables que esperaban encontrar un compañero para lo bueno y para lo malo, para la lucha y la intimidad, para avanzar codo con codo hacia un mundo mejor... Y yo lo intentaba, te lo juro, lo intenté por lo menos un millón de veces, en serio, igual que había intentado amar a Cristo, me soltaba un discurso a mí mismo todas las mañanas, abominaba de mis debilidades burguesas, de mi mentalidad reaccionaria, de mi sexualidad deformada, lo intentaba, y me juraba que cada día sería el último, pero no había manera. A lo mejor no tuve suerte con el lote, que también puede ser, pero aquellas chicas parecían todas iguales, fabricadas con el mismo molde... Naturalmente a ellas no las podía desnudar, no se dejaban. Se quedaban en pelotas en un momento, con la misma naturalidad que si estuvieran solas y a punto de meterse en la ducha, y todas eran jóvenes, y muchas guapas, y algunas muy guapas, pero no solían llevar sujetador, y cuando lo llevaban era liso y de color carne, y usaban bragas de niña pequeña, con muchos pelos a los lados, y tampoco solían depilarse las piernas, y si se las depilaban no usaban medias, sino leotardos de lana o calcetines largos hasta la rodilla, y no llevaban zapatos de tacón ni para ir a una boda, y todas se afeitaban las axilas con una maquinilla y se ponían encima desodorante Williams, que era el mismo que usaba yo... Y yo me las follaba, y me gustaba, no te digo que no, pero hacían exactamente lo contrario que Machús, es decir, se la dejaban meter y punto, y cuando intentaba cualquier otra cosa me preguntaban que si me había vuelto loco y que qué coño me había creído, y se asustaban, pero su miedo era de una clase que no me gustaba nada, en cambio... Y sin embargo, ellas eran mi futuro. Porque antes de acabar cuarto tuve que dejar a Lucía porque no quería casarme con ella, y al principio de las vacaciones, Machús, a pesar de lo planificado que tenía el adulterio, me notificó que ya no podía seguir acostándose conmigo porque se había echado un novio para casarse, y yo no podía dar ni un solo paso atrás, tenía que avanzar como fuera, y me resigné a renunciar a mis pocos placeres oscuros y verdaderos, porque tú, que eras mi última esperanza, desapareciste también, sin haber llegado antes a aparecer del todo. En el último curso de la carrera te vi sólo una vez, en el vestíbulo de la facultad. Estabas de pie, como esperando a alguien, y yo ya estaba saliendo por la puerta cuando me di cuenta, y luego no me atreví a volver a entrar para darte conversación. A aquellas alturas, Teo ya no quería ni oír hablar de ti, y yo echaba mucho de menos sus confidencias, la verdad, porque antes, cuando me mantenía al corriente de su vida sexual, llegué a pensar que, a lo mejor, no todo estaba perdido, porque me enteré de cosas que no pegaban nada con lo que tú decías, con lo que tú hacías, con lo que tú aparentabas.

Me miró como si ya hubiera pasado lo peor, con una pacífica expresión de alivio capaz de invertir la dirección de su sonrisa, una invitación a entrar por fin en escena a la que no quise resistirme.

—Por ejemplo...

—Por ejemplo, que te gustaba mucho follar, pero sólo con hombres machistas.

—¡Eso no es verdad!

Aquel ataque, que cambió de golpe el eje de la conversación, convirtiendo al comprensivo juez que yo había encarnado hasta entonces en un acusado repentino e ignorante de su culpa, me despejó con la misma eficacia que una ducha de agua fría, pero en menos de un segundo, el mínimo plazo que invertí en reaccionar con toda la firmeza de la que era capaz, recuperé también el recuerdo de aquella larga cadena de fracasos, el sexo sano, igualitario y festivo que practiqué con aquel imbécil que se comportaba como si follar fuera una cosa sin importancia, un entretenimiento trivial para los ratos muertos en los que no hay nada mejor que hacer, una tontería, y me recordé a mí misma, tan religiosa como Martín dice que soy, poniéndolo todo, lo que tenía y lo que sospechaba que algún día podría llegar a tener, en aquellas ceremonias vanas que se resolvían en el enésimo chiste que mi novio no era capaz de callarse, cuando se corría con un breve bufido que significaba que no, que otra vez más no había sucedido nada de lo que tenía que suceder, que no había visto la muerte, que no me había desprendido de mi cuerpo, que el cielo no se había abierto sobre mi cabeza ni se había desvelado para mí secreto alguno mientras mi cuerpo, eso sí, sudaba desaforadamente con aquel pedazo de gordo encima.

—¡Por el amor de Dios, Fran, estamos hablando de Teo! Cualquiera diría que no sabes cómo era... Si lo que buscabas eran sutilezas, no tendrías que haberte liado con él —se reía como si no se hubiera divertido tanto en muchos años, y seguramente era verdad, pero además tuve la impresión de que la risa le hacía mucho bien, después de pronunciar palabras más oscuras, y por eso me dejé arrastrar por él, y reímos juntos—. Le tenías hecho polvo, al pobre, completamente desorientado... No para de darme órdenes, me decía, y luego me suelta que a ella no le gusta tomar la iniciativa. ¡Joder! No me deja hablar, no me deja reírme, no me deja chuparla porque dice que la babeo, si le llega a gustar tomar la iniciativa, no sé qué...

En ese punto la risa le impidió seguir hablando, y aproveché su ruidoso silencio para intentar imponer mi versión.

—Es que me babeaba —Martín me miró como si estuviera a punto de decir algo pero volvió a echarse a reír—. Eso ya te lo he contado, y es verdad. Te lo juro. No sé por qué, pero me daba un beso en el cuello, por ejemplo, y me lo dejaba empapado. Debía ser por la barba, que se le quedaba la saliva dentro, a lo mejor... —yo misma tuve que imponerme a una breve carcajada para poder continuar—. Y no paraba de hablar, todo el rato, como una cotorra, hacía chistes, le ponía nombres a mis tetas y cosas así, yo no podía concentrarme y, claro, no me corría, y entonces él, en vez de dejarme en paz, se angustiaba mucho por eso y me decía, vamos a hablarlo, y entonces era cuando yo le daba órdenes, pero porque él me preguntaba, que conste... Yo intentaba que comprendiera cómo me gustaría que me tratase, pero tampoco me atrevía a decírselo muy claro, para no ofenderle...

—¡Oh! Pues él se ofendía, no creas... ¿Qué espera de mí?, me decía, ¿que la trate como un chulo repugnante, como los actores de las películas yanquis, como si no fuéramos compañeros? Y me confesó cosas incluso peores. Por ejemplo que cuando terminabais de follar le preguntabas si lo único que sabía hacer era metértela, y que sin embargo, nada más empezar, le exigías que te la metiera inmediatamente.

—Yo sólo buscaba un poco de emoción.

—Me lo imagino, pero lo que conseguías era volverle loco en sentido literal. Yo me ponía de su parte, ¿sabes?, fingía escandalizarme mucho, y le decía, ¡qué barbaridad!, ¿pero a qué aspira esa tía?, para poder tirarle de la lengua y enterarme de más detalles, pero él no podía dármelos porque no te comprendía, no tenía ni idea de lo que pretendías, sencillamente no daba para tanto, qué le vamos a hacer... Por eso logré que me aceptara como una especie de mezcla de consejero sentimental y asesor sexual al mismo tiempo, y me contaba vuestros polvos paso a paso, lo que hacías tú, lo que hacía él... Decía que te tirabas en la cama y te quedabas quieta, como si te hubieras muerto, y le mirabas a los ojos, y que entonces ya no sabía por dónde empezar. Si lo que todas las tías dicen es que ya no están dispuestas a seguir siendo pasivas, ésa era su letanía favorita, ¿te das cuenta?, me preguntaba, muy intelectual él, de repente, si de lo que se quejan es precisamente de eso... —en sus dientes brilló por un momento cierto deslumbrante destello de perversidad—. Te confesaré, ya que estoy por confesártelo todo, que yo le daba ideas. A lo mejor, lo que quiere es que la uses, le dije una vez, que seas tú el único que dé órdenes, que la trates como si fuera una cosa, como si te diera igual, o como si la despreciaras, a muchas tías les gusta eso...

—¿Y qué te dijo él? —pregunté sólo por escucharme, porque me imaginaba perfectamente lo que Teo le habría dicho.

—Casi me hostia, no te digo más... Yo la quiero, ¿comprendes?, me decía, la quiero, y yo traté de explicarle que eso no tenía nada que ver, que podía quererte más que a su madre y darte marcha en la cama al mismo tiempo, que era como jugar a policías y ladrones, que el que hace de malo no tiene por qué serlo de verdad, le puse un montón de ejemplos, pero a mí tampoco me entendió y no acabamos pegándonos de puto milagro... Compréndelo, Fran, eso le parecía asqueroso y contrarrevolucionario. Él presumía de ser capaz de llorar, como todos entonces, era el nuevo hombre, tierno, blando y antiautoritario.

—Pero tú no eras así, ni siquiera en aquella época.

—Yo era estalinista, te recuerdo, un vil instrumento del aparato. Eso decíais, ¿no?, y que habíamos pactado con la derecha burguesa, que habíamos vendido al pueblo, etcétera. Estaba más que justificada mi adicción a la autoridad, mi incondicional fe en la disciplina... Pero naturalmente eso no lo sabía nadie, quizás sólo Machús, Lucía no, de eso estoy seguro. Yo también presumía en voz alta de ser capaz de llorar. Y sin embargo, me gustaba mucho escuchar a Teo, me pasaba la vida pidiéndole detalles sobre ti, fantaseaba mucho contigo... Y no eran sólo fantasías sexuales, no creas, aunque a veces, cuando veía lloriquear al gordo encima de la barra, pensaba para mí que el día que te pillara, te iba a quitar las ganas de dar órdenes durante una buena temporada, de lo suavísima que te ibas a quedar. Pero también me excitaban otras cosas, la descripción de tu casa por ejemplo, de tus padres. A mí me interesaba más él, porque le conocía de vista, de los congresos provinciales y cosas así, pero el pobre Teo hablaba muchísimo más de tu madre, que le tenía loco de admiración y yo creo que hasta un poco enamorado, fíjate. Luego, cuando te conocí, me di cuenta de que no había podido empezar con peor pie, pobre Teo...

—Pues ya sabes que a mamá no le gustaba nada —recordé por los dos—, fue lo primero que dijo cuando te vio, que menos mal que por fin me había echado un novio con buena pinta.

—Ya... Ya sé que no le gustaba, y no me extraña, la verdad... Sin embargo él la adoraba, se pasaba la vida preguntándose cómo era posible que te llevaras tan mal con ella, una mujer guapísima, me decía, pero imponente, en serio, vale cien veces más que su hija... Entonces hasta me empezaste a caer simpática, porque me pareció injustísimo que tu madre, que ya había vivido, le gustara más a tu propio novio que tú, que estabas empezando a vivir. Siempre me han impresionado mucho esa clase de cosas, y por eso tu madre me pareció una gilipollas desde el primer momento en que la vi, desde antes incluso de que descubriera que era exactamente eso lo que esperabas de mí. Pero antes descubrí otras cosas, porque Teo me lo contaba todo con pelos y señales, y un buen día me explicó la historia de tus padres, cómo se la había ligado él, cómo se había dejado ligar ella, cómo se habían hecho novios, ya sabes, la leyenda completa, después he vuelto a escucharla un montón de veces. A él se la había contado tu propio padre, naturalmente, un día que le invitaste a cenar y se liaron a tomar copas después del postre, y el pobre gordo, que al fin y al cabo era un romántico, estaba entusiasmado, le parecía una historia estupenda, la caída de tu madre le ponía cachondísimo, y a mí también me gustó, aunque me interesaba más el papel de tu padre, y se lo dije, y él me contestó, eres igual que Fran, ella también se pone siempre de su parte, a lo mejor todo lo que la pasa es que está enamorada de su padre, fíjate, y lo dijo así, como en broma, el muy imbécil, que no veía más allá de sus narices, pero yo lo vi claro en un momento, yo sólo necesitaba ese detalle para acabar de atar cabos, para poder estar seguro de qué clase de marcha te iba a ti, mi vida... —Martín sabía que esa frase me iba a sacar de quicio y la pronunció muy despacio, con el acento preciso para lograrlo, una voz honda, ligeramente ronca, que acarició mi piel por dentro, pero deshizo su propio hechizo un instante después, cambiando bruscamente de tono para advertirme que no estaba dispuesto a perder el control antes de tiempo—. También descubrí que tu padre me gustaba mucho para suegro.

—¡Joder! —protesté dócilmente, en el mismo tono jocoso que él había adoptado para pronunciar aquella última sentencia—. Pues ya podías haber hecho algo para conseguirlo. Tiempo tuviste, desde luego.

—No tanto... Dos años escasos. Cuando tú te liaste con Teo yo ya estaba en tercero, y tenía como mínimo dos novias, te recuerdo... Y además, luego, cuando empecé quinto, me eché por fin una novia sola, única, auténtica, Carmen, a la que tú conocías de vista, ¿no?, porque también estudiaba Filosofía, aunque terminó el mismo año que yo... Estaba muy bien aunque tú la llamaras el tentetieso...

—Era todo culo —le interrumpí—. Parecía milagroso que pudiera sostenerse de pie.

—... a pesar de que el tamaño de su culo no mereciera ese mote —prosiguió, como si no me hubiera oído—, que no se dedicaba a ponerme en ridículo en las reuniones del partido, sino que me admiraba mucho y me decía a todo que sí. Era del tipo atormentado, ya sabes, le encantaba sufrir, y yo creo que por eso se enrolló conmigo, para tener una historia complicada, con un tipo complicado, que no la dejara dormir bien por las noches. Así era feliz pero, con todo y eso, a mí me gustaba, la verdad. Sin embargo, debo confesarte que ni ella, ni ninguna otra buena chica de las de entonces, ni ninguna cosa, palabra o acontecimiento que me sucedieron durante todos los años que invertí en hacerme abogado, ni Lucía, ni Machús, ni nada, llegó a impresionarme tanto como verte aparecer a ti, con el gordo, por sorpresa, en aquella reunión. En aquel momento, creí que el corazón se me iba a salir por la boca, te lo juro. Estaba tan acostumbrado a hablar de ti con Teo sin haberte tenido nunca cerca, que casi tenía la impresión de que no existías en realidad, de que eras sólo una de mis fantasías, un tema de conversación, un personaje inventado. Pero resultó que existías, que por fin te tenía delante, y que me gustabas, joder, me gustabas mucho... Siempre me has gustado, ya lo sabes, aunque también sé que no te lo crees, porque como cada vez que te miras en el espejo, lo que esperas es encontrarte la cara de tu madre, pues no hay manera, claro... Y cuando te pusiste a insultarnos de aquel modo, pronunciando tan bien la equis de marxista, fingiendo toda aquella furia que no podías sentir ni de coña, tan lista, tan apasionada, tan... capaz de arder, me di cuenta de que no me había equivocado, de que eras una tía especial, una tía perfecta para mí... Pero me metí contigo para que te dieras cuenta de todo esto y, o no lo hice bien, o no lo entendiste. Me jodió mucho que te esfumaras de la noche a la mañana, pero no podía buscarte. Marita y yo nos llevábamos como el perro y el gato, el gordo no tenía noticias tuyas, borraste todas las pistas, y tampoco podía acercarme a tu padre, así, por las buenas, y preguntarle por ti, sobre todo porque tampoco lo volví a ver. Y luego me enrollé con Carmen, seguía estando medio liado con ella cuando me fui a Italia, ya lo sabes... Al encontrarte en la recepción de aquel hotel, en Bolonia, que era el sitio donde menos lo esperaba, me puse nerviosísimo, en serio, y me dije, hoy no vamos a meter la pata, y de entrada decidí que lo mejor sería pasar de las historias de Teo, intentar comportarme como si nunca hubiera sabido nada de ti...

—Y lo conseguiste —le dije—. Y no me pareciste nada nervioso, y tampoco metiste la pata en ningún momento —sonreí—. Aunque hasta hoy mismo no he descubierto por qué encajabas tan bien en el papel de seductor.

Movió la mano en el aire como si no le hubiera gustado que se lo recordara, y pasó por alto mi comentario

—Y luego en la fiesta bebimos bastante, ¿te acuerdas?, y ya conseguí soltarme un poco, organizarme mejor la cabeza, yo sabía que tenía que pensar en tu padre, no en mí mismo, ni en un contrario ideal de Teo, sino en tu padre, y por eso, a las dos, cuando empezaron a cerrar las casetas, hice como que no pasaba nada, y eché a andar hacia el hotel como si fuera lo más natural del mundo, que por otro lado lo era, claro, porque como, por una vez, estábamos en el mismo sitio... Tú te colgaste de mi brazo y apretaste la cabeza contra mi hombro un momento, y aquel gesto me gustó, de eso también me acuerdo, ya te había besado, y me había fijado en que cerrabas los ojos y echabas la cabeza para atrás, como si te abandonaras completamente, me dio la impresión de que si te hubiera soltado sin avisar, te habrías caído de espaldas, y eso también me gustó, porque entonces todavía podía pensar, podía analizar tus gestos, tus palabras, calcular mis movimientos, interpretarte, y me dije que lo mejor sería no preguntarte nada, asumir tu silencio como una señal de conformidad, aunque cuando ya estaba abriendo la puerta del hotel, en el último momento, decidí cogerte de la mano y ya no me atreví a mirarte, pero me apretaste con los dedos un momento, ya no te acordarás —sí que me acordaba—, y pensé que había tenido una buena idea, y no sólo por la aparente ingenuidad de aquel gesto, sino porque tu mano me permitiría detectar lo que sentías... Cuando pedí solamente la llave de mi habitación, sin mencionar la tuya, tus dedos no se movieron. Cuando te miré, me sonreíste. Cuando eché a andar hacia el ascensor, me seguiste. Ahí empecé a perder la cabeza, y lo último que llegué a decirme fue que no era posible, que no existían los milagros, que no podía tener tanta suerte, que ni siquiera me la merecía... Cuando el ascensor se paró en el sexto piso tú saliste primero, ¿te acuerdas?, llevabas la chaqueta abierta, yo te la había desabrochado entre el primer piso y el quinto, pero ni siquiera la cerraste con las manos, me miraste solamente, como diciendo, ¿adónde vamos? Cuando entraste en la habitación te quedaste de pie, muy quieta, al borde de la cama, mirándome, y respirando por la boca sin darte cuenta... Llevabas la chaqueta abierta, pero no te la quitaste, te la quité yo, y descubrí debajo un sujetador negro, de Christian Dior, que no olvidaré jamás, será el último recuerdo de este mundo que abandone mi memoria, un sujetador negro de tul transparente con unas rayitas negras verticales muy finas, que llegaban hasta una línea que coincidía con el pezón, y lunares pequeñitos, también negros, desde esa línea..., costura se llama, ¿no?, hasta abajo...

—Mi madre me registraba los cajones de la ropa interior —recordé en voz alta—, y me tiraba a la basura sin consultarme todo lo que estaba viejo, desteñido o gastado de muchos lavados.

—No, Fran, no me jodas... No metas a tu madre en esto. A los veinticuatro años irías sola de compras, supongo...

—Bueno —sonreí—, vale. Pero sí es verdad que me compraba el mismo tipo de cosas que llevaba ella, y en la misma tienda, porque tenía abierta una cuenta y así yo no tenía que pagar nada. Tenía a las dependientas muy bien aleccionadas, y... Bueno, vale —repetí, cuando vi que se tapaba la cara con las manos—, a mí me gustaba.

—A mí también me gustó. Mucho. Muchísimo. Infinitamente más de lo que te puedas imaginar. Me acuerdo también de las bragas, no creas, que tenían lunares por delante y rayitas por detrás, y me gustaste tanto, tanto... —levanté la mano instintivamente para pedir la palabra, pero él no me dejó intervenir—. Sí, vale, ya sé lo que me vas a decir, que te lo quité todo enseguida, pero es que tú eras una roja genuina, ¿sabes?, y no me podía arriesgar, ni falta que hacía, porque eso era lo maravilloso, que ibas vestida igual que Machús, igual que intentaba vestirse Lucía, pero eras tú, una mujer a la que podía llevar a todas partes, una compañera ideológicamente admirable, una tía con la que podía follar a gusto sin sentirme culpable después, un mirlo blanco, ¿no lo entiendes...? Y sin embargo al principio no me di cuenta de eso, no calculé nada de lo que hacía, porque estaba loco, porque me estabas volviendo loco, porque no me lo podía creer, recuerdo que me fijé en algunas cosas, que no te quitaste el collar que llevabas, que adivinabas lo que yo quería hacer contigo sólo con que te lo insinuara con la punta de un dedo, que te anticipabas a mis propios movimientos... Luego sí, aquella noche tardé mucho en dormirme y pensé en todo esto mientras te veía dormir, pensé en el pobre gordo, que decía que eras pasiva, si sería imbécil, y pensé en ti, que me habías parecido felicísima al final, y pensé en mí mismo con tranquilidad por primera vez en mucho tiempo.

—Esto sí que me lo habías contado... —murmuré. Habíamos hablado mucho de sexo al principio, larguísimas conversaciones de cama desecha y risas, y él siempre empezaba igual, recordando aquel collar de falso azabache y la intensidad de su asombro, repitiendo que jamás habría podido ni soñar que yo pudiera llegar a comportarme así, a desmayarme hasta conseguir borrarme del todo, y a mí no me extrañaba su sorpresa porque, aunque él nunca quisiera acabárselo de creer, lo cierto es que la compartía. Para mí, acostarme con un hombre nunca había sido nada parecido a aquello, por eso no tenía ningún modelo previo con el que compararme, hablábamos mucho de eso, yo intentaba convencerle, desentrañar sus reacciones, interpretarlas en voz alta, y los dos nos divertíamos mucho mientras tanto—. Lo que no podía imaginarme es que fuera tan importante para ti. Siempre me has parecido segurísimo de todo lo que haces.

—¿Lo ves? —sonrió—. ¿Ves cómo tenía motivos para no contarte según qué cosas? Ahora parece la gilipollez del siglo, ¿no?, es que no me puedo creer ya cómo pude llegar a ser tan tonto, pero la primera vez que te vi todavía era algo importante para mí, era importantísimo, hostia, aunque a la vez fuera una tontería, una simple cuestión de fetichismo elemental, de machismo residual, de personalidad dominante, un simple accesorio de la vida o ni eso, una manera de follar, tan inocente como jugar a policías y ladrones... Eso le decía yo a Teo, pero cuando me lo decía a mí mismo tampoco me lo creía. Y ahora sé que no es ninguna tontería, pero también sé que por mucho que haya contribuido a formar mi carácter, no debo sufrir por eso. Porque es que no te lo vas a creer —se reía, y sin embargo, yo no solamente le creía, sino que me alegraba de poder hacerlo—, pero antes de conocerte hubo una época en la que llegué a sufrir mucho, pero muchísimo, en serio, te lo juro, y renegaba de mí mismo todos los días, intentaba arrancarme cosas que ni siquiera yo entendía, de lo enterradas que estaban, y me sentía fatal porque no veía solución, porque nunca podría ser yo y ser feliz del todo al mismo tiempo, porque nunca podría controlar la zona oscura de mi cabeza, nunca jamás, podría aprender a dominarlo todo menos eso, y por muy enamorado que pudiera llegar a estar de una buena chica, por muy considerado que fuera follando con ella, todas las putas noches de mi vida, antes de dormirme, me acordaría de las cosas que las chicas malas se dejan hacer... A veces pensaba que más me habría valido ser homosexual, porque para comprender la homosexualidad sí que estábamos todos preparados. Y tiene gracia, pero era precisamente eso lo que me impedía romper con Lucía, con Machús, aunque luego la situación mejoró, desde luego, primero porque, quieras que no, uno se va haciendo mayor y al mismo tiempo la vida menos dramática, y luego porque las chicas malas se fueron quedando tan atrás que dejé de acordarme de ellas a todas horas. Además, descubrí que existían chicas regulares, marchosas a su pesar, que no estaban mal del todo, y seguía estando muy ocupado, que era lo que más me convenía... Y de repente, cuando ya había elegido un camino para llegar a estar conforme conmigo mismo, cuando dejé de pedirle a la vida más de lo que podía darme, cuando ya había decidido extirpar hasta la menor fantasía nociva de mi cabeza con la misma amable pero férrea disciplina que aplicaba a mis subordinados, apareciste tú, y fue como descubrir que los Reyes Magos existen de verdad a los veinticinco años. Entonces comprendí que no eras solamente la mujer perfecta sino mucho más. Eras la única mujer que existía para mí en este mundo.

Hizo una pausa que no fui capaz de rellenar con mis propias palabras, demasiado absorta en la tarea de descifrar lo que me estaba ocurriendo a mí misma mientras le escuchaba, mientras sus palabras convocaban una tumultuosa amalgama de sentimientos de muchas naturalezas distintas, y reconocí el amor, y reconocí el deseo, pero además, dentro de mí crecía el asombro, y la vanidad, la complicidad y el estupor, la comprensión, la certidumbre, y un vago reproche por los años vividos al amparo de una verdad escondida, y una seguridad en mí misma, en todo lo que yo era, que no había probado nunca hasta entonces, y mezclado con todo esto, casi oculto por emociones más urgentes, volví a distinguir los perfiles de una mujer mayor que estaba en paz, porque entre otras muchas cosas, las palabras de Martín me habían devuelto el futuro.

—Mira, Fran, tú, con esa especie de afán litúrgico con el que te empeñas en analizar el mundo, estás convencida de que yo te salvé. Pero fue al revés, y te he contado todo esto precisamente ahora, que sé que estás jodida, que sé que estoy jodido, que sé que lo que nos jode es que nos estamos haciendo viejos y que, por mucho que sea una barbaridad, eso tampoco tiene arreglo, para que te enteres de una vez. Fuiste tú quien me salvó a mí, y no sólo porque me dieras la razón a destiempo, muchos años después de que yo hubiera sospechado por primera vez que eras la mujer ideal, sino porque sólo tú, y el culto que fundaste alrededor de lo que soy con la asombrosa facilidad que tú tienes para esas cosas, le dio sentido a mi impostura.

—Tú no eres un impostor, Martín —acerté a decir, y dos lágrimas encontraron el camino de mis ojos aunque nadie las hubiera invitado.

—Sí que lo soy. O mejor dicho, lo era hasta que tú me liberaste de la obligación de seguir sobreactuando, de seguir trabajando para no pensar, de seguir afirmando que creía seis veces en cosas en las que me costaba trabajo creer todavía... Porque cuando me contaste que te habías enamorado de mí porque te recordaba al cuadro de Lenin que había en tu casa y al que le rezabas de pequeña, me di cuenta de que todo aquello había servido para algo, y me dejó de pesar el recuerdo de Lucía, y dejó de avergonzarme el recuerdo de Machús, dejé de sentir la lucha política como una condena perpetua y merecida, dejé de juzgarme a mí mismo como un gusano ruin y miserable, y no me perdoné del todo, pero me enamoré de ti, y volví a tener algo entre las manos. Todo lo demás también estuvo muy bien, descubrir que el pobre Teo tenía más razón de lo que pensaba, y hasta qué punto eres capaz de transfigurarte cuando estás conmigo desnuda en una cama, cómo llega a embellecerte esa capacidad para agotarte de placer que has debido heredar de tu madre por mucho que te joda, y conocerte, y encontrarte, tan acojonantemente complicada como eres, más que yo, que ya es decir, debajo de aquel sencillo disfraz de activista radical que nunca logró engañarme del todo, y desentrañar tu propia impostura, aprender que no eres una mujer dura, ni insensible, ni autosuficiente, porque nadie que merezca la pena lo es, y descubrir que si eres así de religiosa, fue porque te criaron en el culto incondicional a la personalidad de tu padre y a la belleza de tu madre, y coger de la mano a la patita fea que no llegó a convertirse en cisne para convencerla de que a mí me gusta así... A veces pienso que enamorarme de ti es lo único elevado que he hecho en toda mi vida, y es desde luego la única verdad que tengo para justificar todo lo demás, mi propia actitud, mi propio pasado, mi ambición y mis dudas, porque si no hubiera abandonado a Lucía no habría podido casarme contigo, porque si no me hubiera enrollado con Machús, nunca te habría reconocido en los comentarios de Teo, porque si no hubiera hablado tanto con Teo, quizás nunca habría llegado a descubrirte, porque si no me hubiera comportado como un cabrón, nunca me habría convertido en un líder auténtico, porque si no me hubiera convertido en lo que tú querías ver en mí, jamás me habrías querido como me quieres, porque si tú no me quisieras como me quieres, yo sería un hombre mucho menos feliz, e infinitamente peor de lo que soy.

Hizo una pausa para mirarme, y concluyó.

—Eso es lo que no va a decirte ningún psicoanalista. Y ahora, cuando por fin he conseguido recuperarme de un ataque de vértigo tan ridículo, tan lamentable como habría sido que me tiñera las canas o me hubiera dado por comprarme vaqueros ceñidos, puedo añadir que últimamente he tenido muchas ocasiones de comprobar que sigues siendo la única mujer de este mundo con la que puedo vivir. Y estoy seguro porque me he acostado con muchas otras. Demasiadas. Ya lo sabes.

Una semana después todavía acudí a mi cita de todos los jueves, pero después de disculparme copiosamente por el plantón del día anterior, no le conté nada de todo esto a mi silenciosa interlocutora, que me miraba como si mi aspecto, mi rostro, el tono de mi voz o las palabras que pronunciaba, hubieran logrado desconcertarla de verdad y por primera vez en casi dos años de encuentros sistemáticos y programados. Me fui antes de tiempo, anunciando que tenía una cena de trabajo importantísima en la que no podía presentarme vestida de cualquier manera, y me despedí con la fórmula habitual, aunque creo que ella se dio cuenta de que era para siempre.

Entonces ya había terminado de comprender todo lo que había escuchado una semana antes, las palabras que Martín quiso pronunciar y las que prefirió callarse, la historia que me había contado y las que ya no me contaría nunca, un pasado remoto para taponar los huecos del pasado reciente, un silencio más elocuente que su voz, una raya en el suelo, la clase de cosas que nosotros sí solíamos hacer. Pero no acepté su oferta sólo por eso.

La idea me daba vueltas por la cabeza desde antes de empezar con el psicoanálisis, y tal vez, si me había embarcado sin ganas en aquella peripecia tan pintoresca, fue solamente para ganar tiempo, para aplazar, quizás indefinidamente, la decisión de embarcarme en una aventura más extravagante, y que sin embargo, a ratos, me parecía hasta mucho más fundamental que apetecible, cualidades muy raras, y peligrosas, si lo que adornan es una rendición. Lo había afirmado tan tajantemente, tantas veces, que me flaqueaban las piernas incluso cuando no me lo tomaba en serio, y ni siquiera necesitaba pensarlo, sólo recordar mis propias palabras, las despiadadas sentencias de otras veces, quizás mi única colección de verdades inmutables que no había cambiado en nada durante décadas. No se pueden hacer así las cosas, escuchaba sin esfuerzo a mi memoria, no se puede tomar una iniciativa como ésta para superar un momento de crisis, no puede concebirse un error semejante, no es justo, ni bueno para nadie... Pero el silencio de Martín me sugirió que la vida es quizás la única realidad razonable, el único impulso al que merece la pena obedecer.

La noche que yo elegí para hablar, él pagó mis palabras con palabras, y esta vez fueron ellas las que acabaron de convencerme. Parecía absolutamente entusiasmado, y aún más, descabelladamente optimista hasta donde yo era más pesimista, segurísimo como nunca de que todo iría bien y acabaría mejor, y feliz, tanto como para desbaratar mis últimas dudas razonables con la definitiva certeza de que él mismo me habría empujado en aquella dirección mucho antes si en algún momento yo hubiera llegado a ofrecerle el menor punto de apoyo. Se acabó, Fran, dijo solamente, se acabó. La utopía no era ni eso, el mundo mejor se ha ido a la mierda para siempre, ya lo sabes, así que no hace falta que sigas siendo perfecta, coherente, impecable... Deja de nadar contra la corriente y relájate. Esto está bien, tiene que estar bien, ya lo verás...

Él también sabía qué edad tendríamos los dos después de que pasaran veinte años, pero eso fue lo único que no quiso decir en voz alta. Sin embargo, acertó misteriosamente en el resto de sus cálculos. A despecho de la edad de mis hormonas, me quedé embarazada en noviembre de 1994, unos meses antes de cumplir cuarenta años. Con un poco de suerte, por mucho que cambiaran las leyes laborales, cuando mi hijo cumpliera los veinte, yo no habría alcanzado aún la edad de jubilarme.

Marisa, que se había pegado a mí antes de entrar en el edificio, segura de dónde estaba la diversión y dispuesta a no perderse detalle —una amiga discreta nunca viene mal, argumentó mientras me cogía del brazo, tú protesta todo lo que quieras pero la compañía disimula mucho—, me dijo que le parecía haberle visto un instante antes de que Rosa, apostada como un tótem indígena al lado de la puerta para controlar una hipotética aparición de Nacho Huertas, viniera corriendo para confirmar que efectivamente acababa de entrar y que se había parado un momento a hablar con Fran, pero la azotea estaba tan abarrotada que no logré descubrirlo ni poniéndome de puntillas. Entonces casi agradecí la presencia de tanta espectadora, porque no me quedaba más remedio que empezar a circular si quería tropezármelo pronto y no hay nada menos airoso que circular a solas en una fiesta llena de gente. Sin embargo, no había tenido tiempo aún para ponerme en marcha cuando, en uno de esos claros que las multitudes en movimiento abren de vez en cuando, tan caprichosamente como si fueran bosques animados, las tres vimos a Fran, y Fran nos vio a nosotras.

—Javier Álvarez me ha preguntado por ti hace un momento, Ana —dijo justo después de saludar—, me ha dicho que quería comentarte no sé qué...

—¡Ah! —exclamé, controlando muy satisfactoriamente aún mis emociones—. ¿Y por dónde está?

—Pues... vete a saber, porque con la cantidad de gente que ha venido... ¡Qué barbaridad! Esto cada año es un poco peor, yo no sé de dónde sale tanto invitado... Pero es fácil localizarle, ¿sabes?, porque su mujer parece un semáforo. Se ha puesto como para ir a una boda, lleva un vestido largo, naranja, muy chillón, con un chal a juego, yo no sé qué se habrá creído que es esto...

Marisa me puso una mano en la espalda, como si con ese gesto pudiera conjurar el temor de que yo fuera a desplomarme de un momento a otro, y Rosa, más práctica, se quitó a Fran de encima diciendo que le había parecido ver que la estaba llamando su padre. Cuando nos quedamos las tres solas, me di la vuelta, no sé por qué, cerré los ojos, y esto tampoco sé por qué lo hice, y me doblé hacia delante, como si quisiera tocarme la punta de los pies con los dedos de las manos. Luego, erguida de nuevo, volví a girar sobre mis talones, abrí los ojos, y ya ni siquiera intenté comprender cómo me sentía.

—¡Qué hijo de puta! —murmuré, porque necesitaba insultarle, aunque ni yo misma acabara de creer en la justicia de aquel insulto—. ¡Qué hijo de puta!

—No, Ana... Por lo menos, está aquí —Rosa, que reaccionó mucho antes que yo, me ofreció el sobrehumano caudal de esperanza que sobrevivía milagrosamente a su exhaustiva experiencia de la decepción—. No te vengas abajo antes de tiempo. A lo mejor, simplemente, no ha podido dejarla en casa...

—¡Seguro! —Marisa la interrumpió en un tono tan expresivo que no fue necesaria ni una sola palabra más para dejar claro que se inclinaba apasionadamente por mi versión.

—¿Y por qué no, a ver? —Rosa volvió a la carga—. Hay mucha gente a la que le encanta ir a fiestas, y si ella es así, quizás no estaba dispuesta a perderse ésta por nada del mundo. Ya ves lo que ha dicho Fran, que viene vestida como para ir a una boda.

—Pues anda que yo...

Antes de salir de casa me había mirado en un espejo y casi me había dolido arrancar mis ojos de la esplendorosa imagen que contemplaban. Llevaba un vestido nuevo, largo, negro, de un tejido suave y brillante, estampado con ramas y flores en terciopelo del mismo color. No me lo había comprado por casualidad, había invertido tres tardes enteras en buscarlo entre las perchas y los maniquíes de la mitad de las tiendas de Madrid hasta que lo encontré en un escaparate, un traje muy sencillo, directamente inspirado en la ropa que llevan las mujeres chinas en los decorados de Hollywood, abotonado por la izquierda desde el cuello hasta la mitad del muslo, ceñido y sin mangas. También había ido a la peluquería, pretextando ante mí misma que me vendría muy bien cortarme las puntas. Había rescatado unas sandalias con mucho tacón, que no me ponía desde los tiempos de París, del fondo del último armario y había tardado casi una hora en pintarme con la paciencia precisa para que se notara lo menos posible que me había pintado. Pero, por muy cuidadosamente que hubiera escogido cada detalle entre los únicos que me favorecían, quien estaba segura de terminar resultando irresistible mientras se vestía, mientras se peinaba, mientras se pintaba, era una mujer afortunada que se había enamorado a contratiempo, cuando ya no lo esperaba, cuando ni siquiera lo buscaba, cuando sólo se atrevía a imaginarlo para conjurar al demonio de las pesadillas en ciertas noches de insomnio, una mujer que lo esperaba todo de un hombre que la esperaba solamente a ella, y que era yo justo antes de descubrir que me había dejado engatusar por un penoso acceso de entusiasmo, un tardío rebrote de mi adolescencia maldita, una trampa de la edad que no tenía, de la fe que los años compasivos me habían arrebatado justamente, de la experiencia que no había querido recordarme a tiempo que los sueños, como todos los objetos frágiles, están abocados a caerse al suelo y romperse en mil pedazos, y de mi repentino amor, esa pasión egoísta, súbita e inconveniente que se había instalado sin permiso a vivir en mi garganta. Por eso, antes de salir de casa me había costado trabajo dejar de mirarme, pero un par de horas después me sentía tan ridícula como la figurante peor pagada en una película de Fumanchú.

—Tú estás estupenda, no digas tonterías... —Rosa intentó tirar de mí hacia delante, pero mis pies no se movieron—. Bueno, ¿qué quieres que hagamos? ¿Vamos a estar toda la noche en esta esquina, o podemos tomarnos una copa, por lo menos?

Me dejé llevar a la barra sin protestar y hasta me apoyé en un tramo libre con un pasable aire de indolencia antes de empezar a beber. Entonces le vi. Estaba relativamente cerca de mí, charlando en un corro integrado por su mujer, un amigo suyo, también geógrafo, que nos estaba haciendo los gráficos del *Atlas,* y dos personas más, un hombre y una mujer, a quienes no conocía. La víscera alojada en la zona izquierda de mi pecho y denominada corazón, se comportó entonces de una forma muy extraña, latiendo primero desbocadamente, como si pretendiera imprimir su vaivén en relieve contra la superficie de mi paladar, y quedándose luego repentinamente quieta, como si los dos, mi corazón y yo, nos hubiéramos muerto sin llegar a enterarnos siquiera. Indiferentes a nuestra agitación, mis ojos le miraron como si ningún otro objeto de este mundo pudiera jamás llegar a saciarlos. Mientras tanto, mis oídos recogían por puro oficio los amables comentarios de mis amigas.

—Pues n-no va-ale un pimiento, no me digas... —en otras circunstancias el desdén de Marisa, tan implacable siempre con la belleza ajena, me habría divertido, pero en aquel momento no estaba para hacer chistes—. Como m-mucho del montón...

—Eso con el wonderbra puesto —apostilló Rosa—, y debe de tener unas piernas horribles, porque sus tobillos abultan lo mismo que mis rodillas...

—No habléis así —intervine por fin—. No está tan mal.

—Bueno, pero lo del wonderbra me lo reconocerás, porque es que es escandaloso, vamos...

Asentí con la cabeza para demostrar que estaba de acuerdo en eso, y no mentí. Llevaba un rato intentando estudiarla con una objetividad que no acabé de ser capaz de reunir, por más que estuviera segura de que no hallaría una barricada más eficaz para protegerme pero, en cualquier caso, no me pareció que la pobre Adelaida reuniera méritos bastantes para justificar el adjetivo con el que su marido suavizaba sistemáticamente el sonido de su nombre. Aparte de que las tetas se le iban a salir por el escote en cuanto la dieran un codazo, cultivaba una imagen de sofisticación prefabricada que habría requerido un cuerpo mucho mejor que el suyo para no resultar hasta levemente bochornosa. Ni muy alta ni muy baja, delgada en general, pero con las piernas gordas y más tripa de la que había previsto quien diseñó el vestido que llevaba —demasiado elegante para la ocasión, pero elegantísimo de todos modos—, me dio la impresión de haberla conocido antes, porque se parecía bastante a todos esos angelitos de Ferrándiz con los que hice el bachiller. Me atreví a suponer que había sido una niña de anuncio de Nestlé, una adolescente monísima, una universitaria muy mona, una madre joven bastante mona, y finalmente, una mujer de treinta y muchos que, en lugar de resignarse a que su belleza no hubiera querido crecer con ella, decidió afrontar todas las consecuencias de una transformación radical de lolita en vampiresa. No le había sentado bien pero, a despecho de las prestaciones de su sujetador y tal vez a su pesar, seguía siendo una chica mona.

—Mira, pues no es mala idea... —Rosa, que había encontrado un buen filón para limarse los dientes, seguía a lo suyo—. Cuando se canse de sostener la copa, se la encaja en el escote y ya está.

—Sí... —Marisa le rió la ocurrencia—, es como un ca-aracol, pero con un mostra-ador a cuestas, ya te digo.

—En un momento dado, podemos ir a pedirla que nos ponga unos panchitos...

En ese punto no me quedó más remedio que sumarme a un coro de carcajadas tan ruidoso que jamás pensé que pudiera revelarle mi presencia, y nunca sabré si él acertó a distinguir mi risa de las demás o giró la cabeza por pura casualidad, pero se volvió como si estuviera seguro de ir a encontrarme, y me encontró enseguida. Entonces sonrió, sin dejar de mirarme.

—Como se atreva a acercarse —murmuré— le pienso decir que es un cabrón.

—Que no, Ana, joder... —Rosa me regañó igual que si fuera mi madre—. Acabarás metiendo la pata. ¿No ves cómo te mira? Está entregado, coño, no hay más que verle... Te lo digo yo. Anda, Marisa, vámonos.

—¿A-a-ahora? —los ojos de la interpelada manifestaban, más gráficamente aún que los tropiezos de aquella pregunta, que no podía concebirse nada más injusto que arrancarla del espectáculo justo cuando sonaban los clarines que por fin anunciaban el comienzo del primer acto.

—No, dentro de dos horas, ¿tú qué crees? Si no nos vamos, no se va a acercar en la vida. Además, igual ha venido Nacho y todo, y yo mientras tanto, aquí, perdiendo el tiempo... —entonces se volvió hacia mí, aunque sus manos insinuaban ya el ademán de empujar a Marisa hacia delante—. Otra cosa, Ana... Yo soy de Letras, pero ten en cuenta que seguro que es estadísticamente imposible que las dos tengamos la misma mala suerte.

Se alejó como si fuera cierto que tenía mucha prisa, pero no había llegado a dar ni media docena de pasos cuando regresó casi corriendo, con el aire de haber olvidado lo más importante.

—¡Ah! Y que, bien mirado, tu idea no estaba mal... —me miró con unos ojos de conspiradora que encajaban sorprendentemente bien con su sonrisa de niña gamberra—. Cuando se acerque, si puedes quedarte a solas con él, llámale cabrón... A ver qué pasa.

Entonces, como si hubiera acertado a escuchar los susurros de Rosa, Javier se destacó del grupo en mi dirección para procurarme un instante de pánico auténtico con el que no contaba, pero ese sentimiento se disolvió enseguida en una alarma mucho más estridente cuando comprobé que la pobre Adelaida seguía a su marido y que, tras ellos, tan dispuesto como Marisa a no perderse nada, venía el autor de los gráficos.

—Hola, Ana... —él aprovechó la mínima ventaja que llevaba sobre sus acompañantes para sacar de alguna parte una prodigiosa voz de cama que desbarató el centro de gravedad de mi alma, y no pude seguir mirándole a los ojos. Cuando reuní el valor suficiente para regresar a su rostro desde el cielo primaveral en el que había buscado refugio, ya no estaba solo—. Tú no conoces a mi mujer, ¿verdad? —en ese brevísimo intervalo, su voz había cambiado de registro para instalarse ahora en un tono de cortés desenvoltura que, a pesar de su eficacia, me permitió descubrir que él también estaba nervioso, mucho más de lo que me había parecido antes, y quizás un poco más borracho de lo que esperaba—. Adelaida... Ésta es Ana, la editora gráfica del *Atlas,* te he hablado de ella alguna vez...

—Sí, encantada... —Adelaida, que se adelantó para tenderme la mano, se perdió la peculiar expresión, como de dignidad aterrada, con la que su marido asistió a nuestro encuentro. A cambio, mi sonrisa no desveló en absoluto el mazazo que pulverizó mi propia dignidad precisamente en ese instante.

—Y a Felipe ya lo conoces, ¿verdad? —Javier señaló a su amigo, al que efectivamente conocía, aunque de su manera de saludar y de mirarme entre beso y beso, deduje que no tanto como él a mí.

—Bueno, pues... —y como tenía que decir algo, dije lo primero que me pasó por la cabeza—. ¿Qué os parece todo esto?

Durante cinco minutos sostuve una conversación intrascendente sobre la editorial, el edificio y mi propio trabajo, un tema que apenas parecía interesar a la pobre —esta vez sí— Adelaida, que intentaba quedar bien haciendo preguntas, digiriendo mis respuestas en voz alta y comentándolas lo mejor que sabía, y fue ella también quien halló involuntariamente una salida para todos nosotros, al preguntarme dónde había un cuarto de baño.

—¡Oh! —dije, repentinamente aturdida por la cuestión más simple—. Pues... Yo creo que el más cercano está al lado de la puerta por la que habéis entrado, en el pasillo de la izquierda... Si quieres, te acompaño...

—No —Felipe se me adelantó, cogiéndola del brazo—. Yo voy contigo. Me he quedado sin tabaco pero tengo otro paquete en el abrigo... El guardarropa me pilla de camino...

Me quedé a solas con Javier cuando ya había perdido toda esperanza de lograrlo, y me sentí como si me hubieran partido por la mitad, dividida entre impulsos muy intensos y antagónicos, que parecían anularse entre sí para paralizarme por completo, porque durante un instante permanecí tan congelada como si viviera dentro de una fotografía de mí misma. Me moría de ganas de tocarle, de rozar siquiera la chaqueta que llevaba con la punta de los dedos, y a la vez me dolía interminablemente de que nunca, nadie, me hubiera humillado tanto, y sabía que eso no era verdad, que muchas veces, mucha gente me había tratado peor, pero yo jamás había sentido un zarpazo semejante, o no recordaba haberlo sentido, y aparentemente no había pasado nada, y yo lo sabía, pero eso también me daba lo mismo, porque habría pagado cualquier cosa por ahorrarme la escena que acababa de vivir, pero la había vivido, y me moría de ganas de tocarle aunque no le pudiera perdonar una herida semejante, y así estuve, estrictamente disociada entre el deseo y la indignación, hasta que él, en un gesto limpio y sigiloso, me cogió una mano con la suya, y apretó un instante sus dedos contra los míos, mientras me miraba como si mi cara fuera el único paisaje que jamás podría llegar a saciar sus ojos.

—Tenía muchas ganas de volver a verte... —me dijo, recurriendo otra vez a esa voz prodigiosa que yo ya no podría escuchar nunca más sin un escalofrío, esa voz que tenía escondida en algún remoto bolsillo de su cuerpo como si fuera una carta marcada, para arruinarme cuando mis manos estaban más vacías, esa voz que había sido mía, que yo había creído poseer una vez y para siempre, y que ahora en cambio venía de muy lejos, porque no me había atrevido a rozar siquiera con la punta de los dedos la chaqueta que llevaba cuando había empezado a someterme al riguroso despotismo de su voluntad, y fue esa voz, la sospecha de que yo nunca podría hallar un arma capaz de combatirla, la conciencia de mi infinita indefensión frente al afilado terciopelo de las palabras que pronunciaba, lo que acabó de decidirme.

—Eres un cabrón, Javier —le dije, y lo que tenía que pasar, pasó enseguida.

Primero se quedó quieto, absolutamente inmóvil, casi rígido, y apenas reaccionaron sus ojos, que se abrieron como si un cuchillo invisible los hubiera desnudado para siempre del consuelo de los párpados. Después, la sangre abandonó sus mejillas, y desde aquella repentina palidez, se movieron por fin sus labios blancos.

—¿Por qué me dices eso?

Mis palabras parecían haberle sumido en un desaliento tan profundo, y su rostro parecía tan capaz de expresarlo que, de repente, mi seguridad se perdió, como un huérfano sordo y ciego, entre los descomunales pliegues de una confusión inmensa, y aún no había encontrado nada bueno que añadir cuando Fran, tan discreta siempre excepto precisamente aquella tarde, como si el duende de la inoportunidad hubiera invertido toda su paciencia en esperar aquel exacto momento para tomar por fin, y por una sola vez, las riendas de sus actos, nos vio juntos y callados, e interpretó que nos vendría bien un poco de conversación. Su maniobra de aproximación fue tan evidente que inspiró en Javier la dosis de atención precisa para comprender que tenía que soltarme la mano, pero yo logré anticiparme a ese gesto en una milésima de segundo y apreté sus dedos con los míos cuando ya se me escapaban. Entonces me miró, y aquella vez debió de ser él quien leyó en mis ojos que estaba completamente entregada, porque se rehizo a tiempo para hablar con Fran a solas durante más de cinco minutos, un diálogo al que yo asistí en un silencio tan riguroso como el que observaría después, cuando la pobre Adelaida regresó con Felipe del baño para inaugurar una nueva fase de insustancialísima charla polifónica sobre la editorial, el edificio, y el trabajo de todos nosotros, que parecía no tener otro fin que averiarme definitivamente los nervios. No sabía de dónde sacar una buena excusa para marcharme de una vez cuando Rosa, que pasó a mi lado por una aparente casualidad, acertó a interpretar mi mirada de auxilio. Y creía que no iba a pasar nada más, pero cuando ya me había alejado lo bastante como para volver a sentirme segura, Javier pronunció mi nombre en voz alta, y yo me volví como si pudiera darme cuerda a distancia, obedeciendo a su voz sin pararme a pensarlo siquiera.

—Te llamo y hablamos de eso —me dijo, y sin embargo aquella noche tendría un epílogo tan catastrófico que acabé olvidando esta advertencia.

Rosa, humana al cabo bajo la formidable armadura de acero que la consentía andar por encima de la realidad como si fuera un artero lecho de hojas secas que ocultara un suelo firme cuya existencia sólo ella conocía, se derrumbó, tardía pero estruendosamente, al comprobar que, una vez más, Nacho Huertas había optado por esquivarla aun en contra de sus propios intereses laborales. Marisa debía de haberse ido a casa, o tal vez se había sumado a un grupo decidido a seguir la juerga por su cuenta, porque no la vi por ninguna parte mientras sostenía con dificultad el discurso que nuestra amiga común improvisaba entre copa y copa, enhebrando conceptos progresivamente deshilvanados con un acento progresivamente pastoso, un monólogo cada vez más melodramático, más autocompasivo y más idiota, del que no fui capaz de rescatarla porque si me hubiera invitado a intervenir, que no lo hizo, apenas habría alcanzado a rebajar el tono de sus lamentos hasta el nivel del patetismo más ridículo. Así que me limité a beber, y en eso sí que logré ponerme rápidamente a su altura, aunque no llegué a darme cuenta del significado de aquella carrera hasta que me hice un lío con el contenido de mi monedero cuando intentaba pagar al taxista que me llevó a casa, una operación complejísima pero sólo levemente más dificultosa que la tarea de meter la llave en la cerradura del portal.

Mientras entraba en el ascensor, por fin a salvo, me felicité por vivir en un edificio lo suficientemente antiguo como para que en aquella cabina de madera y cristal no hubiera ningún espejo. No tenía ningún deseo de contemplar mi propio rostro pero, a cambio, y ésa era la contrapartida inevitable, el motor que me conducía a casa funcionaba tan despacio que me sobró tiempo para sentarme en el banco tapizado de terciopelo y recordar a la radiante mujer que había permanecido de pie al recorrer exactamente la misma distancia en sentido inverso, esperándolo todo de una noche que había resultado tan decepcionantemente rácana. Porque volvía sola a casa y me sentía igual que si se hubiera hundido el mundo, y en aquel momento me daba lo mismo que Javier hubiera acabado reaccionando a mi favor, aunque aún no podía imaginar siquiera cuán desesperadamente me aferraría a esos pocos indicios de un futuro todavía posible sólo un par de minutos después.

—¡Hola!

No había llegado a poner aún los dos pies en el recibidor cuando aquella voz descargó sobre mis maltrechos hombros la bienvenida más indeseable.

—¿Qué haces aquí? —pregunté, repentinamente sobria y hastiada de mi suerte, sin atreverme a entrar en mi propia casa.

—¿Por qué has quitado el retrato de esa pared? —preguntó él a su vez, asomándose por la puerta del salón—. Quedaba de puta madre...

—¿Qué haces aquí, Felix? —insistí—. ¿Cómo has entrado?

—Con las llaves de Amanda —y se las sacó del bolsillo de los vaqueros para enseñármelas—. Oye... ¡qué guapa y qué elegante estás! ¿De dónde vienes?

—¿Amanda ha venido contigo?

—No.

—Pues ya te estás largando.

Colgué el abrigo en el perchero, enganché la correa del bolso encima y, con unos reflejos admirables en mi estado, atravesé la puerta del salón sin rozarle siquiera.

—¡Joder! Vaya manera de recibir a los invitados...

Giré sobre mis talones en el centro de la alfombra y me volví para mirarle. Seguía apoyado en el quicio de la puerta, pero ahora hacia dentro, con una expresión burlona que me advirtió de que no tenía ninguna intención de tomarme en serio.

—Tú no eres ningún invitado, Félix —le dije, hablando muy despacio, como si pudiera imponerme a mí misma una calma que no tenía—. Yo no te he pedido que vinieras, ni siquiera sabía que estuvieras en Madrid. No tengo ganas de verte, no tengo ganas de hablar contigo, ni con nadie... He tenido un mal día y quiero estar sola. Así que lárgate.

—¿A estas horas? —preguntó, con una risita.

—Sí, a estas horas. Son sólo las doce y media, aquí no es tan tarde, ya lo sabes, tú naciste en esta ciudad, ¿te acuerdas? Y tienes un montón de familia aquí. Si no te apetece ir a dormir a casa de tu madre, vete a un hotel o a un banco del Retiro, pero déjame en paz.

Entonces se puso serio, como si por fin, aun en contra de su voluntad, sus oídos hubieran logrado procesar correctamente el sentido de las palabras que yo pronunciaba. Sostuve su mirada con dureza pero, en el silencio inmóvil de aquel desafío, mis ojos no quisieron volcarse en él, como si la imagen de Javier estuviera impresa ya para siempre en el fondo de mis retinas, dispuesta a imponer su abrumadora ventaja frente a la figura de cualquier otro hombre a quien yo pudiera mirar durante el resto de mi vida. Al amparo de aquella luz firme y rotunda, lo encontré mucho más viejo de lo que recordaba, tal vez porque iba vestido igual que cuando dejamos de vivir juntos, unos vaqueros blanquecinos de puro lavados, una camisa del mismo tejido y casi igual de desgastada, y un pañuelito rojo, de algodón hindú, alrededor del cuello, del que me habría reído con ganas si hubiera tenido ganas de reírme. Aquel detalle me alertó de sus intenciones casi tanto como su imprevista aparición, porque en los últimos tiempos solía quedarse en mi casa cada vez que venía a Madrid, pero nunca antes se había atrevido a presentarse solo, sin el escudo protector de Amanda, y siempre había llamado antes para anunciar su visita. Mientras le veía avanzar con pasos cansados hasta el sillón donde se desplomó, me dije que no podía haber elegido un momento peor para intentar seducirme de nuevo, y aquella idea, el primer pensamiento optimista que lograba convocar en muchas horas, me dio fuerzas para aguantar lo que se me venía encima.

—¿Dónde está el cuadro? —me preguntó, y comprendí que había convertido la desaparición del retrato en la única clave eficaz para descifrar mi actitud.

—En tu galería —me apoyé en la pared y crucé los brazos—. Lo he dejado allí en depósito. Si no quieres llevártelo a París, puede quedarse allí una temporada, por lo visto les sobra sitio. Si prefieres venderlo, Arturo cree que encontraría un comprador.

—Pero, ¿qué pasa?

—Pasa que no me gusta, que nunca me ha gustado. Mientras Amanda era pequeña no me atreví a quitarlo porque tú eres su padre, y me parecía justo que viviera entre recuerdos tuyos. Pero ahora ella vive la mayor parte del año contigo, y ésta es mi casa, y aquí vivo yo, y vivo sola, para que te enteres. No tienes ningún derecho a aparecer cuando te apetezca.

—Bueno, también es la casa de mi hija, ¿no? —protestó—. Puedo dormir en su cuarto, supongo...

—No.

—¿Por qué? No te voy a molestar, no voy...

En ese momento sonó el teléfono. Félix tuvo la extraña intuición de callarse al escuchar el primer timbrazo, para que los sucesivos, y el eco mecánico del contestador que se ponía en marcha, resonaran entre las paredes del salón como el estallido de una alarma.

—¿Ana? —reconocí aquella voz y cerré los ojos—. Soy Javier. Supongo que estás despierta, son sólo... la una menos veinte. Has tenido tiempo de sobra para volver a casa, porque te has marchado de la fiesta antes que yo, te he visto salir. Coge el teléfono, por favor... Necesito hablar contigo.

—¡Oh! —la exclamación de Félix me obligó a mirarle—. Ya comprendo...

—Ana... —Javier insistía en un tono que permitía suponer que estaba seguro de que yo le escuchaba aunque no quisiera contestarle—. Por favor, coge el teléfono... He tenido que sacar al perro para poder llamarte a estas horas, mi mujer no se lo podía creer, lo tengo aquí al lado, me está destrozando la mano porque quiere irse, y ya me ha meado en la pierna izquierda, si quieres te lo pongo al teléfono para que lo oigas ladrar...

Entre el primer y el segundo ladrido me di cuenta de que estaba sonriendo sin querer. Luego me tiré al teléfono con el mismo gesto que un náufrago lento de reflejos habría ensayado para agarrar un salvavidas, y en ese momento me olvidé de todo.

—¡Javier! —chillé casi, y no le di tiempo a añadir nada más.

—Espera un momento... Voy a coger el teléfono del dormitorio.

Pasé al lado de Félix sin mirarle y corrí por el pasillo hasta mi cuarto. Cerré la puerta con cerrojo, me lancé en la cama y descolgué.

—¿Javier?

—Sí.

—Es que hay gente en el salón, ¿sabes? Ha venido... —en ese momento frené en seco—. Una hermana mía, porque... —algún dios misericordioso me inspiró una buena excusa—. Ha perdido las llaves de su casa, y como yo tengo otro juego...

—¿Qué ha pasado, Ana? —él esperaba una respuesta inmediata, pero yo no fui capaz de dársela—. ¿Por qué me has insultado? ¿Qué he hecho yo?

No podía decirle la verdad, no podía decirle que me había comprado un vestido nuevo, y había ido a la peluquería, y me había pintado con mucho cuidado, para encontrármelo, y llevármelo a un rincón, y besarle, y traerle luego a casa, y meterme en la cama con él, y follármelo con una ansiedad que no había conocido nunca antes de conocerle, y que él, a cambio, me había traicionado, me había decepcionado, me había hundido. No podía decirle eso, pero él insistía en escuchar algo de todas formas.

—Ya está bien, Ana —añadió después de un rato, y mientras tanto, su tono, que ya era duro, se endureció un poco más—, si me has llamado cabrón, me imagino que te lo habré parecido, y me gustaría saber por qué.

—Es que... Bueno, yo... Yo creía que ibas a venir a la fiesta solo.

—¿Y...?

—Pues eso, que cuando he visto que no... Si llego a saber que ibas a venir con tu mujer, me hubiera quedado en casa, ¿entiendes?

—No, no lo entiendo.

—Bueno, pues, aunque no lo entiendas... Eso es lo que me ha pasado. Yo... Como no hablamos después de aquel fin de semana... Yo no sabía si tenías ganas de volver a verme, no podía saberlo y había pensado que... Si te hubiera apetecido, habrías venido solo...

Entonces fue él quien se calló, y durante un rato sólo escuché el eco de las monedas que iba introduciendo por la ranura, y algún ladrido.

—Podrías haberme llamado —añadí, cuando empecé a ser yo la que no soportaba más el silencio—, para avisarme...

—¿De que iba a ir a la fiesta con Adelaida? —preguntó, de una manera casi risueña, y entonces sospeché que mis explicaciones no sólo le habían parecido verosímiles, sino que además le habían gustado, y crucé los dedos para tener razón—. ¿Pero cómo iba a hacer yo una cosa así? ¿No lo entiendes? Es ridículo. Llamarte a ti, que trabajas allí, para decirte que no fueras a la fiesta de tu propia editorial porque yo, que os estoy haciendo un libro por casualidad, tenía que llevar a mi mujer...

—Muy bien, pero yo me he sentido fatal —insistí—. No me gusta tener que ser simpática con las mujeres de los hombres con los que me... —acuesto, iba a decir, pero no me atreví a usar el presente—. Bueno, de todos modos, podrías haberla convencido de que se quedara en casa...

—¿A Adelaida? —dejó escapar una breve carcajada para respaldar a destiempo la amable tesis que Rosa había formulado muchas horas antes—. ¡Tú no conoces a Adelaida!

—Sí que la conozco —le recordé—. Por eso me he sentido tan mal.

—Pues lo siento —y su voz volvió a ser irresistible—. A mí me ha gustado mucho verte, de todas formas...

—Me alegro —le concedí—. Yo tenía muchas ganas de verte a ti.

—¿Y las sigues teniendo? —entonces sonó un pitido.

—Sí —contesté a toda prisa.

—No tengo más dinero, mañana te...

Un pitido largo ocupó el lugar del único verbo importante de aquella conversación, precediendo a una breve serie de pitidos intermitentes tras los que llegó el silencio. Colgué el auricular con una pereza infinita, me estiré sobre la cama y cerré los ojos. Habría dado cualquier cosa por desenchufar mi conciencia, por dimitir de la capacidad de sentir, por convocar un mecanismo de inexistencia más profundo que el sueño. Estaba muy cansada, y sin embargo, reaccioné con la instintiva rapidez de un animal acorralado cuando escuché unos golpecitos en la puerta.

Pensaba decirle que se quedara a dormir en el cuarto de Amanda, o en el sofá del salón, o donde le diera la gana, con tal de que me dejara en paz, pero él mismo desbarató mis mejores intenciones.

—No pensarás que va a dejar a su mujer, ¿verdad? —me preguntó, cuando me tuvo delante—. Ya sabes que nunca lo hacen...

—Félix, hazme un favor... —le pedí a cambio—. Vete a tomar por el culo. Y lejos de aquí.

Cerré de un portazo y me quedé de pie, al lado de la puerta, hasta que escuché su propio portazo. Salí al pasillo para comprobar que efectivamente se había marchado y mi cuerpo se aflojó de repente, como si pretendiera abandonarme a mi suerte en la mitad del pasillo, pero le impuse aún la agónica misión de sostenerme mientras me limpiaba la cara, y no me traicionó. Después, caer en la cama y quedarme dormida fueron una sola cosa. Tenía sueño de sobra para dormir un mes entero, pero un timbre insistente y misterioso, lejano, me despertó cuando en mi despertador faltaban aún cinco minutos para que fueran las ocho de la mañana. Oprimí el botón de la alarma a pesar de que no estaba sonando y me di la vuelta en la cama para volver a dormirme, pero el ruido no cesó. A las ocho y dos minutos me enfundé en mi bata de pagodas y doncellas chinas porque había comprendido por fin que alguien estaba llamando a la puerta. Como sea un mensajero me va a oír, me prometí a mí misma mientras me arrastraba por el pasillo, y si es el hijo de puta de Félix, con desconectar el timbre... Pero al otro lado de la mirilla estaba él, con el desvalido aspecto de quien ha estado tiritando hasta hace un instante y una bolsa de plástico en la mano.

—Hola —dijo, sin atreverse a entrar—. Siento mucho haberte despertado, pero es que he estado casi una hora esperando en el portal, ¿sabes?, rodeado de una manada de borrachos terminales, y al salir de casa no me había dado cuenta de que hiciera tanto frío... Tienes un portero muy madrugador, pero me ha mirado raro al entrar, claro, como es sábado, y a estas horas... Por eso he llamado al timbre, porque si no, me iba a mandar a la policía... ¡Ah! —entonces levantó la bolsa en el aire—. He comprado churros, por si te apetece desayunar y porque cuando han abierto la churrería, hace un cuarto de hora, he pensado que allí, por lo menos, se estaría bien... Están todavía calientes pero, antes de nada, me gustaría saber cómo tengo que tratarte para que no te enfades conmigo.

Alargué mi mano izquierda para coger su mano libre, que estaba helada, y tiré de él hacia dentro. Los churros se cayeron al suelo cuando me abrazó, y no hicieron ruido. Tampoco hizo ruido lo que hasta entonces había sido mi vida, pero se cayó al suelo, igual que ellos.

Se lo había dicho algunas veces, antes de que emprendiéramos aquel breve viaje que resultaría capaz de estirarse en mi conciencia hasta ocupar holgadamente el espacio de años enteros, condensados por la intensidad de la que carecían todos los años que había vivido sin él, y se lo dije también aquella noche, un instante después de apagar la luz para convocar en vano al sueño que jugaría conmigo hasta el amanecer, yo haría cualquier cosa por ti, se lo había dicho ya algunas veces, antes de entonces, pero sólo en las horas larguísimas de aquel insomnio raro y sereno, raramente apacible y gozoso, entendí del todo lo que había querido decirle con esas palabras vulgares, tan parecidas a las que componen cualquier frase hecha, desprovista de valor, yo haría cualquier cosa por ti, le había dicho, y mientras acechaba discretamente su respiración en aquella cama de hotel para intentar averiguar si estaba dormido o velaba como yo, mientras intentaba distinguir los volúmenes de su cuerpo en una penumbra pura y compacta, fronteriza con la oscuridad, me di cuenta de que le había dicho la verdad, de que era cierto que yo haría cualquier cosa por él, y comprendí de repente la esclavitud de todos los adictos, el alcohólico culto y bien educado que sabe de antemano que la copa que se está llevando a la boca va a pulverizar para siempre su vida en un millón de diminutos pedazos, y bebe, el yonqui sucio y miserable que tiene experiencia de sobra para sospechar que la vieja a la que sigue por la calle desde hace media hora no llevará mucho dinero en el bolso y que lo más fácil es que, si se decide a atracarla, acabe pasando el mono en un calabozo, y roba, la madre de familia que adora a su marido y a sus hijos, y ya ha pensado en lo que pondrá para comer, para cenar, y aferra la bolsa de la compra con dedos desesperados cuando pasa delante de un bar, y mira a la máquina de todas las mañanas como si fuera un enemigo despiadado capaz de estremecerse de placer en su propia ruina, y se repite que no lo hará, no lo hará, no lo hará, pero mientras se escucha a sí misma, empuja la puerta de cristal, y juega, comprendí de repente su temblor, su ceguera, la cifra de su absoluta dependencia, porque yo le había dicho que haría cualquier cosa por él y era cierto, y eso me había obligado a sentir en un grado superior del que yo había conocido nunca, a pronunciar palabras cuyo significado jamás hubiera creído que existiera, y no sólo habría dado mi vida por él, un sacrificio que de repente me parecía vulgar, sencillo, porque también habría sido capaz de dar mi vida por otra gente, por mi hija, por mi hermano Antonio, por una causa justa, sino que por él habría ido mucho más allá, mucho más lejos de la raya que jamás habría llegado a atravesar por nadie, por él habría convertido mi propia vida en un infierno, y habría pedido limosna en la puerta de una iglesia, habría hecho la calle mientras mis piernas me hubieran sostenido, lo habría perdido todo, y habría mentido, y habría estafado, y habría engañado, y habría robado, y habría matado, sólo por él, si él me lo pidiera. Comprendí de repente la esclavitud de los adictos, la cifra de su absoluta dependencia, y lo susurré una vez más, para escucharlo a solas, yo haría cualquier cosa por ti, y empecé a llorar muy despacio, un llanto manso y tranquilo, lloraba aunque no estuviera triste, aunque no me hubiera ocurrido nada malo, aunque no sintiera ningún dolor, lloraba porque estaba viva, porque tenía ganas de llorar, pero eso él no podía saberlo. Por eso, y porque estaba tan despierto como yo, se dio media vuelta en la cama, se pegó a mi espalda, me rodeó con sus brazos y me habló al oído.

—No llores, Ana... —me dijo—. Yo estoy muy enamorado de ti.

Ninguno de los dos habíamos pronunciado nunca hasta entonces las palabras prohibidas, amor, amante, enamorado, ambos nos habíamos mantenido dentro de los tácitos límites de una elegancia que se identificaba con el silencio, con la inconsciencia, con el desprecio de la realidad. Nos comportábamos como si ninguno de los dos supiera que él vivía con otra mujer, como si encontrarnos a las siete de la mañana para echar un polvo antes de ir a trabajar fuera lo más normal del mundo, como si quedar para comer a toda prisa en el centro un lunes o un miércoles y pasar después un fin de semana entero sin vernos no nos pareciera extraño, como si la Telefónica hubiera decretado que era imposible llamar desde su casa a la mía y sólo pudiéramos hablar, a veces horas enteras, por teléfono desde nuestros respectivos puestos de trabajo, como si encontráramos grandes ventajas en la brevedad de sus apariciones por mi casa, cuando se buscaba media hora libre por la tarde o encontraba algún pretexto para no volver a la suya desde la facultad, a recoger a Adelaida, si tenían alguna cena de compromiso, los dos nos conformábamos con eso y no hablábamos, no preguntábamos, no nos quejábamos. Después, cuando me quedaba sola, yo contaba y recontaba los flecos de su vida que se me habían quedado entre los dedos, me cubría la cara con las manos para apurar el rastro de su olor, y me sentía incomprensiblemente rica, y poderosa, y afortunada, como si tampoco supiera que era posible aspirar a mucho más que eso.

Aunque modifiqué absolutamente mis hábitos, el ritmo y el horario de todos los días, para poder encajar mi vida en los huecos de la vida de Javier, nunca, durante aquella primavera encantada que duraría poco más de un mes, me sentí humillada, ni despreciada, ni sometida al vergonzoso doble juego que padecen las amantes de los hombres casados. Si no conocía sus planes de antemano, me iba directamente del trabajo a casa, y me sentaba al lado del teléfono para esperar, nunca en vano, una llamada apresurada desde una cabina que a veces se tragaba el dinero antes de tiempo. No salía a la calle jamás antes de hablar con él, aunque mis vestidos durmieran en la tintorería una noche más de la cuenta, aunque alguien me llamara para ir a ver la película que más me apetecía, aunque supiera que me iban a cerrar las tiendas y en mi nevera no hubiera nada que poder cenar, todo eso me daba igual, ayunar, velar, abstenerme de cualquier placer que no le incluyera, y habría seguido viviendo así toda mi vida, sacrificando el tiempo vano de las horas sin él a la aterradora conciencia de mí misma que sólo podía alcanzar ya cuando él me miraba, cuando él me tocaba, cuando él me hablaba y cada una de sus palabras se me clavaba en el corazón como un alfiler blando pero infinitamente afilado, capaz de revelarme con precisión su existencia. Habría seguido viviendo así hasta el día de mi muerte, pero la llegada del verano, aquel verano que se mostraría despiadadamente hostil y abrumadoramente magnánimo al mismo tiempo, desbarató de golpe el precario equilibrio de una felicidad difícil, como si el destino no se sintiera aún satisfecho de la dureza de los obstáculos que me había obligado a superar.

Lo peor fue que lo había olvidado completamente. Cuando Amanda llamó, hacia el 20 de junio, para anunciarme que le habían dado las vacaciones y volvería a Madrid en cuatro o cinco días, tuve que invocar a gritos una voluntad que parecía haberse disuelto en partículas inexistentes de puro mínimas, para afirmar que me apetecía muchísimo tenerla en casa otra vez y que no se podía imaginar cuánto la había echado de menos. Quizás no le dije ninguna mentira, pero tampoco dije exactamente la verdad, y cuando colgué el teléfono, tan exhausta como si hubiera tenido que mover una catedral entera con mis propias manos, me eché a llorar sin poder evitarlo, aunque sabía que eso sólo iba a servir para que me sintiera peor que nunca. A la mañana siguiente, más serena, o más conforme con el propósito de quitarme a mi hija de encima por muy infame que me pareciera hasta a mí misma, llamé a Félix para preguntarle cómo íbamos a organizar el verano. No había vuelto a cruzar una palabra con él desde el 18 de mayo, cuando le eché de casa, y no esperaba ninguna colaboración de su parte, así que no me sorprendió encontrar precisamente eso. Siempre nos habíamos repartido las vacaciones de Amanda cuando ella vivía conmigo, y el año anterior no había sido distinto, pero esta vez sí lo sería, él había vuelto a pasar con la niña todo el curso, eran ya dos años seguidos, la responsabilidad paterna había llegado a pesarle durante la última primavera, y me la cedía graciosamente el trimestre entero. Voy a estar muy ocupado, me dijo, he alquilado una casa en Cerdeña para pintar, pero antes de que acabara de describirme sus planes, yo había entendido ya de sobra su verdadero mensaje, ahora sé que puedo joderte y te voy a joder, así que le contesté que me encantaba la idea y que en septiembre hablaríamos. Unos días antes, Javier me había sugerido, en ese lenguaje de palabras a medias que los dos dominábamos ya como si fuera nuestra lengua materna, que quizás podríamos irnos alguna semana a alguna parte, en agosto. Justo después de hablar con Félix, le llamé a la facultad para comentarle, en el mismo tono que habría empleado para describir el espléndido aspecto del cielo que estaba contemplando a través de la ventana, que Amanda volvía a casa y que pasaría conmigo todo el verano. Aquella tarde estrenaba la jornada intensiva, y cuando salí de la editorial, a las tres, me lo encontré aparcado en doble fila delante de la puerta, esperándome. Víctima de una debilidad en la que jamás habría creído posible reconocerme, sentí que me temblaban las piernas de miedo mientras me acercaba al coche, una sensación casi familiar porque por aquel entonces ya había empezado a soñar que me abandonaba, y con frecuencia me despertaba de madrugada para encontrarme sentada en la cama, sudando como un condenado a muerte, un ahorcado que reconoce el grosor de la soga que estrangula su cuello, un pez que acaba de percibir el filo del anzuelo clavado en su garganta, y así me sentí mientras besaba ligeramente sus labios, pero no me pareció disgustado, ni preocupado por la novedad que iba a complicarnos la vida sin duda, sino extrañamente aliviado, como si celebrara dejar de ser el único que ponía dificultades. Sin embargo, y por supuesto, no hablamos del tema. Nunca hablábamos de ningún tema que nos obligara a considerar la existencia de nadie aparte de nosotros dos.

Amanda volvió a Madrid el jueves de aquella semana, a las nueve de la noche, para poner fin al periodo más intenso y más breve de mi vida, cuatro días justos, desde aquel primer lunes de tarde libre hasta el momento en que me vestí para ir al aeropuerto a recogerla, una estación feroz, torrencial y desmesurada como los días de lluvia en el trópico, densa y dolorosa como el tiempo de quien cuenta los minutos que le quedan para marcharse, para cambiar, para perder lo que no habría querido perder nunca, fueron sólo cuatro días, pero si el planeta se hubiera detenido en su último instante, habrían valido por una vida entera, y así los viví yo desde que Javier metió el coche directamente en el aparcamiento subterráneo que está enfrente de mi casa sin dar ni siquiera una vuelta para ver si encontraba un sitio libre, y me arrastró temerariamente del brazo antes de darme tiempo para llegar al paso de cebra, pasando por alto el detalle de que ni él ni yo habíamos tenido tiempo para comer nada todavía, y empezó a quitarme la ropa en el ascensor como si yo no viviera en el cuarto piso, y se aplastó contra mí, aplastándome contra la puerta, hasta que tuve que pedirle una mínima tregua para acertar con la llave en la cerradura, y me llevó a la cama, y me tumbó encima, y se lanzó a mi lado, como si todos esos gestos formaran parte de un rito imprescindible e inexplicablemente amenazado, y nuestro deber no fuera otro que preservarlo a toda costa. Eso ocurrió. Estuvimos toda la tarde en la cama, sin separarnos nunca y hablando poco, mirándonos en silencio y abusando metódicamente el uno del otro como si alguien hubiera escrito en el techo un misterioso código de acción. Cuando se marchó, a la hora de la cena, me dolía físicamente su ausencia y me asustó mi ansiedad, la asombrosa incapacidad de mi cuerpo para saciarse de otro cuerpo del que había dispuesto por completo durante casi seis horas. Aquella noche volví a soñar que Javier me abandonaba, volví a morir de aquella muerte pequeña y ruin, volví a ahogarme en mi propio sudor de madrugada, pero me lo encontré de nuevo en la puerta de la editorial, al día siguiente, aparcado en doble fila, esperándome.

—Mis alumnos me han rogado que les ponga todos los exámenes esta semana, por la tarde... —me dijo sonriendo, y yo comprendí la exacta medida de mi suerte.

La espontánea y sublime ceremonia del día anterior se repitió con pocas variaciones aquella tarde, y la siguiente, y la siguiente, como si él quisiera grabar eternamente en mi memoria lo que teníamos, y lo que arriesgábamos, una ambición omnívora, brutal, que se parecía menos a una despedida que al desesperado indicio de un secreto cuyo nombre no se podía pronunciar, un misterio privado, una palabra íntima y gravísima que permanecería bien amarrada entre mis sienes con garfios tan fuertes que ningún accidental contratiempo de la vida cotidiana podría desgastarlos jamás. Así me sentía mientras acababa de vestirme a toda prisa bajo la implacable mirada del reloj que me susurraba que iba a llegar tarde, esa clase de cadenas me amarraban mientras conducía sorteando obstáculos como una loca en el imprevisto rally José Abascal-María de Molina, esa conciencia de mi cuerpo, del inmenso mundo que de repente cabía dentro de mi pobre cuerpo, no cedió un ápice cuando descubrí en un panel que el vuelo de mi hija venía con retraso, y compré un ramo de flores sólo por encubrir mi ausencia, por simular, con algo entre las manos, que estaba allí, esperándola, mientras me sentía tan lejos como si aún no me hubiera desprendido de los brazos de Javier, del hueco de su hombro.

Y sin embargo, cuando vi llegar a Amanda con un vestido estampado de tirantes, muy parecido a otro que yo había comprado para ella con mi primer sueldo, recién instaladas en Madrid, sentí un nudo en la garganta y un hueco muy grande en el corazón, y me pregunté qué clase de locura padecería, qué virus desmemoriado y voraz se había hecho fuerte en mi interior sin que yo llegara ni siquiera a darme cuenta, qué cantidad de amor hacía falta para llegar a suplantar tanto amor y, tan enamorada de aquel hombre como un segundo antes de verla, abrí los brazos todo lo que pude porque no pude contestarme, y las lágrimas se asomaron a mis ojos cuando por fin volví a tenerla cerca. Ella me limpió la cara con las manos y estuvo a punto de llorar conmigo, pero se vino arriba en el último instante, antes de regañarme con esa hosca brusquedad de los adolescentes.

—¡Ya está bien, mamá! —dijo, tirando de mí hacia delante—. Estamos haciendo el ridículo...

No podía confesarle de entrada que últimamente lloraba muchísimo, y que mis lágrimas casi nunca eran signo de tristeza. Por eso le entregué las flores en silencio y la dejé hablar mientras atravesábamos el aparcamiento. La encontré muy bien, igual de alta que en Semana Santa pero muy guapa y, sobre todo, muy mayor, no sólo en su forma de comportarse, esa desenvoltura de quienes han aprendido a defenderse con éxito en un país extranjero, sino también en su aspecto. Había dejado atrás definitivamente la amorfa blandura de la infancia para convertirse en una mujer joven, con un cuerpo bien definido y un rostro que la hacía parecer mayor de lo que era. Entonces me di cuenta de que cuando me enrollé con su padre, yo era sólo algunos meses mayor que ella ahora, y me pregunté si sería verdad que yo había sido mucho más precoz, como Félix solía repetir, tal vez para consolarse de su propia edad. En cualquier caso, Amanda se estaba reponiendo ya de su primer fracaso amoroso, una historia afortunadamente más liviana que la mía, con un compañero de instituto que se llamaba Denis.

—Y me he acordado mucho de lo que me dijiste, ¿sabes, mamá? —me dijo entre risas cuando estábamos a punto de alcanzar Francisco Silvela para ingresar en la civilización—. Cuando me dejó, ¿te acuerdas...?

—No —admití.

—¡Sí...! —reaccionó como si no pudiera concebir que yo lo hubiera olvidado—. Me dijiste que, bueno, al fin y al cabo, qué se podía esperar de un chico con un nombre tan amariconado...

—Claro... —reí con ella—. Ahora me acuerdo... Oye, Amanda, ¿dónde te apetece que vayamos a cenar? ¿Quieres que pasemos primero por casa a dejar tus cosas o estás tan hambrienta que prefieres ir al restaurante directamente? —no contestó a ninguna de mis preguntas, e intenté responderme yo misma—. Supongo que la comida francesa no te apetecerá demasiado, ¿verdad? Podemos elegir algo exótico, un chino, o un coreano, o un japonés... O ir a un mejicano, que te gustaban mucho, ¿no? Y también podemos tirarnos a la rama autóctona, un vasco, o un asturiano, o ir a comer pescadito frito a una taberna andaluza que está muy bien y pilla cerca de casa... Si lo prefieres, estoy dispuesta a hacer una excepción y cenar callos. Tú eliges...

No escuché ninguna respuesta, y la miré, y la encontré muy erguida en el asiento, con los ojos clavados en el parabrisas.

—No has hecho tortilla de patatas, ¿no?

—No —contesté, sin querer acusar su enfurruñamiento todavía—. No he tenido tiempo.

—Pues eso era lo que me apetecía cenar, tortilla de patatas y boquerones en vinagre y calamares fritos y ensalada de pimientos asados con escabeche, ya lo sabes...

Tendría que haberlo sabido, seguramente nunca había dejado de saberlo, aquél era el menú favorito de Amanda, el banquete de bienvenida a casa, una ciudad de tapas y cenas desordenadas al filo de la medianoche, yo misma le había inculcado la afición por esa clase de comidas, mis preferidas, cuatro o cinco fuentes distintas encima de la mesa para picar sistemáticamente de una y de otra hasta saciarse, hasta vengarse del aburrimiento de la sopita de fideos y la pescadilla rebozada a las que mi madre me obligó todas las noches, durante tantos años. Lo sabía, y sin embargo, también lo había olvidado completamente, pero no me sentí en absoluto culpable por ello, e incluso tuve que reprimir un precoz acceso de indignación ante la nadería por la que mi hija empezaba a maltratarme antes de tiempo. Por eso no quise pedirle perdón.

—Bueno, a los boquerones y a los pimientos no llego, aunque puedo hacértelos mañana... —le ofrecí a cambio, con un acento a medias tranquilo y animoso—. Pero la tortilla de patatas, si no te importa esperar... Son las diez y cuarto, a las once podemos estar cenando en casa tranquilamente...

—Ya, pero es que no es eso, mamá...

—Entonces, ¿qué es? —no me contestó y decidí pasar por alto sus suspicacias—. En fin, no me parece tan importante. Tenemos todo el verano por delante. Puedes cenar tortilla de patatas todas las noches hasta aborrecerla para siempre.

Tres cuartos de hora más tarde, ante una mesa llena de tapas deliciosas, en la taberna que había acabado escogiendo por mi cuenta ante su esforzado silencio, la miré con atención y comprendí que, a pesar de su apariencia, no era desde luego una adulta, y menos aún cuando estaba conmigo. Sin embargo, en otoño cumpliría diecisiete años, había creído estar enamorada una vez, y la quería demasiado para aguantar que su única aportación a mis fervientes intentos por involucrarla en la charla más inofensiva fuera una descarnada sucesión de monosílabos. En el silencio que me impuso la reflexión sobre el camino que debería tomar, me recordé de repente embarazada, y la recordé a ella, tan pequeña, tan indefensa, tan débil, ciega, y muda, e incapaz, la primera vez que la tuve entre los brazos, y por primera vez me asombré de que una criatura que se había hecho tan grande hubiera podido nacer de mí, y me pareció rarísimo, pero había sido así y eso tenía que significar algo.

—Amanda... —me atreví a decir por fin, y ella me contestó con un gruñido—. ¿Te acuerdas de una noche que te llamé a París...? No recuerdo bien la fecha pero debió de ser cerca de Navidad, porque te habías ido sólo unos meses antes, o sea, hace como un año y medio, no, no te acordarás... Bueno, el caso es que no habías recibido mi transferencia para pagar el ballet, hablamos de eso, y tú me preguntaste si me había echado un novio, porque estaba todo el tiempo fuera de casa, y yo te contesté que no, que lo que pasaba era que estábamos poniendo el *Atlas* en marcha y que tenía mucho trabajo, ¿te acuerdas ahora?

—Sí.

—¿Y te acuerdas de que me dijiste que a ti te parecería muy bien que me echara un novio aunque tu padre solía decir que nunca podría vivir con otro hombre después de haber vivido con él, te acuerdas también de eso?

—Sí.

—Y ya lo sabes, ¿no?

—¿Qué?

—Que ahora tengo un novio.

—Bueno, eso no es lo que sé.

—¿Y qué sabes entonces?

Por fin se lanzó a hablar, tan deprisa, tan atropellada y furiosamente como si todas las palabras que no había dicho hasta aquel momento se le hubieran quedado clavadas en la garganta, hiriéndola sin piedad, y tampoco hubo piedad para mí.

—Sé que estás haciendo el idiota, como siempre, que te has liado con un hombre casado que se va a divertir contigo todo lo que quiera diciéndote que va a dejar a su mujer y que cuando se canse te dejará tirada y entonces vendrás llorando...

—Un momento, un momento, un momento... —la interrumpí, levantando una mano en el aire—. ¿Quien te ha contado eso, tu padre?

—¡Pues no! —chilló, como si mi sugerencia la hubiera ofendido terriblemente—. Da la casualidad de que no me lo ha contado mi padre. Me lo ha contado mi abuela, que es tu madre, por cierto...

—Ya... —murmuré, clavándome todas las uñas de los dedos en las palmas de las manos como si el dolor físico pudiera ayudarme a conservar el control—. Pues, fíjate, yo a mi madre no le he contado nada de nada, así que no sé cómo puede tenerlo todo tan claro. Y tampoco sabía que tú te hubieras vuelto tan conservadora. Me cuesta trabajo reconocerte, hija.

—Esto no tiene nada que ver con los conservadores o los no conservadores...

—¡Ah! ¿No? Yo diría que sí.

—Pues no, tiene que ver con ser listo o tonto, mamá, y también... Es lo que dice la abuela del tío Antonio, toda la vida tan listo, tan listo, para acabar a los cuarenta y cinco años harto de canutos y sin tener nada de nada.

Reconocí tan exactamente a mi madre en sus palabras que, en lugar de cabrearme ante la arbitrariedad de aquel ataque, me tranquilicé, como si averiguar el origen del mal significara lo mismo que saber curarlo.

—¿Y qué es lo que tendría que tener? ¿Una casa? Ya la tiene. ¿Una mujer? Siempre tiene varias, ya lo sabes. ¿Un par de hijos? O no. Tener hijos no es garantía de nada. Y Antonio tiene cuarenta años, no cuarenta y cinco, y es bastante feliz, creo yo. Tiene una buena vida. Ya me hubiera gustado a mí vivir una vida como la suya. Y ya está bien de que cada vez que alguien saca los pies del plato en esta familia, Antonio tenga que llevarse un repaso. Quiero mucho a mi hermano y no me gusta que hables así de él. Y fumar canutos es mucho menos dañino que tener envenenada la sangre.

Me había ido poniendo seria poco a poco, sin pretenderlo del todo al principio, pero sin hacer nada por evitarlo al final, y Amanda, que se dio cuenta, me respondió con un silencio tan obstinado como el que había provocado aquella conversación. Cuando me di cuenta de que no había conseguido avanzar ni un milímetro, volví al ataque con una pereza infinita.

—Así que no te gusta mi novio, ¿no?

—Ni un pelo.

—Podías esperar a conocerle, por lo menos.

—No pienso conocerle.

—Me temo que no te va a quedar más remedio, pero antes de nada, me gustaría saber por qué has cambiado tan rápidamente de opinión.

—¿Por qué? Pues porque estoy cenando aquí, y no en casa, lo que significa que a mi madre ya no la importo nada, porque no ha tenido tiempo ni de hacer una miserable tortilla de patatas para mí...

Escupió las últimas palabras con los ojos líquidos, brillantes, como si tuviera fiebre o estuviera a punto de llorar. Nunca habría querido creer que algún día tendría que contemplar una escena como ésta, y hasta me costó trabajo fiarme de mis ojos, pero si decidí poner fin definitivamente a tanta tontería, fue más por su bien que por el mío, porque de pequeña no había consentido que metiera los dedos en los enchufes, y no iba a consentir ahora que perseverara en una barbaridad semejante.

—Eres ya muy mayor para montarme estos números, Amanda. Y si mi vida ha cambiado, mientras vivas conmigo, tu vida tendrá que cambiar, no hay más remedio. Pero aquí a la única a quien no le han importado las cosas hasta ahora ha sido a ti, y a mí me parece bien. Fuiste tú la que dejaste de tener tiempo para mí cuando decidiste irte a vivir con tu padre, y yo no te dije nada, y entonces sí que cambió mi vida, y más que ahora, pero respeté tu decisión, y te he recibido siempre, y siempre incluye hoy, con los brazos abiertos, aunque tú puedas no interpretarlo así. A eso me refería antes con lo de ser conservadora o no. Y, de todas formas, hija, al margen de tus opiniones, esto es lo que hay. Si no te gusta, puedes irte a casa de mi madre, a ponerme verde a todas horas. Ella te agradecerá la compañía, puedes estar segura.

—Te has vuelto muy egoísta, ¿sabes, mamá? —dijo solamente, con un tono dulce y quejoso, como de pobrecito bebé abandonado, que me molestó mucho más que todo lo que me había dicho antes.

—Pues mira, sí, a lo mejor tienes razón, a lo mejor es cierto que me he vuelto muy egoísta... Pero tengo treinta y seis años, ¿sabes? Ya me iba tocando ser egoísta alguna vez.

No quiso contestarme ni siquiera con la mirada y siguió jugando con las migas desperdigadas por el mantel mientras yo me acababa el café, pedía la cuenta, y la pagaba en el riguroso silencio que ella misma había establecido. Al llegar a casa me ofrecí a ayudarla a deshacer el equipaje y me contestó que no, que estaba muy cansada y que ella misma se ocuparía de todo por la mañana, pero cuando la besé en la frente, para darle las buenas noches, se abrazó a mi cintura por sorpresa y ese simple gesto conjuró el peligro. Si no hubiéramos vivido las dos juntas, y solas, durante tantos años, habría pasado aquella noche en blanco, pero la conocía bien, era su madre, y por eso no me sorprendió encontrármela a la mañana siguiente haciendo el desayuno en la cocina a las ocho menos cuarto.

—¿Qué haces aquí, Amanda? —le pregunté en un tono casi risueño, capaz de sugerirle, por encima de mis palabras, cuánto le agradecía aquel gesto—. Si tú no tienes por qué madrugar, hija, estás de vacaciones... Vuélvete a la cama.

—No he dormido muy bien —me contestó—. Es que... Siento mucho lo de anoche, mamá, quiero decirte... Yo sólo quiero que seas feliz.

La sujeté por los hombros y la miré, y cerré los ojos, y volví a abrirlos para mirarla, mientras me resignaba a no encontrar las palabras justas para expresar lo que sentía, cuánto la quería yo y hasta qué punto ella comprometía esa felicidad, frágil y sutilísima como una burbuja de cristal, que me estaba deseando de corazón, y qué clase de terror me despedazaba por dentro cada vez que pensaba en un futuro más simple que el precario encaje de improbabilidades con el que ya estaba dispuesta a conformarme, y cómo no quería ni imaginar siquiera que algún día la vida me obligara a elegir, la besé y la abracé como cuando era pequeña, y hasta la cogí en brazos para planificar en voz alta el plan ideal para su primer día de verdadero regreso, pero en una época marcada por la caprichosa inseguridad del destino, cuando nada significaba al final lo que al principio había parecido, la tardía adhesión de mi hija me inquietó más que su previa hostilidad, y estuve todo el día con un nudo en el estómago y una terca nube negra en el centro de la frente. Ni uno ni otra cedieron ante la cotidiana presión del trabajo de todos los días, ambas resistieron una concienzuda visita al mercado y, para mi sorpresa, permanecieron indemnes durante las horas que pasé en la cocina, preparando para Amanda todo lo que no había podido, o querido hacer la tarde anterior. Cocinar sin prisas es el trabajo más relajante de cuantos sé hacer, pero esta vez, mientras recordaba sin querer, e incluso no queriendo, lo que había ocurrido sólo veinticuatro horas antes, fracasé estrepitosamente en el intento hasta cuando mi hija volvió con un humor excelente de una larga comida con sus abuelos y se sentó en una silla a darme conversación. A las siete y cinco sonó el teléfono y el nudo se estrechó en un instante como si pretendiera partirme por la mitad. No llegué a cogerlo, Amanda estaba más cerca, pero me lo tendió enseguida, sin comentarios y con un gesto deliberadamente pacífico.

—Hola —la voz de Javier actuó como la única llave capaz de liberar mi cuerpo de las imaginarias cadenas que lo apresaban—. ¿Cómo tienes la tarde? Es que he pensado que podríamos quedar en alguna terraza, a tomar una horchata o algo... —me eché a reír instantáneamente y él protestó—. ¿De qué te ríes?

—De lo de la horchata...

—¿Por qué? —y adoptó un tono profesoral que evidentemente dominaba—. Es de chufa, muy rica y refrescante, tiene muchas vitaminas... —la risa me impidió continuar y él siguió por los dos—. Bueno, a las siete y media, ¿qué me dices?

Cuando colgué, riéndome como sólo se ríen los niños pequeños y los amantes desesperados, le dije a Amanda que era Javier, y que iba a salir a tomar un café aunque volvería, como muy tarde, a las ocho y media, con tiempo de sobra para desplegar sobre la mesa su cena favorita y llevarla luego al cine, a ver una película española que no había llegado a estrenarse en París y le apetecía mucho, tal y como habíamos quedado por la mañana, y ella me contestó que le parecía muy bien. No tardé ni un minuto en arreglarme, cogí el bolso, y salí a la calle como si hubiera vivido años enteros en un calabozo, soñando solamente con pisar una acera. Respiré el aire sofocante y recalentado de la tarde de junio con el mismo placer, el mismo minucioso detenimiento, que habría empleado para paladear el plato más delicioso, y advertí que, más allá de mis buenas, y de mis malas intenciones, esa especie de angustia grumosa, espesa y sucia, que había digerido con el desayuno como una secreta infección, se había disuelto sin esfuerzo en un regocijante hormigueo, muy parecido al que me explotaba por dentro de pequeña, al estrenar las vacaciones de verano.

Llegué al Comercial a las siete y veinte, pero él ya me estaba esperando en una mesa situada justo enfrente de la boca del metro, una elección que me pareció muy rara, de puro expuesta, para un amante adúltero hasta en una ciudad de cuatro millones de habitantes. Tal vez por eso no me atreví a acercar mucho mi silla a la suya, pero él salvó audazmente esa distancia al responder a mi saludo con un beso largo, larguísimo y profundo, que quizás llegó a durar minutos enteros, o quizás no, pero fue suficiente de todas formas para producir un efecto paradójico y seguramente deliberado, evocando con precisión una fiebre por cuya injustísima ausencia pretendía recompensarme. La llegada del camarero, que tuvo que carraspear un par de veces para conquistar nuestra atención, puso fin a aquel aparatoso premio de bienvenida, pero después de que él pidiera un whisky con hielo y yo, desde luego en su honor, una horchata, volvimos a besarnos. Cuando por fin pude levantar la cabeza vi, en la mesa de al lado, a tres adolescentes, dos chicos y una chica de la edad de Amanda más o menos, que se estaban retorciendo de risa, y comprendí que les parecíamos demasiado mayores para exhibir en público una pasión tan exasperada. Javier, que descubrió la dirección de mi mirada y la siguió hasta tropezarse con ellos, debió de interpretar su alborozo igual que yo, porque se irguió en el asiento, me cogió de la mano, y sonrió.

—Es horroroso, ¿verdad? —y su sonrisa se precipitó en un brote de risa auténtica—. Estar aquí, haciendo manitas...

Las carcajadas me impidieron contestarle, y me limité a mover la cabeza para darle la razón, un gesto que se estrelló contra sus propias carcajadas, cada vez más espesas, más ruidosas, nos reíamos con ganas de nuestras miserias, de nosotros mismos, de nuestra edad y de nuestra forma de besarnos, y era una risa limpia, desprovista de sarcasmo, de vergüenza y de sentido del ridículo, y yo descubrí que me alimentaba extrañamente, aquella risa, que me daba fuerza, y valor, pero no decidí inclinar la frente hacia delante, fueron mis labios quienes decidieron besar la mano que apretaba mi mano, yo sólo me di cuenta de que en aquel brevísimo trayecto había dejado de reírme, y él tampoco se reía ya cuando sentí su cara pegada a mi cabeza, sus labios besándome en el pelo, igual que besaba yo a mi hija cuando era pequeña, como si dos personas adultas pudieran naufragar a media tarde en la mesa de un café.

Pero, a veces, las cosas cambian.

Parece imposible, es increíble, pero a veces, pasa.

—El otro día se me ocurrió una cosa... Verás, lo he visto muchas veces en las películas de espías, tú has tenido que verlo también, seguro, se trata de establecer una serie de citas fijas, todos los días, elegir dos o tres horas especialmente... bueno, cómodas, lo he estado pensando, claro que a ti te gusta mucho ir a la playa, ¿no? —asentí con la cabeza para inspirar una mueca de desaliento que amargó casi instantáneamente las comisuras de sus labios—. Eso complica un poco las cosas, porque si estuvieras en casa a la una, por ejemplo... Adelaida suele marcharse con los niños a las once y media, como mucho, y yo muchos días ni siquiera voy a buscarles, pero... En fin, podríamos quedar a las doce y media... ¿Eso sería muy duro para ti? —volví a mover la cabeza, esta vez para negar, sonriendo, porque no tenía ni idea de qué me estaba contando, pero ninguna cosa que me pidiera sería nunca demasiado dura para mí—. Bueno, entonces a las doce y media. Pero como tengo que contar a la fuerza con el clima del Cantábrico, y seguro que se tirará la mitad del tiempo lloviendo, pues un montón de días me tocará salir de excursión con el perrito, que mira que se lo he dicho un millón de veces a la tonta esa, tanto comprarse bañadores y decir que está deseando ponerse morena y nos tenemos que ir a veranear al único sitio de la puta península donde no hace sol en agosto, joder... Total, que tendríamos que fijar dos horas más. Yo creo que las cuatro y media de la tarde estaría bien, porque en verano siempre se come más tarde, pero no tanto como para que a esa hora todo el mundo no se haya ido ya a dormir, y tampoco es tan tarde como para que tú te quedes sin siesta, con lo dormilona que eres. Y si la cita de las cuatro y media falla, podríamos quedar tres horas después, un poco antes de que salgas de paseo, porque me imagino que saldrás de paseo, a tomar algo y eso, ¿no? —volví a asentir—, que es una buena hora para mí porque siempre me quedo en casa por las tardes, estudiando... Ya sé que es un coñazo, pero es que en la casa que Adelaida tiene alquilada no hay teléfono y... No me gustaría estar un mes entero sin hablar contigo.

Entendí por fin el sentido de aquel discurso y apreté con fuerza la lengua contra el paladar para impedir que el corazón se escapara de mi cuerpo por la boca, y le miré, para comprobar que aquella fluida confesión de dependencia no había alterado su expresión en lo más mínimo. Parecía tan tranquilo y risueño como antes de emprenderla, una calma tan asombrosa al menos como la naturalidad que había sido capaz de desplegar para hablar de un tema tan fronterizo con las palabras prohibidas, porque a mí, en cambio, me temblaban hasta las uñas cuando me atreví por fin a aprobar su plan.

—Creo que yo no lo resistiría...

El 1 de agosto ya había comenzado, y avanzaba a buen ritmo mientras nosotros seguíamos despiertos, en mi cama, apurando el largo fin de semana de libertad incondicional que nos había regalado, al expirar, el mes de julio más complicado y más intenso que he vivido en mi vida. Aquel lunes, que ya se había convertido en martes, no había tenido que ir a trabajar, pero eso no lo sabían ni mis padres ni Amanda, que se habían marchado el viernes anterior a Fuengirola, compadeciéndose amargamente de mi mala suerte y poniendo a parir los estrictos criterios laborales de la editorial, la única empresa de España que obligaba a sus trabajadores a seguir firmes en sus puestos cuando la semana empezaba un 31 de julio. Aquel milagroso capricho del calendario me permitió compensar de alguna forma a Javier por la pobreza de mi respuesta a su ilimitada oferta de los últimos quince días, porque él había conseguido convencer a Adelaida para que se marchara a Santander quince días antes que él, pero nadie lograría convencer jamás al jefe de personal de mi editorial, que no consentía que ningún departamento se tomara vacaciones escalonadamente, de que los fascículos siguen saliendo en el mes de agosto aunque en España no trabaje nadie, y por mucho que supiéramos de antemano que tendríamos que dejar cerrados ocho, y no cuatro números, en un solo mes, habíamos acumulado un retraso suficiente como para volver a trabajar por las tardes en pleno verano. Por supuesto, aquello no era culpa mía, pero no podía evitar sentirme culpable por el despilfarro de todas aquellas horas extras. La única vez que me atreví a decirle a Javier que habíamos tenido muy mala suerte, él me contestó que no me preocupara, que para él estar solo en casa era ya un premio suficiente, pero esa absolución no acortó mis jornadas laborales, que llegaron a resultarme tan insoportablemente injustas y extenuantes como las de un forzado en una cantera de granito.

Y sin embargo, incluso antes de la partida de Adelaida, empezamos a vernos muchísimo, todos los días, algunos hasta dos veces, porque podíamos comer juntos y quedar después, a la caída de la tarde, o por la noche, incluso sabiendo por anticipado que las circunstancias de aquel día concreto nos abocaban necesariamente a la castidad. A cambio, esos días se fueron haciendo cada vez más raros porque, cuando la llegada de Amanda, cuya proximidad ambos elegimos tácitamente eludir, nos echó de mi casa, no tardamos mucho en montar una infraestructura sumamente eficaz. Foro me dio un juego de llaves de su casa y me dijo que, si le avisaba por la mañana, podíamos ir allí siempre que quisiéramos, y cuando me agobiaba mucho la idea de recurrir a él más de dos días seguidos, buscaba el amparo de Marisa, que nunca me negó su propia casa por más que refunfuñara como una niña pequeña —no, si en la calle se está de puta madre, buah, no veas, cuarenta y dos grados, ideal para ir de paseo, ya te digo...— mientras buscaba el llavero dentro de su bolso. Javier disponía del piso de aquel amigo suyo que se había ido a vivir a Valencia, aunque lo compartía con otro profesor de la facultad y muchos días no estaba utilizable, y también me llevó algunas veces a casa de Felipe Villar, nuestro autor de los gráficos, que vivía solo, viajaba mucho y, con una generosidad difícil de olvidar, accedía inmediatamente a bajarse a la calle a tomar una cerveza que podía durar dos o tres horas, cada vez que hacíamos sonar su teléfono, así que estuvimos casi un mes saltando de casa ajena en casa ajena, igual que si nos hubiésemos mudado al tablero de un juego de mesa.

Para mí, por aquel entonces, meterme con Javier en una cama se había convertido ya en el fin primero y último de toda mi existencia, y esa certeza, la indesbancable conciencia de que nada era más justo, ni más sabio, ni más correcto que perseguir ese propósito a cualquier precio, me ayudaba a digerir sin esfuerzo cualquier dosis de sordidez que pudiera llegar a interponerse en mi camino. Pero, tal vez porque aquello era tan importante para mí, lo que jamás conseguí fue proponer con naturalidad un plan concreto. Las llaves de Foro, las de

Marisa, me quemaban en las manos mientras empezaba a dar rodeos, a empezar frases que no me atrevía a terminar nunca, bueno, si quieres..., le decía, a lo mejor, podríamos..., no sé, ¿qué te apetece...? Javier no era más directo que yo, aunque solía traerse una frase preparada pero, de todas formas, igual que habíamos aprendido a hablar con medias palabras, aprendimos muy pronto a vivir en los puntos suspensivos, y después, cuando volvía a mi propia casa y buscaba afanosamente una película en la televisión para poder fingir que su argumento me apasionaba y limitarme a aprobar con monosílabos los comentarios de Amanda, pensaba que tal vez era mejor así, porque nuestra historia se habría parecido mucho más a un lío convencional si hubiéramos optado por la comodidad de los hoteles o los apartamentos amueblados que se alquilan por semanas, en lugar de atarnos mutuamente a aquella trabajosa rotación de casas prestadas.

Meterme con Javier en una cama se había convertido en el único acto importante de mi vida, pero eso no tenía tanto que ver con el placer como con el sexo en sí mismo, con esa clase de intimidad que solamente el sexo puede ofrecer a dos personas que no viven juntas. Porque lo que ocurría en aquellas camas extrañas, de sábanas sorprendentemente ajenas, era verdad, y por eso nada podría cambiarlo, ni atacarlo, ni desmentirlo jamás. Incluso si las cosas hubieran sucedido después de otra manera, nunca habría podido olvidar aquel escalofrío, una alegría misteriosamente innata y general, el gozo irracional, de puro primario, que me colonizaba en un instante y por completo desde el primer centímetro de mi piel que entraba en contacto encima de una cama con la piel desnuda de aquel hombre de quien entonces no podía dudar, de quien entonces lo sabía todo, a quien entonces se lo debía todo, un hombre al que amaba ya como no había amado nada en toda mi vida, tanto que acabé encontrando una manera de decírselo.

Aquella noche me di cuenta de que, a pesar de todo, éramos ya una pareja, con los tics y los ritos, las obligaciones y los derechos, esa imprecisa comunidad de intereses que define a todas las parejas que llegan a serlo de verdad, al margen de su situación tácita o de un estatuto legal expreso, y aquel descubrimiento me regocijó extraordinariamente, aunque estuviera a punto de echar a perder la noche del 30 de julio, que a aquellas alturas me parecía ya la víspera de todo lo bueno. Habíamos ido al cine a media tarde porque yo tenía que volver a casa pronto para hacer mi equipaje, que viajaría sin mí en el coche de mi padre, y supervisar el de Amanda, que era capaz de llenar varios baúles con todas sus pertenencias si nadie la convencía de lo contrario, pero descartamos la posibilidad de coger un taxi en la Gran

Vía porque, después de que la despiadada refrigeración de la sala nos hubiera hecho tiritar de frío en nuestras butacas, la temperatura de la calle, en ese preciso instante en que el calor se resigna ya a ceder, evaporándose pausadamente, como un humo invisible, era demasiado agradable como para no volver andando. Cuando pasábamos justo delante de la boca de metro de Callao, nos tropezamos literalmente con Juan Carlos Prat, un fotógrafo venezolano al que conocí cuando acababa de desembarcar en España y a quien le había encargado muchas cosas, entonces y después. Era un profesional estupendo, concienzudo y muy responsable, pero se sentía extrañamente obligado a agradecerme todos y cada uno de los reportajes que había hecho para mí cada vez que me veía, con una profusión de besos, caricias y abrazos que llegaba a resultarme agobiante, y aquella vez no fue distinto, porque nada más verme, me arrancó prácticamente del brazo de Javier para rodearme con los suyos. Lo que jamás pensé es que aquel gesto tuviera consecuencias, porque Mimosín Prat, como solía llamarle Rosa, era un chico joven, alto, moreno y muy guapo, pero tenía una pluma tan aparatosamente exagerada que ninguno de los gestos del cariño que me profesaba podría llegar a alcanzar jamás, ni de lejos, la categoría de dudoso. Eso creía yo y, sin embargo, cuando me lo quité por fin de encima, Javier, que había asistido a nuestro encuentro en un silencio absoluto, echó a andar a mi lado sin mirarme, y su brazo derecho no quiso responder a mi brazo izquierdo cuando intentó volver a enroscarse a su alrededor.

—¿Qué te pasa? —le pregunté.

—Nada —me contestó, metiéndose las manos en los bolsillos.

Caminamos entre Callao y la Red de San Luis a una distancia casi prudente, como si no nos conociéramos de nada, él mirando a algún punto perdido al final de la cuesta, yo apostando conmigo misma a que estaba equivocada, advirtiéndome íntimamente que era imposible tener tanta suerte, repasando una y otra vez todo lo que había dicho y hecho desde que habíamos salido del cine para no encontrar ningún otro motivo posible para ese inexplicable cabreo que parecía crecerle por dentro con cada paso que daba, y al embocar Hortaleza se lo pregunté otra vez.

—¿Qué te pasa, Javier?

—Nada —y subrayó su afirmación con una mirada de impaciencia—. No me pasa nada.

La acera se hizo mucho más estrecha, y el río de gente que se dirigía hacia la Gran Vía en dirección contraria a la nuestra acabó por separarnos. Hicimos buena parte del trayecto en fila india, él delante, sin volverse a mirarme, y yo detrás, maravillándome de cuánto podía llegar a gustarme su nuca, hasta que llegamos a la esquina de Mejía Lequerica, a cuatro pasos de mi casa. No podía dejarle marchar así. Aprovechando la pausa forzosa de un semáforo en rojo, le aplasté contra la pared y, manteniéndolo sujeto con las dos manos, le miré a los ojos.

—No estoy dispuesta a dar un solo paso más hasta que me cuentes qué ha pasado.

—Eso deberías contármelo tú a mí.

—Ya me gustaría, pero no tengo ni idea.

—¿No? Entonces es que debe ser un *hobby*.

—¿Qué?

—Lanzarte a los brazos del primer gilipollas que sale del metro.

—¡Oye! —sonreí, pero él no me siguió, parecía enfadado de verdad—. Yo no me he lanzado a los brazos de nadie.

—No poco.

—Ni poco ni mucho —aflojé las manos de puro placer—. Ha sido exactamente al revés. Yo no he tenido nada que ver. Este tío siempre es así de pegajoso, ¿qué quieres?, en la editorial lo llaman Mimosín, así que...

—No lo sabía. No me lo has presentado.

—¡Claro que te lo he presentado! Te he dicho que era fotógrafo y que se llama Juan Carlos... —de repente me pareció tan ridículo seguir con esa clase de explicaciones, que le cogí del brazo y crucé la calle con él—. ¡Qué tonto eres, Javier!

—¡Ah! Ahora encima soy tonto.

—Pues sí, tonto perdido... Porque parece mentira que a estas alturas no te hayas dado cuenta todavía de que yo ni siquiera busco poseerte —paré en seco y le abracé, para que no se me escapara—. Lo único que yo quiero es pertenecerte.

Esto sí lo entendió. Entonces fue él quien me miró a los ojos, él quien me abrazó hasta hacerme daño, y me besó en la boca, y mantuvo después mi cabeza pegada a la suya con la mano derecha, la izquierda firme alrededor de mi cintura, durante mucho tiempo.

Aquellas manos no me abandonaron en toda la noche, me mantuvieron sujeta a su recuerdo mientras hacía mi equipaje, y el de Amanda, mientras dormía plácidamente y aun después, porque no cedieron ni un milímetro mientras me despedía de mi hija en el portal de mi casa, me acompañaron siempre en el desordenado bullicio de la última mañana de trabajo, y se hicieron más intensas, más apremiantes, más firmes todavía, durante la comida anual de despedida que Fran solía ofrecer a todos los equipos de su departamento, el último obstáculo, una cita de la que me zafé lo antes posible sin esperar siquiera al café. Rosa se me unió en el último momento, cuando ya me despedía desde la puerta del Mesón de Antoñita con un beso colectivo.

—¿Vas a tu casa? —me preguntó—. Déjame en el metro de Avenida de América, anda, que he pagado todas mis deudas y me acabo de dar cuenta de que me he quedado sin un duro...

Cuando estábamos ya instaladas en el taxi, y en el colosal atasco que suele rematar las comidas de empresa en el último día de trabajo, apoyó el codo en el filo de la ventanilla abierta, dejó caer la cabeza en la palma de su mano izquierda, se volvió hacia mí y resopló como si estuviera muy cansada.

—¡Qué asco, tía! Te juro que no me apetece nada irme de vacaciones este año... Y eso que estoy agotada, no creas...

—¿Os vais a Cercedilla?

—Claro, esta misma tarde, a casa de mi suegra, un plan apasionante... ¿Y tú? ¿Qué vas a hacer?

—Irme el martes a Fuengirola, al chalet de mis padres, con Amanda, mis dos hermanas, mis dos cuñados y mis cinco sobrinos. Tampoco está mal.

—¿Pero tus padres no estaban separados?

—Sí, pero como se gastaron una millonada en hacerse una especie de palacio en una urbanización de lujo, y ninguno de los dos está dispuesto a desprenderse de ella, y a los dos les encanta la Costa del Sol y hacerse la vida imposible mutuamente, pues veraneamos todos juntos. Es todo igual que antes salvo que ahora mi padre duerme en el cuarto·de mi hermano Antonio, que afortunadamente tiene los mismos metros que el antiguo dormitorio conyugal, porque si no, habrían tenido que hacer una reforma. Como todavía sobran cuatro o cinco cuartos más, si Antonio tiene la debilidad de aparecer, que no la tendrá, se puede instalar en el que más le guste...

—Ya... ¿Y Javier?

—Se va a Santander.

—¡Joder! —se rió—. Porque no hay nada que esté más lejos —no quise hacer ningún comentario y se recompuso rápidamente—. Y se va con toda su familia.

—Sí —no pude evitar fastidiarla un poco a cuenta de la distancia Norte-Sur—. Se va también el martes... Ellos ya llevan quince días allí.

—¿Y cómo lo llevas?

—Bien —la miré y encontré una mueca escéptica que a pesar de todo me pareció razonable, y por eso insistí, hablando también para mí misma—. Lo llevo bien. Todavía bien. En serio...

La verdad es que no sabía muy bien cómo lo llevaba, porque procuraba no pensar en ello, vivir en un trapecio, balanceándome alegremente justo encima de la realidad. Analizaba con un cuidado infinito y una paciencia que jamás habría creído ser capaz de reunir, cada una de las palabras de Javier, cada una de sus reacciones, de sus gestos, buscando cualquier indicio que me permitiera adivinar qué sentía él, qué intenciones tenía, qué pensaba hacer conmigo, pero todavía no me había atrevido a afrontar nunca la posibilidad de que nuestra historia se estancara mientras el tiempo siguiera pasando, quizás porque me sentía sin fuerzas para imaginarlo siquiera. Tampoco me había atrevido todavía a pensar nunca lo que le dije a Rosa a continuación, y sin embargo mientras hablaba me di cuenta de que lo creía de verdad, y me alegré infinitamente de escucharlo.

—Yo creo que está colgado de mí, ¿sabes? Prefiero no darle muchas vueltas pero estoy casi segura de que sí, y él no me parece el tipo de tío... —capaz de llevar indefinidamente una doble vida, iba a decir, pero en ese punto se quebraron a la vez mi voz y mi valor—. Bueno... No te lo vas a creer pero anoche nos encontramos con Juan Carlos Prat por la calle, que ya sabes cómo es de besucón, y le dio un ataque de celos...

—¿Celos de Mimosín? —asentí con la cabeza y se echó a reír—. ¡Pues ya son ganas de tener celos! —marcó una pausa antes de hacerme la pregunta que esperaba desde el principio de aquella conversación—. ¿Y qué crees que va a pasar?

—¿Al final...? Pues no lo sé. Pero, de momento, de lo único de lo que estoy absolutamente segura es de que yo estoy muy colgada de él, pero colgadísima, en serio, es que no puedo estar más colgada... Lo único que me importa ahora es que esto no se acabe, así que no le presiono. Nunca hablamos de ese tema.

—Ya... —me dio la razón con la cabeza antes de ofrecerme una versión ligera, pero no por eso menos sobada, del monótono discurso con el que todo el mundo parecía empeñado en machacarme a todas horas durante los últimos tiempos—. Es que los hombres son muy cobardes.

—Eso es lo mismo que decir que los hombres son mancos, Rosa... Los habrá mancos, y los habrá con brazos.

—Bueno, bueno... Yo no digo nada.

Y efectivamente no volvió a abrir la boca hasta que el taxi paró al lado de la boca del metro, un par de minutos después.

—Cuídate —me recomendó, después de despedirse de mí.

—Lo haré —la prometí, diciendo adiós con la mano.

Cuatro días después, instalada en el Talgo que, más que avanzar, me alejaba sin piedad de un coche rojo que circulaba al mismo tiempo en una dirección casi matemáticamente opuesta, me dije que desde luego aquél no era un mal propósito, sobre todo porque apenas podía hacer otra cosa que cuidarme durante la implacable estación que estaba a punto de comenzar. Pero comer bien, dormir mucho, nadar en el mar, tomar el sol, pasear sin rumbo fijo todas las tardes, leer durante horas enteras y asistir cada noche al cine de verano, actividades que habrían sido suficientes para elaborar una definición personal del placer en cualquier otra época de mi vida, se convirtieron en una especie de intolerable obligación durante los días de plomo que habría preferido pasar en balde, sin hacer nada, sentada simplemente al lado del teléfono, en una casa que siempre me había encantado y ahora me parecía una especie de cárcel, y en un lugar demasiado parecido a un jardín para caber tan exactamente en el perfil del asolado desierto que castigaba mis ojos. Estaba tan ausente de mí misma, del espacio y del lugar que ocupaba mi cuerpo, que ni siquiera pasé calor, como si el aire tórrido, pero necesariamente respirable, de aquellas largas siestas de julio, se hubiera convertido en la contraseña de un tiempo preciso que ningún termómetro me ayudaría a recuperar. Entonces, por primera vez tuve miedo, miedo de que aquellas vacaciones no se terminaran nunca, de que aquella aterradora variante de la inexistencia marcara la pauta del resto de mi no vida, de que mi mirada se anclara para siempre en la estrecha gama de grises que contemplaba, como si un mundo enfermo hubiera perdido de golpe el color, el brillo, el volumen, que sólo retornaban, misteriosamente rabiosos, vivos, resplandecientes, cuando el teléfono sonaba en las horas justas, las doce y media de la mañana, las cuatro y media, las siete y media de la tarde.

—Te echo mucho de menos, Ana —eso fue lo primero que me dijo el once de agosto, por sorpresa, a la hora de la siesta—. Y estoy muy desconcertado, ¿sabes?, porque la verdad es que creía que iba a llevar esto mejor. Pero me acuerdo mucho de ti, todo el tiempo... Pasado mañana tengo que irme a Madrid, porque voy a participar en uno de esos Cursos de la Complutense, en El Escorial, una chorrada interdisciplinar, sobre el paisaje... Bueno, pues yo odio la moda esta de las universidades de verano, ya lo sabes, y cuando no me las puedo quitar de encima, estoy una semana de mala leche sólo de pensar en que tengo que trabajar en medio de las vacaciones, y sin embargo, esta vez me apetece mucho volver a Madrid, en serio, estar allí, simplemente, un par de días, aunque tú no estés... Porque tú no tendrás nada que hacer en Madrid pasado mañana, ¿verdad?

—No lo sé todavía... —le contesté después de un rato, cuando logré gobernar mi propio aliento.

Supongo que en aquel momento ya estaba todo decidido, por mucho que él me hubiera advertido después que nunca podría perdonarse que yo interrumpiera mis vacaciones sólo para ir a verle, por más que me hubiera recordado que Fuengirola estaba muy lejos, por muy amargamente que se hubiera reprochado en voz alta la debilidad de haberme contado sus planes, supongo que en aquel momento yo había decidido ya que no tenía nada que hacer excepto irme a Madrid un par de días, pero no me atreví a tomar ninguna decisión aquella noche, y tampoco fui capaz de hacerlo por la mañana, mientras valoraba obsesivamente las ventajas y los riesgos de aquella entrega sin matices, y cuando cayó la tarde todavía no me había atrevido a insinuarlo siquiera, y supongo que ya sabía que me iba a ir, pero también sé que no sabía muy bien qué hacer hasta que, después de cenar, escuché desde la cocina un griterío tan ensordecedor que dejé a medias la copa en la que intentaba encontrar una definitiva dosis de coraje, y corrí al salón para averiguar qué estaba pasando.

Cuando entré por la puerta, la voz de Amanda, llamándome —mamá, corre, mamá, ven a ver esto— se imponía con esfuerzo a un ensordecedor guirigay de comentarios sorprendentemente divididos entre la risa y la indignación. Todos los habitantes adultos de la casa estaban pendientes del televisor, atrapados en el desarrollo de una escena que al principio no fui capaz de interpretar. Una adolescente fea y bastante gorda se debatía como un coloso maltrecho entre los tres pares de brazos de otros tantos hombres que la sujetaban y que, a pesar de todas sus ventajas, no llegaban a impedir que avanzara de centímetro en centímetro, dejando caer todo el peso de su cuerpo hacia delante mientras embestía con la cabeza como un toro bravo, hacia un objetivo que aún no pude distinguir. La boca grotescamente desfigurada por un grito perpetuo, el pelo largo y lacio empapado por el llanto, aquella chica no terminaba de chillar ni de llorar, instalada más bien en el territorio intermedio de un formidable ataque de histeria, y al principio pensé que se trataba de la superviviente de alguna catástrofe, o de una manifestante radical de cualquier signo, tal era el empeño sobrehumano con el que se oponía a sus enemigos, pero la cámara se movió entonces hacia la izquierda para mostrar el rostro perplejo y asustado de un cantante de moda que seguramente jamás había contado con provocar una reacción semejante, y entonces me di cuenta de que los hombres que la sujetaban no eran policías, sino guardias de seguridad, y cuando pude oírla por fin, lo entendí todo. Presa de una pasión que la dominaba hasta un límite que ella misma quizás desconocía, aquella chica se expresaba en un lenguaje radicalmente impropio de su edad, de los gustos y la manera de ser que se adivinaban en su forma de ir vestida, pronunciando palabras dignas de la más atribulada heroína de un culebrón de sobremesa, frases que parecían copiadas de cualquier novela romántica barata, y sin embargo, mi piel se erizó de emoción al escucharlas, y unas lágrimas conscientes de sí mismas se asomaron a mis ojos mientras la veía, mientras distinguía su voz distorsionada por la desesperación, mientras sentía que me llamaba con todos sus gestos, mírame, le decía a aquel cretino que se negaba a complacerla, girando la cabeza en dirección contraria para exhibir una sonrisa plastificada y hueca, miserablemente indigna del penoso espectáculo que estaba provocando, mírame, por favor, sólo una vez, mírame, te lo suplico, te lo suplico, mírame sólo una vez y me iré de aquí, te lo estoy pidiendo de rodillas, ¿por qué no quieres mirarme?, te lo suplico, mírame, por favor, mírame...

—¿Has comprado hoy el periódico de aquí, papá? —pregunté cuando terminó el reportaje, sin apartar la vista del televisor.

—Sí —mi padre rebuscó entre un montón de revistas tiradas en el suelo, junto a su butaca, y lo encontró enseguida—. ¿Para qué lo quieres?

—Aquí vienen los horarios del Talgo, ¿no? —volví a preguntar, mientras hojeaba ya las últimas páginas detectando al mismo tiempo con el rabillo del ojo la mirada de alarma de mi madre.

—Sí, creo que sí... Pero ¿por qué...? —mi padre, que estaba en Babia, como casi siempre, interpretó mi curiosidad en la dirección más errónea—. ¡Qué bien! No me digas que mañana viene Antonio...

—No —contesté, cuando ya había elegido el tren de las diez y media—. Pero mañana yo me voy a Madrid.

El calendario nos había precipitado de golpe en el otoño, pero el cielo del 22 de septiembre amaneció pintado de un azul purísimo, presintiendo el luminoso castigo del sol que se cebaría a placer y sin dar tregua al reloj mucho antes de que llegara el mediodía, en los descarnados perfiles de la tierra seca, esa arisca sucesión de cimas arenosas, montañas peladas, desnudas de todo que, esa mañana sí, me parecían el lugar más grandioso de la Tierra. Estábamos desayunando en el comedor del hostal, un antiguo porche acristalado desde el que se divisaba el inmutable paisaje del desierto en todas las direcciones, y Javier, que ya se había tomado dos cafés mientras revisaba el contenido de una bolsa llena de cuadernos y aparatitos, tomando notas en un bloc, parecía tan involucrado en el territorio que nos rodeaba que, de repente, me miró como si mi presencia le sorprendiera.

—Lo siento, pero hoy vamos a tener que trabajar un poco —me dijo—. Espero que estés moralmente preparada para caminar algunas horas. Al fin y al cabo, si no he podido venir antes, fue por culpa tuya, así que...

Se echó a reír pero yo no pude seguirle, porque había llegado el momento de correr algunos riesgos.

—Oye, Javier... Lo que me has dicho esta noche...

Él terminó de reunir sus propiedades en la bolsa, la cerró, y se echó hacia atrás en la silla para quedarse quieto, mirándome, con los brazos cruzados y una sonrisa dulce e irónica a la vez.

—¿Qué?

Crucé los dedos por debajo de la mesa hasta que me dolieron, antes de repetirlo en voz alta.

—Que estás muy enamorado de mí.

—Sí —asintió, como si ya le hubiera preguntado algo.

—¿Es verdad?

—Sí —volvió a decir, con el mismo tono con el que se habría identificado si yo le hubiera preguntado si se llamaba verdaderamente Javier Álvarez.

—¡Ah! —murmuré—. Bueno, pues... Quiero decirte que yo también estoy muy enamorada de ti... —y entonces me quedé callada, como si no pudiera añadir en toda mi vida ni una sola palabra más a lo que acababa de decir, pero entonces recordé que ya le había dicho muchas veces que haría cualquier cosa por él—. Bueno, ya lo sabes. Lo que pasa es que como nunca habíamos hablado de esto... —y entonces sí me eché a reír—. Quería decirlo yo también.

Me miró en silencio, con la misma sonrisa dulce e irónica de antes, durante segundos que se alargaron hasta convertirse en minutos, o durante minutos que se evaporaron tan pronto como si fuesen segundos, un plazo tan incierto que el sonido de su voz, al romperlo, me sobresaltó como el eco de un grito.

—¿No me vas a preguntar nada más?

Medité el sentido de aquella invitación hasta que encontré una fórmula que me permitió aceptarla y rehusarla al mismo tiempo.

—No me atrevo.

—Muy bien —se levantó, se colgó la bolsa del hombro, y volvió a mirarme—. De todas formas, habrá que hacer algo al respecto... Sube a la habitación a por una chaqueta, anda, que seguro que ahí fuera hace frío.

No volvimos a hablar del tema en todo el día, ni por la mañana, mientras caminábamos alguna más que algunas horas, ni durante la comida, que se convirtió en una minuciosa lección sobre la función y la naturaleza de esos misteriosos instrumentos que le había visto usar sin comprenderlos, ni después de una siesta brevísima —demasiado apresurada para que me atreviera a estar segura de que algo había cambiado ya definitivamente entre nosotros, como si nos hubiéramos desprendido a la vez del último abrigo, una capa invisible y finísima que se evaporó de puro calor, para dejarnos mucho más desnudos de lo que nunca llegamos a estar mientras nos protegíamos con silencios—, ni en el viaje de vuelta a Madrid, que fue muy rápido, porque habíamos salido con tiempo de sobra para evitar el atasco de los atardeceres de domingo, pero cuando el coche de Javier se detuvo en el portal de la casa de mi madre, a las ocho de la tarde más o menos, me volví hacia él para decirle, por segunda vez en un solo día, algo que seguramente sabía ya.

—Oye, Javier... Quiero que sepas que, si decides hacer algo al respecto, puedes contar conmigo para lo que quieras, cuando quieras y como quieras. Todo lo que yo tengo, mi casa, mis cosas, mi sueldo, yo misma... En fin, ya sabes. Y gracias... Por todo.

Él alargó un brazo hacia mí, posó su mano sobre mi nuca, acercó mi cabeza a la suya y me besó. Nos despedimos sin decir nada más, y afronté el desastre que me esperaba en casa de mi madre con un extraño ánimo, más eufórica de lo que jamás había supuesto que nadie pudiera llegar a estar por un lado, terriblemente desanimada sin embargo ante la idea de que aquel fin de semana se hubiera acabado ya, y aterrada a la vez por los efectos que el resto de aquel día pudiera llegar a arrojar sobre mis hombros, demasiado cargados de emociones fuertes como para sostener con eficacia el suplementario peso de la culpa, una amenaza que había logrado eludir hábilmente desde el miércoles anterior, cuando escuché por fin, y con retraso, la más terrible secuencia de mensajes que mi hija podría haber llegado a volcar sobre la memoria de mi contestador.

Amanda acababa de suspender el examen de ingreso en la academia de ballet a la que había asistido durante los dos últimos años, pero eso, con ser tremendo, ni siquiera era lo peor. Florence, su profesora, animada por un espíritu que al principio no me decidí a clasificar entre la honradez o la crueldad, le había confesado en una larguísima conversación que, sinceramente, no creía que estuviera dotada para llegar a la cima. Mi hija había reaccionado como era previsible en una criatura de su edad, es decir, derrumbándose por completo, con toda la amargura, la desconfianza en sus propias fuerzas y la experiencia de la derrota que es posible acumular en diecisiete años de vida. Aunque sabía que la admitirían sin dificultad en otras escuelas menos exigentes, había decidido dejar de bailar, porque el horizonte de llegar a ser una bailarina mediocre no le compensaba por el sacrificio de las dietas brutales, las horas de barra y los pies llagados, el regular martirio al que la danza había reducido su vida.

Yo, que llevaba años preparándome para escuchar ese discurso, me vine abajo tanto como ella, y tuve que agarrarme las manos para resistir la tentación de llamarla antes de haber recuperado la serenidad imprescindible para afirmar con convicción que no pasaba nada, que tenía toda la vida por delante para encontrar una vocación más clemente y más justa que aquélla, que me alegraba de tener una hija que no estaría acabada a los treinta años, y que lo importante era que se centrara en otra cosa, que se dedicara a estudiar y que escogiera bien la próxima vez.

—Ni siquiera has empezado la carrera, Amanda, tienes un año por delante todavía, y la suerte de tener una idea clara de lo que quieres hacer. Eso no le pasa a todo el mundo a tu edad, ¿sabes?, muchas veces este tipo de fracasos son los que construyen a las personas para siempre...

—Estoy fatal, mamá —ella no llegaba a escucharme, atascada por su propia voluntad en el relato de su propio dolor—, muy mal, es que me siento una mierda, una mierda, en serio... Y no quiero seguir aquí. Quiero volver a casa. Enseguida, ya, mañana. Odio esta ciudad, odio a Florence, odio la Ópera de París...

—Muy bien, estupendo, maravilloso, no te preocupes por nada... Puedo ir mañana mismo a tu instituto a ver si tienen plazas libres de COU, y si no, te encontraré plaza en cualquier otro sitio... Conozco a muchos profesores de instituto por lo de los libros de texto de la editorial, ya lo sabes. No habrá ningún problema, Amanda, ningún problema. No creo que ni siquiera haya empezado el curso todavía...

A las nueve y media de la mañana siguiente, mi hija ya estaba matriculada en el Lope de Vega, donde estudiaba antes de marcharse a París. La subdirectora, a la que llamé después de arreglarlo todo por pura cortesía, sólo porque Javier se había apresurado a llamarla antes, al recordar que habían sido compañeros en los cursos comunes de

Geografía e Historia, me informó de que el curso no empezaría hasta la primera semana de octubre. Cuando llamé a Amanda para informarle de todo esto, pareció tranquilizarse por fin, pero me informó a cambio de que Félix le había sacado ya un billete de vuelta en un vuelo que llegaría a Madrid el sábado siguiente, aproximadamente a la hora de comer.

—¡Oh, hija, qué mala suerte! —y era mala suerte de verdad, porque hacía más de quince días que Javier y yo habíamos planeado ir de excursión a Los Monegros precisamente aquel fin de semana—. Yo el sábado no estaré en Madrid. Tengo que ir a una convención de la editorial... Bueno, no pasa nada. Ahora llamo a la abuela y que vaya ella a buscarte. Puedes estar en su casa hasta el domingo por la tarde. Cuando yo llegue a Madrid me voy derecha a recogerte y ya nos venimos las dos aquí, ¿vale? Todavía tendrás una semana de vacaciones...

En aquel momento no me di cuenta de que ya ni siquiera había considerado necesario pararme un instante a decidir qué haría, marcharme con Javier o quedarme en casa para consolar a mi hija en el peor momento de su vida, y cuando lo comprendí, sentí por un momento que me faltaba la tierra debajo de los pies, pero lo arreglé todo inmediatamente diciéndome que al fin y al cabo, Amanda volvía a casa para siempre, y que me sobraría tiempo, meses, años enteros, para compensarla por aquella justificada deserción. Mi madre no lo vio de la misma manera, pero cuando me cansé de escucharla, le colgué el teléfono. Mientras recorría el breve tramo que separaba la puerta del ascensor de la puerta de su casa, tres días después, ya sabía que ahora no sería tan fácil. En las distancias cortas era mucho más temible.

—Las ocho de la tarde, muy bien... ¡Estarás contenta!

—¿Dónde está Amanda? —pregunté, como única respuesta, entrando con precaución en el vestíbulo.

—Se ha ido al cine con su tía Mariola y con sus primos... Claro, como su madre está tan ocupada...

—Ya está bien, mamá.

—No. No está bien, no está bien... —me precedió hasta el salón y me señaló una butaca, justo enfrente de la que ella escogió para sentarse, como un inequívoco preámbulo de la sesión de tortura que había diseñado para mí—. Ana Luisa, hija, ¿qué te pasa? Es que no lo entiendo... Tú siempre has sido una loca, eso sí, una loca impulsiva y una tonta, perdona que te lo diga, pero es que es verdad, tonta perdida es lo que eres, que no hay más que verte... Pero siempre habías sido una madre estupenda, las cosas como son, eso lo he dicho yo desde el principio, desde que dejaste a Félix y sacaste a Amanda adelante tú sola, una madre ejemplar, ésa es la verdad, y ahora, en cambio... Pero ¿cómo puedes hacer una cosa así? ¿Tú sabes cómo está tu hija? Deshecha, enferma, triste, hecha polvo, y tú, en cambio... ¡Hala! Pensando solamente en acostarte por ahí con ese cabrón que...

—¡Mamá! —chillé—. Como digas una palabra más, me levanto y me voy.

—Pues la voy a decir... —me levanté y empecé a atravesar el salón—. Te lo voy a decir bien claro, que por ahí no vas a ninguna parte, que está jugando contigo, que estás haciendo el imbécil, que nunca va a dejar...

Salí al descansillo dando un portazo que mutiló piadosamente el final de su discurso, y me apoyé en la puerta para echarme a llorar de rabia, y de cansancio, y de hartazgo de aquella frase maldita que me perseguía por todas las esquinas de mi vida como un sabueso infaliblemente entrenado para destrozarme con sus dientes antes o después.

Pero, a veces, las cosas cambian.

Parece imposible, es increíble pero, a veces, pasa.

Yo lo sé porque el doce de octubre, fiesta, antiguo Día de la Raza, sonó el timbre de mi puerta a las dos menos cuarto de la mañana, justo en el instante en el que creía haber empezado a dormir. Amanda se había acostado casi una hora antes, y por eso salté de la cama deprisa, y me puse mi bata de pagodas y doncellas chinas para correr por el pasillo sin pensar siquiera en quién estaría al otro lado de la puerta, pendiente sólo de que un segundo timbrazo no llegara a despertarla, y al abrir me encontré con Javier, absurdamente enfundado en una gabardina gris en una noche de cielo limpio y luna llena.

—Siempre te despierto... —dijo, mientras atravesaba el umbral—. Lo siento.

—No importa —le aseguré, sonriendo—. Me encantaría que me despertaras todas las noches.

—¿Sí? —me preguntó con una sonrisa, mientras deslizaba la mano izquierda dentro de mi bata, un segundo antes de besarme en los labios—. Pues estás de enhorabuena... Porque acabo de decirle a Adelaida que me voy de casa.

Índices y mapas

Cuando Marisa me advirtió que tenía los ojos raros, al mismo tiempo que fabricaba sobre la marcha aquella tonta excusa sobre el cepillo del rímel y el algodón empapado en desmaquillador, me di cuenta de que ya estaba mucho mejor, y ni siquiera lamenté el pequeño duelo que había celebrado a solas conmigo misma en el cuarto de baño, como si pudiera presentir que aquel rito íntimo e inútil encerraba al mismo tiempo el final de la peor época de mi vida adulta, la odiosa tiranía de una debilidad que se había hecho fuerte en mi interior a costa de dejarme casi definitivamente exhausta. Aunque habían pasado ya dos meses y medio desde que mi hermana Natalia pagó mi invitación a comer con la confidencia más nimia y más deslumbrante, la definitiva prueba del método favorito de mi marido para emplear el tiempo libre, y aunque ella se hubiera cansado de interrogarme con los ojos en las comidas familiares, la verdad es que lo tenía todo rigurosamente controlado, y cada pieza, cada detalle, cada elemento del plan que diseñé casi sobre la marcha para irlo perfeccionando después poco a poco, había ido ocupando el lugar previsto con tanta facilidad como si me tocara por fin cobrar los intereses de aquel inmenso capital de fe que antes había depositado en el destino sin ningún resultado. La enorme cantidad de trabajo que los índices de la colección, como el rompecabezas más desquiciante, depositaba cada mañana sobre mi mesa, me ayudó a pensar y a hacerme invisible en casa por las noches, porque nada resulta más convincente que advertir que una está agotada cuando el cansancio se lee sin dificultad en cada esquina de su rostro. Siempre había pensado que lo mejor sería irme de viaje con los niños justo después de devolver a mi marido la libertad precisa para follar con otras en su propia cama, y Fran había decidido que, como el cierre del último fascículo del *Atlas* coincidía con la primera semana de abril, podíamos tomarnos las vacaciones de Semana Santa cinco días antes de lo previsto. A Ignacio padre, que en aquel preciso momento debió de empezar a repasar de memoria su agenda de teléfonos, le había parecido muy bien, y en el colegio, el tutor de Ignacio hijo, que ya me había advertido de ciertos indicios de una misteriosa reconciliación del niño con las matemáticas, no vio ningún inconveniente en mi proyecto de acortar el segundo trimestre en cuatro días lectivos, y ni siquiera me miró mal cuando le anuncié que tenía la intención de separarme de mi marido. Hubo un momento incluso en el que sospeché, mientras me contaba que él también estaba separado y me daba ánimos para el futuro, que me estaba mirando bien, y no sé si acerté o no, pero el caso es que salí de su despacho con un humor estupendo, agradeciendo por dentro aquel empujón tanto si había sido real como figurado. Los niños, por supuesto, estaban encantados de venirse conmigo a Roma. Había tenido suerte con la hora del vuelo, con la situación del hotel y hasta con las tarifas que escogí en la agencia de viajes, por eso me afectó tanto que una mañana apacible y soleada del mes de marzo, cuando absolutamente todo se encaminaba con pasos medidos, tranquilos, mansos, hacia su fin, la voz de Adela me anunciara desde el interfono que tenía una llamada de un tal Nacho Huertas, fotógrafo.

No tuve que forzar ni siquiera la voz para pedirle a mi secretaria que le dijera que estaba muy ocupada, que le llamaría yo cuando tuviera un momento libre, y después no dudé ni un instante de haber hecho no ya lo correcto, sino lo único posible, pero no pude evitar recordar, y fantasear un rato con el desconcierto en el que mi respuesta debía de haber sumido a un hombre que tendría que aprender ahora a que yo le rechazara, e incluso imaginé un último encuentro, una última sesión en la que yo fuera quien decide, quien elige, quien controla, y sin embargo, antes de que me atreviera a sugerirme que tal vez no me vendría mal un polvo póstumo, yo misma me abofeteé con los dedos de mi memoria y me prohibí con éxito seguir por ese camino, por muy inofensivo que, de puro imaginario, me pareciera hasta a mí misma. No devolví esa llamada ni entonces ni nunca, y no esperaba que Nacho volviera a llamar, pero lo hizo, una semana más tarde, y entonces hablé con Ana, le pedí que le llamara expresamente en mi lugar, que le dijera que yo estaba muy liada y ella dispuesta a resolver cualquier pega que hubiera surgido, y pensé que eso sería suficiente, porque Ana me confirmó lo que las dos sabíamos ya, que Nacho no tenía ningún problema, que simplemente quería hablar conmigo. Estaba decidida a que no lo lograra nunca más cuando, en el salón de mi casa, aquella misma tarde, mientras Lobezno buscaba frenéticamente por los túneles del subsuelo al científico loco capaz de proporcionarle un antídoto para el veneno que estaba paralizando sus mutantes vísceras después de haber sumido ya a Júbilo en una especie de letargo mortal, sonó el teléfono y lo cogí sin curiosidad alguna por la voz que iba a escuchar al otro lado de la línea.

Vaya, Rosita, ¡por fin!, empezó, pero yo estaba ya inmunizada contra sus diminutivos y aquel tono festivo me molestó más de lo que podría haber llegado a suponer, así que no contesté, ¿dónde te metes?, insistió él, estoy viendo una serie de dibujos animados con mis hijos, le informé, ¡qué divertido!, pues sí, nos estamos divirtiendo mucho, desde luego... En la pausa que se abrió a continuación me pregunté si se atrevería a pasarse de listo, pero no tuve suerte, me parece que no te apetece hablar conmigo, dijo solamente, sí, te parece bien, respondí, y colgué el teléfono sin despedirme, pero no llegué a enterarme de los efectos del líquido verdoso de la ampolla de cristal que el hombre-lobo estaba a punto de inyectarse en su peludo y moribundo brazo, no comprobé si le devolvía o no a esa vida que le abandonaba por momentos, porque miré el reloj y me dije que por una vez no estaría mal que me arreglara con tiempo, y estaba tranquila cuando me levanté, tranquila y conforme conmigo misma, y esa sensación no me abandonó cuando cerré la puerta del cuarto de baño, me hizo compañía mientras me duchaba, mientras me vestía, mientras me daba un poco de colorete con una brocha, pero cuando tenía ya el cepillo del rímel en la mano, me di cuenta de que mis ojos brillaban demasiado, y aunque hace años que mi cara no me sorprende ni siquiera cuando me corto el pelo, tuve que admitir que estaba a punto de echarme a llorar.

A cambio, me di cuenta de que mi plan tenía un fallo gravísimo, y aunque cogí antes de salir el sobre que dormía en el cajón de mi escritorio desde hacía casi dos meses, entre las fotos de los niños y las facturas desordenadas, aunque llegué incluso a ponerle uno de esos sellos que llevo siempre en el monedero, comprendí que nunca debería haber escrito esa carta de despedida, una trampa tan pobre como esas otras cartas de amor que habían compuesto la crónica más dolorosa y más feroz de mi desesperación por Nacho Huertas. Porque entre la nobleza de la resistencia y la vileza de la cobardía sólo hay un paso, no me quedaba más remedio que hablar con Ignacio aquella misma noche, no podía hacer otra cosa que decírselo todo a la cara antes de marcharme. Ése era el precio justo de la paz.

Después de descubrir que Rosa estaba muy rara y que Fran estaba rarísima, tuve que preguntarme si no sería más bien yo misma quien se estaba comportando de una manera extraña. Motivos tenía, desde luego.

Al salir de la editorial había pasado por la agencia para recoger los billetes y el programa de mi viaje. A la mañana siguiente, inauguraría una semana de vacaciones suplementarias marchándome a Cartagena de Indias, Colombia, nada menos. Era la última vez, por eso no me importaba tirar la casa por la ventana. Y sonaba estupendamente, desde luego, pero no había escogido aquel lugar por la exótica belleza de su nombre, sino porque fue el más lejano que encontré entre los clubs de vacaciones situados en países donde se habla español. Aquel detalle, al que Alejandra Escobar no habría concedido jamás ninguna importancia, a mí me parecía fundamental, en cambio, porque no podría tomar ninguna decisión verdaderamente importante si no llegaba a enterarme bien de todo lo que me decían. Ya sabía que, por mucho que estuviera decidida a viajar con su nombre, ella nunca volvería a ser del todo yo, y yo seguiría siendo más yo que nunca para siempre, pero esa íntima reconciliación con mi identidad, lejos de tranquilizarme, empezó a proyectar las sombras más negras sobre mi conciencia desde que metí los billetes en el bolso, y aunque los dejé en la mesa del recibidor al salir de casa, más por perderlos de vista que por temor a perderlos de verdad, aquel peculiar presentimiento de la catástrofe salió conmigo del coche, entró como mi sombra en el restaurante, y se sentó a mi lado, entre Rosa y Fran.

Ya me había resignado a que aquella voz oscura y detestable que gobernaba mis actos por anticipado fuera tan mía como las decisiones que la desmentían, y no la distinguí entre el barullo de gritos, burlas y advertencias más o menos sombrías que atronaban entre mis sienes desde días antes, un estridente coro que había logrado controlar con éxito hasta aquel momento, que era el último, pero cuyo tono se elevó hasta rozar el límite de un estruendo ensordecedor mientras miraba la pequeña, elegante y escogida carta de aquel restaurante sólo por mirar a alguna parte. Entonces, precisamente porque no habría ya otro momento después, no encontré una manera de esquivar los pronósticos más negros, aquellas preguntas cargadas de un desprecio familiar, el que solamente yo he podido llegar a acumular durante cuarenta y un años de vida conmigo misma, ¿adónde vas, Marisa?, me preguntaban aquellas voces, ¿adónde vas, hija mía?, que mira que eres imbécil..., y yo intentaba contestar al principio, a Colombia, afirmaba, pero no me creían. ¿A Colombia...?, repetían sin piedad, no. Vas mucho más lejos, o mucho más cerca, según se mire, porque en realidad no tendrías por qué moverte de Madrid, todos los días compras el periódico, eso sería suficiente, ciento veinticinco pesetas nada más, las páginas de anuncios por palabras están repletas de reclamos de hombres apasionantes que sólo quieren hacerte feliz, chicos jóvenes, guapos, sobrios, y entrenados para susurrarte en el oído que eres una mujer muy especial, rubia, rubia... Basta ya, basta ya, basta ya, no es eso, no es eso, no es eso, ¿ah, no?, claro que es eso, no, no es eso, sí, sí lo es, tu casa respira, Marisa, toma aire primero, como una persona, y lo expulsa después, muy despacio, eso son las vigas de madera, viejas, y el cañizo que sostiene las escayolas, mi primo Arturo me lo contó una vez, y es arquitecto, los muros se hunden cada día en el suelo, las casas antiguas nunca dejan de asentarse, tu casa respira, Marisa, como una persona, demasiado silencio, en el silencio absoluto los ruidos se escuchan mejor, eso no tiene nada que ver, y además no voy a hacer nada malo, me voy a Colombia, de vacaciones, una semana, nada más, te vas sola, sí, sola, ¿y qué?, y nada, siempre es igual, ya sabes, vacaciones para ti sola, Navidades para ti sola, cumpleaños para ti sola, alguien te enterrará, eso seguro, no van a dejar que te pudras en un tercer piso de la calle Santísima Trinidad, un vecino llamará a los bomberos, o algo así, no te preocupes, cállate, no quiero, callaos de una vez, no queremos, callaos, me voy a Colombia, no, a Colombia no, sí, a Colombia, a Colombia, a Colombia... Muy bien, a Colombia, ¿y qué esperas encontrar allí? En el peor de los casos, ya sabes, nada de nada, siempre ha sido así, siempre, excepto aquella vez, ¡y qué suerte tuviste!, un tunecino de veintiocho años casado y con dos hijos, que apenas sabía leer y tardaba dos minutos en correrse, y no has vuelto a saber nada de él, por supuesto, porque las turistas feas, rubias y solas nunca se agotan, no habrá tenido tiempo siquiera para acordarse de cómo te llamas, claro que nunca llegó a saber en realidad cómo te llamas, en fin, ¡menudo chollo!, cállate, no quiero, no lo entiendes, claro que lo entiendo, yo estaba allí, ¿ya no te acuerdas?, déjame en paz, no es eso, sí lo es, me voy a Colombia, Foro te quiere, cállate, Foro te quiere, ¿y qué?, no voy a hacer nada malo, me voy una semana de vacaciones, nada más, Foro te quiere, ya lo sé, la vida pasa factura por los errores que cometen los imbéciles como tú, eso no es verdad, sí lo es, Foro te quiere, imbécil, me voy a Colombia, en Colombia nadie te quiere, no es eso, sí lo es, pero yo no estoy enamorada de Foro. Y en el silencio repentino de la nada absoluta, lo pensé otra vez, lo repetí despacio, marcando las sílabas, como si lo estuviera diciendo en voz alta. Yo no estoy enamorada de Foro.

Tal vez, si ahora te quedas, dentro de un año lo estarás... Aquella voz solitaria, principal, la más oscura, me mintió entonces con un acento muy distinto del que solía escoger para martirizarme. No me insultó, imbécil, imbécil, imbécil, no abusó de su superioridad sobre mí, no quiso maltratarme. Entonces comprendí que no había podido distinguirla de las demás porque no había querido intervenir hasta entonces en aquella insoportable sesión de tortura sonora. Y no añadió una sola palabra más, pero proyectó una serie de imágenes concretas, pequeñas, apacibles, sobre la atormentada pantalla de mi memoria. Dos zapatos marrones, viejos y sucios, deformados por el uso, a punto de reventar por las costuras, cuidadosamente alineados a los pies de mi cama, con su correspondiente calcetín dentro, como los zapatos de un niño que se ha acostado esperando la llegada de los Reyes Magos. La foto de un adolescente dentro de una funda de plástico, en una cartera de piel tan desgastada que parecía de cartón. Dos vestidos rojos, uno corto, que descubrí en un escaparate por azar, mientras volvía a casa andando por la calle Goya, y otro mucho más elegante y ceñido, con tirantes, el primer vestido largo hasta los pies que he tenido en mi vida. Una tartera de plástico blanco, con la tapa amarilla, encima de un mantel de papel, en una mesa de hierro de ese merendero de la Casa de Campo que está justo enfrente del lago. Un ventilador moviéndose despacio sobre mi cama, en la sofocante oscuridad de las noches de verano. Una caja de música como la que nadie me ha regalado jamás.

Rosa le estaba contando a Fran que se iba a Roma con los niños al día siguiente. Cuando me preguntó a qué hora salía mi avión, por si llegábamos a coincidir en el aeropuerto, le dije que a lo mejor, después de todo, acababa quedándome en Madrid.

El pliegue de la nuca de mi hijo medía seis milímetros.

El jefe de servicio movía el detector del ecógrafo sobre la piel de mi vientre, apenas abultado en la decimosexta semana de embarazo, cuando pronunció aquel dato en voz alta, con un acento estrictamente neutral. Creo que entonces dejé de notar el tacto gélido, viscoso, de la gelatina transparente con la que me había embadurnado la tripa antes de empezar, y fue entonces desde luego cuando distinguí por fin, nítida, inequívocamente, la cabeza de mi hijo, reproducida a una escala más que gigantesca en un enorme monitor situado frente a la camilla donde yo estaba tumbada. A su izquierda, la cabeza de Martín, que lo miraba con la boca abierta, era casi del mismo tamaño. Yo escuché aquello, pliegue de la nuca, seis milímetros, y una enfermera, tan pendiente como nosotros de la pantalla, apuntó algo en un impreso donde antes había escrito sólo mi nombre, mis dos apellidos y mi edad, Francisca Antúnez Martínez, 39 años. A mi izquierda, una genetista auxiliar presenciaba la escena en silencio, y le pregunté casi sin pensarlo, ¿qué significa eso? Ella me miró, sonriendo, antes de contestarme, eso quiere decir que no es un Down.

El dios de la bata blanca empezó a mover el detector más deprisa, mientras pronunciaba en el mismo tono neutro, pero apacible, una larga serie de palabras que interpreté sin esfuerzo. Veamos, dijo primero, corazón, pulmones, hígado, riñón izquierdo..., espera, a ver..., y riñón derecho, la enfermera lo apuntaba todo con diligencia, sin interrumpirle en ningún momento, vesícula, prosiguió él, aparato genital.... Entonces se dirigió a mí. ¿Quieren conocer el sexo? Yo apenas me atreví a mover la cabeza de arriba abajo pero Martín contestó en voz alta, sí queremos. Es un varón, dijo él sin ningún énfasis, ¡bien!, mi marido no logró reprimir una expresión de ánimo que hizo sonreír a todos los presentes. Esto es un pene, añadió el genetista, mirándome por debajo de las gafas, y uno..., y dos testículos, y prosiguió tranquilamente, vamos hacia la cabeza, columna vertebral única, de desarrollo normal, estructuras cefálicas completas, cara..., le estamos viendo la cara, aclaró, y era cierto. En esa grisácea masa de un líquido de apariencia extrañamente sólida, donde aquel ser diminuto nadaba sin saberlo, como una rana simple y feliz de su simpleza, se destacaban entonces los huecos de los ojos, la prominencia mínima de una nariz, la línea de la boca. Yo le miraba sin acabar de creérmelo del todo, primípara añosa dividida entre el pánico, que se resistía a ceder, y la emoción de comprobar que aquel hijo que aún no había logrado sentir efectivamente existía, más allá de la masa borrosa de las primeras ecografías convencionales, existía porque tenía cara, porque yo la estaba viendo. Vamos a medir la frecuencia cardíaca, dijo el médico entonces, y añadió algunas cifras indescifrables antes de levantar el detector de mi tripa y encajarlo en el aparato donde había tecleado todo el tiempo con la mano izquierda. Está todo muy bien, me dijo, ahora vamos a extraer el líquido amniótico.

La genetista situada a mi izquierda volvió a embadurnarme con gel y posó el detector de un ecógrafo distinto exactamente encima del feto. El jefe de servicio se inclinó sobre mí con una gran jeringa entre sus dedos enguantados. Esto no le va a doler, me aclaró, es sólo un pinchazo. El niño, porque ahora ya era un niño, se movía con gestos graciosos de puro torpes, como un mal bailarín en una película rodada en cámara lenta. Hasta que la aguja penetró en mi vientre. Entonces, mientras el ecógrafo nos consentía ver su extremo afilado a través de las paredes de mi cuerpo, se quedó quieto, inmóvil, como si se hubiera muerto. ¿Por qué se ha parado?, pregunté. Es pequeño, pero no es tonto, me contestaron, en su hábitat acaba de entrar algo extraño y él, por si las moscas, prefiere pasar desapercibido... Luego, cuando la jeringa estuvo llena de un líquido blanquecino, misteriosamente turbio, y la aguja desapareció de la pantalla, mi hijo, ignorante aún de lo satisfecha que su madre estaba de su instinto, volvió a moverse para recuperar el dominio de su territorio. Si hubiera estado sola, en aquel momento habría liberado las lágrimas que mantenía a raya, estancadas, inmóviles, un milímetro más allá de mis ojos, pero siempre me ha dado mucha vergüenza llorar delante de extraños.

Mientras esperaba a que llegaran las demás, sentada a la mesa de aquel restaurante, leí una vez tras otra el informe que había recogido del buzón antes de salir de casa. Allí estaban todos los resultados del estudio genético prenatal, consignados uno por uno, con el detalle que no había obtenido un par de semanas antes, cuando llamé por teléfono para que me informaran concisamente de que todo estaba bien y de que ya no había ninguna duda de que era un varón. Ahora, en cambio, podía leer y leer hasta aprenderme de memoria toda una larga lista de nombres incomprensibles, todos aquellos ignorados síndromes reconfortantemente descartados por la palabra situada a su derecha, negativo, negativo, negativo, todas aquellas insospechadas proteínas felizmente consagradas en la misma columna por una palabra diferente, pero con las mismas sílabas, positivo, positivo, positivo, y el resumen de la ecografía de alta precisión, pulmones, sí, corazón, sí, hígado, sí, riñón izquierdo, sí, riñón derecho, sí, estructuras cefálicas, sí, cara, sí. Porque le habíamos visto la cara.

Creo que ningún compromiso de todos a los que me he sentido obligada en mi vida, incluido aquel ya remoto psicoanálisis de los jueves, ha llegado a resultarme tan arduo como aquella cena, por más que la hubiera dispuesto yo misma como una cita festiva, hasta triunfal. Habíamos acabado con el *Atlas*, lo habíamos liquidado. Nunca había albergado el menor temor de que no llegáramos a conseguirlo, pero lo habíamos conseguido y había que celebrarlo. Sin embargo, no me apetecía nada estar allí, agradeciendo el esfuerzo de mi equipo, más que cenando, y no veía el momento de volver a casa para enseñar a Martín aquel prodigioso rosario de fórmulas milagrosas, todos aquellos negativos y positivos, los síes y los noes que recompensaban a tiempo su fe, una certeza que se había impuesto a todas mis dudas, a todas las suyas, hasta el punto de que, mucho antes de conocer los resultados de la amniocentesis, él le había anunciado mi embarazo a todo el mundo y yo todavía no me había atrevido a contárselo a nadie. Y sin embargo, aquella misma noche debería hablar del tema con las demás, porque seguramente llegaría un momento en que tendría que abusar de ellas. La fecha prevista de parto coincidía con las vacaciones, primera semana de agosto, pero ya había decidido cogerme el permiso de maternidad tan íntegramente como cualquier secretaria, lo que significaba que no me reincorporaría al trabajo hasta el mes de diciembre. Y habría trabajo. Ésa sería la segunda noticia de la noche.

Todavía no había decidido por dónde empezar cuando Rosa me ofreció un pitillo por segunda vez mientras Ana ocupaba por fin el sitio libre que quedaba a mi derecha. ¿Has dejado de fumar?, me preguntó, extrañada. Sí, contesté, y además tengo que contaros un par de cosas...

Nunca me había resultado fácil ir de compras con mi madre, pero aquella tarde estuve a punto de dejarla sola en el probador, con los veinte o veinticinco modelos de bañador que había ido desechando uno por uno después de estudiar minuciosamente el efecto que producían sobre su cuerpo. Todos le hacían tripa porque tenía tripa, todos le marcaban arrugas en el escote porque tenía arrugas en el escote, ninguno le señalaba la cintura porque ya no tenía cintura, pero me cuidé mucho de advertírselo en voz alta porque no estaba dispuesta a comprometer por nada, ni por nadie, el esplendoroso bienestar que, como una buena borrachera, tenaz y perpetua, me mantenía flotando muy por encima de las cabezas de los miserables habitantes de este mundo, toda esa pobre gente capaz de desesperarse en el probador de una tienda al principio de la temporada. Cuando se lo conté a las demás, para justificar mi retraso, Rosa me preguntó si yo también iba a aprovechar mis quince días de vacaciones para marcharme a alguna parte, y contesté que no, porque no tenía un puto duro. Eso era tan rigurosamente cierto como que me daba igual no tenerlo, conclusión que Marisa extrajo en voz alta del acento con el que acababa de confesar mi indigencia. La verdad es que ningún viaje al lugar más maravilloso de este, o de cualquier otro planeta, podría apetecerme más que el plan que Javier y yo habíamos diseñado para las dos siguientes semanas, y que consistía en encerrarnos en casa para follar mucho, leer mucho, ver muchas películas por la televisión, cenar muchas porquerías después de la medianoche y salir a la calle a tomar muchas copas de licor nacional inmediatamente después. Ésa era la fórmula de la felicidad, y era barata.

La separación de Javier le había dejado en la ruina, pero yo nunca creí que nadie pudiera llegar a disfrutar tanto pagando facturas como disfrutaba yo entonces, cuando seguí haciéndome cargo de todos los gastos de mi casa, igual que antes, aunque ahora él durmiera en mi cama todas las noches y Amanda hubiera regresado al dormitorio del final del pasillo. Cada peseta de la que me desprendía encerraba un pequeño triunfo, a medio camino entre el premio y el desafío, y a fin de mes, cuando mi cuenta corriente rozaba los números rojos, en lugar de preocuparme, murmuraba para mí, no vais a poder conmigo... La pobre Adelaida había sido implacable, y el correspondiente juez de familia —que confirmó mi vieja intuición de que a los altos estamentos de cualquier Estado, por muy laico y progresista que se declare, le jode que la gente se divorcie— le había asignado una pensión compensatoria temporal, durante un periodo de diez años, a pesar de que, en la práctica, no era solamente una mujer trabajadora, sino hasta una mujer empresaria. En la sentencia provisional se reconocía de forma tácita que era lícito valorar económicamente el dolor moral de la demandante, y que ésta, al coger el teléfono, recoger la correspondencia del buzón y hacer la cena cada vez que había invitados, había contribuido esencial e indiscutiblemente al éxito profesional del demandado, y en consecuencia tenía derecho a compartir sus ganancias. Mi primera reacción, al leer aquella sarta de barbaridades, fue echarme a reír, y hasta hice bromas sobre la compensatoria que Angustias podría pedirme a mí cuando decidiera dejar de ser mi asistenta, pero la verdad es que el asunto tenía muy poca gracia y Javier, cada vez que se acordaba, echaba humo por la nariz. Sin embargo, ni siquiera su certero discurso sobre el putrefacto imperio de la reacción arteramente maquillado con vagos enunciados feministas logró echar a perder ni un solo minuto de un tiempo incalculablemente nuevo y precioso.

Aunque la circunstancia de cobrar cada mes apenas una cuarta parte de su sueldo obligó a mi novio a viajar muchísimo, para asistir a todas las conferencias, mesas redondas, congresos o cursos de doctorado que cualquier amigo suyo pudiera proporcionarle en cualquier facultad de Geografía, dentro o fuera de España, y aunque yo casi nunca podía viajar con él, la verdad es que a aquellas alturas, cuando llevábamos ya seis meses viviendo juntos, lo único que no acababa de cuadrar eran los números. Amanda, después de todo, había aceptado a Javier sin dificultad, y había colaborado de una forma decisiva en la adaptación de los hijos de Adelaida a una situación que era necesariamente mucho más conflictiva para ellos que para sí misma, aunque la hubieran conocido tres meses después que mi hija. A pesar de esta y de otras precauciones, las cosas no fueron nada fáciles al principio. Javier hijo, el mayor, tenía once años y estaba muy bien educado, pero aunque quería mucho a su padre, a veces llegué a pensar que me odiaba. Carlitos, el pequeño, acababa de cumplir siete y, a cambio, tuve la impresión de haberle caído tan bien desde el primer momento como él a mí. Pero los dos adoraban a Amanda, que los llevaba al cine, y a cenar hamburguesas, y jugaba con ellos al fútbol en el parque, y quedaba con sus primos pequeños para organizar sesiones de escondite que abarcaban toda la casa sin quejarse nunca por ser siempre la que buscaba, y les contaba cuentos de miedo por las noches, renunciando cada quince días a planes de fin de semana que a la fuerza tenían que seducirla mucho más que aquellas improvisadas tareas de niñera perfecta. Yo le daba las gracias de todas las maneras que se me ocurrían, aumentando su paga y dejándola llegar más tarde por las noches, pero ella, sin dejar de agradecer mis concesiones, quiso aclararme enseguida su posición, yo también soy hija de padres separados, mamá, sé muy bien lo mal que se pasa.

En cualquier otro momento de mi vida, esa sucinta confesión me habría hecho tanto daño como el que sólo llega a producir cualquier verdad amarga e indudable, pero mi amor por Javier, que me había hecho por una parte extrañamente consciente del valor de las cosas, del paso del tiempo, de los pequeños placeres domésticos, de la edad de mi cuerpo, y hasta de la muerte que llegaría un día para arrebatarme todo cuanto he poseído, me había sumergido a la vez en una extraña suerte de insensibilidad por cualquier cosa que ocurriera fuera de mí misma, de mi amor por él, hasta el punto de que cada vez me costaba más trabajo indignarme frente al mundo que nos cobijaba. Misteriosamente dividida entre una generosidad tan plena que implicaba mi propia anulación, y un egoísmo tan exacerbado que me impedía mirar con atención cuanto me rodeaba, nada de lo que hacía mecánicamente, obedeciendo a una rutina apenas soportable de puro cotidiana, me interesaba en lo más mínimo si no me abocaba por fuerza a la memoria, al nombre, al cuerpo de aquel hombre. Entre los objetos de ese desinterés se incluía desde luego la cena conmemorativa del final del *Atlas*. Antes de llegar al restaurante ya había decidido marcharme a casa inmediatamente después del postre, sin aceptar la menor prórroga alcohólica, pero la verdad es que nunca me arrepentí de haber asistido, porque sobre mi futuro inmediato, por mucho que yo me negara a pensar en ello, pendía una amenaza concreta, inminente y temible, que era precisamente la que Fran conjuró en la pausa que precedió a la llegada del segundo plato.

—¿Qué dices? —Ana sonreía—. Si estoy sin un puto duro...

Cuando la escuché, sentí que mis piernas se vaciaban de golpe aunque no tuvieran que soportar peso alguno.

—Bueno, no parece importarte mucho... —Marisa comentó su respuesta en un murmullo en el que llegué a detectar un impreciso punto de rencor.

—No, la verdad es que no me importa nada.

Ana, que seguía sonriendo, me miró.

—Pues a mí sí que me va a importar —dije, sin haberlo previsto previamente, y todas me miraron a la vez, pero ninguna se atrevió a preguntar nada—. Me voy a separar de Ignacio.

—Me parece muy bien —Ana me daba la razón con la cabeza.

—A-a mí también —Marisa se sumó enseguida, cabeceando al mismo ritmo. Fran no dijo nada, pero insinuó un gesto parecido, y yo agradecí cada uno de estos signos, aunque supiera de sobra que no me iban a servir para nada cuando tuviera a mi marido delante.

—Bueno... —continué, sin embargo, porque lo único que tenía ya sentido era seguir hasta el final, y porque repasar mis planes en voz alta me prestaba un raro consuelo—. Por eso me voy a Roma con los niños, para quitarlos de en medio al principio, porque... Ignacio todavía no lo sabe. Le había escrito una carta, lo típico, querido Ignacio, no te extrañe luego de que empiece llamándote querido porque en el momento de escribir estas palabras te quiero de verdad, pero ya no puedo seguir viviendo contigo... En fin, ya sabéis. Se la pensaba mandar mañana por correo, desde el aeropuerto, pero me acabo de dar cuenta de que eso es una tontería. Intentaré hablar con él esta noche, o mañana, antes de salir, en el desayuno, no lo sé... A lo mejor lo de la carta no era tan mala idea, porque la verdad es que esa conversación me da pánico...

—No te preocupes —Ana me puso una mano encima del brazo—. Con el tiempo, acaba saliendo callo.

—Pero te quedarás con la ca-asa, ya te digo... —supuso Marisa en voz alta.

—No, no —y moví la mano en el aire para negar dos veces, como si esa sola suposición bastara para aterrarme—. Desde luego que no. Odio esa casa. Odio Capitán Haya. Odio a mi portero. Odio a mis vecinos y odio el alto estanding... Quiero volver a mi barrio de cuando era pequeña, entre Recoletos y Hortaleza, más o menos. Barquillo, Fernando VI, Almirante, Conde De Xiquena, Bárbara de Braganza, Piamonte... La calle me da lo mismo, pero quiero una casa con techos de tres metros. Intentaré convencer a Ignacio de que vendamos el piso y nos repartamos el dinero, y si no quiere, le diré que me compre mi parte, aunque tenga que pedir un crédito, porque lo que no puedo es cobrársela a plazos, que es lo que va a intentar, que lo sé porque le conozco. Pero el viaje a Roma ha dejado mi cuenta corriente más bien... escueta, y ahora que se acaba el *Atlas*... Ya sé que no me voy a morir de hambre, pero de todas formas...

—Vamos a ser vecinas —no tuve tiempo de prestar atención al comentario de Ana porque la voz de Fran se impuso milagrosamente sobre sus palabras.

—Por el dinero no te preocupes. Hay trabajo —dijo solamente, y entonces todas la miramos a la vez, aunque ninguna se atrevió a preguntar nada—. No me miréis así, ya lo sabíais, ¿no?

—N-no —Marisa contestó después de un rato.

—Sí —Fran insistió—. Hace ya meses que os conté que tenía un proyecto.

—Ya-a, pero proyectos, proyectos... Buah, n-no veas, siempre hay un montón de proyectos circulando, y del proyecto a-al hecho...

—Bueno, pues éste ha salido. Sólo hay una cosa que me preocupa, pero primero... En fin. ¿Cómo sois de melómanas?

—Todo lo que haga falta —aseguré, notando que empezaba a respirar mucho mejor.

—¿Una historia de la música? —supuso Ana en voz alta, y la interrogada le dio la razón con una sonrisa que fue inmediatamente pagada con otra, mucho más radiante aún.

—La civilización occidental desde el cencerro hasta el cencerro —resumí en un murmullo, mientras sentía que de repente la música me apasionaba como ninguna otra cosa en este mundo.

—Exactamente —confirmó Fran—, pero todavía no sabéis lo mejor... Doscientos veinte fascículos.

—¡Cuatro años! —grité.

—Y medio... —me corrigió Marisa—. Entre unas cosas y otras...

—Cua-tro a-ños y me-dio —sumó Ana, marcando el ritmo de cada sílaba encima de la mesa con los puños cerrados y una expresión jubilosamente intensa.

—¿Cómo lo veis?

—M-muy bien.

—De puta madre...

—¿Cuándo se empieza?

—Ya —Fran estaba incluso en condiciones de dar detalles—. Con la prórroga aquella que tuvimos que añadir cuando Planeta-Agostini nos pisó el título del *Atlas,* vuestros contratos terminan el 1 de mayo. Podéis tener contrato nuevo el mismo 1 de mayo. Vamos un poco pilladas, pero si empezamos a trabajar a la vuelta de Semana Santa, podríamos salir en Navidad. Sería mejor octubre, pero no vamos a llegar, eso desde luego... Pero antes de nada, ya os he dicho que hay una cosa que me preocupa. He colado el tema con una condición. En teoría, el precio de cada fascículo incluye un cd con la obra del compositor correspondiente, que eso por supuesto se compra y punto, no tenemos que hacerlo nosotras, pero además regalamos un cd-rom con cada número. Naturalmente, no es un regalo auténtico, pero eso da igual, ya conté con ese detalle al presupuestar la colección. El problema no es el precio, sino el cd-rom en sí —entonces se giró completamente hacia la izquierda—. ¿Vas a poder con eso, Marisa?

—A-anda, pues claro... —contesté, sin disimular el asombro que me producía aquella pregunta—. N-no faltaría más. Podría empezar mañana mismo. Ra-amón lleva un par de años liado con ese tema y la verdad es que es como hacer churros, en serio, visto uno, vistos todos... Claro que tendré el doble de trabajo, las demás no, porque supongo que reaprovecharemos el ma-aterial de los fascículos —Fran asintió con la cabeza—, pero yo sí, porque los cd-rom hay que diseñarlos, igual que un libro, y maquetarlos, y por mucho que intente acoplar las pa-áginas a las pantallas, habrá que ir viendo si se puede hacer, una por una... Además n-necesitaremos un equipo nuevo, y seguramente un duplicador de cd, y... —calculé un momento para mis adentros—, yo, como mínimo, un a-ayudante, porque no puedo llevarlo todo a la vez. Pero eso está hecho. Ya-a... —y cuando me di cuenta de que iba a volver a repetir la expresión más característica de Foro, paré en seco—. Ya.

—Lo del ayudante está claro... —Fran me sonrió, aliviada—. Se lo comenté a Ramón hace un par de días, y me dijo que sería mejor contratar a dos personas. Puedes empezar a entrevistar gente a la vuelta de las vacaciones.

456

—¿Yoo...? —pregunté, genuinamente asombrada esta vez—. ¿Voy a entrevistar gente yo?

Se abrió una pausa para que las tres me miraran al mismo tiempo, con una expresión idéntica, e idénticamente expresiva de que no entendían el sentido de mi última pregunta.

—Si quieres, los puedo entrevistar yo —me contestó Fran, cuando adivinó por fin lo que le había preguntado exactamente—. O puede hacerlo Rosa, pero es una tontería, porque ni Rosa ni yo sabemos lo que se espera que sepa hacer esa gente...

—N-no, no... —afirmé, después de vencer un acceso de risa, respuesta íntima a mi propia, inédita imagen de ejecutiva con amplios poderes—. Yo los entrevistaré. Y seré m-muy rigurosa...

Mi advertencia desató un coro de carcajadas que se prolongó inmediatamente en una animadísima conversación a tres voces sobre la historia de la música en general y la nuestra en particular, una multitud de preguntas lanzadas al azar que no podían ser satisfechas aún por ninguna respuesta concreta, ¿por dónde vamos a empezar?, ¿cuánto va a costar cada ejemplar?, ¿qué criterio vamos a seguir?, ¿dedicaremos más de un número a los compositores verdaderamente importantes o habrá sólo un fascículo por músico?, ¿cuánto esperáis vender?, ¿quién seleccionará las piezas de los cd?, ¿habrá publicidad en televisión?, ¿cuántas cadenas...? Rosa parecía muy contenta, y Ana incluso entusiasmada por la perspectiva de volver a trabajar como una burra después de aquellas mínimas vacaciones cuya memoria iba a extinguirse antes de que llegaran a terminarse del todo, mientras Fran contestaba a cada cuestión con una paciente sonrisa que parecía desmentir la monotonía de sus respuestas, no lo sé todavía, aún no lo he pensado, no me atrevo a decírtelo, eso tendremos que decidirlo también... Yo, en cambio, no estaba muy segura de lo que sentía. Nunca había sido colaboradora contratada, como ellas. Mi remoto pasado de teclista de fotocomposición me había asegurado una plaza de trabajadora de plantilla, con contrato indefinido, y mis ingresos no dependían del hecho de que estuviera asignada o no a un proyecto concreto. Y aquella historia de la música, por un lado, parecía garantizarme un ascenso profesional, y gordo, porque los cd-rom iban a convertirme en la jefa de mi propio equipo, pero al mismo tiempo me asociaba a Foro casi definitivamente, porque Ana no estaría dispuesta a prescindir de él, y después de los cuarenta, cuatro años y medio son ya demasiado tiempo. Cuando llegáramos al cencerro posmoderno, como decía Rosa, yo estaría al borde de los cuarenta y seis, más allá de la línea tras la que deja de parecer razonable tomar una decisión importante. O eso, al menos, me pareció entonces, mientras me obligaba a valorar al mismo tiempo la paz y la armonía en la que había trabajado con Fran, con Rosa y con Ana, en los tres años que habíamos tardado en hacer el *Atlas,* y los conflictos y desazones que quizás se habrían derivado de mi inclusión en un equipo distinto si aquel proyecto, que ya era también mi proyecto, no hubiera triunfado por fin.

—¿Qué te pasa, Marisa? —Fran puso fin abruptamente a mis reflexiones—. ¿No te apetece?

—Sí, sí... —y protesté con las dos manos para enfatizar mi afirmación—. Me apetece mucho. Es que... Bueno, estoy hecha un lío, últimamente. N-no lo entenderíais, pero... N-no sé. Tengo que hacer algo, y no sé qué...

—Ya me había dado cuenta —dijo Ana.

—Yo también —asintió Rosa—. Estás rarísima, hija... ¿A que es un hombre?

El silencio interior que me había consentido reflexionar sobre las ventajas y los inconvenientes de aquel auténtico desafío que me parecía de repente infinitamente trivial, se extinguió como por ensalmo cuando mis oídos captaron aquella pregunta, para que todas las voces que vivían dentro de mi cabeza chillaran súbita y simultáneamente una sola palabra, como una orden terminante, un despiadado ultimátum, una ruidosa fórmula de esperanza y de desprecio, cuéntaselo, eso gritaron, habla, insistieron, díselo, pronuncia su nombre y será verdad, sólo existe lo que se puede nombrar, cuéntaselo, habla, díselo, habla, atrévete, habla, cuéntaselo de una vez, habla, habla, habla...

—No estarás embarazada, ¿verdad?

Estaba a punto de tirar la toalla, de rendir definitivamente los castillos de mi conciencia, de abandonarme a la verdad como si fuera la droga más consoladora y mansa, cuando Fran me asaltó con una vehemencia más que extravagante en ella.

—N-no —contesté cuando pude hacerlo—. N-no es eso... —y entonces miré a Rosa—. Y sí. Es un hombre.

—¡Ah! —mi mirada se concentró entonces en los ojos que esquivaban a los míos, estudiando atentamente el fragmento de mantel que se extendía a mi izquierda—. Pues yo sí.

—Yo sí estoy embarazada —repetí, alzando la cabeza, para disipar definitivamente cualquier duda—. Ésa es la segunda cosa que tenía que contaros. Por supuesto, no ha sido una casualidad, ni un error de cálculo, ni nada. Queríamos ese hijo, y bueno, hemos ido a por él. Es un niño, por cierto. Se va a llamar Martín, igual que su padre.

—¡Enhorabuena, Fran! —Ana se inclinó sobre mí y me dio un beso en la cara. No esperaba aquel gesto, que demostró una eficacia ambigua, porque bastó para serenarme pero sólo al precio de encender mis mejillas, que se colorearon como las de una colegiala sin motivo alguno.

—¡Enhorabuena! —repitió Rosa, cogiéndome la mano a través de la mesa—. ¿Estás contenta?

—Sí —confesé, acatando ya sin resistencia mi sonrojo—. Mucho. Aunque al principio lo pasé regular. Tenía mucho miedo, ésa es la verdad. Bueno, cumplo cuarenta años dentro de quince días, y es el primero, así que... Pero me he hecho una amniocentesis y un montón de pruebas más, y ahora estoy mucho mejor. El niño está perfectamente. De todo. Hasta tiene el fémur más largo de la cuenta...

Ana se echó a reír.

—Pero si lo has hecho tú... —me dijo—. ¿Cómo iba a estar?

—Im-mpecable, como todo —añadió Marisa—. Es estupendo, Fran.

—Sí —admití—, la verdad es que sí. Y me alegro mucho de que os lo toméis así porque, bueno... Vais a tener que echarme una mano.

Entonces, Ana y Rosa se inclinaron sobre la mesa al mismo tiempo, dispuestas a procesar cualquier dato que quisiera confiarlas, como dos madres expertas y decididas a no consentir la menor duda acerca de su experiencia. En aquel momento tuve la sensación de que acababa de ingresar en un club cuya existencia nunca había llegado a sospechar hasta entonces, y la experiencia me resultó bastante extraña.

—¿Cuándo será el parto? —Ana preguntó primero.

—La primera semana de agosto —contesté, y me anticipé a su silencio con una sonrisa—. Nadie es perfecto. Yo tampoco.

—No pasa nada —Rosa volvió a cogerme la mano—. Yo tuve a Clara a mediados de septiembre, que es peor, porque me chupé el verano entero. Y por otra parte, te pilla en vacaciones, y eso está bien.

—Puedes irte a la playa a mediados de julio —sugirió Ana entonces.

—No —respondí, acompañando mi negativa con la cabeza—. Quiero que mi hijo nazca en Madrid. Aunque me tenga que tirar dos meses con las piernas en alto.

—Haces muy bien. A mí me sigue jodiendo que Amanda sea parisina...

—Eso es lo de menos —Rosa nos regañó con un acento blando e impaciente a la vez—. ¿Vas a coger el...?

—Ya-a me había da-ado yo cuenta de que estabas muy guapa, Fran —interrumpió Marisa, y se defendió de Rosa antes de que tuviera tiempo de regañarnos de nuevo—. Eso n-no es lo de menos. Es importante...

—Y además es verdad —Ana le daba la razón con la cabeza—. Eso pasa siempre. Si los llevas bien, los embarazos sientan maravillosamente, en serio...

—¿Puedo hablar un momento? —Rosa volvió a la carga, para demostrar que había recuperado íntegramente ese fervor por la organización y el mando que me había recordado tanto los fervores de Marita durante los primeros tiempos del *Atlas*—. ¿Vas a cogerte el permiso de maternidad?

—Sí —respondí—. Entero.

—Por supuesto —aprobó Marisa.

—Desde luego —añadió Ana.

—Y la gente del consejo... ¿lo sabe? —contesté a Rosa con la cabeza, todos lo sabían desde aquella misma tarde—. ¿Y cómo se lo han tomado?

—Bueno... —respondí—. Ha habido de todo. A mi hermano Miguel, por ejemplo, no le parece mal. Antonio en cambio se ha rebotado mucho, porque opina que no nos lo podemos permitir... —ique se joda!, dijo alguna, yo insistí—. A mí me da lo mismo. Me lo voy a coger entero, digan lo que digan. Quiero darle el pecho todo el tiempo que pueda. Pero eso nos va a complicar las cosas.

—N-no —Marisa se inclinó sobre mí con los ojos brillantes, como si hubiera escuchado algo capaz de estirar su lengua, un misterioso remedio para esa especie de aturdimiento que la mantenía muy lejos de aquella mesa, muy dentro de sí misma, desde que había anunciado que la historia de la música sería nuestra propia historia en los próximos años—. ¿Por qué? Te puedo montar un puesto de trabajo en casa en menos de lo que se tarda en decir amén.

—¿Eso puede ser? —le pregunté, sin acabar de decidir si me gustaba la idea.

—iAnda, pues claro! En tu casa hay teléfono, ¿no? Pues no necesitamos nada más. Cuando dejes de venir a la oficina, cojo tu ordenador, te lo monto donde tú me digas, y en un cuarto de hora te tengo conectada a todas las terminales de la planta. No hace falta ni que llames. Podrás comunicarte con nosotras por la red. Y ver cada página, cada portada, cada texto, antes de lo que tardaríamos en llegar a tu despacho andando por el pasillo. Eso está hecho. Es facilísimo.

—Y te advierto que los recién nacidos son los que menos guerra dan... —Rosa me daba ánimos desde la otra punta de la mesa—. Entre toma y toma, tienes dos horas y media para hacer lo que quieras. Están todo el día dormidos.

Hasta aquel momento, no se me había pasado ni siquiera por la cabeza compatibilizar la lactancia con el trabajo. Pensaba más bien en una ruptura total, cuatro meses de ausencia absoluta, un plazo mínimo pero imprescindible para un aprendizaje que me daba mucho más miedo que el parto, por más que todo el mundo sacara siempre a relucir esa muy dudosa teoría del instinto en todas las conversaciones. No contaba con trabajar entre toma y toma, y ni siquiera sabía si quería hacerlo. Intenté decidirme en silencio y Ana acabó por darse cuenta.

—Eso, si tú quieres —me dijo—. Si prefieres desaparecer, podemos hacerlo todo nosotras.

—No —contesté por fin, reconociéndome—. Creo que sería incapaz. Lo de llevarme el ordenador a casa me parece muy bien. Si no quiero, siempre puedo no encenderlo.

—Claro —Ana me dio la razón antes de inclinarse sobre la mesa para clavar los ojos en Marisa, que estaba sentada justo enfrente—. ¿Y mi escáner? ¿Podría llevármelo también a casa y mandar las imágenes por la red?

—No me mires así —dije, echándome a reír ante la expresión de pánico que había convertido la cara de Marisa en una máscara de carnaval—. Es una broma.

—Sí, sí... A-así se empieza, y luego...

—Y luego nada —insistí—. No tenemos dinero para mantener a los niños que juntamos entre los dos... Ni siquiera cabemos bien en casa. O sea, como para tener otro...

—Pero lo has pensado —Rosa afirmaba.

—No, en serio —la desmentí, y era sincera, pero ninguna me creyó—. En serio que no, no os pongáis pesadas. De verdad, que no estamos precisamente para tonterías... Ahora, que si la situación cambiara, a lo mejor me lo empezaba a pensar dentro de un par de años. Y no porque tenga ganas, que no es exactamente eso, porque me da una pereza horrible, me pongo mala sólo de pensar en volver a llevar empapadores dentro del sujetador, sino porque, bueno... Esto nunca se lo podré contar a Amanda porque lo interpretaría al revés, nunca lo entendería, y la verdad es que no tiene nada que ver con ella, yo adoro a mi hija, y la querré siempre igual, de eso estoy segura, y de que mi relación con ella siempre será única, y hasta especial, por todo lo que hemos pasado juntas, eso no va a cambiar ni aunque tenga trillizos, pero lo que a veces sí que me da rabia... No sé. Haber tenido una hija con aquel gilipollas de Larrea y no tener un hijo con éste, que es el hombre de mi vida de verdad... —Rosa y Marisa aplaudieron estruendosamente mi última frase—. Iros a la mierda, os lo estoy diciendo en serio... Pero ahora estoy demasiado bien como para atreverme a tentar a la suerte, y el momento más maravilloso de mi vida empieza cuando Amanda se va a París a ver a su padre cualquier fin de semana en el que no nos tocan los hijos de Javier. Os juro que en ese momento lo que siento es que si sobra algo en este mundo son precisamente niños. Pero, de todas formas, algunas veces pienso que, si las cosas me hubieran pasado de otra manera, en otro tiempo, con otro sueldo, me encantaría tener un hijo que se apellidara Álvarez.

—¡Estás como una cabra, Anita! —Rosa me miraba moviendo la cabeza, con el mismo gesto de desaliento que habría improvisado si yo acabara de confesar un cáncer en estado terminal—. Ya sabes, Fran, tú no tires nada, ni la ropa de embarazada, ni la cuna, ni el coche, ni la bañera... Nos va a hacer falta antes de que lleguemos a Béla Bartók.

—¡Que no! —protesté.

—¡Que sí! Ya verás —y se dirigió a las otras dos—. ¿Cuánto os apostáis?

—N-ni un duro... —contestó Marisa—. Y por supuesto que podría instalarte el escáner en casa y conectarte a la red. No lo dudes ni por un momento.

—El gran hechicero ha hablado —recurrí a la broma habitual para intentar zanjar el tema—. Amén. No voy a tener más hijos. ¿Está claro?

—Yo, por si acaso, no tiraré nada...

Hasta Fran se reía cuando las abandoné tranquilamente a su error. Porque era verdad que no lo había pensado, por mucho que intuyera que quizás llegaría un momento en que lo pensaría, pero la idea era tan vaga aún, tan fundamentalmente remota y nebulosa, que ninguna broma sobre aquel tema podría llegar a molestarme, ni siquiera sabiendo de antemano que nadie en el mundo sabía tan bien como yo hasta qué punto pueden cambiar las cosas.

—De todas formas —intenté regresar a Bartók por un camino diferente—, la verdad es que ahora mismo no necesito ni siquiera un embarazo para confesaros que la música me ha salvado la vida. En serio, Fran. Te diré que ya había empezado a mirar por ahí, y la verdad es que no había encontrado gran cosa.

—En Santillana están preparando una enciclopedia escolar ilustrada —Rosa intervino para demostrar que yo no era la única mujer previsora de la mesa—. Pero van a dar muy poco trabajo fuera.

—Sí, ya lo sé —y era cierto que lo sabía—. Sólo política y actualidad, como siempre. Y luego, hay un manual de bricolaje...

—Sí, de eso me he enterado yo también, pero creo que lo van a traducir directamente del inglés aprovechando los fotolitos.

—Ya, esa moda va a acabar con nosotras.

—O no. Siempre nos quedará el punto de cruz.

—Y los cursos de inglés para desesperados.

—Y la decoración a su alcance.

—Y la cocina práctica...

—Bueno —Fran interrumpió con decisión el recuento de los episodios menos ejemplares de nuestra vida laboral—. De momento, podemos ir brindando por el inventor de la música...

Se sirvió dos dedos de vino tinto en una copa y dirigió las operaciones con el aplomo habitual. Después, mientras yo buscaba ya una excusa para no acompañarlas al bar donde solíamos rematar aquellas celebraciones con un número indeterminado de mojitos, trajeron la factura. Fran la pagó con la tarjeta de la empresa, dejó una propina que ascendía exactamente a la décima parte del total, y se levantó.

—Yo me voy a casa —anunció, cuando ya tenía la chaqueta puesta—. Estoy cansadísima, es que me caigo de sueño a todas horas. Y además como no puedo fumar, ni tomar copas...

—Ya... —Rosa, la mirada repentinamente opaca, los dedos temblones, incapaces de acertar con el broche del bolso, asentía con la cabeza, sacando de alguna parte una esforzadísima apariencia de serenidad—. A mí también me pasaba, los primeros meses... Bueno, yo también me voy.

—Y yo...

Marisa fue la primera no sólo en repartir besos sino hasta en parar, sorprendentemente, un taxi, a pesar de que no vivía más lejos que yo de aquel restaurante. Fran se ofreció a llevarme, pero le contesté que no merecía la pena. Después, mientras arrancaba a andar, no logré dedicar más de una hebra de mi pensamiento a aquella formidable masa de miedo que había estado suspendida sobre la mesa durante toda la cena como una nube incapaz de sostener su propio peso, el miedo de Rosa, concreto e inmediato, casi masticable, el miedo de Fran, oscuro y tibio, conocido, el miedo de Marisa, ignorado y grave, tal vez por eso el más duro de todos. Pero yo había dejado de tener miedo. Calculando por anticipado el número de los mejores días que me quedaban por vivir, llegué casi a olvidarlas, y hasta pensé en celebrar mi flamante opulencia cogiendo yo también un taxi, a pesar de que estaba a un cuarto de hora escaso de mi casa.

Cuando abrí el portal, ya me había hecho a la idea de la repentina insubordinación de mis dedos, ese temblor autónomo, ingobernable, odioso, que me había convertido en una especie de inválida desentrenada en el preciso instante en que he necesitado más desesperadamente ser capaz, pero no contaba con que mi corazón se sumara de repente a aquel poltergeist particular como una bomba de relojería con el temporizador averiado. Sin embargo, eso fue lo que ocurrió, hasta el punto de que la enloquecida frecuencia de aquellos latidos, una taquicardia en toda regla, llegó a asustarme de verdad. Era lo que me faltaba, pensé, que ahora me dé un infarto, y cogí el ascensor para subir al segundo, aunque solía prohibirme a diario aquella perezosa tentación.

Antes de abrir la puerta de mi casa, me quedé un rato de pie, en el descansillo, mirando sin parpadear el hueco de la mirilla, como si esperara que, de un momento a otro, fuera a agrandarse para consentirme ver lo que sucedía dentro. Podía distinguir el eco palidísimo, remoto, del televisor encendido en la casa de al lado, o tal vez en la mía, y creo que nunca me he sentido peor. Cuando metí la llave en la cerradura, sosteniendo mi mano derecha con la mano izquierda, el interior de mi cuerpo se dividía ya nítidamente en dos mitades, dos unidades diferentes, separadas entre sí por los efectos de un poderosísimo puño de hierro que había ido estrangulando mi estómago poco a poco hasta partirlo con limpieza para crear dos estómagos distintos, uno arriba y otro abajo, en las dos orillas de una extensión de nada que coincidía meticulosamente con los límites de mi cintura. En aquel momento, pensé que jamás me arrepentiría lo suficiente de haber desaprovechado la oportunidad de estar callada durante aquella cena, porque la confesión que había escapado de mis labios sin pararse a consultarme, me había sumergido durante dos horas en una realidad muy distinta de la que me esperaba detrás de las puertas del salón, que ahora distinguía sin esfuerzo gracias a la lámpara, encendida, como si contar que me iba a separar de Ignacio fuera lo mismo que haberme separado ya de él, como si decírselo a mis amigas en voz alta fuera lo mismo que decírselo a él, con él delante.

No seré capaz, me dije mientras avanzaba por el pasillo, no seré capaz, me advertí al abrir la puerta, no seré capaz, repetí cuando me dejé caer en un sillón, a la derecha del sofá donde él, con el pijama puesto, miraba la televisión por la estrecha rendija de sus ojos, sus párpados casi vencidos por el sueño.

—¿Qué tal? —me preguntó, y le miré, y comprendí que sí iba a ser capaz.

—Bien. Oye, Ignacio, mira... Yo... Te había escrito una carta, pero bueno... Tengo que decirte una cosa, y me alegro de que no te hayas acostado porque... Va a ser mejor así... —me dijo algo que en aquel momento no quise entender, y seguí hablando, mi mirada fija en el dibujo de la alfombra—. Esto ya no tiene ningún sentido, Ignacio. Me habría encantado que nunca hubiera llegado este momento, pero... Nadie tiene la culpa. Te quiero mucho, eres el padre de mis hijos, y un tío estupendo, en serio, creo que te querré siempre, eres como un hermano para mí, pero precisamente por eso no quiero seguir viviendo contigo —levanté la cabeza por fin, y mis ojos se estrellaron contra otros ojos muy abiertos, en una cara familiar y a la vez extrañamente dilatada por el asombro—. Creo que lo mejor es que nos separemos.

—Pero... ¿por qué? —logró articular después de una indefinida serie de balbuceos—. Si somos muy felices...

—¡Ignacio! —exclamé, y aunque ningún gesto habría resultado menos oportuno, me eché a reír.

Cuando levanté la mano para parar un taxi, ya no tenía fuerzas para seguir discutiendo en solitario con todas esas voces que eran mi propia voz y eran ninguna, porque no habrían existido si yo hubiera logrado decidirme a no escucharlas. Mi carácter es mucho más que débil, y quizás esa razón basta para explicar por qué los dados me tientan, por qué siempre me han tentado. No soy muy buena resistiendo tentaciones.

Por eso, y aunque ya había decidido lo que iba a hacer, porque aquel gesto de parar un taxi no tenía otro propósito que concederme unos minutos de ventaja sobre Ana, asegurarme de que yo llegaría a mi teléfono antes de que ella lograra coger el suyo, cuando ya tenía el auricular en la mano, decidí invertir sobre la marcha el orden de aquellas dos llamadas, tirar los dados por última vez. Primero Foro, me dije. Si no descuelga al tercer timbrazo me voy a Colombia, tampoco pasa nada, insistí, no es más que una semana, un viaje como cualquier otro. No escuché ninguna opinión contraria a aquel pacto íntimo y rematadamente idiota, pero tampoco llegué a escuchar más de un timbrazo, aunque eran ya las doce y media.

—¿Sí?

—Hola, soy yo... Ya sé que es un poco tarde pero es que... Bueno, al final he decidido que no me voy a marchar mañana de viaje, porque... En fin, podemos irnos juntos en Semana Santa, si quieres, aunque no sé si Jaén te apetecerá mucho, tampoco...

—Muchísimo.

—¿Sí? —se acabó, me dije por dentro, se acabó, ni una Navidad más para mí sola, ni un cumpleaños más para mí sola, ni unas vacaciones más para mí sola—. Oye, Foro, mira... Ya sé que es muy tarde, pero... ¿Tú serías capaz de coger ahora mismo el coche para venirte a dormir conmigo?

—Claro que sí —contestó, con una dulzura que yo no merecía—. No tardo nada.

Después marqué el número de Ana y la suerte me concedió el mínimo favor de disponer los resortes mecánicos del contestador donde yo temía encontrar la voz de Javier Álvarez.

—¿Ana? Soy Marisa... No pasa nada. Es que quería que supieras... Bueno, la novia de Foro, ¿sabes...? Bueno, pues que soy yo.

Cuando colgué estaba sonriendo, pero un sabor muy agrio, muy amargo, trepó sin solución por mi garganta.

Martín se había ido ya a la cama, pero no dormía. Recostado en el cabecero sobre una improvisada arquitectura de almohadas y cojines, leía un folio impreso por una cara que en algún momento debió de formar parte del montón de papeles que ahora podía ver desparramado encima de la colcha, el sumario de un proceso, quizás, o una sentencia. No dijo nada, pero se quitó las gafas y me sonrió, a modo de saludo. Yo me senté a su lado, en el borde de la cama, y estiré el brazo hacia la mesilla para coger un pitillo de su paquete, pero él atajó mi brazo antes de que conquistara aquella plaza.

—¿Cuántos llevas hoy?

—Tres.

—No me lo creo.

—Te lo juro... No he querido fumar en la cena porque tenemos algo que celebrar... —entonces saqué del bolso mi propio folio impreso por una cara, y empecé a leer en voz alta—. En todas las metafases analizadas procedentes del cultivo de células existentes en la muestra obtenida de líquido amniótico, se han encontrado 46 cromosomas normales, siendo la fórmula sexual tipo XY... —sólo me detuve para atrapar el cigarrillo que él me estaba poniendo entre los labios.

—Enhorabuena —murmuró, mientras me besaba en la cara y me daba fuego al mismo tiempo.

—Lo mismo... —la primera calada siempre ha sido la mejor, pensé mientras la aspiraba— digo.

Al final hice todo el camino andando y, al llegar a casa, me fui directamente a la cama. Al pasar por el salón, debí de advertir que el piloto rojo del contestador automático estaba parpadeando, pero de eso no me di cuenta hasta después, cuando Javier, medio dormido ya, respondió a la avalancha de besos con los que mis labios celebraron la proximidad de su espalda con una frase inconexa, desarticulada por el sueño. Ha llamado... alguien..., dijo, no sé... Me abracé a él, y sólo entonces recordé que yo misma había visto parpadear una luz roja antes de sentir que me estaba quedando dormida. En la débil frontera de la inconsciencia, todavía pude pensar que, sólo unos meses antes, la simple sospecha de que en aquel aparato pudiera dormir toda la noche un mensaje dirigido a mí habría bastado para desvelarme durante horas enteras, y no sé si me dio tiempo a sonreír.

Porque, a veces, las cosas cambian.

Ya sé que parece imposible, que es increíble pero, a veces, pasa.

Últimos títulos